LISA JACKSON
In den Armen des Verführers

Buch

Wales, 1289: Die schöne und temperamentvolle Bryanna von Penbrooke verlässt überstürzt Calon, die Burg ihrer Schwester Morwenna. Von den Qualen einer verbotenen Liebe zu dem Mann ihrer Schwester gepeinigt, folgt sie den Stimmen und Visionen, die ihr eine Aufgabe übertragen, von deren Erfüllung das Schicksal des gesamten Landes abhängt. Da begegnet sie zufällig Gavyn, mit dem sie einst eine große Jugendliebe verband. Beide spüren, dass das Feuer zwischen ihnen nicht erloschen ist. Doch kann Bryanna Gavyn vertrauen? Wird er ihr helfen und sie beschützen? Oder ist er doch ein Dieb und Mörder, wie böse Zungen behaupten?

Autorin

Lisa Jackson hat schon zahlreiche Liebesromane veröffentlicht, die in mehr als ein Dutzend Sprachen übersetzt wurden. Sie ist alleinerziehende Mutter und lebt mit ihren beiden Söhnen in Oregon.

Von Lisa Jackson außerdem lieferbar:

Im Sturm der Begierde (35529) – Geliebte Diebin (35833) – Der Lord und die Betrügerin (36078) – Die Lady und der Schuft (36146)

Lisa Jackson

In den Armen des Verführers

Roman

Aus dem Amerikanischen
von Firouzeh Akhavan

blanvalet

Die amerikanische Originalausgabe erschien 2006 unter dem Titel
»Sorceress« bei Signet, New York.

FSC
Mix
Produktgruppe aus vorbildlich
bewirtschafteten Wäldern und
anderen kontrollierten Herkünften

Zert.-Nr. SGS-COC-1940
www.fsc.org
© 1996 Forest Stewardship Council

Verlagsgruppe Random House FSC-DEU-0100
Das für dieses Buch verwendete FSC-zertifizierte Papier
Holmen Book Cream liefert Holmen Paper, Hallstavik, Schweden.

1. Auflage
Deutsche Erstausgabe April 2008 bei Blanvalet,
einem Unternehmen der Verlagsgruppe
Random House GmbH, München.
Copyright © der Originalausgabe 2006 by Lisa Jackson
Copyright © der deutschsprachigen Ausgabe 2008 by
Verlagsgruppe Random House GmbH
Umschlaggestaltung: HildenDesign, München
Umschlagmotiv: Agentur Schlück/Eigenarchiv HildenDesign
Redaktion: Florian Oppermann
LW · Herstellung: Heidrun Nawrot
Satz: DTP Service Apel, Hannover
Printed in Germany
ISBN: 3-442-36147-8

www.blanvalet.de

Roz Noonan gewidmet.
Wow, ohne dich
hätte ich es nicht geschafft. Danke!

Prolog

NORD-WALES
Winter, 1273

Lauf, Tempest, lauf!

Der eisige Wind zerrte an Kambrias Haaren und pfiff an ihren Ohren vorbei, als sie ihr Ross zwischen den kahlen Bäumen hindurch über den gefrorenen Boden hinweg lautlos vorantrieb. Die Flanken der armen Stute bebten, als sie sich mit letzter Kraft und schwer atmend beherzt durch das Buschwerk aus Eiben und Kiefern kämpfte. Heißer Dampf stieg aus den Nüstern des Pferdes auf, und die Hufe rasten über den harten, vereisten Boden, während das zottige Fell dunkel vor Schweiß war. Doch trotz aller Gebete Kambrias zur Göttin Morrigu verlor das Tier immer mehr an Boden.

Schon bald würden die Jäger sie eingeholt haben. Sogenannte heilige Männer in schwarzen Gewändern. Sie verfolgten sie mit einer wutentbrannten, rachgierigen Inbrunst, der mit Vernunft oder Überredung nicht beizukommen war, denn ihr einziges Sinnen und Trachten bestand darin, ihre verfehlte Gerechtigkeit an ihr auszuüben.

»Schneller!« Kambria beugte sich tief über den Hals ihrer Stute und hörte, wie angestrengt das arme Tier atmete, wie die Luft pfeifend aus seiner Lunge entwich. Die starken Muskeln des Pferdes begannen zu erschlaffen. Sie würde es nicht schaffen. Bis zum Dunkel der Nacht war es noch lange hin, und auch dann, im Schleier der Dunkelheit, würden die Jäger sie aufspüren, sie verfolgen und schließlich stellen.

Es gab keinen Ort, der dunkel genug gewesen wäre, sie zu verbergen.

»Gib mir Kraft. Nimm dich meiner Stute an«, betete Kambria, während die eisigen Finger des Windes an ihren Haaren zerrten. Vor sich erhaschte sie einen Blick auf einen weiteren Reiter, der vor ihr durch das vereiste Gestrüpp sprengte. Die dunklen Reiter waren überall.

Als sie ihr Pferd gen Westen, Richtung Berge lenkte, hatte die Mutlosigkeit sie bereits gepackt, und sie wusste, dass sie in der Falle saß. Sie konnte weder umkehren noch ihnen ausweichen. Die fünf Reiter waren zwischen den kahlen Bäumen ausgeschwärmt und schnitten alle Fluchtwege ab, alle Möglichkeiten, wieder nach Hause zu kommen und sich in Sicherheit zu bringen.

Voller Panik zerrte sie an den Zügeln und trieb ihre Stute auf einen schmalen, gewundenen Pfad zu, der über kleinere Hügel hinweg nach oben auf einen Bergkamm führte. Diese Gegend kannte sie nicht. Sie war ihr fremd. Sie war tabu. Doch sie hatte keine andere Wahl.

Sie hörte die Rufe.

Das Entsetzen bohrte sich mit eisigen Klingen in ihr Herz.

Tempest kämpfte sich mit rutschenden Hufen und bebenden Flanken den Hügel hoch. Schaumflecken begannen sich auf ihrem grauen, nassen Fell zu bilden. »Bitte ... du kannst es schaffen.«

Immer langsamer lief die Stute den Hügel hinauf, als es zu schneien begann und Kambria plötzlich spürte, wie sich ihr Unterleib verkrampfte. Sie blickte auf ihre gerafften Röcke hinunter und bemerkte den warmen Strom von Blut, der über ihr Bein lief und zu Boden tropfte, wo es sich hellrot vom gefrorenen Schnee abhob.

Ihr Herz setzte einen Schlag aus.

Das Blut würde nicht nur eine leicht zu verfolgende Spur hinterlassen, sondern auch die Zielstrebigkeit ihrer Verfolger stärken.

»Oh Gott«, hauchte sie, nahm die Zügel zwischen die Zähne und versuchte vergeblich, den Blutstrom zu stoppen. Aus dem Augenwinkel nahm sie eine Bewegung wahr. Es waren die schwarz gewandeten Gestalten auf ihren flinken Rössern, die zum Bergkamm hinaufritten und plötzlich in einem Hain aus hohen, dünnen Bäumen zu sehen waren. Bei allen Heiligen, sie hatten sie eingeholt!

Und die ganze Zeit wurden Tropfen von Blut vom Wind erfasst und hinterließen Flecken auf dem Boden.

Irgendwie musste sie diesen Irrsinn beenden.

Auf dem Bergkamm trieb sie ihr Pferd voran, und die Stute, die endlich wieder Halt fand, galoppierte los und raste einen schmalen Wildpfad entlang. Mit klopfendem Herzen und wehenden Röcken meinte Kambria einen kurzen Moment lang, dass sie es schaffen würde, dass ihr trittsicheres kleines Ross es mit den stämmigeren Pferden ihrer Verfolger aufnehmen könnte, die auf diesem schmalen Grat ins Straucheln geraten würden. »Gutes Mädchen«, flüsterte sie und konnte ihr Glück kaum fassen.

Sie hoffte, dass die Pferde auf dem Berg nicht so schnell vorankämen. Wenn sie sich irrte, wenn sie sie doch fassten, war zumindest der Dolch in Sicherheit; dafür hatte sie gesorgt. Eine Waffe, der eine große Magie innewohnte, der Heilige Dolch, der dem Auserwählten vorbehalten war, wie es in jener uralten Prophezeiung hieß:

Gezeugt von der Finsternis,
Geboren vom Licht,
Beschützt vom Heiligen Dolch,

Der Herrscher aller Menschen, aller Tiere und Geschöpfe,
Geboren wird er werden am Abend von Samhain.

Der Dolch durfte nicht in die Hände der Männer mit den Herzen aus Dunkelheit fallen, Männer wie jene, die sie jetzt verfolgten.

Während ihr Pferd im eisigen Wind des Berges dahingaloppierte, spürte sie einen stechenden Schmerz in ihrem Bauch, eine Erinnerung an ihr Baby, an das Kind, das sie hatte zurücklassen müssen. Es gibt keinen Schmerz wie den, den eine Mutter empfindet, die ihr Kind verloren hat, aber sie hatte für die Sicherheit ihres Säuglings sorgen müssen, ihres Kindes des Lichts.

An der Spitze des Hügels teilte sich der Pfad so sauber wie die Zunge einer Schlange, und wenn es ihr gelänge, einen Vorsprung zu bekommen, würde sie vielleicht auch ein Stück blutigen Stoff abreißen können, um ihre Verfolger auf eine falsche Fährte zu locken. Sie blickte zurück und sah niemanden, keiner der dunklen Reiter folgte ihr.

Hatte sie sie abgehängt?

Nein.

Sie würden nicht aufgeben. Ihre Entschlossenheit war zu groß. Kambria drückte ihre Absätze in die bebenden Flanken der Stute und schlängelte sich durch die Bäume. Das Blut strömte schneller durch ihre Adern, als sie die Weggabelung erblickte, von der ein Weg nach unten ins Dorf und zum Fluss führte, während der andere dem Hauptgebirgszug dieser schroffen Berge folgte. Bestimmt würden die Männer, die hinter ihr her waren, annehmen, dass sie sich für den unteren Weg in die Stadt entschied …

Plötzlich scheute ihr Pferd.

Es strauchelte.

Kambrias Herz setzte einen Schlag aus.

Sie fiel nach vorn und wäre beinahe über Tempests gebeugten Hals zu Boden gestürzt. Die schwarzen, borstigen Haare aus der Mähne ihres Pferdes stachen ihr in die Augen und nahmen ihr für einen kurzen Moment die Sicht. Als das Pferd wieder sicher stand und Kambria sich wieder auf ihre Umgebung konzentrieren konnte, sah sie ihn: einen einzelnen finsteren Jäger auf einem weißen Ross. Sein Kopf war mit einer schwarzen Kapuze bedeckt, und nur sein Kragen, der ihn als Geistlichen auswies, war im Dunkeln zu sehen. Doch sie spürte seinen Blick, der auf ihr ruhte, und seine abscheulichen Absichten.

Sie versuchte, ihr Pferd herumzureißen, doch es war bereits zu spät. Die anderen hatten sie umzingelt, und sie saß auf ihrer keuchenden Stute in der Falle.

Das Schicksal hatte sie – so schien es – eingeholt.

»Für Sünder gibt es kein Entkommen«, erklärte der Reiter, der die Weggabelung blockierte, barsch.

»Ich habe nicht gesündigt.«

»Habt Ihr nicht?« Seine dunklen Augen waren zu Schlitzen zusammengekniffen, die unter der Kapuze seiner Mönchskutte hervorblitzten, als er mit einem langen, anklagenden Finger auf den Boden deutete, wo sich die Blutflecken vom vereisten Schnee abhoben. »Dort ist der Beweis für Eure Falschheit, Kambria, Abkömmling von Llewellyn«, sagte er. »Ihr seid eine Ketzerin und eine Ehebrecherin. Ihr seid eine Metze und eine Hure der schlimmsten Sorte, eine Tochter des Teufels.«

Sie bemerkte, wie die anderen Reiter näher rückten, den Kreis um sie schlossen, und einen Moment lang glaubte sie, keine Luft mehr zu bekommen. Die Stute unter ihr zitterte, und Kambria legte ihre Hand beruhigend auf die Schulter des verängstigten Pferdes. Gab es wirklich keinen Ausweg? Konnte sie ihre kleine Stute dazu zwingen, diesen Ring aus seelenlosen Männern zu durchbrechen? Sie richtete ihre Gedanken nach innen, machte sich die Stärke bewusst, die tief in ihr ruhte, den Glauben und den Mut, die sie so weit gebracht hatten. *Es gibt Möglichkeiten, diese Monster zu besiegen, nicht mit körperlicher Kraft, sondern mit Mächten, die du nur heraufbeschwören musst.*

Als hätte der Anführer ihre Gedanken gelesen, entriss er ihr die Zügel und glitt aus dem Sattel. »Steigt ab«, befahl er.

Als sie zögerte, nickte er einem von seinen Begleitern zu. Ein großer Mann mit Kapuze und Schultern, so breit wie die eines Holzfällers, schwang sich geschmeidig von seinem Braunen, und seine Stiefel kamen hart auf dem gefrorenen Boden auf. Sie hielt sich mit aller Kraft am Sattelknauf fest, aber es nützte nichts. Der ungeschlachte Kerl zerrte sie von ihrem Pferd und zog ihre Arme grob hinter ihren Rücken, sodass ein heftiger Schmerz durch ihre Schultern schoss. Sie spürte, wie alle Farbe aus ihrem Gesicht wich, doch sie stieß keinen Laut aus; sie war fest entschlossen, dem Zorn dieser verlogenen Schurken mit ebensolcher Inbrunst zu begegnen.

Der Anführer war der Schlimmste, ein religiöser Eiferer, der von Frömmigkeit und Göttlichkeit sprach, doch in Wahrheit voll des Abscheus für die ganze Menschheit war. Man kannte ihn unter dem Namen Hallyd, und seine Kutte war nur ein Schleier, der das Böse verbergen sollte, das er von seinem Vater geerbt hatte, einem Mann, dem der Ruch anhaftete, er wäre selbst ein halber Dämon.

Ja, sie kannte diesen Mann, der sich bei Tag als ein Mann Gottes ausgab, doch von dem man wusste, dass er des Nachts bei den Frauen ein geübter Schwertkämpfer war. Hatte er nicht auch versucht, sich ihr aufzudrängen? Hatte ihr gar gedroht, als sie ihn zurückwies? Doch sie hatte das unheimliche Leuchten in seinen Augen gesehen. Sie konnte die verruchte Dunkelheit seiner Seele förmlich riechen. Sie spürte den abgrundtiefen Hass, der alles Licht zu verschlingen drohte. Sie hatte gewusst, was er wirklich wollte, und sie konnte nicht zulassen, dass er in seine Hände fiel, und wenn sie dabei ihr Leben lassen musste.

Wenn nur die anderen Jäger um seine Schlechtigkeit gewusst hätten ... Doch die Männer schienen nur allzu bereit, seinen Befehlen zu folgen, als Hallyd ihnen kurz zunickte und sie auch von ihren Pferden glitten, um den Kreis um sie zu schließen.

Bitte, Große Mutter, höre mein Gebet. Wenn du mir schon nicht das Leben rettest, so bewahre zumindest das Leben meines Kindes.

»Scheinheilige Brut von Arawn«, wisperte sie herausfordernd, »geht nach Annwn zurück, in die Unterwelt, wo die Toten sind. Möget Ihr nie wieder das Licht des Tages erblicken!«

Wie vom Donner gerührt erstarrte er.

»Schweigt!«, befahl Hallyd.

»Ich kenne Euch«, raunte sie und hielt seinem Blick stand. Auch wenn er sie der Ausübung der Schwarzen Kunst bezichtigte, war er doch trotz seiner christlichen Kutte ebenfalls mit den alten Bräuchen vertraut. Das Böse war deutlich sichtbar im unheimlichen, entrückten Glühen seiner braunen Augen – wilde, entschlossene Augen eines Mannes, der noch keine zwanzig war. »Ich weiß um Eure Sünden, Hallyd, und derer sind viele.«

Einen Moment lang zögerte er.

»Tut mir jetzt ein Leid an, und Ihr werdet Euch bis in alle

Ewigkeit umschauen, denn Eure Schuld und meine Rache werden Euch bis an Euer Ende verfolgen.« Und wie um ihren Worten Nachdruck zu verleihen, zuckte ein Blitz über den Himmel. Der Wald erbebte.

»Heilige Mutter Gottes«, flüsterte einer der Männer nervös.

Doch ihr Anführer ließ sich nicht beeindrucken. Während es immer dunkler wurde, zischte er mit Lippen, die sich kaum bewegten: »Kambria von Tarth, Tochter von Waylynn, Abkömmling von Llewellyn, Ihr seid eine Ehebrecherin und eine Hexe. Ihr habt nur eine Möglichkeit, Euch zu retten: Sagt mir, wo Ihr den Dolch versteckt habt.«

Sie antwortete nicht, obwohl sie vor ihrem inneren Auge plötzlich ein tückisches kleines Messer erblickte, das mit Juwelen bedeckt war.

»Ihr wisst, wo er ist«, bezichtigte er sie und trat näher an sie heran.

Sie spuckte ihm ins Gesicht, und der Speichel floss ihm über Wange und Hals, bis er unter seinem Klerikerkragen verschwand.

Voller Wut riss er einen Rosenkranz aus der Tasche und zog ihn gewaltsam über ihren Kopf, sodass sich die Perlen in ihren Haaren verfingen. »Für Eure Sünden gegen Gott und die Menschen seid Ihr hiermit zum Tode verurteilt.«

Da sah sie ihn, den verräterischen Schimmer in seinen Augen. Oh, er war ein Betrüger, ein Mann mit einer Seele, die schwärzer war als die finsterste Nacht. Er verurteilte sie zum Tode, um sich selbst und seine wahren Absichten zu schützen. Ihre Vernichtung hatte nur wenig mit ihr selbst zu tun, sondern entsprang nur seinem Verlangen nach dem Heiligen Dolch.

»Auch wenn Ihr mich umbringt, wird Euch das nicht retten«, sagte sie, schloss dann die Augen und begann zu singen, womit sie einen finsteren, tödlichen Schwur heraufbeschwor. Sie spürte, wie sich der Wind drehte, als er durch die Zweige der Bäume rauschte und über den vereisten Bergkamm strich. Selbst mit geschlossenen Augen wusste sie, dass sich plötzlich dicke Wolken bildeten, sich zusammenballten, über den Himmel zogen und ihn in ein stählernes Grau verwandelten. In der Ferne donnerte es.

»Herr im Himmel«, flüsterte einer der Männer mit rauer Stimme. »Was ist das?«

»Ist sie wirklich ein Nachkomme von Llewellyn dem Großen?«, fragte ein anderer, und Kambria spürte ihre Furcht.

»Achtet nicht auf ihre billigen Tricks«, sagte Hallyd, wobei seiner Stimme allerdings die Überzeugungskraft fehlte. »Sie setzt Eure Furcht gegen Euch ein.«

»Gott bewahre uns«, rief ein anderer, fiel auf die Knie und bekreuzigte sich.

Ganz versunken in ihren Gesang, hörte Kambria kaum, was sie sagten. Sie presste die Fingerspitzen an ihre Stirn und betete, rief die Geister herbei und bat um die Sicherheit ihres Kindes und die Vernichtung ihrer Feinde.

»Hört auf! Isebel! Ruft nicht Eure Dämonen an!«

Und doch hielt sie nicht inne, und die Gebete der Alten strömten über ihre Lippen.

»Nein!«, brüllte der dunkle Reiter wütend über die Ruhe und den inneren Frieden, den sie ausstrahlte. Er wollte ihre Furcht sehen, ihr Entsetzen spüren. Ihre entrückte Gelassenheit verschaffte ihm keine Befriedigung. »Hexe, sprecht!«

Trotz ihres nicht abreißenden Gesangs spürte sie seine wachsende Wut, nahm sie seine immer größer werdende Furcht wahr, die er nicht verbergen konnte.

»Verflucht seid Ihr, Hallyd, und mögen Eure schwärzesten Ängste wahr werden.« Sie öffnete die Augen und blickte in sein zu einer Maske des Zorns erstarrtes Gesicht. »Eure schwarze Seele möge bis in alle Ewigkeit verdammt sein, und Ihr sollt für immer in der Dunkelheit leben, denn der Tag wird Euch so unsägliche Schmerzen bereiten, dass Ihr es nicht ertragen könnt. Von diesem Tage an werdet Ihr ein Geschöpf der Nacht sein.« Da sah sie es – die Angst, die seine Pupillen zu schwarzen Löchern weitete, dunkel wie der tiefste Kerker, schwarze Abgründe, die sich nie wieder schließen würden. Nicht nur seine Seele würde mit Blindheit geschlagen sein, auch das Tageslicht wäre ihm auf alle Zeiten verwehrt. Und es würde für jedermann sichtbar sein, denn die Iris eines seiner Augen nahm einen hellgrauen Farbton an.

Er raste vor Wut und ballte die Hände zu Fäusten, sodass seine Knöchel weiß hervortraten.

Doch sie ließ sich nicht einschüchtern. »Kehrt zurück in jene Abgründe der Hölle, aus denen Ihr einst hervorgegangen seid …«, sagte sie, während sie in seine schwarzen Augen blickte, in denen sie wie in einem Spiegel ihr eigenes Abbild erblickte.

»Sagt mir, wo der Dolch ist«, tobte er. »Sagt es mir, Hure!« Zornig schlug er ihr mit der Faust mitten ins Gesicht.

Ihre Nase brach. Blut spritzte auf den Boden, doch sie zuckte nicht einmal.

Als er sah, wie unbewegt sie war, sagte er: »So sei es. Ihr werdet jetzt sterben. Hört Ihr mich, Hure? Es gibt keine Rettung für Euch. Geht zum Teufel!« Er schüttelte sie, und noch mehr Blut ergoss sich aus ihrem Körper, hinterließ rote Flecken auf seinem weißen Kragen und seinem Kinn.

Mit zusammengebissenen Zähnen und pochenden Schläfen griff er in die üppigen Falten seines Gewandes und zog einen scharfkantigen Stein hervor.

In diesem Moment schloss sie, immer noch singend, wieder die Augen und überließ sich der Großen Mutter. Es dauerte nur einen Herzschlag, und sie spürte, wie sich ihr Geist zu den stürmischen Wolken hinaufschwang. Als sie nach unten sah, erblickte sie tief unter sich ihren Körper, der herausfordernd mit wehenden Röcken auf dem zerklüfteten Bergkamm stand. Von oben sah sie zu, wie Hallyd voller Wut, die von seiner Furcht genährt war, mit dem Stein ausholte. Der Stein krachte mit Wucht gegen ihr Gesicht, ließ ihren Kiefer brechen und riss ihre blasse Haut auf. Blut spritzte auf den Boden, als sie zurücktaumelte. Ein anderer Stein traf sie an der Stirn, und sie stürzte, während die Männer, in Schwarz gekleidete Dämonen, über sie herfielen und auf sie einschlugen.

Da war kein Schmerz.

Nur Frieden.

Kambria wusste – ihr Kind war in Sicherheit.

Und ihrer war die Rache.

1

Nord-Wales
Februar 1289

Auf allen vieren kroch Gavyn verstohlen durch das Unterholz und hoffte inständig, dass es bald dunkel werden würde. Seine Verfolger waren ihm dicht auf den Fersen, so nah. Er hörte das Schnauben ihrer Pferde, das Donnern der Hufe der großen Rösser, und er roch ihr Fell und ihren Schweiß. Und dann spürte er auch noch die Augen seiner Verfolger, die den Wald durchkämmten und suchten. Immer suchten. Nach ihm.

Doch er hörte keine Hunde. Keine pelzigen Wächter, die laut anschlugen, weil sie seine Witterung aufgenommen hatten. Allein dafür war er dankbar.

Sein ganzer Körper schmerzte von den Schlägen, die er hatte einstecken müssen, und er wusste, wenn er in einen Spiegel schaute, würde er die Prellungen und Striemen sehen, die seine ganze Haut überzogen. Das hatte er Craddock zu verdanken, dem Sheriff von Agendor, einem wahrhaft skrupellosen Hundesohn.

Der jetzt ein toter Mann war.

Gavyn hatte keine Zeit, jetzt darüber nachzudenken. Er würde seine Gedanken nicht zu dem Kampf zurückwandern lassen, zu den Schlägen, dem Geruch von Schweiß und den wilden Verwünschungen. Er verdrängte die Erinnerung an den Moment, als der Knochen knackte, während er brach und Craddock fiel, wobei sein Kopf in einem schrecklichen Winkel von seinem gebrochenen Genick abstand.

Er grub seine Finger in den feuchten Boden und zog sich unter das Gestrüpp aus Farn und kleinen Ästen, wobei er hoffte, dass die Schatten der hohen Eiben und Eichen ihn verbargen, während er auf den Rand des Berges zukroch, an dem ein schmaler Pfad entlanglief. Kein Mensch, der noch bei klarem Verstand war, und auch kein Tier würde diesen Weg einschlagen, doch ihm blieb keine andere Wahl, wenn er entkommen wollte.

Mit zusammengebissenen Zähnen schob er sich näher an die Kante heran, an der es zwar gefährlich steil nach unten ging, aber sicherer war als in zu großer Nähe des Lords von Agendor.

»He! Was ist das?«, rief ein Mann.

Gavyn erstarrte.

Er hielt den Atem an und wagte noch nicht einmal, einen Muskel zu bewegen.

»Was?«

»Ich dachte, ich hätte was gesehen ... Ach, es war nur ein Stinktier.«

Ein Pferd wieherte plötzlich verängstigt, und der Gestank, mit dem sich Stinktiere zur Wehr setzen, zog über den mit Efeu und Farn bedeckten Boden. Gavyns Augen begannen zu tränen, und er hielt den Atem an.

»He, Seamus. Was hast du gemacht? Herr im Himmel, das stinkt! Oh, bei der Liebe Gottes.«

»Heiliger Himmel!«, brüllte einer der Männer, während ein anderer irgendwo in der Nähe hustete, der aber im Dunkeln nicht zu sehen war.

Gavyn verhielt sich ganz ruhig, während er das Stinktier, das solch einen Aufruhr verursacht hatte, dabei beobachtete, wie es im Schatten eines umgefallenen Baumstammes verschwand.

»Schsch!«, ertönte der Befehl.

Gavyns Herz blieb fast stehen, während sich der widerliche Geruch über die ganze Gegend legte. Er kannte das Zischen seines Vaters so genau, als wäre er mit der Schlange aufgewachsen, obwohl er natürlich nie einen Fuß in die Festung des Lords von Agendor gesetzt hatte, sondern stattdessen von der Mätresse des alten Mannes aufgezogen worden war. Er unterdrückte die Übelkeit, die in ihm aufsteigen wollte; denn der Hass, der zwischen ihnen herrschte, war groß.

»Er ist ganz in der Nähe.« Das war wieder die Stimme seines Vaters.

Das zumindest stimmte. Durch das dichte Laubwerk erspähte Gavyn den schattenhaften Umriss eines Pferdebeins, welches so nah war, dass er es hätte berühren und erschrecken können, wenn er die Hand ausgestreckt hätte. Es war das Pferd seines Vaters, ein Hengst mit einer einzelnen weiß gefärbten Fessel. Bei dem bloßen Gedanken, dass der Mann, der ihn gezeugt hatte, der Baron, der ihn verabscheute, der gottverdammte Krieger, der seinen Tod wollte, nur eine Armeslänge von ihm entfernt war, schlug Gavyn das Herz bis zum Hals.

»Ahhh, aber Mylord, dieser Gestank.«

»Er wird Euch nicht umbringen, Badden«, erklärte Deverill ungeduldig, während ein paar Männer, die ein bisschen weiter weg waren, husteten, aber klug genug waren, keine Einwände zu erheben. Badden, der Leibwächter seines Vaters, war ein großer, bulliger Mann, der keine Angst hatte zu sagen, was er dachte, obwohl er häufig genug Deverills Hand oder dessen beißenden Spott zu spüren bekommen hatte.

Gavyn tat einen schnellen, widerlich riechenden Atemzug.

Das Pferd bewegte sich und wühlte dabei trockene Blätter

und Erde auf, als es sich mit klirrendem Zaumzeug im immer dunkler werdenden Licht umdrehte. Gavyn war sich sicher, dass er, wenn er aufschaute, das wütende Gesicht seines Vaters sehen würde, der wegen der hereinbrechenden Nacht zornig war und der Dunkelheit trotzte, um seine Aufgabe zu Ende zu führen.

»Verflucht, ist es dunkel«, gab Deverill zu. »Findet ihn! Findet den Mörder, sofort!«

»Leith sollte bald mit den Hunden und frischen Fackeln zurück sein.« Wieder war es Badden, der den Mut besaß und den geringen Verstand, um erneut etwas zu sagen.

Gavyns Herz gefror zu Eis. Die Angst kroch seinen Rücken hinauf. Die Doggen seines Vaters waren darauf abgerichtet, kein Erbarmen zu zeigen. Während er noch seine Chancen abwog, hörte er in der Ferne schon das erste Bellen der riesigen Hunde mit den langen Reißzähnen.

Ihm blieb nichts anderes übrig, als noch dichter an den Abhang heranzukriechen und sich der Gefahr auszusetzen, dass man ihn entdeckte. Während er mit einem Auge die weiße Fessel des Pferdes seines Vaters im Auge behielt, kroch er geräuschlos weiter. Mit zusammengebissenen Zähnen und schmerzendem Körper bewegte er sich langsam im stinkenden Zwielicht voran.

Dabei raschelte plötzlich ein trockenes Blatt, und das Pferd zuckte zusammen.

Gavyn wagte noch nicht einmal mehr zu atmen.

»Schsch«, zischte der Lord wieder.

Und alles wurde still, nichts regte sich mehr.

Und dann setzten sich die Pferde in Bewegung, um ihn einzukreisen. Gavyn wusste, dass der Baron von Agendor seinen Männern wortlos ein Zeichen gegeben und ihnen befohlen hatte, ihn zu umzingeln.

Er musste fort von hier, auch wenn er dadurch verriet, wo er sich befand.

Mit zusammengekniffenen Augen spähte er in die Dunkelheit und erblickte den großen, gespaltenen Stamm einer Eiche, die am Anfang des Pfades stand.

Jetzt.

Es verging nur ein Augenblick, und schon war er aufgesprungen, um zum Abhang und zu dem tückischen Pfad zu rennen, der im Zickzack Richtung Tal verlief.

»Da«, rief Badden. »Dort drüben!«

Pffft. Ein Pfeil zischte an seinem Ohr vorbei.

Er duckte sich.

Pffft. Wieder flog in der zunehmenden Dunkelheit ein tödliches Geschoss an ihm vorbei.

Er erreichte den Weg, und der Boden bröckelte unter seinen Stiefeln.

»*Verräter*«, brüllte sein Vater.

Er hörte etwas zischen ... und plötzlich wurde er von einem brennenden Schmerz in seiner Schulter nach vorn geschleudert. Er wirbelte gerade rechtzeitig herum, um noch den Lord von Agendor mit erhobenem Bogen zu sehen – der Beweis, dass er derjenige war, der auf ihn geschossen hatte.

War das ein Lächeln, was seine Lippen umspielte?

Es war zu dunkel, um es zu erkennen. Es dauerte nur einen Herzschlag, und dann stürzte Gavyn in die gähnende Dunkelheit der Schlucht.

Isas Tod hatte den Anfang gemacht, dachte Bryanna, als sie unter dem Fallgitter des Tores von Burg Calon hindurchritt und die Festung verließ, die in den letzten Monaten zu ihrem Zuhause geworden war. Als sie das erste Mal durch dieses Tor geritten war, hätte sie die seltsame Wendung der Ereignisse nie vorausgesehen, die die Frau, die ihr beinahe eine Mutter gewesen war, das Leben kosten würden ... noch hätte sie damit gerechnet, auch nach deren Tod von ihrer Stimme verfolgt zu werden.

Bryanna war in Penbrooke geboren und mit vier Geschwistern aufgewachsen: den Brüdern Tad und Kelan und den Schwestern Morwenna und Daylynn. Nach dem Tod ihres Vaters Alwynn hatte Kelan die Erbfolge als Baron auf Penbrooke angetreten, doch Calon, das auch zu seinem Besitz gehörte, wurde zu einer Burg ohne Herrn. Anfangs hatten viele auf Tad geschaut, der fortgegangen war, um für den König zu kämpfen. Doch der junge, leichtsinnige Tad war kaum geeignet, einen Bergfried zu regieren.

Dann hatte Bryannas ältere Schwester Morwenna es gewagt, althergebrachten Traditionen die Stirn zu bieten. Sie hatte darauf beharrt, imstande zu sein, Calon zu führen, und ihr Bruder hatte schließlich widerwillig zugestimmt und ihr eine Chance gegeben. Bryanna war dann nach Calon gereist, um bei ihrer älteren Schwester zu sein, einer eigensinnigen Frau mit schwarzen Haaren, die so ganz anders war als Bryanna. Während eines Hochwassers, bei dem vor kurzem viele ums Leben gekommen waren, hatte Morwenna sich als tapfere und umsichtige Herrin des Bergfrieds erwiesen. Das war für Bryanna keine Überraschung gewesen. Doch dass Morwenna ihre wahre große Liebe auf Calon finden und schließlich heiraten würde, damit hatte keiner gerechnet. Jetzt herrschten sie und ihr Ehemann gemeinsam über den Bergfried.

Und nun war Isa tot, eines der Opfer der schrecklichen Ereignisse, die über Calon hereingebrochen waren. Ihr gewaltsames Ende war der Augenblick gewesen, als der Irrsinn erst richtig begonnen hatte.

Als sie gekommen war, um das alte Kindermädchen noch einmal zu sehen – die arme Isa, tot und kalt, deren Augen blicklos zu den Deckenbalken hinaufschauten –, hatte Bryanna Isas Stimme gehört. So deutlich, wie das Regenwasser durch die Abflüsse rauschte, floss die Stimme der Frau und gab ihr Anweisungen, und Bryanna hörte zu.

Ich werde immer bei dir sein, hatte Isas Geist ihr verkündet. *Du allein von all deinen Geschwistern besitzt den Blick. Vertraue mir, und ich werde dich lehren. Du, Bryanna von Penbrooke, wirst die Hexe genannt werden.*

Jetzt, keine zwei Wochen später, saß Bryanna auf ihrer flinken Stute und dachte, dass sie höchstwahrscheinlich gerade den größten Fehler ihres Lebens machte. Und das war keine Überlegung, die man einfach so abtun konnte. In ihren sechzehn Jahren hatte sie sich schon häufig geirrt, und genauso oft war sie von ihren Dummheiten eingeholt worden. Doch dies – die Wärme und Sicherheit von Calon zu verlassen – schien plötzlich so unbesonnen und dumm, dass sich ihr die Frage förmlich aufdrängte, ob sie wohl allmählich wirklich völlig verrückt wurde.

Wenn die Vision nicht so real gewesen wäre, die Bilder so scharf, die Stimme in ihrem Kopf so laut, hätte sie vielleicht den Gedanken an diese Reise beiseitegeschoben – doch sie konnte es nicht. Und dann waren da noch die Träume, die sie seit ihrer Kindheit begleiteten, Träume von Juwelen, die aus einem nächtlichen Himmel regneten, Träume, die von einem aufwühlend vertrauten Lied begleitet wurden:

Ein Opal für den Punkt im Norden,
Ein Smaragd für den Osten,
Ein Topas für die Spitze im Süden,
Ein Rubin für den Westen.

Sie hatte die Worte nie verstanden – bis heute ...

»Gott steh mir bei«, wisperte sie leise, während der eisige Wind ihr in Nase und Ohrläppchen stach. Alabasters Hufe gruben sich in den festgestampften Boden der Straße und trugen sie auf diese wahrhaft verrückte Reise.

Sie meinte, noch einmal die Stimme ihrer Schwester zu hören, die ein beängstigender Widerhall ihrer eigenen verzweifelten Gebete war. »Bryanna, Gott sei mit dir«, hatte Morwenna gerufen, und ihre Stimme hatte ganz hell im frostigen Wind geklungen.

Bryanna zwang ihre kalten Lippen zu einem Lächeln, als sie sich auf ihrem Pferd noch einmal umdrehte, um Morwenna mit ihrer behandschuhten Rechten zuzuwinken, während sie mit der Linken die Zügel umklammerte. Sie erspähte ihre große, dunkelhaarige Schwester und den Mann, den sie geheiratet hatte. Bryanna spürte bei seinem Anblick ein leichtes Ziehen in ihrem Herzen. Er war größer als seine Frau, besaß breite, starke Schultern, und das fast schwarze Haar fiel über eine hohe Stirn und Augen, die so blau wie der Himmel waren. *Lieber Gott, lass mich ihn nicht begehren. Bitte. Bitte NICHT.* Doch für Gebete war es bereits zu spät. Sie hatte sich schon halb in ihn verliebt.

Dummes, dummes Mädchen.

Nach einem schnellen Blick nach vorn blickte sie wieder zurück zu den mächtigen Steinmauern von Burg Calon, die sich hinter Morwenna und ihrem frischgebackenen Ehemann erhoben. Obwohl durch die riesigen Tore viele Bauern, Dienstboten und fahrende Händler hinein und heraus strömten, blieb Bryannas Blick an diesem Mann hängen, der neben ihrer Schwester stand.

So stark.

So männlich.

So beunruhigend.

Er stand an der Seite seiner Frau und hatte einen starken Arm fürsorglich um Morwennas Taille gelegt.

Wie hatte sie es zulassen können, sich so stark zu ihm hingezogen zu fühlen, wenn er Morwenna doch so offensichtlich liebte? Warum verzehrte sie sich schon nach ihm, wenn sie nur an ihn dachte, warum sehnte sie sich danach, seine Hand in ihrem Haar zu spüren, nach dem Gefühl seiner Lippen auf ihrer Wange? Heilige Mutter Gottes, wie schändlich, wie verabscheuungswürdig war sie eigentlich, dass sie den Gatten ihrer Schwester begehrte? Der Magen drehte sich Bryanna bei diesem Gedanken um, und sie schwor sich im Stillen, dass keiner je ihr Geheimnis erfahren sollte. Sie würde es mit in ihr Grab nehmen.

»Gute Reise, Schwester!« Obgleich er am Tor der Burg stand, hallte seine Stimme bis zu den Hügeln und bohrte sich wie ein Dolch in Bryannas schwarzes Herz.

Schwester. Für ihn war Bryanna nur eines der Geschwister seiner Frau – mehr nicht.

Natürlich sieht er mich so. Er liebt seine Frau. Seine FRAU, Bryanna. Wie böse von dir, es anders zu wollen. Vielleicht, aber nur vielleicht, haben diese Stimmen in deinem Kopf ja recht, diese Stimmen, die darauf beharren, dass du eine Hexe bist. Vielleicht ist dein Herz tatsächlich so schwarz wie ein Obsidian.

Plötzlich schnürte sich ihr der Hals zusammen. Neid durchzuckte sie, und Bryanna hasste sich selbst für ihre garstigen Gedanken.

Trotz der widerstreitenden Gefühle, die in ihrer offensichtlich verderbten Seele tobten, tat sie so, als ob alles so wäre, wie es sein sollte, dass ihr ein großes Abenteuer bevorstand und sie schon bald wohlbehalten zurückkehren würde.

Sie winkte noch ein letztes Mal und drängte die Tränen des Bedauerns zurück, die in ihren Augen brannten.

Sie trieb ihre zierliche Stute zu einer schnelleren Gangart an und spürte, wie ihr Pferd Alabaster, ein Geschenk ihrer Schwester, darauf mit ausgreifenden Schritten reagierte. Bryanna verdrängte alle Gedanken an Calon, Morwenna und *ihn* aus ihrem Kopf. Voller Entschlossenheit drehte sie sich in ihrem Sattel um und blickte nach vorn, wobei sich ihre Augen auf die vereiste Straße richteten, die nach Norden führte. Sie wusste, dass es keine leichte Reise werden würde. Der Wind pfiff um ihre Ohren und zerrte an ihren Haaren, während die trutzigen Mauern von Calon langsam in der Ferne verschwanden.

Fort von ihrer Schwester.

Fort von Calon.

Fort von *ihm*.

Und auf ins Unbekannte.

Denn der Stimme in ihrem Kopf zufolge, die so rein wie eine Glocke klang, der Stimme einer Frau zufolge, die bereits in ihrem Grab ruhte, war es der Norden, wo das Schicksal ihrer harrte.

Wenn sie denn an solchen Unsinn glaubte.

Sechzehn Jahre.

Seit sechzehn langen, unversöhnlichen Jahren war er nun verflucht, seitdem er die Hexe gesteinigt und gesehen hatte, wie sich ihr Geist erhob, um ihn zu verhöhnen. Sechzehn Jahre waren nun vergangen, in denen er den blutigen Fluch ertrug, der wie eine schwere Bürde auf ihm lastete. Er vermeinte, sein Leben in Uffern zu fristen, seiner ganz persönlichen Hölle.

Und doch hatte er überlebt.

Hallyds Hände ballten sich zu Fäusten, während er an den Zinnen von Chwarel stand und in die undurchdringliche Nacht hinausblickte. Er war allein, der Wächter der Ostmauer schlief auf seinem Posten im Turm. Ein Faulpelz war dieser Afal, er besaß schlechte Zähne und eine Vorliebe für Ale. Doch der Mann war loyal, und allein dieser Zug an ihm sorgte dafür, dass er immer noch in Lohn und Brot stand.

Mit gerunzelter Stirn schaute Hallyd Richtung Süden, von wo sie geritten kam. Er spürte, wie sein Blut in einer fiebrigen Erinnerung an seine Jugend aufwallte. Die Jahre waren vergangen, und er war nicht mehr jung, kein Hitzkopf mehr und nicht mehr so leicht in Wut zu versetzen. Mit den Jahren waren Geduld, Kraft und Ausdauer gekommen, die noch durch eine Überzeugung geschärft wurden, die so groß war, dass sie seine ganze Seele ausfüllte.

Und jetzt, endlich, war der Moment gekommen.

Sein Traum vom Dolch war nicht geschwunden, und sein Ehrgeiz, der so zweischneidig war wie die Klinge, würde gleich zwei Zwecken dienen: die Verwünschung aufzuheben und sich die Macht des Heiligen Dolches zu eigen zu machen.

Sie näherte sich.

Bryanna.

Die Tochter der Hexe.

Als er durch eine der Schießscharten der Außenmauer sah, bemerkte er den aufsteigenden Nebel und hörte in der Ferne Hufschläge, deren gleichmäßiger Rhythmus wie ein schlagendes Herz durch seinen Kopf hallte.

Sie kam immer näher, ihr Pferd galoppierte auf ihn zu.

Quecksilbrige Wärme ließ sein Blut schneller fließen, und er leckte sich über die Lippen. Seine Nasenflügel bebten, und er hätte schwören können, ihren Geruch im leise wehenden Wind zu erahnen. Ein frischer Duft mit einem Hauch von Lavendel und Moschus stieg zu ihm auf, ließ seinen Schwanz steif werden und erotische Bilder in seinem Kopf entstehen.

Der kalte Winterwind war schneidend, ein eisiger Hauch, der noch mehr Schnee ankündigte, während er den Nebel vertrieb. Seine Lippen waren aufgesprungen, als er sie wieder mit seiner Zunge befeuchtete und an ihre zarte, alabasterweiße Haut dachte, an ihre strahlend klaren Augen, die an geschliffene Smaragde erinnerten. Sie war es.

Er lächelte in sich hinein und gestattete sich einen Griff an sein immer größer werdendes Glied. Oh, was er mit ihr machen würde. Er hatte so lange gewartet, und jetzt, bald ... so bald ... würde er sie nehmen. Er stellte sich vor, wie er das erste Mal ihren festen, nachgiebigen Körper berührte, dann überlegte er, was für ein Gefühl es sein würde, mit Zähnen und Zunge über ihren Rücken zu ihrem Hintern zu streichen, an dem er dann knabbern würde, ehe er sie umdrehte, um sich ihren Brüsten zuzuwenden. Sie würde sich ihm entgegenwölben, mehr von ihm verlangen, keuchen und sich winden, während er mit den Zähnen ganz leicht an ihren Brustwarzen zog. Aufschreiend würde sie das erste Mal eine Ahnung von der Bestrafung bekommen, die ihr bevorstand, wenn ein bisschen Blut hervortrat, ehe er ihre Beine spreizte und mit Gewalt in sie eindrang.

Dann kam das Decken. Hart. Schnell. Wie die Tiere. Im Geiste stellte er sich ihren Rücken vor, der sich unter ihm bewegte, wobei sich seine Daumen fast berührten, während seine Hände ihre Taille umspannten und sein Schwanz in ihren heißen, nassen Körper stieß. Und dann, in jenem einen Augenblick, wenn Schicksale sich kreuzten und er seinen Samen tief in ihr verströmte, würde er seinen Kopf zurückwerfen und vor Ekstase aufschreien, während er sie zu der Seinen machte.

Rechtmäßig zu der Seinen machte.

Aber damit würde es nicht zu Ende sein. Oh nein. Er würde sie wieder nehmen und wieder, bis sie keuchte und völlig erschöpft war. Und dann, bei Gott, würde er sie noch einmal nehmen. Sie würde lernen, was es bedeutete, der Sklave gottlosen Verlangens zu sein. Genau wie er es gelernt hatte.

Ein leichtes Lächeln spielte um seine Lippen, und der Wind strich kühl über sein erhitztes Fleisch, während er in dem Gedanken schwelgte, wie sehr sie ihn wollte. Immer wieder würde sie ihn anflehen, sie zu besteigen. Sie würde sich selbst für das verruchte, heiße Verlangen hassen, das so mächtig war, dass sie sich nach immer mehr sehnte. Er würde mit ihr machen, was er wollte und erst aufhören, wenn er seinen Samen tief in sie eingepflanzt hatte.

»Mylord?«

Erschrocken fuhr er zusammen und wirbelte zu dem Soldaten herum, der offensichtlich aufgewacht war und beschlossen hatte, neugierig herumzuschnüffeln.

»Es tut mir leid, dass ich Euch störe«, erklärte Afal vorsichtig, »doch ich habe mich gefragt, ob vielleicht etwas nicht in Ordnung ist. Denn schließlich seid Ihr normalerweise nachts nicht hier.«

»Ich bin kein altes Weib«, fuhr Hallyd ihn an. Was bildete sich dieser Dummkopf eigentlich ein!

»Nein, Mylord, ich weiß, doch normalerweise brütet Ihr nicht mitten in der Nacht vor Euch hin...«

»Vor mich hinbrüten?«, wiederholte er, während er eine Hand zur Faust ballte und es unter seinem Auge zu zucken begann. »Verflucht, Afal, ist das hier etwa nicht meine Burg? Kann ich nicht einen Spaziergang auf dem Wehrgang machen?« Eigentlich sollte er dem Idioten hier und jetzt eine Ohrfeige verpassen.

Und davon abgesehen log der Mann, denn Hallyd war immer erst nachts auf den Beinen. Seit dem Tage, da er mit dem Fluch belegt worden war, brannte das Tageslicht in seinen Augen und trieb ihn nach drinnen. Nur an den dunkelsten Tagen des Winters wagte er es, aus den Schatten der hohen Mauern der Burg herauszutreten, ehe die Sonne unterging.

»Natürlich könnt Ihr hingehen, wohin Ihr wollt, aber ...«

»Aber *was*?«, wollte Hallyd wissen, während er sich ärgerte, dass dieser erbärmliche Kerl, der ein Wächter sein wollte, es tatsächlich wagte, zu ihm zu kommen und ihn gar anzusprechen.

»Nichts«, sagte Afal, der etwas verspätet erkannte, dass er zu weit gegangen war. Er senkte den Kopf und begann sich wie ein geprügelter Hund, der er in Hallyds Augen auch war, zurückzuziehen. »Ich wollte nur wissen, ob es Euch gutgeht. Und jetzt, jetzt begebe ich mich wieder auf meinen Posten.«

Und den wären wir Gott sei Dank wieder los, dachte Hallyd, seine Augen zu schmalen Schlitzen zusammengekniffen, während der dicke Soldat wieder zum Turm eilte und seinen Posten bezog, um dann stocksteif dazustehen, als würde er niemals während der Nachtwache ein Nickerchen halten. Doch Hallyd war sich dieser Tatsache nur zu bewusst. Er wusste auch, dass Afal einen kleinen Krug mit Ale an einer Stelle im Turm verwahrte, wo ein Teil des Mörtels herausgebrochen war und sich ein Stein gelöst hatte.

Narr.

Hallyd überlegte noch, ob er den Wächter züchtigen und kopfüber die Mauer hinunterstoßen sollte, aber er konnte es sich nicht leisten, noch einen Soldaten zu verlieren. Und außerdem wollte er dem Priester, der gerade zu Besuch auf der Burg weilte, keine Erklärungen zu dem Toten abgeben müssen; denn der ehrwürdige Mann war auch so schon misstrauisch genug.

Hallyd biss die Zähne zusammen, wandte sich in die entgegengesetzte Richtung und marschierte zum Südturm, wo er durch den Rauch der Binsenlichter, die fast heruntergebrannt waren, die spiralförmige Treppe hinabeilte. Sein eigener Schatten verfolgte ihn, und eine Ratte huschte davon, wobei die winzigen Krallen über den Boden kratzten, als er unten ankam und in den dunklen Burghof trat. Im Licht der vereinzelten Sterne, die am teilweise bedeckten Himmel leuchteten, musterte er die dunklen Hütten und steilen Wände.

Einst war dieser Bergfried eine herrliche Burg gewesen, eine mächtige Festung, in der es vor Dienstboten, Bauern, Freien und Soldaten nur so wimmelte. Jetzt war es nur noch das verfallende, halb tote Gerippe einer früher einmal wehrhaften Feste, nur noch vom Raunen des Fluches erfüllt, mit dem Kambria ihn belegt hatte. Auch nach all diesen Jahren bohrte sich ihm dieser unsägliche Fluch bis ins Mark und hallte von den Brustwehren wider.

Er schritt über das gelb gewordene Gras im Burghof und wäre beinahe über eine herumschleichende Katze gestolpert, die aufheulte, fauchte und dann blitzschnell hinter dem Mörteltrog des Steinmetzen verschwand. »Blödes Vieh.« Voller Wut, dass er wie die Katze zu einem Geschöpf der Nacht geworden war, eilte er die Stufen zur großen Halle hinauf.

»Guten Abend, Mylord«, begrüßte ihn ein Wächter, als er die Tür öffnete. Hallyd trat in den Raum, in dem es nach Rauch, Knoblauch und Schweinefett roch, noch von der letzten Mahlzeit her. Er stürmte die Treppe nach oben und nahm dabei mit seinen langen Beinen immer zwei Stufen auf einmal, während sich sein schwarzer Mantel hinter ihm bauschte. Das war der Moment, in der Mitte der Nacht, wo er sich am lebendigsten fühlte und voller Energie war.

Er lief den Gang entlang, in dem die Kerzen fast herabgebrannt waren, und seine Stiefel hallten hohl vom Steinboden wider. Am Ende des langen Ganges befand sich sein Zimmer mit der hohen Decke, an der die Balken freilagen und in dem immer ein Gefühl von Leere zu spüren war. Vom Feuer war nurmehr Glut übrig, und im blutroten Dämmerlicht trat er an einen Alkoven, in dem seine alte Kutte an einem Haken hing und verstaubte. Die Perlen des Rosenkranzes waren stumpf und immer noch mit Kambrias Blut besudelt.

»Lügnerin«, flüsterte er, während sich seine Finger um die Perlen schlossen und ihr Bild vor ihm aufstieg. Oh Gott, wie sie ihn verfolgt hatte mit ihrem Fluch, der auf alle Zeit in seinen Ohren widerzuhallen schien.

Ihr sollt für immer in der Dunkelheit leben ... Eure schwarze Seele möge bis in alle Ewigkeit verdammt sein ...

Nein, nicht für immer, obwohl sich die letzten sechzehn Jahre doch schon wie mehrere Leben angefühlt hatten.

Denk nicht an die Vergangenheit.
Denk an das, was kommen wird.
Und es beginnt mit Bryanna ...
Denk daran, was du mit ihr machen wirst, wie viel Lust dir ihr zartes Fleisch bereiten wird ...

Seine schlechte Laune verflog, während er sich entkleidete und sich erneut vorstellte, welche Lust er sich von ihrem Körper holen, welche Befriedigung ihm das verschaffen würde.

Er warf seinen Mantel über eine Eckbank und löste dann

die Schnüre an seinen Hosen. Er wurde schon wieder steif, und sein Schwanz drückte sich gegen das Leder, wenn er nur daran dachte, wie die Hexe sein Leben verändern würde. Sie würde dem Dolch seine Zauberkraft zurückgeben und so seine schmerzhafte Blindheit beenden. Durch sie geriete der Heilige Dolch in seine Hand, sodass er Macht über alle Königreiche in Wales erlangte.

Bei dieser Vorstellung rieb er mit den Fingern über die Spitze seines Gliedes, und sein Schwanz stellte sich noch steiler auf.

Der Dolch.

Die Macht.

Und noch eine rothaarige Hexe zum Schänden.

Der Gedanke an ihre animalische Paarung beschwor ein so lebhaftes Bild herauf, dass er sich fest auf die Lippe beißen musste und Blut aus ihr hervortrat. Verlangen strömte durch seinen erregten Körper, aber er rang seine sengende Lust nieder.

Die Zeit war noch nicht reif.

»Bryanna«, flüsterte er, während er sein eigenes Blut schmeckte und durchs Fenster das Klappern der Mühle und der Ruf eines Nachtvogels zu hören waren.

Sein Atem ging schnell und flach, beinahe keuchend.

Er hatte das Gefühl, als wären es tausend Jahre, die er hierauf … auf sie … gewartet hatte.

Bryanna.

Vom Schicksal auserkoren.

Nur sie besaß die Macht, den Fluch der Dunkelheit aufzuheben.

Nur sie konnte die verzauberte Waffe überbringen, die ihn auf den höchsten Thron erheben würde.

Seine Finger strichen sachte über sein Glied. Schweißperlen standen auf seiner Stirn. Als er die Augen schloss, konnte er ihren Herzschlag spüren, das Donnern der Hufe ihres Pferdes, das immer näher kam, und oh, dann war da noch die ganz leichte Ahnung, als würde sie jetzt tatsächlich neben ihm liegen. Und er stellte sich ihren heißen, süßen Atem vor, der über seine Haut strich.

Ja, nur allzu bald würde sein Verlangen nach Lust gestillt werden.

Genau wie sein Verlangen nach Macht.

2

Bryanna ritt immer weiter gen Norden.

Ihre Zähne klapperten, und ihre Finger, die die Kapuze zum Schutz gegen den kalten Wind eng um ihren Kopf hielten, waren zu Eisklumpen erstarrt.

Nach drei Tagen, die sie nun schon von Calon weggeritt, wusste Bryanna, dass sie niemals auf die Stimmen in ihrem Kopf gehört hätte, wenn nicht diese abscheuliche Tatsache gewesen wäre, dass sie im Grunde weglief, weil sie in den Ehemann ihrer Schwester verliebt war. Nie im Leben hätte sie auf diese Stimmen gehört!

Aber was war mit den Visionen? Den seltsamen Träumen?

Sie biss die Zähne zusammen und verdrängte die Bilder, die durch ihren Kopf flogen. Von Edelsteinen, die vom Himmel regneten, und einer rothaarigen Frau auf einem galoppierenden Pferd. Völlig in ihren Gedanken versunken, bekreuzigte sie sich mit der Hand, die die Zügel umklammerte.

Während sie ihre Stute die ausgefahrene Straße entlangtrieb, überlegte sie wohl zum hundertsten Mal, ob sie langsam, aber sicher den Verstand verlor. Während Alabaster leichtfüßig an einem brachliegenden Feld, das bereits gepflügt war, vorbeigaloppierte, fragte sie sich, warum sie von solch lebhaften Alpträumen voll finsterer Omen und juwelenbesetzter Dolche heimgesucht wurde.

»Verflixt und zugenäht«, murmelte sie, als sie an einer Weggabelung Richtung Nordwesten weiterritt, wo zwei Jungen mit laufenden Nasen und Wollmützen einander mit Schneebällen bewarfen, während ihre schwangere Mutter am Lederzügel eines müden Esels zerrte, der mit Astbündeln beladen war.

Wenn sie einmal genauer darüber nachdachte, dann begleitete sie dieser Fluch schon so lange, wie sie denken konnte – eine Eigentümlichkeit, die sie von anderen, besonders ihren Geschwistern unterschied. Aus dem Grab hatte zwar noch nie zuvor jemand zu ihr gesprochen, doch die Menge an Vorahnungen, die sie in ihrem Leben bisher gehabt hatte, ging über das normale Maß hinaus. Als Kind hatte sie mit Freunden gespielt, die nur sie sehen konnte – Menschen und Tiere, die sie für so wirklich hielt wie jene, die auch andere sehen konnten.

Ihre Brüder, älter und jederzeit bereit, sie aufzuziehen, hatten sie erbarmungslos geneckt, wenn sie von den Freunden sprach, die sie nicht sehen konnten. Tad und Kelan hatten sich immer einen Spaß daraus gemacht, sie so sehr zu quälen und in Verlegenheit zu bringen, dass sie jedes Mal kurz davor stand, in Tränen auszubrechen. Doch sie war immer klug genug gewesen, sie zu unterdrücken, um nicht aufs Neue ausgelacht zu werden.

Ihre Schwestern waren nicht besser gewesen. Daylynn, das Kleinkind, hatte gekichert, obwohl Bryanna den Verdacht hegte, dass ihre jüngere Schwester die Scherze gar nicht verstanden hatte. Doch Morwenna, die älteste Tochter, hatte es Bryanna regelmäßig bedauern lassen, dass sie auch nur einem ihrer Geschwister vertraut hatte.

»Das ist so ein Blödsinn«, hatte Morwenna ihr Vorhaltungen gemacht, während sie auf ihren Pferden langsam durch den Obstgarten ritten und ein paar vergessene Winteräpfel pflückten, die noch an einem Baum hingen, der keine Blätter mehr hatte. Sie waren gerade im äußeren Hof der Penbrooke-Festung gewesen. Der winterliche Himmel hatte sich stahlgrau über ihren Köpfen gespannt, und die Luft roch frisch, obwohl ein Hauch von Dung und Rauch zu spüren war. Die Esse des Hufschmieds hatte hell geleuchtet, und seine Hammerschläge dröhnten laut über den Hof, während er ein Hufeisen auf dem Amboss bearbeitete. Ein schwitzender Stalljunge hatte eine Karre zum Tor hin geschoben, auf der sich dreckiges Stroh und Mist türmten.

»Ist jetzt jemand in deiner Nähe?«, hatte Morwenna gefragt, die auf ihrem Wallach, einem großen Braunen mit einer weißen Fessel saß. »Ich meine, einer von diesen Freunden, von denen du geredet hast?«

Bryanna, der langsam aufging, dass vielleicht auch ihre Schwester sie verspottete, nickte langsam. »Ja«, hatte sie gesagt und dabei ihr Kinn trotzig angehoben. »Ein paar.«

»Wirklich?« Ihre ältere Schwester hatte von ihrem Apfel abgebissen, dann die Nase gerümpft und das wurmstichige Stück ausgespuckt. »Nun, *ich* kann weder sie oder ihn noch sonst jemanden sehen, also ist auch keiner da.« Morwenna hatte die Augen zusammengekniffen, als eine Krähe herbeigeflogen kam und sich auf einen der kahlen Äste setzte. »Du versuchst doch nicht etwa, mich zu necken, oder? Du denkst dir das alles nicht aus, um dich auf meine Kosten zu amüsieren?«

Bryanna hatte unter dem stechenden Blick ihrer älteren Schwester schlucken müssen, doch dann hatte sie den Kopf geschüttelt. »Sie sind hier bei mir. Bei uns.«

Morwenna hatte ungläubig eine ihrer dunklen Augenbrauen hochgezogen.

»Hier? Wo?«, hatte Morwenna gefragt. »Mit bei dir auf deinem Pferd?«

»Natürlich nicht«, hatte Bryanna spöttisch erwidert. »Warum sollten sie auf meinem Pferd sitzen?«

»Tja. Ich weiß nicht, mein Gänschen. Warum erzählst du es mir nicht?«

Bryanna hatte einen gelangweilten Seufzer ausgestoßen. »Wolf ... er ist da und schaut hinter dem Baum da hervor. Nein, nicht der ... der da drüben, beim Schafpferch.« Sie hatte auf den knorrigen Stamm des Baumes gezeigt. »Und dann ist da noch Lil. Sie ist schüchtern und versteckt sich da drüben, neben dem Brunnen.«

Als Morwenna ihren Blick auf den Brunnen neben den Stallungen gerichtet hatte, war Bryanna sicher gewesen, dass sich Lil, ihre stille Freundin, zeigen würde. Stattdessen hatte sie nur schüchtern hinter dem Holzeimer hervorgelugt, der an einem dicken Seil baumelte und knarrte, als er im Wind hin und her schwang.

»Lil?«, hatte Morwenna mit honigsüßer Stimme wiederholt. »Ist sie auch ein Wolf?«

»Natürlich nicht! Sei doch nicht so dusselig.« Bryanna warf ihr Haar zurück. »Lil ist ein Mädchen.« Voller Ungeduld angesichts des offenen Spotts ihrer älteren Schwester, hatte Bryanna ihrer Freundin zugewunken. »Lil, komm mal raus.« Aber das Mädchen war, wie gewohnt, verschwunden, als Bryanna nicht hingeschaut hatte. »Oh, jetzt ist sie weg und hat sich wieder versteckt.«

»Himmel noch mal, Bryanna, du bist wirklich übergeschnappt.« Morwenna war ärgerlich und gleichzeitig besorgt gewesen. »Da ist weder ein Wolf noch ein Mädchen, das sich wie ein Dieb hinter dem Brunnen versteckt.« Um ihrer Meinung Nachdruck zu verleihen, hatte Morwenna ihren halb aufgegessenen Apfel Richtung Brunnen geworfen, wo er den Eimer traf, der daraufhin in die Tiefe fiel, während sich das Seil abwickelte und dabei wie eine sterbende Schlange wand.

Wolf huschte aus seinem Versteck hinter dem Brunnen davon. Bryanna hatte der kleinen weiblichen Wölfin mit dem auffälligen struppig-schwarzen Fell um den Hals, das sich von ihrem übrigen silbernen Pelz abhob, flehentlich hinterhergeschaut. Der Junge, den sie nicht erwähnt hatte, der mit dem dichten Schopf schwarzer Haare und den beunruhigenden silbrigen Augen, hatte sie angeschaut, bevor er sich hinter einen hoch aufgetürmten Strohhaufen stürzte. Natürlich hatte Morwenna auch ihn nicht sehen können. Wenn es um die Freunde ging, schien es so, als wäre Morwenna so blind wie der alte Mönch, der ganz allein im Südturm lebte.

»Hör mir mal zu, Bryanna. Ich weiß zwar nicht, warum du darauf beharrst, diese Leute und Tiere zu sehen, aber das muss aufhören. Es ist peinlich. Du bist jetzt sieben Jahre alt, fast schon acht, und alle hier auf der Burg reden darüber, wie seltsam es ist ... wie seltsam du bist.«

Bryanna hatte eine zornige Haltung eingenommen.

»Ich will ja nicht unfreundlich sein, aber ...«

»Doch, du willst.«

Morwenna hatte ihren Blick zum Himmel gerichtet, als würde sie die sich zusammenziehenden Wolken betrachten. »... es ist nun einmal die Wahrheit. Ich will, dass du damit aufhörst. Du beunruhigst Mutter damit, und auch Isa. Und jetzt komm, sei nicht wütend auf mich. Sei nur bitte um Mutters willen nicht so verrückt.«

»Bin ich nicht.« Aber Bryanna hatte mehr als nur einen leichten Stich des Schuldbewusstseins verspürt, als sie an ihre Mutter dachte.

»Gut.« Morwenna hatte genickt, als wäre sie zufrieden. Dann hatte sie die Zügel ihres Pferdes angezogen. Der große Wallach machte ein paar Schritte zur Seite. »Wer als Erster beim Fallgitter ist!«

»Das wird dem Hauptmann der Wache nicht gefallen.«

Morwennas Augen hatten gefunkelt, und ein verschmitztes Grinsen hatte sich auf ihre Lippen geschlichen. »Ich weiß. Umso besser. Sir Hennessy ist so ein alter Langweiler.«

Bryanna hatte gelacht, als Morwenna sich nach vorn gebeugt und ihre Beine fest in die Flanken ihres Pferdes gedrückt hatte. Ihr Pferd schoss nach vorn und raste davon.

Bryanna war ihr auf ihrem kleineren Pferd hinterhergejagt, wobei ihr Haar im Wind flatterte und das aufregende Wettrennen ihr Herz laut pochen ließ.

Sie hatte natürlich verloren. Sie hatte alle Wettkämpfe verloren, wenn sie gegen ihre ältere Schwester antrat. Doch Bryanna hatte ihre Lektion gelernt. Von jenem Tage an hatte sie keinen Ton mehr über die besonderen Freunde gesagt, die sie besuchten. Sie hatte so getan, als würde sie nur sehen, was auch ihre Geschwister bemerkten, und im Laufe der Jahre waren diese ätherischen Freunde – der Wolf, Lil und der Junge – immer mehr verblasst, sodass sie irgendwann entschieden hatte, dass sie wohl nur eine Ausgeburt ihrer gelangweilten Fantasie gewesen waren.

Bis vor kurzem.

Als Isa, das alte Kindermädchen, gestorben war und angefangen hatte, zu Bryanna zu sprechen.

Schlimmer noch! Isa war als Tote genauso herrisch wie damals, als sie noch am Leben gewesen war!

»Das ist ein Fluch«, murmelte Bryanna, während Alabaster mit donnernden Hufen förmlich über den gefrorenen Boden hinwegflog und dabei Erdbrocken aufwarf, als sie an zwei Jägern vorbeiritt, die aus der entgegengesetzten Richtung kamen. Hinter dem Sattel des einen lag ein ausgeweidetes Reh, während der andere einen dicken Sack dabeihatte, in dem bestimmt Hasen und Eichhörnchen, vielleicht auch ein Fasan oder eine Taube steckten.

Oh, es war bestimmt eine Riesendummheit, die sie hier beging.

»*Sorge dich nicht, Bryanna, es ist dein Schicksal.*« Isas Stimme hallte glockenklar durch Bryannas Kopf.

»Das ist nichts weiter als die Narretei einer verrückten Frau«, nörgelte sie leise vor sich hin.

Die Frau kam des Nachts, in seinen Träumen zu Gavyn. In jenem Moment zwischen Wachen und Träumen, kurz bevor er aufwachte.

Die Frau hatte eine blasse Haut und flammend rotes Haar und Augen, die so dunkelblau wie das Meer waren. Während sie auf einem Pferd, so fahl wie das Mondlicht, durch die Wolken ritt, sang sie leise ein Lied, das sanft durch seinen Geist wogte und den Schmerz linderte, der durch seine Muskeln zuckte.

Jung und schön, lebhaft und außergewöhnlich wie sie war, schien sie sich seiner nicht bewusst zu sein, während das Pferd mit grauen Fesseln, die durch die duftigen Wolken schnitten, vorbeigaloppierte. Die Hufe schlugen gegen etwas

Hartes, vielleicht Flintstein, denn plötzlich regnete es Funken, Sterne, die kurz aufleuchteten und dann hinter ihr auch schon wieder erloschen.

Kannte er sie? Warum hatte er das Gefühl, ihr schon einmal begegnet zu sein? Als sie verschwand, türmten sich die Wolken auf und wurden dunkler, erst violett, dann silbern, bis da nur noch Dunkelheit war, eine Düsterkeit, in der kein Stern mehr funkelte. In dieser Dunkelheit zuckte wieder dieser unerträgliche Schmerz durch seinen Körper.

Und noch etwas anderes lauerte in diesem Abgrund.

Etwas Böses schlich durch den Schatten, ein übelwollendes Wesen, still und verborgen, doch immer näher und dichter an der Frau, die dort vorüberjagte.

Gavyn versuchte sie zu warnen, versuchte ihr zu sagen, dass sie verfolgt wurde, nein, dass sich jemand an sie anpirschte, doch aus seinem Mund kam kein Laut, und seine Beine waren völlig regungslos. Er konnte noch nicht einmal einen Finger rühren. Nie zuvor in seinem Leben hatte er sich so schwach und hilflos gefühlt, aber nun, da er wie ein Toter dalag, war er vollkommen nutzlos. Für sich selbst. Für *sie*. Und der, der böse war, wusste das. Es hatte vor nichts Angst, dieses gestaltlose Wesen, das solch eine umfassende Kälte mit sich brachte. Seine Gegenwart, seine Aura drohenden Entsetzens legte sich wie ein Würgeband um Gavyns Herz und ließ seine Seele erstarren.

Gavyn war kein Mann, der sich leicht fürchtete, kein Mann, der sich vor dem Tod fürchtete, keiner, der sich je einer Herausforderung entzogen hatte, und doch erfuhr er jetzt, zum ersten Mal in seinem Leben, was Angst und Verzweiflung waren.

Und er konnte nichts tun.

Gar nichts.

Bryanna und Alabaster hatten heute ein großes Stück des Wegs zurückgelegt und waren dabei an Wiesen mit trockenem, gelbem Gras vorbeigeritten.

»Bist ein gutes Mädchen«, sagte sie zu ihrem Pferd und tätschelte ihm den Hals.

Die letzten Nächte waren sie in Gasthäusern, die am Weg lagen, eingekehrt. Obwohl manch ein Wirt die Augenbrauen hochgezogen hatte, wenn sie sich ihm allein genähert und um ein Zimmer gebeten hatte, war sie doch immer gut untergebracht worden, hatte eine Schüssel mit warmem Wasser zum Waschen bekommen und eine Mahlzeit, die aus Bohnen, Fleisch und trocken Brot bestand. Niemand hatte gefragt, warum sie ohne Begleitung unterwegs war – eine Frau, an deren Kleidung und Benehmen die adelige Herkunft abzulesen war –, noch hatte sich ein Dieb nachts in ihr Zimmer geschlichen, um sie auszurauben.

In der ersten Nacht, als sie sich in die raue Gasthausdecke gewickelt hatte und in einen erschöpften Schlaf gefallen war, hatte sie leise Musik gehört, die den Hintergrund zu Isas Stimme bildete, welche so deutlich zu hören war, wie die Regentropfen, die aufs Dach fielen. Isa sagte ihr, dass sie einem fahrenden Sänger begegnen würde, der in die entgegengesetzte Richtung reiste. Nach der Begegnung würde sie sich nach rechts wenden und über eine Brücke reiten.

Natürlich hatte sie den Traum nicht weiter ernst genommen, doch als gegen Mittag der Himmel wieder drohte, seine Schleusen zu öffnen, traf sie auf einen Musikanten, der auf einem Esel ritt und seine Hornpipe auf dem Rücken trug. An der nächsten Kreuzung wandte sie sich nach rechts und überquerte schon bald eine kleine Brücke, die sich über einen tosenden Fluss spannte.

In der nächsten Nacht erschien ihr Isa wieder im Traum,

doch dieses Mal waren ihre Angaben weniger deutlich: sie erwähnte nur einen Falken und den Schwung seines Flügels.

Alles nur Unsinn, dachte Bryanna am nächsten Morgen. Nachdem sie zum Frühstück ein fades Porridge zu sich genommen hatte, holte sie Alabaster aus dem Stall und ritt weiter Richtung Norden. An diesem Tag regnete es zwar nicht, doch es wehte ein scharfer Wind von den Bergen her und pfiff durch die Täler. Die Landschaft war weit zerklüfteter, als sie es kannte, die Städte und Burgen lagen weit auseinander. Während der Tag verging, wurde sie nicht nur hungrig, sondern fühlte sich auch zunehmend einsamer, und als sie einen Falken am bewölkten Himmel erspähte, verfluchte sie innerlich Isa und die Visionen.

Doch als sie mit Alabaster in einen Wald hineinritt, behielt sie den über ihr schwebenden Falken, dessen gesprenkelte Brust kaum noch zu erkennen war, weiterhin im Auge. Sie hatte keinen anderen Führer als den Falken, der über einem wenig benutzten Weg flog, der immer tiefer ins Dunkel des Waldes führte.

Es war nur wenig mehr als ein Wildpfad, und es erschien ihr lächerlich, diesem Weg zu folgen. Bryanna sagte sich, dass sie umkehren und nach Calon zurückreiten sollte, zugeben, dass sie in Morwennas Ehemann verliebt war, um dann still leidend hinzunehmen, dass man sie nach Penbrooke zurückschickte. Wäre es denn so schlimm, sich wieder dem Haushalt ihres Bruders Kelan einzuordnen?

Und was dann? Sollte sie sich von ihm mit irgendeinem benachbarten Edelmann verheiraten lassen? Damit sie dann alles tat, was er wollte, und ihm Erben gebar? Ist es das, was du willst? Herrin in einem Schloss sein, an einen Mann gefesselt, den du nicht liebst?

Oh, Morrigu, das würde Kelan ihr doch bestimmt nicht antun.

Was könnte er andererseits schon mit ihr und ihren Visionen anfangen, ihren Träumen, in denen alte Frauen zu ihr sprachen? Sogar Kiera, seine Frau, würde denken, dass Bryanna verwirrt sei.

Nein, sie konnte nicht nach Penbrooke zurückkehren.

Und auch nicht nach Calon.

Während das Pferd mit sicherem Tritt durch das Zwielicht trabte, wanderten ihre Gedanken wieder zum Ehemann ihrer Schwester zurück. Gütiger Himmel, warum konnte sie nicht aufhören an ihn zu denken? Warum musste sie unter diesen quälenden Gefühlen leiden? Warum, um alles in der Welt, jagte sie einem so verrückten Traum hinterher, wenn sie doch auch einfach umkehren und nach Hause zurückreiten konnte? Ihr Magen knurrte, und sie dachte an die Fasanenpasteten des Kochs, an Eier in Aspik und geräucherten Aal. Ihr lief das Wasser im Munde zusammen, und sie rief sich das Lachen und den Frohsinn der Weihnachtsfeiertage in Erinnerung, das Tanzen und Singen und ihr großes Zimmer mit dem warmen, lustig flackernden Feuer und das weiche Himmelbett. Sie sollte umkehren. Im hellen Licht des Tages besehen, sollte sie diese dumme Idee vergessen, nach Calon zurückkehren, Richtung Süden und ...

»*Nein, Bryanna, enttäusche mich nicht. Du musst das Kind retten*«, sagte Isas Stimme, die in Bryannas Geist widerhallte und ihr Herz verstummen ließ.

Jetzt ging es also um ein Kind.

Das war Unsinn.

»Welches Kind?«, fragte sie laut, und ihre Stimme wurde von den Berghängen zurückgeworfen. Warum war sie überhaupt dem Falken gefolgt? Da war sie einfach einem Vogel hinterhergeritten, einen zugewucherten, selten benutzten Pfad entlang. Hatte sie denn völlig den Verstand verloren?

»Ich habe dich gefragt, welches Kind, Isa!«

Aber natürlich zog Isa es vor, nicht zu antworten, und Bryannas Frage kam als Echo zu ihr zurück. Alabaster schnaubte, und Wind kam auf, als hätte das alte Kindermädchen ihn heraufbeschworen, damit er Bryanna ins Gesicht blies und ihr Haar durcheinanderbrachte.

Ihr Stolz hatte sie davon abgehalten, auf Burgen eine Unterkunft zu erbitten und damit Freunden der Familie zur Last zu fallen. Nein, sie jagte einer Sache hinterher, die viele wohl nur als reine Narretei betrachten würden. Was sollte sie sagen, wenn sie ohne Eskorte oder Begleitung plötzlich auf einer befreundeten Burg auftauchte? Der Herr würde misstrauisch sein, die Dame des Hauses Fragen stellen, und die Dienstboten würden an den Schlüssellöchern lauschen.

»Verflixt und zugenäht«, brummelte sie, als sie plötzlich eine Hütte erspähte, die wohl einst einen Bewohner gehabt hatte, nun aber nurmehr eine Ruine war. Das Dach war eingestürzt, und eine Wand fehlte. Es war ein armseliger Unterschlupf, aber zumindest würde er sie ein wenig vor dem Graupelschauer schützen, der mittlerweile eingesetzt hatte.

Sie stieg ab, zerrte den Sattel herunter, die Pferdedecke und ihre eigene zusammengerollte Decke. Dann löste sie die Ledertaschen, die sie am Sattel festgezurrt hatte, ehe sie sich um die Stute kümmerte. Das Gras hier am Waldrand wuchs nur spärlich, doch Bryanna hatte ein bisschen Hafer aus den Lagern von Calon mitgenommen und unterwegs einen kleinen Tornister gekauft.

Sie gab Alabaster Wasser aus dem Bach, der nahe der verfallenen Hütte vorbeifloss, und eine Futterration, die bis zum nächsten Tag reichen würde, bis sie etwas Besseres für sie beide auftrieb. Sie war nicht mittellos. Sie hatte sogar mehr Geld bei sich, als sicher war, doch sie ging vorsichtig damit um, denn wenn es ihr ausging, hatte sie nichts mehr.

Ach, das war wirklich eine dumme Idee, die Ausgeburt der Fantasie einer toten Frau.

Oder der Dämonen in deinem Kopf, Bryanna.

Kamen sie nicht zu dir, während du dich in den Tiefen der dunklen Gänge des Bergfrieds verstecktest? Ja, du hieltest Nachtwache, wartetest darauf zuzuschlagen, batest Morrigu um Kraft, wenn die Visionen kamen.

War es wahr?

Oder nur eine Ausgeburt deiner Fantasie?

»Hör auf!«, sagte sie laut zu sich selbst.

Alabaster wieherte leise in der Hütte, wo sie angebunden war.

Der Wind blies kräftig, während Bryanna trockenes Moos und Zweige suchte, um daraus ein armseliges kleines Feuer in der Kochstelle der Hütte zu entzünden. Dann ging sie zum Bach, spritzte sich ein bisschen vom eiskalten Wasser ins Gesicht und wusch sich die Hände, während sie sich fragte, wie es wohl wäre, wenn sie tatsächlich den Verstand verlor. Würde sie es überhaupt bemerken? Könnte es noch schlimmer sein als der Wahnsinn der letzten Wochen?

Sie kehrte in die Hütte zurück und stocherte in dem kleinen Feuer herum. Während sie die Schatten betrachtete, die auf die windschiefen, verwitterten Wände fielen, hörte sie Isas Stimme so deutlich, als würde sie neben ihr stehen.

»*Hab keine Angst, Bryanna*«, sagte die alte Frau.

»Hm. Das kannst du leicht sagen. Du bist schließlich schon tot.«

»*Und jetzt musst du deine Bestimmung erfüllen.*«

Bryanna holte ein Stück gedörrtes Fleisch aus ihrer Ledertasche. »Woher soll ich wissen, dass ich dir trauen kann?«

»*Ach, Kind, war ich nicht dein Kindermädchen? Deine Gefährtin? Habe ich mich nicht immer um dich gekümmert?*«

»Aber du bist tot. Ich habe dich selbst gesehen. Ich habe deinen kalten Körper berührt. In deine blicklosen Augen geschaut.« Bryanna zitterte, als sie sich wieder an die Nacht erinnerte, in der sie das alte Kindermädchen auf dem Tisch des Medikus hatte liegen sehen. Isas blasse Augen hatten zu den Deckenbalken aufgeschaut. Das war der Moment gewesen, in dem die Stimme das erste Mal zu Bryanna gesprochen und ihr gesagt hatte, wo die Sachen waren, die Isa vor anderen verborgen hatte.

Nimm sie, sie gehören dir, hatte Isa zu ihr gesagt, obwohl sich die Lippen der alten Frau natürlich nicht bewegt hatten und die Stimme nur in Bryannas Kopf zu hören war.

Isa hatte eine Tasche um die Taille getragen und eine Kette mit ihrem Talisman um den Hals. Die Stimme hatte Bryanna aufgetragen, diese beiden Sachen von Isas totem Leib zu nehmen und zu behalten.

In der Tasche waren Kräuterfläschchen gewesen, Kerzenstümpfe und farbige Bändchen. Bryanna hatte dies alles an sich genommen, auch die Sachen, die sie in Isas Hütte versteckt gefunden hatte. Isas Stimme hatte ihr aufgetragen, eine Leiter gegen den Pfosten zu lehnen, der das Dach trug, und dort, auf einem Querbalken, von unten nicht zu erkennen, war in das dicke Holz ein kleines Geheimfach eingelassen. In dieser Höhlung hatte Bryanna den Dolch entdeckt, der in ein Stück Hirschleder eingeschlagen und mit einem Riemen verschnürt war. Bei dem Messer handelte es sich eigentlich nur um eine stumpfe Stahlklinge – das Heft war angelaufen und rostig mit leeren Fassungen, in denen sich früher einmal Edelsteine befunden hatten.

Jetzt, während der Nachtwind durch die dünnen Wände pfiff, erinnerte sie sich daran, wie sie sich anfangs vor den Worten der alten Frau gefürchtet hatte, wie sie zurückgeschreckt war, als sie Isas kaltes Fleisch berührte, erinnerte sich, dass sie eigentlich nur aus Neugier Isas Bitten gefolgt war und dass diese Neugier zu dieser Reise geführt hatte.

Im Schein des Feuers öffnete sie eine der Taschen, die sie bei sich trug, und griff hinein. Ihre Finger berührten die Geldbörse, doch sie schob sie beiseite und stöberte weiter, bis sie das weiche Hirschleder zu fassen bekam, nach dem sie gesucht hatte. Auf einem glatten Stein sitzend, zog sie das zusammengerollte Stück Leder heraus und schnürte den Riemen auf. In den Falten des Leders lag ein Dolch, klein und widerlich mit einer bösartig gekrümmten Klinge. Wenn sie ihren Träumen Glauben schenken konnte, war diese Waffe einst wunderschön und an ihrem beinernen Griff mit kostbaren Edelsteinen besetzt gewesen.

Sie nahm das Heft in die Hand, als wolle sie das Gewicht der Waffe prüfen. Dann vollführte sie plötzlich einen Stoß mit der kleinen Waffe, als würde sie jemanden oder etwas angreifen. Ja, sie hatte diesen Dolch häufig genug in den Träumen gesehen, die Nacht für Nacht zu ihr kamen. Doch in ihren Visionen war die Klinge immer glatt und glänzend gewesen und der Griff mit Edelsteinen besetzt, die strahlend funkelten.

Verlockend. Anders als jetzt.

Als Bryanna noch ein Kind gewesen war, hatte Isa ihr immer Geschichten von einem magischen Dolch erzählt, einer Waffe, die in einer Prophezeiung aus alten Zeiten erwähnt wurde. Wie hieß es da noch? Aus der Dunkelheit kommend, geboren vom Licht ... So ungefähr.

Wie immer versetzte die Klinge Bryanna auch diesmal in einen Zustand der Unruhe. Deshalb legte sie den Dolch beiseite und strich das Hirschleder glatt, um die verblassten Zeichen darauf zu betrachten. Sie runzelte die Stirn, während sie sich konzentrierte; denn sie war sicher, dass es sich bei den Linien auf dem alten Leder um eine Karte handelte, eine Karte allerdings, die sie nicht enträtseln konnte, bis auf den Punkt, der einen Weg gen Norden markierte. Sie biss sich auf die Unterlippe und versuchte den Schnörkeln und Linien irgendwelche Hinweise zu entnehmen. Ein Fluss vielleicht, hier am östlichen Rand? Berge im Nordwesten? Es war unmöglich zu erkennen.

Doch irgendwie war dieses Stückchen Hirschleder ihr vermaledeites Schicksal.

3

Morwenna kam sich wie eine Verräterin vor.

Nein, sie *war* eine Verräterin.

Sie biss sich auf die Unterlippe, während sie ihren schlafenden Ehemann betrachtete und dann vorsichtig aus dem Bett glitt. Der Tag war längst noch nicht angebrochen, und der Mann, den sie geheiratet hatte, schlief tief und schnarchte dabei leise, ohne zu ahnen, dass sie dabei war, seinen Worten zuwiderzuhandeln.

Mort, ihr Hund, stand auf, um ihr zu folgen, doch sie scheuchte ihn zu seinem Platz auf dem Bett zurück, wo er sich widerwillig zusammenrollte. Die dunklen Augen des

Köters folgten jeder ihrer Bewegungen, und sie betete nur, dass er sich nicht wieder rühren oder bellen würde. Es war unbedingt erforderlich, dass ihr Ehemann nicht erwachte.

Vielleicht war irgendetwas ganz und gar verkehrt mit ihr, dass sie die Autorität eines Mannes einfach nicht anerkennen konnte. Vielleicht war sie einfach zu lange die Herrin von Calon, von diesem Bergfried, gewesen, war es gewöhnt, alles selbst zu entscheiden, denn obwohl sie ihren Ehemann von ganzem Herzen liebte, hatte er in dieser besonderen Angelegenheit unrecht. Vielleicht sogar völlig unrecht.

Morwenna würde kein Risiko eingehen, wenn es um das Leben ihrer Schwester ging. Sie schlüpfte in eine alte Tunika aus Wolle und einen dunklen Umhang. Dann ergriff sie die Börse, die sie bereits früher am Tage in eine Tasche gesteckt hatte. Die Münzen klimperten leise, und sie erstarrte, sicher, dass ihr Ehemann davon aufwachen würde. Sie wagte kaum zu atmen und wartete, bis sein Schnarchen sie davon überzeugt hatte, dass er noch tief und fest schlief. Und dann, nachdem sie dem Hund den lautlosen, doch strengen Befehl gegeben hatte, auf dem Bett zu bleiben, huschte Morwenna nach draußen auf den Gang.

Ein paar Kerzen, die nach Talg und Schaffett rochen, brannten noch in ihren Halterungen. Sie flackerten, als sie vorbeiging, und der Luftzug kräuselte die dünnen schwarzen Rauchfäden, die zur Decke aufstiegen. Sie zog die Falten ihres Umhangs um sich und schlich die Treppe zur großen Halle hinunter, wo einer der gefleckten Hunde den Kopf hob, bis er Morwenna erspähte und sich wieder neben den anderen Hunden am fast herabgebrannten Feuer ausstreckte.

Sie hatte nicht viel Zeit.

Bald würden die Dienstboten aufstehen, Wasser holen, Feuer machen, die Kerzen erneuern und Eier einsammeln.

Sie zog sich die Kapuze über den Kopf und schlich einen langen Gang entlang, an der Küche vorbei, zu einer Tür, die in den Garten führte. Draußen hing ein feiner Nebel, die winterliche Luft war kühl und feucht, und sie achtete sorgfältig darauf, auf die Steinplatten zu treten, die zwischen den Beeten entlangführten, in denen im Frühling Blumen und Kräuter in üppiger Pracht wuchsen. Jetzt staken aus der nassen Erde nur noch die dornigen Äste der Rosen des letzten Jahres hervor, und in der Luft hing der Geruch von Rosmarin, nachdem sie einen Strauch gestreift hatte.

Als sie nach oben schaute, sah sie auf der Umfassungsmauer einige dunkle Gestalten – die Wachtposten, die zum Schutze der Burg aufgestellt waren. Sie waren daran gewöhnt, auf das achtzugeben, was außerhalb der Burgmauern geschah, und würden nur selten einen Blick in den Burghof werfen. Sie zog ihren Umhang enger um sich und eilte durch das Gartentor zur Kapelle, in der es noch dunkel war; denn der Priester war noch nicht aufgestanden, um seine morgendlichen Gebete zu verrichten.

Sie schlüpfte in die Kapelle und bekreuzigte sich schnell. Ihre Gebete waren unzusammenhängend und voller Zweifel. Ach, dass sie auch das Richtige tat. Ach, dass sie nicht log. Dass sie irgendwann einmal lernte, eine fügsame Ehefrau zu sein.

Das würde natürlich nie geschehen.

In all den Jahren war sie nie dazu in der Lage gewesen, grundlos jemandes Autorität hinzunehmen, sie war völlig außerstande, sich dem Willen irgendeines Mannes zu beugen, sei dieser Mann nun ihr Vater oder einer ihrer Brüder. Ihr ganzes Leben lang hatte sie versucht, es Kelan und Tad gleichzutun, indem sie auf die Jagd ging, mit dem Schwert kämpfte und schließlich über eine eigene Burg regierte. Und jetzt ... jetzt war sie mit einem Mann verheiratet, der sie von ganzem Herzen liebte, der auf ihren Rat hörte, als wäre sie eine kluge Frau, der ohne zu überlegen sein Leben für sie hingeben würde.

Und dennoch handelte sie seinem Willen zuwider.

»Gott steh mir bei.«

Traurigkeit machte sich in ihr breit.

Sie dachte an Bryanna und fragte sich, wo sie wohl war. Was hatte sie von hier fortgetrieben? Bryanna hatte so ausweichend auf die Frage nach dem wahren Grund ihres Aufbruchs reagiert, doch sie war unerbittlich in ihrem Entschluss gewesen. Nichts hatte sie aufhalten können.

»So stur wie ein Ochse«, hatte ihre Mutter, Lenore, häufig vor sich hin gemurmelt. Weder Scham noch Einsperren oder erzwungenes Beten hatten an Bryannas Aufmüpfigkeit etwas geändert oder ihren Willen zur Unabhängigkeit brechen können.

Und so war es gekommen, dass sie davongeritten war, bevor Morwenna Nachricht an ihren Bruder, Kelan von Penbrooke, hatte schicken können, ehe sie Bryanna hatte überreden können, eine Eskorte mitzunehmen ... und ... ach, bei Morrigu. Es war zu spät. Sie schloss die Augen und ließ sich dann auf den kalten Steinboden sinken, um ein schnelles Gebet für die Sicherheit ihrer Schwester zu sprechen. Dann verdrängte sie die Unsicherheit, von der sie erfüllt war, stand auf, machte einen Kniefall vor dem Kreuz, das an der Wand der Kapelle hing, und eilte nach draußen in den dichter werdenden Nebel.

Er würde warten.

Morwenna hatte nie an Selbstzweifeln gelitten, doch sie war auch noch nie dazu gezwungen gewesen, die Menschen anzulügen, die ihr am nächsten standen.

Sie lief schnell um die Kapelle herum, und ihr stockte kurz der Atem, als sie ihn mit einer Schulter an den glatten Steinen der Mauer lehnen sah. Welch eine Ironie des Schicksals, dachte sie, dass er sich dazu entschlossen hatte, sie hier im Schatten der Kapelle zu treffen, dieser wahre Teufel von einem Mann.

Sie redeten nicht.

Sie brauchten nicht zu reden.

Sie hatten bereits genug geredet.

Sie reichte ihm die Börse, und die Münzen klimperten dabei in dem abgenutzten Lederbeutel. Sie wollte sich gerade schon abwenden, als sein gesunder Arm wie eine Viper nach vorn schoss und er ihr Handgelenk packte. Sein anderer Arm hing weiter herunter; er war immer noch steif infolge der Verwundung, die er sich zugezogen hatte, als er den Mörder aufzuspüren versuchte, der Calon terrorisierte.

»Wird es dann genug sein?«, zischte er. »Wird meine Schuld beglichen sein, wenn ich tue, was du von mir verlangst?«

Einen Moment lang dachte sie an all die Lügen, all den Betrug, all den Zorn und an jene, die ihr Leben verloren hatten – nur wegen dieses Mannes. Ihr Blick wanderte zu den Schatten der Kapelle, und sie wusste, dass die Liste seiner Sünden lang war. Er hatte seinen eigenen Bruder erschlagen und sterbend in seinem Blute liegen lassen. Er hatte mit der Ehefrau seines Bruders das Lager geteilt. Carrick versprühte einen solch erregenden Charme, dass er vor Jahren sogar Morwenna verführt hatte, die Leidenschaft mit ihm zu teilen, nur um sie dann zu verlassen, ehe der Tag anbrach.

Morwenna sehnte sich danach, alle Verbindung zu diesem niederträchtigen Schurken abzubrechen. Und doch schien er die einzige Möglichkeit, für die Sicherheit ihrer Schwester zu sorgen. »Tu einfach, was du versprochen hast.« Sie sprach leise, entzog ihm ihre Hand und trat einen Schritt zurück, um für Abstand zwischen ihnen zu sorgen. »Um mehr bitte ich nicht.«

»Für den Moment.«

»Für immer.«

Seine Zähne blitzten in der Dunkelheit auf. Ein schiefes Lächeln, das sie der Lüge bezichtigte. »Du kannst mir nicht mehr trauen, als ich dir trauen kann.«

»Geh zur Hölle«, fauchte sie ihn an.

»Bin ich da nicht bereits?«

Ungerührt erwiderte sie: »Vielleicht.« Sie wappnete sich, trat auf ihn zu und sah in sein hübsches, im Schatten liegendes Gesicht. »Aber es ist eine Hölle, die du dir selbst geschaffen hast, nicht wahr?«

Dann drehte sie sich um und eilte auf den Bergfried zu. Im Stillen betete und hoffte sie, obwohl eigentlich keine Hoffnung bestand, dass ihr Ehemann nicht aufgewacht war. Sie lief beinahe durch den Garten und zum Eingang neben der Küche. Dort hasteten bereits ein paar Jungen herum, die Feuerholz holen sollten. Ein paar Kühe muhten, weil ihre Euter voll waren und ihre Mägen leer, während sie auf die Milchmädchen warteten.

Morwenna eilte die Hintertreppe hinauf, während sie tief im Innern wusste, dass sie einen Vertrag mit dem Teufel abgeschlossen hatte.

Wieder erschien ihm die Frau ... und er wusste nicht, wie viel Zeit zwischen ihren Besuchen vergangen war. Waren es Minuten gewesen oder Stunden, vielleicht Tage gar? Jedes Mal versuchte Gavyn, nach ihr zu rufen, aber es gelang ihm nicht, denn seine Stimme versagte ihm ihren Dienst, und so war er still, während er tiefer in einer Woge der Dunkelheit versank, nachdem der tödliche Schatten, der ihr gefolgt war, ihn nach unten zog.

Sei vorsichtig, dachte er, obwohl er nicht sprechen konnte, und als die Vision vorbei war, fiel er in einen leichten Schlaf, der dünn wie Pergament war. Verschwommen nahm er von allen Seiten Stimmen wahr, er spürte den Schmerz in seiner Schulter, der so schneidend war wie eine weißglühende Klinge, die man ihm ins Fleisch gestoßen hatte.

Und dann waren da kühle Hände.

Die Frau aus seinen Träumen?

Sanft trug sie eine Salbe auf, die einen Großteil des sengenden Schmerzes fortnahm, und drückte ihm etwas an die Lippen … einen Becher. Er nahm einen Schluck von dem Gebräu, das sie ihm gab, doch es schmeckte so widerlich, dass er hustete und spuckte. Dann krümmte er sich, als ein noch nie dagewesener Schmerz durch seine Brust zuckte.

War er lebendig oder tot?

Oder in einer Welt irgendwo dazwischen?

Manchmal nahm er den Duft gebratenen Fleisches wahr, und ihn überkam rasender Hunger. Bei anderen Gelegenheiten spürte er den stechenden Geruch von Urin und nahm an, dass es sein eigener war. Häufig roch er Schweiß, und wenn seine Anfälle von Schüttelfrost von glutheißen schwarzen Wogen abgelöst wurden, dachte er, dass der Geruch wohl von ihm stammen musste. Ab und an hörte er eine Melodie, bei der die Töne nicht ganz getroffen wurden, und das Summen zog durch seinen Kopf.

Jemand pflegte ihn.

Seine Gedanken waren kurz und scharf, wie Scherben zerbrochenen Tonzeugs, und während sie durch seinen Kopf zogen, nahm er nur Ausschnitte aus seinem Leben wahr, winzige Bruchstücke, die keinen Sinn ergaben. Er wusste, dass er auf einer Art Strohlager ruhte, und während die Tage vergingen und ein Teil der Dunkelheit sich lichtete, versuchte er, durch den Morast zu waten, der sein Gehirn war, und die Augen zu öffnen. Doch in solchen Momenten erschien sie auf ihrem kleinen Pferdchen, der Schmerz ließ nach, und er überließ sich wieder der sanften Umarmung der Dunkelheit ...

»Schau, er lebt«, flüsterte eine Frauenstimme in weiter Ferne durch den Schleier der Dunkelheit. »Habe ich es dir nicht gesagt?«

»Ja, du besitzt heilende Kräfte, Vala.« Diesmal war es die Stimme eines Mannes, eines großen Mannes, dem Klang nach zu schließen. »Deshalb habe ich ihn zu dir gebracht, als ich ihn im Wald gefunden habe.«

»Du sagst, er sei vom Bergkamm herabgefallen?«

»Ja, das ist er. Aber er hatte Glück, sein Sturz wurde von Büschen und Zweigen abgefangen.«

»Glück?«, schnaubte sie, während plötzlich ein Schleifgeräusch zu hören war und irgendwo in der Nähe eine Kuh brüllte. »Wenn halbtot zu sein und von Lord Deverills Männern gejagt zu werden Glück bedeutet, ja, dann hat der Junge hier alles Glück in der Welt. Scheint so, als hätte er Deverills Sheriff getötet.«

»Dann finde ich, dass man ihn zum Ritter schlagen sollte und nicht aufhängen.«

»Hmm«, sagte die Frau, während weiterhin das Schleifgeräusch zu hören war. »Vielleicht. Aber sieh ihn dir an. Sein Gesicht ... Bei allen Heiligen, ich bezweifle, dass er je wieder wie er selbst aussehen wird. Seine Nase ist gebrochen, eine Wange zerschmettert. Und sein Auge hier ... Wenn er damit je wieder etwas sehen kann, wäre das ein Wunder. Vielleicht hat er früher mal gut ausgesehen, aber jetzt nicht mehr.«

Gut, dachte Gavyn, dann würde man ihn niemals wiedererkennen. Obwohl der Schmerz durch seine Muskeln und Knochen strömte, wagte er es, ein Auge einen winzigen Spalt weit zu öffnen, sodass er durch seine Wimpern sehen konnte. Obwohl es in der Hütte nicht besonders hell war, schmerzte das Licht in seinen Augen, doch er wollte unbedingt einen Blick auf seinen Retter werfen, oder denjenigen, der ihn gefangen hatte. Vala hatte recht; er konnte nur verschwommen sehen, doch er war in der Lage, Licht und Schatten zu unterscheiden. Als er sich angestrengt konzentrierte, nahm er eine Frau wahr, die mit dem Rücken zu ihm an einer Art Tisch saß. Das lange dunkle Haar war zu einem Zopf geflochten, der bis zu ihrer Taille reichte. Vala war ein mageres Ding – die schlichte Tunika schlackerte um ihren Körper.

Ihr gegenüber saß ein Mann, der seine Beine zum Feuer hin ausgestreckt hatte. Hühner scharrten im Lehmboden der Hütte, und aus den lauten Atemzügen war zu entnehmen, dass am anderen Ende des Raumes, hinter ihm, eine Kuh stand. Doch er traute sich nicht, den Kopf zu drehen.

»Es heißt, dass auf den Mörder des Sheriffs ein Kopfgeld ausgesetzt werden soll«, sagte sie, und Gavyn erkannte an ihren Bewegungen, dass sie dabei war, ein Messer zu schärfen.

Der Mann zupfte an seinen grauen Barthaaren und kratzte sich am Kinn. »Ich will nichts mit Lord Deverill zu tun haben. Je weniger er von uns weiß, Weib, desto besser.«

»Geld ist Geld, ob es nun von einem Reichen kommt oder einem armen Tropf.«

»Blutgeld«, murmelte der Mann.

»Geld, das wir brauchen, Dougal, auch wenn es blutig sein mag. Geld, das wir brauchen.« Ihr schmaler Rücken wurde ganz gerade, und obwohl sie nur halb so groß wie ihr Mann war, konnte man deutlich sehen, dass sie diejenige war, die das Sagen hatte. Gavyn spürte, dass diese Frau dafür sorgen würde, dass er zu seinem Vater geschafft wurde, sobald Geld im Spiel war.

»Und nur darum geht es, nicht wahr, Vala?«, meinte Dougal. »Nur wegen des Geldes kümmerst du dich um ihn. Die ganze Zeit dachte ich, es wäre, weil er so ein gutaussehender Kerl ist«, neckte er sie lächelnd.

»Das ist nicht komisch«, sagte sie und hob dabei das große Messer, um damit über den Tisch hinweg vor der Nase ihres Mannes herumzufuchteln. »Dass du diesen Mörder in der Schlucht gefunden hast, war ein Zeichen von Gott, ja, so ist es. Wir müssen das Richtige tun, Dougal, und ihn dem Baron ausliefern, damit er über ihn richten kann.«

»Warum muss man ihn denn dann überhaupt gesund pflegen?« Dougals Lächeln war verschwunden.

»Weil jeder Dummkopf weiß, dass ein Mann, der gesucht wird, lebendig viel mehr wert ist als tot. So kann sich der Herr selbst eine Bestrafung ausdenken, ein Exempel an ihm statuieren und den Leuten, die auf seiner Burg leben, zeigen, dass er ein gerechter Mann ist, der nicht einmal bei seinem eigenen Sohn Verrat hinnimmt.«

Dougals Blick schoss zu Gavyn. »Er ist der Sohn des Barons?«

»Ein Bastard«, sagte sie, und ihrer Stimme hörte man die Freude am Klatsch über den höchsten Stand an. »Von einer Bäuerin aus Tarth ... manche sagen, einer Hexe.«

»Gütiger Himmel.«

»Und das ist noch nicht alles.« Obwohl Gavyn ihr Gesicht nicht sehen konnte, hörte er das Lächeln der Befriedigung in ihren Worten. »Es geht das Gerücht, dass die Mutter des Jungen von Deverills eigenen Männern umgebracht wurde.«

»Was?«

»Ja. Es heißt, dass die Lady von Agendor, die nun einmal unfruchtbar ist, vor Eifersucht raste, nachdem der Lord von Agendor seinen Samen in die Frau aus Tarth gepflanzt hatte.«

Gavyn wagte kaum zu atmen. Wie konnte es dieses Weib wagen, solch einen Unsinn über seine Mutter zu erzählen. Seine Mutter, eine Näherin aus dem Norden, war eine gute Frau gewesen, die viel zu loyal gewesen war, um ein derartig schreckliches Schicksal zu erleiden.

»Was kümmert mich ein Skandal in Tarth, das so hoch im Norden liegt?«, stotterte Dougal. »Und es würde mich nicht wundern, wenn die Frau von Deverill selbst ermordet worden wäre. Man geht am besten allem, was mit dem Lord von Agendor zu tun hat, aus dem Weg.«

»Dafür ist es zu spät, nachdem sich sein Bastard unter unserem Dach befindet. Überlass es mir. Deverill wird teuer dafür bezahlen, seinen lästigen Sohn in die Finger zu bekommen.«

»Ich weiß nicht ...«, meinte ihr Ehemann nervös.

»Überlass es mir. Dieser Mann hier wird gesucht. Ich habe mich doch nicht für nichts und wieder nichts um ihn gekümmert. Ehe wir ihn gehen lassen, wird er uns noch ein paar Unzen Silber einbringen.«

Es war Morgen. In der Dunkelheit seines Zimmers auf Chwarel hörte Hallyd den Hahn einmal, zweimal, dreimal krähen ... und dann war Stille. In der Burg rührte es sich – die gewöhnlichen morgendlichen Geräusche scharrender Füße und leiser Stimmen. Sogar die verdammten Hunde bellten. Bald würden die Glocken der Kapelle zur Morgenandacht rufen – ein zartes Glockenspiel, das er jeden Morgen und Abend aufs Neue verabscheute, weil es ihn an die Zeiten erinnerte, als er sich als ein Mann Gottes gegeben hatte, ein Anhänger des wahren Glaubens. Es war natürlich alles Schwindel gewesen, wie so vieles in seinem Leben. In den vergangenen sechzehn Jahren, die er als Gefangener ohne Ketten auf seiner eigenen Burg verbracht hatte, war gelegentlich Bedauern in Hallyd aufgestiegen.

Er streifte eine Tunika über und verschnürte seine Beinkleider; er wollte nicht auf den Dienstboten warten, der bald an seiner Tür erscheinen und eine aufdringliche Fröhlichkeit verströmen würde, die Hallyd fast schon körperliches Unbehagen bereitete. War der Mann völlig verblödet? Ständig redete er davon, was für ein herrlicher Tag es doch werden würde, wie viel er zu tun hätte und wie interessant es auf dieser Burg wäre.

Das war alles Blödsinn, mehr nicht, dachte Hallyd, während er seine Stiefel anzog und sich nur zu wohl daran erinnerte, warum er so gestraft, fast geblendet, worden war.

Er war jung gewesen, und das Feuer des Lebens war heiß und schnell durch seine Adern geströmt. Er hatte einen Fehler gemacht und vermeint, er könnte es mit einer Hexe aufnehmen. Jetzt wusste er, dass er sich durch List erwerben musste, was er wollte. Mit Magie ... mit der dunklen Verführung, die sein Vater beherrscht hatte. Glücklicherweise hatte ihm Vannora, die Alte, im Laufe der Jahre vieles beigebracht, und er hatte die Fassade der Frömmigkeit durch ein dunkleres Antlitz ersetzt.

Vannora hatte sich ganz der frevelhaften Kunst verschrieben, und die Macht, die sie ihm gewährte, war ein Geschenk dafür, dass er so bereitwillig seine Seele aufgegeben hatte.

Sie war schon bald, nachdem er seinen Kampf gegen Kambria verloren hatte, auf seine Burg gekommen, und es war

Vannora gewesen, bei der er seitdem in die Lehre gegangen war. Sie war zu seiner Mentorin, seiner Lehrerin geworden, und obwohl er stets ihrem Rat folgte, vertraute er ihr doch nicht völlig. Er war sich sicher, dass sie etwas vor ihm verbarg, Geheimnisse, die mächtigsten Zauberformeln und Flüche aus der anderen Welt.

Doch nicht einmal Vannora hatte es mit all ihrer schwarzen Kunst vermocht, Kambrias Fluch aufzuheben. Nur die, die jetzt im Besitz des Dolches war, würde in der Lage sein, ihn zu befreien.

Als er den Gürtel mit Schlüsselring und Schwertscheide festzog, stieg ihm der Geruch von gebratenem Fisch, Wildbret und Geflügel in die Nase. Also war der Koch bereits an der Arbeit, und die Küchenjungen drehten den Spieß, an denen das Fleisch über dem Feuer brutzelte. Ein süßlicher Duft, der von Hefe zum Gehen des Brotes, stieg zusammen mit dem Geruch von Rauch und Schweinefett auf. Das Essen würde bald auf dem Tisch stehen, und sein Magen begann zu knurren bei dem Gedanken an große Stücke von Aal, Hecht, Wildbret und geschmorten Tauben.

Heute Morgen würde er sein Essen hier in seinem abgedunkelten Zimmer am Feuer zu sich nehmen. Die Läden waren geschlossen, nur durch einige Ritzen drang etwas gräuliches Tageslicht herein, doch es reichte nur, um ihn etwas zu quälen, nicht um ihn richtig zu stören.

An bewölkten Tagen konnte er durch die Ritzen schauen und die Arbeiter bei ihrem Tagewerk beobachten. Hinter den Läden stehend hatte Hallyd sie alle gesehen, das ganze gierige Pack. Er hatte den Waffenschmied dabei beobachtet, wie er die Kettenhemden in Fässern mit Sand reinigte, und gesehen, wie der Mann etwas Stahl für sich selbst abzweigte, oder wie eines der hübschesten Milchmädchen einen Eimer Sahne stibitzte. Er hatte sogar mitbekommen, wie der Hauptmann der Wache seitlich an den Stall gepisst hatte, weil er und der Stallmeister sich um die Müllerstochter geprügelt hatten, eine dunkelhaarige Schlampe, die mit jedem Mann auf der Burg anband.

Die schlichte Wahrheit lautete, dass er niemandem vertrauen konnte.

Seine Spitzel waren nicht besser als die anderen, die ihm scheinbar dienten. Sie wurden dafür bezahlt, seine Augen und Ohren zu sein, doch im Grunde waren sie die faulsten Dummköpfe und die schlechtesten Lügner und Betrüger. Sogar Cael, der ihm regelmäßig über die Hexe Bericht erstattete, war nicht vertrauenswürdig.

Er überlegte, ob er selbst losreiten und sie finden sollte, diese Hexenfrau, die den Schlüssel zu seiner Zukunft in der Hand hielt. Aber bis jetzt hatte er seinen Drang zügeln können, um nicht wieder den gleichen Fehler zu begehen wie vor sechzehn Jahren.

Wenn du also keinem traust, was ist dann mit der alten Hexe? Vertraust du ihr? Könnte es nicht sein, dass sie dich auch anlügt? Sie wirkt wie eine ausgemergelte alte Frau, aber du weißt im Grunde Bescheid, nicht wahr?

»Zur Hölle«, knurrte er und nahm den Krug voller Blut, der in seinem Zimmer stehen geblieben war.

Er stieß die Tür auf und ging schnell den Korridor entlang, in dem die wenigen Kerzen immer noch Rauch verbreiteten, aber nicht hell genug brannten, um in seinen Augen zu schmerzen. Seine Absätze krachten laut auf dem Steinboden, als er in Richtung Südtreppe ging, wo die sich spiralförmig nach unten windenden Stufen von seinem Zimmer im zweiten Geschoss volle fünf Stockwerke in die Tiefe führten. Er eilte nach unten und blieb weder im Söller im ersten Stock noch in der großen Halle im Erdgeschoss stehen, wo die Dienstboten dabei waren, die Tafeln aufzuschlagen.

Stattdessen setzte er seinen Weg in die unteren Bereiche fort, an den Verliesen und Gewölben vorbei in die unterste Gruft, wo ewige Dunkelheit herrschte und er sicher war, dass der Wahnsinn gedieh. Kein Licht drang je von außen in diese dunklen Gewölbe. Wasser tropfte von den Decken und lief an den Mauern herab. Der Rauch der Kerzen stieg nach oben und schwärzte Wände und Decke. Die Geräusche von oben waren nur gedämpft zu vernehmen, als kämen sie aus einer anderen Welt.

Das war geeignet, dachte er, während er durch einen schmalen Gang schritt, der durch ein Verlies und mehrere Grüfte führte. Er ging eine kleine Treppe hinab, die in den Raum führte, zu dem er wollte.

Er zog einen Schlüssel hervor und schloss die Tür zu dem Raum auf, zu dem sonst keiner Zutritt hatte. Deshalb Schlüssel und Riegel. Sie waren nicht dafür gedacht, den Bewohner darin einzusperren, denn das wäre ein unmögliches, lächerliches Unterfangen gewesen, sondern um alle anderen fernzuhalten, damit keiner erfuhr, was sich in dieser Kammer befand.

Der Raum wurde von wenigen Kerzen erhellt. Am nördlichen Ende des Raumes stand ein Tisch, der als Altar diente. Um den Tisch herum war mit Kreide ein Kreis gezogen, und auf der groben Tischplatte standen Kerzen, ein Kelch, eine Glocke und ein Holzmesser mit einem geschwärzten Heft.

»Du bist gekommen, um Antworten zu erhalten«, sagte eine alte Stimme, und da sah er sie auf ihrer schmalen Pritsche am anderen Ende des Raumes liegen. Sie sah aus, als wäre sie hundert Jahre alt, vielleicht sogar hundertundzwanzig. Ihr winziger Körper schien noch ausgemergelter als das letzte Mal, da er sie gesehen hatte, doch das war wohl zu erwarten, nahm er an. Ihre runzlige Haut spannte sich wie Pergament über ihr knochiges Gesicht. Trotzdem weigerte sie sich, woanders als in dieser Höhle zu wohnen, die sie ihr Zuhause nannte, und lehnte es auch ab, sich vom Medikus untersuchen zu lassen. Als Hallyd es das letzte Mal vorgeschlagen hatte, war sie in Lachen ausgebrochen, und man hatte dabei die letzten paar Zahnstümpfe sehen können, die sie noch hatte.

»Ha! Soll dieser Idiot Cedrik etwa meinen Körper untersuchen, als ob er erkennen könnte, welche Krankheit ich habe? Willst du, dass er meine Pisse untersucht? Oder mir seine hungrigen Blutegel auf die Haut setzt? Oder mir ein Abführmittel gibt, dass ich tagelang Bauchkrämpfe habe?«

Sie stieß ein höhnisches Schnauben aus und fuchtelte mit einem knochigen Finger vor Hallyds Gesicht herum. »Der Narr wird höchstens an seinem Bart zupfen, die Stirn runzeln und meinen, dass ich sterbe, was ich natürlich auch tue. Bei Cerridwyn, sogar der schwachsinnige Sohn des Holzfällers könnte erkennen, dass meine Tage gezählt sind! Pah! Nein, rufe nicht den Medikus. *Nie*.«

»Du siechst dahin«, erhob er Einspruch.

»Meine Zeit ist abgelaufen«, sagte sie ohne Bedauern, und er wunderte sich darüber, wie leicht sie ihr Schicksal hinnahm. Er bezweifelte, dass er so bereitwillig gehen würde, wäre er derjenige, der auf der Schwelle zur anderen Welt stand.

Doch andererseits besaß sie Kräfte, über die er nicht verfügte.

Sie verstand die Trennung von Körper und Geist.

Sie atmete und lebte, ohne auf Knochen und Fleisch angewiesen zu sein. Vielleicht war ihr Ende gar nicht so nah, wie sie vorhergesagt hatte, denn obwohl sie ihm zugetan zu sein schien, wusste er nicht, ob er ihr wirklich trauen konnte. Benutzte sie ihn vielleicht wie so viele andere nur für das Erreichen ihrer eigenen Ziele?

Vielleicht war sogar der Anblick ihres ausgemergelten Körpers nur eine Sinnestäuschung.

»Ah, und wieder beginnst du an mir zu zweifeln«, erklärte sie mit mehr Klarsicht, als er erwartet hätte. Unter den Hautfalten, die ihre Lider waren, folgte ihr bleicher Blick seinen Bewegungen, als er um den Altar herumging und zu ihrem Lager kam. »Du bist hier, um in die Zukunft zu sehen«, sagte sie.

»Ja.«

»Wie immer.« Sie hob eine zerbrechliche Hand. »Du hast nie gelernt, dein Schicksal hinzunehmen.«

Er antwortete nicht. Es stimmte.

»Du weißt, dass sie, das Licht, kommt.«

Er nickte, und obwohl das alte Weib fast blind war und auf eigenen Wunsch in dieser Höhle lebte, wusste er, dass sie ihn sehen konnte. Bis zu ihrem letzten Seufzer und vielleicht auch noch danach, sah sie mehr als hundert Menschen zusammen. Oh, wenn er doch ihren Scharfblick hätte. Ihre Macht. Ja, im Laufe der Zeit war sie zwar geringer geworden, doch sie war immer noch ausgeprägter als bei den meisten.

»Ich habe es gespürt, ja. Die Störung.«

»Mmh. Und trotzdem bist du voller Ungeduld.« Sie stützte sich auf einem Arm auf, sodass die Decke nach unten rutschte und noch mehr von ihrem ausgemergelten Körper zu sehen war. Obwohl sie ein Hemd trug, konnte der Stoff ihr ausgezehrtes Fleisch nicht verbergen, die hängenden Brüste, an denen seine Großmutter gestillt worden war.

»Ich habe lange gewartet, Vannora.«

Sie stieß ein Gackern aus. »Nicht annähernd so lange wie ich, Hallyd. Nein. Und du wirst auch noch eine Weile warten. Sie ist auf dem Weg. Es gibt keine Möglichkeit, es zu beschleunigen. Sie hat noch viel zu lernen, ehe ihr euch begegnet.«

»Du redest drum herum.«

»Hm.« Sie widersprach ihm nicht, sondern starrte ihn nur mit ihren unheimlichen, wässerigen Augen an. Diese Augen hatten ihn immer auf der Hut sein lassen, und er hatte sich häufig gefragt, ob er wohl auch solch milchige Augen bekäme, wenn Kambrias Fluch nicht bald aufgehoben wurde. Oder war auch dies, wie er schon früher gedacht hatte, nur eine Sinnestäuschung? Er hatte sie nie das Blut trinken sehen, nahm aber an, dass ihr der Becher Kraft gab.

»Du musst Geduld haben, Hallyd, denn kein Fluch kann vor seiner Zeit aufgehoben werden. Doch bei dir wird es bald so weit sein.« Ihre Finger verkrampften sich um die Decke, und sie blickte nach oben. »Wie auch bei mir. Und jetzt schenke mir ein.« Ein Lächeln zuckte um ihre Lippen, als würde sie an ihre Jugend denken.

Er tat, worum er gebeten worden war, ging zum Altar, und ohne über die weiße Linie zu treten, schenkte er ihr von dem Ziegenblut ein, das er mitgebracht hatte. Die Dienstboten fragten ihn nie danach, warum er immer zwei Tassen voll Blut haben wollte, ehe der Koch daraus Wurst machte, wenn ein Tier geschlachtet worden war. Und er brachte es stets hierher, zu diesem Altar, wo er es in die leere Schüssel goss. Bis auf das tägliche Weißbrot und Haferschleim mit Honig war das alles, um was sie bat. Die Pagen hatten den Auftrag, jeden Tag den Haferschleim und Wasser vor die Tür zu stellen sowie einen sauberen Eimer dazulassen und den Eimer mit Exkrementen mitzunehmen.

Alle in der Burg dachten, sie wäre eine Gefangene.

Nur er kannte die Wahrheit, nur er wusste, dass eher er die Geisel war denn sie.

»Du musst dich nicht nur in Geduld üben, sondern auch vorsichtig sein«, trug sie ihm auf, als wüsste sie tatsächlich von Ereignissen, die noch nicht eingetreten waren. »Es gibt noch andere, die auf sie warten und ihr folgen. Sie sind genauso erpicht auf sie wie du, aber vielleicht entschlossener und zu allem bereit.«

Er glaubte ihr nicht. Keiner konnte sie mehr wollen als er. Keiner konnte so geduldig sein wie er. Keiner war so verflucht wie er.

Bis auf sie.

4

Bryanna saß am Ufer eines Flusses. Die Dämmerung hatte sich auf den Wald herabgesenkt, und der Wind hatte sich gelegt. Die letzten drei Nächte hatte sie hier im Wald geschlafen. Und sie hatte gewartet.

Auf Isa.

Auf eine Vision.

Auf Worte der Ermutigung.

Doch bis auf das leise Rauschen des Windes, der durch die dürren Zweige strich, hatte sie nichts gehört.

Es war, als hätte sie einen schrecklichen Fehler begangen.

»Zum Kuckuck«, murmelte sie. Sie beugte sich im Dunkeln nach vorn und warf das kleine Netz aus, das sie mitgebracht hatte, um damit Jagd auf Fische, Frösche und Aale zu machen, die sie ausweiden und an einem Spieß über dem

Feuer braten konnte. Ihr Magen knurrte, und sie versuchte, nicht an die gerösteten Fasane des Kochs, an seine Crèmes oder Hackfleisch auf dick mit Butter bestrichenem Weißbrot zu denken, während sie ihr Netz durch das dunkle, fließende Wasser zog.

Seit einer Woche nun war sie nicht dahintergekommen, was es mit der hirschledernen Karte auf sich hatte, und doch war sie sich sicher, dass sie, wenn sie es erst wusste, auch begreifen würde, warum sie eigentlich unterwegs war.

Wegen eines Kindes?

Es gelang ihr, ein paar fette Kröten und eine kleine Forelle zu fangen. Sie tötete sie schnell, weidete sie aus und briet sie über dem kleinen Feuer. Alabaster stand in der Nähe an einen alten verwitterten Baum angebunden und hatte einen Huf beim Schlafen entlastet.

Morgen würde sie weiterreiten.

Aber wohin?

Bryanna breitete auf einem flachen Stein die Karte aus, um sie dann in verschiedene Richtungen zu drehen, während sie versuchte, die Symbole auf dem abgewetzten Hirschleder zu entziffern, und das Fett vom Fisch und den Froschschenkeln zischte, wenn es in die Glut tropfte.

Wo befand sich Calon auf dieser jämmerlichen Karte? Keine der gestrichelten Linien ähnelte dem Ort, wo sie die letzten Monate mit ihrer Schwester gelebt hatte. Was war mit ihrem anderen Zuhause, Penbrooke?

Wo war Wybren, eine Burg unweit von Calon, wo eines Nachts ein schreckliches Feuer gewütet und die gesamte Familie ausgelöscht hatte? Bryanna kannte die Burg gut, denn Morwenna hatte jemanden geheiratet, dem in jener Nacht das Glück hold gewesen war, sodass er den Flammen hatte entkommen können. Trotzdem konnte sie die Burg auf der

Karte nicht finden; noch irgendeinen anderen Ort, den sie kannte.

»Es ist ein Rätsel«, sagte sie zu Alabaster, obwohl das Pferd zur Antwort noch nicht einmal mit seinem grauen Schweif zuckte. »Ja, das ist dir ziemlich egal.«

Sie überlegte immer noch, was die Linien auf dem Hirschleder zu bedeuten haben mochten, während sie aß. Dann ging sie wieder in die Nacht hinaus und blieb stehen, um die tiefe Stille in sich aufzunehmen. Kein Windhauch zog durch das Tal, kein Flügelschlag einer Eule war zu hören ... alles war still.

Die Ruhe vor dem Sturm.

Bryanna lief ein Schauer über den Rücken, als der Gedanke durch ihren Kopf zuckte.

»Trau der Ruhe nicht«, hatte Isa einst zu ihr gesagt, als sie die Knoten von Bryannas armseligen Stickversuchen entwirrte. Damals war Bryanna noch ein Kind gewesen. Während ihre Brüder sich draußen im Waidwerk übten und mit Pfeilen auf Strohbündel schossen, hatte Bryanna drinnen sitzen müssen, um zu sticken oder sich im Gebrauch von Heilkräutern unterweisen zu lassen.

Ihre Mutter schimpfte ständig mit Bryanna wegen ihrer vielen Missetaten. Man hatte sie zum Beispiel einmal dabei beobachtet, wie sie mit einem wahren »Rüpel« von Stalljungen rittlings auf einem der Lieblingspferde ihres Bruders geritten war. Bei einer anderen Gelegenheit hatte sie die Törtchen stibitzt, die der Koch zum Auskühlen auf die Fensterbank gestellt hatte. Einmal hatte ihre ältere Schwester sie dabei erwischt, wie sie sich in der Hütte des Apothekers versteckt und den Mann beim Mischen seiner Kräuter beobachtet hatte. Ihr schlimmstes Verbrechen aber war wohl gewesen, dass sie die Kleider des Priesters angezogen und so getan hatte, als würde sie ihre jüngere Schwester Daylynn taufen, woraufhin ihre Mutter erst einmal für ein paar Tage das Bett hüten musste, während Pater Barton mehrere Möglichkeiten für Bryanna ersann, Buße zu tun.

Bryanna wusste, dass ihre Bestrafung noch viel schlimmer hätte ausfallen können. Der Stalljunge war vor ihren Augen ausgepeitscht worden. Die Schläge auf seinen nackten Rücken hatte er hingenommen, ohne auch nur einmal zu schreien. Dafür hatte Bryanna den Stallmeister angebrüllt aufzuhören, doch er hatte nur kurz innegehalten und sie böse angesehen, während Morwenna an ihrem Arm zog und ihr sagte, sie solle still sein.

Danach war Bryanna bei jedem Knall der schlangenartigen Peitsche des Mannes zusammengezuckt. Auf dem muskulösen Rücken des Jungen hatten sich rote Striemen gebildet, und sie hatte gesehen, dass er nicht zum ersten Mal ausgepeitscht wurde. Alte Narben erzählten von früheren Bestrafungen. Der Bösewicht – drei Jahre älter als sie – warf ihr einen triumphierenden Blick zu, als man ihn wegführte. Seine grauen Augen waren gerötet und glänzten, aber keine Träne lief über sein Gesicht, auf dem noch nicht einmal ein erster Flaum zu sehen war. Er war für immer von Penbrooke verbannt worden. Mit nichts als den Kleidern auf dem geschundenen Leib war er weggeschickt worden.

Bryanna hatte einen Anflug von Dankbarkeit verspürt, dass sie selbst nicht eine derart schwere Bestrafung hatte erdulden müssen, obwohl ihre Mutter ständig jammerte, dass die »eigenwillige« Bryanna eine strenge Hand brauche. Lenore, die sich bereits wegen Bryannas unsichtbarer Freunde Sorgen machte, war wegen der wenig damenhaften Taten ihrer Tochter völlig außer sich.

Schließlich wurde beschlossen, das anstrengende Kind

in Isas Obhut zu geben. Das hatte dem alten Kindermädchen gut gefallen, da sie Bryanna immer schon erklärt hatte, dass sie etwas Besonderes wäre, dass man eines Tages ihre Gabe erkennen würde. Allerdings unter der Voraussetzung, dass sie aufhören würde, mit Jungen jeden Standes herumzutändeln; denn Isa hatte die Sorge gehabt, dass ihre junge Schutzbefohlene schon bald zur Frau erblühen und ein zu starkes Interesse für das andere Geschlecht entwickeln würde.

Damals hatte Bryanna sich geweigert, ihrem Kindermädchen zu glauben. Sie hockte auf ihrer Bettkante und sah gelangweilt zu, wie sich Isas alte Hände unermüdlich an Bryannas jämmerlichem und halbherzigem Stickversuch zu schaffen machten, indem sie Knoten herausschnitt und an schlecht vernähten Fäden zog.

»Was ist die große Ruhe?«, hatte sie gefragt, während sie an den losen Fäden ihrer Tagesdecke zupfte.

»Der Seelenfrieden, es ist nur eine List von Arawn, er macht dich gelassen und lässt dich deine Vorsicht vergessen.« Isa hatte einen Faden der Stickarbeit mit den Zähnen abgebissen, sie dann sinken lassen und Bryanna in die Augen geschaut. »Das ist der Moment, in dem du am wachsamsten sein solltest. Glaub mir.«

Jetzt, wo Isas Worte in ihrem Kopf widerhallten, spürte Bryanna, wie eine eisige Kälte in ihre Seele drang. Sie ging zum Bach und wusch sich das Fett von den Händen. Dort in der Dunkelheit, während das Wasser über ihre Finger spülte, hörte sie Isas Stimme.

»Er kommt zu dir.«

Bryanna blickte zum Nachthimmel auf. »Wer, Isa? Wer kommt zu mir?«

»Der Vater deines Kindes.«

»Meines Kindes? Aber Isa, ich habe doch gar kein Kind«, erwiderte Bryanna und schüttelte den Kopf. Warum musste Isa immer so in Rätseln sprechen? »Du irrst dich.«

»*Sei immer auf der Hut*«, sagte Isa mit so deutlicher Stimme, als würde sie neben Bryanna stehen.

»Vor wem? Warum?«

Doch Isas Stimme war verstummt, und Bryanna hatte das Gefühl, als würden Geisterhände über ihren Nacken streichen. Sie drehte sich schnell um und spähte ins schattige Dickicht. Sie spürte, dass unsichtbare Augen sie von dort beobachteten und in der Dunkelheit warteten.

Das hat nichts zu bedeuten, versuchte sie sich einzureden, und doch hatten die Worte der toten Frau sie erschüttert. Ob es nun wirklich eine Stimme war oder ihr eigener Wahnsinn, der zu ihr gesprochen hatte – von nun an würde Bryanna auf der Hut sein und immer wieder hinter sich blicken.

Gavyn konnte den Schein nicht mehr aufrechterhalten.

Zu häufig hatte ihn die Frau, Vala, fast dabei erwischt, wie er sie beobachtete, beobachtete und auf eine Gelegenheit zur Flucht wartete. Und dann war da noch die Schwierigkeit, so still zu liegen, dass seine Muskeln noch mehr schmerzten und sich verkrampften.

Nein, er musste heute Nacht fliehen, nachdem der Mann und die Frau beieinandergelegen und dann tief eingeschlafen waren. Das Risiko war zu groß, dass das Pärchen beschloss, ihn endlich zur Burg seines Vaters zu befördern.

Eine Flucht war schwierig, weil die Frau ständig in der Nähe war. Sie ging nie weit weg, ohne ihren Mann in der Hütte zurückzulassen, der wohl so eine Art Wache sein sollte, wie Gavyn annahm.

Seine Rippen schmerzten immer noch so sehr, als hätte ein

Esel ihn in die Seite getreten, aber er spürte, dass die Striemen und Prellungen auf seinem Körper am Heilen waren, genau wie die Frau gesagt hatte.

Er hörte, wie die Tür geöffnet und mit so viel Schwung zugeknallt wurde, dass das Haus bis zu den Deckenbalken erzitterte. Der Duft nach Regen und frischer Erde vermischte sich mit dem Geruch von brennendem Holz und Kuhdung. Gavyn öffnete ein ganz klein wenig die Augen, um zu sehen, was geschah.

Dougal wickelte sich aus seinem Schal und ging über den festgestampften Lehmboden zur Feuerstelle, wo er sich die Hände wärmte. »Es ist an der Zeit, dass wir ihn loswerden«, sagte er ohne Vorankündigung.

Vala, die einen Teil des Morgens mit dem Melken der Kuh und dem Buttern der Milch verbracht und dabei die ganze Zeit falsch vor sich hin gesummt hatte, verlor den letzten Rest ihrer guten Laune. Ihre Stimme klang angespannt. »Wie ich dir schon gesagt habe: es dauert nicht mehr lange ... Siehst du, wie es ihm immer besser geht?«, fuhr Vala fort, und er nahm an, dass sie in seine Richtung deutete. »Sogar mit Bart kann man sein Gesicht wieder erkennen und sehen, wer er ist, wenn man weiß, wonach man sucht. Ja, er ist der Bastard des Barons. Ich hatte ja schon vermutet, dass er wie der alte Mann aussah, ehe sein Gesicht zu Brei geschlagen worden ist, und jetzt, wo alles allmählich abheilt, sieht man wieder eine gewisse Ähnlichkeit. Kein Wunder, dass der Baron in seiner Jugend unter viele Röcke gekrochen ist. Sieh ihn dir an. Jetzt sieht er zwar hässlich wie die Sünde aus, aber wenn man sich vorstellt, wie es wäre, wenn er wieder gesund ist – mit gerader Nase, voller Wange, weniger Narben und ohne blaue Flecken –, würde er sehr gut aussehen.«

»Gut aussehen? Pah! Das ist wohl der Grund, warum du

ihn hierbehältst, was, Vala? Es gefällt dir, wie er aussieht.« Dougal stand beim Feuer und stocherte sich mit der Messerspitze zwischen den Zähnen herum. Ihm gegenüber saß Vala auf einem Stuhl und hielt das Butterfass zwischen den Beinen.

»Nicht, wie er jetzt aussieht.« Sie stieß ein schalkhaftes Glucksen aus. »Aber sonst, ja, wenn er aussähe, wie ich mir denke, dass er aussah, hätte ich nichts dagegen, wenn er mir das Bett wärmen würde. Augen so grau wie des Königs Silber, Haare so schwarz wie eine Krähenschwinge ... ja, er könnte jederzeit unter meine Decke kommen.«

»Du bist vulgär.«

»Ach ja? Nun, wenn du die Wahrheit wissen willst: ich behalte ihn hier, weil er mit jedem Tag, der vergeht, wertvoller wird. Der Baron und seine Männer suchen überall nach ihm. Sie durchkämmen die Wälder und Täler. Das tun sie nun schon seit über einer Woche und meinen mittlerweile, dass das Tal ihn verschluckt hätte. Bertha hat mir gerade heute Morgen am Brunnen erzählt, dass man jetzt schon eine Belohnung auf seinen Kopf ausgesetzt hat und dass die Soldaten, die nach ihm gesucht haben, ihn nicht nur für tot halten, sondern auch glauben, dass sich Wölfe, ein Wildschwein oder ein Bär über seinen Kadaver hergemacht haben. Aber Baron Deverill ist davon nicht überzeugt. Er schickt weiterhin Jäger und Soldaten los, um nach ihm zu suchen.«

Im Butterfass klapperte es beim Rühren, und die Kuh schnaubte laut, während sie sich in ihrem Stall bewegte. Gavyn musste sich anstrengen, um die Unterhaltung mit anzuhören, doch das Lächeln in Valas Stimme war nicht zu überhören. Sie war stolz auf sich, weil sie glaubte, schlauer zu sein als der Lord von Agendor.

Gavyn bezweifelte, dass sie wusste, wie grausam sein Vater

sein konnte. Ihn hier zu haben, zu verstecken, war nicht nur gefährlich; es war richtiggehend verwegen.

»Dann sollten wir ihn zum Baron bringen«, meinte Dougal.

»Erst wenn die Belohnung höher ist. Nur ein kleines bisschen höher.« Vala kicherte wieder, während sie im Geiste bereits das Silber zählte.

»Und was, wenn der Lord herausfindet, dass wir ihn hier versteckt haben, na? Was dann? Was bringt uns alles Silber von Wales, wenn man uns des Verrats bezichtigt? Werden wir am Galgen landen? Oder am Pranger? Was dann, Vala?«

»Schsch … wir sagen einfach, dass wir ihn nicht erkannt haben. Dass ein Reisender ihn vor unserer Tür abgesetzt hat und behauptete, der Mann wäre sein verwundeter Bruder, und sich dann in der Nacht davongemacht hat. Wir haben uns nur seiner angenommen und sind gar nicht darauf gekommen, dass er der Gesuchte sein könnte. Wir sind nur einfache Bauern, Dougal, denk daran. Und du bist auch nie in Agendors Wäldern gewesen, hörst du mich? Du hast nie nach Hirschen oder Wildschweinen auf dem Besitz des Lords gejagt!«

»Ach! Ich fühle mich unwohl bei der ganzen Sache.«

»Um Himmels willen, halt einfach noch ein paar Tage den Mund. Mehr will ich doch gar nicht, und beichte auf keinen Fall dem Pater Peter. Ich traue dem Mann nicht.«

»Er ist ein Priester, gütiger Himmel!«

»Ja, aber ich glaube, dass er trotzdem sich selber mehr liebt als den Heiligen Vater.«

Dann war es eine ganze Weile ruhig. Sogar die Hühner gackerten nicht mehr, und das Butterfass stand still. »Sag jetzt nicht, dass du ihm bereits deine Sünden gebeichtet hast, Dougal. Ich weiß, dass er gestern Morgen auf seinem Rückweg von Burg Agendor hier vorbeigekommen ist.«

Wiederum Schweigen. Gavyn stellte sich vor, wie der Mann an seiner Mütze herumknetete.

»Oh, bei allen Heiligen, Dougal, was hast du getan?« Ihr heiseres Flüstern klang immer schriller. »Wir werden bestimmt in Ketten gelegt werden und ...«

»Nicht wenn wir ihn morgen der Wache von Agendor übergeben. Wir könnten morgen früh aufbrechen und bei Anbruch des Abends dort sein«, meinte Dougal verzweifelt. »Ich habe dem Pater versprochen, dass wir den Mann, ›der Gavyn sein könnte‹, ausliefern würden. Denn es stimmt, Vala, wir wissen nicht, wer er wirklich ist. Und erst jetzt, wo seine Wunden anfangen zu heilen, ist uns – wie du schon gesagt hast – der Verdacht gekommen, dass wir von dem Mann angelogen worden sind, der ihn hiergelassen hat.« Er sprach schnell, und sein Plan nahm währenddessen immer mehr Gestalt an, als könnte er so mit seiner Frau alles richtigstellen.

»Du bist ein Dummkopf, Dougal, und ich weiß nicht, warum ich dich überhaupt geheiratet habe.« Sie begann wieder, die Butter zu schlagen, aber das Schweigen zwischen den Eheleuten war ohrenbetäubend.

Gavyn befürchtete, dass keiner von beiden ein Auge zumachen würde. Aber es spielte keine Rolle.

In der letzten Nacht hatte er wieder den Traum gehabt, in dem die Frau auf der weißen Stute durch die Wolken raste. Die Dunkelheit, die ihr auf den Fersen folgte, war jetzt näher und schloss schnell auf. Er wusste nicht, was der Traum zu bedeuten hatte – vielleicht war er nur eine Folge des bitteren Gebräus, das Vala ihm jeden Abend einflößte –, doch er hielt den Traum für ein Omen.

Heute würde er zu fliehen versuchen – welches Risiko auch immer er dabei einging.

»Was macht eine Ehe stark?«, fragte der Baron von Calon seine Frau, als sie gerade dabei war, ihre Tunika aufzuschnüren.

Sie waren allein in ihrem Zimmer, das Feuer zischte, und Schneeregen schlug gegen die Zinnen und die geschlossenen Fensterläden. Kalte Luft strich über Morwennas Haut, als sie aus ihren Kleidern stieg, sie an einen Haken hängte und neben dem Mann, den sie liebte, ins Bett schlüpfte.

»Liebe?«, erwiderte sie, während sie ein Gähnen unterdrückte.

»Was macht dann die Liebe stark?«

Sie drehte sich zu ihm und stützte sich auf einem Ellbogen auf, sodass ihr das Haar über eine Schulter fiel und über seine Brust strich. »Was soll das? Ist das eine Art Rätsel? Soll ich ein Wort raten?«

Verspielt strich sie mit einem Finger über seine Brust und durch das dichte, dunkle Haar, das seine Brust bedeckte. Ihre Fingerspitze stieß auf Narben, Wunden, die vor gar nicht langer Zeit geheilt waren, als er hier, auf ihrer Burg gewesen war und um sein Leben gekämpft hatte. Sie hatte nicht damit gerechnet, dass er überleben würde, und noch viel weniger damit, dass sie sich in ihn verlieben und ihn heiraten würde. Und doch war sie jetzt seine Frau. Aber was sollten jetzt diese Fragen über Liebe und Ehe? Das passte gar nicht zu ihm.

»Kein Ratespiel, Morwenna«, erwiderte er, und sie sah, dass er beunruhigt war, seine blauen Augen ganz dunkel vor Sorge. »Ich glaube, dass eine gute Ehe auf Vertrauen beruht.«

»Außer wenn man von seinen Eltern verheiratet wird«, sagte sie und versuchte immer noch, ihn mit ihrer Fröhlichkeit von seiner trüben Stimmung zu befreien.

»Aber bei uns war es nicht so«, sagte er mit ausdrucksloser Stimme, in der nicht die sonst übliche Zuneigung mitschwang.

»Natürlich.«

»Und dann wäre also auch kein Raum für Lügen, oder?«

Der erste Anflug von Angst machte sich in ihrem Kopf breit. »Natürlich nicht.«

»Es gibt keinen Grund, sich einfach heimlich wegzuschleichen.«

Da erkannte sie, dass er es wusste. Irgendwie hatte er von dem heimlichen Treffen hinter der Kapelle erfahren. Sollte sie sich irgendwie herauswinden? Vielleicht sogar den Spieß umdrehen und ihm vorwerfen, dass er an ihr zweifelte? Das war nicht ihre Art. Aber Täuschung war es auch nie gewesen.

Plötzlich schien die Luft zwischen ihnen ganz kalt zu sein, als würden sie an verschiedenen Ufern eines eisigen Flusses stehen. »Es wäre am besten, wenn es niemals Lügen, noch nicht einmal die kleinste Unwahrheit zwischen einem Mann und einer Frau gäbe«, erklärte sie vorsichtig. »Aber manchmal könnte ein Mann oder eine Frau versucht sein, den anderen zu ... beschützen, um sie oder ihn nicht zu beunruhigen.«

»Beschützen?« Er stieß das Wort höhnisch hervor, und sie zuckte zusammen. Oh, das lief nicht gut.

»Ich habe dich in der Nacht gesehen, Morwenna. Mit ihm.«

Sie schloss die Augen. »Es war nicht das, wonach es aussah«, gestand sie und ließ sich in die Kissen zurückfallen, um dann den Betthimmel anzustarren. Ihre Finger ballten sich zu Fäusten, und innerlich gab sie sich einen Tritt.

»Es sah so aus, als würdest du dich mit deinem Liebhaber treffen.«

»Nein! Du bist meine einzige, wahre Liebe.«

»Warum dann die Lüge, Morwenna? Warum Geld aus der Schatztruhe nehmen? Warum mitten in der Nacht einen Mann treffen und dann mit Händen und Füßen so kalt wie Ehebruch heimlich wieder in unser Bett kommen.«

»Ich würde dich nie betrügen.«

»Du hast es bereits getan.«

»Ich habe dich nicht angelogen.«

»Die Wahrheit verschweigen ist das Gleiche.«

Seine Stimme war hart, bar allen Gefühls. Sie würde sich nicht herausreden können. »Es ging dabei nicht um mich«, gestand sie schließlich ein, »sondern um Bryanna.«

Als sich das Schweigen in die Länge zog, fügte sie hinzu: »Ich mache mir ihretwegen Sorgen. Sie ist allein. Ich … ich wollte, dass jemand sich um sie kümmert, sie findet und dafür sorgt, dass es ihr gutgeht.« Seufzend nahm sie seine Hände und verschlang ihre Finger mit seinen. »Es stimmt: ich habe ihn dafür bezahlt, damit er nach ihr schaut, aber ich habe auch einen Boten zu Kelan nach Penbrooke geschickt, um meinen Bruder um Hilfe zu bitten. Ich dachte, er oder Tad oder sonst jemand würde vielleicht nach ihr suchen.«

»Und mich konntest du nicht fragen?«

»Ich habe gefragt«, erinnerte sie ihn sanft. »Und du sagtest, es wäre Bryannas Entscheidung, allein loszuziehen, ihren Weg zu finden, ihrem Schicksal zu folgen.«

»Weil sie uns gesagt hat, dass sie das will.«

»Es ist nicht das, was *ich* will.«

»Du bist nicht die Hüterin deiner Schwester«, erwiderte er, und sie spürte förmlich die Wut, die er ausstrahlte.

»Aber du bist mein Hüter?«

»Nein, Morwenna, aber ich bin dein Ehemann, und ich erwarte von dir, dass du ehrlich zu mir bist.«

»Und dir gehorche?«, fragte sie, und schon beim Aussprechen dieses Wortes begann es an ihr zu nagen.

»Mir vertraust«, sagte er.

Sie zog die Decke über sich, rollte sich herum und kehrte ihm den Rücken zu. »Das geht nur auf Gegenseitigkeit, mein werter Gatte. Vertrauen ist nur da, wenn zwei gleichen Herzens sind.« Sie kochte vor Wut. Sie wollte wütend sein und mit ihm streiten, aber beide wussten, dass sie ihn tatsächlich betrogen hatte.

5

Bryanna hatte es versucht. Oh, bei den Göttern, sie hatte es wirklich versucht. Sie hatte sich weiter ihrer Arbeit gewidmet und nachts Zaubersprüche und Beschwörungsformeln geübt, wobei sie sich fragte, ob sie wohl wirken würden; denn sie bemerkte keinerlei Hinweise, dass irgendetwas Magisches an ihr war. Jeden Tag ritt sie weiter gen Norden auf die Berge zu, während sie nach landschaftlichen Besonderheiten Ausschau hielt, nach irgendetwas, das den auf dem Hirschleder abgebildeten Linien glich.

Und die ganze Zeit über hatte sie gespürt, dass sie verfolgt wurde.

Sie hatte gespürt, dass jemand sie beobachtete – dessen war sie sich so sicher, als hätte sie die schattenhafte Gestalt gesehen. Sie sagte sich, dass es albern von ihr war, so zu denken, dass sie nur Opfer ihrer inneren Unruhe geworden war, weil sie allein ritt. Und dennoch konnte sie nicht verhindern, dass sich immer wieder ihre Nackenhaare aufstellten, wenn sich plötzlich ein Schatten ins Sonnenlicht schob.

Sie war Iltissen begegnet, hatte einmal sogar einen Fuchs aufgescheucht, der einen Hasen durchs Farndickicht verfolgte, aber hier handelte es sich um etwas anderes als nur um irgendein Waldtier, das auf der Pirsch war. Das, was sie da verfolgte, war abgrundtief böse und verderbt. Sie spürte die Schwingungen der Sünde bis tief in ihr Herz, wenn sie die Gegenwart des Wesens fühlte.

Es ist Arawn auf seinem fahlen Ross, der von seinen weißen Hunden begleitet wird, sagte sie zu sich selbst. *Er ist hinter dir her, hinter deiner Seele. Sei auf der Hut.*

Jetzt, während sie am Feuer saß und ihren Umhang fest um sich gewickelt hatte, verspürte sie nicht nur Hunger, sondern Verzweiflung. Alle ihre Sinne waren angespannt, während sie ins Dunkel starrte, um einen Blick auf das finstere Wesen zu erhaschen.

Doch sie sah nichts.

»Denk nicht darüber nach«, flüsterte sie und versuchte sich selbst Mut zu machen. Zitternd rieb sie sich die Arme, um dann den Dolch aus der Scheide zu ziehen. Es war zwar keine sonderlich furchteinflößende Waffe, doch der Dolch musste reichen.

Sie blickte ins Feuer, wo goldene Flammen an bemoosten Ästen nagten und Rauch zum Himmel aufstieg. Wo war die Erleuchtung? Das Wissen, das ihr Bewusstsein erweiterte, sodass sie die Kranken heilen, die Zukunft voraussagen und Flüche aussprechen oder aufheben konnte?

Sie war innerlich zerrissen, ihr Glaube am Abbröckeln. Als Kind war sie in dem Glauben an Jesus Christus erzogen worden, den Sohn Gottes. Sie hatte ganze Stunden auf den kalten Steinen der Kapelle kniend verbracht. Sie hatte den Teufel fürchten gelernt, der auch die frömmste Seele in Versuchung führen konnte.

Doch Isa hatte sie in eine andere Lehre eingeführt, eine Lehre, die den Sohn Gottes zwar nicht leugnete, aber von den Dogmen der Kirche abwich. Isas Glaube war eine wunderbare Mischung aus Magie und Zaubersprüchen, Visionen und Heilkunst. In ihrem Glauben war Platz für all die Götter und Göttinnen aus alten Zeiten. Morrigu, die höchste Göttin, war immer an Isas Seite, und sie betete zu ihr.

Als Kind hatte Bryanna die beiden Lehren miteinander vermischt, indem sie ein wenig von der einen glaubte und dies mit der anderen verwob, wobei sie gleichzeitig von Pater Barton auf Penbrooke lernte und von Isa.

Und jetzt hatte Bryanna Angst, einen schrecklichen Fehler begangen zu haben. Sie konnte gar keine Zauberin sein. Ihr Glaube war nicht stark genug. Sie war zu schwach. Das alte Kindermädchen hatte sich in Bezug auf sie geirrt.

»Isa!«, stöhnte Bryanna frustriert auf, und in der Stille hallte ihre Stimme, ihre Verzweiflung verhöhnend, wider. »Bei der Liebe Morrigus, rede zu mir.«

Als sie nichts hörte, blickte sie auf das faltige Stück Hirschleder in ihrer Faust. Diese Karte, wenn sie denn überhaupt eine war, gab keinerlei Hinweise. Sie warf das Leder zu Boden und hätte fast darauf gespuckt. Was tat es schon, was auf der Karte verzeichnet war, wenn sie es nicht lesen konnte?

»Und woher wisst Ihr das?«, fragte der Lord von Agendor den armseligen Priester, der vor ihm stand. Er war müde und hatte gerade zu Bett gehen wollen, als Pater Peter bei ihm aufgetaucht war.

Es war merkwürdig.

Aber das war der Priester auch.

Nicht vertrauenswürdig.

Pater Peter war ein korpulenter Mann mit einer Hakennase, fliehendem Kinn und absolut ohne Rückgrat. Seine Frömmigkeit war fraglich, seine Loyalität war stets zweifelhaft. Und doch war er jetzt hier in der großen Halle von Agendor, als hätte er etwas Dringendes mitzuteilen oder wolle sein Gewissen erleichtern.

Deverill bedeutete ihm mit einer Geste, sich zu setzen. Der Stuhl hatte kürzere Beine als seiner, damit sichergestellt war, dass niemand größer war als der Baron.

Der Priester setzte sich dankbar und schielte auf eine Platte mit Käse, getrockneten Pflaumen und Eiern in Aspik. Er blickte genauso hungrig wie die Hunde, die vor dem Feuer lagen und jeden Bissen verfolgten, den der Lord zum Mund führte.

»Einen Becher für den Priester«, sagte Deverill zu einem Pagen, der seinen Kelch mit Wein nachgefüllt hatte. Er bemerkte ein winziges Lächeln auf den dünnen Lippen dieses angeblichen Gottesmannes. »Jetzt erzählt mir, Pater, in allen Einzelheiten, was Ihr zu wissen glaubt.«

Und das tat der Priester. Während er gierig den Wein schlürfte und sich mit Käse, Brot und Eiern vollstopfte, erklärte Pater Peter, dass er mit einem Mann gesprochen hätte – natürlich nicht während der Beichte –, und der hätte ihm von einem Verletzten erzählt, der vor beinahe zwei Wochen vor Dougals Hütte aufgetaucht wäre. Der Mann wäre Dougal zufolge halbtot gewesen und hätte ohne die Pflege seiner Frau Vala nicht überlebt.

»Dann ist sie also eine Hexe?«, stellte Deverill fest.

»Oh nein, nein, Vala ist eine fromme, gottesfürchtige Frau.« Der Priester schüttelte den Kopf und wischte ein paar Krümel weg, die auf seine Soutane gefallen waren.

Die drei Hunde sprangen sofort auf, knurrten einander an, und die größte Hündin schnappte sich die Krümel.

»Platz!«, befahl Deverill, und die Hunde legten sich wieder vor das Feuer, nur ein wenig knurrend und mit immer noch silberschwarz aufgestelltem Nackenfell. »Elende Köter«, sagte er, obwohl er die Hunde in Wirklichkeit liebte – vielleicht sogar mehr als seine neueste und eindeutig unfruchtbare Frau.

»Vala hat die Fähigkeit, eine Gabe von Gott, Kranke zu heilen, aber ich versichere Euch, Mylord, dass sie weder schwarze Magie praktiziert noch sich mit althergebrachten Dingen befasst.«

»Dann werden wir sie aufsuchen.«

»Jetzt?«, fragte der Priester.

»Wenn es stimmt und sie den Verräter bei sich versteckt, dann werden wir ihn festnehmen.« Deverill schnippte mit den Fingern nach einem Pagen. »Sag dem Stallmeister, dass er mein Pferd satteln soll, und teile den Hauptmann der Wache mit, dass ich fünf Männer zur Begleitung brauche.«

»Aber, Mylord«, wandte der Priester offensichtlich besorgt ein. »Das ist eine vertrauliche Information, die an mich weitergegeben wurde, und Dougal hat versprochen, seinen ... Gefangenen morgen auszuliefern.«

»Dann besteht ja kein Grund zu warten, nicht wahr? Ihr habt selbst gesagt, dass es nichts war, was Euch unter dem Schutz des Beichtgeheimnisses anvertraut wurde. Es besteht also kein Grund zur Sorge, denn Ihr habt Euer Gelübde ja nicht gebrochen.«

Der Priester erbleichte.

Geschieht dem scheinheiligen Lügner ganz recht, dachte Deverill, der bereits aufgestanden war. Die Hunde, die seine Anspannung spürten, sprangen um ihn herum, während er den Dienstboten befahl, seinen Mantel, Schwert und Stiefel zu bringen. Die Erregung brachte sein Blut in Wallung.

Wenn der Priester die Wahrheit sagte und Dougal nicht nur geprahlt hatte, dann war dies endlich die Gelegenheit, über Gavyn zu richten.

Er biss die Zähne fest zusammen, als er an seinen Bastard dachte, der einer der vielen Nächte entsprungen war, die er mit der hübschen Schneiderin verbracht hatte, die außerhalb von Agendor lebte. Es stimmte: als junger Mann hatte er seinen Samen überall gepflanzt, wo er es für angebracht hielt. Es war sein großes Unglück, dass der einzige Bastard, von dem er wusste, die einzige Frucht seiner Lenden, sich als ein so aufsässiger Taugenichts erwiesen hatte.

Sogar als Kind war Gavyn ihm ein ständiger Dorn im Auge gewesen. Der Junge hatte Deverills Hilfe abgelehnt, hatte die paar Münzen, die in seine Richtung geworfen wurden, nicht auffangen wollen, war seinem Blick stets ausgewichen. Wäre seine Mutter nicht so bezaubernd gewesen, hätte Deverill den Jungen mehr als einmal selbst verprügelt. Aber Ravynne mit ihrem tiefschwarzen Haar und den silbernen Augen … die sich in vielen langen Nächten ihrer Brunst hingegeben hatte.

Deverills Verlangen nach der Mutter des Jungen hatte Jahre überdauert. Manchmal hatte er gedacht, dass es ihn noch umbringen würde, als Ravynne mit ihrem Sohn von Agendor fortgezogen war und Deverill so gezwungen hatte, Richtung Norden nach Tarth oder Penbrooke zu reiten, um sein unersättliches Verlangen nach ihr zu stillen.

Ja, es hatte ein schlimmes Ende genommen, als seine schöne, doch unfruchtbare Frau Marden eingegriffen hatte. Nachdem sie erkannt hatte, von welch heftigem Verlangen Deverill zu der Schneiderin erfüllt war, hatte Marden hinter seinem Rücken Ravynnes Tod befohlen. Und der Dummkopf Craddock hatte ihren Befehl ausgeführt.

Verflucht seien sie allesamt! Ravynnes Tod hatte den Jungen ganz außer sich geraten lassen. Das lag nun zwei Jahre zurück, und jetzt hatte Gavyn, ein junger Mann von zwanzig, blutige Rache am Sheriff von Agendor genommen.

Mit der Ermordung Craddocks hatte Gavyn Deverill keine andere Wahl gelassen, als den Mord zu sühnen. Jetzt endlich würde Gavyn gefasst und der Gerichtsbarkeit überantwortet werden. Und er würde Deverill nicht mehr zum Gespött machen.

Während der Priester schwach Einwände erhob, streifte Deverill Handschuhe über und befestigte die Scheide an seinem Gürtel, um dann sein Lieblingsschwert hineingleiten zu lassen. Sobald er sich die Stiefel angezogen hatte, war er auch schon zur Tür hinaus und trat in die eisige Winternacht. In den meisten Hütten war es dunkel. Nur die Kohle in der Esse des Schmieds verbreitete noch einen roten Schein. Seine Stiefel knirschten auf zugefrorenen Pfützen, als er den Weg entlangeilte.

Das Jagen war immer sein liebster Zeitvertreib gewesen, und er mochte es besonders gerne, wenn seine Beute eine Herausforderung darstellte.

Sein Bastard hatte sich als ein mehr als würdiger Gegner erwiesen.

Durch den Nebel kam ihr Geliebter zu Bryanna. Er trug das Gewand eines Jägers und saß auf einem dunklen Ross, als er aus den Nebelschwaden hervorkam. Er war groß, seine Schultern breit, sein Gesicht in der Dunkelheit nicht zu erkennen, und doch wusste sie, dass er derjenige war, auf den sie ihr ganzes Leben gewartet hatte.

»Du hast den Dolch.« Es war keine Frage, doch sie antwortete dennoch.

»Ja, er gehört mir.«

»Und die Edelsteine?«

»Die muss ich noch finden.«

»Du reist gen Norden.« Er stieg ab, und wie sehr sie auch versuchte, seine Gesichtszüge zu erkennen, sah sie doch nur die Schatten, die seine Kapuze warf und der immer dichter werdende Nebel. »Wegen des Opals.«

»Ja.« Natürlich.

»Und sobald du ihn gefunden hast, wirst du nach Osten gehen?«

»Osten?«, wiederholte sie, aber während sie noch dieses eine Wort sagte, erhielt das alte Rätsel einen neuen Sinn:

Ein Opal für den Punkt im Norden,
Ein Smaragd für den Osten,
Ein Topas für die Spitze im Süden,
Ein Rubin für den Westen …

Die ganze Zeit hatte sie geglaubt, mit den Himmelsrichtungen wäre die Lage der fehlenden Edelsteine im Heft des Dolches gemeint, denn da waren ja die Fassungen, in denen sie einst gesteckt hatten.

»Ja«, sagte sie, als sie erkannte, dass er darauf wartete, dass sie etwas sagte. »Als Erstes werde ich nach Norden reiten, dann nach Osten …«

»Also hast du verstanden.« Er trat auf sie zu, dieser Jäger, dessen Gesicht immer noch nicht zu erkennen war. Und obwohl sie ihn nicht sehen konnte und auch seinen Namen nicht wusste, hatte sie doch keine Angst vor ihm, sondern hieß ihn sogar hier, in ihrem kleinen Lager im Wald willkommen.

Ehe sie ihm in die Augen schauen konnte, schlangen sich

starke Arme um sie. Sie erhob keinen Einspruch, sie wehrte sich nicht. Ihre eigenen Arme legten sich um seinen Nacken, und ihre Finger fanden die straff gespannten Sehnen, als der Wind zuzunehmen schien und durch das Tal strich. Er beugte sich nach vorn und drückte sie nach hinten, sodass ihr Haar fast den Boden berührte.

Kalte, gierige Lippen legten sich auf ihre, und er küsste sie so fest, dass sie kaum noch Luft bekam. Sie hörte nurmehr den tosenden Schlag ihres Herzens, spürte das erste warme Sehnen des Verlangens, das sich in ihrem Blut ausbreitete.

Seine Zunge glitt zwischen ihre Zähne und reizte sie sanft, während seine Hände über ihren Rücken glitten und sie eng an sich zogen. Er vergrub sein Gesicht zwischen ihren Brüsten, und das Blut rann heiß in neu entdecktem Verlangen durch ihre Adern. Sie wollte mehr von ihm, und ihre Finger gruben sich in die Muskeln seines Rückens, während sein heißer, feuchter Atem über ihre nackte Haut strich.

»Ich will dich«, flüsterte er, und seine Lippen liebkosten eine ihrer Brustspitzen.

Der Wind begann zu heulen, und die ersten Sterne wurden durch den kalten winterlichen Dunst sichtbar.

Bei allen Göttern, sie sehnte sich so sehr nach ihm.

Als würde er ihr Verlangen spüren, zog er ihr Mieder herunter und enthüllte ihren Körper. Gänsehaut überzog ihr Fleisch. Ihre Brustwarzen zogen sich in der eisigen Nachtluft zusammen. Doch innerlich brannte sie, sie brannte nach der Berührung seines Körpers, nach seinem Moschusduft.

Sie wusste, dass es keine Rückkehr gab.

Dieser Mann des Schattens, ein vertrauter Fremder, schnürte ihre Tunika auf und zog sie herunter. Dann küsste er sie und streifte ihr dabei das Hemd ab, das zu Boden rutschte und zu ihren Füßen liegen blieb.

»Wer bist du?«, fragte sie, während er seine Hose öffnete, und dann hörte sie trotz des laut pfeifenden Windes ganz schwach das Schreien eines Babys.

»Du weißt es.«

Natürlich tat sie das, aber sie konnte sich nicht an seinen Namen erinnern, als er sie umdrehte und sie wieder den leisen Schrei des Kindes hörte.

»Warte«, sagte sie, als seine Hände um sie herumglitten und ihre Brüste umfassten. Doch das Weinen hörte auf, und er drückte von hinten fest gegen sie, wobei er ihre Beine spreizte. Während er sich gegen einen Baumstamm stemmte, glitt er ganz tief in ihren fraulichsten Teil.

Sie keuchte.

Er stieß wieder zu.

Oh, bei allen Heiligen, in ihrem Kopf begann sich alles zu drehen. Das war doch bestimmt kein Kind, das da weinte, bestimmt machte ihre Fantasie ihr etwas vor … Oh Gott, er glitt aus ihr heraus, nur um wieder ganz fest zuzustoßen.

Sie sank gegen ihn, heiß, gefügig und nur unter Schwierigkeiten atmend, während er sich vor und zurück bewegte, rein und raus. Am Anfang war sein Rhythmus und seine Atmung langsam und fest, um dann immer schneller und schneller zu werden, bis er eine rasende Geschwindigkeit erreichte, Wald und Himmel sich um sie zu drehen begannen.

»Oh, heilige Morrigu«, schrie sie, während sie das Gefühl hatte, gleich zusammenzubrechen. Mit seinem letzten Stoß tat er einen Schrei, der die Nacht durchdrang. Ihr Körper zuckte, als die Erlösung kam, und sie keuchte in seinen Armen, während Edelsteine vom sternenübersäten Himmel regneten.

Opale, die in der Farbe des Mondes schimmerten.

Smaragde, so grün wie der Wald.

Topase, so hellfunkelnd wie die Sonne.

Und schließlich Rubine, so tiefrot wie Blut. Sie ergossen sich auf den Boden zu ihren Füßen, und ihre scharfen Kanten schnitten in ihre Haut, als ihr Liebhaber ihr Haar zur Seite strich und einen spitzen Edelstein in die zarte Haut ihres Nackens presste.

Bryanna riss die Augen auf. Sie lag in einer Felsspalte, einer kleinen Nische, die man noch nicht einmal eine Höhle nennen konnte. Das Feuer brannte noch, Funken sprangen auf, die Flammen züngelten über das verkohlte Holz. Ihr Herz klopfte immer noch schnell, und ihre Haut war mit Schweiß bedeckt, obwohl sie jetzt, wo sie wach war, zitterte.

Der Traum war so real gewesen, so lebendig. An das weiche Leder ihres Sattels gelehnt, rieb Bryanna sich die Arme und spähte in die Dunkelheit. Doch sie sah nur Alabaster, die durch ihr helles Fell wie ein Geisterross wirkte und an einen Baum in der Nähe gebunden war. Alles war noch an Ort und Stelle. Nichts hatte sich verändert.

Und doch wollte der Traum nicht weichen. Wer war dieser Jäger, der sie geliebt hatte? Warum hatte sie ihm vertraut? Woher hatte er von den Edelsteinen und ihrem Dolch gewusst? Hatte sie trotz ihrer in der Leidenschaft ausgestoßenen Schreie wirklich ein Kind weinen hören? Warum hatte sie sich so bereitwillig einem gesichtslosen Mann hingegeben, der sich am Ende gegen sie gewandt hatte? Sie berührte ihren Nacken und zog ihre Hand zurück. An ihren Fingern war eine winzige Spur von Blut.

Ihres?

Sie zuckte zusammen, als sie sich wieder an den Traum erinnerte ...

Während sie mühsam schluckte, sagte sie sich, dass sie sich

bestimmt im Schlaf selbst gekratzt hatte. Das war alles. Vielleicht war sie im Schlaf an eine scharfe Felskante gekommen oder ein winziger Zweig war vom Wind gegen ihren Nacken geweht worden.

Warum hatte ihr Haar sie dann nicht vor dem Schnitt geschützt?

»Verflixt und zugenäht«, flüsterte sie, während sie das Gefühl überkam, dass der Wald immer enger an sie heranrückte. Da erst bemerkte sie, dass sie wie jede Nacht beim Schlafen ihren Dolch in der Hand hielt. Während sie die Klinge in ihrer Hand hin und her drehte, fragte sie sich, wer sie vor so langer Zeit geschmiedet hatte und was aus den kostbaren Steinen geworden war. Waren sie in alle vier Himmelsrichtungen verstreut worden, wie es im Traum, nein, in der *Prophezeiung* gesagt wurde?

Lieber Gott, war der Traum so etwas gewesen? Ein Omen? Ein Blick in die Zukunft? *Ihre* Zukunft?

Eisige Furcht packte ihr Herz.

In was war sie da im Namen Morrigus nur hineingeraten?

Habe Vertrauen zu dir selbst, hallte Isas Stimme durch den Wald und in ihrem Kopf. *Es ist fast so weit. Du hast viel gelernt, Tochter. In zwei Tagen wirst du, wenn die Nacht sich herabsenkt, zu einer Burg kommen. Das ist die Burg deiner Mutter.*

»Meiner Mutter?«, wiederholte Bryanna verärgert. »Nein, Isa, ich bin weit von dort entfernt, wo meine Mutter geboren worden ist.«

Aber Isas Stimme war mal wieder verstummt, und Bryanna schaute hinter sich, weil sie sicher war, dass jemand sie beobachtete.

Der Geist ihres alten Kindermädchens?

Oder jemand anderes?

Etwas anderes.

Sie musste schlucken, als der Wind drehte und dann ganz nachließ. Es fühlte sich an, als wäre der kalte Atem eines Dämons über ihre Haut gestrichen.

Plötzlich waren keine nächtlichen Geräusche mehr zu hören.

Die Frösche hatten aufgehört zu quaken, der Wind strich nicht mehr durch die Zweige, und die Insekten hatten ihre Nachtgesänge eingestellt. Sogar der Bach, der in der Nähe vorbeifloss, klang leiser, als würde er nur noch furchtsam über die Steine in seinem Bett strömen.

Morrigu, steh mir bei.

Die Haut an ihrem Hinterkopf begann zu kribbeln. Während sie eine Beschwörungsformel zu ihrem Schutz flüsterte, berührte sie das Amulett, das sie um den Hals trug. Ein blutroter Stein, der ganz glatt geschliffen war, weil Isas alte Finger ihn jahrelang gerieben hatten.

Etwas Böses war dort draußen in der Dunkelheit.

Beobachtete.

Wartete.

Bereit zuzuschlagen.

Ihr Inneres erstarrte zu Eis, und sie griff nach ihrem Dolch, obwohl sie instinktiv wusste, dass dieser Gegner mehr als nur ein Sterblicher war: mit einem schlichten Messer ließ sich etwas, das die Macht besaß, den Wald zum Schweigen zu bringen, nicht aufhalten.

Und sie fürchtete, dass sie es ebenfalls nicht konnte.

Er wartete, bis die Strohmatratze nicht mehr raschelte und der Ehemann gleichmäßig und ruhig schnarchte. Gavyn wagte es, ein Auge zu öffnen. Das Feuer war heruntergebrannt, und es war fast völlig dunkel in dem langgestreckten

Raum. Die letzten Reste roter Glut reichten ihm zum Sehen, als er sich vom Bett gleiten ließ. Wie ein Blitz huschte er durch den Raum und griff nach seinen zerrissenen Kleidern, die an einem Haken in der Nähe der Tür hingen. Eines der Hühner gackerte laut, und er erstarrte, mit einer Hand auf dem Riegel.

Das Schnarchen hörte ruckartig auf. Gavyn wagte noch nicht einmal zu atmen und zählte leise seine Herzschläge. Der Mann schnaubte laut, dann hörte man das Rascheln von Stroh, als er sich umdrehte. Gavyn wartete und atmete dabei langsam wieder aus, wobei er hoffte, dass sich das verdammte Huhn wieder auf seine Stange gesetzt hatte und die Frau nicht aufgewacht war. Plötzlich hörte er noch ein anderes Geräusch – Hufschläge, die schnell näher kamen. Im Dunkel der Nacht?

Warum?

Deinetwegen. Sie kommen deinetwegen.

Sein Mund wurde ganz trocken.

Er konnte sich nicht mehr verstecken.

Schnell stahl er noch das Jagdmesser des Mannes, das dieser immer auf dem Tisch liegen ließ, sowie Köcher, Pfeile und Bogen, die neben der Tür hingen. Leise öffnete er den Riegel. Lautlos packte er eine Schaufel, schloss die Tür hinter sich und glitt in die Dunkelheit der Nacht. Er war unsicher auf den Beinen, denn die wenigen Male, die er in der Hütte hatte herumlaufen können, wenn niemand anderes darin war, hatten seine Muskeln und Knochen nicht ausreichend auf dies hier vorbereitet. Die Luft war klar, es gab keine Nebelschwaden, die ihn hätten verbergen können.

Es war keine Zeit mehr, sich in Sicherheit zu bringen.

Die Reiter waren schon ganz nah, die donnernden Hufe erschütterten den Boden.

Er drückte sich flach an die seitliche Außenwand der Hütte, seine Hände umfassten den Stiel der Schaufel, und er hörte, wie die Hufschläge langsamer wurden. Pferde schnaubten, Leder knackte, und das Zaumzeug klirrte durch die Nacht.

Er hob die Schaufel, um sie wie eine Keule zu benutzen.

»Reece, du! Halte Wache.« Die gedämpfte Stimme eines Mannes hallte durch die Nacht. Gavyn erkannte sie. Es war der Baron von Agendor.

Sein Vater.

Er wartete, während sich in seinem Innern alles zusammenzog.

»Ihr anderen kommt mit mir mit ... und ja, Ihr seid auch gemeint, Pater!«, befahl Deverill.

»Aber Mylord. Das ist nicht meine Aufgabe ...« Seine hohe Stimme nahm einen jammernden Tonfall an.

»Schweigt! Ihr wart es doch, der mir berichtet hat, dass mein Sohn sich hier versteckt, oder nicht, Pater Peter? Lasst uns jetzt herausfinden, wie viel Wahrheit darin steckt.«

Gavyn biss die Zähne zusammen. Gab es keine Möglichkeit zur Flucht?

Angestrengt lauschend, hörte er die Männer absitzen und dann das laute Pochen einer Faust gegen die Tür.

»Dougal, öffne die Tür«, brüllte ein Mann der Leibgarde des Barons durch die dicken Türbohlen. »Hier ist der Lord von Agendor.«

Keine Antwort.

»Dougal, öffne die Tür, sonst brechen wir sie auf. Der Baron ist hier, um mit dir zu sprechen.«

»Was ...« Im Innern des Hauses war die verschlafene Stimme eines Mannes zu hören.

»Oh, allmächtiger Gott.« Die Frau klang hellwach. Und vor Angst ganz außer sich.

Gavyn hörte noch mehr angstvolles Flüstern, das er nicht verstand. Man hörte es rascheln und dann ein lautes Keuchen. Zweifellos hatten sie entdeckt, dass er nicht mehr da war. Er hängte sich Köcher und Bogen über die Schulter.

»Was wollt ihr?«, fragte Dougal.

»Schsch«, flüsterte die Frau; ihre Besorgnis war nicht zu überhören. Gavyn schob sich ein bisschen weiter in Richtung der Vorderseite der Hütte.

»Dougal, hörst du mich nicht?«, versuchte es der Soldat erneut. »Öffne die …«

»Verdammt!« Wieder die Stimme seines Vaters.

»*Oh, lieber Gott …*«, *heulte Vala.* Dann ein lautes Krachen.

Der Türriegel brach auf. Schwere Schritte donnerten in die winzige Hütte.

»Wo ist euer Gefangener?« Diesmal war es Deverills Stimme. Gavyn rückte zur Vorderseite der Hütte vor. Die Tür hing schief in den Angeln, in der Nähe scharrten die Pferde.

»Unser was?«, wiederholte Dougal. »Ein Gefangener, sagt Ihr? Wie Ihr deutlich sehen könnt, ist hier niemand außer mir und meiner Frau. Ich habe keinen …«

Ein erneutes Krachen.

Irgendetwas, vielleicht ein Stuhl, wurde mit voller Wucht gegen die Wand geworfen. Vala schrie auf.

Gavyn wagte es, einen Blick um das Gebäude herum zu werfen und schob sich zwischen die Pferde. Der eine Wachtposten, der draußen gelassen worden war, saß auf einem großen Pferd und neigte sich in Richtung der offenen Tür, um zu verfolgen, was drinnen vor sich ging. Die anderen Tiere bewegten sich unruhig hin und her, blieben aber beisammen.

»Wo zur Hölle ist er?«, zischte der Baron, während Hühner gackerten und eine Frau zu wimmern begann. Gavyn mochte sich gar nicht vorstellen, welche Art von Gewalt sein Vater und dessen Männer wohl anwenden mochten, um die Wahrheit herauszubekommen, während er aus seinem Schlupfwinkel herauskam und sich im Dunkeln zwischen zwei Pferde schob. Die Tiere waren nervös, aber der Wachtposten bemerkte es nicht, als Gavyn erst einen Sattelgurt und dann noch einen löste.

»Braucht Ihr Hilfe, Lord Deverill?«, rief der Wachtposten, als plötzlich drinnen eine Rangelei ausbrach. Gavyn schlich weit genug von den Pferden weg, dass er Raum zum Ausholen hatte, und gerade als der Wachtposten sich umdrehte ...
»He, was zum Teufel?«

Gavyn schlug zu. Er wirbelte herum, schwang die Schaufel und knallte sie dem Wachtposten noch einmal mitten in den Bauch.

»Uff!« Der Soldat versuchte panisch, sich im Sattel zu halten. »Mylord!«, rief er. Das Pferd wieherte, stieg auf, und Deverills Mann stürzte zu Boden. »He!«, brüllte er, aber Gavyn hatte sich bereits in den Sattel des Rappen seines Vaters geschwungen. »Dieb!«, brüllte er so laut er konnte. »Nein! Halt! Oh, verfluchter Mist! Lord Deverill!«

Männer brüllten, und laute Schritte waren zu hören, als Deverill und seine Leute aus der Hütte gestürmt kamen. Doch der Lärm verklang bereits, während Gavyn sich über den Hals des großen Hengstes beugte und ihn vorwärtstrieb.

Gavyn ließ das Pferd angaloppieren. Das Tier reagierte sofort, die langen Beine griffen weit aus, es streckte den Hals und raste mit geschmeidigen, gleichmäßigen Sprüngen dahin. Gavyn stemmte sich dem pfeifenden Wind entgegen, blickte mit zusammengekniffenen Augen ins Dunkel und spürte die eisige Luft an sich vorbeistreichen. Er spürte die Kraft des Tieres, des Lieblingsrosses seines Vaters, während er auf seinem Rücken die Straße Richtung Norden entlangdonnerte und dabei den Mond als seinen Führer benutzte.

Bestimmt würden einige Männer die Verfolgung aufnehmen, aber die übrigen – sein Vater, der nun ohne Pferd dastand, und die beiden, die erst einmal ihre Sattelgurte wieder festziehen mussten – würden zurückbleiben. Und es niemals schaffen, ihn einzuholen. Der Diebstahl des Pferdes hatte alles nur noch schlimmer gemacht, aber so war es nun einmal. Er hatte sein eigenes verdammtes Schicksal besiegelt und kannte die Namen, mit denen er nun für immer gebrandmarkt war.

Verräter.

Mörder.

Und jetzt auch noch *Pferdedieb.*

Gavyn war sich der Ironie des Ganzen bewusst, als er auf seinem gestohlenen Pferd dahinritt: das einst ungewollte Kind war nun ein sehr gesuchter Mann.

6

Hallyd lag auf seinem Bett und wagte nicht, sich zu bewegen. Seine Augen, wenn er denn überhaupt noch welche hatte, brannten so schmerzhaft, dass er das Gefühl hatte, nie wieder sehen zu können.

Es war ein Gefühl, als steckte alle Höllenglut in seinen Augenhöhlen, um das Fleisch zu versengen und seine Augäpfel zu verdampfen. Weder kaltes Wasser noch Kompressen oder die Breipackungen des Medikus konnten den Schmerz lindern. Und es flossen auch keine Tränen. Auch dafür hatte die Hexe gesorgt. Das war Teil des Fluches, und diese wahre Feuersbrunst in seinen Augen würde stundenlang anhalten, bis es wieder dämmerte und die nächtliche Dunkelheit, sein zuverlässiger Gefährte, zurückkehrte.

Deshalb musste er anderen sein Vertrauen schenken.

Jenen, die unter ihrem eigenen nagenden Hunger litten.

»Ich weiß nicht, wie ich Euren Zustand behandeln soll«, sagte der Medikus mit besorgt gerunzelter Stirn. Cedrik hatte sich etwas Urin von Hallyd geben lassen, um ihn zu untersuchen und dann aber nur ein ernstes Gesicht zu machen – als könnte ein Fläschchen mit Urin einen so strengen Mann überhaupt zum Lächeln bringen. Es war alles Blödsinn. Genau wie Vannora gesagt hatte. Wenn er doch nur auf sie gehört und nicht seiner unbezähmbaren Ungeduld nachgegeben hätte. Aber er war losgeritten und hatte es riskiert, sich dem Morgenlicht auszusetzen. Jetzt war es zu spät, sich dafür Vorwürfe zu machen. Es war passiert, und das alte Weib im Keller würde ihn bestimmt für seine Dummheit ausschelten.

Durch den Nebel des Schmerzes erhaschte Hallyd einen Blick auf den stets finster dreinblickenden Cedrik. Der Medikus war klein und schmächtig von Gestalt und hatte nur noch wenige Haare auf dem Kopf. Das, was ihm noch verblieben war, hatte die gleiche graue Farbe wie sein üppiger Bart. Cedrik pflegte die Nase zu rümpfen, wenn er tief in Gedanken versunken war, sodass er immer so aussah, als würde ihm ein übler Geruch in die Nase steigen. »Blutegel könnten vielleicht helfen.« Er kratzte sich nachdenklich am Kinn, und sein Blick wurde noch finsterer, während er seinen Patienten musterte.

Hallyd lag auf seinem Bett und versuchte, den Schmerz zu ignorieren, der durch seinen Kopf tobte. »Aderlass? Nein.«

Mit geschlossenen Augen drückte er sich einen kalten Umschlag aufs Gesicht und biss die Zähne zusammen. Der Schmerz würde irgendwann nachlassen. Das tat er immer. Er war dumm gewesen und hatte sich dazu verleiten lassen, kurz vor Tagesanbruch in den Wald zu reiten. Er hatte gehofft, sie zu finden, aber dann waren die dunklen Wolken aufgerissen, sodass plötzlich die Sonne schien, und er hatte es seinem Pferd überlassen müssen, ihn zu seiner Burg zurückzubringen. Nicht einmal die Kapuze hatte seine Augen schützen können. Schließlich war er wieder in seinem Zimmer gewesen und auf seinem Bett gelegen, während er darauf hoffte, dass bald die selige Dunkelheit kommen würde und es ihm dann wieder gutginge.

Bei dem Gedanken, dass er zur Tatenlosigkeit verdammt war, stieg ihm bittere Galle in der Kehle hoch. Im Stillen schalt er sich selbst.

Du hast es zu eilig gehabt, du warst nicht bereit, geduldig zu sein. Du hast sechzehn Jahre gewartet, und da kannst du nicht noch ein paar Tage länger warten? Sie kommt; du spürst es doch.

»Aderlässe sollen bei manchen helfen. Ich würde die Blutegel ganz vorsichtig an Stellen setzen, die eine Wirkung auf die Augen haben«, erklärte der Medikus, und in seiner Stimme klang nur eine Spur von Überheblichkeit mit.

Das war wie Salz in seine Wunde.

»Ich sagte, kein Aderlass«, befahl Hallyd. »Habt Ihr mich nicht gehört? Und das Gleiche gilt für Abführmittel. Lieber Himmel, ich werde doch nicht den ganzen Tag in der Latrine verbringen.«

Der Medikus seufzte, als ruhte das Gewicht der ganzen Burg auf seinen bereits überlasteten Schultern. Cedrik versuchte nie, jemandem seine Meinung aufzudrängen – am allerwenigsten sturen, unbesonnenen Patienten. »Dann kann ich nichts mehr für Eure Augen tun.«

Natürlich könnt Ihr das nicht. Das ist Teil von Kambrias verdammtem Fluch, dachte Hallyd, ohne es laut auszusprechen. Cedriks Fähigkeiten halfen ihm gar nichts. Was er brauchte, war eine Hexe, die den Fluch aufhob. Nur die Menschen, die ihm am nächsten standen, wussten von Kambrias Dolch und dem Fluch, den sie vor ihrem Tod über ihn verhängt hatte. Diejenigen, die sein Geheimnis bewahrt hatten, waren immer noch bei ihm, obwohl sein Vertrauen zu ihnen mit der Zeit immer schwächer geworden war. Einige, die weitererzählt hatten, was sich damals auf dem Bergkamm zugetragen hatte, waren gestorben.

Und zwar schnell.

Hallyd ließ keine Ausreden gelten.

Er drückte die Kompresse weiter über seine Augen und biss die Zähne zusammen. Irgendwann würde es Nacht werden, sodass der schreckliche Schmerz, der in seinem Körper tobte, allmählich nur noch ein dumpfes Pochen in seinem Schädel hinter den eulenhaften Augen war. Er konnte es aushalten. Das hatte er früher auch schon. Und dann würde er warten, genau wie Vannora es ihm aufgetragen hatte; denn er wusste, innerhalb der nächsten zwei Wochen würde Bryanna kommen.

Gavyns Atem stand wie Nebel in der Luft, als sein Pferd langsamer wurde. Jeder Knochen in seinem Körper schmerzte, trotzdem drängte es ihn vorwärts, denn er wollte so viel Abstand wie möglich zwischen sich und die Soldaten seines Vaters bringen.

Zwei Tage lang ritt Gavyn Richtung Norden. Dabei kam er durch verschlafene Dörfer, wo er das Wild, das er unterwegs erlegt hatte, gegen etwas anderes eintauschte – eine warme Mahlzeit, ein Maß Getreide oder auch mal ein oder zwei Krüge Bier. Er aß stets in einer dunklen Ecke der jeweiligen Wirtschaft und blieb für sich. Immer wieder blickte er über die Schulter, um sicherzugehen, dass er nicht verfolgt wurde. Er lenkte sein Pferd selten benutzte Wege entlang, an Mühlteichen vorbei und durch Flüsse immer weiter in die Berge. Obwohl er keine Hinweise darauf entdecken konnte, dass sein Vater ihn verfolgte, wusste Gavyn doch, dass es nur eine Frage der Zeit sein würde, bis er das aufgeregte Bellen der Schlosshunde und die Rufe der Soldaten hören würde, die ihre Beute aufgespürt hatten.

Der Lord von Agendor würde nicht eher ruhen, als bis er seinen Bastard gestellt hatte. Ohne jede Regung würde Deverill zuschauen, wenn Gavyn zum Galgen geführt wurde. Erst wenn sein Genick brach, würde sein Vater sich zufriedengeben und sich am Anblick des hin und her schwingenden Leichnams seines Sohnes am knackenden Balken erfreuen. Er würde erleichtert sein, dass dieser Dorn in seinem Auge, den er gezeugt hatte, ihm nicht mehr ungehorsam war oder ihn auf andere Weise demütigte. Sein Vater würde sich freuen, dass Gavyn endlich für seine Respektlosigkeit bestraft wurde. Es sei denn, es gelänge ihm, den alten Mann zu überlisten.

Und das war genau das, was er vorhatte.

Noch hatte er die Möglichkeit dazu.

Noch war Gavyn nicht tot.

Also ritt er das große schwarze Ross, als wäre der Teufel persönlich hinter ihm her. Er achtete nicht auf den Schmerz in seiner Schulter und ignorierte das Fieber, das ihn manchmal noch überkam. Er ritt einfach weiter, obwohl seine Knochen bei jedem Galoppsprung, den der Hengst tat, vor Schmerz aufschrien.

Er überlegte sich, dass es wohl klüger wäre, das Pferd für einen guten Preis zu verkaufen und sich dann ein kleineres, unscheinbareres Reittier zu besorgen sowie andere Kleidung. Mit einem weniger auffälligen Pferd könnte er einen einfachen Mann vorstellen, sich Bart und Haare mit Mehl färben und durch schlichte Kleidung wie ein Bauer erscheinen.

Doch er war nicht dazu bereit, das schwarze Schlachtross zu verkaufen. Nicht nur bewunderte er den schlanken Hengst, sondern dass Rhi der ganze Stolz und die Freude seines Vaters war, machte es für ihn noch befriedigender, gerade dieses Pferd zu reiten.

Also nahm er das Risiko in Kauf, bemerkt zu werden, und spürte, dass es immer unwahrscheinlicher wurde, dass irgendjemand das schwarze Pferd mit der auffälligen langen Blesse und der einzelnen weißen Fessel erkannte, je weiter er sich von Agendor entfernte.

Am dritten Tag seiner Reise legten sich die ersten Schneeflocken auf seine Schultern, als es zu dämmern begann und er sich nach einem Lagerplatz umsah. Innerhalb kürzester Zeit bedeckte eine dünne Schicht Schnee den Boden und das Unterholz, sodass im schwindenden Licht alles zu glitzern begann.

Aus dem Augenwinkel nahm er eine Bewegung wahr – ein silbergrauer Schatten, der in ein Gebüsch sprang. Sein Pferd schnaubte und fing an zu tänzeln, während die Ohren nervös hin und her zuckten.

»Schsch, mein Junge, alles in Ordnung«, sagte Gavyn, obwohl sich seine Nackenhaare aufgestellt hatten und sich eisige Alarmbereitschaft in seinen Adern ausbreitete. »Ganz ruhig, Rhi.«

Zu spät!

Sein Pferd scheute und stieg plötzlich, sodass die stämmigen Vorderläufe durch die Nacht fuchtelten.

Gavyn begann nach hinten zu rutschen.

Schnell griff er mit seiner freien Hand nach dem Sattelknopf und zog mit einer einzigen geschmeidigen Bewegung das Messer aus der Scheide.

Schmerz zuckte durch seinen Arm und fuhr bis in seine Schulter.

Die Vorderläufe des Pferdes kamen wieder auf dem Boden auf. Mit einem verängstigten Wiehern machte Rhi einen Satz nach vorn. Er legte sich auf das Gebiss und raste durch den Wald davon, wobei Erde aufwirbelte und seine Hufe auf Steine trafen. Mit zusammengebissenen Zähnen lehnte Gavyn sich über den Hals des verängstigten Hengstes, während er an den Zügeln zog und sich dabei weit nach unten beugte, um den Ästen auszuweichen, die ihm entgegenschlugen.

Er spürte, wie sich die Muskeln des Rappen erst anspannten und dann streckten, als er über einen umgestürzten Baumstamm setzte und hart auf der anderen Seite aufkam. Gavyns Brustkorb schrie vor Schmerzen. Gavyn wickelte sich die Zügel um die Fäuste, um das große Tier wieder unter Kontrolle zu bringen. Er zog an den Zügeln, doch es tat sich nichts. Weißer Schaum erschien auf Rhis nassem Fell, während er voller Panik durch den Wald brach und es dabei irgendwie schaffte, Baumstämmen, Dorngestrüpp und Dachslöchern auszuweichen.

»Ruhig, ganz ruhig«, sagte Gavyn und bemerkte, dass das große Tier allmählich doch müde wurde.

Das Gelände stieg leicht an. Mit geblähten Nüstern sprang Rhi den Hügel hinauf, wurde dann jedoch langsamer, machte kürzere Sätze und atmete schwer.

»Das war's«, flüsterte Gavyn. »Bist ein guter Junge.«

Schließlich fiel Rhi immer noch nervös in einen Trab, der jeden Knochen in Gavyns Körper durchschüttelte, ehe das Pferd endlich in einen zügigen Schritt überging.

»Na, siehst du. Ist doch gar nicht so schlimm«, lobte Gavyn das Pferd.

Gavyn blickte über die Schulter. Im Unterholz, nur einen Steinwurf entfernt, war das silbergraue Fell eines Wolfs zu erkennen.

Kein Wunder, dass das Pferd gescheut hatte.

Gavyn behielt den Wolf im Auge, doch das Geschöpf blieb in den Schatten, war zwar ab und an zu sehen, kam aber nicht näher. Während er weiterritt, hielt Gavyn nach weiteren Wölfen Ausschau. Wo einer war, waren bestimmt noch mehr – der Rest der Meute, der nur darauf wartete, die Beute zu umzingeln und anzugreifen, wenn sie schwächer wurde oder zusammenbrach.

Doch in dieser Nacht zeigten sich keine weiteren Wölfe.

Dieser hier schien allein zu sein und außerdem leicht verletzt, denn er war zwar schnell, aber sein Lauf war ungleichmäßig, und er hinkte.

In der dritten Nacht seit seiner Flucht aus der Hütte von Dougal und Vala beschloss Gavyn, sein Lager neben einem Fluss aufzuschlagen. Der Wolf lag knapp außerhalb des Lichtscheins des Lagerfeuers, seine Augen funkelten in der Dunkelheit und spiegelten die Flammen wider. Er war ein zottiges Etwas, silbern mit einem Kragen aus schwarzem Fell. Gavyn fragte sich, wo wohl der Rest seines Rudels war, und nahm an, dass man ihn vielleicht ausgestoßen hatte, weil er den Anführer angegriffen hatte und unterlegen war.

Seinem eigenen Schicksal gar nicht so unähnlich.

»Warum verfolgst du mich also?«, fragte Gavyn und sprach damit das erste Mal das Tier an, das sich neben einen umgestürzten Baumstamm gelegt hatte und Gavyn unverwandt anstarrte, während dieser einen unglücklichen Hasen und ein Eichhörnchen briet. »Wo sind all deine Freunde, hm?«, fragte er, als könnte das Tier antworten. Fett tropfte in die Glut, zischte laut und ließ schwarzen Rauch nach oben zwischen die Bäume aufsteigen.

Gavyn saß auf einem flachen Stein und schabte die Innenseite des Hasenfells mit seinem Messer ab. Das Fell des Eichhörnchens hatte er bereits gereinigt und es zu den anderen getan, die er im Laufe der letzten Tage gesammelt hatte. Er hoffte, die glänzenden Pelze einem fahrenden Händler oder einem Schneider in der nächsten Stadt verkaufen zu können, obwohl es Hasen, Eichhörnchen und Dachse zuhauf gab und ihr Fell deshalb nicht viel einbrachte.

Das silbergraue Fell des Wolfs würde viel mehr bringen.

Er betrachtete das Tier genauso hungrig, wie dieses ihn anstarrte.

Verglichen mit den anderen Wölfen, die er schon gesehen hatte, war es kein großes Tier, aber mickerig war er auch nicht. Er drehte das Fleisch über dem Feuer, beendete das Reinigen des Pelzes, dann nahm er den Spieß vom Feuer und legte die heißen, durchgebratenen Tiere auf einen Stein.

Die ganze Zeit über ließ ihn der Wolf nicht aus den Augen.

»Bist wohl hungrig, was?« Gavyn schnitt das Eichhörnchen auf und zog das Fleisch auseinander. Er traute dem Wolf nicht, fragte sich aber trotzdem, warum er nicht bei seinem Rudel war. Vielleicht hatte er mit einem anderen Wolf, einem Wildschwein oder irgendeinem anderen Tier gekämpft. Oder vielleicht war er auch durch eine Falle verletzt worden.

Obwohl er das Tier damit wahrscheinlich nur noch mehr ermutigte, was sicherlich nicht besonders klug war, warf

Gavyn eine Hälfte des Eichhörnchens zwischen die Bäume, und das zottige Tier stürzte sich auf die gebratene Delikatesse, als wäre es wirklich kurz vor dem Verhungern.

»Mehr gibt's nicht«, sagte Gavyn, als er das kleinere Tier verspeist hatte und sich dann über den Hasen hermachte. Das saftige Fleisch schmeckte himmlisch, und er versuchte, den verdammten Wolf nicht zu beachten, der näher ans Feuer herangerückt war und mit hoch erhobenem Kopf jeden Bissen verfolgte, den Gavyn zu sich nahm. »Du musst dir dein Essen schon selbst besorgen.« Er riss mit den Zähnen ein weiteres Stück Fleisch von den Knochen und kaute es, während der Wolf ihn hungrig anstarrte. »Ich habe doch gesagt, dass es nichts mehr gibt.«

Warum hatte er dem Tier überhaupt etwas zu fressen gegeben? Damit hatte er nur Ärger heraufbeschworen. Er nagte einen Knochen ab, und der Wolf legte sich hin. Sein Kopf ruhte auf den ausgestreckten Vorderläufen. »Zieh es nicht einmal in Erwägung. Ich könnte dich töten. Bestimmt bekäme ich eine Belohnung für dich, oder vielleicht sollte ich dein Fell färben, sodass man den Wintermantel einer Dame mit deinem Pelz besetzen könnte ... Na, was meinst du?«

Jetzt redest du also schon mit einem wilden Tier? Erst diese lächerlichen Träume, und jetzt sprichst du mit einem Wolf? Lieber Himmel, Gavyn, jetzt bist du vollkommen übergeschnappt!

Verärgert über sich selbst, nahm er sich noch ein großes Stück Fleisch vom Hasen, um dann die Reste dem Wolf hinzuwerfen, der kaum kaute, sondern die kleinen Knochen gleich im Ganzen herunterschluckte.

»Das war's. Mehr gibt's nicht«, sagte Gavyn, um sich dann im Stillen zu sagen, dass er *nicht* wie dieses Tier war, das allein durch die Wildnis irrte, weil es von seiner Familie verstoßen worden war. Das war nicht sein Schicksal.

Er wischte sich die Hände ab, wickelte sich in seinen Umhang und legte sich auf die Pferdedecke. Er blieb nah am Feuer. Die Zügel seines Pferdes hatte er sich um eine Hand geschlungen, in der anderen hielt er sein Messer. Wenn das Pferd unruhig wurde, weil ein Tier oder ein Mensch in der Nähe war, würde Gavyn es bemerken.

Er wollte nur einige Stunden schlafen und dann weiter gen Norden in die Gegend reiten, in der seine Mutter gelebt hatte. Sie hatten in Agendor gewohnt und waren, als er zwölf war, in den Norden gezogen. Damals hatte er gedacht, seine Mutter versuche Deverill zu entfliehen; später hatte er herausbekommen, dass im Grunde Marden, Deverills Frau, das eigentliche Problem war. Ihre rasende Eifersucht hatte Gavyns Mutter durchs ganze Land gejagt – von Agendor über Penbrooke nach Tarth. Den letzten Ort, an dem seine Mutter gelebt hatte, hatte er seit ihrem Tod nicht mehr aufgesucht, und wenn Deverill beschloss, in der Gegend zu suchen, dann sollte es eben so sein.

Dann sollte der Lord von Agendor seinen Bastardsohn eben finden.

Er fiel in einen unruhigen Schlaf und erwachte erst bei Tagesanbruch wieder; von seinem Lagerfeuer waren nurmehr verkohlte Aststücke und Asche übrig. Das schwarze Pferd stand entspannt neben ihm und bewegte sich erst, als Gavyn aufstand und sich streckte, wobei er seinen Blick auf der Suche nach dem Wolf zu den Bäumen und Büschen schweifen ließ.

Das Tier schien nicht mehr da zu sein, was ihm nur recht war, dachte Gavyn. Er erleichterte sich am rauen Stamm einer Eiche und streckte dann seine Muskeln. Die Seite tat ihm immer noch weh, und der verletzte Arm brannte entsetzlich. Fieber hatte er im Moment keines, aber seine Rippen schmerzten, und es würde etwas dauern, bis er seine alte Kraft wiedererlangt hatte. Aber im Grunde spielte das keine Rolle. Jetzt war er frei, zumindest für den Augenblick.

Er schwang sich in den Sattel, zuckte zusammen, als er an den Zügeln zog, und verließ sein kleines Lager. Er war fast eine Meile geritten, als er den Wolf wieder bemerkte, der ihm wie ein Schatten in einiger Entfernung folgte, ihn jedoch nie aus den Augen verlor. »So viel Glück, dich wieder loszuwerden, habe ich wohl nicht, was?«, meinte Gavyn, aber er entschied, dass das pelzige Geschöpf keine Bedrohung darstellte und wohl bald die Lust verlieren würde, ihm zu folgen.

Als er auf die Hauptstraße kam, verschwand der Wolf, und Gavyn war sich sicher, dass das Tier umgekehrt war. Nachdem er auf dem Weg nach Wybren seine Felle bei einem dicken Hausierer gegen ein paar schlecht sitzende Hosen und einen Umhang eingetauscht hatte, ritt Gavyn wieder Richtung Norden weiter. Bald erspähte er im aufsteigenden Nebel, der die Abenddämmerung ankündigte, wieder den silbrigen Pelz.

Gavyn lächelte innerlich, lenkte sein Pferd tief in die Ausläufer der Berge, und der zottige Wolf mit den hungrigen Augen und dem ungleichmäßigen Gang folgte ihm, ohne zu zögern.

7

Vielleicht hatte sich das Schicksal zu seinen Gunsten gewendet.

Zwischen den Bäumen tanzte der flackernde Schein eines Lagerfeuers in dieser Nacht, die schwärzer als schwarz war, mit einem wolkenverhangenen Himmel, der Regen oder Schlimmeres ankündigte. Müde und mit vor Schmerz pochender Schulter wandte Gavyn sich dem Lichtschein zu. Es war an der Zeit, sich auch einmal einen leichteren Weg zu suchen.

So leise wie eine Wasserschlange durch die Strömung ließ er sich aus dem Sattel gleiten und wickelte die Zügel seines Pferdes um den tief hängenden Ast einer Kiefer.

Seine Knochen schmerzten von den Stunden, die er im Sattel verbracht hatte, sein Schädel pochte, er hatte Durst und einen schlechten Geschmack im Mund. Bei jedem Schritt seines Pferdes hatten ihn seine Rippen daran erinnert, dass sie noch nicht wieder zusammengewachsen waren. Schlimmer noch, die Wunde an seiner Schulter fühlte sich heiß an, wenn er sie berührte, und hatte wieder angefangen zu nässen.

Und das war verdammt schlimm.

Schon bald würde er in Tarth sein, in der Gegend, wo seine Mutter einst zuhause gewesen war. Bestimmt würde er dort einen Freund, einen Heiler finden, der ihm half.

Doch jetzt würde er sich erst einmal mit jenem ahnungslosen Menschen befassen, der den Fehler begangen hatte, hier sein Lager für die Nacht aufzuschlagen. Er zog sein Messer aus der Scheide und näherte sich vorsichtig dem Lager, wobei seine Stiefel nicht das kleinste Geräusch machten, als er unter Zweigen hindurchkroch und über die Nadeln hinwegging, die den Waldboden bedeckten.

Dann erblickte er sie.

Keine Bande von Räubern oder Halsabschneidern oder einen Trupp Soldaten, sondern eine einzelne Frau.

Die Frau aus seinen Träumen.

Er erstarrte. Bei allen guten Geistern, konnte es sein? War es tatsächlich die Frau, die er Nacht für Nacht auf dem weißen Pferd gesehen hatte?

Nein! Das war unmöglich. Unglaube und Vernunft sagten ihm, dass er wieder einmal seinen Einbildungen erlag, wobei er das, was da war, sich so hindrehte, dass er sah, was er sehen wollte. Und doch …

Da war sie.

Und stand neben dem Feuer.

Heilige Mutter Gottes.

Es war eine Gewohnheit aus seiner Kindheit, die ihn sich bekreuzigen ließ, obwohl er schon vor Jahren seinen Glauben verloren hatte. Das lag am Fieber, unter dem er litt, ganz bestimmt. Seine Fantasie gaukelte ihm da etwas vor, was gar nicht da war. Welche Krankheit auch immer in ihm toben mochte, sie war der Grund für diese Vision.

Und doch war er sich sicher, diese Frau hier im Wald war *sie*. Ihr Haar hatte denselben roten Bronzefarbton und fiel ihr voll und wellig über den Rücken. Ihre Gesichtszüge waren ebenmäßig, das Kinn stark, und obwohl er nicht nah genug war, um es sicher erkennen zu können, nahm er an, dass sie einen leichten Anflug von Sommersprossen auf ihrer kurzen, geraden Nase hatte.

Er biss die Zähne zusammen, und der dumpfe, nagende Schmerz in seiner Schulter ließ nach. Wie in drei Teufels Namen hatte er sie sich in seiner Fantasie vorstellen können, diese Frau, die er nie zuvor gesehen hatte? Wie hatte sein Geist ihr Antlitz heraufbeschwören können?

Du bist verflucht, hörte er die Stimme seiner Mutter so deutlich, als würde sie dicht hinter ihm stehen. Doch er glaubte nicht an Zauberei oder Hexen. Er ließ seinen Blick über den kleinen Lagerplatz schweifen, über dem immer noch der Geruch von geröstetem Fisch hing, und sah ihr Pferd, dasselbe Pferd, das immer wieder durch seine Träume raste und dessen Hufschläge Sterne davonschießen ließen. Das war Mist. Völliger Schwachsinn. Und doch stand da genau dieses weiße Pferdchen mit dem grauen Maul, und die Fesseln, und auch Mähne und Schweif, wiesen graue und schwarze Haare auf.

Er blinzelte, als wollte er die Vision vertreiben, doch das Bild veränderte sich nicht. Die Frau stand nach wie vor neben dem Feuer und hielt einen Fetzen – vielleicht aus Leder? – in der Hand.

In seinen Träumen hatte sie immer ein weißes Kleid mit Goldstickereien getragen. Ein durchsichtiges, luftiges Kleid, das ihre Arme frei und ihre Brüste und Nippel durch den dünnen Stoff schimmern ließ. Die Schönheit und Kraft ihrer Beine, die um den Leib des Pferdes lagen, war deutlich zu erkennen, und er hatte sogar ihren flachen Bauch und den weichen rötlichen Flaum zwischen ihren Beinen sehen können, als sich der spinnwebfeine Rock um ihre Taille bauschte.

Als er ihr jetzt in Fleisch und Blut gegenüberstand, trug sie statt des leichten weißen Kleides dicke, warme Kleidung. Ein schwarzer Samtmantel, der mit Kaninchenfell gefüttert war und mit silbernen Knöpfen geschlossen wurde, reichte bis zu ihren Knöcheln, und obwohl sie sie nicht über den Kopf gezogen hatte, sah er doch die Kapuze, die unter ihrem Haar verborgen lag. Während sie neben dem Feuer auf und ab ging, öffnete sich der Mantel und gab den Blick auf dunkelrote Röcke frei.

Das Kleid einer Edeldame.

Die alleine ritt?

Er atmete kaum, während er sie beobachtete.

Wer war sie? Abgesehen von der Frau, die er immer wieder in seinen Träumen heraufbeschworen hatte, wusste er nichts über sie.

Was machte sie hier mitten im Wald?

Wieder ließ er seinen Blick über den Boden um das Lagerfeuer gleiten. Um das Feuerloch herum lagen Steine, und darin brannten hell flackernd Zweige und kleine Aststücke. Immer noch konnte er keine weitere Person entdecken, aber es war doch eigentlich unmöglich, dass sie ganz allein hier draußen im Wald ihr Lager aufgeschlagen hatte. Es musste noch jemand anderes da sein, entweder ihr Ehemann, eine Eskorte oder irgendeine andere Art von Begleitung. Jemand, der sich gerade hinter einem Baum erleichterte oder losgezogen war, um etwas Essbares zu erjagen.

Doch die Minuten vergingen, und der Mond stieg zum Himmel auf, aber aus der das Lagerfeuer umgebenden Dunkelheit trat kein Gefährte hervor.

Sie schien tatsächlich ganz allein zu sein.

Und sie war wütend.

Sie redete mit sich selbst und hielt dabei das Lederstück in der Hand, die sie zur Faust geballt ärgerlich schüttelnd zum Himmel hob. Als wäre sie eine in ihrem Wahn gefangene Geistesgestörte, die gegen die Götter wetterte. Zwar waren ihre Worte nicht zu verstehen, aber sie war eindeutig verärgert, und ihre hübschen Gesichtszüge waren von Wut verzerrt, während sie am ganzen Körper vor Zorn zitterte.

Sie warf beide Arme nach oben und schüttelte den Kopf,

wobei ihr langes, zerzaustes Haar über ihren Rücken schwang und den Lichtschein des Feuers zurückwarf. »Bitte!«, rief sie, und das Wort hallte durch die Bäume in diesem einsamen Tal. »Isa, komm zu mir!«

Isa? Bei diesem Namen wurde eine weit entfernte Erinnerung in ihm geweckt. Also war sie doch nicht allein. Sie hatte eine Gefährtin dabei. Jemand, der sich vor ihr versteckte? Seine Spielchen mit ihr trieb? Oder jemand, der sie im Stich gelassen hatte?

»Kannst du mich hören? Isa! Ich flehe dich an. Komm zu mir. Jetzt! Ich brauche dich.«

Und doch gab die Frau, nach der sie rief, keinen Laut von sich und blieb in der Dunkelheit verborgen.

Schließlich gab sie auf. Sie ließ die Arme fallen. »Na schön! Dann soll es so sein!«, rief sie. Dann öffnete sie langsam ihre Hand und entrollte das Leder. »Ich werde es selbst machen.« Mit gerunzelter Stirn fuhr sie mit einem Finger ihrer freien Hand über das Leder, als würde sie versuchen, dort etwas zu entziffern.

»Isa«, sagte sie wieder, diesmal jedoch leiser. Der Name schwebte wie eine leichte Brise auf ihn zu und rief eine schwache, fast vergessene Erinnerung wach. Er hatte den Namen irgendwann in ferner Vergangenheit schon einmal gehört – dessen war er sich sicher. Aber wo? Und wann?

Die Frau hatte sich etwas beruhigt und ließ sich auf einen großen Baumstumpf neben dem Feuer sinken, dann strich sie das Leder auf einem flachen Stein glatt. Sie griff in ein Horn, das an ihrem Gürtel hing, und streute eine Art Puder auf das brennende Holz. Die Flammen wurden plötzlich blau, flackerten, und Funken stoben auf, während die Frau leise sang.

Gütiger Himmel, dachte diese Frau, diese *wunderschöne*

Frau etwa, dass sie eine Hexe wäre? Das war blödsinnig. Völliger Unsinn. Ja, er glaubte wohl, dass es Frauen gab, die einen Verletzten heilen und pflegen konnten, in vielen Fällen sogar weit besser als ein Medikus. Doch das Herbeirufen von Geistern, das Beschwören von Zauberformeln und das Belegen mit Flüchen waren nun wirklich völliger Schwachsinn.

Aber sie hatte etwas ins Feuer gestreut, und es war blau geworden.

Was trug sie also sonst noch in den Hörnern und Lederbeuteln mit sich, die an ihrem Gürtel hingen? Hatte sie außer Puder, Zaubertränken und Lederfetzen noch etwas Wertvolles bei sich? Geld? Wenn ja, warum war sie dann hier im Wald? Allein? War sie etwa so dumm, dass sie glaubte, sich mit Zaubersprüchen vor den Räubern schützen zu können, die sich in diesen Wäldern zusammenrotteten und ihr Unwesen trieben? War diese Frau, Isa, wirklich noch bei ihr? Oder hatte sie diese Möchtegern-Zauberin bereits verlassen? Vielleicht, weil sie wirklich verrückt war? Oder bestand die Möglichkeit, dass es Isa gar nicht gab?

Wieder fragte er sich, was sie wohl an Wertvollem in den Falten ihres Umhangs bei sich tragen mochte.

Er hatte ein nur sehr geringes Schuldgefühl, denn auch wenn er ihr nichts antun wollte, lag ihm doch der Gedanke, ihr etwas zu stehlen, nicht ganz fern. Er konnte jedes Gran Silber oder Gold, das sie bei sich haben mochte, gebrauchen. Sie trug keine Ringe, und den Kragen hatte sie zu hoch geschlossen, als dass er einen Blick auf Gold oder Juwelen um ihren Hals hätte erhaschen können. Aber nur weil nichts zu sehen war, bedeutete das nicht, dass sie keine Kette oder Brosche hatte, die er einstecken und verkaufen könnte.

Wenn er sie denn wirklich bestehlen könnte.

Plötzlich verstummte sie. Sie riss den Kopf hoch. Ihre

Augen – blau mit dem grünen Glanz gesprenkelter Blätter im Wald – waren direkt auf ihn in seinem Versteck gerichtet. Als hätte sie seine Gedanken gehört und wüsste, dass er sich im Dunkeln verbarg. Er rührte keinen Finger, blinzelte noch nicht einmal, aber sein Herz pochte wie verrückt, und er fragte sich, ob sie es wohl hören konnte, ihn vielleicht doch sah.

Bei allen Heiligen, sie war wunderschön. Jetzt, wo sie in seine Richtung sah und der Feuerschein warm auf ihrer Haut lag, konnte er ihre ebenmäßigen Gesichtszüge erkennen. Sie war tatsächlich die Frau aus seinen Träumen. Sie sah mit ihren hohen, wohlgeformten Wangenknochen, den fein geschwungenen Augenbrauen und den ärgerlich verzogenen, vollen Lippen ihres kleinen Mundes ärgerlich in seine Richtung.

»Der Teufel soll dich holen«, sagte sie laut und deutlich. »Komm heraus!«

Wer? Wen sollte der Teufel holen? Sein Herz blieb fast stehen. Sprach sie wieder zu Isa? Oder etwa mit ihm? Konnte sie ihn im Dunkeln sehen? Reflektierten seine Augen das Feuer?

»Zeige dich, du Schwein!«

Neben sich hörte er ein Geräusch, das Rascheln von Blättern.

War noch jemand hier in diesem Wald?

Isa?

Oder ein anderer Dieb, der es auf sein Opfer abgesehen hatte?

Ein Mörder gar?

Jemand, der sie angreifen, ausrauben und vergewaltigen wollte, um sie dann umzubringen, diese Frau, die ihm in seinen Träumen erschienen war?

Bewegte sich da etwas im Dunkeln ... oder war es nur eine durch das Feuer hervorgerufene Täuschung? Er hockte sich hin, bereit loszuspringen. Alle seine Sinne waren angespannt, während er die Dunkelheit zu durchdringen versuchte.

Sein Griff um das Messer wurde fester, während er die Schatten musterte, die sich jetzt nicht mehr bewegten.

Zwei goldene, unverwandt blickende Augen erschienen.

Heiliger Himmel.

Der verdammte Wolf.

Das hungrige Tier starrte ihr Pferd an, als wäre es seine nächste Mahlzeit.

»Du da!«, rief die Frau. Ihre wütenden türkisfarbenen Augen durchdrangen die Nacht, um sich tief in seine Seele zu bohren. »Ja, du, Sohn Satans«, drückte sie sich klarer aus, und da wusste er, dass sie ihn irgendwie erspäht hatte. »Zeige dich.«

Für einen Moment hatte er den Blick von ihr abgewandt, und schon hatte sie ihr Messer gezückt und stand vor ihrem Pferd, während sie die Klinge so hielt, als wolle sie sich damit verteidigen. »Ich weiß, dass du da bist, du Feigling. Wenn du nicht sofort da herauskommst, schwöre ich dir, werde ich dich mit einem Fluch belegen, der deinen Verstand verfaulen lassen wird, sodass du blöder sein wirst als der letzte Dorftrottel.« Ihre Augen verengten sich zu Schlitzen, und sie kochte förmlich vor Wut. »Und das ist noch nicht alles. Sobald du keinen Verstand mehr hast, werde ich dich mit einem Zauberbann belegen, der deinen Schwanz wie einen Wurm, der in der Sonne liegt, schrumpfen und vertrocknen lässt. Er wird zerbröckeln und schließlich ganz abfallen, sodass du kein Mann mehr bist.«

Sie ließ ihre Worte wirken, und einer ihrer Mundwinkel verzog sich zu einem zufriedenen Grinsen.

Wenn er an solchen Unsinn geglaubt hätte, wäre jetzt vielleicht ein Anflug von Furcht in ihm aufgestiegen. Aber so ließ er sie nur weiter herumdröhnen und amüsierte sich darüber, mit wie viel Überzeugung sie ihre Drohungen hervorstieß.

»Hörst du mich? Von dieser Nacht an bis in alle Ewigkeit werden die Mädchen in jeder Stadt, in die du kommst, kichern, dich auslachen und mit dem Finger auf dich zeigen, während sie miteinander tuscheln und dich einen Eunuchen nennen. Wenn du jetzt nicht sofort ins Licht trittst, werde ich dein Leben mit einem Schnipsen meiner Finger zu Grunde richten.«

Was für ein Blödsinn!

Bryanna schaute finster in die Nacht.

Jemand oder etwas war da. Sie spürte, dass sie beobachtet wurde. Mit der freien Hand berührte sie das Schutzamulett, das sie um den Hals trug: ein roter Faden mit einem Stück Wanzenkraut daran.

Wer auch immer sich da im Schatten verbergen mochte, war kein Mörder, denn er hatte keinen Pfeil auf ihr Herz abgeschossen noch mit einer Keule nach ihrem Kopf ausgeholt oder ihren Körper mit einem Schwert durchbohrt. Wenn derjenige, dessen Anwesenheit sie spürte, vorgehabt hätte, sie zu töten, hätte sie längst ihr irdisches Dasein hinter sich gelassen.

Plötzlich hob Alabaster den Kopf in den Wind und sah zum Waldrand, wobei sie ihre Ohren aufmerksam nach vorn stellte.

»Was hast du, mein Mädchen?«, fragte Bryanna, die ihren Blick immer noch über das dunkle Unterholz schweifen ließ und ihn nun dorthin richtete, wo die Stute hinschaute. Sie umklammerte ihr Messer fester und wünschte sich plötzlich, dass es viel, viel größer sein möge. Plötzlich sah sie ein Licht aufflackern. Es war der Widerschein des Feuers. Ihr stockte der Atem.

Tief aus dem Schatten waren goldene Augen auf sie gerichtet.

Ein Mensch?

Ein Tier?

Oder etwas anderes? Etwas, das beides in sich vereinte?

Die Angst verwandelte ihr Blut in Eis. In ihrer Fantasie sah sie plötzlich Wildschweine und Raubkatzen, Wegelagerer, die keine Probleme damit hatten, unschuldigen Reisenden die Kehle aufzuschlitzen, und schlimmer noch, Dämonen aus der Unterwelt, wo das Böse in verderbten Seelen herrschte, welche sich jederzeit von menschlicher Gestalt zu Geistern verwandeln konnten.

Sei mit mir. Gib mir Kraft, betete sie im Stillen, während eine feuchte Brise über ihre Haut strich. Ihr Herz pochte so stark, dass es gegen die Rippen zu schlagen schien, und das Blut rauschte in ihren Ohren.

Alabaster bewegte sich und schnaubte, während sie die furchteinflößende Stelle im Dunkel nicht aus den Augen ließ.

»Schsch«, sagte Bryanna und raunte ein Schutzgebet.

Die Augen verfolgten jede ihrer Bewegungen, genau wie die Schlosshunde es immer taten, wenn sie saftige Bissen von Wildschwein oder Gans zum Munde führte. Ihre Blicke klebten dann förmlich an einem. So wie jetzt. Die Augen da draußen im Wald – gehörten sie vielleicht einem herumstreunenden Köter?

Nein, eher einem Wolf.

Ihr blieb beinahe das Herz stehen. Sie schluckte. *Morri-*

gu, hilf mir. All die Zaubersprüche, die sie gelernt hatte und mit denen man sich schützen konnte – das rote Band, das sie um den Hals trug, der Lavendel, die Knospen von Wassermolch und Efeu, die sie zu Pulver verrieben und um sich verstreut hatte, das Wanzenkraut, mit dem sie ihre Kleider gespült hatte –, nichts davon schien stark genug, um damit ein Tier abzuwehren, das so klug und gefährlich war wie ein Wolf.

Alabaster wieherte ängstlich, als plötzlich eine Böe ihr Haar aufflattern ließ. Auf einmal hörte sie wieder Isas Stimme, die so klar wie Glockengeläut durch die nächtliche Stille hallte: »*Hier ist mehr Böses, als du ahnst*«, erklärte ihr die Stimme der toten Frau. »*Der Wolf ist es nicht, vor dem du dich fürchten solltest. Er ist dein Schutz ... Erinnerst du dich denn nicht an ihn? Als du noch ein Kind warst, war er in deiner Nähe.*«

»Das ist jetzt nicht der richtige Zeitpunkt, um in Rätseln zu sprechen«, zischte sie, doch sie spürte auch, dass Isas Worte der Wahrheit entsprachen. Fast meinte sie, das Tier riechen zu können. Sie nahm es wahr trotz des Schnees, der in der Luft lag. Neben dem Wolf gab es noch eine andere Macht – ein finsterer, seelenloser Jäger, der durch den Wald streifte.

Gütiger Himmel, wie hatte sie sich nur in so eine Situation bringen können?

Ihr Blick huschte zu den Schatten.

Vielleicht war der Wolf gar kein Tier, sondern ein Wesen, welches eine andere Gestalt annehmen konnte, ein Dämon, der sowohl wie ein Tier als auch wie ein Mensch aussehen konnte – ein Wesen wie kein anderes.

Morrigu, steh mir bei.

Sie blickte dem Scheusal direkt in seine bösen Augen. Sie

streckte dem Tier die gespreizten Finger ihrer Hand entgegen, obwohl sie deren Zauberkraft noch nicht erprobt hatte. »Was für ein Ungetüm bist du, Hund?«, verlangte sie zu wissen, und es kam Wind auf, strich ihr das Haar aus dem Gesicht, raunte durch die trockenen Blätter und pfiff durch das Tal. »Hast du denn nicht gehört, dass ich dein Leben zerstören werde?«

Sie wappnete sich, sie rechnete jetzt jeden Augenblick damit, dass sich das Monster auf sie stürzen würde.

»Warum tötet Ihr mich nicht einfach?«

Beim Klang der tiefen männlichen Stimme zuckte Bryanna heftig zusammen.

»Warum haltet Ihr Euch damit auf, den Geist zu verwirren und Schwänze vertrocknen zu lassen, wenn Ihr gar so mächtig seid?«

»Was?« Es war doch ganz und gar unmöglich, dass der Wolf zu ihr sprach! Bei allem, was heilig war – sie verlor allmählich den Verstand. Das war es. Endlich war sie sich sicher, verrückt zu sein.

»Ich fragte, warum Ihr mich nicht einfach tötet, und dann ist es gut? Das würde uns beiden eine Menge Ärger ersparen.«

Bei allen Göttern, meinte er das ernst? »Wer seid Ihr?«, wollte sie wissen, während ihr Herz schneller schlug als die Flügel eines Kolibris. Von wo kam die Stimme ... doch bestimmt nicht vom Wolf. Nein, sie kam von einer Stelle, wo ein Baum umgeknickt war, und die lag ein gutes Stück von dort entfernt, wo das Tier kauerte. »Warum zeigt Ihr Euch nicht? Habt Ihr Angst? Seid Ihr ein Feigling? Oder so abscheulich anzusehen?«

Wieder lachte er, ein tiefer, verächtlicher Laut, der durch das Tal hallte. »Ja«, antwortete er, dieser Mann oder dieses

Tier, das sich vor ihr versteckte. »Ihr seid tatsächlich eine Zauberin. Ihr habt nicht nur erkannt, dass ich Angst habe und unfähig bin, mich zu bewegen, sondern auch, dass ich abstoßend bin. So schrecklich entstellt, dass Ihr Euch bei meinem Anblick winden würdet.«

»Oh, bei Rhiannon.« Wie konnte dieser Mann oder was immer es war es wagen, sie zu verspotten? Verärgert und immer mit einem Auge auf das hundeähnliche Tier, das furchteinflößend knapp außerhalb des Feuerscheins kauerte, sagte sie: »Wisst Ihr überhaupt, dass Ihr nur wenige Fuß von einem Wolf entfernt seid?«

»Er gehört zu mir.«

»Er *gehört* zu Euch?«

»Ja.« Er kicherte doch tatsächlich, als würde er sich über sie lustig machen. Ach, dann sollte er halt bei lebendigem Leibe aufgefressen werden! »Er wird Euch nichts tun.«

»Woher wollt Ihr das wissen? Ist er etwa Euer ... was? Euer Schoßtier?« Was zum Teufel ging hier vor? Wem gehörte diese wohlklingende tiefe Stimme, in der ständig Erheiterung mitschwang?

Wieder lachte er, was sie noch mehr aufbrachte. »Ein Schoßtier? Nein, ein Streuner, der mir einfach gefolgt ist.«

»Und Euch das Herz herausreißen will.«

»Das glaube ich nicht. Wenn er mich töten wollte, hätte er das längst versucht. Er ist jetzt seit fast einer Woche bei mir.«

»Er könnte immer noch auf eine Gelegenheit warten. Und wer, zum Teufel, seid Ihr überhaupt?«

»Er ist ein Tier«, sagte er, ohne auf ihre Frage nach ihm einzugehen. »Er nimmt sich, was er will, wann er es will.«

»Und er verfolgt seine Beute so lange, bis sie entweder müde, schwach oder unachtsam wird.« *Genau wie du selbst,* sagte sie zu sich. *Sei vorsichtig. Denk an Isas Warnung.* »Es reicht! Wer immer Ihr auch sein mögt, versteckt Euch nicht länger«, befahl sie. Noch ehe ihre Worte ganz über ihre Lippen waren, trat ein Mann aus dem Schatten.

Bei seinem Anblick wäre sie fast einen Schritt zurückgewichen, doch irgendwie gelang es ihr, stehen zu bleiben.

Er war groß, und seine Schultern waren breit. Sein Körper wirkte zwar muskulös, doch gleichzeitig sah er abgemagert und ausgezehrt aus. Er trug Lederhosen und einen abgetragenen braunen Umhang, der um seinen hageren Körper flatterte, als er auf der anderen Seite des Lagerfeuers stehen blieb. Gütiger Himmel, er war schrecklich verunstaltet. Sein Gesicht war völlig entstellt, die Nase offensichtlich gebrochen, und seine tiefliegenden Augen waren violett und grün umrandet. Ein Lid hing immer noch ein bisschen herab, und die Stelle, wo das aufgeschürfte Fleisch auf seiner Wange zu sehen war, heilte gerade erst wieder zu.

Es überraschte sie, dass er überhaupt noch stehen konnte. *Das* war der Krieger, die finstere Macht, vor der sie Angst haben sollte? Da musste ein Irrtum vorliegen, denn wenn er auch früher einmal ein kräftiger, lebhafter, muskulöser Mann gewesen sein mochte, so erweckte er jetzt doch eher den Eindruck, als hätte man ihn halb totgeprügelt.

»Was ist Euch widerfahren? War das der Wolf?« Sie blickte nervös zu der Stelle, wo das Tier immer noch lauerte, obschon die Wunden des Mannes nicht so aussahen, als wäre ein Tier über ihn hergefallen; es waren keine Bisswunden zu erkennen.

Weiße Zähne blitzten in dem mit einem dunklen Bart bedeckten Gesicht des Mannes auf. »Nein.«

»Ihr sagtet, dass er ... bei Euch ist?«

»Er ist mir gefolgt.«

»Und Ihr habt gar keine Angst, dass er Euch anfallen könnte?«

»Bisher hat er es nicht getan.«

Der Mann war übergeschnappt – das war's. Der Wolf würde erst zuschlagen, wenn der Mann so schwach war, dass er den Angriff nicht mehr abwehren konnte. Und so wie er aussah, würde es schon bald so weit sein. »Was ist Euch denn dann widerfahren?«

»Ich bin gefallen.«

»Ihr seid gefallen? Von wo? Von den Zinnen einer Burg? Von einem Berg?«

»In Ungnade«, sagte er, und seine Lippen verzogen sich unter dem Bart zu einem schmerzlichen Lächeln. »Belassen wir es dabei.«

Offensichtlich hatte der Sturz seinen Verstand in Mitleidenschaft gezogen.

Als er näher trat, sah sie, dass das Weiß seiner Augen blutunterlaufen war und Schorf seine Hände und Wangen bedeckte. War er gefährlich? Sie konnte es nicht sagen, aber sie beschloss, ihr Messer weiterhin in der Hand zu behalten.

»Wo ist Isa?«, fragte er.

»Was?« Er wusste, dass sie mit ihrem toten Kindermädchen redete?

»Ich habe gehört, wie Ihr nach ihr rieft.«

»Oh.« Also wusste er gar nicht, dass sie allein unterwegs war. Gut. Sie würde ihn in dem Glauben belassen. »Sie ist, äh, vorausgeritten, um Vorräte zu holen ... aber sie müsste jeden Moment wiederkommen ... mit ihrem Mann.«

»Sie ist verheiratet?« Er wirkte misstrauisch.

»Ja, schon seit vielen Jahren.« In Gedanken begann sie die Lüge auszuschmücken. »Ihr Mann, äh, Parnell, ist sehr stark. Ein Krieger.«

»Der Euch allein gelassen hat.«

Sie zwang sich zu einem Lächeln. »Die beiden sind unzertrennlich«, erwiderte sie und log jetzt gewandt, nachdem ihre Fantasie einmal in Gang gesetzt worden war. Er würde es ja ohnehin nie erfahren, was spielte es also für eine Rolle?

»Ihr klangt ärgerlich.«

»Das bin ich auch«, sagte sie schnell, und zumindest das war keine Lüge, auch wenn sie es eher auf sich selbst war. Doch das wagte sie diesem verletzten Mann, der mit einem Wolf umherzog, nicht zu sagen. Noch nicht. »Sie sollten eigentlich bei Einbruch der Nacht zurück sein.«

»Vielleicht hat sie irgendetwas aufgehalten.« Er trat noch näher, und sie richtete ihr Messer auf seine Kehle.

»Ja, aber sie werden bald da sein«, erwiderte sie. »Und wer, zum Teufel, seid Ihr denn nun?«

»Vielleicht ja Euer Leibwächter.«

Sie hätte fast aufgelacht. Wie lächerlich! Der Mann war bereits halbtot. »Meint Ihr das im Ernst? Seht Euch doch an. Ihr könnt ja noch nicht einmal auf Euch selbst aufpassen, geschweige denn auf einen anderen Menschen.« Sie ließ die Hand mit dem Messer etwas sinken. »Bestimmt habt Ihr doch einen Namen.«

»Ja. Ich heiße Cain«, sagte er ohne zu zögern, wobei er sie jedoch nicht aus den Augen ließ, um zu sehen, ob sie vielleicht darauf reagierte. Weil sie den Namen vielleicht früher schon einmal gehört hatte. »Und Ihr? Wie heißt Ihr?«

Sie bezweifelte, dass sie ihm vertrauen konnte, und doch schien es keinen Grund zu geben, ihn anzulügen. »Bryanna.«

Sie sah etwas in seinen Augen aufflackern. »Bryanna?«

»Ja.«

»Und von wo kommt Ihr?«

»Calon«, bekannte sie, obwohl sie ihm nur so wenig Informationen wie möglich über sich geben wollte.

»Calon.« Seine Augenbrauen bildeten fast eine gerade Linie. »So weit aus dem Süden?«

Sie nickte, während sie einen Blick zum Waldrand warf, um sicher zu sein, dass der Wolf sich nicht erhoben hatte, um anzugreifen. Das zottige graue Tier lag immer noch an der gleichen Stelle, als würde es sich ausruhen. Obwohl Bryanna es sich nur sehr ungern eingestand, ähnelte dieser Wolf doch dem Tier, das ihre Fantasie in ihrer Kindheit immer wieder heraufbeschworen hatte. Ja, sogar die Fellzeichnung, der schwarze Kragen beim ansonsten silbrigen Haarkleid, war dieselbe.

»Wo wollt Ihr so weit von Calon entfernt hin?«

Natürlich wusste sie das nicht, noch würde sie es ihm anvertraut haben, wenn sie es gewusst hätte. »Nach Norden. Was ist mit Euch? Woher seid Ihr?«

»Hier und da«, meinte er und zuckte mit einer Schulter. Sein Blick ging nach unten zu dem Stein, auf dem Isas ärgerliches Stück Leder zu sehen war. »Ist das eine Karte?«, fragte er, während er das Leder nahm und es gegen das Feuer hielt, sodass es von hinten beleuchtet wurde.

»Eine armselige Karte.« Sie schnaubte verärgert wegen des Lederfetzens.

»Hm.« Mit gerunzelter Stirn drehte er das Leder, um es dann über Kopf zu halten. »Dachte ich es mir doch.« Er nickte und schaute sie dann an. »Wo ist der Rest?«

»Es gibt mehr?«, fragte sie verblüfft. Sie hatte dieses Stück Hirschleder in Isas Hütte gefunden, und mehr war nicht da gewesen.

»Müsste es eigentlich.« Er drehte es ein wenig, sodass Bryanna die Zeichnungen durch das Leder hindurch sehen konnte. »Seht Ihr hier, diese Erhebungen? Man könnte meinen, es wären Hügel, doch in Wirklichkeit sind es die drei Felsen.«

»Die drei Felsen?«, wiederholte sie skeptisch.

»So werden sie genannt. Wenn man von hier an den Klippen vorbeikommt ...«, er zeigte auf die drei Erhebungen auf der Karte, »sieht man drei riesige Felsen, einen im Westen und zwei im Osten. Von hier ...«, er fuhr mit seinem Finger nach oben, »reist man einen halben Tag bis zum Dorf und der Burg. Nur jemand, der in Tarth gelebt hat oder häufiger dorthin gereist ist, würde wissen, wie sie heißen.«

»Und Ihr tut das?«, fragte sie leicht verwirrt. »Ihr lebt dort?«

Er schüttelte den Kopf. »Früher einmal, vor langer Zeit. Meine Mutter lebte dort und meine Großmutter, aber es ist Jahre her, dass ich dort war.« Er schenkte ihr ein kurzes Lächeln, das seine Zähne weiß zwischen dem dunklen Bart aufblitzen ließ. Einen winzigen Augenblick lang weckte sein Anblick eine ferne Erinnerung in ihr. Ein flüchtiger Eindruck von Vertrautheit, der jedoch schnell wieder vergangen war. »Ihr habt Glück, dass ich nach Tarth will. Man reitet ein paar Tage Richtung Nordwesten. Am zweiten Tag stößt man auf die Hauptstraße, wenn man weiter diesem abgelegenen Pfad folgt, den Ihr eingeschlagen habt.« Er fuhr mit seinem Finger einen gewundenen Weg auf der Karte nach, um dann mit demselben Finger auf einen Punkt zu deuten, der nicht auf dem Leder markiert war. »Die Hauptstraße, die ungefähr hier sein müsste ...«, er drückte seinen Fingernagel auf einen leeren Punkt auf dem weichen Leder, »... verläuft in der gleichen Richtung wie der Weg, den Ihr gewählt habt, nach Norden und Süden, ist aber gerader und breiter, und man kommt schneller von einer Stadt in die nächste. Aber dort sind viele Leute unterwegs.«

»Was mich stören würde?«, schloss sie aus seinem Tonfall.

»Was *mich* stört. Aber macht Euch keine Gedanken. Ich werde Euch den Weg zeigen.«

»Ich mache mir keine Gedanken. Ich schaffe es auch alleine, dort hinzukommen. Ihr braucht nicht das Gefühl zu haben, mich begleiten zu müssen.«

»Es wäre vernünftig. Wenn wir in dieselbe Richtung wollen, sollten wir zusammen reiten.«

»Reiten? Worauf?« Er erwartete doch bestimmt nicht von ihr, dass sie ihn mit auf ihr Pferd nahm. Allein der Gedanke, dass er hinter ihr saß, sich an ihren Rücken drückte, seine Arme um sie schlang ... nein, das würde auf keinen Fall gehen, und sie beide wären auch viel zu schwer für ihr Pferd.

Er grinste, als würde er ihre Gedanken lesen und sich darüber amüsieren. »Ich habe ein Pferd.«

»Hier?« Sie schaute sich um. Sie konnte kein Pferd sehen, und nach seinem Anblick zu schließen, würde das Tier, das er ritt, nicht mit Alabaster mithalten können. »Dieses Euer Pferd, ist es ein Geist?«

»Ein Pferd aus Fleisch und Blut – da könnt Ihr sicher sein.«

»Und wo ist es dann?«

»In der Nähe. Habt keine Angst.«

Ein guter Rat, auch wenn ich nicht glaube, den von Euch annehmen zu können.

»In der Nähe?«

Er drückte die Karte in ihre freie Hand. »Ihr könntet einen Leibwächter gebrauchen.«

Sie hätte fast gelacht, als sie ihm in sein geschundenes Gesicht sah. »Ihr auch.«

Trotz seiner Blässe nahm sein Lächeln schalkhafte Ausmaße an.

»Vielleicht sollte ich Eure Leibwächterin werden«, schlug sie vor, »statt umgekehrt.«

»Und mich mit Euren Zaubersprüchen beschützen?«, fragte er, ohne seine Skepsis verbergen zu können.

Mit dem zerschlagenen Gesicht, mit dem ihn seine eigene Mutter nicht wiedererkennen würde, und der aufgerissenen Haut konnte er wohl ein wenig Schutz gebrauchen, nahm sie an. Aus seiner Haltung und daraus, wie er gelegentlich zusammenzuckte, schloss sie, dass er auch ein paar gebrochene Rippen hatte. Und dann war da noch der dunkler werdende Fleck an der Schulter seiner Tunika – der ein Hinweis auf eine blutende Wunde war.

»Ich glaube nicht, dass ich Euch noch irgendwie schaden könnte, Cain. Für mich sieht es so aus, als könntet Ihr ein, zwei Zaubersprüche ganz gut gebrauchen.«

»Wie eine wahre Hexe gesprochen.«

»Eine Zauberin. Und ja, das bin ich.«

Er stieß ein Schnauben aus. »Es könnte gefährlich sein, für meinen Schutz zu sorgen.«

»Offensichtlich.«

»Wir könnten einander helfen«, schlug er vor, und atmete dann plötzlich scharf ein, als hätte er Schmerzen.

»Ich kenne Euch noch nicht einmal«, erklärte sie. »Ihr sagt, dass Ihr nach Tarth reiten würdet, aber erst nachdem Ihr so getan habt, als würdet Ihr Euch das hier ansehen.« Sie hielt die Karte wieder hoch und schüttelte sie. »Und dann, nachdem Ihr Euch angeblich innerhalb weniger Augenblicke darauf orientiert habt, was mir immer noch nicht gelungen ist, erzählt Ihr mir, dass ich in dieselbe Richtung wolle. Wie passend.« Er wollte sie unterbrechen, doch sie sprach schnell weiter. »Dann sagt Ihr, Ihr hättet ein Pferd, ein Tier, das Ihr ganz allein im Wald zurückgelassen habt. Für mich klingt das wie eine blanke Lüge, und in Wirklichkeit wollt Ihr mir mein Pferd stehlen. Ihr werdet von einem Wolf begleitet, und trotzdem erzählt Ihr mir, dass ich keine Angst vor ihm haben soll, während Ihr Euch, zerschunden wie Ihr seid, als Leibwächter anbietet.« Sie ließ das Messer sinken, hielt sich aber weiter von ihm fern. »Ich glaube, ich werde mich auch in Zukunft lieber auf meine Zaubersprüche verlassen.«

»Wartet hier.«

Als ob sie irgendwo hingehen würde.

Ohne noch etwas zu sagen, verließ er schnellen Schritts den vom Lagerfeuer erhellten Bereich und verschwand wieder im Wald. Der Wolf jedoch rührte sich nicht von der Stelle. Binnen kurzem kehrte Cain zurück und führte ein großes schwarzes Streitross mit breiter Brust und weißen Abzeichen mit sich. Das Pferd war gut genährt, kräftig und – so nahm Bryanna an – ein Vermögen wert. Das Pferd eines Edelmannes oder vielleicht auch eines ausgezeichneten Soldaten, obwohl das Tier keine sichtbaren Verletzungen aus irgendwelchen Gefechten aufwies. Nein, das Fell glänzte makellos, als wäre es frisch gestriegelt. Das Pferd wehrte sich gegen den Zügel und tänzelte nervös. Es war so aufgeregt, dass das Weiße in seinen Augen zu sehen war. Es warf den Kopf hoch, und die Ohren zuckten hierhin und dorthin, während es unruhig schnaubte.

»Alles in Ordnung, Rhi«, sagte Cain und rieb beruhigend über den Hals des Pferdes. Mit leiser, gleichmäßiger Stimme redete er auf das Pferd ein, bis es sich langsam beruhigte.

Alabaster schnaubte und wieherte. Nachdem Bryanna im Geiste den Wert des Tieres abgeschätzt hatte, musterte sie noch einmal Cain und kam wieder zu dem Ergebnis, dass er wie ein Bauer gekleidet war. Soweit sie das beurteilen konnte, war es durchaus möglich, dass er sich seine Verletzungen beim Stehlen des Pferdes zugezogen hatte.

»Das ist Euer Hengst?«, fragte sie, ohne dabei ihren Unglauben zu verbergen. Cain kam mit dem Pferd zurecht – das zumindest war offensichtlich, und es überraschte sie auch nicht weiter. Wieder überkam sie das Gefühl, ihn irgendwoher zu kennen.

»Ja, er gehörte meinem Vater.« War da ein Anflug von Ironie in seiner Stimme?

»Der ein sehr reicher Mann ist«, stellte sie fest.

»Ein Spieler.«

Als hätte er das kostbare Tier bei einem Würfelspiel gewonnen. Sie glaubte es nicht. Das Pferd war so wertvoll wie nur irgendeines, das in den Ställen von Penbrooke und Calon stand. »Woher weiß ich, dass Ihr es nicht gestohlen habt?«, fragte sie.

»Gar nicht.«

»Und trotzdem erwartet Ihr von mir, dass ich Euch als meinen Leibwächter einstelle.«

»Nur bis Eure Gefährten zurückkehren. Isa und ihr Ehemann. Wie hieß er noch gleich? Parnell.«

»Ja«, sagte sie schnell.

»Ich bleibe bei Euch.«

»Ich glaube nicht.«

»Eine Frau sollte nicht allein reisen.«

»Ich habe Euch doch gesagt, dass ich nicht allein bin. Isa und Parnell werden bald zurück sein.«

Er schüttelte den Kopf. »Bryanna«, sagte er mit einem Funkeln in den Augen, das ihr sagte, dass ihr nicht gefallen würde, was er gleich von sich geben würde, »Ihr mögt vielleicht so eine Art Hexe sein. Oder zumindest glaubt Ihr das.« Mit dem Finger deutete er auf die Amulette, Beutel und Hörner, die sie neben den Baumstumpf gelegt hatte. »Und Ihr seid eine wunderschöne Frau, wahrscheinlich die Tochter eines Lords. Jeder würde das annehmen, wenn er Eure Kleider sieht und Euer Auftreten. Wie Ihr mit mir redet, als wärt Ihr das Befehlen gewohnt.« Er nickte, wie um sich selbst zuzustimmen, und es ärgerte sie, dass er so viel über sie herausgefunden hatte, während sie so wenig über ihn wusste. »Aber eines seid Ihr nicht. Eine gute Lügnerin. Ihr seid sogar ziemlich miserabel darin.«

»Und woher wollt Ihr das wissen?«, fragte sie verärgert.

Ein Lächeln, das bedrohlich und verführerisch zugleich wirkte, breitete sich auf seinem unrasierten Gesicht aus. »Weil ich der verdammt noch mal beste Lügner bin, den kennenzulernen Ihr je das Missvergnügen hattet, Mylady.«

8

Verflixt und zugenäht!

War sie etwa dazu verdammt, weiter die Gesellschaft dieses seltsamen Mannes ertragen zu müssen? Bryanna hatte versucht, jede Art von Hilfe, Schutz oder Unterhaltung abzulehnen, und doch war der Mann geblieben.

Und schlimmer noch – der silbrige Wolf mit der seltsamen Fellzeichnung war ebenfalls geblieben.

Sie versuchte, den Mann auszuhorchen, doch es gelang ihr nicht. Als sie ihm ein paar Fragen nach seiner Vergangenheit gestellt hatte, war er ihr mit seinen Antworten geschickt ausgewichen. Was wohl nicht weiter schlimm war, nahm sie an, weil er ihr ohnehin nur Lügen aufgetischt hätte. Sie war sich noch nicht einmal sicher, ob Cain sein richtiger Name war oder ob das Pferd tatsächlich seinem Vater gehörte. Ein oder zwei Mal war sie sich sicher gewesen, ihn schon einmal gesehen zu haben, als der Feuerschein auf sein Gesicht fiel. Doch sobald es im Schatten lag, ähnelte er wieder nur einem verdreckten Fremden.

Das war wirklich Pech, dass sie ihm begegnet war und dem Wolf, der zwischen den Bäumen umherstrich, sodass sein Schatten Bryannas Herz vor Furcht schneller schlagen und Alabaster an ihrem Strick ziehen und wiehern ließ. Sie fühlte sich nicht wohl bei dem Gedanken, mit ihm zu reisen, und die Vorstellung, in seiner Nähe zu schlafen, erfüllte sie mit Unbehagen. Allerdings hatte er ihr einigen Aufschluss über Isas Karte verschafft. Wie hatte er die Gegend noch genannt? Die drei Felsen. Wenn er recht hatte, wusste Bryanna jetzt zumindest, in welche Richtung sie reiten sollte – obwohl sie es vorgezogen hätte, allein zu reisen. Gütiger Himmel, wer wusste, wozu dieser … dieser lügende und vielleicht auch Pferde stehlende Bauer imstande war!

Jetzt, wo der Mann auf der anderen Seite des kleinen Lagerfeuers schlummerte, hatte Bryanna das Gefühl, kein Auge zumachen zu können. Nachdem er sein Pferd am nahegelegenen Fluss getränkt hatte, hatte er ihm den Sattel abgenommen, die Zügel um seine Hand gewickelt, sich an dem Sattel zusammengerollt und mit seinem Umhang zugedeckt. Ehe sie mit ihm darüber streiten oder Einwände dagegen erheben konnte, dass er in ihrem Lager blieb, schnarchte er schon leise. Und das, ehe sie ihre Beutel und Amulette eingesammelt oder sich für die Nacht einen Zopf geflochten hatte. Er war so schnell eingeschlafen, dass sie den Verdacht hatte, er würde nur so tun, aber als sie ihn eine ganze Weile nicht aus den Augen ließ, rührte er sich kein einziges Mal.

Ihr Blick schweifte immer wieder zu dem Fremden, während sie ihre Sachen einsammelte und den Hornkamm benutzte, den sie aus Calon mitgebracht hatte, um ihre Locken zu entwirren. Während sie damit beschäftigt war, suchte sie bei ihm nach Anzeichen dafür, dass er nur so tat, als würde er schlafen. Aber als der Mond am dunklen Himmel aufging und sie immer noch keinen Hinweis darauf erhalten hatte, dass er ihr etwas vorspielte, erkannte sie, dass er ihr nichts tun konnte, wenn er tatsächlich schlief.

Nun, so sei es denn, dachte sie, sandte ein Dankgebet an die große Mutter und ging zum Fluss, um sich Hände und Gesicht zu waschen. Das Wasser war eiskalt, und sie zitterte. Als sie aufschaute, sah sie den Wolf auf der anderen Seite des Flusses stehen. Das Tier kam auf das Wasser zu, als wolle es trinken, blieb dann aber stehen, um Bryanna anzuschauen. Es war ein unheimlicher Anblick im Mondlicht.

»Geh weg«, sagte sie. »Verschwinde!«

Der Wolf hob seinen Kopf, und irgendetwas veränderte sich. Im Wasser, in dem sich der Wolf hätte spiegeln müssen, war eine Frau zu sehen – eine wunderschöne Frau mit sehr heller Haut, meergrünen Augen wie den ihren und dunklen Druckstellen um den Hals.

Ein tiefes Knurren drang aus der Kehle des Tieres, und das Bild verschwand.

Verängstigt erstarrte Bryanna und wagte keinen Finger mehr zu rühren. Doch sie erkannte bald, dass der Wolf nicht vorhatte, sie anzugreifen. Das Tier blickte an ihr vorbei in den Wald. Es lief ihr eiskalt den Rücken herunter, als sie schnell über ihre Schulter nach hinten blickte. Hatte ihr Blick etwas erhascht, eine Gestalt, die dunkler und furchteinflößender war als das Tier auf der anderen Seite des Wassers?

»Zurück«, flüsterte sie.

Der Wolf sprang in den Fluss.

Bryanna wappnete sich mit ihrem Messer. Sie würde es der Bestie tief in die zottige Flanke rammen!

Wasser spritzte, als der Wolf durch die Strömung sprang. Knurrend rannte er an ihr vorbei, wobei sein Fell fast Bryannas Bein berührte, als er im Dunkel verschwand.

»Lieber Himmel«, flüsterte Bryanna mit wild pochendem Herzen. Was hatte dem Tier Angst gemacht? Hinter was jagte es her?

Alabaster schnaubte, riss den Kopf hoch und verdrehte die Augen, als Bryanna ins Lager zurückgeeilt kam. Cains großer schwarzer Hengst schnaubte ebenfalls, stampfte und zerrte an den Zügeln, die um Cains Hand geschlungen waren, sodass dieser erwachte.

»Um Gottes willen, was ist los?«, wollte Cain sofort hellwach wissen. Sein Pferd wich zurück, und Cain sprang auf, um es zu beruhigen.

»Der Wolf.« Bryanna ging zu Alabaster und versuchte die verängstigte Stute zu besänftigen. »Schon gut, mein Mädchen.«

»Was ist mit dem Wolf?«, fragte Cain, während er die Angst seines Pferdes zu lindern suchte. »Ja, so ist's gut … alles in Ordnung«, sagte er zu dem Hengst mit ruhiger, aber fester Stimme.

Bryanna, deren Pferd jetzt nicht mehr ganz so ängstlich war, erwiderte: »Der Wolf trank auf der anderen Seite des Flusses, als ich kam. Er … er sah mich eine Weile an, fing dann an zu knurren und stellte die Nackenhaare auf. Ich dachte, er würde mich angreifen!«

»Aber er hat es nicht getan.«

»Er hat mich nur um ein Geringes verfehlt.«

»Wenn er Euch etwas hätte tun wollen, dann hätte er es auch getan.«

Obwohl das logisch klang, beruhigte es ihr immer noch rasendes Herz nicht. »Er rannte ganz dicht an mir vorbei und hätte mich fast umgeworfen, ehe er im Wald verschwand.« Bryanna hielt die Zügel der Stute in der einen und ihr Messer in der anderen Hand. Sie deutete damit auf eine Stelle jenseits des Feuerscheins, wo der Wolf von der Dunkelheit verschluckt worden war. »Er ist dorthin gerannt, an dem Baum mit dem gespaltenen Stamm vorbei.«

»Aber er hat Euch nichts getan.«

»Nein, aber ...«

»Ihr habt einfach nur Angst bekommen. Wie die Pferde.« Beruhigt, dass ihr nichts geschehen war, wandte er sich wieder seinem nervös tänzelnden Pferd zu. »Schsch, Rhi ... ist ja gut«, sagte Cain leise, obwohl der Hengst immer noch mit den Hufen stampfte und den Kopf zurückwarf. Schweiß bedeckte die Flanken und den Hals des Rappen, und er zerrte am Gebiss, sodass Cains Arm wieder nach oben gerissen wurde.

Cain holte zischend Luft, dann fluchte er, während er weiter versuchte, das Pferd zu beruhigen. »Lieber Himmel«, sagte er, »schsch ... mein Junge, so ist's gut ... ja, so ist es gut.« Langsam wurde das Tier ruhiger. »Siehst du ... nichts, wovor du Angst haben müsstest.« Er streichelte Rhis muskulösen Hals und sah über dessen Widerrist zu dem Messer, das immer noch in Bryannas Hand lag. »Das braucht Ihr nicht.«

»Ich habe mich damit vor dem Wolf geschützt – es ist ein Wolf, Cain, schon vergessen?«, sagte sie und bemerkte, dass er unter den Prellungen, die sein Gesicht bedeckten, blass geworden war und auch schwächer schien, als er sein Pferd nun in kleinen Kreisen herumführte. »Die Pferde und ich ... wir wissen das. Ihr scheint zu glauben, dass dieses Tier nur ein freundlicher Schlosshund ist, den man klopfen und hinter den Ohren kraulen kann. Das ist töricht.«

»Euch ist nichts geschehen«, stellte er noch einmal fest.

»Aber Euch.«

»Mir geht es gut.«

»Und Ihr behauptet, dass Ihr ein guter Lügner seid«, verspottete sie ihn.

»Der Wolf hat mir nichts getan.«

»Er hat Eurem Pferd Angst eingejagt, sodass es gescheut und Euch aus dem Schlaf gerissen hat, wobei vielleicht sogar Eure Wunde wieder aufgerissen ist.«

»Ich sagte, mir geht es gut. Belasst es dabei.«

Sie verbiss sich eine Erwiderung, bemerkte aber, dass er seinen rechten Arm schonte und die Zügel in die linke Hand nahm.

Sie wusste alles über Männer und ihren falschen Stolz. Als Heranwachsende hatte sie von ihren Brüdern viel über stillschweigend ertragene Schmerzen oder Demütigungen gelernt; diese bissen sich lieber auf die Zunge und taten so, als ob nichts wäre, während Frauen auch wegen der kleinsten Dinge sofort losplapperten. Mit Cain war es jetzt nicht anders. Sie wusste, dass sie jetzt eigentlich ganz behutsam mit ihm umgehen müsste, aber sie merkte, dass ihr das unmöglich war, weil er sie bis aufs Blut reizte.

»Warum ist der Wolf denn weggelaufen?«, fragte er sie.

»Weil es ein Wolf ist«, erwiderte sie aufgebracht. Sie schüttelte die Faust, in der sie den Dolch hielt. »Es ist schließlich kein vernunftbegabtes Wesen.«

»Habt Ihr irgendetwas gehört oder gesehen, was ihn dazu veranlasst haben könnte, in den Wald zu laufen?«

»Etwas anderes als mein pochendes Herz, das lauter als ein Schmiedehammer geschlagen hat? Nein«, fuhr sie ihn an, um dann hinzuzufügen: »Nun ja, ich hatte ... ich hatte das Gefühl, als ob da etwas wäre – oder jemand –, der mich beobachtet. Aber wahrscheinlich war es nur dieses Tier. Der Wolf stand mir am Fluss direkt gegenüber.«

Mit gerunzelter Stirn blickte er in den dunklen, stillen Wald und warf ihr dann Rhis Zügel zu. »Wir werden sehen«, sagte er wenig überzeugt. »Bleibt mit den Pferden hier.«

»Was?«, schrie sie auf, während sich ihre Finger um die Lederriemen verkrampften, als er Köcher und Bogen über eine Schulter warf und dann Richtung Wald ging. »Ihr wollt doch nicht etwa hinter ihm her?«

»Ich werde bald wieder zurück sein.«

»Cain, geht nicht«, bat sie, doch ihre Worte fielen auf taube Ohren, als er schnellen Schritts davoneilte und im finsteren, nachtdunklen Dickicht verschwand. Sie sah ihm hinterher. »Was für ein Narr«, murmelte sie leise vor sich hin. Sie hatte seine Gesellschaft nicht gewollt, hatte ihn nicht dazu aufgefordert, bei ihr zu bleiben, aber als er jetzt davonrannte, überkam sie plötzlich ein seltsames Gefühl des Verlusts.

Sie kümmerte sich um die Pferde, schürte das Feuer und sprach eine Zauberformel zu seinem Schutz, wobei sie drei sich überschneidende Kreise in den Boden ritzte. Dann sprach sie im Stillen ein Gebet für den Mann und das Tier. Im Grunde hatte Cain recht. Der zottige Wolf hatte ihnen nichts getan.

Während sie zusah, wie der Mond aufging, kauerte sie sich am Feuer zusammen; denn es war ein schneidender Wind aufgekommen, und über ihr flatterten Fledermäuse, während die Flammen knisternd Moos und Harz verbrannten. Als er nicht sofort zurückkehrte, versuchte sie sich keine Sorgen zu machen, und ließ ihren Blick zu seinem Sattel und dem Lederbeutel wandern. Sie warf einen schnellen Blick über die Schulter, als würde sie glauben, dass er sie beobachtete, und wagte es dann, zu seinem Platz zu gehen und seinen Beutel zu öffnen. Vielleicht fand sie bei seinen Habseligkeiten ja etwas, wodurch sie mehr über ihn erfuhr.

Sie öffnete den Beutel und holte den mageren Inhalt heraus: ein kleines Schnitzmesser, Pfeilspitzen und ein Wetzstein zum Schleifen von Waffen – mehr nicht. Keine persönlichen Gegenstände. Es war, als täte man einen Blick in den Tornister eines Soldaten.

»Habt Ihr gefunden, wonach Ihr gesucht habt?«, ertönte seine Stimme aus der Dunkelheit jenseits des Feuers. Sie ließ den Beutel fallen und spürte, wie heiße Röte in ihre Wangen stieg.

»Ja, Ihr habt einen Wetzstein dabei. Mein Messer ist stumpf.«

»Ihr hättet fragen können.« Er trat mit strenger Miene unter den Bäumen hervor.

»Ihr wart nicht da, und ich wollte wach bleiben, bis Ihr wieder da seid. Was ist mit dem Wolf?«

Er schüttelte den Kopf. »Verschwunden.«

»Vielleicht ist er zu seinem Rudel zurückgekehrt.«

»Das glaube ich nicht.« Er strich sich das Haar aus den Augen und runzelte die Stirn. »Was ist das?« Er deutete auf den Boden, wo sie die Kreise in den Sand geritzt hatte. Seine Lippen verzogen sich vor Erheiterung. »Habt Ihr wieder Euren Zauber praktiziert?«

»Es ist ein Schutzzauber, und er funktioniert«, sagte sie. »Ihr seid zurückgekommen.«

Einer seiner Mundwinkel verzog sich nach oben, während das Feuerholz knackte und Funken aufstiegen.

Oh, er war eine Nervensäge und, ja, sie brauchte ihn nicht um sich zu haben, aber er hatte etwas Liebenswertes an sich. Als sie den Kopf zur Seite legte und ihn noch einmal genau betrachtete, war sie sich sicher, ihn irgendwo schon einmal gesehen zu haben. So flüchtig dieser Eindruck auch sein mochte, so war es doch ein bittersüßes Gefühl, eine Freude, vermischt mit leichtem Schmerz. Es hielt nicht lange genug an, um sich eingehender damit auseinanderzusetzen und sich richtig an ihn zu erinnern, aber trotzdem war es da, dieses Gefühl, dass sie ihn irgendwoher kannte.

»Ihr habt Euch Sorgen gemacht?«

Was fragte er da? Die Dunkelheit wirkte plötzlich irgendwie bedrückend. »Um Eure Sicherheit? Ja.«

»Und warum?«

Ihre Blicke trafen sich, und einen Moment lang stockte ihr der Atem, während ihre Gedanken eine gefährliche Richtung einschlugen. »Ich weiß nicht.«

»Ihr fühlt Euch zu mir hingezogen.«

Sie hätte fast aufgelacht. »Ah ja, das ist es«, sagte sie und schüttelte dabei den Kopf. »Habt Ihr überhaupt eine Vorstellung davon, wie Ihr aussehet?«

»Das spielt keine Rolle.«

»Natürlich tut es das.«

Seine funkelnden Augen bezichtigten sie der Lüge. »Ja. Natürlich tut es das.« Er ging zu seinem Pferd und schlang sich wieder Rhis Zügel um die Hand. Dieses Mal hielt er sie jedoch mit seiner linken Hand, und als er sich neben seinem Sattel niederließ, verzog er das Gesicht.

»Eure Schulter«, sagte sie. »Sie stört Euch. Ihr habt Schmerzen.«

»*Ihr* stört mich«, erwiderte er und schloss die Augen. »Gute Nacht, Bryanna.«

Als ob sie jetzt schlafen könnte! Sie war sich sicher, kein Auge zutun zu können, während der Wolf im Wald umherstreifte und sie das unheimliche Gefühl hatte, dass irgendeine finstere Gestalt in der Nähe lauerte.

Sie ließ sich neben ihrem Sattel auf den Boden sinken und wickelte ihren Umhang um sich, zum Schutz gegen die nächtliche Kälte, aber durch ihre Ruhelosigkeit nahm sie alle Geräusche besonders deutlich wahr. Die Frösche hatten wieder angefangen zu quaken, und der einsame Schrei einer Eule übertönte das Zischen des langsam ausgehenden Feuers.

In Gedanken weilte sie bei der Wärme, die in Calon herrschte, bis sie sich selbst streng tadelte und wieder in Erinnerung rief, warum sie fortgegangen war. Sie warf einen Blick auf Cain, der bereits schlief, und irgendwie linderte der Anblick dieses merkwürdigen Mannes das Schuldgefühl, das sie wegen Morwennas Ehemann empfand.

Cain hatte natürlich nicht recht. Sie fühlte sich nicht zu einem bekennenden Lügner hingezogen, der so aussah, als wäre eine ganze Armee über ihn hinwegmarschiert. Sie hätte keinen weiteren Gedanken an diesen Mann verschwendet, wenn er ihr nicht mit einer Auskunft hinsichtlich ihrer Suche weitergeholfen hätte.

Diese geheimnisvolle Suche, die ihr selbst ein Rätsel war.

Oh, Isa, was ist das für eine Suche, auf der ich mich befinde?

Das Ganze war einfach nur töricht, dachte sie, während sie es sich neben ihrem Sattel bequemer machte und die Müdigkeit ihre Muskeln allmählich schlaff werden ließ. Sie schloss die Augen und hörte ihn stöhnen. Es war sein erster leiser Schmerzensschrei.

Tja, wirklich zu dumm.

Sie hatte ihn nicht in ihr Lager eingeladen, und ganz bestimmt wollte sie auch nicht, dass sich ein Wolf im Schatten auf der anderen Seite des Feuers herumschlich. Sie wusste nicht viel über diesen Mann, der sich selbst Cain nannte, aber sie war sich ziemlich sicher, dass er Ärger mit sich bringen würde.

Als wenn sie nicht selbst bereits genug davon hatte.

Er stöhnte wieder, lauter dieses Mal, und sie versuchte, ihre Ohren davor zu verschließen. Sie redete sich ein, dass der Schmerz ja nicht so schlimm sein konnte, wenn er trotzdem weiterschlief.

Wieder stieß er ein jämmerliches Stöhnen aus.

Sie konnte es nicht mehr länger ertragen. Sie stand auf, umrundete das Feuer und näherte sich ihm. Auch im Schlaf waren seine Gesichtszüge immer noch angespannt, als hätte er starke Schmerzen. Gütiger Himmel, er war völlig zerschunden und litt.

Es bestand die Möglichkeit, seinen Schmerz etwas zu lindern.

Mit flinken Fingern durchsuchte sie ihre Beutel und Hörner und fand eine kleine Menge des Pulvers, das Isa benutzt hatte. Sie füllte Isas Blechbecher mit Wasser aus dem Fluss und stellte ihn dann auf einen flachen Stein, der in die Glut des Lagerfeuers ragte. Während das Wasser warm wurde, ging sie ihre getrockneten Kräuter und Samen durch und entschied sich für Weidenrinde, Hanf und Johanniskraut. Sobald das Wasser dampfte, tat sie das Pulver hinein und brühte die Kräuter auf.

Sie arbeitete schweigend, und bis auf seine immer wiederkehrenden Schmerzenslaute, bei denen sie nur Mitgefühl empfinden konnte, war nichts zu hören. Mit dem Saum ihres Umhangs zum Schutz ihrer Hände fasste sie den Becher mit dem dampfenden Trank und trug ihn zu ihm.

»Cain«, flüsterte sie. »Cain, wacht auf.«

Er rührte sich nicht.

»Cain …«, sagte sie etwas lauter, als sie sich neben ihm hinkniete. Als er sich nicht bewegte, berührte sie ihn sanft an der Schulter.

Immer noch nichts.

Sie ließ ihre Hand zu seinem Hals gleiten, wo ihre Finger über den Punkt strichen, wo man den Puls spüren konnte, der sein Lebensblut in Bewegung hielt.

Als ihre Fingerspitzen seine nackte Haut berührten, hatte sie plötzlich eine Vision – sie sah kurz einen lebhaften Jungen auf der Schwelle zum Mannsein, dessen Haare dunkel von Schweiß waren und der seinen Kopf drehte, um über seine nackte Schulter zu blicken, während er sich gegen das wappnete, was ihn erwartete. Zwei gesichtslose Männer hielten ihn fest.

Und dann sah sie eine schwarze Peitsche nach vorne schnellen und sich in sein gebräuntes Fleisch graben.

Sein Körper zuckte zusammen.

Ein roter Striemen erschien auf seinem Rücken, während die Peitsche über das trockene Gras wieder eingezogen wurde. Der Himmel war finster wie der Tod, und sich auftürmende Wolken jagten über ihn hinweg, während der Junge mit dem nackten Rücken seine Bestrafung vom Stallmeister von Penbrooke erhielt.

»Gavyn«, flüsterte sie.

Wieder schnellte die Peitsche nach vorn. Sie flog zischend durch die Luft und klatschte auf seinen Rücken.

»Gavyn«, schrie sie.

Die Vision des Jungen, der geschlagen wurde, verschwand, sie befand sich wieder im Wald, und ihre Finger lagen auf dem Hals des Fremden. Nein, kein Fremder. Gavyn.

Ganz benommen öffnete er die Augen, doch sie schimmerten bereits wachsam und wissend.

»Heilige Mutter Gottes«, wisperte sie und riss ihre Hand weg, als wenn sie sich verbrannt hätte.

Wie konnte es sein, dass sie diesen Mann, der einmal ihr Freund gewesen war, nicht auf Anhieb erkannt hatte?

Der durchdringende Blick seiner dunkelgrauen Augen richtete sich auf sie, und sie spürte, wie ein Schluchzen in ihr aufstieg, als sie sich wieder an die grausame Bestrafung erinnerte, die er hatte über sich ergehen lassen müssen.

»Ich habe mich gefragt, ob du dich wohl erinnerst«, sagte er.

»Gütiger Himmel, warum hast du es mir denn nicht gesagt?«

Er runzelte die Stirn, während er sich aufsetzte, nach vorn beugte und die Arme um die angezogenen Beine schlang. Er betrachtete sie nachdenklich und schüttelte den Kopf. »Es wäre besser gewesen, wenn du nicht wüsstest, wer ich bin.«

»Warum?«

»Weil es vieles gibt, was du nicht über mich weißt, Bryanna«, gestand er und rieb sich dabei übers Kinn. »Es gibt da ein paar Dinge, bei denen es für dich besser ist, wenn du nichts über sie erfährst.«

»Nein.«

»Doch.« Er bekräftigte es mit einem Nicken und starrte ins Feuer. Irgendwo in der Ferne hörte man einen Vogel rufen, dessen Lied fast gänzlich vom Gurgeln und Rauschen des Flusses übertönt wurde.

»Du hättest es mir sagen müssen«, beharrte sie.

Er legte den Kopf zur Seite, als würde er über all die Folgen nachdenken, die es mit sich brächte, wenn er die Wahrheit enthüllte. »Vielleicht, aber was hätte das geändert?«

Ich hätte vielleicht nicht gelogen. Vielleicht hätte ich dir vertraut.

Sie sprach die Worte nicht laut aus.

»Hm. Siehst du?«, meinte er, und sein beunruhigender Blick richtete sich wieder auf sie. »Nichts. Also ... jetzt bist du dran mit der Wahrheit. Was macht die verwöhnte Tochter eines Barons ganz allein im Wald, warum spricht sie Beschwörungsformeln und ruft nach einer Frau, die nicht da ist?«

Sie war nicht bereit, ihm darauf eine Antwort zu geben, denn sie erkannte, dass die Wahrheit sie als verrückt erscheinen lassen würde. Konnte sie ihm erzählen, dass Isa getötet worden war, die Tote jedoch nach wie vor zu Bryanna sprach? Konnte sie zugeben, dass sie diese Reise unternahm, um ein Kind zu retten, dass sie nie gesehen hatte? Konnte sie ihm gestehen, dass sie einer toten Frau Amulette gestohlen hatte und aus Calon geflüchtet war, weil es ihr so viel Angst machte, dass sie in den Ehemann ihrer Schwester verliebt war?

Natürlich nicht. »Es gibt wirklich nichts zu erzählen«, sagte sie, »und ich bin nie verwöhnt worden.«

»Doch, du warst der kleine Liebling deines Vaters.«

Oh, bei allen Heiligen, jetzt wusste sie, dass er ein Dummkopf war. »Der Liebling meines Vaters war mein Bruder Kelan.«

Er schnaubte und schüttelte den Kopf. »Während deine ältere Schwester ihren Bruder auszustechen versuchte, brauchtest du deinen Vater nur anzulächeln, und schon erlaubte er dir alles.«

»Das stimmt«, gab sie zu. Ihre Blicke trafen sich, und etwas in seinem funkelnden Blick weckte die Erinnerung an frühere Zeiten, als sie noch ein Kind gewesen war und über eine dunkle Wiese ritt, als ihr kleines braunes Pferd mit dem langgliedrigen, dunklen Wallach und dem Jungen, der auf dem größeren Tier saß, mitzuhalten versuchte. Der Junge hatte sich im Sattel umgedreht, ihr ein verwegenes Lächeln geschenkt und seinem Pferd auf den Widerrist geklopft, um dann davonzugaloppieren. Mit mächtigen Sprüngen hatte er sie hinter sich gelassen und dabei Grashüpfer, Schmetterlinge und sogar Bauern zur Seite springen lassen, als er durch das hohe Gras Richtung Sonnenuntergang raste.

»Gavyn von Agendor«, sagte sie und schüttelte den Kopf, während er seine Hand sinken ließ. Wie hatte ihr das entgehen können? Wie hatte sie ihn nicht erkennen können?

Er war drei Jahre älter als sie gewesen, ein großer, kräftiger Junge, der bereits sehnig zu werden begann, weil er mit den Pferden arbeitete. Sein Haar war dunkel gewesen und wies am Ende des Sommers rote Strähnen auf. Sie hatte ihn dabei beobachtet, wie er sich in die Zügel eines besonders sturen schwarzen Fohlens hängte. Der Schweiß war ihm den Hals heruntergelaufen, Muskeln in Schultern und Armen hatten sich gewölbt, und seine Haare hatten sich zu Locken geringelt.

Sie hatte das erste Erwachen weiblicher Sehnsucht in sich gespürt, wenn sie ihn anschaute, ein seltsames Gefühl ganz tief in ihrem Innern, das sie rot werden und jedes Mal stottern ließ, wenn er in der Nähe war. Sie hatte gemerkt, dass ihr Mund häufig trocken war und sie mit der Zunge ihre Lippen befeuchtete, wenn sie ihn bei der Arbeit beobachtete.

Und dann hatten sie angefangen, miteinander zu reden und zu lachen. Sie hatte häufig einen Vorwand gefunden, um in die Stallungen zu gehen oder sich bei den Pferden aufzuhalten. Sie war nur allzu bereit gewesen, sich mit den Pferden davonzustehlen und in der Dämmerung zu reiten. Natürlich hatte man Gavyn die Schuld gegeben, als sie zurückkehrten und der Stallmeister merkte, was passiert war.

Gavyn war der Junge gewesen, dessen Rücken unter der Peitsche des Stallmeisters geblutet hatte. Gavyn war der Junge, der auf immer von Penbrooke verbannt worden war.

Ihretwegen.

Sie musste schlucken und hätte dabei fast den heißen Becher fallen gelassen. Gütiger Himmel, war er's wirklich?

Sein Mund verzog sich zu einem Lächeln, in dem kein bisschen Erheiterung lag. »Also erinnerst du dich.«

»Ja«, flüsterte sie, obwohl es ihr immer noch schwerfiel, es zu glauben. Dieser gebrochene, geschundene, dickköpfige Mann sollte der Junge sein, mit dem sie dem Imker Honig gestohlen hatte? Der Bursche, der sie dazu herausgefordert hatte, eine Viper hochzunehmen? Der sommersprossige Bengel, der ihr beigebracht hatte, Steine über den Mühlteich hüpfen zu lassen, und sie dazu gebracht hatte, die Mauern einer verlassenen, eingestürzten Kirche zu erklimmen? Dieser Junge, der mit ihr zusammen über die Felder geritten war und dafür vor ihren entsetzten, schuldbewussten Augen ausgepeitscht worden war. »Warum ... warum hast du nicht gesagt, wer du bist?«, fragte sie und sah ihn jetzt mit ganz anderen Augen an. Und zugleich mit ihren alten. Auf der einen Seite sah sie den Jungen, den sie gekannt hatte, und auf der anderen den Mann, der jetzt hier in ihrem Lager war.

»Ich dachte, es würde eine ohnehin schon schwierige Situation noch komplizierter machen.«

»Und Lügen war da einfacher?«

»Ja.« Er gähnte und streckte sich, dann verzog er das Gesicht. »Und nun?«, fragte er, »Gibt es einen Grund, warum du mich geweckt hast?«

»Oh, ja. Trink das hier.« Sie hielt ihm den Becher hin.
Er sah sie an, als wäre sie verrückt geworden.
»Du hast vor Schmerzen gestöhnt. Im Schlaf. Das hier wird dir helfen.« Sie reichte ihm den Becher und drückte ihn an seine Lippen. »Vorsicht. Es ist heiß.«
Während er sie über den Becherrand beobachtete, nahm er einen Schluck, dann verzog er das Gesicht und versuchte, ihr den Becher zurückzugeben.
»Gut?«, fragte sie.
»Das schmeckt wie Schweinepisse.«
»Ach, die hast du schon mal getrunken?«, fragte sie und drückte den Becher wieder an seine Lippen.
»Ich habe sie gerochen.«
»Aber dieser Aufguss wird helfen. Ich verspreche es«, sagte sie und überredete ihn dazu zu trinken.
»Hast du das selber jemals gekostet?«
»Schon oft«, log sie. »Ich glaube, es schmeckt wie das Met der Schankwirtin Berthild. Erinnerst du dich noch an sie?«
»Ja, die große Frau mit den roten Haaren und ...«
»... den riesigen Brüsten. Ich weiß.«
»Ich wollte sagen, Sommersprossen.«
»Klar wolltest du«, stimmte sie ihm skeptisch zu.
»Nun, wenn ihr Bier so schmeckte wie dieses Gebräu, das du hier zubereitet hast, dann hätte es auf Penbrooke keine Säufer gegeben. Das kannst du mir glauben. Außerdem hätte man Berthild gestreckt und geviertelt.«
»Trink, und hör auf zu meckern.«
Murrend stürzte er das übelschmeckende Gebräu herunter und leerte den Becher bis auf den letzten Tropfen. Als er alles ausgetrunken hatte, reichte er ihr das Gefäß und wischte sich den Mund am Ärmel ab. »Das Mindeste, was du hättest tun können, *Zauberin*, wäre gewesen, diesem widerlichen Zeug

durch ein Lied, einen Zauberspruch oder ein Gebet einen besseren Geschmack zu geben.«

»Ich verspreche dir, dass du dich morgen besser fühlen wirst.«

»Ich werde dich daran erinnern«, sagte er und lächelte sie an.

Es war wirklich lächerlich, aber sie spürte, wie sich ähnlich wie damals vor so vielen Jahren, als sie noch Kinder gewesen waren, Wärme in ihr ausbreitete. Als hätte er ihre Gedanken gelesen, wandte er den Blick ab.

Es war alles, was sie im Moment für ihn tun konnte. Morgen würde sie sich um seine Wunden kümmern, wenn er sie denn ließ, und dann würden sie ... ach, du lieber Himmel, wohl nach Tarth reiten. Obwohl sie den Verdacht hatte, dass Gavyn noch eine ganze Reihe von Geheimnissen hütete.

Hat er sich nicht einen falschen Namen gegeben? Nun, er war Gavyn, das stimmte schon. Und früher einmal war er dein Freund. Aber hatte er nicht deinetwegen eine Bestrafung über sich ergehen lassen müssen? Wenn du deswegen ein Schuldgefühl hast – und das hast du –, welche Gefühle bewegen dann ihn? Ärger? Groll? Wut? Denk daran, Isa sagte dir, dass du vorsichtig sein sollst, und dieser Mann hat dich angelogen. Auch nachdem er dich erkannt hatte, war er bei seiner Lüge geblieben.

Sie war zu müde, um jetzt darüber nachzudenken. Sie nahm ihre Amulette, Hörner und Lederbeutel und ging dann zu ihrem Platz am Feuer zurück. Erschöpft lehnte sie sich an ihren Sattel. Sie hatte nicht vor zu schlafen, sondern wollte nur die Augen schließen, um ungewöhnliche Geräusche leichter hören zu können. Genau wie Gavyn schlang sie sich die Zügel ihres Pferdes um die rechte Hand, während sie in der linken, ihrer starken Hand, Isas Dolch hielt. Zwar wusste sie jetzt, dass der Mann, der wenige Fuß entfernt von ihr lag, ein Freund aus Kindertagen war, doch sie war sich immer noch nicht sicher, ob sie ihm trauen konnte.

Bald ging sein gequältes Stöhnen in ein leises Schnarchen über, und Bryanna richtete ihre Aufmerksamkeit jetzt auf die nächtlichen Geräusche – das Schlagen von Fledermausflügeln, das Rauschen des Flusses, das leise Schnauben der Pferde. Am Himmel zogen Wolken vorbei und verdeckten Mond und Sterne.

Trau ihm nicht, sagte sie sich. *Er ist nicht mehr der Junge, den du einst kanntest. Er ist ein erwachsener und höchstwahrscheinlich ein gefährlicher Mann.*

9

In der großen Halle von Chwarel, Hallyds Burg, zählte der Spitzel seine Münzen und ließ sie dabei klimpern, als hoffte er, dass durch das Reiben des Silbers mehr daraus werden würde.

»Erzählt, was Ihr wisst«, forderte Hallyd ihn ungeduldig auf. Es war spät. Sie saßen vor dem fast erloschenen Feuer, die Hunde hatten sich zusammengerollt und schliefen; einer von ihnen stieß immer wieder ein leises Winseln aus, während er wohl träumte. Ein Soldat stand neben dem Haupteingang Wache. Die anderen dösten bestimmt auf ihren Posten, nahm Hallyd an.

Der magere kleine Mann mit der großen Hakennase und den vorstehenden Augen schaute auf, während seine Finger weiter gierig die Münzen rieben, als würde allein durch die Berührung eine unersättliche Gier tief in seinem Innern genährt. Bei sich schien er zu überlegen, wie weit er Hallyd bringen könnte, wie viel Geld er noch aus ihm herausholen könnte, wenn er die richtigen Worte sagte.

»Ihr habt mehr als einen Becher meines Weins getrunken und seid für Eure Arbeit entlohnt worden, obwohl das ein Fehler gewesen sein könnte, weil Ihr mir noch nicht erzählt habt, was Ihr in Erfahrung bringen konntet.«

»Ich wurde angegriffen«, murrte Cael und rieb sein Bein. »Von einem Wolf. Diese Hexe ... sie muss dieses wilde Tier dazu gebracht haben, zu tun, was sie will. Es war ein riesiges Tier, größer als ein Pferd, sage ich Euch, wilder und wütender als jedes natürliche Geschöpf, das es auf dieser Welt gibt. Er hatte rot glühende Augen, jawohl, eine zottige Mähne rund um sein teuflisches Gesicht und so lange Reißzähne.« Er hielt seine knorrige Hand hoch und deutete mit ausgestrecktem Daumen und Zeigefinger deren Größe an. »Blut und Geifer strömten aus seinem Maul, und sein Brüllen war anders als von jedem Tier, das ich je gehört habe. Es war der Hund des Teufels, sage ich Euch. Er hätte mich fast erwischt, dieser Höllenhund.« Er hob sein Bein, und seine Hose war eindeutig aufgerissen. An den zerfetzten Rändern war Blut zu sehen.

»Wie seid Ihr denn dann entkommen?«

»Durch meinen Mut natürlich! Ich habe dieser Bestie direkt in die Augen geblickt und sie verflucht. Dann habe ich versucht, ihr mein Messer durch die Rippen hindurch ins schwarze Herz zu treiben, aber sie war zu schnell für mich. Der Wolf packte mich am Bein und schüttelte mich, aber ich konnte ihm die Schnauze aufschlitzen.«

»Und dann rannte er weg.«

»Ja.«

»Bestimmt wegen des Fluches.«

»Verspottet mich nicht, Mylord. Dieser Wolf war ein schreckliches, furchteinflößendes Geschöpf. Ich bin froh, mit dem Leben davongekommen zu sein. Diese Münzen sind ja wohl kaum genug dafür, dass ich beinahe mein Leben geopfert hätte, nicht wahr?«

»Ihr habt es überlebt«, erwiderte Hallyd trocken und ärgerte sich darüber, dass der Mann so offensichtlich versuchte, noch mehr Geld aus ihm herauszuholen. Hallyd gefiel es nicht, dass er sich auf Narren, Scharlatane und Schwachsinnige verlassen musste, die seine Arbeit am Tage verrichteten. Wie gerne wäre er selbst hinter ihr hergeritten. Er hätte es auch getan, wenn sie nicht drei Tagesreisen weit weg gewesen wäre – eine schreckliche Entfernung für jemanden, der kein Tageslicht vertrug.

»Ich bin verwundet worden, sage ich Euch«, fuhr der Spitzel fort. »Vielleicht bin ich für den Rest meines Lebens ein Krüppel. Ich kann von Glück sagen, wenn ich in Zukunft keinen Gehstock benutzen muss.«

»Wollt Ihr damit sagen, dass Ihr nicht mehr loskönnt, um ihr wieder zu folgen?« Hallyd zog fragend seine Augenbrauen hoch und nestelte an der Lederbörse herum, die er in der Hand hielt. Die Münzen darin klimperten, und Cael lief beinahe das Wasser aus dem Mund, als sich sein Blick auf den Beutel in Hallyds Hand richtete. »Ihr habt mir nichts erzählt, abgesehen von der Sache mit dem Wolf.«

»Nicht irgendein Wolf, Mylord, sondern ...«

»Erzählt endlich weiter.« Hallyd hatte genug von den jämmerlichen Ausreden des Spitzels. »Was habt Ihr herausgefunden?«

»Das Mädchen ... hat nicht nur eine Bestie aus den Tiefen der Hölle bei sich, sondern sie reist auch mit einem Mann zusammen.«

»Einem Mann?« Sein Kopf ruckte hoch, und plötzlich wurde er von rasender Wut erfüllt. »Was für einem Mann?« Musste man dieser Ratte denn jedes Wort einzeln aus der Nase ziehen?

»Er nannte sich Cain, und er sah so aus, als wäre er von zehn Männern gleichzeitig verprügelt worden. Sein Gesicht ... ich sah es im Lichtschein des Feuers und ...«

»Lasst mich raten. Es war das Gesicht eines Teufels?«

»Ja, eines Dämonen mit roten Augen.«

»Und Ihr habt ihn mit Bryanna zusammen gesehen?«

»Ja.« Der Mann, der große Ähnlichkeit mit einem Wiesel hatte, nickte eifrig.

»Die beiden reisen zusammen?«

»Nach Tarth«, sagte er, und das, dachte Hallyd, war die erste wertvolle Auskunft, die ihm dieser Spitzel erteilte. Hatte er es nicht bereits gewusst? Hatte Vannora ihm nicht vorhergesagt, dass es Bryanna zu dem Ort hinziehen würde, wo der Fluch geboren worden war?

»Wisst Ihr sonst noch irgendetwas über ihn?«, fragte Hallyd, den allein der Gedanke reizte, dass überhaupt ein Mann in ihrer Nähe war.

»Nur dass er Cain heißt, und er ritt einen Rappen, der so groß und kräftig wie Eure Pferde ist. Ein wertvoller Hengst.«

»Ein geschundener Mann mit einem Schlachtross? Ist dieser Cain etwa ein Pferdedieb?« Der Name rief keine Erinnerung in ihm wach, aber er würde die Wahrheit über diesen Mann, seinen Wolf und das Schlachtross herausfinden.

»Ich ... ich weiß nicht. Er behauptete, dass der Hengst früher seinem Vater gehört hätte.«

»Das sagt sich leicht«, meinte Hallyd, der die Fingerspitzen zusammenlegte und sich in seinem Stuhl zurücklehnte.

Wer war dieser Störenfried? Warum hatte Vannora nichts von ihm erzählt? Ihm gefiel diese Geschichte nicht, und er spürte, dass irgendetwas daran nicht stimmte. Lag es am Spitzel? Oder an diesem Cain? Das würde sich leicht herausfinden lassen. Er bemerkte das Zögern in der besorgten Miene des Spitzels. Er hielt etwas zurück, erzählte nicht alles, was er wusste. Warum?

Hallyd beschloss, den widerlichen kleinen Kerl auf die Probe zu stellen. »Ich könnte unter Umständen bereit sein, für weitere Informationen zu bezahlen«, meinte er und behielt Cael dabei genau im Auge, um dessen Reaktion zu sehen. Konnte es sein, dass er jetzt für jemand anders arbeitete? Dass einer von Hallyds Feinden ihn bezahlte und er im Grunde Informationen sammelte, statt welche weiterzugeben? Hallyd nahm es nicht an. Dafür war der Mann einfach nicht gerissen genug. »Wenn Ihr Euch noch etwas dazuverdienen wollt«, meinte Hallyd, »solltet Ihr nach Agendor reiten und mit den Bauern und Dienstboten reden, die für Deverill arbeiten. Findet heraus, was sie über einen Sohn, einen schwarzen Hengst und einen Mann wissen, der halb totgeprügelt worden ist.«

»Bis Agendor ist es ein weiter Ritt«, meinte das hinterhältige Wiesel und übte sich bereits im Feilschen. »Und mein Bein …«

»Wenn Ihr es nicht schafft, dann schickt Frydd zu mir. Ich bin sicher, dass er sich freuen würde, durch einen so leichten Auftrag etwas dazuzuverdienen.«

»Frydd! Gütiger Himmel, Mylord. Was denkt Ihr Euch? Frydd ist doch viel zu groß, zu laut, und sein roter Bart viel zu auffällig. Ich dagegen falle gar nicht auf. Ich kann durch Ritzen schlüpfen, an Türen lauschen, in einer Menge verschwinden, und keiner bemerkt es. Frydd!« Er verzog sein

Gesicht zu einer angewiderten Miene und stieß ein Schnauben aus. »Nein.«

»Dann macht keine Einwendungen. Wenn Ihr den Auftrag annehmen wollt, sollt Ihr ihn haben, und ich werde Euch wie üblich bezahlen. Nehmt an, oder lasst es bleiben.«

»Nun, weil ich Euch so treu ergeben bin, werde ich natürlich reiten, wenn ich dazu in der Lage bin.«

Die Loyalitätsbekundungen des Spitzels riefen bei Hallyd fast dieselben Übelkeitsgefühle hervor wie seine Klagen. »Lasst einen Medikus einen Blick darauf werfen und es nähen, und dann macht Euch auf den Weg. Ich erwarte Euch innerhalb von zwei Wochen zurück, um mir Bericht zu erstatten.« Er beugte sich wieder nach vorn. »Und jetzt erzählt einmal – war da sonst noch jemand bei Bryanna außer dem Teufel selbst und seinem Höllenhund?«

Cael bemerkte den Sarkasmus und fand es nicht amüsant. Schnell verteidigte er sich. »Ich lüge nicht, Lord Hallyd. Es war genau so, wie ich gesagt habe.«

»Aber da ist noch mehr, nicht wahr?«

Cael kaute auf seiner Unterlippe, als hätte er Angst, etwas zu enthüllen. Was dumm war, denn Hallyd hatte für alles bezahlt, was er in Erfahrung bringen konnte.

»War da noch etwas?«

»Ich ... ich weiß nicht, Mylord«, gestand er, und plötzlich lag keine Arglist mehr in seinen Zügen. »Es war eine unheimliche Nacht. Kalt. Aber es ging kein Windhauch, und trotzdem spürte ich ... ich meine, ich sah sonst niemanden, aber da war irgendetwas, ein dunkler Geist im Wald. Etwas, das man nicht sehen oder hören konnte, nur spüren.«

»Ihr wollt sagen, dass ein Mann, nein, vielleicht Satan höchstpersönlich mit der Hexe reiste? Und der Höllenhund gehörte zu ihm?«

Der Spitzel nickte.

»Und darüber hinaus war da noch ein finsterer Geist, der im Wald lauerte.«

»Ja«, flüsterte Cael und bekreuzigte sich auf seiner Hühnerbrust. Er schluckte und sah zu Hallyd auf. »Ich schwöre Euch, es war das Böse selbst.«

Der Mann war völlig überzeugt davon.

Genau wie Hallyd.

Bryanna wusste nicht, wie es gekommen war, wie sie sich dem Schlaf hatte überlassen können, aber irgendwann während der Morgenstunden schlief sie ein. Als sie aufwachte und zu der Stelle sah, wo Gavyn geschlafen hatte, stellte sie fest, dass sowohl er als auch sein Pferd fort waren. Den Zügel ihrer Stute hielt sie jedoch immer noch fest in der Hand.

Sie streckte sich in der kalten Luft der grauen Morgendämmerung und wunderte sich über das, was in der Nacht zuvor geschehen war. Ein Wolf? Ein schwarzes Pferd? Ein Junge, jetzt ein Mann, aus ihrer Vergangenheit? Bryanna gelang es beinahe, sich selbst davon zu überzeugen, dass sie alles nur geträumt und ihre Fantasie ihr einen Streich gespielt hatte.

Aber nicht ganz. Um das Lagerfeuer herum waren überall Stiefel-, Huf- und Pfotenabdrücke, die etwas anderes besagten. Der Becher, in dem sie den Sud aufgebrüht hatte, stand immer noch da, wo sie ihn auf einem Stein neben dem Feuer hingestellt hatte. Das war letzte Nacht nurmehr rote Glut gewesen, jetzt brannte es lichterloh, deshalb nahm sie an, dass Cain – nein, Gavyn – Holz gesammelt und das Feuer geschürt hatte, ehe er gegangen war.

Warum? Damit sie es bequemer hatte? Warum hatte er sie dann verlassen, ohne sie aufzuwecken?

Ihr kam ein schrecklicher Gedanke. Hatte der Lügner ihre Habseligkeiten gestohlen? Ihr blieb fast das Herz stehen, und panisch begann sie nach ihren Talismanen, Amuletten, Kräutern und ihrem Geld zu suchen. Er würde sie doch nicht etwa wahrhaftig bestohlen haben? Aber vielleicht betrachtete er es ja auch als eine Form ausgleichender Gerechtigkeit für die Bestrafung, die er hatte über sich ergehen lassen müssen.

Eine schnelle Überprüfung zerstreute jedoch ihre Befürchtungen. Alles war noch da, wo sie es hingetan hatte – auch der Dolch, den sie immer noch in der Hand hielt. Sie atmete auf. Wie lange hatte sie geschlafen? Und wie tief? Obwohl sie meinte, kaum die Augen geschlossen zu haben, schien sie doch eine ganze Weile in einen totenähnlichen Schlummer gefallen zu sein, denn der winterliche Morgenhimmel war bereits ziemlich hell.

Und jetzt war Gavyn fort.

Nachdem er so darauf beharrt hatte, bei ihr zu bleiben und sie nach Tarth zu begleiten.

Wenn das denn der Ort war, an den sie gehen sollte.

Sie sah erneut ihre Sachen durch und fand die Karte – jetzt würde sie ihr etwas nützen.

Nun, wenn sie also Richtung Tarth unterwegs war, dann sollte es so sein. Der Karte zufolge musste sie wohl, wenn Gavyn die Wahrheit gesagt hatte, weiter der alten zugewachsenen Straße nach Norden folgen.

Aber warum nach Tarth? Nur weil Gavyn meinte, auf der Karte etwas erkannt zu haben? Nach allem, was sie wusste, war es durchaus möglich, dass er wieder gelogen hatte. Vielleicht hatte er überhaupt keine Ahnung gehabt, was die Linien auf dem Leder bedeuteten.

Sie dehnte ihre durch die Kälte verkrampften Glieder, während sie zum Himmel aufschaute. Die Wolken über ihr waren grau und wirkten unheilvoll. Es war nur eine Frage der Zeit, bis Regen, Schnee oder Schneeregen niedergehen würde.

Sie schüttelte den Kopf, damit sich ihr Zopf löste, und ging zum Fluss. Am Ufer strich sie ihr Haar nach hinten, kniete sich auf einen flachen Stein und erforschte die Tiefen des Wassers nach einem Fisch. Ihr knurrte der Magen vor Hunger. Sie war schnell genug geworden, um eine Forelle oder einen Aal mit ihrem Messer aufzuspießen, wenn sie Glück hatte, obwohl es dafür meist mehr Geduld brauchte, als sie heute Morgen aufbringen konnte. Sie hatte auch gelernt, wie man einen Teil des Wasserlaufs abtrennte und aus Stöcken einen Damm errichtete, sodass sich in dem kleineren Becken Fische fangen ließen. Ein provisorischer Damm war nützlich gewesen, um Forellen, Hechte und Aale zu fangen – genug, um sie mit mehreren Mahlzeiten zu versorgen.

Doch heute sah sie weder silbrige Schuppen aufblitzen, noch erspähte sie eine unselige Kröte neben dem Wasserlauf für ihr Frühstück. Sie würde warten müssen, bis sie das nächste Dorf erreichte, wo sie sich von dem rasch schwindenden Geld Essen für sich und ihr Pferd kaufen könnte. Flüchtig dachte sie an Gavyn. Ja, beinahe vermisste sie den erbärmlichen lügenden Hundesohn, aber dieses Gefühl war einfach lächerlich. Er war gegangen, und Gott sei Dank war sie ihn los. Das Letzte, was sie brauchen konnte, war ein Mann, nein, ein Patient, um den sie sich kümmern musste.

Sie dachte wieder an den Jungen, der er einst gewesen war und der mit seinem muskulösen Körper, der festen Haut und den ersten Härchen, die auf Brust und Bauch zu sprießen begannen, so kurz vor der Schwelle zum Mannsein gestanden hatte. Sie hatte ihn heimlich beobachtet, während er schwamm und Holz hackte und einmal am Stall, als sie dazukam und er gerade mit einem Pferd zu kämpfen hatte. Sie hatte sehen können, wie er sich schwer an den Strick des ungebärdigen Fohlens hängte. Dabei hatten seine angespannten Muskeln in der Sonne geglänzt, Schweiß hatte sein Haar dunkler gefärbt und war über sein Gesicht gelaufen, auf dem sich erster zarter Flaum zeigte.

»Dummes Ding«, sagte sie leise zu sich selbst, während sie sich Wasser ins Gesicht spritzte. Dann musterte sie das andere Ufer, wo ihr der Wolf letzte Nacht Aug' in Aug' gegenübergesessen hatte. Obwohl das silbrige Tier reichlich Gelegenheit gehabt hätte, hatte es sie nicht angegriffen. Stattdessen war es einfach davongestürmt, um etwas im Dickicht zu jagen. Ein Reh? Oder war es etwas Schlimmeres gewesen? Etwas, das sich im Dunkel der Nacht verborgen hatte?

Zitternd sagte sie sich, dass sie vergessen musste, was sie ihrer Meinung nach beobachtet hatte. Das Ganze war nur eine Ausgeburt ihrer Fantasie, die durch Isas Worte und den Wolf angeregt worden war. Hatte sie das Tier knurren und ein anderes Tier angreifen hören? Nein, er war einfach völlig lautlos verschwunden. Sogar jetzt erzeugte allein der Gedanke daran ein Kribbeln auf ihrer Haut.

»Vergiss es«, befahl sie sich selbst. Sie trocknete sich das Gesicht mit dem Saum ihres Umhangs und beschloss dann, noch am Morgen aufzubrechen und mehrere Stunden zu reiten und nur anzuhalten, um etwas zu essen und ihr Pferd zu füttern.

Wenn sie bis zum Abend in Tarth ankäme, wollte sie sich ein Zimmer mieten und ihre Stute in einem Stall versorgen lassen. Und wenn sie dadurch eine Nacht verlor, dann sollte es so sein. Ehe sie das ganze Dorf auf der Suche nach – nach was?, einem Kind? – durchstöberte, würde sie Plumpudding, Aalpastete, gebratene Gans oder gebackene Zimtäpfel essen.

Allein bei dem Gedanken daran begann ihr Magen zu knurren, doch trotz des Lärms, der durch ihren Hunger hervorgerufen wurde, hörte sie plötzlich Hufschläge. Sie sah auf und versuchte mit zusammengekniffenen Augen, das Dickicht aus Eichenlaub und Farn zu durchdringen.

Beinahe hätte sie gelächelt, als sie einen Blick auf den Reiter auf seinem großen schwarzen Hengst erhaschte.

Gavyn!

Also war er doch zurückgekommen. Er hatte sich letzte Nacht nicht davongestohlen und sie zurückgelassen. Ihr närrisches Herz begann trotz seines geschundenen Aussehens bei seinem Anblick freudig zu hüpfen.

Obwohl sie über seine Rückkehr hätte fluchen sollen, spürte sie, wie Freude und Erleichterung und vielleicht noch etwas anderes in ihr aufstiegen. Etwas, dem sie nicht weiter auf den Grund gehen wollte. Sie hatte damit gerechnet, dass der Wolf bei ihm sein würde, doch das wilde Tier war nirgends zu sehen.

Als Gavyn auf die Lichtung ritt und absaß, sah sie zwei Eichhörnchen, einen Hasen, ein Hermelin und einen Fasan hinten an seinem Sattel hängen.

»Die hast du alle heute Morgen gefangen?«

»Das ist die beste Zeit, wenn man weiß, was man zu tun hat.«

»Dann bist du also ein Jäger, Gavyn von Agendor.«

»Wenn es sein muss.«

Bryanna erinnerte sich jetzt wieder daran, dass der Junge, der so gut mit Pferden umgehen konnte, genauso flink mit Pfeil und Bogen gewesen war. Häufig hatte er sich den Jägern angeschlossen und war stets mit einer fetten Gans, einem Wildschwein oder einem Hirsch zurückgekommen.

»Und geht es dir jetzt besser?«

Er nickte. »Das liegt zweifellos an diesem widerlich schmeckenden Gebräu, das zu trinken du mich gezwungen hast.«
»Zweifellos.«
Am Fluss weidete er seine Beute aus und häutete sie, während Bryanna das Feuer schürte. Zwei Krähen ließen sich auf hohen Ästen nieder, um dann laut schreiend gierig auf die toten Tiere zu starren. Weitere Vögel erschienen, kämpften und tschilpten, während sie auf irgendwelche Überreste hofften.

Bryanna rupfte den Fasan, dann versengte sie die kürzeren Daunen und rieb den Vogel mit etwas Rosmarin ein, den sie eine Woche zuvor gepflückt hatte. Sie half Gavyn beim Rösten des Fleisches und drehte den Spieß, der von zwei gegabelten Ästen gehalten wurde. Leber, Herz und den Magen des Fasans kochte sie auf demselben flachen Stein, den sie schon benutzt hatte, um das Wasser zu erhitzen.

Sie drehte den Braten immer wieder, während er auch die letzten Fleischreste von den Häuten abkratzte, weil er hoffte, sie verkaufen zu können, wie er ihr erzählte. Die meisten Fasanenfedern bewahrte Gavyn auf, um damit seine Pfeile zu reparieren.

Sie hatte gehofft, dass Gavyn gesünder aussehen würde als in der Nacht zuvor. Doch das war nicht der Fall. Bei Tageslicht waren seine Wunden noch deutlicher zu erkennen und die Hautverfärbungen viel auffälliger. Das Weiße seiner Augen wurde nicht mehr durch das Dämmerlicht der Nacht verschattet und sah nun rot aus. Und dann war da noch der blutige Fleck auf seiner Tunika. Er wirkte jetzt größer als noch in der Nacht zuvor, als hätte seine Wunde wieder zu bluten begonnen. Hätte sie ihn letzte Nacht nicht berührt und plötzlich diese Vision gehabt, würde sie ihn nicht wiedererkannt haben.

Sobald das Fleisch fertig war und sie aßen, sagte sie: »Deine Wunden müssen versorgt werden.«

»Sie werden heilen.«

»Ich könnte dabei helfen.«

»Wie denn? Wieder mit einem Becher Schweinepisse?« Er zog eine seiner dunklen Augenbrauen hoch und schien sie geradezu aufzufordern, doch zu versuchen, ihm auch nur einen Tropfen von dem Gebräu einzuflößen.

»Du hast zugegeben, dass es geholfen hat.«

»Vielleicht.« Er nagte einen kleinen Fasanenknochen ab.

»Du hast dich gut genug gefühlt, um loszureiten und zu jagen, und wie es aussieht, hast du auch getroffen.«

»Wegen des Tranks?«

»Nein. Natürlich nicht.« Sie nahm einen letzten Bissen vom Kaninchenschenkel. »Es lag nur an deinem guten Auge, deinem starken Bogenarm und deiner Zielgenauigkeit.«

»Machst du dich etwa über meine Fähigkeiten lustig?«, fragte er und zog eine Augenbraue hoch, während er sich eine der Fasankeulen abriss und in das knusprige Fleisch biss.

»Aber nein, Gavyn, das würde ich doch nie tun.«

Er spießte sie förmlich mit seinem ungläubigen Blick auf.

»Ich weiß einfach nur über Kräuter und Heilmittel Bescheid und ...«

»Und mit Zauberkreisen und Hexerei kennst du dich auch aus. Nein danke.«

Mit gerunzelter Stirn warf sie einen sauber abgenagten Knochen ins Feuer und leckte sich die Finger ab. »Du erwartest von mir, dass ich mit dir reite und dich zu meinem Leibwächter mache, wo du im Grunde doch halbtot bist.«

»Mir geht es gut.«

Sie glaubte ihm kein Wort.

»Wo sind denn nun Isa und ihr Ehemann ... Wie hieß er

noch gleich? Payton?«, fragte er in einem durchsichtigen Versuch, das Thema zu wechseln.

»Parnell«, korrigierte sie ihn schnell. Hatte er bei ihrer Lüge nicht genau zugehört? Hatte er es vergessen? Oder stellte er sie auf die Probe? Sollte sie ihm die Wahrheit anvertrauen? ... Nein, noch nicht. Sie wusste, dass er ihr gegenüber auch nicht vollkommen ehrlich war. Wenn sie ihn nicht Gavyn genannt hätte, würde er sie noch immer in dem Glauben gelassen haben, er hieße Cain.

Mit etwas heißem Wasser aus dem Becher wusch sie sich das Fett von den Fingern. »Wie du siehst, sind sie nicht zurückgekehrt, deshalb mache ich mich lieber bald auf den Weg, um nach ihnen zu suchen.«

Sein einer Mundwinkel zuckte leicht, als er einen Flügel aus dem Fasan herausriss und an den Fleischstückchen unter der krossen Haut knabberte. »Ja, mach das lieber mal«, stimmte er ihr zu, kaute und versuchte dabei sein Grinsen zu verbergen. »Und wenn du sie nicht findest?«

»Dann treffen wir uns in Tarth.«

»So sah dein Plan aus?«

»Ja.«

»Obwohl du gar nicht wusstest, wohin du eigentlich reitest? Gar keine Ahnung hattest, wo Tarth liegt?«

Leichte Wut stieg in ihr auf, und plötzlich erinnerte sie sich daran, dass er sie schon als Junge immer gereizt hatte, bis sie am liebsten aus der Haut gefahren wäre. »Wir waren in Richtung Norden unterwegs und in leicht westlicher Richtung. Wir hatten abgesprochen, dass wir uns in der Stadt treffen würden, wenn irgendetwas passieren sollte.«

»In Tarth?«

»Ja, obgleich ich den Namen nicht kannte.«

»Kennen sie ihn?«, fragte er und wedelte dabei mit dem

Knochen vor ihrer Nase herum. »Isa und Parnell. Wissen die, wohin sie müssen? Haben die beiden auch so eine jämmerliche Karte, nach der sie sich richten?«

Ach du lieber Gott, diese Lüge wurde mit jeder Minute schwieriger.

»Ich habe meine von Isa bekommen.«

»Hat sie den anderen Teil der Karte?« Als Bryanna nicht antwortete, fuhr er fort: »Es ist eindeutig nur ein Teil einer größeren Karte. Wo ist der Rest davon? Wer hat ihn?«

»Ich weiß es nicht«, gab sie zu.

Wind kam auf und ließ die trockenen Blätter rascheln.

Gavyn sah sich schnell um und stand auf. Er ließ den Rest des Fasans in seiner Hand fallen und packte sein Messer. Seine Augen wurden schmal, als er das Dickicht um sie herum beobachtete. Bryannas Blick folgte seinem zu den Brombeersträuchern und erhaschte einen silber-schwarzen Schatten.

Der Wolf war zurückgekehrt.

»Ich habe mich schon gefragt, wann du wieder auftauchen würdest«, sagte Gavyn und entspannte sich ein wenig. Er nahm, was vom Eichhörnchen übrig geblieben war, und warf es zwischen die Bäume. Der Wolf warf sich auf den Festschmaus und zermalmte ihn in seinen kräftigen Kiefern.

Aus irgendeinem seltsamen Grund war Bryanna froh, das zottige Tier zu sehen. »Ich hatte schon gehofft, dass er endlich weg ist«, log sie.

»Unwahrscheinlich. Ich füttere ihn.«

»Das ist gefährlich.«

»Bisher nicht.« Er wollte einen weiteren Essensrest ins Gestrüpp werfen, doch als er mit dem Arm ausholte, zog er zischend den Atem ein und ließ das Fleisch fallen. »Heiliger Himmel«, stieß er zwischen zusammengebissenen Zähnen hervor.

»Du bist verletzt!«

Er setzte sich hin und stieß den Atem aus. »Es hat nur kurz wehgetan.«

Sie warf ihr Haar zurück und schüttelte den Kopf. »Kurz wehgetan? Das glaube ich nicht. Jetzt leg dich hin, und lass mich einen Blick auf deine blutige Schulter werfen. Es hat doch keinen Sinn zu leiden.«

»Ist das ein Befehl, Mylady?«

»Stimmt genau, und jetzt lass uns endlich nach deiner Wunde sehen. Lieber Himmel, als Junge warst du schon halsstarrig, aber jetzt bist du richtiggehend stur.« Sie runzelte die Stirn. »Du hättest nicht auf die Jagd gehen sollen.«

»Dann wärst du jetzt hungrig.«

»Ich wäre schon zurechtgekommen, danke. Das nächste Mal ... Oh, es wird kein nächstes Mal geben. Leg dich hin.«

Widerwillig tat er, wie ihm geheißen. Er streckte sich auf dem Boden aus, machte die Beine lang und lehnte sich mit dem Rücken an den Stamm eines jungen Baumes.

Bryanna wusch ihre Hände im Fluss und untersuchte dann – wie sie es Hunderte Male bei Isa gesehen hatte – den verwundeten Mann, während sie in ihrem kleinen Becher Wasser über dem Feuer erhitzte.

Das Weiße seiner Augen wandelte sich von rot zu rosa – eine Verbesserung –, und nun war auch seine Augenfarbe, ein tiefdunkles Grau, wieder erkennbar. Die Schwellungen um die Augen waren zurückgegangen, und die Haut war nicht mehr so stark verfärbt. Was vorher noch lila und grün gewesen war, hatte jetzt einen widerlichen Gelbton angenommen. Nur einige wenige Stellen wiesen noch das dunkle Braunviolett frischer Wunden auf. Er erlaubte ihr, ihn zu berühren, und sie tat es vorsichtig, wobei ihre Fingerspitzen nur ganz sacht über seine Haut strichen, während sie jeden Schnitt und jeden Kratzer genau untersuchte, die alle gut verheilten. Teilweise begann der Schorf bereits abzufallen, und darunter kam neue, rosige Haut zum Vorschein. Das war ein gutes Zeichen.

Es bestand die Möglichkeit, dass er gar nicht so schrecklich aussehen würde, wenn erst alles verheilt war. Er würde ein überhaupt nicht hässlicher, sondern sogar ganz gutaussehender Mann sein, mit einigermaßen geraden Zähnen, einem strengen Kiefer und hohen Wangenknochen. Natürlich wölbte sich die eine Seite seines Gesichts etwas weiter nach innen, und ein Schnitt zog sich von der Schläfe bis zum Kinn. Doch glücklicherweise würde der größte Teil der Narbe von seinem Bart verdeckt sein. Seine gebrochene Nase stand etwas schief, und sie nahm an, dass er wohl für immer einen kleinen Höcker darauf haben würde, aber trotz allem wirkte er gar nicht mal abstoßend. Sobald er wieder gesund war, würde wohl keine Frau den Kopf abwenden, wenn dieser Mann vorbeiging.

Nein, alles in allem würde er wohl nicht entstellt sein, befand sie, doch er war nicht mehr der schöne Mann, der er in seiner Jugend zu werden versprach.

»So schlimm?«, fragte er, als sie einen besonders unangenehmen Kratzer unter seinem Ohr untersuchte.

»Schlimmer.«

Er lachte, und auch sie konnte ein Lächeln nicht unterdrücken. Sie sah ihm in die Augen und stellte fest, dass er sie anstarrte – ganz nah war, kaum ein paar Zoll trennten seine gebrochene Nase von ihrer. Die Eindringlichkeit seines Blickes bereitete ihr Unbehagen, ließ fast schon Nervosität in ihr aufsteigen. Sie hatte schon früher Kranke gepflegt, aber stets unter Isas Anleitung, und sie war dabei nie so eingehend von einem Patienten gemustert worden.

Sie schluckte und versuchte, nicht darauf zu achten, dass das Blut plötzlich in ihren Ohren zu rauschen begann.

Sein Blick glitt zu ihren Lippen, und sie hatte das Gefühl, als würde plötzlich der ganze Wald verstummen. Für einen Augenblick dachte sie, dass er sie küssen würde, und tief in ihrem Innern verspürte sie Sehnsucht und Angst. Diesen Mann zu küssen würde ein Fehler monströsen Ausmaßes sein. Das wusste sie so genau, wie sie ihren eigenen Namen kannte. Sie konnte ihm nicht vertrauen. Sie würde ihm nicht vertrauen.

Sie biss sich auf die Unterlippe und stieß hervor: »Ich ... ich muss mir dein Auge ansehen.«

»Dann sieh es dir an.«

Oh Gott.

Ihre Hand zitterte. Schnell beugte sie die Finger und rief sich in Erinnerung, dass Gavyn im Grunde nur ein Lügner war, der die Nettigkeit besessen hatte, ihr ein Frühstück zu bringen. Mehr war da nicht. Gütiger Himmel, da war kein Platz für romantische Fantasien!

Sanft zog sie ein Lid hoch und sah seinen Augapfel an.

»Was siehst du?«

»Du meinst außer dem halsstarrigen, verletzten Mann?«

Um seine Mundwinkel zuckte es. »So viel kannst du erkennen? Dann stimmt es also tatsächlich. Du bist wirklich eine Zauberin.«

Sie unterdrückte ein Lächeln und meinte mit spöttischer Ernsthaftigkeit: »Oh, da ist noch mehr. Ich sehe einen halsstarrigen, dummen Mann, der nicht weiß, wann man lieber den Mund halten sollte.« Sie ließ sein Lid fallen und setzte sich wieder zurück, um dann mit einem Finger über eine Narbe an der Seite seines Gesichts zu fahren. »Ich fürchte, die hier wird bleiben«, meinte sie. »Es heilt nicht gut zusammen.«

»Dann sprich einen Zauber, und mach mich hübsch.«

»Ich bin eine Zauberin, Gavyn, nicht Gott.«
Wieder lachte er.
»Jetzt zieh deine Tunika aus.«
Er zog eine dunkle Augenbraue hoch, und trotz seines zerschundenen Gesichts bekam es dadurch einen eindeutig sinnlichen Ausdruck. »Du willst, dass ich mich ausziehe?«
»Wenn ich deine Wunden untersuchen soll, muss ich sie mir ansehen.«
»Zieh du mich aus«, schlug er vor.
Dafür hatte sie nichts übrig. »Ich?« Sie schüttelte den Kopf und weigerte sich, mit ihm zu flirten. Ihr schlug das Herz ohnehin schon bis zum Hals. »Bei Rhiannon, Gavyn, zieh dich einfach aus, und zwar schnell.«
Als er sich nicht rührte, stieß sie angewidert den Atem aus. »Dann mach ich es eben.« Sie beugte sich nach vorn, sodass sie den Saum fassen, ihn hochheben und die nackte Haut und die festen Muskeln seines Bauches sehen konnte.
Der Stoff bauschte sich zusammen, als sie versuchte, die Tunika über seine Arme und Schultern zu ziehen, sodass das dunkle Haar auf seiner Brust sichtbar wurde.
»Vorsicht«, sagte er und zog ganz behutsam seine Schulter hoch. Er fluchte unverblümt, als er die Tunika über seinen Kopf zerrte und sie von seinem Körper wegriss. Dann lehnte er sich wieder nach hinten gegen den Baum.
Sie erbleichte beim Anblick seiner Brust und der klaffenden Wunde, aus der Blut und Eiter quoll. Die Lust, ihn weiter zu necken, war ihr völlig vergangen.
»Schlimm?«, fragte er.
Sie begegnete seinem Blick und nickte.
»Sag bloß nicht, dass du Blutegel draufsetzen willst.«
»Nein ... doch was getan werden muss, wird schmerzhaft sein.«

Er zog die andere Schulter hoch. »Jetzt tut es auch weh.«

Zum ersten Mal, seit sie einander begegnet waren, glaubte sie ihm. Sie würde einen Verband brauchen, und da sie keinen Stoff oder Handtücher hatte, würde sie ihr Hemd benutzen müssen. »Warte«, sagte sie zu ihm und trat hinter ein paar Bäume, um alle Kleider abzustreifen und dann Tunika und Mantel wieder anzuziehen. Mit Hilfe von Isas Dolch schnitt sie in den Stoff und riss dann das Hemd in Streifen, um dann mit einem ganzen Arm voller Verbände auf die Lichtung zurückzukehren.

»Um dich auszuziehen, hättest du dich nicht verstecken müssen«, sagte er, und sie warf ihm einen schnellen Blick zu.

»Du bist zu krank, um einer Frau beim Entkleiden zuschauen zu wollen.«

»Niemals«, erwiderte er, während sie vorsichtig den Becher mit dem dampfenden Wasser nahm und sich dann vorbeugte, um ihn zu verarzten.

Mit einem der abgerissenen Streifen tupfte sie die Wunde auf seiner Brust ab und reinigte sie sanft. Obwohl er versuchte, ruhig zu bleiben, bemerkte sie, wie sich seine Muskeln anspannten und sein Kiefer verkrampfte, als er die Zähne zusammenbiss.

»Willst du denn keine Zaubersprüche flüstern und ein paar von deinen Kräutern um mich herum verstreuen? Du könntest vielleicht auch noch ein paar Kreise in den Boden ritzen«, meinte er, während ihm trotz der morgendlichen Kälte Schweißperlen auf die Stirn traten.

Sie warf ihm einen kurzen Blick zu. »Später vielleicht. Wenn man jedoch bedenkt, was ich mit dir machen will, wäre es vielleicht am besten, wenn du den Zauberspruch nicht hörst.«

»Du hast bereits gedroht, meinen Geist zu verwirren und meinen Schwanz schrumpfen zu lassen. Was könnte da noch schlimmer sein?«

»Vertrau mir, Gavyn, du willst es nicht wissen. Ich habe einen besonderen Zauberspruch für diejenigen, die mich belügen.«

»Ach ja?« Er schaffte es, ein schwaches Lächeln aufzusetzen.

Sie rückte näher an ihn heran, und ihre Finger strichen über das leicht gerötete Fleisch um die Wunde herum. Dabei spürte sie, wie sich seine Brustmuskeln noch mehr anspannten. Erregung durchzuckte sie kurz, und einen Moment lang stockte ihr der Atem. Trotz seiner Verletzungen war er stark. Und männlich. Obwohl er so zerschunden war und sein Gesicht in allen Regenbogenfarben schimmerte, strahlte er eine intensive Sinnlichkeit aus. Der Anblick seiner breiten Schultern und der festen sehnigen Brust ließ ihren Widerstand ins Wanken geraten und berührte sie in tiefster Seele.

Sie schluckte mühsam und begann dann die Stoffstreifen um seinen Rumpf zu wickeln. Als sie den Verband über seinem Rücken glättete, berührten ihre Finger Schwielen, die sich über den glatten Muskeln erhoben – jene Narben, die noch aus der Zeit stammten, als er ausgepeitscht worden war.

Oh, du lieber Gott.

Sie sah auf und stellte fest, dass er sie anblickte. Ihr Herz begann plötzlich unregelmäßig zu schlagen, und sie konnte nur noch an die Stelle denken, wo ihre Finger seine Haut berührten.

»Bryanna«, sagte er, und sie reagierte, indem sie ihre Hand zurückzog und den Kontakt abbrach.

Doch sie war nicht schnell genug.

Blitzschnell packte er ihr Handgelenk, wobei sich schwielige Finger um ihre zarten Knochen schlossen. »Sag mir«, und seine Stimme war nurmehr ein heiseres Flüstern. »Was bist du, Bryanna von Calon?« Die Haut über seinen Wangenknochen war straff gespannt, und seine Augenbrauen waren vor Ärger zusammengezogen, während seine silbrigen Augen funkelten. »Frau?«, wollte er wissen, »oder Hexe?«

»Vielleicht von beidem etwas.« Sie konnte nicht mehr denken, und obwohl sie die beiden einzigen Reisenden in diesem riesigen Wald waren, schien die Lichtung um sie herum plötzlich viel kleiner zu werden.

»Ach ja?« Seine Finger bewegten sich leicht über die sensible Haut auf der Innenseite ihres Handgelenks, wo ihr Puls völlig unkontrolliert pochte. »Vielleicht sollten wir das herausfinden.« Sein Gesicht war nur noch einen Hauch von ihrem entfernt und sein Blick lag auf ihren Lippen.

Ach, du lieber Himmel, er würde sie küssen. Sie wusste es, wollte es, obwohl die Aussicht darauf sie zu Tode erschreckte.

Ihr Herz schlug wie wild, und die Geräusche des Waldes wurden von dem Rauschen des Blutes in ihren Ohren übertönt. Seine Lippen pressten sich auf ihre, warm, fest, und erhitzten ihr Blut, als er sie an sich zog. Oh, bei allen guten Geistern, sie bekam kaum noch Luft. Doch sie schloss die Augen und spürte den berauschenden Druck seines Mundes auf ihrem, spürte seine Lippen und seine Zunge, als er sie dazu drängte, den Mund zu öffnen.

Sie zitterte vor Erregung und erwiderte seinen Kuss wie im Rausch.

Verlangend rief ihr Körper nach mehr. Er veränderte seine Stellung, während er immer noch ihr Handgelenk festhielt und dabei ihre Hände über ihren Kopf drängte, als sein Körper über ihren glitt. Ihr Puls raste so schnell, dass sie das Gefühl hatte, ihr Herz würde gleich zerspringen. *Mehr*, dachte sie, als sich seine Hand in ihr Haar wühlte. *Mehr!*

Durch ihre Kleidung spürte sie sein steifes Glied, sie hörte seine abgehackten Atemzüge. Seine Hand glitt nach unten, und seine warmen Fingerspitzen strichen über den Puls, der in ihrer Kehle pochte.

Für den Bruchteil eines Augenblicks spürte sie sein rasend schnell schlagendes Herz, und plötzlich hatte sie eine Vision.

Intensiv.

Klar.

So deutlich, als stünde sie an Gavyns Seite, sah sie ein Handgemenge, einen brutalen Kampf, der nach Blut, Schweiß und Urin roch. Der Himmel war scharlachrot, und der Regen fiel in Tränen wie Blut ...

Ein Mann lag am Boden, ein Mann des Gesetzes mit einem sauber gestutzten weißen Bart und blicklosen braunen Augen, die aus einem blutigen Gesicht zum Himmel starrten. Sein Genick war gebrochen, sein Kopf stand in einem unnatürlichen Winkel vom Körper ab.

Er war tot.

Ermordet von Gavyn von Agendor.

»Lügner! Dieb! Mörder!«

Seine Lippen fanden ihre.

Heiß.

Gierig.

Voll von dem Verlangen eines ausgehungerten Mannes.

Und ihr verräterischer Körper reagierte darauf, seine Wärme durchdrang ihren Leib. Ihr Herz pochte voller Erwartung, während sich ihr Geist mit Bildern füllte, in denen er sie in seinen Armen hielt, ihr die Tunika über den Kopf zog, seine schwieligen Hände auf ihre Brüste legte und mit Lippen und Zunge von ihrem Mund über ihren Hals weiter nach unten glitt ...

»Nein!« Sie entzog sich ihm und entriss ihre Hand seinem Griff. Ihr Herz schlug wie verrückt, und sie glaubte, kaum noch atmen zu können. Lag es an der Vision vom Tod, die ihr durch den Kopf schoss?

Oder an dem Verlangen dieses Mannes, dieses Mörders?

Sie unterdrückte ihre Leidenschaft und wischte ihre Lippen ab, um zu reinigen, worauf er seinen Mund so drängend gepresst hatte.

Sein Blick fand ihren und hielt ihn fest.

Er wusste es.

Ihr Magen sackte nach unten wie ein Stein in einem abgrundtiefen See, und sie kämpfte gegen die Verzweiflung, die mit nadelscharfen Krallen an ihr zerrte.

Sie konnte es einfach nicht fassen, was für ein Pech sie hatte; denn wie sie es auch drehte und wendete, die Wahrheit war, dass sie dabei war, sich in einen Mörder zu verlieben.

10

»Wen hast du umgebracht?«, wollte Bryanna wissen, während sie vor ihm zurückwich, als hätte sie gerade in die dunkelsten Tiefen seiner Seele geschaut.

»Was?« Gavyn hatte das Gefühl, als wäre seine wild kreisende Welt plötzlich brutal angehalten worden.

»Ich hatte eine Vision und du ... du standest über einem Mann, dessen Genick gebrochen war. Sein Schädel war voller Blut ... und, oh, heilige Morrigu, davor läufst du davon.«

Sie wandte sich von ihm ab und begann, all ihre Sachen in ihre Satteltaschen zu tun.

Es gab keine Veranlassung mehr, sie vor der Wahrheit zu schützen. »Das war nur ein Grund«, gestand er, während er nach seiner Tunika griff und sie hastig überstreifte. Der Verband saß eng, doch bereits der Breiumschlag fühlte sich gut auf seiner Haut an.

»Es gibt noch mehr?«, fragte sie und sah zum Himmel auf, als die ersten Regentropfen aus den dunklen Wolken zu fallen begannen. »Heilige Mutter Gottes, was hast du sonst noch zu verbergen?«

»Das Pferd. Es war kein Geschenk.«

»Du hast es gestohlen?«

»Meinem Vater.«

»Ein Mörder, ein Pferdedieb, ein Lügner. Gibt es sonst noch etwas, was ich über dich wissen sollte?« Sie goss das restliche Wasser aus dem Becher ins Feuer, wischte ihn mit ihrem Rocksaum trocken und verstaute ein paar Kräutersäckchen darin. Dann steckte sie den Becher, ihre Hörner und ein paar Amulette in die Tasche.

»Du weißt bereits, dass ich ein Bastard bin.«

»In mehr als nur einer Hinsicht«, sagte sie wütend, während sie ihre Satteltasche verschnürte und dann am Sattel festband. »Wer war dieser Mann, den du umgebracht hast?«, fragte sie, und er unternahm den Versuch, ihr dabei zu helfen, den Sattel auf den Rücken der Stute zu heben. Doch sie warf ihm einen finsteren Blick zu, der das Blut jedes Mannes in Eis verwandelt hätte. »Das schaffe ich allein. Wen hast du umgebracht?«

»Craddock. Den Sheriff.«

»Den Sheriff?« Ungläubig riss sie die Hände hoch. »Gütiger Himmel, das wird ja immer besser! Gab es einen Grund dafür, den Sheriff umzubringen, oder bist du einfach nur komplett durchgedreht?«

»Es galt einfach: er oder ich. Ich fand, dass ich leben sollte.«

Eine volle Minute stand sie stocksteif da, während sie seine Worte auf sich wirken ließ. Dann zog sie die Satteldecke glatt, ehe sie den Sattelgurt ein letztes Mal strammzog. Darauf drehte sie sich um, musterte ihn mit einem finsteren Blick und fragte: »Und warum wollte der Sheriff dich umbringen?«

»Er hielt es für einfacher, als mich zu verhaften.« Gavyn legte erst die Satteldecke auf Rhis breiten Rücken, dann nahm er den Sattel mit seinem unverletzten Arm und schwang ihn auf das Pferd. »Er hatte unrecht.«

»Und warum wollte er dich verhaften?«

»Damit ich nichts sage.« Er zog den Sattelgurt durch die Schnalle, als es schließlich richtig zu regnen begann. »Weil ich zu viel weiß.«

»Und was weißt du?«

Als würde er abwägen, wie viel er ihr erzählen sollte, zog er erst einmal den Gurt fest. »Vieles und nichts Genaues.«

»Was denn zum Beispiel?«

Er schob Sand über die restliche Glut des Lagerfeuers und sagte dann: »Je weniger du weißt, desto besser für dich.«

»Was für ein Haufen Bockmist! Was soll das denn für eine Antwort sein?« Ihr Gesicht gerötet, die Lippen fest zusammengepresst, kam sie zurückmarschiert, und das erste Mal, seitdem er sie geküsst hatte, trat sie wieder zu ihm. »Sprich nicht in Rätseln zu mir, Gavyn.« Ihre seegrünen Augen sprühten Funken, und die Hände hatte sie fest gegen die schmalen Hüften gestemmt, während der Regen über ihre Wangen zu laufen begann und ihr Haar feucht werden ließ.

»Wenn du mit mir reitest« – schnell hob sie den Finger –, »und bis jetzt habe ich dem noch nicht zugestimmt … Aber wenn du es vorhast, dann musst du mir die Wahrheit sagen. Keine Lügen mehr. Keine Halbwahrheiten und kein Drumherumgerede. Was weißt du?«, fragte sie noch einmal, und ihre Wut und der Regen steigerten nur noch ihren Reiz. »Nun?«

»Dass mein Vater meine Mutter umbringen ließ.«

»Er hat … was?«, keuchte sie, und eine Hand flog an ihren Hals.

»Sie starb vor ihrem kleinen Häuschen. Es sah so aus, als ob sie von einem Holzstoß gefallen wäre, als sie gerade Anmachholz hackte. Dabei stürzte sie über ein Stück Holz und verletzte sich mit ihrem Beil.«

»Aber du glaubst das nicht?«, fragte sie.

Er sah, dass sie sich an die Hoffnung klammerte, er könnte unrecht haben, dass sie glaubte, kein Mann, der mit einer Frau ein Kind gezeugt hatte, wäre imstande, dieser Frau das Leben nehmen.

»Ich sah den gedungenen Mörder vom Schauplatz des Verbrechens wegreiten.« Seine Gesichtszüge verkrampften sich bei der Erinnerung daran. »Als ich bei ihr ankam, war sie bereits tot. Das blutige Beil hielt sie noch in der Hand.« Er erinnerte sich wieder daran, wie er um die Ecke des Weges gekommen war, der zur Hütte führte, in der seine Mutter, eine Schneiderin, allein lebte. Als das Haus vor ihm auftauchte, hörte er nichts – keinen Laut außer seinen eigenen heftigen Atemzügen und dem Rauschen des Blutes in seinen Ohren. Alles – die Hütte, der kleine Garten, sogar die paar Hühner in der Nähe der Eingangstür, die Insekten aufpickten – schien irgendwie schief zu sein. Gavyn war ganz außer Atem gewesen, seine Beine schmerzten unsäglich, doch er rannte weiter und rief nach ihr. »Mutter!«, brüllte er. »Mutter!« Er stieß die

Tür auf und sah, dass das Feuer noch brannte und darüber ein schwarz angelaufener Topf brodelte. Immer noch schreiend wirbelte er herum, doch tief im Innern wusste er es bereits. Wieder draußen, ging er ums Haus herum zum Holzstapel, und da sah er sie und das Blut ... überall Blut ...

Er blinzelte, spürte den kalten Regen, der seinen Rücken hinunterlief, und merkte, dass er in Bryannas besorgt blickende Augen sah. »Die Art, wie sie starb, ihre Wunden ... es war ganz offensichtlich, dass man sie ...« Er zuckte zusammen. »Sie war umgebracht und beim Sterben sich selbst überlassen worden.«

»Könnte sie nicht in die Axt gefallen sein?«

»Bei einem Sturz würde man sich einmal schneiden. Das würde aber nicht die vielen Wunden erklären, die ihr Körper aufwies.«

»Und wer hat es getan? Wer war der Mann, den du wegreiten sahst?«

Er befestigte Bogen und Pfeile am Sattel. »Craddock, der Sheriff meines Vaters. Er war den weiten Weg von Agendor gekommen, um zu tun, was ihm mein Vater aufgetragen hatte.«

Alle Farbe wich aus Bryannas Gesicht, und tiefe Trauer legte sich über ihre Züge. Sie blinzelte. Wegen des Regens? Oder waren es Tränen? »Es tut mir leid«, flüsterte sie und berührte seine Schulter. Es war das erste Mal, dass sie ihn nach ihrem Kuss wieder berührte. »Ich verstehe wohl einfach nicht, warum. Warum sollte ein Mann den Befehl geben, seine Geliebte umzubringen? Sie hat ihm doch nichts getan.«

»Ach, es war eigentlich ganz einfach. Halb Tarth wusste, dass meine Mutter die Gunst des Barons gewonnen hatte, und Deverill machte kein Geheimnis aus seiner Affäre. Sie war seiner neuen Frau, der Lady von Agendor, ein Dorn im Auge.«

»Eifersucht?« Ungläubig schüttelte sie den Kopf.

Die Wut, die seit damals in ihm brannte, loderte auf. »Ja, Männer haben schon aus nichtigeren Gründen getötet«, flüsterte er und versuchte, das Bild zu verdrängen, das sich an jenem Tag in sein Gehirn gebrannt hatte. Das Bild jenes einen Menschen, dem er auf dieser Welt vertraut hatte und der nun regungslos mit gebrochenen Augen dalag, während überall Blut war. Blut auf ihrer Haut, dunkelrote Flecken auf ihrem Rock, die purpurrote Lache, in der sie lag. Er war auf die Knie gefallen, suchte nach ihrem Herzschlag, Atemzügen, doch ihre Haut begann bereits kalt zu werden. Sie war tot.

Er erinnerte sich an den spöttischen Schrei einer Krähe, die oben auf dem Holzstapel saß und deren schwarzes Gefieder in der heißen Sommersonne glänzte.

»Sie hieß Ravynne.« Er räusperte sich und sah Bryanna an, die im Regen stand. »Es ist bald drei Jahre her«, sagte er.

»Aber du hast es nicht vergessen.«

»Nein.«

»Und du hast die Jahre damit verbracht, ein Stachel im Fleische deines Vaters zu sein, der ihn immer wieder daran erinnerte.«

»Was wäre eine bessere Strafe für diesen Hundesohn gewesen, außer ihn umzubringen?«

»Den Sheriff zu töten«, sagte sie so leichthin, als wäre es die natürlichste Sache von der Welt. »Das war bestimmt ein Wink für ihn.«

Gavyn lächelte kalt. »Ich hoffe es.« Er schaute zum dunkel dräuenden Himmel hinauf. »Ich hoffe, dass er diesen Wink niemals vergisst.«

»Ihr habt nichts gefunden? Keine Spur von ihm?« Deverill ging ärgerlich im Raum auf und ab, während der Hauptmann der Wache seine Waffen auf einem soliden Eichentisch ablegte.

»Noch nicht.« Aaron, ein großer Mann mit breiter Brust und einem vollen Bart, der grau zu werden begann, war sein ganzes Leben lang Soldat gewesen. Als er sich die Handschuhe herunterriss und den Kopf schüttelte, fiel Deverills Blick auf die alte Verletzung des Hauptmanns. Ihm fehlte ein halbes Ohr – die Folge eines in seiner Jugend ausgetragenen Kampfes.

»Es ist jetzt fast eine Woche her.« Deverill war wütend. Wie hatte der Mistkerl wieder entwischen können? Noch dazu auf Deverills Pferd.

»Ja, das stimmt.« Aaron warf seine Handschuhe einem wartenden Pagen zu und begann unter lautem Klirren sein Kettenhemd auszuziehen. Auch dieses reichte er dem Pagen. Sobald er damit beladen war, trug es der Junge, unter seiner Last schwankend, zur Waffenkammer, wo es zusammen mit den Waffen des Hauptmanns untersucht, wenn nötig repariert und gesäubert werden würde.

»Bei Gott, wie ist das möglich? Sind Eure Männer allesamt Volltrottel?«

»Es sind *Eure* Männer, Lord Deverill«, erinnerte ihn der Soldat, der offensichtlich müde und hungrig war und sich wegen der schlechten Laune des Barons keine Sorgen machte.

Deverill war niemand, der sich von dem stämmigen Hauptmann in die Schranken weisen ließ. »Ich hatte Euch ermächtigt, die Belohnung zu erhöhen.«

»Ja, und das haben wir auch getan. Aber es hat sich keiner gemeldet, der ihn gesehen hätte. Oder das Pferd.« Der Page kehrte zurück und brachte einen Krug und zwei Kelche. Nachdem ihm Deverill zugenickt hatte, schenkte der Knabe mit dem pockennarbigen Gesicht den Männern ein und reichte den ersten Kelch an den Baron.

Deverill nahm einen großen Schluck, doch er schmeckte den Wein kaum. Wenn er seinen Bastard doch nur einfach vergessen könnte. Wenn er doch nur einfach so tun könnte, als wäre der Junge nie geboren, als hätte er nie Trost in Ravynnes Bett gesucht und es mit ihr bis zum frühen Morgen getrieben. Doch von allen Frauen in seinem Leben hatte er ausgerechnet sie begehrt. Mit der Schneiderin zu schlafen war mehr als ein Paarungsakt gewesen. Dem Ganzen hatte eine Kraft innegewohnt, eine Euphorie, ein kurzes Befriedigen eines unstillbaren Hungers. Und sobald es vorbei war, hatte sich sein Verlangen nach ihr noch mehr gesteigert.

Ravynne war genauso unersättlich gewesen wie er, immer begierig und bereit, ihre enge Weiblichkeit hatte sich wie warmer Honig um ihn gelegt, wenn er in sie hineinstieß, während ihr Mund vor Entzücken offen stand, ihre Arme seinen Hals und ihre Beine seine Taille umschlangen, wenn er sie auf der Matratze aus Stroh, im Stehen an der Wand oder auf dem Tisch nahm, an dem sie eingerissene Säume stopfte. Oh, was für eine wundervolle, heiße Scheide sie hatte. Ganz anders als der unfruchtbare, kalte Spalt seiner Frau, in den einzudringen so schwer war wie mit einem Messer durch kalte, harte Butter zu schneiden. Und auch wenn er schließlich tief in sie eingedrungen war, hatte sie wie ein Stein unter ihm gelegen. So kalt wie Marmor und kein bisschen weicher. Trocken. Kalt. Leidenschaftslos.

Nicht wie Ravynne.

Kein Wunder, dass seine Frau darauf bestanden hatte, er solle sie sich vom Hals schaffen. Es war dabei wenig hilfreich, dass Ravynne so fruchtbar war, sein Samen so leicht Wurzeln schlug und einen Bastard hervorbrachte, während seine Frau, Marden, kinderlos blieb, egal wie häufig sie sich miteinander paarten.

Deverill hatte keinen legitimen Erben. Keinen gesetzlichen Nachkommen. Vielleicht trieb das ihn dazu, den einzigen Sohn, von dem er wusste, derart zu kontrollieren.

Und in Gegenzug war Gavyn entschlossen, ihn mit seinem wilden Trotz zu demütigen.

Aaron trat ans Feuer, um sich die Beine zu wärmen. »Wir haben im Umkreis von mehreren Meilen gesucht, die Wälder durchkämmt, Berge und Dörfer, und sogar die Mönche im Kloster St. Michaels in der Nähe von Castle Gaeaf mussten unser Eindringen über sich ergehen lassen. Der Bischof wird sich wahrscheinlich bei Euch melden.«

Deverill rieb sich den Nasenrücken. Wie konnte ein einzelner Mann, sein eigener verdammter Sohn, so viel Ärger machen? Vielleicht war es am besten, nicht weiter nach ihm zu suchen und sich mit seinem Verschwinden abzufinden. Zwar hatte er Deverill zum Gespött gemacht. Zwar hatte er ihm sein Pferd gestohlen. Aber zumindest war er jetzt fort, und damit würden hoffentlich Ruhe und Frieden einkehren.

»Sucht weiter«, sagte er ohne jede Begeisterung, »und wenn Ihr ihn findet, tötet ihn nicht. Es bringt nichts Gutes, wenn man ihn als so eine Art Held oder Märtyrer betrachtet. Er muss vor Gericht gestellt werden.«

»Und das seid Ihr.«

»Ja. Gavyn muss sich mir und meiner Gerichtsbarkeit stellen.«

Der Hauptmann der Wache sah Deverill einen Augenblick an, und obwohl dem Soldaten eine Frage durch den Kopf schoss, ein Zweifel an der Richtigkeit eines solchen Vorgehens, war er klug genug, den Mund zu halten.

»Findet ihn«, befahl Deverill. »Und wie ich schon sagte: Bringt ihn mir lebendig.«

»Du musst allein nach Tarth reisen, Bryanna. Hörst du mich? Allein.«

Isas Stimme war so deutlich zu vernehmen wie der Schrei des Habichts in dieser stillen Nacht. Bei Einbruch der Dunkelheit hatten Wind und Regen aufgehört, gerade als sie und Gavyn ihr Lager aufschlugen.

»Jetzt also nennst du mir den Namen der Stadt«, flüsterte Bryanna, während sie einen Blick zu Gavyn hinüberwarf, der neben dem Feuer schlief und wieder die Zügel seines Pferdes um die Hand geschlungen hatte. Er schnarchte leise, doch sein schmerzliches Stöhnen hatte nachgelassen. Seine Wunde heilte, und nach dem langen Tag fühlte Bryanna in seiner Gegenwart kein Unbehagen mehr.

Ja, er war ein Mörder, ein Dieb und ein Lügner, und nur die Götter wussten, was sonst noch, aber zumindest war sie jetzt nicht mehr allein. Er leistete ihr nicht nur Gesellschaft, sondern in dem Maße, wie er wieder zu Kräften kam, würde er sie wohl auch immer besser beschützen können.

Es sei denn, er wartet nur auf den richtigen Augenblick, um sich fortzustehlen. Diesmal war es ihre eigene Stimme, die sie warnte, nicht Isas.

Sie stieß ein Schnauben aus und zog mit einem trockenen Stock einen Kreis auf der Erde. *Isa.* Das alte Kindermädchen schwieg so häufig, doch heute Nacht hatte die tote Frau beschlossen, ihr zu sagen, sie solle Gavyn irgendwie loswerden, und hatte kundgetan, dass sie tatsächlich nach Tarth reiten sollte. Genau wie Gavyn gesagt hatte.

»Warum Tarth?«, flüsterte Bryanna und hoffte dabei, dass Isa ihr eine Antwort geben würde. Sie hatte diese einseitigen Unterhaltungen satt, die stets von Isas Laune abhingen.

Vielleicht wirst du einfach nur verrückt.

»Ach, Blödsinn. Verrückte wissen nicht, dass sie verrückt sind.« Wütend bohrte sie den Stock tiefer in den weichen Boden. Beinahe den ganzen Tag hatten sie und Gavyn dem Regen getrotzt, doch endlich war die Wolkendecke aufgerissen, sodass silbriges Mondlicht durch die Zweige drang und Bryanna Hoffnung schöpfte, der Frühling werde doch noch kommen.

Und wenn die ersten Blumen blühen und die Sonne wieder wärmt – wo wirst du dann sein?

Sie hockte sich hin und dachte über ihre Zukunft nach. Wie würde die aussehen? Würde sie immer noch auf der Suche sein? Würde sie jemals dieses Kind finden, das sie retten sollte? Und die Edelsteine des verzauberten Dolches ... wenn ihr das wirklich vom Schicksal vorherbestimmt war.

Schicksal?

Glaubte sie denn überhaupt daran?

Und was war mit dem Geliebten, dem sie angeblich begegnen sollte? Der Vater ihres Kindes – hatte Isa das nicht gesagt? Sie sah wieder zu Gavyn hin und biss sich auf die Lippe. Würde er ihr Geliebter sein oder ihr Feind? Isa hatte von einer Gefahr gesprochen. Sogar im Tod machte sich das alte Kindermädchen noch Sorgen um sie.

Bryanna runzelte die Stirn und versuchte, die tote Frau wieder zum Reden zu bringen. »Warum soll ich allein reiten?«, wollte sie wissen und sprach dabei mit leiser Stimme, um Gavyn nicht zu wecken, obwohl sie wusste, dass er stundenlang tief schlafen würde, nachdem er bei Einbruch der Nacht einen Heiltrunk zu sich genommen hatte. »Warum hast du mir das nicht schon früher gesagt?«, flüsterte sie mit strenger Stimme. »Was ist so besonders an Tarth, dem Wohnort von Gavyns Mutter?« Ihr Stock zerbrach, und sie warf weg, was sie davon noch in der Hand hielt. »Gibt es ein weiteres Stück von dieser Karte? Wo ist es?« Wieder sah sie zu Gavyn hinüber, der so tief schlief. Ihr Herz schlug höher bei seinem Anblick. Die Prellungen, wenn sie auch immer noch sichtbar waren, gingen langsam zurück.

Er hatte während ihres Ritts nur selten gelächelt, doch wenn er es tat und sie einen Blick auf den Jungen erhaschte, der er einst gewesen war, dann hatte ihr Herz ein bisschen schneller geschlagen, waren ihre Hände feucht geworden, und sie hatte sich irgendwie leicht benommen und schwindelig gefühlt.

Denk noch nicht einmal in diese Richtung, empfahl ihre eigene innere Stimme – nicht Isas. *Lass nicht zu, dass du dich zu ihm hingezogen fühlst. Erinnerst du dich noch an den letzten Mann, den du männlich und gutaussehend fandest, hm? Der Ehemann deiner Schwester! Einer der Gründe, warum du Calon verlassen hast.* Ihre Wangen wurden ganz warm, als sie an ihr törichtes Interesse für einen Mann dachte, der für sie unerreichbar war. *Du willst nur das, was du nicht haben kannst, Bryanna. Männer, die eine Herausforderung darstellen und gefährlich sind. Das ist dumm!*

Seit jener Nacht, in der sie Gavyns Wunden gereinigt und seine Brust verbunden hatte, war sie nicht mehr von Visionen heimgesucht worden.

Es hatte auch keine Küsse mehr gegeben, die ihr Blut zum Sieden brachten und ihr Herz wie wild schlagen ließen.

Sie waren einfach nur ohne größere Unterbrechungen Richtung Norden durch Dörfer, Felder und Wälder geritten.

Sie hatten lediglich in einer Stadt Station gemacht, wo es Gavyn gelungen war, zwei Hermelinpelze und drei Kaninchenfelle an einen Schneider zu verkaufen. Danach hatte Gavyn darauf bestanden, dass sie vor dem strömenden Regen Schutz suchten und in einem Gasthaus einkehrten, wo sie eine warme Mahlzeit und Bier zu sich nahmen, während die Pferde gefüttert und gestriegelt wurden. Den Rest der Felle hatte er gegen etwas Silber und ein paar Stücke Dörrfleisch und Bohnen eintauschen können.

Später hatte Gavyn am Dorfrand einer Frau, die er dort erspähte und die Bryannas Größe hatte, das Unterhemd vom Leib weggekauft. Die Frau, die einen zugedeckten Korb trug, war bis an die Haarspitzen errötet und hatte den Kopf geschüttelt. Doch ihr Ehemann, ein praktisch denkender Steinmetz, hatte sie gedrängt, das Geld zu nehmen. Am Ende war seine Frau in ihre kleine Hütte geeilt, hatte schnell die Unterwäsche abgestreift und sofort wieder das braune Kleid und die Schürze angezogen. Immer noch ganz rot im Gesicht, war sie wieder herausgekommen und hatte Bryanna das schlichte Hemd gereicht.

Der Handel war irgendwie peinlich und unangenehm gewesen, doch Gavyn hatte darauf bestanden, dass er ihr ein Hemd schulde, und Bryanna hatte keine Einwendungen mehr gemacht. Ihre Tunika hatte während des stundenlangen Ritts schmerzhaft auf ihrer Haut gescheuert. Bei der ersten Gelegenheit, als sie wieder im Wald waren, hatte sie Gavyn bei den Pferden gelassen, während sie sich umzog. Sie war hinter dichtes Gestrüpp getreten und hatte sich schnell ausgezogen, wobei der Regen ihr über Hals und Rücken lief. Sie hatte ihren Umhang und die Tunika über ein paar Zweige hängen müssen, damit sie nicht dreckig wurden, während sie sich das weiche Leinenhemd überstreifte. Schnell hatte sie dann die anderen Sachen wieder angezogen, ehe sie zu der Stelle zurückging, wo Gavyn auf seinem Pferd saß und versuchte, ein Lächeln zu unterdrücken, was ihm jedoch jämmerlich misslang.

»Was ist?«, fragte sie, während sie wieder auf ihre Stute kletterte. Hatte sie irgendetwas verkehrt herum angezogen? Hatte sie einen Schmutzfleck auf dem Gesicht? Stand ihr Haar wild in alle Richtungen ab? »Was ist?«

Jetzt, wo sie wieder auf ihrem gesattelten Pferd saß, drehte sie sich um und sah zu dem Dickicht, hinter dem sie sich umgezogen hatte. »Oh, nein«, flüsterte sie, als sie feststellte, dass die Zweige an einer Stelle eine deutliche Lücke ließen, sodass dort beinahe ein Fenster war. Sie hatte den Mund aufgerissen und schnell wieder geschlossen. Dann hatte sie sich umgedreht und ihn wütend angefunkelt. Von seinem großen Hengst aus hatte er bestimmt einen noch besseren Blick auf sie gehabt, während sie sich umzog. »Bei Morrigu, hast du mich etwa beobachtet?«, fragte sie, während sie die Zügel aufnahm und spürte, wie ihr die Wärme in die Wangen stieg. »Gavyn von Agendor, hast du mich ohne meine Kleider gesehen?«

Wie aufs Stichwort begann ein Eichhörnchen von den Zweigen einer Eiche herab sie auszuschimpfen.

Gavyn zog seine gute Schulter hoch. »Ich habe nur auf dich gewartet.«

»Lügner! Heilige Mutter Gottes«, sagte sie und verfiel in die Worte des Glaubens, in dem sie aufgezogen worden war. »Kann man dir noch nicht einmal in einer so einfachen Sache vertrauen? Dass du deinen Blick abwendest, wenn eine Dame sich umzieht?«

Er hatte eine Augenbraue hochgezogen, doch nichts weiter gesagt.

»Es gibt Bezeichnungen für Männer wie dich«, erklärte sie ihm. Sie war aufs Peinlichste von der Vorstellung berührt, dass er sie ohne einen Faden Stoff am Leib gesehen hatte. Nur zu leicht hätte er einen Blick auf ihre Brüste, sogar ihren Hintern erhaschen können. Und als sie sich nach vorn gebeugt hatte, um den Saum zu richten, hatte sie mit dem Rücken zu ihm gestanden. Oh, bei allen Heiligen, was für einen Anblick sie in diesem Moment abgegeben hatte, mochte sie sich gar nicht vorstellen.

Mit einem Gefühl der Verletzlichkeit und einer seltsamen Unruhe hatte Bryanna ihre Kapuze tief ins Gesicht gezogen, um Alabaster dann zwischen den Bäumen hindurch wieder zum Weg zu treiben. Gütiger Himmel, wie war sie bloß an diesen ... diesen ... widerlichen Gaffer geraten! Wie um ihr Dilemma noch zu vergrößern, hatte sie auch den Wolf wieder erspäht, als sie weitergeritten war und dicht hinter sich die Hufschläge von Gavyns Pferd hörte.

Das wilde Tier begleitete sie nie in die Dörfer hinein, sondern tauchte immer erst dann auf, wenn sie wieder im Wald waren. Er war ihnen bis zu diesem Hohlweg gefolgt, wo die dicht stehenden Bäume vor Blicken schützten. Jetzt, nachdem er die Überreste eines Hasen und einer Ente, von Gavyn erlegt und gebraten, verschlungen hatte, lag der Wolf ein wenig außerhalb des Lichtkreises des Lagerfeuers. Wie immer musterte er sie mit interessierten, goldenen Augen, und sie fragte sich nicht zum ersten Mal, was ihn in der letzten Nacht so verängstigt hatte. Was hatte den Wolf in die Dunkelheit davonjagen lassen?

Etwas, das sie nicht hatte sehen können. Ein unsichtbares Böses?

Es war seltsam.

Und furchteinflößend.

Der Vorfall hatte Bryannas Haltung zum Wolf verändert, und sie fühlte sich nicht mehr so unwohl in seiner Nähe. Trotzdem rief sie sich stets in Erinnerung, dass der Wolf immer noch ein wildes Tier war!

Bryanna wischte sich die Hände ab und wollte sich gerade auf ihrer Pferdedecke neben dem Feuer ausstrecken, als wieder Isas Stimme durch ihren Kopf hallte. »*Geh, Bryanna. Geh jetzt. Reite nach Tarth, und begib dich in die Burg. Bis zum Morgen wirst du dort angekommen sein, ehe Gavyn erwacht. Du musst allein gehen!*«

»Jetzt?«, fragte sie. Mitten in der Nacht?

»*Ja. Wenn du jetzt losreitest, wirst du in Tarth sein, ehe er wach ist. Hör auf mich, Kind. Geh jetzt.*«

»Warum rätst du mir immer Dinge, die ich eigentlich gar nicht tun will?«, grummelte sie, während sie wieder zu Gavyn hinübersah.

»*Es ist deine Mission, Bryanna.*«

Bryanna verdrehte die Augen zum Himmel und seufzte. Sie zog in Erwägung, nicht zu gehorchen, aber sie konnte nicht anders. Auch wenn sie tatsächlich dabei war, den Verstand zu verlieren, fühlte sie sich verpflichtet, diese Reise bis zum Ende durchzustehen. Was für eine andere Wahl hatte sie auch, wenn das Leben eines Kindes auf dem Spiel stand?

Wieder warf sie einen schnellen Blick in Gavyns Richtung, der sich in seinen Umhang und die Pferdedecke eingerollt hatte und tief und fest schlief. Sie erinnerte sich wieder an sein aufblitzendes Lächeln, den funkelnden Blick und den Moment, als sie sich geküsst hatten. Er war zwar ein Mörder, ein Dieb und ein Lügner, doch er hatte darauf bestanden, dass sie warmes Essen hatte, seinen Schutz und auch wieder ein Hemd. Konnte sie ihn wirklich verlassen? Sich nachts davonstehlen? In ihrem Herzen zuckte es kurz, und sie musste blinzeln, weil ihr plötzlich Tränen in die Augen stiegen.

Oh, wie dumm war sie überhaupt?

Sie wischte sich die Tränen aus den Augen und gab sich innerlich einen Tritt. Das Schlimmste, was sie tun konnte, war, sich in ihn zu verlieben.

»*Geh, mein Kind! Geh jetzt! Zögere nicht*«, trug Isa ihr auf. »*Dein Schicksal sieht es vor, dass du Tarth noch vor Sonnenaufgang erreichst!*«

Na, wunderbar, dachte Bryanna sarkastisch. Da war sie nun völlig erschöpft und verzichtete nicht nur auf ihren Schlaf, sondern auch auf Gavyns Begleitung und Schutz. Es war töricht zu gehen, doch im Grunde hatte sie es Isas Führung zu verdanken, dass sie so weit gekommen war.

»Bei allen guten Geistern, Isa, du stellst mich auf eine harte Probe«, sagte Bryanna mürrisch. Trotzdem nahm sie die Pferdedecke und legte sie sanft auf Alabasters Rücken. »Und bitte, erwähne mein Schicksal nicht noch einmal. Die Wendungen, die mein Schicksal nimmt, nerven mich immer mehr.«

11

Die Burg Tarth erhob sich hoch auf einem Berg aus dem späten Morgennebel wie eine große Schlange aus Stein, welche aus den Tiefen des Meeres nach oben steigt. Schlanke Türme reckten sich dem grauen Morgenhimmel entgegen, und breite Wehrgänge wurden durch wuchtige Zinnen geschützt, die aus dem gleichen braunen Stein wie der Rest der Festung bestanden. Das Haupttor stand weit offen, und das Fallgitter war hochgezogen. Doch als Bryanna sich der gewaltigen Burg näherte, sah sie, dass die Türme am Zusammenfallen waren, Teile der Mauer fehlten und das ganze Bauwerk kurz vor dem endgültigen Verfall stand.

Bryanna hatte sich die wenigen Hinweise auf der Karte gemerkt und erinnerte sich an Gavyns Beschreibung der Gegend. Im ersten Morgenlicht hatte sie die drei Felsen und die Hänge zu beiden Seiten der alten Straße erreicht. Nachdem sie durch den schmalen Hohlweg geritten war, der nur selten die Sonne sah, hatte sie auf Alabasters Rücken den eisigen Strom durchquert, der dem Pferd bis zum Bauch reichte. Bryanna hatte die Füße angezogen, doch ihre Stiefel und der Saum ihres Umhangs waren trotzdem nass geworden, ehe sie zur Hauptstraße kam, einen breiten Fahrweg, auf dem die Fußspuren, Hufabdrücke und Radfurchen Hunderter von Reisenden zu sehen waren.

Sie schloss sich dem langsamen Verkehr an und ritt an einem Ochsenkarren vorbei, der mit Mehlsäcken beladen war. Das schlammbespritzte Gespann legte sich in die Riemen, um den schweren Wagen Richtung Stadt zu ziehen, doch der aufgeweichte Boden behinderte das Vorwärtskommen, und der Fahrer verfluchte sein Pech. Zwei Jäger kamen von ihrem Beutezug zurück. Auf der Kuppe des einen Pferdes lag ein ausgeweidetes Reh, am anderen hingen mehrere Wachteln, Gänse und Enten.

Müde und zerschlagen ritt Bryanna in die Stadt hinein und versuchte sich vorzustellen, was sie hier eigentlich sollte. Die Läden waren bereits geöffnet. Bryannas Blick fiel auf die Frau des Gastwirts, die die steinernen Stufen zur Gastwirtschaft fegte.

Was würde es schaden, für eine warme Mahlzeit und ein paar Stunden Schlaf in einem richtigen Bett zu bezahlen? Bryanna überlegte es sich nicht zweimal.

Da Isa es nicht für angebracht gehalten hatte, ihr zu sagen, was sie in dieser Stadt erwartete, ignorierte sie die hochgezogenen Augenbrauen der dicken Frau, womit diese ihr Erstaunen darüber ausdrückte, dass Bryanna ohne Begleitung unterwegs war. Sie bezahlte für eine warme Mahlzeit, ein heißes Bad und ein Zimmer für sich allein sowie das Futter und das Striegeln ihres Pferdes. Ehe sie sich auf ihr Zimmer begab, ging sie durch die Stadt und entdeckte den Laden einer Schneiderin, wo eine ältere Frau gerade Aufschläge an einen hellgrünen Mantel nähte. Es gab ein paar Kleidungsstücke, die zum Verkauf standen – Tuniken, Hosen, Umhänge, Umschlagtücher und Hüte, die wohl aus irgendeinem Grund im Laden liegen geblieben waren. Bryanna fand ein dunkelgrünes Unterkleid, das ihr etwas zu groß war, und einen Gürtel, um die weiten Stoffbahnen zusammenzuhalten. Sie kaufte noch ein zweites Unterhemd und eine Tasche, in der sie die Kleidung zum Wechseln verstauen konnte. Ihr Blick fiel noch auf einige andere Gewänder, doch die waren bei weitem zu teuer. Trotzdem konnte sie nicht widerstehen sich vorzustellen, wie weich und warm sich der violette Stoff eines langen Samtkleides wohl auf ihrer Haut anfühlen und wie schön der Wollmantel, der mit schwarzem Pelz gefüttert war, sie wärmen würde.

»Vielleicht könnten wir uns bei dem Kleid auf einen Preis einigen«, sagte die alte Frau von dem Stuhl aus, auf dem sie saß. »So eines werdet Ihr in ganz Tarth nicht finden. Ich wurde damit beauftragt, es für eine Edeldame zu nähen, die auf der Burg wohnte, aber sie war krank, und ihr Zustand verschlechterte sich. Als sie starb, weigerte sich ihr Mann, es zu kaufen.« Sie runzelte die Stirn, und die Falten in ihrem Gesicht vertieften sich. »Ich sag Euch was – das ist das schönste Kleid, das Ihr hier finden werdet. Oh, Ihr könntet natürlich auch zu dem Schneider in der nächsten Straße gehen, aber Wallyn trinkt über das normale Maß hinaus, und das sieht man seiner Arbeit an. Seine Stiche sind häufig groß und ungleichmäßig.« Sie erhob sich von ihrem Sitzplatz und deutete mit einem gichtigen Finger auf den wunderschön bestickten Samt. »Das hier habe ich selbst gemacht. Seht Ihr den silbernen Faden?« Sie strich mit dem abgebrochenen Nagel eines Fingers über die vollkommen ausgeführten Stiche. »Ist das nicht herrlich?«

»Wunderschön«, stimmte Bryanna ihr zu, und sie log nicht. Im Geiste sah sie sich in diesem Kleid durch die langen Gänge Calons schreiten oder in der großen Halle tanzen.

Die alte Schneiderin ließ ihren Blick über Bryanna gleiten. »Wisst Ihr, dieses Kleid sieht so aus, als hätte ich es nur für Euch gefertigt. Es würde an Euch viel hübscher aussehen als an der feinen Dame, die es in Auftrag gegeben hat. Die hatte Haare in der Farbe von Rattenfell und Zähne, die viel zu groß für ihren Mund waren. Ihr sollt jetzt nicht denken, dass ich schlecht von den Toten sprechen will. Aber Ihr, nun, Ihr würdet in einem so schönen Kleid wie eine echte Dame aussehen.«

Bryanna berührte den Stoff und dachte an all die schönen Kleider, die sie in ihrem Zimmer auf Calon zurückgelassen hatte. Sie würde dieses Kleid *lieben*, aber es war unpraktisch. Sie konnte sich nicht mit Dingen belasten, die auf ihrer Reise nicht absolut notwendig waren. Traurig schüttelte sie den Kopf. »Nicht heute. Tut mir leid. Ich nehme nur diese Sachen hier.« Sie hielt ihr die praktische Tunika, den Gürtel und das Hemd hin.

Die alte Frau schnalzte mit der Zunge. »Es tut Euch leid? Ja, Ihr werdet es bedauern, wenn irgendeine feine Dame es Euch vor der Nase wegkauft.«

Bryanna blieb hart, und nachdem sie für ihre Einkäufe bezahlt hatte, trat sie auf die Straße, wo es wieder zu nieseln begonnen hatte. Sie eilte an Fuhrwerken und Reitern vorbei und an Kindern, die einander jagten. Sie wich Pfützen aus, scheuchte Ratten auf und hüpfte über Dunghaufen, als sie zur Wirtschaft zurückging, wo man sie auf ihr Zimmer führte.

Es war wie im Himmel!

Zwei Männer brachten eine Wanne, und ein Junge, der älteste Sohn des Wirts, schleppte Eimer mit heißem Wasser herein, um dann noch ein Feuer anzuzünden. Ein Mädchen legte Tücher über den Rand des Holzbottichs und ein Stück Seife daneben. Kaum waren sie draußen, streifte Bryanna ihre Kleidung ab und ließ sich dankbar in das heiße Wasser sinken. Sie löste ihren Zopf und glitt unter Wasser. Ihre Muskeln entspannten sich, die anstrengenden Tage im Sattel und das Schlafen auf kaltem, hartem Boden fielen von ihr ab, während sie ihr Haar hochnahm, es wusch und ihren Körper abschrubbte. Mit einem Krug warmen Wassers, den das Mädchen dagelassen hatte, spülte sie alle Seife so gut es ging ab.

Sobald sie sich gewaschen hatte, lehnte sie sich in der Wanne zurück und schloss die Augen. Natürlich kehrten ihre Gedanken zu Gavyn zurück. Sie war erst wenige Schritte vom Lager entfernt gewesen, als sie bereits begonnen hatte, ihn zu vermissen. »Dummes Mädchen«, flüsterte sie – wie sie es bereits die ganze Nacht getan hatte. Aber sie hatte immer sein Bild vor Augen gehabt und sich mehr als einmal gedacht, dass es ein schrecklicher Fehler gewesen war, ihn zu verlassen.

Und alles nur wegen der Worte einer toten Frau. Sie fragte sich, wo er wohl in diesem Augenblick war. Bestimmt war er mittlerweile wach. Oh, sie wusste, dass er wütend auf sie sein würde, und der Gedanke zauberte ein Lächeln auf ihre Lippen.

Seufzend versuchte sie, nicht an seine funkelnden Augen zu denken und daran, wie sie vor Erheiterung aufblitzten oder sich vor Verlangen trübten, wenn sie mit ihm stritt. Genauso verdrängte sie die Erinnerung daran, wie sie sich gefühlt hatte, als er sie küsste. Sie würde auch nicht über die Scherze nachdenken, über die sie gemeinsam gelacht hatten, oder darüber, wie ihm das dunkle Haar in die Stirn fiel, oder sonst etwas an ihm.

Würde sie ihn wohl irgendwann wiedersehen?

»Ja«, sagte sie laut. Natürlich. Sie wusste nur nicht, wann. Es bestand die Möglichkeit, dass er ihr folgte; andererseits konnte es auch sein, dass er wütend genug war, die entgegengesetzte Richtung einzuschlagen. In diesem Fall würde sie eines Tages, wenn diese verfluchte Suche zu Ende war, ihn aufzuspüren versuchen.

Die Wärme des Wassers drang über ihre Muskeln bis in ihre Knochen. Bei allen Göttern, sie war wirklich todmüde ...

Bryanna ritt immer schneller und beugte sich dabei über den Widerrist ihrer weißen Stute, sodass sie deren angestrengte Atemzüge hörte. »Lauf, Tempest, lauf«, rief sie und trieb das ermattende Pferd den felsigen Grat eines schneebedeckten Bergkamms hoch. Der Wind heulte unheimlich, während das Pferd schwer atmend den Abhang hinaufstapfte.

Bryanna blickte über die Schulter zurück. Durch die kahlen Zweige der zarten Bäume sah sie Männer in schwarzen Roben, deren Gesichter verhüllt waren. Sie jagten ihr auf ihren starken und flinken Rössern hinterher, entschlossen, sie einzuholen.

Lieber Gott, was war das?

Wo war sie? Welche Berge waren das, wo die Bäume so spärlich wuchsen, die Luft so dünn war und das Böse hinter jedem Felsbrocken zu lauern schien?

Ihr Herz raste. Die Angst ließ ihr Blut schneller fließen, und sie hatte Schwierigkeiten, Luft zu bekommen. Sie hatte das Gefühl, als wäre ihre Luftröhre verschlossen.

Sie beugte sich weiter nach vorn, sodass ihre Nase fast in der strubbeligen Mähne der Stute verschwand, während ihre Hände die Zügel umklammerten. »Schneller!«, rief sie, und ihre Kehle war so eng, dass es schmerzte. »Los, schneller!«

Hinter sich hörte sie Rufe.

Wer waren diese wild entschlossenen Männer auf ihren dunklen Pferden?

Warum ... oh, Gott, warum hetzten sie ihr so erbarmungslos hinterher? Das Donnern der Hufe dröhnte in ihren Ohren. Bryanna konnte ihre Erregung fühlen. Sie spürte den Blutdurst in ihren Seelen.

»Gavyn«, schrie sie.

Wo war er? War er nicht eben noch bei ihr gewesen? Hatte neben ihr am Lagerfeuer gelegen, hatte die Hände nach ihr ausgestreckt, um sie zu küssen ...

Ihr Pferd stolperte, sodass Bryanna fast aus dem Sattel geworfen wurde, und ihr Blick tauchte in den schier bodenlosen Abgrund glatter Felswände. *Oh, heilige Mutter Gottes!*

»Nein«, schrie sie und zerrte so fest an den Zügeln, dass das gefrorene Leder riss. Das Pferd ging plötzlich durch und wurde schneller und schneller, während es im wirbelnden Weiß des Schneesturms, der um sie herum tobte, immer weiter nach oben raste.

Hinter sich hörte sie die lauten Schreie ihrer Verfolger, und aus den Tiefen des dunklen Tals drang das Heulen eines Wolfs und übertönte den pfeifenden Wind.

Bryanna versuchte, die zerrissenen Zügel zu fassen zu bekommen, als sie vor sich die Spitze des Bergkamms aufragen sah, hinter dem nichts war als wirbelnder Schnee in der Luft.

»Tempest!«, schrie sie dem Pferd zu. »Nein ...«

Doch es war zu spät. Das Pferd galoppierte in einem halsbrecherischen Tempo dahin, es wurde immer schneller, bis der Felsvorsprung unter ihnen war. Jeder Muskel im Körper der Stute spannte sich an. Bryanna stockte der Atem, als das Pferd über den Rand der Felswand sprang und durch die Luft ins Leere flog.

Gütiger Gott, hilf mir!

Bryanna klammerte sich an die Mähne der Stute und wagte kaum zu atmen. Kalt ... es war so kalt ... und der Wind schien ihren Namen zu raunen. »Bryanna ...«

Sie sah hinauf.

Zwischen den wirbelnden Flocken erspähte sie einen Rosenkranz, der dort herabfiel. Seine zackigen Perlen schimmerten grün, rot, gold und weiß. Sie versuchte, danach zu greifen, doch der glatte heilige Kranz entglitt ihren Fingern und fiel über ihren Kopf, als das Pferd gerade ins dunkle Nichts zu stürzen begann.

Wo war Isa, wenn man sie brauchte?

Wo war Gavyn?

Der Rosenkranz legte sich um ihren Hals und begann sich darum zu schließen, wie eine Garrotte, die von einer unsichtbaren Hand immer fester zugezogen wird. Sie hustete. Keuchte. Versuchte zu schreien, doch ihr Hals wurde zugeschnürt, das Band mit den zackigen Perlen würgte sie und schnitt ihr die Luft ab, während sie fiel. Alles um sie herum wurde schwarz! Ihre Hände fuhren an ihren Hals, ihre Finger packten die Garrotte, und sie zog mit aller Kraft.

Der Rosenkranz riss.

Perlen, die wie Edelsteine aussahen, regneten herab ...

Ein Opal für den Punkt im Norden,
Ein Smaragd für den Osten,
Ein Topas für die Spitze im Süden,
Ein Rubin für den Westen.

Inmitten des Schneesturms stürzte sie herab, das Pferd verschwand unter ihr, während sie immer tiefer in den Abgrund fiel, wo kein Licht war ...

»Bryanna!« Endlich vernahm sie wieder Isas Stimme. *»Bryanna, wach auf. Verschwende keine Zeit. Du musst den ersten Stein finden. Suche nach der Frau, Gleda. Vertraue ihr. Tu, was sie dir sagt.«*

Sie riss die Augen auf.

Bryanna lag immer noch im jetzt nurmehr lauwarmen Wasser. Ihr Hals war ganz steif, weil er auf dem Rand der Wanne gelegen war. Sie hatte Gänsehaut, und ihre Zähne klapperten. Doch vor allem war ihr kalt wegen des schrecklichen Alptraums, der sie noch immer in seinen Fängen hielt.

Er war so wirklich erschienen. Und jetzt kam es ihr so vor, als hätte sie jenen Bergkamm früher schon einmal gesehen und als hätte sie einmal ein Pferd geritten, das sie Tempest nannte. Das war albern. Sie kannte keine Stute, die so hieß, und sie war nie in solch einer öden, schneebedeckten Gegend in die Berge hochgeritten. Sie besaß keinen Rosenkranz, der aus den Steinen des alten Rätsels bestand. Sie berührte ihren Hals, wo der Rosenkranz sie gewürgt hatte.

Das Wasser in der Wanne wurde mit jedem Augenblick kälter. Sie rieb sich die Arme, stand auf und versuchte die schrecklichen Bilder zu verdrängen, während sie sich vor dem Feuer abtrocknete.

»Isa?«, sagte sie, während sie zitternd ihre neuen Gewänder überstreifte. »Isa, bist du da? Wer ist Gleda? Warum sollte ich ihr vertrauen?« Als sie nach ihrem neuen Gürtel griff, ertönte ein leises Klopfen an der Tür. Halb rechnete sie damit, dass das alte Kindermädchen erscheinen würde, als sie »Herein« rief und dabei den Gürtel über ihrer Taille schloss.

Die Tochter des Wirts trat mit einem Tablett ins Zimmer, auf dem Brot, Käse und eine Schüssel mit einer Suppe aus Linsen und Zwiebeln standen. Als das Mädchen sah, dass Bryanna gerade dabei war, sich anzuziehen, errötete es und schien so verängstigt wie ein Reh, das plötzlich einem Bogenschützen gegenübersteht. »Verzeiht mir, aber Ihr sagtet, ich solle das Essen in einer Stunde hochbringen.«

»Ja, danke.« Bryannas Magen fing beim Duft der Speisen erwartungsvoll zu knurren an. »Stell es einfach hier auf den Ofen, wo es warm bleibt.«

Das Mädchen stellte das Tablett nahe den warmen Kohlen ab. Als sie sich wieder aufrichtete, fragte es: »Wollt Ihr, dass ich Henry hole, damit er die Wanne wegnimmt?«

»Noch nicht«, erwiderte Bryanna. »Mach dir keine Gedanken deswegen. Ich werde wissen lassen, wenn ich damit fertig bin.«

Als das Mädchen gegangen war, warf Bryanna ihre schmutzige Kleidung in die Wanne und machte sich daran, den Stoff einzuseifen. Sie hatte zwar wenig Erfahrung mit solcherlei Arbeiten, doch sie hatte sowohl auf Penbrooke als auch auf Calon die Waschfrauen dabei beobachtet, und so tat sie ihr Bestes, um Hemd und Tunika zu schrubben. Sobald sie den größten Teil Flüssigkeit ausgewrungen hatte, hängte sie die Kleidungsstücke über eine Bank neben dem Feuer. Dann setzte sie sich auf den Bettrand und aß. Sie brockte das Brot und den Käse in die warme Suppe und aß sie bis auf den letzten Tropfen auf.

Sie war immer noch müde, und die Erinnerung an ihren lebhaften Traum war noch da, aber zumindest hatte sie etwas, worum sie sich jetzt kümmern musste: diese Frau, Gleda, ausfindig zu machen. Sie hatte keine Ahnung, was sie ihr sagen sollte, wenn sie sie fand.

Hallo, ich bin Bryanna von Calon. Ja, die Tochter eines Barons, und ich bin viele Meilen gereist, um mich mit Euch auf Befehl einer toten Frau zu treffen.

Nein, das würde nicht gehen.

Oh, hallo, Gleda. Ich bin Bryanna, und Isa hat mich geschickt, um Euch ausfindig zu machen. Ich weiß nicht warum, und ach, übrigens, Isa ist tot.

Auch nicht viel besser.

»Verflixt und zugenäht«, brummte sie. Mit Hilfe ihres Kamms zog sie die Kletten aus ihrem Haar. Sie sehnte sich danach, ihr Haar vor dem Ofen sitzend zu trocknen, aber das würde natürlich viel zu lange dauern. Hatte Isa ihr nicht aufgetragen loszugehen? Sie musste diese Gleda finden, ehe Gavyn auftauchte.

Einmal vorausgesetzt, dass Gavyn tatsächlich nach Tarth käme, würde er so wütend wie alle Hunde des Hades sein.

Schnell flocht sie ihr feuchtes Haar zu einem Zopf. Nachdem sie Umhang und Stiefel angezogen hatte, eilte sie die Treppe hinunter und durch den Flur zur Tür. Als sie dabei die Frau des Wirts nahe der Küchentür stehen sah, hielt sie an und drehte sich um. Vielleicht kannte sie ja diese Gleda.

Bryanna ging wieder zurück und näherte sich der stämmigen Frau. Offensichtlich hatte sie sich gerade in der Nähe eines Feuers aufgehalten und wahrscheinlich gekocht. Ihr rundes Gesicht war so rot wie ein Winterapfel, und Schweiß rann ihr die dicken Wangen herab. Mehlspuren im Gesicht waren ein Hinweis darauf, dass sie gebacken hatte. »Kennt Ihr eine Frau namens Gleda?«, fragte Bryanna.

»Gleda?« Die Frau runzelte die Stirn, als hätte sie sie nicht richtig gehört, wobei sie sich mit ihrer Schürze umständlich das Kinn abtupfte. Eine gestreifte Katze, die aus der Küche gehuscht kam, schlang sich um die dicken Knöchel der Frau. »Meint Ihr die Bienenzüchterin? Fragt Ihr nach der?«

Bryanna hatte keine Ahnung. »Ja, die Bienenzüchterin.«

»Gleda ist eine ganz Seltsame. Das ist sie.« Die Augenbrauen der Frau zogen sich zusammen, und ihre Nasenflügel zuckten, als würde ihr ein übler Fischgeruch in die Nase steigen. »Was wollt Ihr denn von so einer?«

Ja, wirklich, was? »Es ist eine persönliche Angelegenheit. Es geht um eine Nachricht, die ich überbringen soll«, erwiderte Bryanna lächelnd. »Wo finde ich sie?«

Solcherart zurückgewiesen und verärgert, dass sich keine Gelegenheit zum Tratschen ergeben hatte, zog die Frau verstimmt eine Schulter hoch. »Sie lebt im Osten des Dorfes, nicht weit vom Fluss entfernt.« Die Frau wedelte voller Abscheu mit ihrer pummeligen Hand in der Luft herum. »Ihr Mann züchtet Ziegen und Schweine auf der anderen Seite des Tales. Ihr werdet die Stelle nicht verfehlen. Es stinkt dort zum Himmel.« Sie kehrte wieder in die Küche zurück, wo das Feuer hell brannte. Im Ofen garten Pasteten, und ein Kessel hing an einer Kette über dem Feuer. In dem großen Topf brodelte es, und der Duft von gut gewürztem Fleisch zog in den Gang.

Bryanna verschwendete keine Zeit und eilte durch die

Hintertür zu den Stallungen. Alabaster war gefüttert und gestriegelt worden, und obwohl sie müde war, begrüßte sie Bryanna mit einem sanften Kopfstoß. »Na, mein Mädchen«, flüsterte Bryanna der Stute ins Ohr, während sie ihr den Nacken kraulte.

»Da habt Ihr aber ein wirklich hübsches Pferd, Mylady«, sagte der hagere Mann, der ihr das Pferd sattelte. »Lammfromm, aber trotzdem temperamentvoll, nicht wahr?«

»Ja, ein bisschen«, stimmte Bryanna ihm zu und ließ sich von dem Mann in den Sattel helfen.

»Das ist gut. Zu viel Temperament, und man hat immer alle Hände voll zu tun, aber wenn es zu wenig ist, hat man das Gefühl, dass es halbtot ist, und noch so viele Schläge mit der Gerte nützen nichts.«

»Kennt Ihr Gleda?«, fragte sie.

»Liams Frau? Ja.« Er nickte und kratzte sich am Kopf. »Was wollt Ihr denn von der?«

»Wohnen sie hier in der Nähe?«

»Auf einem Hof, östlich der Stadt, auf der anderen Seite des Bibertals.« Er schürzte leicht die Lippen. »Aber, Mylady, Ihr seht nicht so aus, als ob Ihr Honig bräuchtet oder eine Hebamme, deshalb weiß ich nicht, warum Ihr zu so einer wie Gleda wollt.«

»Stimmt etwas nicht mit ihr?«, fragte Bryanna.

»Nein, nein«, erwiderte er schnell, doch als sie die Zügel aufnahm, bemerkte sie, dass er sich abgewandt hatte, um sich schnell zu bekreuzigen.

»Danke.« Wer immer Gleda auch sein mochte – die Stadtbewohner mieden sie.

Doch Bryanna hatte keine Zeit, sich darüber Gedanken zu machen. Sie hatte eine Aufgabe zu erfüllen, und dafür musste sie alle Möglichkeiten ausschöpfen.

Sie zog an den Zügeln und lenkte Alabaster durch die engen Straßen, die voller Hausierer, Kaufleute und Bauern waren. Einfache Bäuerinnen und Kinder stöberten zwischen Tonwaren, Backwaren, Käse und Getreidesäcken.

Sie fand den Weg zur Hauptstraße, die am Fluss entlang verlief, und lenkte Alabaster Richtung Osten.

Was immer sie dort auch erwarten mochte.

12

Die Tochter der Hexe war in der Nähe.

Hallyd schloss die Augen und verdrängte alle Geräusche aus der Festung, während er an seinem Fenster stand. Seine Augäpfel schmerzten, doch die Wolken waren dunkel genug, um den Schmerz erträglich zu machen, und es hatte ihn wegen ihrer bevorstehenden Ankunft zu dem Fenster seines Tageslichtgefängnisses hingezogen. Seine Nasenflügel bebten, und ihr Geruch stieg ihm in die Nase. Noch näher als zuvor. Seine Hände ballten sich auf der Fensterbank zu Fäusten, und er spürte, wie das Blut durch seine Adern strömte und seine Männlichkeit anschwoll, während er sich vorstellte, dass sie unter ihm lag.

Im Geiste sah er sie auf seinem Bett liegen, und ihre Augen wandelten sich von blau zu schwarz, während Erregung und Furcht ihre Pupillen weiteten. Sie wusste, dass er sie nehmen und ihre Paarung heftig und ungezügelt sein würde. Sie würde sich ihm mit einem Anflug von Angst hingeben. Alle ihre Sinne wären geschärft, während Verlangen und Furcht im Widerstreit lagen, sodass sie vor weiblicher Lust bebte. Er würde sie küssen, schmecken und mit seiner Zunge über ihre harten Nippel lecken, bis sie unter ihm vor Verlangen zitterte, zuckte und sich wälzte, und dann, oh ja, würde er mit all der in sechzehn Jahren aufgestauten Wut wegen der Zurückweisung in sie hineinstoßen.

Und dann würde sie ihm den Dolch geben, den schon bald wieder die magischen Steine schmückten und der so die Macht besaß, den Fluch aufzuheben und ihn zum unumschränkten Herrscher zu machen.

Die Frau und der Dolch.

Der Moment war nah. So nah.

Erwartungsvoll rieb er sich die Hände, und sein Mund wurde vor Verlangen ganz trocken. Widerstrebend wandte er sich vom Fenster ab und griff nach seinem schwarzen Umhang, der neben der Tür hing. Verdammt, diese Dunkelheit, die ihn einschränkte! Er riss den Umhang vom Haken und eilte in den Gang, der schwach von Fackeln erleuchtet wurde, deren schwarzer Rauch sich kräuselnd zur Decke aufstieg. Mit schnellem Schritt rannte er die Treppe hinunter, seine Stiefel donnerten laut auf den Stufen und trieben ihn förmlich zu der Kammer ganz tief unten. Heute hatte er keinen Becher mit Ziegenblut dabei, keinen Haferschleim, um sie zu beschwichtigen, sondern er flog geradezu die Stufen hinunter und rannte fast die Gänge entlang, bis er ihre Tür erreichte, sie aufschloss und in das dunkle Gewölbe trat.

Ein paar Kerzen, fast herabgebrannt, verbreiteten etwas Licht. Der flüssige Talg tropfte an den Seiten des Altars herunter. Aus einer kleinen Schüssel, die auf dem Altartuch stand, stieg Dampf auf. Er blickte sich in der großen, spärlich eingerichteten Kammer um. Ihr Bett war leer, die Decke zurückgeworfen, und einen Moment lang dachte er, Vannora wäre fort.

Dann erspähte er sie.

Klein und zerbrechlich zwar, doch aufrecht. Vannoras umwölkte Augen schienen leuchtender als sonst und gaben ihrem knochigen Gesicht etwas Farbe. Sie trat aus dem Schatten hinter den Altar, und ihre Füße standen innerhalb eines auf den Boden gezeichneten Kreises. Ihre lange schwarze Tunika bauschte sich um ihre Knöchel. Mieder und Ärmel ihres Kleides waren mit Gold- und Silberstickerei verziert. Er hatte das Gewand noch nie gesehen, aber das überraschte ihn nicht weiter. Nichts an Vannora überraschte ihn. Obwohl sie es nie offen zugegeben hatte, wusste er doch, dass sie sich nicht Tag und Nacht in dieser dunklen Kammer aufhielt.

Sie streifte umher.

Er hatte es gespürt, wenn sie wie ein kalter, unsichtbarer Wind durch die Burg strich. Auch draußen spürte er ihre Gegenwart, obwohl er natürlich nie gesehen hatte, dass sie aus diesem Verlies herauskam.

Im Laufe der Jahre hatte er immer wieder darüber nachgedacht und war zu der Einsicht gelangt, dass sie nicht nur die Macht besaß, ihre Gestalt zu ändern, sondern auch die Gestalt anzunehmen, in der andere sie sehen wollten.

Und das jagte ihm Angst ein.

War sie wirklich ein altes Weib, das an der Schwelle des Todes stand? Eine Zauberin, deren Zeit abgelaufen war und die kurz davor stand, in ein anderes Reich hinüberzugehen?

Oder war sie stärker, als er es sich vorstellen konnte, und benutzte ihn für ihre Zwecke, wobei sie so tat, als wäre sie an die Grenzen ihrer Macht gestoßen?

»Du weißt, dass sie nah ist«, sagte Vannora mit ihrer heiseren Stimme. Ihr Haar war nicht mehr weiß, sondern wies graue Strähnen auf. Es gelang ihr, ein hauchdünnes Lächeln aufzusetzen; ihre Lippen waren so rot, als hätte sie rohes Fleisch gegessen. »Der Augenblick ist gekommen. Die Tochter der Hexe ist in Tarth. Aber das weißt du bereits, nicht wahr?«, meinte sie, und ihr Haar wirkte im schwachen Licht plötzlich noch dunkler. »Du hast bereits ihre Witterung aufgenommen.«

Er nickte.

Ihr Lächeln wurde ein bisschen breiter, ein bisschen grausamer. Sie sah in die Schüssel mit dem Wasser, das dampfte, obwohl kein Feuer die Flüssigkeit erhitzte. Einen kurzen Moment lang zog sie die Augenbrauen zusammen, als hätte sie etwas gesehen, was sie erstaunte, ein Bild, mit dem sie nicht gerechnet hatte. »Du musst dich bei Einbruch der Dämmerung auf den Weg machen«, sagte sie, während Wasser an den Wänden heruntertropfte und außerhalb des weißen Kreises Pfützen bildete.

Als er nicht antwortete, wurden ihre Augen zu schmalen Schlitzen. »Was ist los? Irgendetwas stört dich.«

»Die Tochter der Hexe ist nicht allein.«

Sie zog eine Augenbraue hoch. »Und das stört dich?«

»Sie reitet mit einem Mann.«

»Aaah ... und du fühlst dich bedroht?« Sie nickte, und ihre milchigen Augen funkelten interessiert.

Hallyd biss die Zähne zusammen. »Besorgt. Ich bin besorgt. Ich fühle mich nicht bedroht. Ich habe gehört, dass er der Bastard von Deverill, dem Herrn von Agendor, sein könnte.«

Verärgert sah er, wie sich ihre Lippen befriedigt verzogen. »Ein Bastard? Eines Edelmannes?«

»Wenn die Gerüchte stimmen.«

»Beinahe wie du«, meinte sie nachdenklich.

Er spürte, wie Hass in ihm aufstieg. »Meine Mutter und mein Vater waren verheiratet.«

»Allerdings erst nach deiner Geburt, war es nicht so?

Nachdem deine liebe, kleine Mutter die Frau deines Vaters umgebracht hatte? Was war es noch gleich? Schierling? Tollkirsche?« Ihr Lächeln verblasste. »Wenn der andere Bastard dich bedroht und – ah, ah, ah ...« Sie bedeutete ihm mit erhobenem Finger zu schweigen, als er Einwände erheben wollte. »Wenn er dich bedroht, verfahre mit ihm so, als wäre er dein Feind. Befördere ihn ins Jenseits.«

Hallyds Hände ballten sich zu Fäusten. Er spürte, wie er innerlich zu kochen begann und über einem Auge ein Nerv zuckte. Seine Stimme brach beinahe, als er sprach. »In sechzehn langen Jahren, Vannora, war nie die Rede von einem Mann. *Nie*.«

»Mach dir keine Sorgen.«

»Das ist kein Versehen«, sagte er. »Du wusstest davon, und doch hast du es vorgezogen, mir nichts davon zu erzählen.«

»Hab Vertrauen zu dir selbst. Du wirst mit diesem Mann fertig. Es wird dir sogar nützen.« Ihre Miene war Ausdruck reiner Durchtriebenheit, als sie näher zu ihm herantrat, wobei ihre Zehen den Ring, der so sorgfältig um den Altar gezogen war, nicht berührten.

War es eine Sinnestäuschung, die durch das Licht hervorgerufen wurde, oder wirkte sie tatsächlich mit jedem Atemzug lebendiger? Sie schien jünger als in dem Moment, da er den Raum betreten hatte, ihr Fleisch glatter und voller.

»Und du musst geduldig sein, denn wenn der Moment für die Paarung gekommen ist, darfst du nicht übereifrig sein. Ich kenne deine Fantasien, Hallyd. Du willst die Frau so lange wie deinen Besitz behandeln, bis du ihrer müde wirst, du willst sie nehmen und deinen teuflischen Samen in sie pflanzen. Denn du willst nicht nur deine Lust stillen, sondern auch Rache nehmen an der, die sie geboren hat. Trotzdem ... darfst du ihr nichts tun.« Ihr Gesicht drückte Entschlossenheit aus, und darin sah er den Pulsschlag seines eigenen Lebens. »Nur sie kann die Steine finden. Nur sie kann die Macht des Dolches erneuern. Nur sie kann dich von deinem Fluch befreien.«

Er spürte, wie sich seine Nackenmuskeln anspannten. »Ich habe so lange gewartet. Die Vorstellung, noch länger der Gefangene des Fluches einer Hexe zu sein, ist unerträglich.«

»Neun Monate sind ein geringer Preis für dein Augenlicht, deine Freiheit, deine Macht.« Er wollte schon wieder Einwände erheben, doch sie ließ ihn nicht zu Wort kommen. »Ich habe dir geholfen, Hallyd, und ich werde das auch weiter tun, doch nur, wenn du mir versprichst, auf das zu hören, was ich dir sage. Nur dann kann der Fluch aufgehoben werden.«

»Ich bin wahrhaft verdammt.«

»Ja«, stimmte sie ihm zu, doch wieder spielte ein Lächeln um ihre Lippen, »aber nicht für immer. Jetzt können wir anfangen. Wenn es dir recht ist.«

Er nickte, wenn er auch die Zähne so fest zusammenbiss, dass es wehtat.

»Gut. Die Prophezeiung wird erfüllt werden.«

»Die Prophezeiung?« Seine starken Finger ballten sich zu Fäusten. »Wovon sprichst du?«

»Von der Legende des Auserwählten. Kennst du sie?«, fragte sie leichthin, als würde sie mit einem Kind sprechen.

Da er sich von den schwarzen Künsten seines Vaters abgewandt und auch das Christentum abgelegt hatte, hielt Hallyd nichts von Prophezeiungen. »Ja, natürlich kenne ich sie.« Geschwätz. Was interessierte ihn das?

Vannora sagte bereits den Spruch auf wie ein Kind, das seinen Lieblingsreim wiederholt. »Gezeugt von der Finsternis, geboren vom Licht, beschützt vom Heiligen Dolch, der

Herrscher aller Menschen, aller Tiere und Geschöpfe, geboren wird er werden am Abend von Samhain ...«

»Noch so eine lächerliche Vorhersage. Wir wissen, wo der Heilige Dolch ist. Es gibt keinen Auserwählten.«

»Noch nicht«, wisperte sie, und ein verstohlenes Lächeln lag auf ihren glänzenden Lippen.

»Was soll das denn heißen?«

»Du wirst es rechtzeitig erfahren. Im Moment müssen wir nur alles in Bewegung setzen.«

Sie streckte ihm ihre Hände entgegen, so, dass ihre Handflächen in seine Richtung zeigten und sie direkt über dem weißen Kreis lagen. Er legte seine Hände an ihre und spürte eine so durchdringende eisige Kälte, dass er alle Kraft aufbieten musste, um sein Fleisch weiter gegen ihres zu drücken.

»Mit dieser Kraft, die ich dir zuteilwerden lasse, wirst du in der Lage sein, sie zu finden, zu berühren, zu täuschen. Durch einen Zaubertrank wird sie gefügig und unterwürfig sein. Ein wollüstiges Weib.«

»Wenn du das kannst, warum hebst du dann nicht einfach meinen Fluch auf?«

»Ach, Hallyd, wenn ich das doch könnte. Aber der Fluch muss von jemandem aufgehoben werden, der vom Blute Kambrias ist. Das weißt du doch. Nur Kambrias Tochter ist dazu in der Lage.«

»Du hättest mir schon früher diese Kraft verleihen können«, warf er ihr vor.

»Aber du warst noch nicht bereit; es war noch nicht der richtige Zeitpunkt.« Ihr umwölkter Blick, dem das Glühen eines unheimlichen, unmenschlichen Lichts innewohnte, das sich direkt in sein Herz bohrte, richtete sich unverwandt auf ihn.

Ihre Stimme senkte sich zum Knurren eines Tieres. »Sprich

nicht weiter«, befahl sie und schob ihre Finger zwischen seine. Das tückische Lächeln, dessen Boshaftigkeit aus den Tiefen der Hölle zu kommen schien, enthüllte die Stümpfe ihrer gelben Zähne. Vor seinen Augen schienen sich diese abgebrochenen Zähne aufzurichten und heller zu werden. Sie wurden länger und spitzer.

Im Raum wehte ein heftiger Wind, der durch seinen Körper in seine Seele fuhr. Ihr Fleisch, eben noch so kalt wie das Meer, wurde plötzlich warm, und er spürte ihren Puls, ihr Lebensblut durch seinen Körper strömen.

Kräftiger.

Schneller.

Ihre Finger packten fester zu, bis er das Gefühl hatte, es wären lange Krallen, die sich in seine Haut bohrten.

Sie stieß Worte in einer seltsamen Sprache hervor – in einer Sprache, die er nicht verstand –, ohne dabei die Lippen zu bewegen.

Der heftige Wind stürmte durch seinen Körper und drohte Knochen und Organe zu zermalmen. Sein ganzer Körper schrie vor Schmerz. Er stieß einen Schrei aus, der nie an sein Ohr drang, und immer noch klammerte sie sich mit einer Wildheit und Kraft an ihn, die er nie für möglich gehalten hätte. Blut floss aus seinen Händen, rote Tropfen fielen herunter und trafen den weißen Kreis, wo sie zischend verdampften.

Und der Kreis bewegte sich.

Er begann sich zu drehen.

Der Raum schien zu verschwimmen, und er hatte eine Vision von dem Dolch, hell glänzend und mit all seinen Steinen. Einer hob ihn zum Himmel, höher, immer höher. Die Klinge entzündete sich. Feuer regnete herab, und mit einem ohrenbetäubenden Donnern riss die Erde auf.

Er schaute in ihre Augen und sah in den Strudel ihrer Seele. Sie war plötzlich schöner, als er sich je hatte vorstellen können, ihr Haar lang und schwarz, ihr Lächeln verführerisch, ihre Augen klar und betörend. Doch unter alldem lauerte das reine, abgrundtiefe Böse.

Er wusste nicht, ob Vannora sich plötzlich verändert hatte oder ob ihm das Licht einen Streich spielte. Oder verwirrte sie seine Sinne?

Es spielte keine Rolle.

Die Würfel waren gefallen, sein Schicksal war besiegelt. Seine Nervenenden vibrierten, sein Blut schoss heiß durch seine Adern.

»Aus dieser Verbindung wird ein Kind hervorgehen«, sagte Vannora, »und dann wird der Fluch, der auf dir lastet, von dir genommen werden. Du wirst dich wieder erheben und herrschen. Nicht nur hier auf Chwarel, sondern auch über andere Grafschaften. Doch zuerst musst du all deine Feinde vernichten, jeden, der sich dir in den Weg stellen würde. Tue dies, und du wirst mächtig sein, Hallyd. So steht es geschrieben.«

Sie ließ seine Hände fallen.

Er sah schnell auf und erhaschte den Schimmer von etwas in ihren plötzlich klaren Augen. »Was ist?«, fragte sie, und das Funkeln in ihren Augen erlosch genauso schnell, wie es gekommen war. »Ist es nicht das, was du willst?«

»Was ist mit dir, Vannora? Worauf wartest du? Warum ist das alles so wichtig für dich?«

Sie lächelte geheimnisvoll. »Es ist meine Aufgabe, das Unrecht, das durch den Verlust des Dolches entstanden ist, wiedergutzumachen. Kambrias Taten haben das Gleichgewicht zwischen den Welten gestört. Mein Eintritt in die Andere Welt hängt von diesem Kind ab ... dem Auserwählten. Wie die Prophezeiung schon sagt, wird er am Abend zu Samhain geboren werden. Das ist die einzige Nacht, in der sich der Schleier zwischen den Welten lüftet und ein Übergang möglich ist. So wie du den Dolch brauchst, brauche ich das Kind.«

Das also war der Grund, warum sie so bald, nachdem der Dolch verschwunden und er mit dem Fluch belegt worden war, bei ihm auftauchte. Er hatte sich immer gefragt, warum eine Hexe sich wohl entschieden hatte, hier zu leben und sich an einen fast blinden, verfluchten Mann zu binden.

Jetzt war es klar. Sie brauchte das Neugeborene ... ein besonderes Kind.

»Du willst meinen Sohn.«

»Das Kind, das du nie würdest haben wollen. Das Kind, das, wenn es je den Dolch finden würde, die Macht hätte, über ganz Wales und auch über dich zu herrschen.«

»Warum sollte ich also diese Bedrohung zeugen?«

»Aaah«, sagte sie und lächelte dabei, als würde sie in ihm lesen wie in einem Buch, »weil die Zeugung des Kindes, das ich brauche, eine herrliche Aufgabe für dich sein wird – dich mit Kambrias Tochter zu paaren. Deine dämonische Saat in einer Zauberin des Lichts. Ja, die Erfüllung deiner Lust wird mir die Macht geben, in die andere Welt überzugehen. Und fürchte dich nicht. Ohne den Dolch ist der Auserwählte hilflos. Du, Hallyd, wirst der wahre Herrscher von Wales sein.«

Er spürte, wie das Verlangen tief in ihm zu gären begann, als sie von seiner bevorstehenden Herrschaft sprach ... und von Kambrias Tochter.

»Geduld«, mahnte sie. »Lass dir diese Gelegenheit nicht entgehen – so wie mit Kambria.«

Er biss die Zähne zusammen. Schmerz breitete sich bei der

Erwähnung der Hexe in seinen Schläfen aus. Die Erinnerung an das heftige, erregende Verlangen und ihre kalte Zurückweisung löste immer noch diesen pochenden Schmerz hinter seinen Augen aus. Wie sehr er sich danach sehnte, seinen Samen der Finsternis in diese feurige Verführerin zu verströmen ...

»Du wirst noch an die Reihe kommen bei Kambrias Tochter«, sagte Vannora, die seine Gedanken las. »Doch erst einmal musst du die Zauberin die Edelsteine finden lassen. Nur sie kann das tun. Achte darauf, sie bei ihrer Suche nicht zu stören, sonst wird alles verloren sein.«

Hallyd erhob keine Einwände. Er hatte immer den Verdacht gehabt, dass sie ihn benutzte, so wie er sie benutzte. Sein Blick glitt über ihren verjüngten Körper. »Du scheinst jünger zu werden, irgendwie deine Jugend wiedererlangt zu haben.«

»Ach ja?«, fragte sie mit einem Lachen, und einen Moment lang wirkte sie nicht älter als zwanzig. Ihr Gesicht war voller Lebenskraft, ihr Haar schimmerte, ihre Augen strahlten so hell wie Amethyste. »Das ist eine Illusion, Hallyd, denn ich bin in dieser Welt so alt wie der Mond.«

Er stieß ein ungläubiges Schnauben aus. »Und so jung wie die Sterne.«

»Vielleicht«, gab sie zu. »Doch wenn die Sonne untergeht, musst du gehen. Heute Nacht ist erst der Anfang.«

Ein Schaudern lief durch Bryannas Körper.

Als wäre etwas Bitteres und Kaltes durch ihre Seele gefegt.

Das war natürlich verrückt, doch trotzdem warf sie beim Reiten einen Blick über die Schulter nach hinten. »Hör auf damit«, mahnte sie sich selbst und schloss die Hände noch ein bisschen fester um die Zügel, als sie aus dem Dorf heraus Richtung Fluss ritt. Wer sollte sie verfolgen?

Gesichtslose Männer in dunklen Soutanen?

Wie in ihrem Traum.

Oder hoffst du, Gavyn zu entdecken, der wie ein Wilder hinter dir herreitet und verzweifelt versucht dich einzuholen?

Die Frage ärgerte sie. Sie beugte sich über den Widerrist der Stute und trieb Alabaster zu einer schnelleren Gangart an. Sie wollte nicht zugeben, dass der Traum ihr Angst gemacht hatte, noch gefiel ihr die Vorstellung, dass ein Teil von ihr hoffte, plötzlich Gavyn zu erspähen, auch wenn er vielleicht wütend sein würde, weil sie sang- und klanglos verschwunden war.

»Wie töricht das ist«, wunderte sie sich laut, als die ersten Sonnenstrahlen den Nebel durchdrangen, der den Himmel bis zum späten Nachmittag verhüllt hatte.

Ihren Blick auf die Straße gerichtet, spürte sie, wie die Sonne ihren Rücken wärmte, als sie an mehreren Hütten vorbeikam, und sagte sich, dass sie sich nicht weiter um die Bemerkungen der Wirtsfrau und des Stallburschen kümmern sollte. Dann hielten sie Gleda eben für ein wenig seltsam; auf Calon und Penbrooke hatte man das Gleiche von Isa gedacht.

Und von dir auch ... als du noch ein Kind warst und Spielkameraden sahst, die sonst niemand zu sehen vermochte.

Trotzdem konnte sie eine gewisse Beklommenheit nicht abschütteln, als sie einen schmalen, rauschenden Bach überquerte, der das Tal durchschnitt. Dann erspähte sie eine flache Behausung aus Holz mit einem Strohdach, an die sich ein Ziegenpferch anschloss. Unweit des Wohnhauses standen mehrere Bienenkörbe aus Stroh. Rauch stieg aus dem gemauerten Schornstein auf, während Schweine den Boden zwischen ein paar Eichen durchwühlten. Ihr Quieken übertönte das gelegentliche Meckern einer Ziege. Bryanna kam zu der Einsicht, dass dies wohl Gledas Zuhause sein musste.

Sie stieg ab und ging zur Tür, vor der ein Mann auf einem umgestürzten Eichenstamm saß und seine Sichel schärfte. Als sie sich ihm näherte, spuckte er auf den Schleifstein und fuhr damit kreischend über die gebogene Klinge.

»Entschuldigt«, sagte Bryanna, als der in seine Arbeit vertiefte Bauer bei ihrem Kommen nicht aufschaute. »Sir?«

Als ihr Schatten ihn traf, zuckte sein Kopf hoch. Er sah sie unter der Krempe seiner Mütze hervor an, und seine tief liegenden Augen musterten sie, ehe sich sein Blick auf ihr Pferd richtete. »Hä?«

»Ich suche nach Gleda«, sagte sie, während er sie weiter unter seiner Krempe hervor ansah. »Wohnt sie hier?«

»Gleda, sagt Ihr?«, wiederholte er so laut, dass eine der Ziegen ihren bärtigen Kopf hob.

Die Tür ging auf, und eine Frau, die so zart wie ein frisch geschlüpfter Vogel aussah, trat über die Türschwelle. »Du brauchst nicht so zu brüllen, Liam«, rügte sie ihn, während sie sich die Hände an ihrer Schürze abwischte. »Bei Gott, wir sind nicht alle so taub wie du – oh … gütiger … bei den Sternen! Kambria?«, wisperte sie und wurde dabei so weiß wie Schwanenfedern.

»Tut mir leid. Ich heiße Bryanna.«

»Nein … ach, Mädchen … Ihr seht genauso aus wie …« Die Frau musste schlucken, und ihre haselnussbraunen Augen wurden ganz groß, während sie sich schnell bekreuzigte.

Dieses muntere Wesen sollte die Person sein, vor der sich zwei Leute in der Stadt derart fürchteten?

»Kommt herein … kommt herein«, drängte sie und zog

Bryanna förmlich ins Haus, um sich dann aber noch einmal umzudrehen und zu sagen: »Hast du keine Manieren, Liam? Kümmere dich um das Pferd der Lady. Gütiger Himmel!« Sie schüttelte den Kopf und schloss die Tür hinter ihnen beiden.

Im Herd brannte ein Feuer, das rotes und goldenes Licht auf die weißgetünchten Wände warf und gleichzeitig einen deftigen Eintopf wärmte, der in einem Kessel über den Flammen blubberte. Hühner hockten auf den Balken und gackerten. Eine Katze, die Bryanna erspäht hatte, huschte tiefer in den Raum hinein, weg von dem großen Bohlentisch, auf dem ein Spinnrocken, eine Karde und ein Haufen Ziegenwolle lagen.

»Dieser Mann! Manchmal frage ich mich, ob er überhaupt irgendwelche Manieren hat. So, bitte« – sie wies auf eine der Bänke –, »setzt Euch und ruht ein bisschen aus. Ihr habt wohl einen langen Ritt hinter Euch. Von wo kommt Ihr?«

Während Gleda die Spinnutensilien an ein Ende des Tisches schob und sich setzte, glitt Bryanna auf die Bank ihr gegenüber. Abwesend kratzte sie sich eine entzündete Stelle am Hals, während sie der Älteren eine verkürzte Beschreibung ihrer Reise vortrug. Statt zu erzählen, dass sie von der Stimme einer toten Frau hergeführt worden war oder dass sie einige Zeit in der Gesellschaft eines Mörders verbracht hatte, berichtete sie nur, dass ihr Kindermädchen Isa, bevor sie bedauerlicherweise starb, ihr einige persönliche Dinge anvertraut hätte. Darunter einen Dolch und eine Karte. Sie holte beide Gegenstände aus ihrem Beutel und legte sie vor Gleda auf den Tisch.

»Es ist ein Wunder, dass Ihr mich gefunden habt«, flüsterte Gleda, und Tränen schimmerten in ihren Augen, als sie den Dolch berührte und die Karte auf dem Tisch glattstrich. »Ich nahm an, dass Isa diese Sachen haben könnte, aber ich war mir nicht sicher. Sie hat es nie preisgegeben.« Sie lächelte trotz der Trauer, die auf ihren Zügen zu sehen war. »Isa ... lieber Gott«, sagte sie mit heiserer Stimme. »Es ist schrecklich, dass sie ermordet wurde.«

Schlimmer, als Ihr denkt, ging es Bryanna durch den Kopf, doch sie sprach die Worte nicht laut aus. »Ihr Mörder wurde gefunden und der Gerechtigkeit Genüge getan.«

»Schön, schön«, sagte Gleda, doch sie schien abgelenkt und kurze Zeit völlig abwesend. Schließlich räusperte sie sich und fragte: »Also ... und jetzt seid Ihr wegen Eurer Mutter hier?«

»Nein, Isa hat mich hergeschickt.«

»Oh, ja, ich weiß. Aber Ihr sucht mich wegen Eurer Mutter und wegen des Fluches auf.«

»Meine Mutter wurde verflucht?«, fragte Bryanna und schüttelte den Kopf, während das Feuer knisterte und eine Katze mit gesprenkeltem Fell unter einen Stuhl beim Herd huschte. Verflucht? Von was redete diese Bauersfrau eigentlich? »Davon hat sie mir nichts gesagt.«

»Natürlich nicht. Sie konnte ja nicht.« Gleda legte eine runzlige Hand über Bryannas, und die Falten um ihre Lippen vertieften sich. »Sie starb kurz nach Eurer Geburt.«

»Wie? Nein! Meine Mutter ist vor ein paar Jahren auf Penbrooke gestorben. Ich war dort.« Sie zog ihre Hand weg und stand schnell auf, wobei sie gegen die Bank stieß und die Katze erschreckte. Die fauchte und raste davon, um sich hinter einem kleinen Schrank zu verstecken.

Was sollte dieses Gerede? Sie kannte ihre Mutter, sie war schließlich von ihr aufgezogen worden. Bryanna erinnerte sich nur zu gut an den traurigen Moment, als sie an Lenores Bett stand und auf den regungslosen Körper blickte – genauso, wie sie Isas toten Leib gesehen hatte.

»Wer war Eure Mutter?«, fragte Gleda mit sanfter Stimme.

»Lenore. Lady Lenore von Penbrooke.«

»Aha, dann stimmt es also.« Die Ältere saß immer noch, doch jetzt schüttelte sie mit trauriger Miene den Kopf. »Wie ich es mir gedacht habe. Lenore war nicht Eure richtige Mutter. Sie war es nicht, die Euch empfangen hat, Kindchen.«

»Nein!« Warum hatte sie sich überhaupt die Mühe gemacht hierherzukommen? Bryanna stolperte beinahe über die Bank, als sie einige Schritte Richtung Tür zurückwich, doch die Stimme der alten Frau hielt sie zurück.

»Diese Karte« – Gleda deutete mit einem knotigen Finger auf das Stück Hirschleder auf den zerschrammten Bohlen des Tisches – »gehörte Eurer Mutter. Genau wie der Dolch.« Sie deutete mit einem gekrümmten Finger auf die Waffe, die Bryanna immer noch in der Hand hielt. »Der Heilige Dolch gehörte ihr auch.«

»Der Heilige Dolch?«, fragte Bryanna spöttisch.

»Ja, ehe die Steine herausgebrochen wurden, ehe er all seine Magie verlor. Die Magie von Llewellyn.«

»Was?« Die Frau redete Unsinn, und doch wusste sie von den Edelsteinen. »Llewellyn?«, fragte Bryanna und wiederholte dabei den Namen des großen walisischen Kriegers.

»Isa wusste es.«

Bryannas Herz wurde so kalt wie Stein.

»Wusste was?«

»Was aus Kambrias kleinem Mädchen wurde. Dem Kind, das vermisst wurde.«

»Und Ihr glaubt, dass ich dieses vermisste Kind bin.«

»Seid Ihr nicht sechzehn? Im Winter geboren?«

Bryanna nickte ungläubig. Sie wollte die Worte der alten Frau nicht hören. Na und? Die Bienenzüchterin war übergeschnappt, eine alte Märchenerzählerin, die Geschichten spann. Ihre Mär hatte nichts zu bedeuten.

Und doch spürte Bryanna, wie sich jeder Nerv in ihrem Körper anspannte, als es an ihrem Hinterkopf in Vorahnung des Bösen warnend zu kribbeln begann.

»Habt Ihr Geschwister?«, fragte Gleda. »Eine Schwester oder zwei?«

»J-ja.«

»Sehen sie Euch ähnlich?«

»Ja!«, sagte sie so laut, dass ein Gockel, der auf einem Dachbalken geschlafen hatte, laut krähte und sich wegen der Störung aufplusterte.

Gledas alte Augenbrauen hoben sich fragend. »Ihr seht einander alle ähnlich?«

»Ja!«, beharrte Bryanna, obwohl sie wusste, dass es eine Lüge war. Sie schluckte und beobachtete, wie eine einzelne kupferfarbene Feder von der Decke schwebte. War sie etwa so weit geritten, um das hier zu hören? Lügen über ihre Mutter? Lügen über ihre Geburt?

Doch während sie die Herzschläge zählte, die in ihren Ohren pochten, überkamen sie all die alten Zweifel. Es stimmte – sie war die hellste unter ihren Geschwistern. Sie war die einzige Linkshänderin unter ihnen und die Einzige, die nicht die tiefblauen Augen von Lenore besaß. Ihr Haar war röter und lockiger als das der anderen und ... oh, du lieber Gott, sie hatte das Gefühl, als würde ihr gleich übel werden.

Was sagte diese Frau da? Dass ihr ganzes Leben eine Lüge war? Dass sie noch nicht einmal ihre eigene Mutter kannte?

»Ihr wisst, dass ich die Wahrheit sage«, erklärte die Frau traurig. »Und weil Ihr hier seid, weiß ich, ohne fragen zu müssen, dass Isa tot ist. Möge sie endlich in Frieden ruhen.«

Sie zwinkerte heftig, weil ihr plötzlich Tränen in die Augen stiegen. Sie schniefte und legte eine Hand auf Bryannas Schulter. »Ihr, mein Kind, seid die Tochter von Kambria von Tarth. Daran besteht kein Zweifel. Ihr seid diejenige, auf die wir gewartet haben. Ihr seid die vorhergesagte Zauberin. Und mit Euch kommt die Finsternis.«

13

Sein Kopf pochte, und seine Blase war so voll, dass er das Gefühl hatte, sie würde platzen.

Gavyn öffnete ein Auge und zuckte zusammen, als sich das Tageslicht in sein Gehirn bohrte. Es war keine graue Morgendämmerung, sondern Hochnebel, der stellenweise Sonnenlicht durchließ, das durch die Zweige über ihm fiel. Er kratzte sich den schmerzenden Kopf und zwinkerte, um den Schlaf zu vertreiben. Lieber Himmel, er hatte das Gefühl, als hätte er gestern Abend zu viele Becher Met getrunken, wo er doch nur dieses widerliche Gebräu zu sich genommen hatte, das ihm von der wunderschönen Hexe zubereitet worden war.

Er blickte zu der Stelle, wo Bryanna sich hingelegt hatte.

Der Platz war leer, es lag nur noch der Baumstamm da, an den Bryanna ihren Sattel gelehnt hatte. »Was?«, flüsterte er ungläubig. Er rollte herum, und mit plötzlich klarem Blick musterte er die Umgebung. Vielleicht hatte sie ihr Lager verschoben, um nicht so dicht neben dem Feuer zu liegen ...

Aber es war nichts von ihr zu sehen.

Gar nichts.

»Bryanna?«, rief er, und der Klang hallte in seiner Brust

wider; denn er wusste, dass sie verschwunden war, und spürte bereits die Leere, die sie hinterlassen hatte. Doch das ließ ihn nicht innehalten. »Bryanna, wo bist du?«

Schnell setzte er sich auf und riss dabei an den Zügeln, sodass Rhi ob des unerwarteten Rucks schnaubte.

Das Lager war leer.

Sie war fort.

Und ihr Pferd ebenfalls.

Und alle ihre Sachen ... der Dolch, ihr Beutel, die Karte, Amulette und Kräuterhörner waren auch nicht mehr da. Nur der verdammte Wolf saß noch dort neben einer moosbewachsenen Eiche und sah ihn erwartungsvoll an.

»Und wo warst du, he?«, fragte Gavyn den Wolf. »Hättest du mich nicht warnen können?« Entschlossen, nicht an den bohrenden Kopfschmerz zu denken, der in seinem Schädel tobte, stand er auf und durchsuchte das gesamte Lager nach irgendwelchen Hinweisen auf sie. Es gab keine. Einen Moment lang dachte er, dass ihr vielleicht etwas zugestoßen wäre, aber es waren keine Kampfspuren zu sehen, es war kein Blut auf dem Boden, und er war sich sicher, dass ihre Schreie ihn auch aus dem tiefsten Schlaf gerissen hätten. Da weder sein Hengst noch der verdammte Wolf auch nur einen Ton von sich gegeben hatten, ging er davon aus, dass kein Verbrechen vorgefallen war, sondern dass sie sich aus eigenem Antrieb davongemacht hatte.

Ohne auch nur auf Wiedersehen zu sagen.

»Verdammte Närrin«, knurrte er und trat nach einem vom Feuer geschwärzten Stein, sodass dieser ins Gebüsch flog, von einem Stamm abprallte und noch einen weiteren Baum traf.

Warum hatte sie ihn verlassen? Es ging nicht um Diebstahl. Sie hatte kein Stück von seinen jämmerlichen Habseligkeiten an sich genommen. Nein, sie war einfach nur bei Nacht und Nebel verschwunden.

Nun, sie war ja auch ein wenig seltsam, nicht wahr? Mit ihren ganzen Zaubersprüchen, Tränken und Flüchen ... eine gottverdammte Hexe. Und eine wunderschöne dazu.

Sein Kopf fühlte sich an, als würde ein mit Eisen beschlagenes Schlachtross auf ihm herumtrampeln. Höchstwahrscheinlich hatte sie irgendein starkes Kraut in dieses abartig schmeckende Gebräu gemischt, das zu trinken sie ihn gezwungen hatte.

Wütend, dass er ihr vertraut hatte, dass er sich sorgte, was zum Teufel ihr widerfahren mochte, ging er zum nächsten Baum und verschaffte seiner zum Bersten gefüllten Blase Erleichterung. Er hatte viel länger als sonst geschlafen, was sowohl der lange, üppige Strahl als auch der Stand der Sonne bewiesen. Denn sie stand, wenn sie auch vom Nebel leicht verhüllt wurde, hoch am Himmel. Er schnürte seine Hose wieder zu und fluchte erneut.

Am Fluss spritzte er sich Wasser ins Gesicht und fuhr sich mit den nassen Händen durchs Haar, um wieder einen klaren Kopf zu bekommen. Immer noch wütend, packte er schnell seine Sachen zusammen und überlegte kurz, ob er eine andere Richtung einschlagen sollte. Warum sollte er ihr folgen?

Weil du nicht widerstehen kannst.

Weil sie die Frau deiner Träume ist.

Weil du ein völliger Idiot bist.

»Gütiger Himmel«, murmelte er vor sich hin, als er seinen Hengst sattelte und aufsaß. Er hatte die Absicht gehabt, nach Tarth zu reiten, ehe er über sie gestolpert war; er sollte seinen Plan nur wegen der Laune eines verdammten Frauenzimmers nicht ändern.

Als er die Zügel aufnahm, schaute er sich nach dem Wolf

um, der immer noch dasaß und ihn ansah. Wahrscheinlich hoffte er auf ein Frühstück. Dafür war es für sie beide zu spät.

»Nun?«, meinte er zu ihm, als er seinem Hengst die Schenkel in die Flanken drückte und ihn zu einem zugewachsenen Weg trieb, der zur Straße führte. »Kommst du?«

Als hätte er verstanden, huschte der Wolf durch Farngestrüpp, sprang über einen umgestürzten Baum und begann dem Pferd zu folgen. Dabei hielt er sich etwas hinter ihm und lief im Schatten der Bäume, wie er es immer machte.

Als er die Straße erreicht hatte, überlegte Gavyn es sich nicht zweimal. Er wandte sich Richtung Tarth. Die drei Felsen hatte er noch nicht erreicht, aber sie waren in der Nähe, sodass er, wenn er Glück hatte, die Stadt vor Einbruch der Nacht erreichte.

Er war von ihrer Schönheit geblendet worden und ja, auch von ihrer flinken Zunge, aber vielleicht hatte er sich auch nur etwas vorgemacht. Denn sie hatte ihn letztendlich verlassen. Und konnte er ihr das vorwerfen? Nein. Er berührte seine Wunde, die jetzt kaum noch wehtat. Sein Kopfschmerz ließ auch allmählich nach. Die Frau besaß wahrlich Heilkünste, und obwohl er fast die Dummheit besessen hatte, sein Herz an sie zu verlieren, spürte er, wie er jetzt wieder einen klaren Kopf bekam. Er hatte ihren Dolch häufig genug gesehen und fragte sich, ob es das magische, legendäre Messer wäre, der Heilige Dolch von Tarth. Seine Mutter hatte oft genug davon gesprochen, doch damals hatte er es als Altweibergeschwätz abgetan, ein Hirngespinst. Aber sie hatte ihm von dem schön verzierten Heft des Dolches erzählt, und Bryannas Klinge hatte genauso ausgesehen, wie seine Mutter es beschrieben hatte.

Nach der Legende hatte der Heilige Dolch einst einer

mächtigen Hexe gehört. Die Magie, die ihm innewohnte, war so groß gewesen, dass man mit ihm Stürme heraufbeschwören, das Meer zurückweichen lassen oder die Erde zum Beben bringen konnte. Für diesen Dolch hatten Menschen getötet und waren Kriege geführt worden. Aus Furcht, er könnte in falsche Hände geraten, hatte die Hexe die magischen Steine aus dem Heft entfernt und sie in alle vier Himmelsrichtungen verstreut.

Er hatte zwar nie an diese Geschichte geglaubt, doch warum führte eine Edeldame, die allein ritt, solch ein Messer mit sich? Ohne die Steine war die Klinge nicht mehr wert als die Waffe eines Jägers. Doch wenn man die Edelsteine fand, würde der verdammte Dolch ein königliches Lösegeld wert sein. Genug, um sich seine Unschuld zu erkaufen oder vielleicht sogar seinen Vater auf die arroganten Knie zu zwingen.

Wenn er an die Legende glauben würde.

Was er nicht tat!

Er spürte, wie sich sein Gewissen kurz zu Wort meldete, doch nicht wegen des alten Herrn. Nein, von ihm aus konnte Deverills Seele bis in alle Ewigkeit in der Hölle schmoren. Doch Bryanna war sehr freundlich zu ihm gewesen und hatte ihn gepflegt. Außerdem konnte er nicht leugnen, dass sein Blut bei ihrem Anblick in Wallung geriet.

Allerdings hatte sie von Anfang an gelogen. Er wusste zwar nicht, warum sie kurz vor ihrer ersten Begegnung derart auf Isa gewettert und nach ihr gerufen hatte, aber er glaubte keinen Moment, dass die Frau und ihr Ehemann geduldig in Tarth auf Bryanna warten würden. Nein, das war eindeutig die Unwahrheit gewesen – schnell hervorgebracht, um ihm weiszumachen, dass sie nicht allein wäre. Doch während die Stunden vergingen, hatte sie nicht einmal die Wahrheit gestanden.

Es war ihm ein Rätsel.

Hast du sie denn nicht auch angelogen? Ach, was für eine Nervensäge sein Gewissen war! Den größten Teil seines Lebens war er gezwungen gewesen, die Wahrheit zu umgehen, und dennoch erfüllte ihn jetzt mehr als eine Spur von Bedauern darüber, dass er nicht ganz ehrlich zu ihr gewesen war.

Er stellte sich vor, wie sie jetzt in Erfüllung irgendeiner Pflicht allein auf dem Weg nach Tarth war. Er vermisste sie. So aufreizend, herrisch und stur sie auch war – er hatte sich an sie gewöhnt und sich viele Stunden lang vorgestellt, was er wohl mit ihr machen würde, wenn sie ihre gemeinsame Reise fortsetzten.

Wütend auf sich selber spuckte er ins Gebüsch.

Ja, es war schon ein Fluch, sich zu ihr hingezogen zu fühlen, sich gar Sorgen um sie zu machen.

»Der Teufel soll dich holen, Frau«, murmelte er, als wäre sie ganz in der Nähe. Seine Erinnerung beschwor ihr Gesicht herauf, ihr Lachen klang in seinen Ohren, und sogar ihre Wut, wenn sie seinetwegen schäumte, war fast spürbar. Bereits auf Penbrooke, noch nicht zum Mann gereift, war er schon halb in sie verliebt gewesen, und diese alten Gefühle waren nun erstaunlicherweise neu entfacht. Es hatte andere Frauen in seinem Leben gegeben, aber keine hatte einen solch bleibenden Eindruck bei ihm hinterlassen.

Und auch die vergangenen Nächte hatte er sich nur mühsam zurückgehalten, sie zu küssen. Sie hatte das auch gespürt. Dessen war er sich sicher. Hatte er nicht das Feuer in ihrem Blick gesehen, als sie ihn berührte? Hatte er nicht den Schauder gespürt, der über seinen Rücken lief, die Anspannung in seinen Lenden? Hatte er sich nicht vorgestellt, sie bis tief in die Nacht hinein zu lieben, und gestöhnt, als sein Schwanz steinhart geworden war und vor Verlangen gezuckt hatte?

Tja, *das* war ein Fluch.

Er lenkte Rhi am Kadaver eines Wildschweins vorbei, das bereits verweste. Von dem Raubtier, das es erlegt hatte, war nichts zu sehen, doch in den Bäumen sammelten sich schon die Krähen, die sich auf einen Festschmaus freuten.

Stimmte es also? War es tatsächlich möglich, dass Bryanna von Penbrooke, dieses verwöhnte, furchtlose Kind, das ihm anvertraut hatte, es hätte Freunde, die sonst niemand sehen konnte, eine Hexe war? War dieses Kartenfragment tatsächlich so alt und würde ihr den Weg weisen nach ... wohin? Zu einem Ort, wo die Steine versteckt oder weggeschlossen waren? Wo waren die anderen Teile der Karte? Er rief sich noch einmal die Skizze in Erinnerung, doch sie ergab wenig Sinn. Vielleicht konnte nur eine wahre Hexe erkennen, was die Zeichnung auf dem Hirschleder zu bedeuten hatte.

»Pah!« Er glaubte nicht an Hexen und Zauberkessel, magische Tränke oder Flüche und Zaubersprüche. Er trieb Rhi in Richtung Norden. Er würde nach Tarth reiten und Bryanna finden, wenn sie immer noch da war. Wenn nicht, würde er sie suchen und aufspüren.

Warum?, fragte er sich. Warum ihr folgen? Warum sie nicht sich selbst überlassen? Sie ist gegangen, und somit hast du nichts mehr mit der Sache zu tun. Ja, sie ist schön, das stimmt wohl, und sie scheint auch über Heilkräfte zu verfügen, aber wenn schon? Es gibt viele Frauen, die sich der Heilkunst verschrieben haben oder sich mit Magie auskennen. Ist doch egal, dass darunter nicht die Frau ist, von der du geträumt hast. Schlag sie dir aus dem Kopf, und belass es dabei. Sie bedeutet Ärger, Gavyn. Genau wie der Dolch und die Karte.

Und genau das war das Problem.

Wenn es eine Sache gab, der Gavyn nicht widerstehen konnte, dann war es Ärger. Zum ersten Mal an diesem Nachmittag verzogen sich seine Lippen zu einem entschlossenen Lächeln.

Ob es nun richtig war oder nicht, er würde hinter ihr herreiten und sie einholen.

»Das ist gelogen!« Bryanna konnte die Unwahrheiten dieser kleinen Frau, wegen der sie so weit gereist war, nicht glauben. Doch alle Zweifel, alle Fragen, alle Dinge, worin sie sich immer vom Rest der Familie unterschieden hatte, rasten durch ihren Kopf. Die durcheinanderwirbelnden Gedanken steigerten sich zu einem dumpfen Dröhnen, wie das der See, wenn sie sich an einer Klippe bricht. Mit unsicherer Stimme beharrte sie noch einmal darauf: »Ich bin die Tochter von Lenore von Penbrooke.« Sie legte eine Hand auf ihre Brust und begann plötzlich alles infrage zu stellen, was sie die letzten sechzehn Jahre für wahr gehalten hatte.

»Seid Ihr Euch da sicher?«, fragte Gleda. »Denn ich schwöre bei allem, was mir heilig ist, dass Ihr das leibhaftige Ebenbild von Kambria seid.« Gleda ging zu Tür und legte den Riegel vor. »Das mache ich wegen meines Ehemannes«, sagte sie flüsternd. »Er ist zwar stocktaub, aber manchmal ist es überraschend, was er alles mitbekommt.«

Sie trat ans Feuer und rührte mit einem großen Löffel den Topf um, dann füllte sie etwas davon in eine Tasse und brachte sie zum Tisch. Nachdem sie den großen Holzbecher vor Bryanna gestellt hatte, setzte sie sich wieder der jungen Frau gegenüber und beugte sich über den Tisch. »Hört mir jetzt gut zu, Bryanna, denn dies ist die Geschichte Eurer Geburt. Ihr könnt mir sagen, dass Ihr mir nicht glaubt, wenn ich fertig bin. Ihr könnt mich eine Lügnerin nennen, wenn Ihr wollt. Aber glaubt mir, dass das, was ich zu erzählen habe, die Wahrheit ist. Das schwöre ich beim Grab meines armen Sohnes.«

Bryanna wollte ihr widersprechen, wollte dieser Frau eines Ziegenbauern sagen, dass sie einem schrecklichen, dummen Fehler aufgesessen wäre. Doch stattdessen schluckte sie ihre Einwände herunter, legte ihre Hände um den Becher, um ihre Finger zu wärmen, und gab der alten Frau mit einem Nicken zu verstehen, dass sie fortfahren solle.

»Ihr seid die Zauberin, Ihr seid hier, um dem Auserwählten den Weg zu erleuchten. Nein, widersprecht nicht ...« Gleda hob schnell die Hand, um die Einwände, die Bryanna auf der Zunge lagen, zum Schweigen zu bringen. »Hört nur zu. Ich weiß, dass Ihr denkt, Lady Lenore von Penbrooke sei Eure Mutter, und so sollte es auch sein, denn sie selbst sah es nicht anders.«

»Wie? Nein. Das ist unmög...«

»Schsch«, mahnte Gleda. »Haltet Eure Zunge im Zaum, bis ich fertig bin.« Sie sah zur Tür, und als sie sich überzeugt hatte, dass ihr Mann nicht an einem Spalt im Holz lauschte, fuhr sie fort.

»Es stimmt, dass Ihr die Tochter des Lords von Penbrooke seid. Lord Alwynn war schon ein gutaussehender Mann und lüstern dazu. Er hat seinen Samen weit und fern von Penbrooke gesät.«

»Ich will das nicht von meinem Vater hören.« Bryanna spürte, wie heiß ihr Gesicht war, während sie in den Becher starrte, den sie fest umklammerte.

»Doch, das wollt Ihr, Bryanna. Warum sonst wärt Ihr so weit gereist? Ihr seid Alwynns Tochter, ja, aber Eure Mutter war die Tochter eines Apothekers. Sie hieß ...«

»Lasst mich raten«, meinte Bryanna spöttisch. »Kambria.«

Sie glaubte kein Wort von dem, was die Alte sagte, außer vielleicht, dass sie Isa und ihren Vater kannte.

»Ja.« Gleda spitzte ihre schmalen Lippen. »Kambria war eine kleine Frau, aber zugleich stark mit flammend rotem Haar und Augen so grün wie die Smaragde in ihrem Dolch.«

Bryanna erstarrte, sie hob den Blick vom Becher und starrte die Frau an.

»Also wisst Ihr auch davon? Ich war mir nicht sicher, ob Ihr über die fehlenden Edelsteine Bescheid wisst. Ohne die Steine hat das Messer«, sagte sie und hob die schäbige Waffe hoch, »keine Macht, wie Ihr seht.«

Bryanna gab darauf keine Antwort, und Gleda, offensichtlich befriedigt, dass sie die Jüngere überzeugte, legte das Messer zurück auf den Tisch neben die Karte. »Kambria hatte genau wie Ihr leicht vorstehende Eckzähne und benutzte häufiger die linke denn die rechte Hand.«

Woher wusste die Frau so viel über sie? Woher wusste Gleda, dass Bryannas Geschwister im Gegensatz zu ihr gerade Zähne hatten und Rechtshänder waren?

»Oh, Kambria war hingerissen von Eurem Vater, und das war ihr Verderben. Aber wer hätte ihr etwas vorwerfen können? Alwynn war wirklich ein sehr gut aussehender Kerl.« Sie seufzte, und obwohl sie Bryanna anblickte, hatte diese das Gefühl, dass Gleda plötzlich in ihren Erinnerungen versunken war und sich im Geiste vorstellte, wie ihr Vater als junger Mann ausgesehen hatte. »Er war ein großer, strammer Baron mit einem Funkeln in den Augen, und er lachte gern. Er hatte im Dorf einen Blick auf die Tochter des Apothekers erhascht und war sofort betört von ihr.«

»Weil sie eine Hexe war und das alles.«

»Schsch«, brachte Gleda sie scharf zum Schweigen. Von

draußen konnte man eine Ziege meckern und ihre Glocke bimmeln hören. Gleda achtete nicht auf den Lärm und fuhr fort: »Lord Alwynn war nach Tarth gekommen, um Soldaten und Söldner anzuwerben, doch ein Blick auf Kambria, und für ihn war klar, dass er sie haben musste.«

»Aber er war doch verheiratet ...«

Gleda richtete aus zusammengekniffenen Augen einen Blick auf Bryanna, als wolle sie ihr eine Weisheit vermitteln, die nur unter Frauen bekannt war. »Ja, das war er, doch einige Männer lassen sich durch ein Ehegelübde nicht davon abhalten, die Röcke von Frauen zu lüften, die nicht ihre Ehefrauen sind. Und vielleicht wusste Kambria auch von seiner Frau, aber es war ihr egal. Sie war so rebellisch, wie Ihr es wahrscheinlich auch seid, und konnte oder wollte seine Avancen nicht abweisen. Aber das spielt jetzt keine Rolle. Das Ergebnis ist das gleiche. Sie verbrachten eine zwar kurze, doch sehr leidenschaftliche Zeit miteinander, die lang genug währte, dass Ihr gezeugt werden konntet.«

»Nein! Meine Mutter ist ...«

»Ja, ja, ich weiß. Lenore.« Sie seufzte. »Zu ihr komme ich auch noch.«

Bryanna war sich nicht sicher, ob sie von der alten Frau den Rest der Geschichte hören wollte, wie falsch sie auch sein mochte. Es erschien ihr wie eine Sünde, fast schon ein Sakrileg, sich Lügen über ihre Eltern anzuhören, die beide tot waren und sich nicht mehr wehren konnten. Sich innerlich windend, wappnete Bryanna sich für das, was sie gleich hören würde, während die Furcht in ihr immer größer wurde.

»Wie es das Schicksal wollte, erwartete Lady Lenore auch ein Kind. Alwynn hatte seinen Samen im Verlaufe von zwei Wochen in beide Frauen, die er liebte, gepflanzt.«

»Das glaube ich nicht ...«

»Es stimmt alles, was ich Euch erzähle, Bryanna«, bekräftigte Gleda, während sie ein paar Ziegenhaare abzupfte, die an einem Nagel im Tisch hängen geblieben waren. Sie zwirbelte sie zwischen den Fingern zu einem dünnen Faden. »Fast ein halbes Jahr war seit seinem Besuch in Tarth vergangen, der Sommer hatte sich verabschiedet, und die Blätter an den Bäumen voller Winteräpfel begannen sich einzurollen und braun zu werden, als sich herausstellte, dass Kambria ein Kind erwartete. Sie konnte ihren Bauch nicht mehr länger unter Kleidern verbergen, die ihren Zustand verhüllten. Damals war Hallyd Priester im Ort, heute ist er der Baron von Chwarel, das weniger als einen Tagesritt von hier in östlicher Richtung liegt.«

»Ein Priester?«

»Nicht mehr. Sein Bruder, der vorherige Baron, erlitt einen furchtbaren Unfall. Nur Stunden nach seinem Tod tauschte Hallyd die heilige Soutane gegen die Baronswürde. Um die Wahrheit zu sagen – er war kein bisschen fromm oder gottesfürchtig. Doch als junger Mann war er machthungrig. Er hatte von Kambria gehört und war von ihr, dem Dolch und ihrer Zauberkraft besessen. Als er erfuhr, dass sie ein Kind erwartete, geriet er vollkommen außer sich. Er erklärte sie zur Hure und zur Hexe. Es war schrecklich. Das kann ich Euch sagen. Hallyd beschimpfte sie und drohte ihr mit dem Tod, wenn sie ihm nicht sagte, wo der Dolch wäre.

Sie weigerte sich, doch Hallyd verfolgte sie erbarmungslos und war fest entschlossen, sie zu vernichten. Man nahm allgemein an, dass er sie für sich gewollt hatte und erzürnt war, dass sie sich einem anderen hingegeben hatte und nun dessen Kind erwartete. Zum Schluss gab es für Hallyd nur noch eins: Kambria und der Säugling mussten sterben.«

Bryanna erhob keine Einwände mehr.

»Kambria, die ahnte, was er im Sinn hatte, stahl sich in einer dunklen Winternacht davon. Sie begab sich in südöstliche Richtung. Nach Penbrooke.«

Bryannas Magen zog sich zusammen. »Nein«, murmelte sie. »Oh, nein ...«

Gleda nickte, während ihre Finger weiter mit den Haaren spielten. »Es ist wahr. Innerhalb weniger Tage war auch Lady Lenores Zeit der Niederkunft gekommen, doch es war keine leichte Geburt und dauerte viel zu lange. Als das Kind endlich kam, war die Nabelschnur um seinen winzigen Hals geschlungen, es war ganz blau und atmete nicht. Auch Lenore kämpfte um ihr Leben, sie blutete und wäre fast gestorben. Hätte das Kind überlebt, es wäre schwachsinnig gewesen, doch es sollte nicht sein.«

»Das Kind starb?«, flüsterte Bryanna.

»So heißt es.«

Bryanna zitterte. Sie hatte nie davon gehört, hatte nie gewusst, dass sie noch eine Schwester hatte ...

»Als Kambria nach Penbrooke kam, traf Alwynn eine Abmachung mit seiner Geliebten, weil er fürchtete, seine Frau würde es nicht überleben, wenn sie erfuhr, dass sie ihr Kind verloren hatte.« Ihre alten Augen richteten sich auf Bryanna, und sie hörte auf, die Haare zu zwirbeln. »Er kam mit ihr überein, Kambrias Tochter an Lenores Brust zu legen.«

»Ihr wollt damit sagen, mich«, stieß Bryanna fassungslos hervor. Oh, das stimmte nicht, das stimmte alles nicht!

»Lady Lenore, die selbst schon an der Schwelle des Todes stand, bemerkte den Unterschied nicht. Es heißt, dass Lenore wieder Kraft bekam, als das Kind an ihrer Brust zu saugen begann.«

»Ach, das ist ja alles Unsinn!«

Bryanna schüttelte den Kopf so heftig, dass der Becher,

den sie immer noch mit beiden Händen umfasste, überschwappte, sodass sich heiße Brühe über den Tisch und ihre Finger ergoss. Als hätte sie schon damit gerechnet, ließ Gleda den gezwirbelten Faden fallen und tupfte die heiße Flüssigkeit schnell mit einem Tuch auf, das sie aus der Tasche ihrer Schürze gezogen hatte.

»Es ist die reine Wahrheit, mein Kind«, sagte Gleda.

»Woher wisst Ihr denn überhaupt davon?«

»Der einzige Mensch, der außer Lord Alwynn wusste, was vorgefallen war, war die Frau, die sich um Lady Lenores Kinder kümmerte.«

»Isa«, flüsterte Bryanna betäubt.

»Ja, nicht einmal Lady Lenores Zofe Hildy ahnte die Wahrheit«, sagte Gleda und erwähnte damit Lenores treu ergebene Dienerin.

Bryanna war erschüttert von der Wahrheit dessen, was die alte Frau erzählt hatte. Die Vorstellung, dass sie nicht Lenores Fleisch und Blut war, erklärte so viele Dinge. War sie nicht so ganz anders als ihre Geschwister? Hatte Gavyn sie nicht darauf hingewiesen, dass ihr Vater sie anders als ihre Brüder und Schwestern behandelte? Bryanna nahm einen Schluck von der Brühe, während ihre Gedanken in alle möglichen Richtungen rasten. Morwenna und Daylynn waren also nur ihre Halbschwestern? Tad und Kelan waren nicht ihre Vollbrüder? Oh, heilige Mutter Gottes, war sie deshalb so anders, war sie deshalb auserwählt für Beschwörungsformeln, Visionen, Flüche und Zauberei …?

»Ja, es war Isa«, antwortete Gleda, schniefte dabei und fuhr sich mit dem Ärmel über die Wangen. »Sie musste schwören, das Geheimnis zu bewahren.«

»Was passierte dann mit Kambria?«, fragte Bryanna, die spürte, wie ihr ein Schauer über den Rücken lief. Einerseits wollte sie den Rest von Gledas Geschichte hören, andererseits fürchtete sie, dass ihr nicht gefallen würde, was sie gleich zu hören bekäme.

Wieder seufzte die alte Frau. »Es war eine große Tragödie. Sie kam nach Tarth und zu Hallyd zurück, der bereits wartete. Er verlangte den Dolch, und als sie ihm diesen verweigerte, hetzten er und seine Männer sie hoch in die Berge. Es war Winter, alles war mit Eis und Schnee bedeckt. Sie konnte nicht entkommen. Wegen ihrer Zauberkraft wurde sie umgebracht. Und als man ihre Leiche fand, entdeckte man seltsame Male auf ihrem Hals, die fast so wie die auf Eurem aussahen.«

»Was? Auf meinem?« Bryanna berührte ihren Hals.

»Ja.« Gleda brachte ihr einen Spiegel aus poliertem Metall und hielt eine Kerze vor Bryannas Gesicht. Sie sah ihr Spiegelbild, das zerzauste rote Haar, Augen, die eher grün denn blau wirkten mit stark geweiteten Pupillen. Um ihren Hals herum waren lauter kleine Hautabschürfungen sichtbar.

»Der Rosenkranz«, flüsterte sie und dachte an ihren Traum. Vor Furcht zog sich ihr Magen zusammen. Was hatte das zu bedeuten? Wie konnte etwas, das nur von ihrer Fantasie heraufbeschworen worden war, körperliche Auswirkungen haben? Sie drückte einen Finger auf die wunden Stellen und zuckte vor Schmerz zusammen.

»Sie sind echt«, erklärte Gleda ihr ernst. »Die Stellen sind mit denen identisch, die Kambria am Hals hatte, als man ihre Leiche fand. Hautabschürfungen und Schnitte, als wäre sie von etwas gewürgt worden ... ja, ein Rosenkranz würde solche Spuren hinterlassen. Einige sagen, sie wäre erwürgt worden, aber es gibt auch Gerüchte, dass Hallyd und seine Männer sie gesteinigt hätten.«

»Lieber Gott«, wisperte Bryanna und dachte dabei an ihren Traum. War vielleicht doch etwas Wahres an dem Ganzen dran? Furcht kroch ihren Rücken hoch, wie Feuerqualm unter der Tür in ein Zimmer eindringt.

»Ihr wisst, dass es stimmt. Träume, die auf etwas Wahrem beruhen, hinterlassen Spuren. Euer Traum sollte Euch enthüllen, wer Eure Mutter ist. Ich nehme an, dass Ihr ihr tragisches Schicksal sehr tief mitempfunden habt.«

»Es erschien mir so wirklich.«

»Es war nur ein Traum«, sagte Gleda, doch sie wirkte bedrückt, als wüsste sie etwas, das sie nicht zu offenbaren wagte. »Ihr, Bryanna, seid die einzige Zauberin, die den Auserwählten beschützen kann. Nur Ihr könnt den Dolch wieder zusammensetzen. Das ist wichtig, denn Ihr müsst wissen, Ihr werdet den Heiligen Dolch brauchen, um das Leben des Kindes zu retten. Ihr müsst ihn immer bei Euch tragen.«

»Dieses Kind ...« Bryanna schüttelte den Kopf. »Ich weiß nichts von einem Kind.«

Ihre Augen wurden ganz groß, als Gleda leise die alte Prophezeiung wiederholte. »Gezeugt von der Finsternis, geboren vom Licht, beschützt vom Heiligen Dolch, der Herrscher aller Menschen, aller Tiere und Geschöpfe, geboren wird er werden am Abend von Samhain. Es ist Euer Schicksal, Bryanna, dieses Kind zu beschützen.«

»Wovor?«

»Vor allem, was böse ist.«

»Wer ist er?«

»Euer eigenes Kind, Bryanna. Denn Ihr seid das Licht, von dem in der Prophezeiung die Rede ist.«

»Was? Nein!« Sie mochte über diesen Unsinn gar nicht nachdenken.

»Es ist alles wahr, was ich sage.«

In Bryannas Kopf drehte sich alles im Kreis. Es konnte einfach nicht wahr sein.« »Was ... wer ist denn dann die Finsternis?«, wollte sie mit wild pochendem Herzen wissen. »Wenn ich das Licht bin, wer ist dann die verdammte Finsternis?«

Als Gleda keine Antwort gab, meinte Bryanna: »Ich habe kein Kind. Das ... das sind alles Überlegungen und Gerede ... alter Frauen. Ein Haufen Lügen, das ist es. Nichts weiter. Nur Lügen!« Sie holte tief Luft, während die Alte sie ansah.

»Es ist alles wahr, was ich sage.«

»Dann beweist es. Wo ist sie? Kambria. Wo liegt sie begraben?«

Gleda stieß ein Schnauben aus. »Eure Mutter liegt in einem Armengrab außerhalb der Stadt, weitab von der geweihten Erde des Kirchhofs. Es ist fast eine Tagesreise von hier entfernt.«

»Mit anderen Worten: alle, die eine Rolle in dieser Geschichte gespielt haben, sind tot. Trotzdem wisst Ihr über alles Bescheid. Wie kommt das?« Sie musterte Gleda, die plötzlich sehr traurig wirkte. »Von Isa?«, riet sie.

Die Alte stand auf, ging zur Feuerstelle und nahm einen Schürhaken. Sie stocherte zwischen den brennenden Scheiten herum, bis sie so lagen, dass das Feuer wieder knisterte und hell auflohte. »Ja. Isa war meine Schwester«, sagte sie.

Stimmte das? Isa hatte nie von ihrer Familie erzählt.

»Waylynn, Kambrias Vater, war unser Bruder. Er war Euer Großvater. Ein Apotheker.«

»Lebt er noch?«, fragte Bryanna, obwohl sie bereits die Wahrheit ahnte.

»Oh nein. Er ist schon vor Jahren gestorben. Weit weg von hier, jenseits des Flusses Towy.« Ihre Lippen begannen zu zucken, als eine Welle der Trauer sie erfasste. »Ihr seht also, mein Kind, Ihr seid von meinem Blut. Isas Blut. Kambria war unsere Nichte, meine und Isas. Und wir sind alle Abkömmlinge Llewellyns.«

»Des Großen?«, fragte Bryanna. »Ist ... ist das der Grund, warum Euch die Leute in der Stadt fürchten?«

Gleda nickte und stieß einen Seufzer aus, als hätte das ganze Gespräch sie erschöpft. »Das ist wohl normal. Und dann gibt es noch Gerüchte, dass da nicht nur Llewellyn ist, sondern dass auch Rhiannon mit ihm ein Kind gezeugt hat.«

»Die große Hexe? Wollt Ihr damit etwa sagen, dass Ihr und ich ... und Isa und dieser Waylynn, dass wir alle Abkömmlinge einer Affäre zwischen ...«

»Einem Sterblichen und einer Unsterblichen sind, ja.«

»Das ist unmöglich.« Diese Lüge würde Bryanna nie schlucken. Das war Irrsinn.

»Dann seid Ihr also eine von jenen? Eine Ungläubige, was? Wisst Ihr denn nicht, dass alle Menschen das fürchten, was sie nicht verstehen?«

»Dann müsste ich ja die ganze Zeit Angst haben, denn ich verstehe nichts! Nichts!« Tote, die mit ihr redeten, heilige Dolche und jetzt dies ... diese unerhörte Andeutung, dass sie ... kein richtiger Mensch war. Das war das dumme Gerede einer alten Frau. Doch eine alte Frau, die jedes Wort glaubte, das sie sagte. Bryanna konnte das in ihren Augen lesen. »Nun gut«, sagte sie, während sie versuchte, ruhig zu atmen und nachzudenken. »Habt Ihr den Stein?«

Eine weiße Augenbraue zuckte nach oben.

»Den ersten Stein«, sagte Bryanna. »Wenn dieser ganze Unsinn wahr sein sollte, dann müsstet Ihr es beweisen können, nicht wahr? Indem Ihr mir den ersten Stein zeigt. Also, habt Ihr ihn?«

»Ihr meint einen Edelstein aus dem Dolch?«

»Ich ... ich weiß nicht ...« Bryanna war sich eigentlich

nicht ganz sicher, aber Isa hatte eindeutig einen ersten Stein erwähnt. »Ja, der Edelstein«, sagte sie deshalb mit Nachdruck, weil ihr dann die kleine Frau vielleicht doch mehr und zumindest etwas Wahres erzählen würde. »Wo ist er?«

»Nein, Ihr müsst ihn selber finden.«

»Ich muss ihn finden? Aber ich bin doch hier. Wenn Ihr den verdammten Stein habt, dann ...«

»Ich habe ihn nicht.«

Bryanna war völlig verblüfft. Das war verrückt. »Warum habe ich dann diesen ganzen weiten Weg auf mich genommen?«, fragte sie und versuchte, das Ganze zu verstehen. »Wie ... wie soll ich ihn denn dann finden?«

»Euch wird etwas einfallen. Ich werde helfen.«

»Ach ja?« Sie starrte die winzige Frau an. Wie sollte ihr die wohl helfen? »Also, dann wollen wir doch mal sehen, ob ich alles verstanden habe«, sagte sie und versuchte nachzudenken, während über ihr ein Huhn leise gluckte. »Ihr ... Ihr seid auch eine Hexe? Ihr könnt weissagen, Dinge beschwören und betet zur Großen Mutter?«

»Eine Hexe? Nein, nein. Was ich fühle, ist nicht annähernd so stark, wie das, was Isa spürte.« Sie schüttelte den Kopf. »Ich habe zwar hin und wieder Visionen, und ich habe den Tod meines eigenen Sohnes vorausgesehen. Aber ich habe gelernt, alles für mich zu behalten. Als ich sah, dass eine der Töchter des Töpfers im Fluss ertrinken oder dass die Frau des Wirts keine Söhne bekommen würde, wurden die Leute wütend und bekamen Angst vor mir.« Die Winkel ihres schmallippigen Mundes verzogen sich nach unten. »Wisst Ihr, sie verstehen es nicht.« Sie schaute sich im Raum um. »Jetzt kommt. Wir haben nurmehr wenige Stunden Tageslicht und noch viel zu tun.«

»Einen Moment noch.« Bryanna fiel es immer noch schwer,

all dies zu begreifen. »Wenn Ihr und Isa und ich ... und Waylynn, wenn wir alle vom selben Blut sind, warum war dann nicht Isa, Ihr oder irgendein anderer der Nachkommen von Waylynn der Auserwählte? Warum ausgerechnet ich?«

»So steht es geschrieben.«

»Wo?«, wollte Bryanna wissen. »Wo steht das geschrieben?«

»Hier.« Gleda tippte mit dem Finger auf die Karte, dann nahm sie sie hoch. »Dies« – sie wedelte mit dem Leder vor Bryannas Nase herum – »ist nur ein Teil davon. Eure Aufgabe ist es, den Rest zu finden.« Sie drehte Bryanna den Rücken zu, um den Dolch sorgfältig in das Leder einzuschlagen, und band es dann mit dem Faden zu, den sie aus dem Ziegenhaar gezwirbelt hatte.

»Meine Aufgabe?«, wiederholte Bryanna, die die Nase vollhatte von Rätseln, Andeutungen, Halbwahrheiten und insbesondere Aufgaben, Reisen oder Suchen jedweder Art. »Ich dachte, meine ›Aufgabe‹ hätte etwas mit einem Kind zu tun und mit diesen verdammten Edelsteinen und dem Dolch.«

Gleda lächelte und reichte Bryanna das eingewickelte Messer. »Führt es immer mit Euch. Lasst es niemanden sehen.«

Bryanna nickte und erwähnte nicht, dass Gavyn die Karte bereits gesehen hatte und er es gewesen war, der ihr den Weg nach Tarth gewiesen hatte. Nein, bei der ernsten Miene, die diese an ein Vögelchen erinnernde Frau aufgesetzt hatte, hielt Bryanna es für besser, dies für sich zu behalten.

»Wir machen uns jetzt wohl besser auf den Weg«, meinte Gleda, die zusah, wie Bryanna den Dolch in dem Beutel an ihrem Gürtel verstaute.

Als die Frau sich von der Bank erhob, spürte Bryanna, wie ihr ein Schauer über den Rücken lief. Konnte es sein, dass Gleda ihre Gedanken las? Sie hatte behauptet, über gewisse Fähigkeiten zu verfügen, dass sie Dinge vorhergesagt hätte, bevor sie eintraten, aber ... nein, bestimmt nicht. Die alte Frau ging zur Tür und nahm einen abgetragenen braunen Umhang vom Haken. »Bei Eurer Reise geht es auch um ein Kind, Bryanna.« Leichte Trauer lag in ihrem Blick, als sie den Umhang über ihre dünnen Schultern warf. »Nun lasst uns herausfinden, was es damit auf sich hat.«

»Und wie sollen ›wir‹ das bitte schön herausfinden?«, fragte sie.

»Indem wir der Burg Tarth einen Besuch abstatten.«

Bryanna erinnerte sich wieder an den Anblick der Burg auf dem Hügel. »Warum?«

»Ihr braucht den Schutz der Burgtore, der Wachen und der Mauern.«

»Vor wem sollen sie mich schützen? Vor Hallyd?«, fragte sie, und ohne überhaupt darüber nachzudenken, berührte sie die Male an ihrem Hals. »Dem Mann, der die Frau umbrachte, von der Ihr behauptet, sie wäre meine Mutter gewesen?«

»Ja.« Sie setzte ihre Kapuze auf und zog das Band unter ihrem Kinn fest. »Ihr braucht Schutz vor Hallyd. Aber da gibt es auch noch andere.«

»Andere? Oh nein. Reicht er nicht?« Oh, das war verrückt! *Vertraue Gleda*, hatte Isa ihr gesagt. *Tu, was sie dir sagt.*

»Viele wissen von dem Dolch und seiner Macht. Seit Jahren spinnen sich viele Legenden, Geschichten und Lügen um ihn. Übertreibungen.«

»Also ist seine Macht begrenzt?«

»Ja«, erwiderte Gleda und streckte die Hand nach dem Türriegel aus. »Es hängt von dem Menschen ab, in dessen Besitz er ist. Der Heilige Dolch bezieht einen Großteil seiner

Kraft aus dem, der ihn in der Hand hält. Nichtsdestotrotz würden viele für ihn töten.«

»Wie beruhigend.« Bryanna machte sich nicht die Mühe, ihren Sarkasmus zu verbergen, während Gleda die Tür öffnete und der hereinströmende Schwall frischer Luft das Feuer aufflackern ließ.

»Ach, mein Kind«, sagte Gleda mit einem wissenden Lächeln, als sie nach draußen trat, »niemand hat behauptet, das die Bewältigung der Aufgabe ein Leichtes wäre, nicht wahr?«

14

Ein schwerer Regen trommelte auf das Dach der Wirtschaft, während der Söldner in einer dunklen Ecke des Raumes sein Bier trank. Carrick von Wybren hatte endlich etwas gehört, das ihn vielleicht zu der Frau führen würde, die er suchte – Bryanna mit dem dunkelroten Haar, dem schnellen Lächeln und funkelnden Augen. Sie war so schön wie ihre Schwester Morwenna, die schwarzhaarige Schönheit, die er vor so vielen Jahren genommen hatte.

Sein Gewissen meldete sich bei dem Gedanken an Morwenna kurz zu Wort. Welch seltsame Wendung des Schicksals sie in die Arme seines Bruders getrieben hatte, sodass sie zu seiner Schwägerin wurde. Er war ein Narr gewesen, sie nicht für sich selbst zu behalten, aber wie hätte man andererseits von ihm erwarten können, immer seine Hosen anzubehalten, wenn es noch so viele andere hübsche Weiber zu jagen gab? Am besten, er achtete nicht weiter auf sein Gewissen, so wie er es schon seit vielen Jahren hielt. Auf das Bedauern nicht achten und das Gewicht der Münzen in seiner Tasche genießen, das Aufspüren auskosten, sich der erregenden Jagd hingeben.

Carrick nahm noch einen großen Schluck und beugte sich über seinen Becher. Die Wunde in seinem Oberarm schmerzte leicht. Im Verlaufe der letzten Wochen hatte sich die Wunde beinahe geschlossen, doch nachts spürte er sie immer ganz besonders. Schon komisch, dass ihm die Wunde von der rothaarigen Frau beigebracht worden war, die er jetzt verfolgte. Nicht dass er Bryanna das vorgeworfen hätte. Damals waren alle sehr angespannt gewesen, schließlich lief ein Mörder frei herum. Trotzdem schien es seltsam, dass er versuchte, ausgerechnet die Frau zu schützen, die ihn zu diesen Schmerzen verdammt hatte.

»Noch ein Becher für Euch?«, fragte die hübsche Dienstmagd, als sie an seinem Tisch vorbeitänzelte. Mit der winzigen Nase, dem Schmollmund und den üppigen Brüsten wirkte sie sehr anziehend, und das wusste sie auch. Kokett setzte sie ihre Vorzüge zu ihrem Vorteil ein. »Oder soll ich Euch noch etwas Pastete bringen?«

»Nein, danke.« Er hatte die Überreste seiner Mahlzeit bereits beiseitegeschoben. Der Deckel der Pastete war zwar knusprig und süß, doch die Füllung aus Fisch, Zwiebeln und Linsen war trocken und geschmacklos gewesen. Noch so große Mengen an Schnittlauch und Petersilie hatten die Tatsache nicht verbergen können, dass der Fisch bereits auf dem Wege gewesen war, ungenießbar zu werden, ehe man ihn gekocht hatte.

Er trank seinen Becher aus, bezahlte für das Essen und trat, bewaffnet mit seiner neuen Erkenntnis, nach draußen in die Nacht, wo immer noch feuchter Schnee vom dunklen Himmel fiel und der Schlamm auf den Straßen so tief war, dass mehrere Ochsenkarren stecken geblieben waren. Die Ochsen legten sich mit aller Kraft ins Joch, um vorwärtszukommen, während die Fahrer fluchten, ihre Peitschen nutzlos im Morast lagen und sie von oben bis unten voller Dreck waren, weil sie versuchten, die Karren aus dem Schlamm zu schieben.

Carrick schlug seinen Kragen hoch, schaute zum Himmel empor und verfluchte im Stillen das Wetter, während er sein Pferd bestieg. Er hatte überlegt, in der Stadt zu bleiben. Ein Zimmer und eine Frau für eine Nacht könnte er sich leisten, aber er widerstand der Versuchung. Es war besser, in Bewegung und auf ihrer Spur zu bleiben.

Er hatte Bryanna zwar noch nicht aufgespürt, doch das Mädchen in der Wirtschaft hatte nur zu gern ein Schwätzchen mit ihm gehalten und geschworen, eine Frau bedient zu haben, die genau wie die von ihm beschriebene ausgesehen hätte. »Ja, rote Haare und ein hübsches Gesicht hatte sie«, hatte die Magd erzählt. »Sie war wie eine Edeldame gekleidet, aber ihr Kleid war dreckig und … Huch, so was aber auch. Jetzt erinnere ich mich wieder. Wie habe ich das bloß vergessen können? Sie war nicht allein.«

Bei dieser Auskunft war sein Kopf nach oben gezuckt.

»Nein. Sie war mit einem Mann unterwegs, der ziemlich gut aussah. Dunkle Haare und Augen, aber so wie er aussah, hatte er wohl vor kurzem ziemlichen Ärger gehabt. Das muss eine schlimme Schlägerei gewesen sein. Die Prellungen und Kratzer waren immer noch zu sehen. Trotzdem konnte man erkennen, dass er gut aussah und, ich glaube, er war Jäger; denn ich hörte, wie er Pelze gegen andere Sachen eintauschte – unter anderem gegen das Unterhemd der Frau des Steinmetzen!« Mit funkelnden Augen hatte sie sich über den Tisch gebeugt und ihm dabei einen noch besseren Blick auf ihre Brüste gewährt, während sie hinzufügte: »Dieser Jäger – er wollte dieses Unterhemd unbedingt haben. Ich sag Euch, die arme Frau hatte kaum genug Zeit, in ihr Haus zu kommen und sich ungestört umzuziehen. Er hat es ihr förmlich vom Leib gerissen.«

Stimmte das wirklich? Oder ging da nur die Fantasie mit diesem geschwätzigen Frauenzimmer durch?

»Was wollte er mit dem Hemd denn machen?«

»Es war natürlich für die Edeldame, mit der er unterwegs war«, erklärte sie ihm mit einem Zwinkern. »Bestimmt hat er ihrs zerrissen, als er über sie hergefallen ist. Er sah wie einer aus, der so was tun würde, sag ich Euch.«

»Dann kennst du dich also mit solchen Männern aus, was?«

Sie befeuchtete ihre vollen Lippen, dass sie glänzten. »Das tue ich.«

Er hatte die unverblümte Einladung in ein warmes Bett und Sex bis spät in die Nacht ignoriert. Doch jetzt, während er in die Dunkelheit hineinritt und der Schneeregen in eisigen Strömen an seinem Hals herunterrann, schalt er sich einen Narren.

Burg Tarth wirkte in der hereinbrechenden Dämmerung noch unheimlicher und verfallener als bei Tag. Obwohl die Fackeln und Laternen hell brannten, trug diese geringe Beleuchtung nicht dazu bei, die bröckelnden Mauern und Zinnen einladender wirken zu lassen. Während sie auf die Stadt zuritt, lief Bryanna beim Anblick der finsteren Burg, die sich auf dem Hügel erhob, und des drohend sich verdunkelnden Himmels über den umliegenden Bergen ein Schauer über den Rücken.

Nicht zum ersten Mal wünschte sie sich, dass Gavyn und

sein starkes schwarzes Ross bei ihr wären; denn obwohl er sich von seinen Verletzungen noch nicht ganz erholt hatte, würde er doch gewiss mehr Schutz bieten können als dieser Spatz von Frau, die auf einem alten, klapprigen Pferd saß, mit dem Liam sie eigentlich gar nicht hatte fortreiten lassen wollen. Bryanna fragte sich, wo Gavyn jetzt wohl sein mochte. Er würde bereits vor Stunden erwacht sein, und es bestand die Möglichkeit, dass er sich auf den Weg nach Tarth gemacht hatte und sich just in diesem Moment den Stadttoren näherte. Ihr Herz begann, ein wenig schneller zu schlagen, und sie schalt sich eine romantische Närrin, doch sie musste einfach nach ihm und dem Rappen mit den weißen Abzeichen Ausschau halten.

Im Stillen verfluchte sie Isa, dass diese darauf beharrt hatte, Bryanna solle ihn zurücklassen.

»Reite nach Tarth und begib dich in die Burg. Du musst allein gehen!«

Als sie langsam zur Festung hinaufritten, war Bryanna froh, Gleda an ihrer Seite zu haben, und sei es auch nur, um nicht allein zu sein. Die alte Frau hatte darauf bestanden, dass Bryanna ihre wenigen Habseligkeiten aus dem Gasthaus holte, obwohl Bryanna arge Zweifel hegte, dass sie in dieser verfallenen Burg bleiben würde, auch wenn sie dazu eingeladen wurde.

Als sie sich dem Haupttor der Burg näherten, trat ein Wächter mit einem langen Spieß aus dem Schatten und stellte sich ihnen in den Weg.

»Heda, halt«, befahl er mit barscher Stimme. »Wer seid Ihr und was wollt Ihr?«

»Ich bin's, Quigg. Gleda. Also sei still. Es besteht kein Grund, mich anzubrüllen«, sagte sie pikiert.

»Das Tor wird gleich geschlossen.«

»Ach, Blödsinn, Quigg. Das reicht jetzt. Ruf Pater Patrick, und das schnell.«

»Ich tue nur meine Arbeit.«

»Ich kenne dich, seit du ein kleiner Junge warst. Jetzt hol den Priester, oder lass uns ein.«

Grummelnd beratschlagte Quigg sich mit einem anderen Mann, den Bryanna für den Hauptmann der Wache hielt. Gleda drängte ihr Pferd dichter an Alabaster heran und beugte sich so weit vor, dass sie Bryanna zuflüstern konnte: »Quigg kannte meinen Sohn. Er focht mit ihm in der Schlacht, in der er starb. Er ist ein guter Mann, nur ein bisschen … beschränkt. Jetzt trägt der Priester die Verantwortung für die Burg, aber nur vorübergehend, weil Baron Romney seiner Frau ins Grab gefolgt ist, wegen einer Krankheit, die hier kurz nach Weihnachten viele getötet hat. Sein Sohn, Lord Mabon, ist der neue Baron, doch er ist erst auf der Rückreise von einer Schlacht, die fern im Osten geschlagen wurde. Er und mein Sohn haben Seite an Seite gekämpft«, fügte sie traurig hinzu. »Mabon war derjenige, der mir die Nachricht von Freys Tod überbrachte. Er ist ein guter Mann, und keiner in Tarth will ihn erzürnen. Nicht einmal Pater Patrick, der Priester, der bis Mabons Rückkehr die Aufgaben des Barons übernommen hat.« Sie lächelte, doch Bryanna bemerkte, dass sie dabei die Zähne zusammenbiss, und auch ihre Lippen bewegten sich kaum, während sie sprach.

»Verzeiht«, sagte der Soldat Quigg. »Würdet Ihr bitte Euer Begehr nennen?«

»Natürlich«, erwiderte Gleda, während Regentropfen zu fallen begannen und vor der Burgmauer auf den Boden platschten. Gleda wies mit einer Hand auf Bryanna. »Das ist Lady Bryanna. Ihre Schwester ist Morwenna von Calon und ihr Bruder Lord Kelan, der Baron von Penbrooke. Es wäre wirklich eine Schande, wenn Sir Mabon bei seiner Rückkehr erfahren müsste, dass während seiner Abwesenheit der Tochter eines seiner Verbündeten keine Gastfreundschaft erwiesen, sondern sie fortgeschickt wurde, nicht wahr?«

Der Wächter warf dem Befehlshaber, einem riesigen Mann mit tiefliegenden Augen und verunstaltetem Gesicht, einen zweifelnden Blick zu.

»Ich werde Pater Patrick Bescheid sagen, dass Ihr hier seid«, sagte der Hauptmann. Er gab einem Pagen, der zitternd im Regen stand, einen barschen Befehl, und der Junge raste davon. Der Hauptmann stellte sich als Sir Giles vor. Während er sich mit Gleda unterhielt, ritt Bryanna in das Torhaus mit dem hochgezogenen Fallgitter, wo ihr der Rauch von nächtlichen Feuern in die Nase stieg. Die Kälte der hereinbrechenden Nacht drang durch ihren Umhang, und sie fragte sich nicht zum ersten Mal, ob es ein Fehler gewesen war, nach Tarth zu kommen. Von Alabasters Rücken aus konnte sie in den Burghof schauen, wo ein paar kahle Obstbäume standen und ein Brunnen zu sehen war, dessen Eimer knarrend im Wind hin und her schwang. Alabaster hatte den Kopf mit bebenden Nüstern hochgerissen, während sie nervös seitwärts tänzelte, als würde auch sie etwas Böses spüren.

Es war dumm, hier zu sein, sagte sie sich. Bryanna wollte am liebsten noch einmal sagen, dass sie bereits für ein vollkommen ausreichendes Zimmer im Wirtshaus bezahlt hatte und dort bleiben könnte, doch dieser Einwand war bei Gleda schon einmal auf taube Ohren gestoßen. »Ihr braucht die Sicherheit, die nur eine Burg bieten kann«, hatte die Alte ihr erklärt. »Tore, Wächter und Burgmauern.«

Was hatte Isa ihr noch gesagt? *Begib dich in die Burg!*

Als Bryanna gefragt hatte, warum die Alte sie so lange und

eindringlich angeschaut hätte, hatte Gleda misstrauisch hinter sich geblickt, ehe sie antwortete.

»Habt Ihr es nicht gespürt? Das Böse, das Euch auf Schritt und Tritt folgt? Bestimmt merkt Ihr doch, dass es immer näher kommt?«

Bryanna hatte nicht gewusst, was sie darauf erwidern sollte; denn die alte Frau hatte Recht. Sie wurde nie das beunruhigende Gefühl los, dass jemand sie beobachtete und verfolgte.

Doch wer oder was, wusste sie nicht.

Nichtsdestotrotz bezweifelte sie, dass sie innerhalb der zerbröckelnden Mauern von Tarth sicherer wäre, wo Geister um Vorwerke und Türme zu spuken schienen. Während sie in den Hof der finsteren Burg sah, hatte Bryanna das Gefühl, von einem Dutzend unsichtbarer Augenpaare aus den dunklen Fenstern heraus und von den Zinnen und Schießscharten herab beobachtet zu werden.

Sie wollte schon darauf bestehen, dass sie wieder zurückritten, als sie etwas in den Augen der alten Frau bemerkte, einen Anflug von Sorge.

»Es gibt etwas, das Ihr mir verschweigt«, meinte sie, während sich Misstrauen in ihr breitmachte. »Ihr verbergt etwas vor mir. Was ist es?«

»Nichts, woran etwas geändert werden könnte«, erwiderte Gleda, und in ihren Augen lag eine große Traurigkeit.

Bevor Bryanna darauf bestehen konnte, dass Gleda sich erklärte, kam der Page durch die Pfützen spritzend angelaufen, als wäre der Teufel selbst hinter ihm her. Atemlos nickte der Junge mit dem strohigen Haar Bryanna zu. »Pater Patrick bittet die Gäste einzutreten, sich aufzuwärmen und über Nacht zu bleiben. Er sagt, er würde gleich kommen, um Euch persönlich zu begrüßen.«

»Nett von ihm«, meinte Gleda sarkastisch mit leiser Stimme.

Sie ritten zu den Stallungen, ließen ihre Pferde bei einem Burschen und begleiteten Sir Giles nach drinnen in die Burg. Der große Mann sagte etwas zu einem Wächter, der am Eingang zur großen Halle stand, als die Tür geöffnet wurde, und Gleda flüsterte Bryanna zu: »Lasst Euch von diesem Menschen, der für sich in Anspruch nimmt, ein Lord zu sein, nicht ärgern.«

Die Frauen folgten dem Pagen in ein höhlenartiges Gewölbe, in dem Wandteppiche an Mauern hingen, die dringend mal wieder getüncht werden mussten. Die Tische waren an die Wand gestellt, und ein Priester, dessen Robe so sauber und frisch gestärkt war, wie der Rest der Festung dreckig und schäbig, stand vor dem Feuer. Bryanna fielen sofort die Ringe auf, die an seinen Fingern funkelten. Neben dem riesigen Kamin wirkte der nicht gerade hochgewachsene Priester sehr klein, und man hatte den Eindruck, dass er darin ohne Schwierigkeiten Platz gefunden hätte. Große Scheite brannten auf Kaminböcken, sodass sie nicht verrutschen konnten, und die Flammen warfen einen unheimlichen Schein auf das glückselig lächelnde und rosige Gesicht des Priesters, das so glatt war wie der Hintern eines Säuglings.

»Ihr müsst Alwynn von Penbrookes Tochter sein«, sagte er mit einem Blick auf Bryanna. Er drückte ihre Finger. Seine Hände waren weich, rundlich und feucht von Schweiß.

»Ja, Vater«, sagte sie mit einem etwas gezwungenen Lächeln, während sie sich unbehaglich unter seinem durchdringenden Blick wand. Auf Bryanna wirkte er stolz und anspruchsvoll, sodass er fast schon den Eindruck machte, arrogant zu sein, als wäre er nicht einfach nur ein Baron, sondern der König von ganz Wales.

»Lady Bryanna kommt von Burg Calon, wo ihre Schwester, Lady Morwenna, mit ihrem Gatten lebt und herrscht. Da Lady Bryannas Vater, Baron Alwynn, ein Verbündeter von Lord Romney war, nahm sie an, dass Lord Mabon seine Gastfreundschaft wohl auch auf sie ausweiten würde. Es ist wirklich eine Schande, wie der arme Romney und seine Frau vom Schicksal ereilt worden sind.« Sie bekreuzigte sich, und mit einem schnellen Blick in Bryannas Richtung gab sie der jungen Frau zu verstehen, dass auch sie etwas Bedauern und Trauer zeigen sollte. Nachdem auch Bryanna sich bekreuzigt hatte, fügte Gleda hinzu: »Bitte übermittelt sowohl Baron Romneys Familie als auch allen anderen, die hier auf der Burg leben, mein Beileid.« Sie seufzte laut.

»Die Wege des Herrn sind unergründlich«, erwiderte der Priester salbungsvoll.

»Aber ich bin mir sicher, dass sowohl Lord Romney als auch sein Sohn darauf bestehen würden, dass die Dame ihr Gast ist.«

»Zweifellos«, sagte der Priester, der seine Verärgerung nicht verbarg.

Bryanna, die neben der Bienenzüchterin stand, fühlte sich unerwünscht und verlegen, beinahe als wäre sie irgendeine Ware, die Gleda an den Priester verkaufen wollte. Am liebsten hätte sie sich umgedreht und wäre gegangen; doch da fielen ihr aufs Neue Isas Worte ein, die ihr bedeuteten, Gledas Anweisungen zu befolgen.

»Bitte, nehmt doch hier neben dem Feuer Platz. Ihr müsst von Eurer Reise erschöpft sein.« Er deutete auf zwei kleine Bänke, die neben dem Kamin standen. Als Bryanna sich auf eine davon sinken ließ, spürte sie die Anstrengungen des Tages tief in ihren Knochen. Es gelang ihr, ein Gähnen zu unterdrücken, jedoch bemerkte sie gleichzeitig verlockende Gerüche, die aus der Küche nach oben stiegen. Der Duft von brutzelndem Schweinefleisch und scharfen Zwiebeln zog durch die Halle und ließ Bryannas Magen hungrig knurren. Bei der Aussicht auf ein warmes Bett, ein Mahl, bei dem ihr das Wasser im Munde zusammenlief, und Dienstboten, die sie mit Wein und warmem Wasser versorgten, würde es vielleicht doch nicht so schwierig sein, eine Nacht in dieser finsteren, unwirtlichen Burg zu verbringen.

»Soll Sir Mabon nicht bald zurückkehren? Ach, er wird auch wirklich sehr vermisst«, fing Gleda wieder an und machte damit ihren Standpunkt klar, als sich eine kaum merkliche Anspannung um die Lippen des Priesters legte. »Und ist Sir Mabon nicht auch mit Lord Kelan von Penbrooke gut bekannt?« Sie sah zu den Deckenbalken hinauf und rieb sich dabei das Kinn, während sie nachdrücklich nickte. »Ja, ich glaube, die beiden waren zur gleichen Zeit Pagen auf Braddock Keep und haben in manchen Schlachten Seite an Seite gekämpft. Ja, meine Schwester Isa erwähnte das bei mehr als einer Gelegenheit, und sie war das Kindermädchen aller Kinder von Baron Alwynn.«

Bryanna hätte Gleda am liebsten einen Tritt versetzt. Es war peinlich. Pater Patrick hatte sie doch bereits hereingebeten. Gleda hatte den Priester in die Ecke getrieben, und er wusste es. Er brachte ein dünnes Lächeln zustande, als wäre es seine Idee gewesen, die alleinreisende Frau von Calon bei sich aufzunehmen.

Er wandte sich an den Pagen, schnipste mit den beringten Fingern und befahl: »Geoffrey! Bring Lord Mabons Gästen Wein und eine Platte mit Fleisch und Käse.« Als der Junge sich der Küche zuwandte, fügte Pater Patrick noch hinzu: »Und nasch diesmal nichts vom Essen. Jetzt« – er klatschte in die Hände – »mach schnell.«

Der Page schien Ewigkeiten zu brauchen, um wiederzukommen, aber endlich tauchte er mit einem Krug Wein und drei Bechern auf. Ein zweiter Junge trug eine Platte mit saftigem Wildschweinbraten, Wildbret und Lachs mit einem großen Stück Käse und Hackfleischpasteten. Wie schlecht es auch um den Zustand der Burg bestellt sein mochte, es hatte sich nicht auf die Küche ausgewirkt.

Bryanna aß und trank, als hätte sie einen ganzen Monat nichts mehr zu sich genommen. Der Wein war einer der lieblichsten, die sie je gekostet hatte, und jedes Mal, wenn sie einen Schluck nahm, wurde ihr Becher sofort von einem Pagen nachgefüllt. Sie bemühte sich, am Gespräch teilzunehmen, doch was der Priester zu erzählen hatte, langweilte sie. Pater Patrick blieb die ganze Zeit nur bei einem Thema: dass er alle Macht eines Barons vereint mit den Vorteilen der Kirche hätte. Bryanna heuchelte Interesse, während sie noch einen Schluck nahm. Obwohl sich der Raum allmählich leicht zu drehen begann, konnte sie von diesem köstlichen Wein nicht lassen, nachdem sie so lange nichts derartig Gutes mehr getrunken hatte.

Gleda unterhielt sich mit Pater Patrick, während Bryanna, die mehr denn gesättigt war, mit aller Macht versuchte, wach zu bleiben. Schließlich schob Gleda ihren Stuhl zurück, und nachdem sie versprochen hatte, am Morgen zurückzukehren, stand sie auf, um zu gehen.

»Ihr könnt nicht gehen«, sagte Bryanna, und ihre Gedanken rasten. Sie hatte angenommen, dass die Alte ebenfalls auf der Burg bleiben würde.

»Oh, ich muss zu Liam zurück«, beharrte Gleda und erhob sich. »Was soll er ohne mich anfangen? Danke für die Gastfreundschaft, Pater Patrick.«

»Ihr solltet nicht mir danken, sondern dem Herrn.« Pater

Patricks Miene strahlte keine Wärme aus, als er ihr kurz zunickte und ging.

»Aber … aber es ist spät«, versuchte Bryanna es noch einmal und bemühte sich dabei, nicht zu nuscheln. Der Wein war ihr zu Kopf gestiegen und machte ihre Zunge schwer und ihre Beine wackelig. Wie viel hatte sie getrunken? Nicht mehr als sonst. Wurde sie vielleicht krank?

»Umso mehr Grund, dass ich jetzt nach Hause reite. Liam wird sich wahrscheinlich schon große Sorgen machen.« Gledas alte Augen funkelten, als sie ihren Umhang über die Schultern legte. »Allerdings mehr wegen des Pferdes als wegen seiner Frau, fürchte ich.«

»Bitte, Gleda. Lasst mich hier nicht allein zurück.« Bryanna stand auf, musste sich aber am Tisch festhalten, um nicht das Gleichgewicht zu verlieren. Warum drehte sich der Raum so? Sie sprach mit leiser Stimme, obwohl niemand in der Nähe war. Sogar der Wächter an der Tür war tief in eine Unterhaltung mit einem anderen Soldaten versunken.

»Ich werde morgen wieder da sein«, sagte die alte Frau, und ihre Stimme war kaum mehr als ein Flüstern. »Wir werden Eure Mutter besuchen.«

»An ihrem Grab?«, fragte Bryanna entsetzt. »Nein!«

»Ich glaube, ihr beiden solltet euch begegnen.«

»Aber … aber sie ist doch tot«, sagte Bryanna und wich einen Schritt zurück. Obwohl sie vom Wein etwas benommen war, wusste sie doch, dass Kambria nicht mehr lebte.

»Dennoch hat sie etwas, was Ihr braucht. Ihr müsst in den Sarg schauen.«

»Seid Ihr verrückt?« Bryanna schüttelte den Kopf. »Gütiger Himmel, Gleda, das ist Wahnsinn.«

»Und es muss in der Nacht sein.«

»Wie? Das könnt Ihr nicht ernst meinen«, sagte Bryanna keuchend.

Doch das Gesicht der Alten blieb regungslos. Entschlossen. »Ihr könnt Euch vom Mondlicht führen lassen.«

»Nein, Gleda, ich werde *keine* Särge ausgraben.« Panik erfasste Bryanna. Das ging ja sogar noch über reinen Wahnsinn hinaus. Diese Frau war vollkommen irrsinnig.

»Und nehmt Euch vor dem dunklen Krieger in Acht.«

»Welchem *dunklen Krieger*?«

»Dem, der Euch etwas anhaben will, natürlich.«

»Seid Ihr völlig übergeschnappt?« Obwohl sie flüsterte, schienen die Worte in dem großen Raum widerzuhallen. »Ihr redet doch nur Unsinn.«

»Schsch!« Gleda sah über ihre Schulter. »Ich kann jetzt nicht mehr sagen.« Sie berührte Bryannas Arm, um sie zu beruhigen. »Geht jetzt zu Bett. Schlaft. Ihr seht erschöpft aus, und wir haben morgen viel vor.«

»Aber ...« Ehe Bryanna weitere Einwände erheben konnte, war Gleda bereits zur Tür hinaus, und nur ein kühler Luftzug zeugte davon, dass sie eben noch da gewesen war.

»Lieber Gott«, wisperte Bryanna und lehnte sich mit dem Rücken an die Wand, als eine blasse Frau mit Handtüchern und einem Krug Wasser erschien. Man konnte fast den Eindruck bekommen, dass sie auf der anderen Seite der Treppe gestanden und ihrer Unterhaltung gelauscht hatte. Irgendetwas war verkehrt an diesen in ihrem Kopf durcheinanderwirbelnden Gedanken.

»Mylady«, sagte die Dienstmagd: »Ich bin Hettie, und ich führe Euch jetzt zu Eurem Zimmer.«

Großartig, dachte Bryanna, die immer noch verärgert war, weil Gleda sie allein gelassen hatte. Ein Schauer glitt wie eine geschmeidige Schlange ihren Rücken hinunter. Was hatte diese rätselhafte Bemerkung über ihre Mutter zu bedeuten? War Kambria ein Geist? Konnte eine Hexe von den Toten auferstehen? Oder war alles nur eine Lüge?

Lieber Gott, in welche Lage hatte sie sich da nur gebracht?

»Verflixt und zugenäht«, grummelte sie.

»Bitte?«, fragte Hettie, und Bryanna schüttelte den Kopf.

»Nichts«, sagte sie und überlegte währenddessen, dass sie Gleda wohl missverstanden haben musste. Der Wein … das war es. Sie konnte ja wohl kaum vorgeschlagen haben, ein Armengrab aufzubuddeln. Nein! Sie verdrängte die schreckliche Vorstellung von verwesenden Leichen, Würmern und tiefen Löchern in feuchter, modriger Erde aus ihren Gedanken – zumindest für den Augenblick.

Sie musste sich diesen Unsinn aus dem Kopf schlagen.

Auch wenn es nicht leicht war.

Mehr als nur ein wenig beschwipst folgte Bryanna der mürrisch dreinblickenden Hettie die Treppe hinauf, die unter ihren Schritten ein wenig zu schwanken schien, nach oben ins Gästezimmer. Der kalte, dunkle Raum im zweiten Stock war mit einem großen Bett mit Vorhängen aus dunkelroter Seide, einem Waschtisch, einer Bank und einer spanischen Wand aus Holz eingerichtet. In ihrem Kopf drehte sich alles, als Bryanna beinahe taumelnd den Raum betrat. Sie stand erst wieder sicher, als sie sich am Bettpfosten festhalten konnte.

Hetties Lippen waren missbilligend zu einer schmalen Linie zusammengepresst. »Der Abort ist da lang, um die Ecke«, sagte sie und zeigte auf einen schmalen Gang, der von der Treppe wegführte. Hettie brachte nicht einmal ein kleines Lächeln zustande, während sie das Feuer und eine Kerze anzündete und dann auf einen Stapel mit Holz neben dem Kamin deutete.

Erst als die mürrische Magd das Zimmer verlassen hatte, legte Bryanna ihre Kleider ab, blies die Kerze aus und schlüpfte zwischen die kalten Laken des Himmelbetts, das sich jedes Mal, wenn sie die Augen schloss, zu drehen schien. Das Feuer knackte, knallte und zischte, Funken stiegen auf, und die Flammen warfen tanzende goldene Lichter auf das Mauerwerk, das seit Jahrzehnten nicht mehr getüncht worden war. Die Laken fühlten sich rau an auf ihrer nackten Haut, und die Federn der Matratze waren wahrscheinlich seit Monaten nicht mehr aufgeklopft oder gesäubert worden, doch Bryanna war viel zu müde, um sich daran zu stören. Sie hatte seit anderthalb Tagen nicht geschlafen, und jetzt waren all ihre Glieder schwer.

Sie schloss die Augen und fragte sich, wie viele Nächte sie es ertragen könnte, in dieser verfallenen Burg zu wohnen. Ja, man hatte sie mit Essen, Trinken und gezwungener Gastfreundschaft bedacht. Ja, es gab Soldaten, Befestigungen und verschließbare Tore, sodass sie hier einen gewissen Schutz genoss. Aber sie hatte nicht vor, ihre Zeit zu vertrödeln. Wenn sie eine Aufgabe zu erfüllen hatte, dann sollte es sein. Sie wollte sich nicht länger als nötig in Tarth aufhalten.

»Oh, Isa«, flüsterte sie. »Warum sagst du mir nicht, was ich tun soll? Warum gibst du immer nur Halbwahrheiten von dir und schickst mich zu Leuten, die auch nicht mehr wissen als ich?« Oh Himmel, es war alles so entmutigend.

Aber heute Nacht würde sie erst einmal schlafen.

Die Müdigkeit ließ sie bereits einschlummern. Morgen würde sie wieder versuchen, mit der toten Frau zu reden ... *Und was war mit Gavyn?*

Seit sie ihn verlassen hatte, war er nie ganz aus ihren Gedanken verschwunden. Sie dachte ständig an ihn und fragte sich, wo er war, und, ja, sie wünschte sich, dass er bei ihr sein möge.

Sie streckte ihren Arm über die ganze Breite des Bettes aus und stellte sich vor, dass er neben ihr liege. Seufzend schüttelte sie ihr Kissen auf und dachte an seine festen Muskeln, sein Lächeln und seine funkelnden Augen.

Dummes Mädchen.

Sie dachte an den kurzen, herzbewegenden Kuss und den Moment, als sie in seine Seele schaute und sah, dass er einen Menschen getötet hatte.

Spielte das eine Rolle?

Wenn er die Wahrheit sagte, dann hatte er es getan, um sich selbst zu schützen und den Mord an seiner Mutter zu rächen.

Andererseits war er ein Lügner ... ein dreister, selbst erklärter Lügner. Hatte er sich nicht selber als solchen bezeichnet? Sie atmete langsam aus, als der Schlaf sie übermannte. Ihr letzter Gedanke war, dass sie dabei war, sich langsam, aber sicher in ihn zu verlieben.

Konnte es etwas Schlimmeres geben?

Es war eine eiskalte Nacht, doch der Nieselregen hatte endlich aufgehört, und die Wolken rissen auf, sodass man einen Teil der Mondscheibe sehen konnte. Gavyn ritt ohne zu zögern an den drei Felsen vorbei und am Wasser entlang, bis er Tarth erreichte. Jene Stadt, die für ihn mit so traurigen Erinnerungen verbunden war.

Die Stadt war in den Jahren, seitdem er sie verlassen hatte, gewachsen, doch er erkannte ein paar Läden und Straßen wieder und lenkte sein Pferd zu dem Gasthaus, das auch Stallungen hatte. Er hatte Freunde und Verwandte hier, bei denen er hätte unterkommen können, doch er wollte zumindest eine Nacht für sich sein. Er bezahlte für Pflege und Unterstand seines Pferdes und nahm sich dann ein Zimmer für die Nacht. Im Schankraum fand er ein Plätzchen an einem Ecktisch, wo er sein Bier schlürfen und die Einheimischen beobachten konnte. Er lauschte dem Klatsch und Tratsch, der zwischen den Tischen ausgetauscht wurde, während die Männer Wein oder Bier tranken, die Tochter des Wirts umgarnten oder miteinander würfelten.

Gavyn musste ein paar Fragen stellen, damit die Unterhaltung nicht zum Versiegen kam, aber keiner erkannte ihn. Vielleicht lag es an den Prellungen, die immer noch sein Gesicht entstellten, vielleicht aber auch einfach daran, dass er schon eine ganze Weile nicht mehr hier gewesen war. Bei den Gesprächen, die er mitbekam, ging es um wenig mehr als das Wetter, über das alle schimpften, weil es dem Korn schadete, oder die Sorge, dass Lord Romneys Sohn die Ländereien nicht so gut verwalten würde wie sein Vater. Das Mädchen, das seinen Becher nachfüllte, war jedoch gern bereit, ihm mehr über den Priester zu erzählen, der auf der Burg das Sagen hatte, bis der Baron zurückkehrte. Und, ja, sie hätte eine allein reisende Edeldame gesehen, eine Frau mit roten Haaren, dreckigen Kleidern und einem weißen Pferd.

»Sie hat für ein Zimmer bezahlt«, sagte das Mädchen, während es ihm erneut nachschenkte, »und dann eine Schneiderin aufgesucht, ehe sie ein Bad nahm und wegritt. Wir dachten, sie würde hier übernachten, doch als sie zurückkam, hatte sie die alte Gleda dabei. Gleda ist die Frau des Ziegenbauern. Sie selbst hält Bienen und verkauft ihren Honig an uns und den Koch auf der Burg.«

Gleda. Er lauschte dem Klang des Namens, doch er rief keine Erinnerung in ihm wach.

»Das rothaarige Mädchen ist also wieder gegangen, um bei Gleda zu bleiben?«

»Könnte sein.« Sie zuckte mit der Schulter. »Ich weiß es nicht.«

Er lächelte. »Weißt du, wo Gleda lebt?«

»Ja, etwa eine Meile östlich von der Stadt, vielleicht auch weniger.« Plötzlich spürte sie den missbilligenden Blick ihrer Mutter auf sich ruhen. »Oh, ich kümmere mich jetzt wohl mal besser um die anderen Gäste«, meinte sie hastig, und ihre Wangen liefen rot an.

Seltsam, dachte er. Warum sollte Bryanna für ein Zimmer bezahlen und es dann doch nicht benutzen? Was hatte sie von der Frau des Ziegenbauern erfahren? Was war so verdammt wichtig, dass die Frau mit ihr zurückkam und ihr half, alles mitzunehmen?

Er trommelte mit den Fingern auf dem Tisch und kam zu der Einsicht, dass er als Erstes die Bienenzüchterin aufsuchen musste, wenn er Bryanna finden wollte. Bryanna musste einen bestimmten Grund gehabt haben, die Frau aufzusuchen. Er hegte keinen Zweifel daran, dass es etwas mit der Karte und dem Dolch zu tun hatte. Aber was?

Er blieb noch ein wenig, lauschte, ob er vielleicht noch etwas Interessantes zu hören bekam, und bezahlte dann für sein Bier, ehe er nach draußen ging. Er blickte zur Burg hoch, die sich auf dem Berg erhob, eine finstere, unheimliche Festung.

Auch sie war auf Bryannas Karte eingezeichnet gewesen. Ein Viereck mit nach oben ragenden Türmen.

Er ging die vielbefahrene Straße entlang, die zum Haupttor führte und in deren tiefen, schlammigen Furchen das Wasser stand. Als er in die Nähe der Festung kam, hörte er drinnen Stimmen, dann das Kreischen von Metall und das Knirschen alter Zahnräder, als das Fallgitter nach oben gezogen wurde.

Im Schein einiger Fackeln war ein Reiter auf einem kleinen dunklen Pferd zu erkennen. Eine Frau. Seltsam, dass eine Frau so spät am Abend die Burg verließ und noch dazu allein.

Er spürte, wie sein Herz bei dem Gedanken, es könnte Bryanna sein, ein bisschen schneller zu schlagen begann. Als die Frau unter dem ratternden Gitter hindurchritt, zog er sich tiefer in den Schatten zurück und kniff die Augen zusammen, um besser sehen zu können. Doch er wusste instinktiv, dass diese kleine Frau, die leicht nach vorn gebeugt auf ihrem Pferd saß, nicht Bryanna war. Er hatte Stunden mit ihr verbracht und wusste genau, wie sie aussah, wenn sie auf einem Pferd saß. Nein, das war sie nicht ... und der klapprige Gaul, auf dem die Frau saß, war auch nicht Bryannas weiße Stute.

Im Schutze der Dunkelheit folgte er der Frau und hielt sich dabei im Schatten. Als sie ihr Pferd zum Fluss hin wandte und dann in östlicher Richtung am Ufer weiterritt, fragte er sich, ob das Gleda sein könnte, die Bienenzüchterin und Frau des Ziegenbauern, mit der Bryanna zusammen gewesen war. Im Wirtshaus war Gleda als alte Frau beschrieben worden, die auf einem heruntergekommenen Hof lebte.

Wieder hörte er Stimmen. Männlich tiefe Stimmen, die den kurzen Weg entlangkamen, der zum Torhaus führte. Gavyn zog sich wieder in den Schatten hinter der Ecke des Stalls zurück und schnappte einen Teil der Unterhaltung auf, als zwei Fußsoldaten vorbeigingen.

»... nicht glücklich darüber, einen unangekündigten Gast im Haus zu haben.«

»Ach, zum Teufel, der Pater ist dieser Tage doch bei gar nichts glücklich. Der freut sich nicht über die Rückkehr von Sir Mabon, wenn du mich fragst.«

»*Lord* Mabon. Er ist jetzt der Baron, und du tust gut daran, das nicht zu vergessen. Und du hast recht, Pater Patrick wird sich erst wieder daran gewöhnen müssen, wie ein Priester und nicht wie ein Lord zu leben.«

Die beiden Männer glucksten vor Lachen, als sie bei der Wirtschaft ankamen, wo die Lichter hell brannten und Gesprächsfetzen nach draußen drangen.

»Ich frage mich, ob sie wohl noch da sein wird«, meinte der eine Soldat. »Also wirklich, eine Frau, die allein unterwegs ist!«

»Sie hatte eine Begleiterin.«

»Und die hat sie dagelassen.«

»Bei unserem guten Priester.«

Wieder lachten die beiden Männer, und Gavyn biss die Zähne zusammen. Er war sich sicher, dass die beiden Männer über Bryanna redeten. Entschlossen, sie zu finden, schlich er durchs Dunkel.

Es sollte eigentlich nicht so schwierig sein, da er als Kind hier gelebt hatte und hierher zurückgekehrt war, als man ihn von Penbrooke verbannte. Er wusste, welche Türen in der Stadt abgesperrt waren und welche offen. Er hatte genug Zeit in der Burg verbracht, um zu wissen, wie er hinein und wieder heraus kommen konnte, ohne dabei bemerkt zu werden.

Es würde ganz einfach sein, sich hineinzuschleichen und Bryanna zu finden.

Gavyn musste nur den richtigen Moment abpassen.

Das Wetter verschlechterte sich völlig unerwartet.

Und wurde ganz entsetzlich.

Während Gleda ihren klapprigen Gaul durch den strömenden Regen vorantrieb, fragte sie sich, ob sie einen Fehler gemacht hatte. Vielleicht hätte sie Pater Patricks Gastfreundschaft ausnutzen sollen, auch wenn sie ohne viel Begeisterung angeboten worden war. Der selbstgerechte, scheinheilige und völlig niederträchtige Priester ging ihr mehr als jeder andere Mensch gegen den Strich, und immer, wenn sie in seiner Nähe war, wollte sie ihm einen Dämpfer versetzen und ihn die herablassende Geringschätzung am eigenen Leib spüren lassen, die er so großzügig verteilte.

»Dummkopf«, murmelte sie vor sich hin, und während der Regen vorn an ihrer Kapuze heruntertropfte, fragte sie sich, ob sie mit sich selbst redete oder mit dem verdammten Priester.

»Na, mach schon, Harry«, sagte sie zu dem Pferd und schnalzte mit der Zunge, während der Wind am Saum ihres tropfnassen Umhangs zerrte. Sie hatte nicht mehr weit zu reiten, nur eine halbe Meile. Sobald sie den Fluss überquert hatte, würde sie zuhause sein, wo sie ihren Umhang ablegen, das nasse Haar ausschütteln und sich vor dem Feuer aufwärmen konnte. Liam saß bestimmt bereits davor und erneuerte die Federn an seinen Pfeilen oder tauschte die Eisenspitzen aus.

Ach wie schön, der Gedanke daran, bald im Warmen und Trockenen zu sein.

Sie hatte das Gefühl, bis auf die Haut durchnässt zu sein.

Und Harry mit seinem ungleichmäßigen Schritt war auch nicht gerade das bequemste Reittier. Er hatte sich als Fohlen verletzt und schonte deshalb ein Bein, schien aber keine Schmerzen zu haben.

Sie erspähte den Fluss, der sich wie eine dunkle Schlange durch das Tal wand. Der Regen hatte ihn zu einem reißenden Strom anschwellen lassen, und Harry scheute, als sie ihn hineintreiben wollte. »Oh, Heiliger Petrus, das hast du doch schon tausend Mal gemacht, du sturer Bock. Jetzt komm schon.« Sie drückte ihm die Schenkel in die Flanken, damit er merkte, dass sie es ernst meinte, doch er weigerte sich immer noch, wich zurück und wäre fast gestiegen.

Ihr Haus war bereits auf der anderen Seite des Wassers in Sicht. Sie sah den Feuerschein durch die Ritzen der geschlossenen Läden und roch den Rauch.

»Na los, verdammt noch mal«, sagte sie. »Was zum Teufel ist denn mit dir los …?« Doch noch während sie die Worte sprach, sah sie etwas in der dunklen, wirbelnden Tiefe des Wassers. Ein Körper trieb im Fluss und hatte sich an ein paar Felsbrocken verhakt.

»Oh nein.« Ohne lange nachzudenken, stieg sie vom Pferd und trat in die Strömung. Das eiskalte Wasser brachte sie ins Wanken, drang in ihre Stiefel und zog sie nach unten, während sie durch die Furt zu der Stelle ging, wo der Mann mit dem Gesicht nach unten lag. Er war eindeutig tot, zweifellos ein Reisender, der den Halt verloren hatte, als er versuchte, den Fluss zu überqueren. Sie griff im knietiefen Wasser nach ihm und zog an seinem Hemd. Obwohl es dunkel war, meinte sie etwas Vertrautes zu erkennen, seine Größe kam ihr bekannt vor.

»Liam?«, flüsterte sie, und ihr altes Herz schlug ihr bis zum Hals. Das konnte doch nicht ihr Ehemann sein. Er war ein vorsichtiger Mann, ein umsichtiger Bauer, der sein Leben nicht einmal aufs Spiel setzte, um sein eigenes Vieh zu retten. »Liam!« Sie beugte sich nach vorn, und unter Einsatz ihrer ganzen Kraft drehte sie den Toten um, sodass sein bleiches Gesicht zu sehen war.

Schmerz und Verzweiflung bohrten sich wie kalter Stahl tief in ihre Seele.

Ihr Mann starrte sie mit gebrochenen Augen tot und kalt an.

»Nein!«, schrie sie voller Qual auf. »Nein! Oh Gott, nein!« Sie schluchzte und klammerte sich an ihn, sodass das kalte Wasser ihre ganze Kleidung durchnässte. »Bitte, Liam, sei einmal in deinem Leben nicht so stur! Kämpfe!«, schrie sie und hämmerte auf seine Brust. Wie konnte er es wagen, sie zu verlassen? Wie war er nur auf die dumme Idee gekommen, die Wärme der Hütte zu verlassen? War eine der Ziegen entwischt? War ein Eber in den Wald gelaufen? Oder ... hatte er nach ihr Ausschau halten wollen?

Sie wurde von Schuldgefühlen gepackt und verdrängte den Gedanken gleich wieder. Sie konnte, wollte nicht denken, dass er das Leben verloren hatte, weil er sich um sie Sorgen machte. Sie hatte ihm doch gesagt, dass sie lange wegbleiben würde ... oh, Herr im Himmel! Schluchzend zerrte sie an seinem schweren Körper und versuchte ihn zum Ufer zu ziehen. Sie rutschte mit ihren Stiefeln auf dem schlammigen Grund aus, und ihre Zähne klapperten, während das Wasser sie immer tiefer hineinzog.

»Hierher, mein Junge!«, brüllte sie nach dem Pferd. »Komm her, Harry. Guter Junge.« Wenn sie es schaffte, die Zügel um Liams kalte Hände zu wickeln, und dann das Pferd dazu brachte, ihn aus dem Fluss zu ziehen, dann konnte sie ihn vielleicht, nur vielleicht, retten.

Er ist tot, Gleda. Liam ist mausetot.

Sie hörte nicht auf die Stimme der Vernunft und rief nach dem Pferd, wobei sie Wind und Regen übertönen musste. »Komm her, Harry ...«

Schnaubend machte das Pferd einen Schritt in ihre Richtung, ehe es anhielt und sich aufbäumte. »Harry!«, brüllte sie enttäuscht.

Plötzlich übertönten Hufschläge das Heulen des Windes. Sie drehte sich um und sah, dass sich ein dunkler Reiter von der anderen Seite des Flusses näherte. »Hilfe!«, schrie sie und blinzelte wegen des Regens. »Bitte, ich brauche Hilfe! Das ist mein Mann ...« Doch ihre Stimme wurde vom Wind übertönt.

Ganz außer sich winkte sie mit beiden Armen, und der Reiter kam das Ufer herunter, durchquerte auf seinem großen Schlachtross die Furt. Er hatte sie gesehen! Er kam in ihre Richtung. Sie ließ ihre Hände auf den Saum von Liams nassem Hemd sinken und wurde einen Moment lang von Erleichterung durchströmt.

Bitte, richtete sie ihr Gebet im Stillen an jeden Gott, der ihr zuhören mochte. *Lass Liam leben. Lass ihn mich in die Sicherheit unseres Hauses bringen, lass ...*

Ihr stockte der Atem, als sie sah, dass der Reiter mit seinem Arm ausholte. Hatte er etwas in der Hand?

Ein Schwert? Einen Dolch? Nein, etwas Rundes und ...

Blitzschnell schleuderte er es nach ihr.

Sie versuchte auszuweichen und riss eine Hand hoch, aber sie war zu langsam. Ein scharfkantiger Stein traf sie mitten auf der Stirn.

Rasender Schmerz spaltete ihren Schädel. Sie sah Lichter aufflammen und dann – Dunkelheit.

Sie taumelte nach hinten, drehte sich um die eigene Achse und fiel mit dem Gesicht voran ins eiskalte Wasser.

15

Im Dunkel der Nacht kam er im Traum zu ihr.

Regen trommelte so laut aufs Dach, dass Bryanna davon erwachte, aber sie war noch so verwirrt, dass sie kaum das

Gurgeln des Wassers wahrnahm, das durch die Abflüsse strömte. Sie blickte kurz nach oben und war erstaunt, dort blutrote Seide zu sehen. Ach, es war nur die Schlafkammer auf Burg Tarth. Bryanna drehte sich unter der Decke um und kehrte ins dunkle Ungewisse irgendwo zwischen Wachen und Träumen zurück.

Ihr Gesicht im Kissen vergraben, tauchte sie in einen verwirrenden Traum, der sich in genau diesem Zimmer auf Burg Tarth abspielte.

Die Bettpfosten und die Vorhänge aus dunkelroter Seide schienen so wirklich wie die Berührung des Mannes.

Es schien ihr Geliebter zu sein.

Und obwohl sie sein Gesicht nicht sehen konnte, spürte sie, dass er da war, sich im Schatten hielt und lautlos auf ihr Bett zukam. Sie versuchte sich umzudrehen, um ihn anzusehen, hatte aber das Gefühl, förmlich an die Matratze gefesselt zu sein. Starke Hände legten sich auf ihre Schultern und zwangen sie dazu, auf dem Bauch zu liegen, sodass er von hinten zu ihr kommen konnte.

»Warte«, flüsterte sie, doch der Atem stockte ihr, als er ihr Haar zur Seite strich und sie in den Nacken küsste, wobei sie seinen warmen sinnlichen Atem spürte. Ihr ganzer Körper kribbelte, und ihr Blut begann in Wallung zu geraten. Verlangen breitete sich in ihrem Schoß aus, als seine Lippen über ihre Schulter glitten. Sie wollte ihn.

»Wer bist du?«, fragte sie, und sie erkannte ihre heisere Stimme, die vom Kissen erstickt wurde, selbst kaum wieder. »Warum bist du hier?«

»Deinetwegen.« Starke Arme glitten um sie herum und schlangen sich um ihre Taille, sodass seine Finger ihren Brustkorb berührten. Hart. Heiß. Zielstrebig legten sie sich auf ihre Brüste und begannen sie zu kneten, während er sie auf die Knie hochzog, wobei ihr Gesicht jedoch immer noch von ihm abgewandt war. Seine Finger erzeugten ein brennendes Verlangen in ihr, wie sie es noch nie zuvor gespürt hatte. Er kniete hinter ihr, ohne sie auch nur einen Moment loszulassen, während er sie die ganze Zeit berührte. Körper an Körper hockten sie da. Mann und Frau. Bereit zur Paarung.

In ihrem Kopf drehte sich alles, und sie sagte sich, dass es nur ein Traum war, ein sinnlicher Traum, schwer wie süßer Honig. Sie hatte keinen Liebhaber, und doch war er bei ihr. Hier in diesem Bett. Im Dunkeln. In jener anderen Welt, wo es nur primitives Verlangen und heißes Fleisch gab.

»Bryanna«, flüsterte er. »Du wollüstiges Weib.«

Raue Finger strichen über ihre Brustwarzen, reizten sie, spielten mit ihnen.

»Hmm ...« Sie schnurrte wie eine Tigerin, als er eine ihrer Brustwarzen leicht drückte, sodass überwältigende Empfindungen durch ihren Körper zuckten.

Was ist das? Die Frage ging ihr nicht aus dem Kopf, und doch schien sie keine Bedeutung zu haben, während Verlangen sie durchströmte, ihr Körper ihm willig entgegenkam und er sie fest an sich drückte. Seine Brust rieb über ihren nackten Rücken, und etwas Großes drückte sich fest gegen ihren Hintern, rieb glatt und feucht über ihre Haut ... rieb ... und strich über ihr Fleisch. Wie sie dieses Gefühl genoss ... heiß, hart, glatt.

Wer ist dieser Mann mit den sehnigen Muskeln, erfahrenen Händen, der beharrlich Druck ausübt?

Ein Liebhaber?

Ein Freund?

Ein Feind?

Aber sie hatte doch noch nie mit einem Mann geschlafen ...

wem würde sie erlauben, so intim mit ihr zu sein, sich ihr auf diese Weise zu nähern?

Gavyn.

Ihr Herz machte einen Sprung, als sie erkannte, dass er sie gefunden hatte.

Er hatte gewusst, wohin sie wollte; schließlich war er es, der die Karte als Erster entziffert hatte.

Natürlich.

Sie lächelte im Dunkeln.

Er neckt mich. Reizt mich. Er wird sich mir erst zu erkennen geben, wenn ich mich ihm hingegeben habe.

Ja ... dann soll er mich nehmen.

Sie seufzte und drückte sich nach hinten an ihn, wobei sie sich ganz dem drängenden Verlangen hingab. Jenem Pochen tief in ihrem Innern, während er ihre nackte Schulter küsste. Sie nahm einen Arm hoch und streckte ihn nach hinten, um ihre Finger in sein Haar zu schieben und sich dabei verlangend zu rekeln. Er stieß ein leises Knurren aus, eine Hand lag über ihren Brüsten, die andere tiefer und spielte mit ihr, während sie seinen intensiven, moschusartigen Duft einatmete.

»Ich weiß, wer du bist«, sagte sie, und obwohl sie mit dem Gesicht von ihm abgewandt war, streckte sie die Hand nach hinten aus und strich mit ihren Fingern über die kräftigen, glatten Muskeln auf seinem Rücken.

»Natürlich tust du das.« Mit feuchten Lippen fuhr er über ihr Rückgrat, und sie keuchte, als er mit seinen Fingern ihre Beine spreizte und ihren Schoß berührte. Sie zitterte, nicht weil ihr kalt war, sondern weil in ihr ein primitives, urwüchsiges Verlangen hochkam. Als er sie auf die Matratze hinunterdrückte, hob sie die Hüften und wand sich sehnsüchtig.

Sein steifer Schaft drückte sich suchend von hinten gegen ihren Schoß.

»Gavyn«, flüsterte sie. »Bitte.«
Er hielt inne. »Was?«, fragte er.
»Ich sagte, bitte«, murmelte sie. »Bitte.«
»Du hast mich Gavyn genannt.«
»Ja, ja«, sagte sie und drückte ihre Hüften gegen ihn. Sie konnte den Gedanken nicht ertragen, dass er seine Hände von ihrer heißen, feuchten Haut nehmen und ihr seinen Körper entziehen könnte.

»Ich bin nicht Gavyn«, flüsterte er nach einem herzzerreißenden Moment.

Irgendwie ergaben seine Worte keinen Sinn für sie. Was konnte das bedeuten? Es war völlig sinnentleert. Nur ein Lachen in dieser überwältigenden Flut von Gefühlen. Alle Verlegenheit schmolz in der sengenden Hitze seines Körpers über ihrem zusammen. Mit einem Knie spreizte er ihre Beine, und kräftige Finger glitten zwischen ihre Schenkel, sodass sie bis in die Grundfesten ihres Seins erschüttert wurde.

»Jetzt, du Hexe«, sagte er, »erfüllt sich dein Schicksal.«
Er drängte sich so fest gegen sie, dass ihr Gesicht ins Kissen gedrückt wurde, während er tief in sie hineinstieß. Fest.

Ein Schrei entrang sich ihrer Kehle, als das Fleisch riss. Ihre Jungfräulichkeit war fort. Doch ihre Stimme wurde schnell zu einem lustvollen Stöhnen, als er sich zurückzog und wieder in sie hineinstieß … und wieder und wieder.

Wie sehr sie den langsamen, erotischen Rhythmus der Paarung genoss! Sie war noch nie mit einem Mann zusammen gewesen, und doch schien ihr Körper zu wissen, was er tun musste. Sie spürte, wie sie sich ihm öffnete und sich im Gleichklang mit ihm bewegte. Sie kam ihm begierig entgegen, nahm ihn auf, um ihn ganz tief in sich zu spüren.

Seine Erregung offenbarte sich ihr an dem geschmeidigen Schweiß, der seinen Körper an ihrem zum Schmelzen brachte, sie roch sie am durchdringenden Moschusduft, den er verströmte, sie nahm sie in seinem Keuchen wahr. Seine Leidenschaft schürte das Feuer, das in ihr brannte und dessen Flammen heiß zuckend Funken sprühten und sich dem Himmel entgegenstreckten. Seine Glut wurde zu ihrer, seine Lust zu ihrer Lust.

Ihre Fingernägel bohrten sich in die Laken, als die Glut wie warmer Honig schwer und süß ihren ganzen Körper zu durchdringen begann, heiß und heißer, während er sich immer schneller bewegte. Doch der zähe Nektar in ihren Adern dämpfte ihre Leidenschaft und trübte ihre Sinne wie ein Zaubertrank der dunklen Mächte, bis sie spürte, wie sich ihr Geist erhob und von dem Mann, der sich über ihr bewegte, trennte.

Er tauchte ein letztes Mal tief in sie ein, stöhnte und brach auf ihr zusammen, wobei ihre Körper in Schweiß und fiebriger Hitze vereint waren.

»Tochter von Kambria, du gehörst mir«, sagte er mit einer animalischen Stimme, die aus einem anderen Raum zu kommen schien. »Auf immer vereint.«

Die Burg hatte sich seit dem letzten Mal, da er hier gewesen war, verändert. Gavyn, der unbemerkt mit durch das Tor geschlüpft war, als die beiden Wächter zurückkehrten, ging über den nassen Innenhof, wie er es schon vor ein paar Jahren getan hatte. Er war damals Stallbursche gewesen und hatte sich um die Pferde gekümmert, wobei er alles Wissenswerte vom Stallmeister Neddym gelernt hatte.

Unbeirrt fand er seinen Weg im Dunkel, über den Hof und unter den Mauervorsprung bei der Küche. Er schaute am Bergfried hoch und fragte sich, hinter welchem Fenster sich wohl ihr Zimmer befinden mochte. Nicht dass er hoffen konnte, die glatte Wand hinaufzuklettern, aber allein der Gedanke, dass sie da war, dass er ihr nahe war, ließ einen Funken Leben in ihn zurückkehren. Er war immer noch vor Wut ganz außer sich, dass sie ihn verlassen hatte, aber in Wahrheit konnte er nicht leugnen, dass er von ihr fasziniert war.

Er hatte sich eingeredet, dass er ihr wegen der Karte und des Dolches hinterherjagte, um seine Neugier zu befriedigen und ihr vielleicht sogar die Edelsteine zu rauben, sollte sie sie finden. Ja, das wäre die gerechte Strafe dafür, dass sie ihn verlassen hatte.

Doch eigentlich hegte er den Verdacht, dass da noch etwas anderes war, das ihn in ihre Nähe zog, etwas, das genauso beunruhigend war. Er konnte sie sich einfach nicht aus dem Sinn schlagen. Von dem Augenblick an, da er sie draußen im Wald gesehen hatte, als sie schimpfte und diese geheimnisvolle Isa anbrüllte, war sie ihm nicht mehr aus dem Kopf gegangen. Die Tatsache, dass sie die Frau aus seinen Träumen war und das Mädchen, von dem er als Junge hingerissen gewesen war, hatte nur seine Faszination, sein Interesse gesteigert.

Und dann war da noch dieses starke Gefühl, dass sie in Gefahr schwebte, die ihr von jener Dunkelheit drohte, welche ihr ständig folgte, wenn er sie in seinen Träumen sah.

Soll das Frauenzimmer doch zum Teufel gehen, dachte er, während sein Blick über die dunklen Fensterlaibungen im Bergfried glitt. Aus einigen schimmerte ein schwacher Lichtschein wie von einem verlöschenden Feuer. Er nahm an, dass sie in einem dieser Zimmer in tiefem Schlummer ruhte.

Und doch …

Er schaute zum mondlosen Himmel auf und spürte wieder diese Bosheit, die er schon aus seinen Träumen kannte.

Er hoffte nur, dass Tarth ausreichend befestigt war, um das

Schlechte, das er wahrnahm, in Schach zu halten. Fest entschlossen, sie zu finden, schlüpfte er durch die Küchentür. Er wusste, wie man sich in die Burg schlich, wie ein Geist durch die Gänge huschte. Auch wenn sich die Regeln und die Gesichter der Wachtposten geändert haben mochten, am Tagesablauf auf der Burg war bestimmt nicht gerückt worden. Es würde noch genauso sein wie damals, als er als kleiner Junge direkt unter der Nase des Haushofmeisters gepökeltes Schweinefleisch und Pasteten aus der Küche stibitzt hatte oder Wein aus der Vorratskammer.

Lord Romney zeichnete sich vor allem durch seine Strenge aus, er war kein Mann, der seine Ansichten oder Gewohnheiten leicht änderte. Und da sein Sohn Sir Mabon noch nicht zurückgekehrt war, um seine Pflichten als Baron zu übernehmen, würde sich auch noch nichts daran geändert haben, wo die Wache die Schlüssel aufbewahrte oder wie andere Fragen der Sicherheit gehandhabt wurden. Gavyn wusste, welche Türen verschlossen sein würden und welche unverriegelt bleiben durften, genauso wie er jede Biegung der schwach beleuchteten Korridore in der Burg kannte.

Wie ein Geist schlich er sich in den zweiten Stock und huschte den Gang entlang. Das Zimmer des Hausherrn befand sich auf der Seite, wo auch der Söller war, in der anderen Richtung lagen leerstehende Zimmer, die Gästen oder Kindern vorbehalten waren.

Obwohl alles still war, wusste er, dass irgendwo Wachtposten waren, die höchstwahrscheinlich in ein Würfelspiel vertieft waren, Bier tranken oder auf ihrem Posten dösten. Leise ging er den Gang entlang, an Kerzen vorbei, die schon lange verloschen waren. Er versuchte es mit der ersten Tür, stieß sie auf und stellte fest, dass der Raum leer war und nach feuchtem Schimmel roch. Hier hatten früher Mabon und sein Bruder gewohnt. Leise schloss er die Tür, um dann zum nächsten Zimmer zu gehen. Als er gegen dessen Tür drückte, bewegte sie sich nicht, und er wusste, dass sie da drinnen war. In einem abgeschlossenen Zimmer. In Sicherheit.

Kurz verspürte er Erleichterung, dann ging er den Korridor entlang, am Abort vorbei zu einem Fenster, durch das man in den Hof schauen konnte. Er zögerte und blickte in den Regen hinaus, der wie ein silbriger Vorhang vom Himmel fiel und aufs Dach trommelte.

Hinter ihm bewegte sich etwas, und er wirbelte mit einer Hand am Heft seines Messers herum, während er sich gleichzeitig schnell in die Nische unter dem Fenster duckte. Angespannt und bereit, sofort loszuspringen, rechnete er damit, die schroffe Stimme eines Wachtpostens zu hören.

Stattdessen sah er nichts.

Trotzdem spürte er, dass etwas da war. Fast greifbar war das Böse, das einen finsteren Mahlstrom bildete. Kalt wie der Tod zog es an ihm vorbei, obwohl er weder etwas sah noch Schritte hörte.

Die Festung Tarth ist verflucht, Gavyn. Denk immer daran, hatte seine Mutter ihm erzählt. Doch er hatte stets den Verdacht gehabt, dass es nur Gerüchte waren, Geschichten, um ihn von seinen nächtlichen Streifzügen in die große Halle abzuhalten; denn dort durfte er nicht hinein. *Betrete kein Haus, worin die Toten umgehen.* Ihre Warnungen, wie schrecklich sie auch klingen mochten, hatten das tollkühne Unterfangen nur noch reizvoller erscheinen lassen.

Nie zuvor war er einem Geist, einer Erscheinung oder einem Dämon begegnet.

Bis jetzt.

Er dachte wieder an Bryanna und eilte zurück zur verschlossenen Tür. Ohne auch nur einen Moment zu zögern, drückte er wieder dagegen, und sie öffnete sich ganz leicht. Geräuschlos.

Er trat in den Raum, in dem das Feuer fast herabgebrannt war, jedoch noch so viel Licht verbreitete, dass er ihre zerzausten Locken auf dem Bett sehen konnte.

Er zögerte und lauschte dem süßen Klang ihrer leisen Atemzüge. Sie bewegte sich, sodass die Laken raschelten, dann hob sie kurz den Kopf, als würde sie ihn direkt ansehen. Lieber Himmel, sie war wunderschön. Obwohl es so dunkel war, konnte er ihr Gesicht erkennen, die gerade Nase, die großen Augen, den vollen Mund. Ihr Haar war ein wildes Durcheinander und fiel ihr in wirren Locken über die Schultern.

»Gavyn«, meinte er sie flüstern zu hören, obwohl sich ihre Lippen kaum bewegten. Vielleicht war es nur eine durch die Dunkelheit hervorgerufene Sinnestäuschung. Ihre Blicke begegneten sich, und sein Herz begann schmerzhaft zu pochen. Sie zog die Augenbrauen zusammen und schloss traurig die Augen. »Warum?«, fragte sie mit brechender Stimme. »Warum hast du das getan?«

»Was getan? Du hast mich doch verlassen«, sagte er und trat dabei näher an das Bett.

»Ich tat nur, was vorhergesagt wurde.«

Er trat näher heran.

»Sei nicht böse«, murmelte sie, und er zweifelte plötzlich daran, dass sie wirklich ganz wach war. »Bitte.«

Sein Herz schmolz dahin, als er sie so ungewohnt verletzlich sah. Während sie sonst scharfzüngig und halsstarrig war, stets bereit, es mit ihm aufzunehmen, wirkte sie jetzt verwirrt. Vielleicht war sie gar nicht richtig wach.

»Schlaf«, sagte er, während sein Zorn verrauchte. »Ich wollte nur nachsehen, ob du in Sicherheit bist.«

»So nennst du das also?«, meinte sie und lachte fast erleichtert. »Ich dachte ... warum hast du das nicht gesagt? Warum hast du mich nicht auf den Mund geküsst?«

Wollte sie ihn etwa aufziehen?

»Das habe ich.« Er dachte an jenen Kuss damals im Wald und wie ihn der bis ins tiefste Innere erschüttert hatte.

»Nein ...« Mit halb geschlossenen Augen schüttelte sie schläfrig den Kopf.

»Schlaf gut«, sagte er.

»Gibst du mir keinen Gute-Nacht-Kuss?«

Er konnte kaum glauben, was sie da sagte. Sie hatte ihn mitten in der Nacht verlassen, hatte sich wie ein Dieb davongestohlen, als würde sie böse auf ihn sein oder versuchen, vor ihm davonzulaufen. Und jetzt, wo er sich heimlich in ihr Zimmer geschlichen hatte, kam sie ihm mit so viel einladender Wärme entgegen?

Er sollte gehen.

Jetzt gleich.

Wenn er auch nur ein bisschen Verstand besaß, würde er jetzt sofort durch diese Tür nach draußen schlüpfen und so tun, als hätte er diesen dunklen Raum nie betreten, der nur noch schwach vom fast herabgebrannten Feuer erleuchtet wurde.

»Gute Nacht, Bryanna.« Er tat einen Schritt in Richtung Tür.

»Geh nicht«, wisperte sie. »Bitte, Gavyn, lass mich hier nicht so zurück.«

»Wie zurück?«, fragte er und drehte sich wieder zu ihr um.

»Allein. Nicht nach dem, was wir zusammen erlebt haben.« Ihre Stimme klang ganz schläfrig.

Obwohl er sicher war, dass sie träumte, konnte er das Verlangen nicht leugnen, das durch seinen Körper raste, als er ihre vollen roten Lippen und die zerzausten roten Locken betrachtete. »Wir haben nicht viel zusammen erlebt«, erwiderte er.

»Nicht viel? Bei den Göttern, Gavyn, du bist ein Schwein.« Sie spie die Worte förmlich aus, und er konnte sich ein Lächeln kaum verkneifen. Das war die Frau, die er kannte, die Frau, um die sich seine ganzen Gedanken drehten, die Frau, in die er sich vielleicht, wenn er es zuließe, verlieben könnte.

»Ich hätte nie gedacht, dass du ein Feigling bist, Gavyn, dich einfach so davonzustehlen.«

»Lieber Himmel, Frau, was willst du von mir?«

»Einen Gute-Nacht-Kuss«, sagte sie benommen.

Er dachte an das, was sie gemeinsam erlebt hatten, die Tage im Wald, das Reiten, Jagen, Versorgen der Pferde. Die Nächte, die sie am Feuer verbracht hatten, während ein Wolf im Schatten herumlungerte. Ihre warmen Hände, als sie seine Wunden versorgte und ihn gescholten hatte, dass er nicht besser auf sich achtgegeben hatte. Und dann war da der Kuss gewesen. Ein markerschütternder, aufwühlender Kuss, der, wenn es nach ihm gegangen wäre, nie hätte zu Ende gehen sollen, ein Kuss, den er jetzt unbedingt vergessen wollte.

»Nach dem, was wir zusammen erlebt haben, ist ein Kuss doch wohl nicht zu viel verlangt?«

»Vielleicht«, sagte er, während er das Verlangen zu unterdrücken versuchte, in ihr Bett zu fallen und ihren Mund, ihre Augen, ihren Hals, ihre Brüste zu küssen. Gütiger Himmel, es war schon lange her, dass er bei einer Frau gelegen hatte, und noch nie hatte er eine mehr begehrt als Bryanna. Trotzdem stimmte etwas nicht ... sie war nicht sie selbst. Einmal redete sie völlig klar und deutlich, und im nächsten Moment ergaben ihre Worte überhaupt keinen Sinn.

Tu es nicht, warnte ihn eine innere Stimme. Warte. Es schadet nichts, wenn du wartest.

Da streckte sie die Arme nach ihm aus, das Laken glitt nach unten, sodass eine Brust zu sehen war. Er musste schlucken, weil sein Mund plötzlich ganz trocken war, denn trotz des schwachen Lichtscheins konnte er die rosige Spitze, den steifen, verführerischen Kreis sehen.

»Liebe mich, Gavyn. Doch diesmal küss mich auf den Mund, lass mich dein Gesicht sehen.«

Diesmal?

Sie ließ ihre Hand an seinem Bein nach oben gleiten, über sein Knie und weiter nach oben zu seinem Schenkel.

Seine Männlichkeit schwoll erwartungsvoll an und wurde groß, sodass die Schnüre seiner Hosen gedehnt wurden. Ihm brach der Schweiß aus, als er sich vorstellte, wie er sie liebte. Er sah ihrer beider verschwitzte Körper miteinander verschlungen auf dem Bett, während sie in kurzen Stößen atmete, das Gesicht erhitzt, und ihre Arme um seinen Körper lagen. Dann ließ sie sich langsam nach unten sinken, küsste ihn, strich mit ihrer Zunge über seinen Bauch und tiefer …

Stöhnend versuchte er, einen Schritt zurückzutreten, doch er konnte nicht.

»Bryanna«, stieß er mit heiserer Stimme hervor. »Das ist keine gute Idee.«

»Das sagst du *jetzt*?«, fragte sie, und in ihrer Stimme schwang Zorn mit.

Er sah ihr in die Augen, die Muskeln seiner Beine waren dort, wo sie ihn berührte, angespannt. »Es ist nur so, dass …«

»Dass *was*? Dass du eine Frau nicht von Angesicht zu Angesicht lieben kannst?« Ihre Finger verkrampften sich über den Muskeln seiner Schenkel, und er rang alles Drängen nieder, mit ihr auf das Bett zu fallen.

»Das ist es, was du willst?«

»Sage ich das nicht?« Sie wirkte jetzt ganz wach und hockte sich auf die Knie, sodass das Laken ganz nach unten rutschte und ihren Körper einladend entblößte. Obwohl es dunkel war, konnte er sie sehen, sie riechen, ihr Verlangen spüren. Ihr Kopf war auf einer Höhe mit seiner Brust, und während sie sprach, schien ihr Atem seine Tunika und seinen Umhang zu durchdringen. »Willst du mich jetzt nicht mehr?« Sie legte ihren Kopf in den Nacken, und ihr Haar fiel über eine Schulter nach hinten. Ihr entblößter Hals schimmerte hell im Dunkel. »Bist du mit mir fertig?«

»Oh, Lady«, stöhnte er und wusste, dass sie nicht weiter von der Wahrheit hätte entfernt sein können. Ihre Hände schoben sich unter den Saum seiner Tunika, ihre warmen Fingerspitzen strichen über seine Haut. Das Blut rauschte pochend durch seine Venen, sein Herz hämmerte wie verrückt, als Verlangen in Lust überging.

Er stieg aus seiner Hose und ließ sich mit den Knien aufs Bett sinken. Sie zog ihm seine Tunika über den Kopf, und ihre Finger hatten es genauso eilig wie seine. Er drückte seine nackte Brust gegen ihren vollen runden Busen, während er ihren zarten Körper in seine Arme nahm und sie küsste, wobei sein Mund sich atemlos und keuchend mit ihren Lippen vereinte.

Das ist falsch!
Tu es nicht!
Hör auf, ehe es zu spät ist.
Sie verhält sich so seltsam ... oh, lieber Gott ...

Er drückte seine Zunge gegen ihre Zähne, und sie öffnete

verlangend ihre Lippen, sodass ihre Zunge mit seiner spielen konnte. Ihre Brust begann sich wie im Fieber zu heben und zu senken, während ihre Atemzüge nur noch in kurzen abgehackten Stößen kamen. Seine hungrigen Hände fuhren suchend über ihre Rippen, und sie keuchte erwartungsvoll, als seine Daumen ihre Brustwarzen fanden und mit ihnen spielten, bis sie hart wurden und ihre Brüste in seinen Händen anschwollen.

Sie war heiß.

Er spürte förmlich die Wärme, die sie ausstrahlte.

Er wusste, dass sie innerlich dahinschmolz und sich auf ihn vorbereitete.

Er stellte sich vor, wie er in diese Wärme hineinstieß, um zu spüren, wie ihr feuchter Schoß ihn umschloss.

»Oooh«, schrie sie, während sie die Augen schloss und den Kopf auf eine Seite sinken ließ, sodass er sich über sie beugen und die zarte Rundung ihres Halses küssen konnte. So weiß. So verletzlich. So verdammt sinnlich.

Tu es nicht, Gavyn. Hör auf, solange du es noch kannst. Noch etwas länger, und es gibt kein Zurück mehr.

Er küsste ihren Hals.

Fest.

Seine Lippen begannen an ihr zu saugen.

»Gavyn«, schrie sie.

Das Blut rauschte in seinen Ohren, als er sich auf den Rücken sinken ließ und sie über sich zog, wobei seine Hände ihre schmale Taille umschlossen, sodass seine Finger sich über ihrem Rückgrat und dieser herrlichen Einbuchtung gleich oberhalb ihres wohlgeformten kleinen Hinterns spreizten.

»Oh, oh Gott«, murmelte sie, als sein Mund sich auf sie legte.

Alles begann zu verschwimmen, als er spürte, wie sie sich

über ihm zu bewegen begann und sich voll urwüchsigen Verlangens wiegte.

Seine Finger gruben sich in ihren Hintern, und sie wölbte ihren Rücken, während er mit Zunge und Zähnen an ihr nagte. Ihre Hände gruben sich in sein Haar, und sie drückte ihn an sich, während er fest und schnell an ihr saugte und seine Finger sie kneteten, sie vorbereiteten, sich weiter vorwagten, jenseits der Spalte zu diesem besonderen Punkt.

Sie schrie auf und zuckte zusammen, als er mit einem Finger in sie eindrang und diese feuchte, köstliche Stelle erforschte.

»Bitte«, flüsterte sie mit vor Wollust heiserer Stimme. »Gavyn, bitte ...«

»Gott, vergib mir«, flüsterte er und zog sie auf sich. Sein steifer Schaft drang in sie ein und glitt tief in ihren heißen, feuchten Schoß.

Sie bewegte sich über ihm, und er half ihr mit den Händen an ihrer Taille, indem er die Hüften anhob, wenn sie sich auf ihn herabsenkte. Immer wieder. Fest. Schnell. Oh, Gott, so heiß. Er schwitzte, hielt sich zurück und beobachtete sie dabei, wie sie sich über ihm bewegte. Ihre festen, hohen Brüste bewegten sich im Rhythmus ihres Liebesspiels.

Ihr Rücken war wie ein Bogen gespannt, ihr Mund stand offen, während sie keuchte.

Ihre Leidenschaft schürte die Flammen in seinem Blut. Er wurde von den herrlichsten Empfindungen durchströmt, und er schaffte es nur gerade, sich nicht sofort in sie zu ergießen. Stattdessen biss er die Zähne zusammen und bewegte sich immer schneller.

Und als sie aufschrie, während ihr Leib aufs Heftigste zuckte, stieß er so tief er konnte in sie hinein, kam mit dem Oberkörper hoch und schloss sie fest in seine Arme. Wieder küsste er ihre Brust und nahm sie in seinen Mund. Der Druck setzte ganz tief in seinem Innern ein, wurde immer größer, schneller, heißer, und sein Verstand explodierte, als sein ganzer Körper zu zucken begann.

Seine Erfüllung war vollkommen.

Wie auch sein Schuldgefühl.

16

»*Geh nicht.*«

Bryannas Worte schienen in dem dunklen Zimmer widerzuhallen und sogar in seinem verdammten Herzen nachzutönen. Obwohl sie jetzt schlief, hatte sie ihn während der Nacht gebeten, nicht zu gehen, und er hatte nachgegeben. Jetzt hätte Gavyn sich am liebsten einen Tritt versetzt, dass er so lange geblieben war und sie bis in die frühen Morgenstunden geliebt hatte, während das Feuer völlig herunterbrannte und der Regen, der immer stärker wurde, aufs Dach trommelte.

So sehr er sich auch wünschen mochte, bei ihr zu bleiben, so würde doch nur zu bald der Morgen anbrechen. Die Bewohner der Burg, Männer wie Frauen, würden bald aufstehen und an ihre Arbeit gehen, und Gavyn konnte es nicht wagen, entdeckt zu werden.

Er wurde immer noch gesucht, und es bestand die Möglichkeit, dass die Kunde von seinem Verbrechen bis nach Tarth gedrungen war, wo ihn unter Umständen einer der Stadtbewohner erkannte. Er musste vorsichtig sein, zumindest bis er mit früheren Bekannten gesprochen hatte, Leuten, die damals mit seiner Mutter befreundet gewesen waren.

Er hatte ohnehin schon genug Zeit in Bryannas Bett verbracht. Er hatte ein bisschen geschlafen, nachdem er sie das erste Mal geliebt hatte, und dann hatte er, als er erwachte, ihren schlafenden Körper an sich gezogen und sie noch einmal geliebt, wobei er aufs Neue das Wunder und die Magie ihres Körpers entdeckt hatte.

Eine Zauberin? Nein. Er glaubte nicht, dass sie über irgendwelche Zauberkräfte verfügte, außer dass sie dazu in der Lage war, ihn zu verzaubern und zu betören.

Eine Frau? Ja. Wie keine andere.

Eine Verführerin? Überhaupt kein Zweifel.

Während sie schlief, löste er sich aus ihren Armen, schlüpfte aus dem Bett und zog sich im Dunkeln an.

Zu gehen war das Letzte, was er wollte.

Aber zu bleiben wäre reine Narrheit.

Als sie einen leisen Seufzer ausstieß und ihren Kopf auf dem Kissen drehte, wäre das beinahe sein Untergang gewesen. Warum nicht noch einmal für eine Weile zu ihr unter die Decke schlüpfen? Könnte er sich nicht hier in diesem Zimmer verstecken? Er stellte sich vor, wie es wohl wäre, sie beim Aufwachen zu beobachten, wenn sie ihn neben sich entdeckte. Er überlegte, wie sie wohl reagieren würde, die Überraschung, dann die Freude in ihren türkisfarbenen Augen. Welch ein Vergnügen es ihm bereiten würde, sie zu küssen und im hellen Tageslicht zu lieben. Es würde herrlich sein, in ihre Augen zu schauen, zu beobachten, wie ihr Körper sich bewegte, ihre Verwunderung, die Freude und das reine Vergnügen zu sehen, wenn er sie liebte. Er dachte daran, wie es war, sie zu küssen, ihre Lippen zu sehen und dann später während des Aktes zu beobachten, wie sie ihn küsste, mit ihren Lippen über seinen Bauch und tiefer glitt. Bei dem Gedanken, was sie machen würde, wie sie ihn frech ansehen, wie ihre Zunge über ihn gleiten, wie ihr Mund, oh Gott, dieser wundervolle, sinnliche Mund sich auf betörende Weise um ihn schließen würde, wurde er steif.

Beinahe wäre er zu ihr zurück ins Bett gekrochen, doch er hörte ein Geräusch – das Scharren von Leder auf Stein –, ein Stiefel oder Schuh draußen im Gang vor der Tür.

Er erstarrte. Seine lüsternen Fantasien schwanden im gleichen Maße, wie sein Schwanz wieder klein wurde.

Das Herz pochte ihm bis zum Hals.

Er lauschte angestrengt, doch die einzigen Geräusche, die er hörte, waren der Regen, der aufs Dach prasselte, und der Wind, der um den Bergfried pfiff.

Lieber Himmel, er durfte nicht vergessen, dass sie nicht allein waren, noch durfte er das Risiko eingehen, entdeckt zu werden, weit schlimmer noch, dass man ihn im Frauengemach erwischte, wo er nicht weg konnte. Er musste erst alles über Tarth herausfinden – wie sicher es hier für ihn war und für sie –, ehe er sich zeigen konnte.

Er zog sein Messer aus der Scheide, und nachdem er an der Tür gelauscht hatte, stahl er sich in den Gang hinaus. Das Klappern von Stiefelabsätzen auf der Treppe sagte ihm, dass gerade Wachwechsel war, deshalb ging er in die entgegengesetzte Richtung von der Haupttreppe weg.

Ehe er nach unten ging und womöglich einem anderen Wachtposten in die Arme lief, kauerte er sich in die Fensternische und horchte erst einmal. Wer auch immer die Haupttreppe hochgekommen war, war ihm nicht gefolgt. Er stieß den Atem aus und trat auf den Treppenabsatz.

»He, da!«, brüllte die tiefe Stimme eines Wachtpostens unten im Hof.

Gavyn rührte keinen Muskel.

Jemand hatte ihn am Fenster entdeckt!

Verdammt! Was für ein Pech! Wie groß war schon die

Wahrscheinlichkeit, dass ein Wächter von draußen ihn entdeckte! Gavyns Finger schlossen sich um das Heft seines Messers.

»Junge!«, ertönte wieder die laute Stimme des Wachmannes.

Junge?

»John, bist du's? Der Sohn des Gerbers? Was zum Teufel hast du heute Nacht bei so einem Regen hier draußen zu suchen? Pack dich, verschwinde vom Hundezwinger und geh nach Hause. Wenn dein Vater herausfindet, dass du dich weggeschlichen hast, wird er eher dir das Fell gerben als den Hirschen, die ihm die Jäger bringen, nicht wahr? So, du kleiner Scheißer, hau ab, ehe ich dir selbst das Fell über die Ohren ziehe.«

Gavyn atmete auf und sah aus dem Fenster, aber der Regen fiel zu dicht, als dass er etwas hätte sehen können. Als er sicher sein konnte, dass das Geplänkel zwischen dem Jungen und dem Soldaten vorbei war, eilte Gavyn die Treppe hinunter und nach draußen in die zu Ende gehende Dunkelheit. Regen prasselte auf die Erde und platschte in die Pfützen. Gavyn huschte durch den dunkelsten Teil des Hofes, an den Hütten des Waffenschmieds und des Dachdeckers vorbei. Dabei wäre er beinahe über eine überraschte Katze gestolpert, die ihn anfauchte und unter einer Heumiete hervorschoss, um hinter einem Holzstapel zu verschwinden.

Er drückte sich flach an die Umfassungsmauer und schlich sich so zu den Stallungen, wo er sich am besten zurechtfand. Er kannte eine Stelle auf dem Heuboden, wo er als Junge häufiger unbemerkt ein Nickerchen gemacht hatte.

Nach einem letzten Blick zu dem Fenster im zweiten Stock des Bergfrieds, hinter dem Bryanna schlief, schlich er in den Stall und wurde von den vertrauten Gerüchen nach Leder,

Öl, Mist, Heu und Ammoniak empfangen. Er huschte quer hindurch und stieß dabei gegen eine vorstehende Bank. Er unterdrückte einen lauten Fluch.

Pferde wieherten und schnaubten; er hielt den Atem an und hoffte, dass er keinen der Stallburschen im Schlaf gestört hatte.

»Schsch«, brummte ein Mann, um dann gleich wieder zu schnarchen.

Flink wie eine Katze huschte Gavyn durch den Stall, wobei er jeden Schatten nutzte, und kletterte schließlich die alte Leiter zum Heuboden hinauf. Er hoffte inständig, dass keiner seinen alten Platz in Besitz genommen hatte, seinen kleinen Winkel unter den Dachbalken. Und es war tatsächlich niemand da, sein Plätzchen war frei. Er rollte sich zusammen und zog loses Heu über sich. Am Morgen würde er Neddym, wenn dieser noch der Stallmeister war, ins Vertrauen ziehen.

Und wenn nicht? Wenn Neddym gestorben war?

Verdammt, er war einfach zu müde, um darüber nachzudenken.

Bis der Hahn krähte, würde ihm schon etwas einfallen.

»Gavyn?«, flüsterte Bryanna und streckte ihre Hand im kalten Bett aus ... Einen Moment mal. Er war doch bei ihr gewesen, richtig? Ihr Kopf dröhnte, Schmerz pochte hinter ihren Augen. Als sie sich aufsetzte, drehte sich immer noch alles ein wenig.

Sie ließ sich wieder in die Kissen sinken und dachte nach.

Hatte sie wirklich mit Gavyn geschlafen? Hatte sie tatsächlich stundenlang in seinen Armen gelegen und im flackernden Schein des Feuers immer wieder die Wonnen der Liebe erlebt?

Sie streckte sich im Bett, während die Erinnerung hauchzart wie Spinnweben durch ihren Kopf schwebte. Vom süßen Wein des letzten Abends hatte sie jetzt eine pelzige Zunge. Vielleicht war er nicht mehr gut gewesen. Vielleicht umgekippt?

Hatte sie geträumt?

Sie schloss die Augen und versuchte sich zu konzentrieren, versuchte sich zu erinnern, aber alles war wie ein Traum, alles so fern. »Oh, Heilige Mutter Gottes.«

Wo in aller Welt war Isa?

Warum war ihre Stimme plötzlich verstummt?

Bryanna erinnerte sich nur bruchstückhaft an die vergangene Nacht. Wie unersättlich und lüstern sie gewesen war, so gar nicht sie selbst. Bestimmt war sie müde gewesen, hatte viel zu viel getrunken, und teilweise erinnerte sie sich nur noch ganz verschwommen an die letzte Nacht ...

Vorsichtig öffnete sie ein Auge, und in ihrem Kopf begann es vor Schmerz zu hämmern.

Das Feuer war ausgegangen, und obwohl es im Raum kalt war, überzog Schweiß Bryannas ganzen Körper. Das lag bestimmt an dem Traum, teils Alptraum, teils Fantasiegespinst. Heilige Rhiannon, es war ihr alles so wirklich vorgekommen!

Als ihre erhitzte Haut allmählich auskühlte, zog Bryanna die Decke hoch bis zum Kinn. Das trübe Licht des anbrechenden Tages drang durch die Fensterläden, und es hatte endlich aufgehört zu regnen.

Sie hörte, wie sich das Leben im Bergfried allmählich zu regen begann. Sie hörte Leute an ihrer Tür vorbeigehen, und gedämpfte Stimmen drangen durch das Eichenholz. Sie war immer noch erschöpft: Sie hatte zwar tief, doch unruhig geschlafen. Knochen und Muskeln taten ihr weh, und sie fragte sich, ob sie wohl irgendeine Krankheit ausbrütete.

Sie zwang sich dazu, aus dem Bett zu steigen.

Sie zuckte vor Schmerz an der empfindlichen Stelle zwischen ihren Beinen zusammen. Natürlich, er hatte ihr ja die Jungfräulichkeit genommen.

Sie erinnerte sich plötzlich an Szenen der vergangenen Nacht. Fleisch, Schweiß und Schmerz. Verlangen, das so heftig war, dass sie ihn angefleht hatte, sie zu nehmen. Dann Leidenschaft und Lust. Sie warf die Decke beiseite und sah die Flecken: Blut, dunkelrot, das langsam braun wurde. Es war nicht ihre Zeit im Monat, also ... musste ... konnte der Traum nur Wirklichkeit gewesen sein ...

Ja, er hatte sie so vollendet geliebt, dass sie allein bei dem Gedanken daran wieder erregt wurde.

In ihrem Kopf war plötzlich ein heilloses Durcheinander, sie schüttelte das Hemd, das ausgezogen zu haben sie sich nicht erinnerte ... oder hatte sie doch? »Oh, du lieber Himmel«, flüsterte sie, während sie sich wieder daran erinnerte, wie wollüstig sie sich vor ihm entblößt hatte, wie sie auf ihm gehockt hatte mit seinem Schwanz steif und hart in ihr.

Konnte das wahr sein?

Hatte sie sich tatsächlich fast die ganze Nacht wild und heftig mit ihm der Liebe hingegeben?

Erinnerte sie sich noch daran, wie er, bevor der Morgen graute, gegangen war?

Alles war so verschwommen, und Wahrheit und Fantasie vermischten sich miteinander.

Mit schmerzhaft pochendem Kopf ging sie zu einer Schüssel, die auf einem kleinen Tischchen stand, und spritzte sich kaltes Wasser ins Gesicht. Noch ein zweites Mal wusch sie sich das Gesicht, wobei jetzt auch ein paar Strähnen ihres Haares nass wurden. Sie griff nach dem Leinentuch, das neben dem Becken lag und schaute in das polierte Metalloval, das an der Wand hing. Das Gesicht, das ihr daraus entgegensah, war weiß wie der Tod, und um den Hals herum hatte sie lauter kleine Male.

Das war aus einem anderen Traum. Der sichtbare Beweis eines Alptraums, der sie im Schlaf heimgesucht hatte. Könnte das Blut auf dem Laken, das Brennen zwischen ihren Beinen die gleiche Ursache haben? Und wenn es so war, konnte sie dann bereits schwanger sein? Ein Kind, das sie von einem Liebhaber aus einem Traum empfangen hatte? Obwohl es undenkbar schien, war sie nicht so naiv, eine Schwangerschaft für unmöglich zu halten.

Wie es aussah, war alles möglich.

Sie biss sich auf die Unterlippe, während sie versuchte, die Richtung, die ihre Gedanken genommen hatten, zu leugnen, und sah wieder in den Spiegel. Gehetzt wirkende blaugrüne Augen schauten ihr daraus entgegen. »Oh, Morrigu, nein«, flüsterte sie, bis in die Tiefen ihrer Seele von Scham erfüllt. Es konnte nicht wahr sein. Es musste sich um einen Traum handeln ... aber als sie an sich heruntersah, erinnerte sie sich wieder an das Gewicht des Mannes, der sich in ihr Zimmer geschlichen hatte. Sie sah wieder ihr Spiegelbild an, und da, hinter der einen Schulter, lauerte im Schatten ein dunkler Krieger, dessen Gesichtszüge im polierten Metall nicht deutlich zu erkennen waren.

Jemand Heimtückisches und Böses.

Ihr stockte der Atem.

Sie erinnerte sich an die erste Paarung, denn Liebemachen hatte man das wirklich nicht nennen können. Sie hatte das Gesicht ihres Liebhabers nicht gesehen, hatte nur seinen Körper gespürt, seinen dampfenden Atem und die scharfen Zähne, die an ihrem Nacken genagt hatten.

Und was hatte er noch gesagt? »*Ich bin nicht Gavyn.*«

Sie schlang die Arme um ihren Körper und schaute in den Spiegel, als könne dieser ihr das Geheimnis enthüllen. »Wer war dieser Mann?«, flüsterte sie.

Sie erhaschte einen kurzen Blick auf sein Gesicht im Spiegel, dunkle Augen, die fast schon schwarz waren, nur ein bisschen Farbe um die weit geöffneten Pupillen. Das eine braun, das andere blau. Beide funkelten. Boshaft.

Sie wirbelte herum, um sich auf den Dämon zu stürzen, ihm seine Augen auszukratzen, doch der Raum war leer.

Und still.

Sie war allein in dem kalten, halb dunklen Raum, ihr Busen hob und senkte sich mit jedem Atemzug, ihr Herz pochte wild, und Rachegelüste brachten ihr Blut in Wallung.

Eine Vorahnung ließ ihre Haut prickeln, kurz bevor eine tiefe Stimme in ihrem Kopf ertönte:

Bryanna von Tarth,
Tochter von Kambria,
Enkeltochter von Waylynn,
Abkömmling von Llewellyn
Und der Göttin Rhiannon, der großen Zauberin.

Dein ist die Welt des Unbekannten, eine Welt der Finsternis.

Eine Welt, in der ungezähmte Bestien und Dämonen, die Verhassten und die Gefürchteten herrschen.

Nur du, die du das Blut vieler in dir vereinst, hast Zutritt zu diesem Reich.

Die Stimme verklang, und sie stand wie erstarrt da, mit weit aufgerissenen Augen und sich fassungslos aufbäumendem Geist. »Welchem Reich?«, wisperte sie und klang ganz heiser dabei. Das war die Stimme, die sie in der letzten Nacht gehört, die Stimme des Mannes, der sie mit Gewalt genommen hatte. Gütiger Himmel, wurde sie verrückt?

»Zeige dich, Dämon«, forderte sie und ging auf bloßen Sohlen zu der Stelle, wo sie ihn meinte stehen gesehen zu haben. Sie spürte eine Veränderung, einen kalten Hauch, erbitterten Zorn. Ihre Haut prickelte, und ihr gefror das Blut. »Feigling, zeige dich mir!« Ihr Atem wurde zu Dampf in der Luft. »Bei allem, was heilig ist, zeige dich!«

Sie dachte an all die Zaubersprüche, die sie kannte, die Beschwörungen und Schutzgesänge, die ihr alle nichts genützt hatten. Nicht einmal diese Burg mit den verriegelten Toren, bewachten Türmen und dicken Mauern hatte sie schützen können. Gleda hatte darauf bestanden, dass sie zu ihrem Schutz hier Unterschlupf suchte.

Oder hatte Gleda sich von anderen Gründen leiten lassen?

Vielleicht war ja diese Frau, die behauptete, Isas Schwester zu sein, nur eine Lügnerin, eine Feindin, die sich als Bienenzüchterin ausgab. Und was war mit Gavyn? War er wirklich in der letzten Nacht zu ihr gekommen oder war auch er nur eine Ausgeburt ihrer Fantasie, nichts weiter als eine Manifestation ihrer Wünsche?

Oh, sie war solch eine Närrin gewesen.

So vertrauensselig.

Sie hatte auf eine Stimme gehört, die nur sie hören konnte.

Die bitterkalte Luft im Raum war plötzlich verschwunden.

»Isa, wo bist du?«, wollte sie wissen, um sich davon zu überzeugen, dass sie nicht dabei war, völlig den Verstand zu verlieren. Körperlose Stimmen, Fremde in Spiegeln, dreiste, unerwünschte Krieger, die in ihr Bett kamen. Warum? Wegen einer alten Prophezeiung? Eines Fluches? Wegen einer blöden Karte auf einem Stück Hirschleder und eines nutzlosen

Dolches? Nein, doch nicht irgendein Dolch, wohlgemerkt, ein Heiliger Dolch.

Sie hätte bei Gavyn im Wald bleiben sollen, statt ihn sich in ihr Bett zu wünschen und so wollüstig von ihm zu träumen.

Warum hatte sie ihn verlassen? Wegen Isa? Wie blöd war sie eigentlich?

»Isa, bitte, wenn du mich hören kannst ...«

In diesem Moment ertönte ein leises Klopfen an der Tür. »Mylady?«, rief eine Frauenstimme durch das dicke Eichenholz.

Aus ihren Gedanken aufgeschreckt, griff Bryanna schnell nach ihrer Tunika und zog sie sich über den Kopf.

»Einen Moment.« Geschwind eilte sie mit noch offen stehendem Hemd zur Tür und öffnete sie einen Spalt.

Im Gang stand eine schmächtige Dienstmagd mit einem Eimer dampfenden Wassers in der Hand. Ihre Augen waren golden wie der Sonnenaufgang, ihr Gesicht mit winzigen Sommersprossen übersät, ihre schmalen Augenbrauen so rot wie ihr Haar. Sie machte einen kleinen Knicks.

»Ich bin Daisy«, sagte sie schüchtern. »Garnock – er ist der Haushofmeister auf Tarth – hat mir aufgetragen, mich um Euch zu kümmern«, erklärte sie und schien erst dann zu bemerken, in welch zerzaustem Zustand Bryannas Haare und Kleidung waren. »Aber ... ich, äh, möchte Euch nicht stören. Wenn Ihr noch ein wenig länger schlafen wollt, dann tut das bitte ... Ansonsten könnte ich Euch vielleicht beim Ankleiden helfen?«

Dankbar, dass man ihr eine andere Magd als die mürrische, bleichgesichtige Hettie geschickt hatte, sagte Bryanna: »Ja ... bitte, komm herein.« Sie machte die Tür weit genug auf, dass Daisy eintreten konnte.

Das Mädchen huschte schnell ins Zimmer. Sie schüttete

das kalte Wasser aus der Schüssel in den leeren Eimer, ehe sie es mit dem warmen Wasser auffüllte und ein frisches Stück Lavendelseife auf den Tisch legte. »Garnock lässt ausrichten, dass das Frühstück in einer Stunde aufgetragen wird«, sagte Daisy.

Bryanna trat hinter den Wandschirm und wusch sich am ganzen Körper. Danach half ihr Daisy, die sich schnell für ihre neue Aufgabe erwärmt hatte und munter vom skandalösen Verhalten der ältesten Tochter der Wrights erzählte, beim Ankleiden. Daisy plauderte weiter, während sie Bryannas Haare kämmte und flocht.

Bryanna war froh über Daisys Geschnatter, denn sie hatte Kopfschmerzen und wurde das Gefühl nicht los, dass die letzte Nacht mehr als ein Alptraum, viel mehr als eine bloße sinnliche Fantasie gewesen war. Während Daisy plapperte, wanderten Bryannas Gedanken zur letzten Nacht zurück.

Sobald das Mädchen weg war, dachte sie an alles, was sie am Tag zuvor erfahren hatte. Konnte es wahr sein? War sie wirklich die Tochter von Kambria und Alwynn und damit eine Nachfahrin von Llewellyn und Rhiannon?

Das klang höchst unwahrscheinlich.

Sie berührte ihren Hals, wo die kleinen Druckstellen waren, und dachte an Gavyn. Warum war ihre erste Paarung sogar in ihren Träumen so grob, lieblos, brutal gewesen? Warum hatte er sie nicht umgedreht, um ihr ins Gesicht zu schauen? Warum hatte er sie nicht so wie früher schon einmal auf den Mund geküsst? Warum hatte er einen so gemeinen, bösartigen Akt daraus gemacht?

Und warum war er noch ein zweites Mal zu ihr gekommen und hatte sich dann als ein so leidenschaftlicher und doch fürsorglicher Liebhaber erwiesen?

Weil er wütend auf dich ist, weil du ihn im Wald allein ge-

lassen hast. Er bestraft dich. Er ist ein gewalttätiger Mann. Er hat gestohlen und getötet. Er hat diesen Sheriff ermordet. Du hast ihn wütend gemacht – und er hat seine Rache genommen.

Vielleicht hatte er nicht vor, dich anzugreifen. Vielleicht hat er sich ja auch nur in den Bergfried geschlichen, um dich auszurauben. Erinnerst du dich daran, wie er den Dolch ansah? Wie aufmerksam er die Karte studierte?

Sie konnte es nicht einen Augenblick länger ertragen, darüber nachzudenken, sonst würde sie wirklich noch verrückt werden. Sie musste etwas tun – irgendetwas. Ohne auch nur einen Moment zu zögern, packte sie ihre Sachen zusammen: ihr Kleid zum Wechseln, ihre Kräuter, Kerzen, Amulette und die Lederkarte, die immer noch um den Dolch gewickelt und mit dem Faden verknotet war, den Gleda geknüpft hatte.

Sie war gerade dabei, alles in ihren Beutel zu stopfen, als Daisy an die Tür klopfte, um Bescheid zu geben, dass das Frühstück fertig war. Bryanna stieg die zwei Stockwerke mit ihr nach unten und fragte sie nach einem Mönch oder einem Schreiber, der für sie einen Brief an ihre Schwester in Calon schreiben könnte. Sie hoffte, dass Pater Patrick sich bereit erklären würde, den Brief mit einem Boten loszuschicken.

Im Erdgeschoss gingen sie durch einen kleinen Raum, der von einem Gewölbe überspannt wurde und in die große Halle mündete, wo die Tische aufgebockt waren und Kerzen hell brannten. Am anderen Ende des riesigen Raumes stand etwas erhöht der Tisch des Hausherrn, der mit feinem Leinen bedeckt war. Pater Patrick saß dort bereits mit mehreren Männern, die sie nicht kannte und die wahrscheinlich zu Lord Mabons Familie gehörten.

Sie nahm neben dem Priester Platz. »Guten Morgen, Pater.«

Er schenkte ihr ein strahlendes Lächeln, tadelte sie aber gleich darauf mit den Worten: »Ihr wart heute Morgen nicht bei der Messe.«

»Es tut mir leid, Pater, ich habe verschlafen.«

»Das ist keine Entschuldigung, meine Tochter.« Während ein Page seinen Becher mit Wein füllte, fügte er hinzu: »Egal wie müde wir auch sein mögen, so müssen wir doch Zeit finden, Gottvater und seinen Sohn zu preisen und Buße zu tun.«

»Natürlich, Pater Patrick.«

»Ich hoffe, Ihr lasst Euch nicht von Gleda beeinflussen, Lady Bryanna, denn sie ist ... nun ja, ich will nicht sagen, dass sie eine Heidin ist, aber sagen wir mal, dass sie gelegentlich etwas vom rechten Weg abkommt. Ihre Gottergebenheit steht manchmal infrage.«

»Tatsächlich?«, fragte Bryanna etwas aufgebracht. »Mir kam sie wie eine Frau von außergewöhnlich festem Glauben vor.«

»Ich fürchte, da irrt Ihr Euch«, sagte er, als drei Pagen mit Platten den Raum betraten und sich dem Tisch des Hausherrn näherten. Die eine große Platte war mit geräucherten Forellen und Käse beladen, die nächste mit Weißbrot und gebratenem Schweinefleisch mit Zwiebeln. Auf der dritten waren eingelegte Eier mit Feigen und Milchpudding, der nach Zimt duftete.

»Aaah, ich sehe, der Koch hat sich mal wieder selbst übertroffen«, sagte der Priester. Er sprach ein langes Tischgebet, sobald das schmackhafte Essen auf die Bretter verteilt war.

Nach dem Tischgebet langte Bryanna hungrig zu. Sie hielt sich aus den Unterhaltungen heraus und bat nur darum, einen Brief an ihre Schwester senden zu dürfen. Der Priester versprach, dies zu besorgen, wirkte dabei jedoch ein wenig verärgert.

Als sie mit dem Essen fast fertig war, die Schlosshunde schon unruhig wurden und hungrig nach den fettigen Brettern und Knochen schielten, kam mit langen Schritten ein Soldat in die Halle. Mit grimmigem Gesicht schlängelte er sich zwischen den Tischen hindurch, an denen die Arbeiter und Soldaten der Festung saßen. Am Tisch des Hausherrn beugte er sich nach vorn und raunte dem rotgesichtigen Burgvogt ernst etwas ins Ohr. Dieser lauschte, runzelte die Stirn und wischte sich dann die Finger ab. »Rührt sie nicht an. Ich bin gleich da«, sagte er. Während der Soldat durch die Tische hindurch davonging, wandte der Burgvogt sich mit leiser Stimme an den Priester. Das einzige Wort, das Bryanna hören konnte, war »Gleda«.

Sie war gerade dabei gewesen, ein Stück Brot in Sauce zu tunken, doch jetzt legte sie es beiseite und wandte sich dem Priester zu. »Ist etwas geschehen?«, fragte sie, denn die Miene des Burgvogts wirkte sehr ernst.

Pater Patrick bekreuzigte sich. »Sie sind im Wachhaus?«, fragte er. Der Burgvogt nickte, während er sein Brettchen wegschob und aufstand. »Ich mache mich gleich auf den Weg.«

Als der große Mann fort war, drehte Pater Patrick sich wieder zu Bryanna um. »Ich fürchte, ich habe schlechte Nachrichten für Euch«, erklärte er in einem freundlicheren Ton, als sie von ihm erwartet hatte.

Bryannas Magen zog sich vor Angst zusammen. »Welche?«, fragte sie, obwohl sie nicht sicher war, ob sie es wissen wollte.

»Es geht um Gleda. Beide, sie und ihr Ehemann, Liam,

sind heute Morgen von Soldaten entdeckt worden, die von Caern kamen.«

Sie hatte das Gefühl, gleich ohnmächtig zu werden. »Was ist geschehen?«

»Sie waren beide tot – anscheinend im Fluss ertrunken.«

»Nein!« Bryanna sprang auf und hätte dabei beinahe ihren Stuhl umgeworfen. »Aber gestern Abend war sie doch noch hier. Ihr und ich, Pater, wir haben ... wir haben mit ihr geredet. Sie war am Leben, und es ging ihr gut und ... ich kann es nicht glauben.« Tränen stiegen ihr in die Augen, aber sie wischte sie mit dem Handrücken weg.

»Meine Männer haben keinen Grund zu lügen«, sagte er.

»Ich will sie sehen.«

»Bitte? Ach, mein Kind, ich glaube nicht, dass ...«

»Ich will sie sehen, und zwar jetzt sofort«, beharrte sie, und ihre Stimme wurde dabei so laut, dass mehrere Soldaten an den Nachbartischen zu ihr hinschauten.

»Vielleicht sollten wir beten«, erklärte er in diesem salbungsvollen, selbstgefälligen Tonfall, den sie immer mehr verabscheute.

»Ich will sie nur sehen. Jetzt sofort. Bringt mich zu ihr. Wir können dort beten.« Bryanna ging bereits auf die Tür zu. Sie machte sich nicht die Mühe, einen Umhang überzuwerfen, sondern stürmte durch den vollen Saal an den Wachen vorbei und stieß die Tür auf. Die Luft draußen war schwer und feucht vom Unwetter der letzten Nacht, und Rauch hing in der Luft.

Sie ging einen aufgeweichten Weg entlang, auf dem das Regenwasser ein Bächlein gebildet hatte, und überquerte dann den Hof, um zum Wachhaus zu gelangen. Ein paar Mädchen waren bereits dabei, Eier einzusammeln, während zwei rothaarige Jungen, nach ihrem Aussehen zu schließen Zwillinge,

Austernschalen und Körner für die gackernden, pickenden Hühner verstreuten. Färber standen an ihren Küpen und rührten den frisch gewebten Stoff in ihren offenen Hütten, und das Rad des Töpfers drehte sich, während er Kannen, Krüge und Becher formte. Ein Dachdecker reparierte gerade das Dach des Hufschmieds, und das Hämmern des Steinmetzen hallte über den Hof.

Bryannas Füße berührten kaum den Boden, so schnell lief sie an den Zwingern vorbei, in denen die Hunde bellten, und an den Stallungen, wo die Pferde wieherten und schnaubten, weil gerade das Futter verteilt wurde.

Gleda? Tot? Nein, nein, nein! Das konnte nicht wahr sein!

Sie stürmte an einem Mann vorbei, der im Schatten einer Heumiete stand, und blieb abrupt stehen, als ihr klar wurde, dass es Gavyn sein könnte. Sie drehte sich schnell um, aber der Mann war bereits verschwunden, er war wohl nur eine Ausgeburt ihrer Fantasie gewesen. Ihrer überbordenden Fantasie ... die sie Stimmen hören und geheimnisvolle Missionen unternehmen ließ.

Atemlos rannte sie weiter, wobei sie immer wieder im Matsch ausrutschte, während ihre Gedanken weiter um Gavyn kreisten.

Vergiss ihn. Er hat dich verlassen.

Sorge dich nur um Gleda und was ihr passiert ist.

Bryannas Mut sank, als sie an einem der Posten an der Tür zum Wachhaus vorbeischlüpfte und sich so unerlaubt Zutritt verschaffte.

»Halt, Mylady«, rief er, und sie erkannte in ihm Quigg wieder, den Soldaten mit der plattgedrückten Nase, dem sie gestern Abend begegnet war, jenen Wachtposten, den Gleda gekannt hatte, seit er ein kleiner Junge gewesen war. »Bitte, das solltet Ihr nicht tun ...«

Ohne auf seine Einwände zu achten, drängte sie sich noch an weiteren Männern vorbei, die um einen Tisch herumstanden. Ein Feuer brannte, Kerzen flackerten und Waffen aller Art und Größe – Messer, Schwerter, Bauernspieße, Keulen und Äxte – hingen an den Wänden. Doch sie achtete auf nichts anderes als die beiden Leichen, die auf dem großen Bohlentisch lagen.

»Oh, gütiger Himmel«, flüsterte sie, und ihre Hand fuhr an ihren Mund, als sie Gleda und deren Ehemann Liam erkannte. Sie lagen Seite an Seite, ihre Gesichter zeigten eine schreckliche gräuliche Blässe, ihre Kleidung war immer noch triefnass; Wasser tropfte vom Tisch und bildete auf dem Boden eine Pfütze. »Nein«, wisperte sie und schüttelte den Kopf, als könne sie das, was sie da vor Augen hatte, verdrängen, indem sie es einfach leugnete. Gleda sah so klein und zerbrechlich aus. Bryanna konnte es nicht fassen, dass es erst gestern gewesen war, als die lebhafte kleine Frau ihr von Kambria erzählt hatte, der Frau, die wahrscheinlich ihre Mutter war. »Wie … wie konnte das passieren?«

»Ein Unfall«, sagte der Hauptmann der Wache mit ernstem Gesicht. »Mylady, ich halte es nicht für gut, dass Ihr Euch hier aufhaltet. Vielleicht wartet Ihr lieber im Bergfried …«

»Was für eine Art Unfall?«, wollte sie wissen, ohne überhaupt auf seinen Vorschlag einzugehen.

»Sie und ihr Ehemann sind in dem Fluss in der Nähe ihres Hauses ertrunken«, erklärte er. »Zwei Jäger haben sie heute Morgen gefunden und in die Festung gebracht.«

»Warum sind sie ertrunken?«, fragte sie.

»Wer weiß das schon?« Der Hauptmann schüttelte den Kopf. »Der Sheriff ist auf dem Weg zum Fluss, um sich alles anzusehen, aber wahrscheinlich hat Liam nach seiner Frau

Ausschau gehalten, die sich bei ihrer Rückkehr verspätete. Wir hatten ein ziemliches Unwetter. Vielleicht scheute das Pferd und sie stürzte, wobei sie sich den Kopf an einem Stein aufschlug ... Sie hat eine Platzwunde an der Stirn. Aber wer weiß? Es ist eine Tragödie.«

Bryanna stand kurz davor zusammenzubrechen. Am liebsten hätte sie sich auf die Knie sinken lassen und nach Isa, Gott oder sonst jemandem geschrien, der ihr zuhörte. Stattdessen biss sie die Zähne zusammen. »Seid Ihr sicher, dass es ein Unfall war?«, wollte sie wissen und spürte, wie sich die Blicke aller Soldaten im Raum auf sie richteten.

»Ja. Soweit wir sehen können, wurde nichts mitgenommen. Das Pferd war immer noch in der Nähe, es war gesattelt und aufgezäumt. In Liams Tasche waren Münzen, und ihr Haus sah unberührt aus.«

Bryanna konnte einfach nicht glauben, dass Gleda ausgerechnet an dem Tag, an dem sie ein Geheimnis offenbarte, das sie sechzehn Jahre für sich behalten hatte, starb, und ihr Ehemann noch dazu, und das nicht einfach im Schlaf oder nach langer Krankheit, sondern plötzlich und beide gemeinsam. So viele Zufälle konnte es nicht geben.

Aber warum sollte jemand Gleda und ihren Ehemann umbringen? Aus welchem Grund?

Sie hörte den Priester schnauben und prusten, als er sich durch Matsch und nasses Gras seinen Weg bahnte. »Gütiger Himmel«, sagte er, als er die Leichen erblickte.

Ehe er vorschlagen konnte, dass alle für Gleda und Liam beten sollten, schlüpfte Bryanna hinaus an die frische Luft. Sie hatte plötzlich einen gallebitteren Geschmack im Mund und fürchtete, dass sie gleich ihr ganzes Frühstück von sich geben würde. Sie lehnte sich mit dem Rücken gegen die feuchten Steine des Wachhauses und versuchte, die Tränen zurückzudrängen, indem sie zu den dunkel dräuenden Wolken am Himmel hochschaute.

Was war mit Gleda geschehen?

Und mit Liam?

War es wirklich ein Unfall?

Oder war ihnen etwas widerfahren, das viel finsterer und unheilvoller war?

17

Sie konnte nicht hierbleiben.

Bryanna schniefte, um die Tränen zurückzudrängen, und eilte zum Bergfried. Obwohl sie wusste, dass es im Sinne des Priesters sein würde, wenn sie blieb und für Gledas Seele betete, die er beim Frühstück noch so leichthin abgetan hatte, sah sie sich nicht dazu in der Lage. Sie musste weg von hier. Sie musste flüchten.

Und Gavyn finden, verlangte die Stimme in ihrem Kopf, während sie eine vor ihr herwatschelnde Gans aufscheuchte und den Stellen auswich, wo andere Tiere ihre Haufen hinterlassen hatten.

Die Kunde von Gledas Tod hatte sich bereits in der Festung verbreitet, und Kinder lungerten in der Nähe des Wachhauses herum, während Waschfrauen nach einem kurzen Blick zum stahlgrauen Himmel körbeweise frisch gewaschene Laken zu einem überdachten Trockenplatz trugen. Überall wurde gewispert und getratscht …

»Ertrunken, klar, könnte sich aber auch den Kopf angeschlagen haben …«

»Beide, sagst du? Wie schrecklich.« Die größere der beiden

Frauen schnalzte mit der Zunge und schüttelte den Kopf, um den sie sich ein Tuch gebunden hatte, während sie ihren Korb auf dem Boden absetzte.

»Ja schrecklich, aber vielleicht auch ein Zeichen von Gott«, meinte die andere Wäscherin. »Manche sagen ja, die alte Gleda war eine Hexe … na, wenn sie's nicht war, dann jedenfalls ihre Nichte, die, die damals gestorben ist.«

Zwei Jungen rannten mit laufenden Nasen und fliegendem Haar vorbei. Übermütig jagten sie drei Hunde, die auf das Wachhaus zuliefen.

»He! Du da! James Miller! Bring diese Köter dem Hundeführer zurück, sofort! Du auch, Jones! Jetzt!« Die Wäscherin drehte sich wieder zur anderen um und fügte hinzu. »Die Hexe hieß Kambria, wenn ich mich recht erinnere.«

»Ja.« Während sie die Laken über ein gespanntes Seil hängte, nickte die Größere. »Das war sie. Muss ungefähr sechzehn Jahre her sein, vielleicht auch mehr. Das war eine schreckliche Steinigung.«

»Wenn du mich fragst«, raunte die andere zurück, »dann ist für eine Hexe gar nichts zu schrecklich.«

Bryanna versuchte, nicht auf das Gerede der beiden zu achten, sondern eilte schnell an den schwatzenden Wäscherinnen vorbei und stürzte in den Bergfried. Sie nahm zwei Stufen auf einmal und raste in ihr Zimmer, wo jemand ein Feuer im Kamin gemacht und frische Binsen ausgestreut hatte. Ohne es sich ein zweites Mal zu überlegen, sammelte sie ihre Sachen zusammen und begann sie in den Lederbeutel zu stopfen, den sie schon seit Calon immer dabeihatte. Als sie noch einmal nachsah, ob sie auch den in die Karte gewickelten Dolch eingepackt hatte, berührten die Bettvorhänge aus roter Seide ihre Wange, sodass sie einen letzten Blick auf das Bett warf.

Sie biss sich auf die Unterlippe. Wie betrunken war sie eigentlich gewesen, dass sie sich so lüstern, so willig, so fordernd aufgeführt hatte? Hatte sie Gavyn nicht förmlich angefleht, bei ihr zu bleiben? Sie errötete und fluchte leise. War er in der letzten Nacht wirklich zu ihr gekommen? Wenn das so war, wo hielt er sich dann jetzt auf? Wo war er hingegangen, nachdem er sie verlassen hatte?

Was hatte Gleda noch gesagt? Dass sie zu ihrer Mutter müsste, das Grab ausheben und ... und ... was?

Den Sarg öffnen. Das war es gewesen.

»Gütiger Himmel«, flüsterte sie und bekreuzigte sich schnell. Es klang völlig verrückt, aber das tat alles andere auch, angefangen bei den Gesprächen mit toten Frauen bis hin zu den Besuchen von geisterhaften Liebhabern. *Kein Geist, Bryanna. Gavyn war wirklich da. Du brauchst dir nur noch einmal die Laken anzuschauen oder daran zu denken, wie wund du zwischen den Beinen bist, um zu wissen, was letzte Nacht geschehen ist. Gavyn ist in dein Bett gekommen ... während Gleda und ihr Ehemann starben.*

»Herr im Himmel.« Sie sah auf das Bündel, das sie in der Hand hielt. Der verdammte Dolch. »Der *Heilige* Dolch«, rief sie sich in Erinnerung. Was für ein Blödsinn! Und jetzt war das Bündel nicht nur mit einem dünnen Lederstreifen verschnürt, sondern auch mit dem Faden aus Ziegenhaar, den Gleda gezwirbelt hatte. Zum ersten Mal, seitdem Gleda ihr das Bündel gegeben hatte, musterte sie es genauer.

Etwas war anders. Oder doch nicht?

Obwohl alles sie dazu drängte, so schnell wie möglich aufzubrechen, nahm sie sich einen Moment Zeit, um das Bündel aufzuschnüren und die Karte glattzustreichen. Der Dolch sah noch genauso wie vorher aus, aber statt einer Lederhaut waren es jetzt zwei, die übereinanderlagen.

»Was?« Sie schob das Messer beiseite und legte die beiden

Lederstücke nebeneinander auf das Bett. Mit klopfendem Herzen drehte sie das zweite Stück, bis es genau an das andere passte, und plötzlich war die Karte doppelt so groß. Jetzt war auf der Karte nicht nur Tarth zu erkennen, sondern noch eine andere Ortschaft. Sie nahm an, dass die gewellten Linien Wasser darstellen sollten, einen Fluss, und dann gab es noch andere Zeichen – Runen und Symbole – auf beiden Lederstücken. An der Stelle, wo die beiden Karten aneinanderstießen, schien eine verrätselte Botschaft zu stehen, die sie jedoch nicht entziffern konnte.

Aber sie entdeckte eine weitere Zeichnung, die so klar war wie ein Bergstrom: ein einfach dargestelltes Kreuz und ein Sarg.

Das war zweifellos die Stelle, wo Kambria begraben war.

Aber warum hatte Gleda ihr die zweite Karte untergeschoben, ohne irgendetwas zu sagen? Hatte sie vielleicht geahnt, dass sie sterben könnte? Hatte sie erkannt, dass ihr nurmehr wenige Stunden blieben? Warum hatte sie Bryanna dann nicht gewarnt? Oder hatte die alte Frau einfach die beiden Lederstücke zusammengelegt und vorgehabt, ihr später alles zu erklären?

Nur dass es kein ›später‹ gab.

Gleda und der arme taube Liam waren tot.

Genau wie Isa, die auch im Besitz eines Teils der Karte gewesen war.

War Bryanna dem Tod immer nur einen Schritt voraus? Ihr Herz begann bei dieser Vorstellung vor Furcht laut zu schlagen.

Was bedeutete das alles?

Sie konnte keinen Moment aufhören, darüber nachzudenken. Nein, sie musste weiter und stets einen Schritt voraus sein – wer oder was auch immer sie verfolgte.

Sie fand Isas Amulett, das sie immer trug, wenn sie des Schutzes bedurfte, und streifte es sich über den Kopf. Der glatte Stein, der an einem Lederband befestigt war, legte sich, als wäre das schon immer sein Platz gewesen, in die Höhlung unter ihrem Hals. Sie brauchte alle Hilfe, die sie bekommen konnte.

Sie sprach ein kurzes Gebet zu Morrigu, der Großen Mutter, und dann – vorsichtshalber – noch eins zum christlichen Gott, wobei sie seinen Sohn anrief. Heute Morgen war keine Zeit für Beschwörungen, Zaubersprüche oder Messen. Sie griff nach Bündel und Mantel und eilte die Treppe hinunter. Pater Patrick würde bis zum Nachmittag beschäftigt sein. Da waren zum einen die beiden toten Dorfbewohner, zum anderen hatte er beim Frühstück die lange Liste der Pflichten erwähnt, denen er nachkommen musste, um den Frieden in der Burg zu erhalten. Heute Morgen würde er sich die Kabbeleien zwischen den Bauern anhören und überprüfen, ob alle Steuern und Abgaben für Weide- und Jagdrechte auf Lord Mabons Land entrichtet worden waren.

Bryanna erblickte den Burgvogt, der gerade auf dem Weg in die große Halle war, und freute sich über die Gelegenheit, den langweiligen Priester nicht mehr sehen zu müssen. »Bitte grüßt Pater Patrick von mir und dankt ihm für seine Gastfreundschaft.«

»Ihr verlasst uns schon?«

»Ja, ich muss weiterreisen«, sagte sie und log dann so aalglatt, als hätte sie das schon ihr ganzes Leben lang getan. »Meine Familie wartet auf mich, und ich muss früh aufbrechen, um noch vor Einbruch der Nacht anzukommen.« Nach diesen Worten begab sie sich auf direktem Wege zu den Stallungen.

Als sie über den Hof schritt, sah sie, dass sich noch mehr Menschen in der Nähe des Wachhauses versammelt und viele

Arbeiter ihr Tagewerk unterbrochen hatten, um miteinander über die beunruhigenden Todesfälle zu sprechen. Bryanna kam an einem Dachdecker vorbei, der auf dem Giebel eines neuen Gebäudes hockte, an dem zwei andere Männer gerade das Flechtwerk für die Wände anbrachten. Es gab unterschiedliche Ansichten darüber, wo ein Fenster zu machen wäre, und die beiden schienen die einzigen in der ganzen Burg zu sein, die sich nicht mit Liams und Gledas Tod beschäftigten.

Sie ließ die beiden hinter sich und kam an der Hütte des Waffenschmieds vorbei. Einen flüchtigen Augenblick lang meinte sie Gavyn erkannt zu haben und blieb stocksteif stehen. Als der Mann von seiner Arbeit aufsah – er war gerade dabei, ein Kettenhemd auszubessern – bemerkte sie ihren Irrtum. Der Waffenschmied hatte zwar auch Prellungen im Gesicht, aber seine Züge waren weicher und flacher als Gavyns und die Falten ließen ihn zehn Jahre älter wirken.

Sie war nur einfach wiederum einer Sinnestäuschung erlegen.

Einer von vielen.

Bei den Stallungen traf sie auf einen stämmigen Mann mit kurzem Hals und roter Nase. Das Haar, das unter seiner Mütze hervorschaute, war grau und lockig wie Schafwolle. Er war dabei, ein Seil zwischen Ellbogen und gespreiztem Daumen und Zeigefinger aufzuwickeln, als er sie unter hängenden Lidern hervor betrachtete.

»Ich bin Lady Bryanna«, sagte sie, während sich ihre Augen erst an das schwache Licht im Stall gewöhnen mussten, wo die Pferdeköpfe sich über die leeren Futtertröge neigten und der Geruch von Leder, Mist und Öl schwer in der Luft hing. Ein rotbraunes Schlachtross schnaubte und warf seinen Kopf hoch, um dann schwer aufzustampfen.

»Sei still, Rosemont«, sagte der Mann zu dem Pferd und nahm sich dann die Zeit, die Nüstern des nervösen Tieres zu streicheln. »So ist's fein.« Mit einem Lächeln, das ein paar Zahnlücken enthüllte, drehte er sich zu Bryanna um. »Ich bin Neddym, der Stallmeister von Lord Romney, äh, Mabon. Verzeihung. Ich habe mich an die Veränderung noch nicht gewöhnt. Lord Romney war ein guter Mann. Gerecht. Ich denke, sein Sohn wird, wenn er zurückkommt, genauso sein.« Er hängte das aufgewickelte Seil über einen Nagel, der aus einem Pfosten ragte. »Was kann ich für Euch tun?«

»Ich hätte gern mein Pferd«, sagte sie und zeigte auf Alabaster. »Ich habe sie gestern Abend hier untergestellt, und jetzt muss ich mich wieder auf den Weg machen.«

Er runzelte die Stirn. »Normalerweise sagt der Herr, äh, in diesem Falle Pater Patrick Bescheid.«

»Er ist beschäftigt.«

Der große Mann zuckte mit den Achseln. »Ach, ist mir auch ganz gleich. Ich werde dafür sorgen, dass der Schimmel in ein paar Minuten gesattelt und bereit ist.«

»Danke.« Bryanna trat aus dem dunklen Stall und wartete unter einem Vordach, wo ein Junge, der auf einem Baumstumpf saß und das Gebiss einer Trense reparierte, etwas Schutz vor dem Wetter fand. Sie rieb sich die Arme und sah zum Wachhaus hinüber, wobei sie wieder an Gleda denken musste. Die Menge löste sich allmählich auf, als die Soldaten die Leute wieder an ihre Arbeit schickten. Sie erkannte den Burgvogt und Quigg und … Ihr Herz machte einen Sprung, als ihr Blick sich auf einen Mann richtete, der die gleiche Größe und Statur wie Gavyn hatte. Er stand etwas abseits von den anderen und warf einen schnellen Blick in ihre Richtung, ehe er hinter einen Karren trat, der mit Steinen gefüllt war, mit denen die Festungsmauern ausgebessert werden sollten.

Sie sah ihm mit rasendem Puls hinterher, und der Mann, der genauso angezogen war wie Gavyn beim letzten Mal, sah noch einmal in ihre Richtung und verschwand dann um die Ecke des Stalls.

Das musste Gavyn sein!

Es *konnte* gar nicht anders sein.

Sie machte einen Schritt in seine Richtung und wollte schon nach ihm rufen, ehe sie es sich anders überlegte. Sie bildete sich nur wieder etwas ein. Das war alles. Genau wie mit den Freunden, die sie als Kind gehabt hatte und die nur sie sehen konnte. Ihr Verstand erschuf gelegentlich Bilder von Dingen, die einfach nicht da waren.

Es ist beinahe so, als wäre die letzte Nacht nur ein Traum gewesen, eine erotische Einbildung und ein dunkler Alptraum zugleich.

»Das hätten wir, Mylady«, sagte Neddym plötzlich hinter ihr.

Sie wirbelte herum und sah, dass der große Mann Alabaster aus dem Stall führte.

»Oh, danke.« Sie befestigte ihren Beutel am Sattel, dann stieg sie aufs Pferd und band ihre Kapuze fest. Obwohl es nicht regnete und die Wolken aufrissen, sodass etwas blauer Himmel und gelegentlich die Sonne zu sehen waren, war es immer noch ein kalter Tag. Sie ritt durch das Burgtor und schlug den Weg Richtung Fluss und Gledas Haus ein. Auch wenn die alte Frau sie nicht begleiten würde, brauchte Bryanna doch ein paar Werkzeuge, wenn sie entschlossen war, einen Sarg – den Sarg ihrer Mutter – auszugraben, der sechzehn Jahre in der Erde gelegen hatte. Sie zitterte bei dem Gedanken, trieb ihr Pferd jedoch weiter voran, während sie versuchte, nicht an den dumpfen Schmerz zwischen ihren Beinen zu denken.

»Wir dürfen nicht zulassen, dass sich das zwischen uns stellt«, sagte Morwenna. Sie hatte ihren Ehemann im Wachturm gefunden, wo er allein unter dem Fahnenmast stand, an dem das Banner von Burg Calon flatterte. Seine Hände lagen auf dem Sims, die Schultern hatte er hochgezogen, während er über den Hof und die äußeren Wallanlagen hinweg Richtung Wybren blickte, das nur einen Tagesritt entfernt lag und wo er geboren worden war. Auch wenn die Schäden, die das Feuer dort vor mehr als einem Jahr angerichtet hatte, beseitigt waren, nahm Morwenna an, dass die Schrecken von damals immer noch in seiner Erinnerung eingebrannt waren.

Oder war es Sehnsucht, was sie in seinen himmelblauen Augen sah? Dachte ihr Ehemann häufiger daran, nach Wybren zurückzukehren, einer Festung, die doppelt so groß war wie Calon und über vollkommen runde Gefechtstürme verfügte, die sich hoch über die Burgmauern erhoben? Die Wahrheit war, dass Wybren einen Herrn brauchte. Der Haushofmeister tat sein Bestes, damit alles seine Ordnung hatte, aber wenn eine Burg gedeihen sollte, brauchte sie einen richtigen Herrn. Die Sonne war aufgegangen, und man hörte bereits Hammerschläge, das Geräusch von Sägen und von Hunden, die im nahen Wald bellten. Ein Habicht stieß vom Himmel herab und verschwand aus dem Blick, als zwei Jungen erschienen, die Eimer mit überschwappender Milch in die Küche trugen.

»Du dachtest nicht, dass du mir vertrauen könntest?« Er drehte sich zu ihr um, und sein dunkles Haar glänzte im Sonnenschein. Der Schatten des Zweifels in seinen blauen Augen brach ihr das Herz.

»Ich ... ich hatte unrecht.« Oh, diese Worte waren so schwer zu sagen. »Ich hätte erst mit dir reden sollen.«

Er kniff die Lippen zusammen. Er wartete darauf, dass sie noch mehr sagte.

»Ich hatte Angst, dass du mich aufhalten würdest, und machte mir solche Sorgen um meine Schwester, ich war so sicher, dass ... dass sie mich braucht. Es tut mir leid.«

Ein Muskel zuckte an seiner Schläfe, und er wandte den Blick von ihr ab, wobei er ein bisschen mit den Zähnen malmte. »Es war auch mein Fehler«, gab er zu. »Ich hätte nicht auf deine Burg ziehen sollen. Du warst daran gewöhnt, Dinge auf deine Art zu regeln, ohne dass jemand sich einmischt. Du betrachtest Calon als dein alleiniges Eigentum.«

»Nein«, widersprach sie, doch als er zweifelnd eine Augenbraue hochzog, wusste sie nichts mehr zu sagen.

»Wir sollten umziehen, auch mal Zeit auf Wybren verbringen, nicht immer nur hier.«

Sie spürte wieder Panik in sich aufsteigen. »Wer sollte über Calon herrschen, wenn wir nicht da sind? Der Burgvogt? Der Haushofmeister?« Sie dachte an Alfrydd, diese Vogelscheuche von Haushofmeister, und schüttelte den Kopf. Nein, sie konnte ihre Burg niemandem anvertrauen. Und trotzdem konnte sie den Wunsch ihres Mannes verstehen, nach Wybren zurückzukehren. War er nicht der einzige Überlebende jenes schrecklichen Feuers und jetzt wieder in der Lage, die Herrschaft über Wybren anzutreten?

»Alexander, dem Hauptmann der Wache, könntest du vertrauen. Oder vielleicht auch deinem Bruder Tad.«

Sie verdrehte die Augen. »Er ist viel zu sehr damit beschäftigt, Röcke hochzuheben, zu würfeln und Bier zu trinken, um auf einer Burg nach dem Rechten zu sehen.« Sie begann auf und ab zu gehen. »Nein, keiner ist dafür geeignet.«

»Das ist das Problem dabei, nicht wahr? Keiner ist geeignet. Nicht einmal dein Ehemann.«

»Nein!«, sagte sie, doch dann erkannte sie, dass ein Körnchen Wahrheit in seinen brutalen Worten steckte. Sie sah in den Burghof. Von unten dröhnte ein Quieken herauf, dann sah sie zwei Jungen einem entsprungenen Ferkel an der Hütte des Kerzenziehers vorbei hinterherjagen.

»Morwenna.« Seine Stimme war ganz sanfte Verführung. Er trat zu ihr, und seine Hände umschlossen ihre Oberarme. »Ich weiß, dass du viele Jahre mit dem Versuch verbracht hast, allen zu beweisen, dass du genauso stark und klug wie Kelan bist, und ich weiß, dass du auch … Enttäuschungen erlitten hast. Aber, Morwenna, ich bin dein Ehemann, und du musst mir vertrauen.«

Soweit konnte sie ihm zustimmen. »Du hättest nicht erlaubt, dass jemand Bryanna folgt.«

»Glaubst du das tatsächlich? Es stimmt nicht, aber ich hätte in der Sache gerne ein Wort mitgesprochen. Ich hätte es vorgezogen, darüber mit dir zu sprechen, als dass du dich nachts wie eine streunende Katze davonschleichst und dich aus der Schatztruhe bedienst.« Seine Hände schlossen sich einen Moment lang fester um ihre Arme, dann ließ er sie los. »Aber du hast nicht ganz unrecht«, gab er zu. »Ich hätte tatsächlich nicht zugelassen, dass *er* ihr folgt.« Alle Wärme war aus seinen Zügen gewichen. »Du weißt das, und trotzdem hast du es hinter meinem Rücken arrangiert.«

»Ich sagte doch, dass es mir leidtut«, wiederholte sie, und sie bedauerte wahrhaftig ihre Entscheidung, zu handeln, ohne vorher mit ihrem Mann darüber zu beratschlagen. Es war ein Fehler gewesen, seinen Bruder mit diesem Auftrag zu betrauen, der zwar ein ausgezeichneter Fährtensucher war, dessen Ansehen aber immer wieder durch seine Selbstsucht und sein mangelndes Urteilsvermögen Schaden genommen hatte. Hatten seine Missetaten nicht alle auf Wybren empört?

Hatte er nicht seinen eigenen Bruder in einen Hinterhalt gelockt und ihn dann für tot zurückgelassen? Hatte er Morwenna nicht das Herz gestohlen und sie verlassen, als sie ein Kind erwartete? Das war jetzt alles Vergangenheit, und trotzdem konnte Morwenna sehen, wie sehr es ihren Mann immer noch bedrückte, wenn er an seinen Bruder dachte. »Es gibt nichts, was ich jetzt noch tun könnte.«

»Du könntest ihn zurückrufen. Schick ein paar Soldaten. Sie könnten ihn aufspüren.«

»Aber Bryanna«, erhob sie Einspruch.

»Wir könnten jemand anders schicken, der sie finden soll. Alexander würde alles tun, worum du ihn bittest.«

Ihr Kopf zuckte hoch, und sie sah die Wahrheit im Blick ihres Mannes. Also wusste er, wie der stämmige Soldat für sie empfand. Unerwiderte Liebe. Das war immer eine schwierige Sache. »Du würdest erlauben, dass der Hauptmann der Wache seinen Posten verlässt?«

»Um deine Schwester zu finden?« Er lehnte sich mit der Hüfte gegen die Mauer. »Natürlich.«

»Dein Bruder ist der Beste«, beharrte sie. »Besser als Alexander.«

Ihr Ehemann kniff die Augen zu schmalen Schlitzen zusammen, und zwischen seinen Brauen bildete sich eine Zornesfalte. »Er ist ebenfalls Söldner. Ein Verbrecher.«

»Ich weiß, ich weiß … aber er wird Bryanna nichts tun.«

Ihr Ehemann stieß ein Schnauben aus und schüttelte den Kopf. Er stieß sich von der Wand ab und ging zur Treppe. »Wie kannst du dir da so sicher sein, Weib? Er ist doch berüchtigt dafür, dass er Frauen wehtut, oder nicht? Du solltest das doch wohl am besten wissen.« Mit diesen Worten ließ er sie allein auf dem Wachturm zurück, und ihr brach fast das Herz.

Er zog ihre Liebe in Zweifel.
Gerade als sie erkannt hatte, dass sie schwanger war.

»Das gefällt mir nicht. Kein bisschen.« Mit der Mistgabel in der Hand schaute Neddym Gavyn im dunklen Stall missmutig an.

Nachdem er in der Nacht nur wenig geschlafen hatte, war Gavyn am nächsten Morgen aufgewacht und hatte Neddym aufgesucht. Der Stallmeister freute sich, seinen früheren Schutzbefohlenen zu sehen, doch ihm saß angesichts von Gledas furchtbarem Schicksal und dem ihres Mannes noch der Schrecken in den Gliedern. Als Gavyn davon hörte, war er sofort zum Wachhaus gegangen, um sich selbst ein Bild zu machen, und war dabei fast mit Bryanna zusammengestoßen. Sie war eilig zum Stall unterwegs gewesen, eine Frau mit einer Mission, die vollen Lippen entschlossen aufeinandergepresst, während sie beobachtete, was im Burghof los war, und ihr Umhang sich hinter ihr in der kalten Luft blähte.

Er durfte nicht riskieren, mit ihr zusammenzutreffen, oder zulassen, dass andere außer Neddym davon erfuhren, dass er hier war – also war er ihr aus dem Weg gegangen. Aber nicht lange.

»Du tauchst hier auf wie ein verdammter Dieb in der Nacht«, sagte Neddym, während er Heu verteilte, das er gerade vom Boden heruntergeworfen hatte, »und das in der Nacht, in der zwei Tote gefunden werden, und dabei wirst du selbst wegen Mordes gesucht. Ich sollte dich verpfeifen, ja, das sollte ich, statt dich hier unterschlüpfen zu lassen.« Er tat Heu in eine Raufe, dann wischte er sich mit einem Ärmel die Nase und schniefte. »Hätte ich deiner Mutter nicht versprochen, auf dich aufzupassen, dann würde ich mir die Belohnung holen und mir damit ein oder zwei Bier kaufen.«

»Ich habe die Bienenzüchterin und ihren Mann nicht umgebracht.«

»Wo warst du dann? Auf keinen guten Wegen, denke ich mir.«

»Ist es denn ein Verbrechen, ein paar Münzen bei einem Würfelspiel zu setzen?«

»Pah. Ich will lieber gar nicht wissen, was du gemacht hast. Das bekommt mir besser.«

Das zumindest stimmte, dachte Gavyn, während er sich die Nacht mit Bryanna in Erinnerung rief. Gütiger Himmel! Wenn er zuließ, dass er in Gedanken wieder zu den Stunden zurückkehrte, die er in ihrem Bett verbracht hatte, würde sein verdammter Schwanz sofort wieder steif werden.

»Dann frag mich nicht nach Sachen, die dich nichts angehen. Vertrau mir, wenn ich dir sage, dass ich die zwei, die auf dem Tisch im Wachhaus liegen, nicht umgebracht habe.«

»Und was ist mit Craddock, he? Dem Sheriff von Agendor?« Als Gavyn darauf nichts erwiderte, schüttelte der andere nur den Kopf und warf wieder Heu in die tiefe Rinne, die zwischen ihnen und den Pferden verlief. »Wie ich sage: 's ist besser, ich weiß nichts. Vergiss, dass ich gefragt hab. Also ... wegen deiner lieben Mutter, möge sie in Frieden ruh'n ...« Er stieß die Forke in den Boden, spuckte aus und bekreuzigte sich dann schnell. »Ich hab dir Essen eingepackt und Futter für dein Pferd.« Er machte ein böses Gesicht, als er Gavyn den Sack zeigte, der neben der Tür stand. »Und nun pack dich und pass auf, dass keiner dich sieht, sonst verlier ich meine Stellung und werde verbannt, gestreckt oder geviertelt oder muss für andere Leute den Stall ausmisten.«

Mit dem Sack Hafer über der Schulter verließ Gavyn den Stall und mischte sich unter die Hausierer, Bauern, Handwerker und Pächter, die den Burghof bevölkerten. Manche unterhielten sich immer noch über den Tod von Liam und dessen Frau, andere hatten sich wieder ihrer Arbeit zugewandt oder kamen und gingen ihrer Wege. Ein paar kleine Kinder spielten Fangen und rannten durch die Gassen, während ältere Jungen Feuerholz trugen oder Wassereimer schleppten. Ochsen zogen Karren, die mit Steinen und Weizen beladen waren, Mädchen fütterten die Hühner, und der Hundeführer war damit beschäftigt, mit neun angeleinten Hunden zum Tor zu gehen. Gelegentlich steigerten sich die Geräusche auf dem Burghof zu einem schrecklichen Lärm: Hammerschläge, knarrende Wagenräder, wiehernde Pferde und laut brüllende Männer. Dank der Jäger und Soldaten, die unter dem Fallgitter durchritten, war es für Gavyn ein Leichtes, sich unter diese zu mischen und die Burg zu verlassen. Sobald er hinaus war, lief er schnell in die Stadt, wo er Rhi für die Nacht untergestellt hatte.

Das Pferd war bereits gefüttert und gestriegelt worden, als er ankam. Während ein Stalljunge Rhi sattelte, zog Gavyn Erkundigungen über eine gewisse rothaarige Frau ein, die allein unterwegs war. Er fand schnell heraus, dass Bryanna sich nach Osten gewandt hatte, um am Fluss entlangzureiten.

Er folgte der Straße, einem wenig befahrenen Weg, der von der Stadt wegführte. Eine Bewegung zwischen den Bäumen auf der anderen Seite des Flusses weckte seine Aufmerksamkeit, und er lächelte. Obwohl er nur einen kurzen Blick auf den Schatten erhaschen konnte, der dort zwischen den kahlen Bäumen hindurchschoss, war ihm doch nicht das silbrige Fell entgangen, sodass er wusste, welches pelzige Wesen ihn da begleitete.

Der Wolf hatte ihn wiedergefunden.

Das Blut strömte durch seinen Kopf und donnerte in seinen Ohren. Jeder einzelne Muskel in seinem Körper war angespannt und bereit loszuschlagen, als Hallyd durch die Tür in Vannoras Kammer stürmte. »Du hast meine Pläne durchkreuzt!«, bezichtigte er sie in glühendem Zorn, und seine Rachegelüste waren so heftig, dass sie seine Seele versengten.

Sein Blick glitt durch das höhlenartige Gewölbe, und er sah sie auf ihrem Bett liegen. Jetzt wieder eine alte Frau, die sogar zu schwach war, den Kopf zu heben.

Er blickte zum Altar, doch dort war alles dunkel, und kein Dampf stieg aus dem Kessel auf, keine Kerzen tropften. Der weiße Kreis auf dem Boden schien grau geworden zu sein.

»Ich habe deine Pläne nicht durchkreuzt, Hallyd«, erwiderte sie mit gleichmütiger Stimme, die nur ein kaltes Wispern war. »Ich habe dich gerettet.«

»Mich gerettet? Wovor?« Er baute sich vor ihr auf und war nahe daran, ihr mit bloßen Händen die Knochen zu brechen. Wie weit ging ihr Verrat? Wie hinterhältig waren ihre Pläne? »Du hast gelogen«, stieß er hervor, und Speichel spritzte aus seinem Mund. »Du hast mich angelogen! Mich!« Voller Wut zeigte er mit dem Daumen auf sich.

Sie stieß einen Seufzer aus; ihre Knochen waren unter der runzligen Haut deutlich zu erkennen. Sie stand offensichtlich kurz davor, die Geduld zu verlieren. »Ich habe dich davor bewahrt, dich selbst zu vernichten.«

»Was soll dieser Unsinn?«

»Wenn du dich besser in der Gewalt hättest, würdest du es vielleicht verstehen.« Sie schaffte es, sich auf einen knochigen Ellbogen gestützt hochzustemmen, obwohl die Anstrengung fast zu viel für sie war.

»Erstens hast du einen schlechten Zeitpunkt gewählt, um deinen Blutdurst zu stillen«, zischte sie. »Was hast du dir dabei gedacht? Merkst du nicht, dass du beinahe all unsere Pläne zunichtegemacht hättest, indem du dich diesen beiden Bastarden zeigtest, als du sie umbrachtest?«

Er schloss die Finger zur Faust, die starke Hand, die ein Schwert mit Kraft und Geschick führte. »Die Frau musste sterben. Sie war von Kambrias Blut.«

»Das spielt keine Rolle«, erwiderte Vannora scharf. Sie sah aus, als bräche sie gleich zusammen, als würden ihre zarten, spröden Knochen jederzeit zerbrechen können, doch in ihrer Stimme lag eine stählerne Kraft. »Wir werden es so machen, wie ich sage. Ohne mich wirst du scheitern. Warum, glaubst du, war der Wachtposten abgelenkt, als du in die Burg wolltest? Wie erklärst du dir, dass das Fallgitter hochgezogen war? Und warum war deine Geliebte so willig, einen Fremden in ihr Bett zu lassen?«

»Du warst das?«, fragte er, aus dem Gleichgewicht gebracht. Er hatte gedacht, sein Spitzel in der Burg wäre der Grund gewesen, warum er so leicht hineingekommen war.

»Verschwende deine Zeit nicht mit Fragen, die du nicht beantworten kannst«, riet sie ihm, und seine Nackenhaare richteten sich bei der Vorstellung auf, dass sie seine Gedanken lesen konnte.

Sie stieß ein leises, verächtliches Lachen aus. »Du brauchst dir keine Sorgen zu machen, Hallyd. Unsere Abstammung ist die Gleiche, wir sind aus der gleichen Familie.«

»Familie? Wir sind blutsverwandt?«, fragte er. Er wusste nicht, was sie war, aber er wollte kein Teil davon sein. Nur an ihrer Macht wollte er teilhaben. *Die* konnte er nutzen.

Ihre Erheiterung zeigte sich im fröhlichen Funkeln ihrer alten, trüben Augen, zeigte sich darin, wie sich ihr fast lippenloser Mund verzog.

»Du meinst, wie seien miteinander verwandt?« Er schüttelte den Kopf und wusste, dass sie ihm etwas vormachte.

»Ich habe keine lebenden Verwandten mehr.«

»Ah ja, dafür hast du gesorgt, nicht wahr?« Vannora zog die Augenbrauen hoch, und unter der Maske des Alters erhaschte er einen Blick auf ein Kind, ein dunkelhaariges siebenjähriges Mädchen. Das Mädchen war untergetaucht im Fluss, und seine Augen schauten blicklos nach oben. Aus ihrem Mund stiegen Blasen an die Oberfläche, wo sie platzten, während sie gegen die Strömung, gegen das Wasser, gegen die Kraft der Hände um ihren Hals kämpfte. Seiner Hände.

Er schreckte zurück.

Nein, das konnte nicht sein.

Seine jüngere Schwester war schon lange tot.

Und begraben.

»Ah, Hallyd, du erinnerst dich also?«, fragte Vannora.

»Du ... du bist nicht Leigh«, sagte er.

Das Bild verschwand, als hätte er es gebannt. Trotzdem war er bis ins tiefste Innere erschüttert. Wer war diese Frau, die nicht lange nach Kambrias Tod bei ihm aufgetaucht war und geschworen hatte, ihm bei der Suche nach dem Dolch zu helfen? Was war sie? Er taumelte nach hinten. Plötzlich waren sein Hals und Mund ganz trocken. Es war kein Speichel mehr da.

»Ja, ich bin nicht deine Schwester, und doch bin auch ich ein Geschöpf jener anderen Welt, die auch dich gezeugt hat. Gezeugt von der Finsternis sind wir, du und ich.«

Bei dieser Vorstellung wurde sein Herz kalt wie Stein.

»Du hast mich aus einem bestimmten Grund aufgesucht«, sagte sie, und es war ein Krächzen in ihrer Stimme, als wäre sogar das Flüstern für sie zu anstrengend.

Doch dieser Grund war bei der hitzigen Auseinandersetzung mit der gehässigen Vannora untergegangen, die wie eine

Viper wirkte, die kurz davor stand zuzustoßen. Sie war bei weitem mächtiger, als sogar er sich vorstellen konnte, und trotzdem lag sie auf dem dreckigen alten Bett wie eine alte Frau, die kurz davor stand zu sterben und deren Knochen bald zu Staub zerfallen würden.

»Was war der Grund?«, fragte sie, und dabei lag ein eisiges Glitzern in ihren milchig-trüben Augäpfeln.

Plötzlich kam sein Groll wieder hoch. »Da war ein anderer«, stieß er hervor. Seine Wut, wenn sie sich auch etwas gelegt hatte, brannte immer noch. »Ein Mann!«

»Was kümmert dich das? Hast du nicht mit ihr geschlafen? Sie genommen?« Ihre Lippen verzogen sich zu einem gehässigen Grinsen, das andeutete, dass dies nichts Neues für sie war, dass sie es schon wusste. »War es nicht das, was du wolltest? Diese eine Nacht, auf die du so lange gewartet hast? Hast du sie nicht bestiegen und gespürt, wie sie sich unter dir wand?« Sie tat seine Einwände mit einer Handbewegung ab. »Du hast bekommen, was du wolltest.«

»Nicht einmal annähernd. Ich hätte nicht auf dich hören und sie herbringen sollen.«

»Nicht auf mich hören?«, wiederholte sie mit plötzlich ganz klarer Stimme. »Zieh das noch nicht einmal in Erwägung. Wenn du mir zuwiderhandelst, Hallyd, wenn du mir nicht gehorchst, dann wird alles vergeblich gewesen sein. Du und ich, wie widerwärtig uns das auch sein mag, brauchen einander. Vergiss das nie. Zieh es noch nicht einmal in Erwägung, nicht auf das zu hören, was ich dir sage. Das wäre ein schwerer Fehler. Ein Fehler, den ich nie vergeben würde, den du immer bereuen würdest.«

»Es wäre leichter, wenn sie hier wäre.«

»Leichter für dich, mit ihr zu schlafen. Leichter für dich, sie zu strafen, weil sie die Tochter von Kambria ist.«

»Ihretwegen bin ich verflucht!«

»Wegen ihrer Mutter, Hallyd«, stellte sie richtig, und einen brennenden, atemstockenden Moment lang sah er Kambria in den milchigen Augen der Alten. Ihr Gesicht war rot, der Rosenkranz um ihren Hals fest zugezogen.

Er erstarrte.

Was für ein Zaubertrick war das?

»Jetzt hör mir zu. Du wirst tun, was ich dir sage«, zischte Vannora, während Kambrias Bild verschwand. »Wenn du Bryanna hierherbringst« – sie deutete auf die Burg über ihr –, »wie willst du dann je die Juwelen finden, um sie in den Dolch einzusetzen und den Fluch aufzuheben?«

»Ich würde sie dazu zwingen, es mir zu sagen.«

»Indem du sie schlägst? Sie erniedrigst? Es würde nichts nützen. Hast du denn in all den Jahren nichts gelernt? Auch wenn sie wüsste, wo die Juwelen sind, würde sie es dir nicht sagen.«

»Es gibt Möglichkeiten ...«

»Oh, bei Pwyll! Hat es denn bei Kambria gewirkt? Hast du sie zwingen können, dir zu sagen, wo sie ihre Tochter versteckt? Nein«, sagte sie, und er verstand, was sie meinte. »Davon abgesehen weiß niemand, nicht einmal Bryanna, wo die Steine versteckt sind. Dafür hat Kambria gesorgt.« In ihren trüben Augen flackerte ein kleines Feuer aufflammender Wut.

Wieder fragte er sich, ob sie in der Lage war, andere Gestalt anzunehmen.

»Blendet dich die Lust ebenso sehr, wie die Sonne es tut? Lodert dein Verlangen so stark, dass du nicht mehr klar denken kannst? Ich dachte, eine Nacht mit ihr würde dir genügen, aber dadurch scheint deine Ungeduld nur noch größer geworden zu sein.« Sie sank auf ihr Bett zurück. »Diese Unterhaltung ermüdet mich.« Mit ihrer ausgemergelten Hand wies sie zur Tür hin. »Lass mich jetzt allein.«

»*Er* war bei ihr.«

»Der Bastard von Agendor?« In ihrer Stimme klang etwas mehr Interesse mit.

»Ja.« Also wusste Vannora Bescheid. Seine Haut begann bei der Vorstellung zu jucken. Er spürte einen unausgesprochenen Verrat.

»Und das stört dich. Warum?«

»Sie gehört mir, Vannora. Mir allein.«

Sie schloss die Augen. »Ja, Hallyd, sie gehört dir, aber vielleicht nicht dir allein.«

Er konnte nicht fassen, was er da hörte. »Das kümmert dich gar nicht?«

»Warum sollte es das?«

»Das Kind. Wenn nun ein Kind gezeugt wird und ich nicht der Vater bin? Wenn er nun mit ihr ins Bett steigt und sie schwängert?«

»Mach dir keine Sorgen.« Sie rieb sich mit einem gichtigen Finger die Stirn. »Sorge einfach nur dafür, dass du immer weißt, wo sie ist. Lass deine Männer ihr folgen und dir Bericht erstatten. Dann kannst du nachts zu ihr reiten, wenn es sein muss.«

Ihm gefiel dieser Plan nicht. Nicht im Geringsten. Dieses Mal war er sicher, dass die Alte unrecht hatte. Und letztendlich war *er* der Baron. Er war fest entschlossen, die Dinge auf seine Art zu erledigen.

Sie bewegte sich auf ihrem Bett und strich über das Laken, während sie nachdenklich in die Ferne schaute – versunken in eine Vision, die nur sie sehen konnte. »Kämpfe nicht gegen mich, Hallyd, denn du wirst verlieren.« Sie zog eine schmale Augenbraue hoch und sah ihn an. »Wer den Dolch an sich bringt, wird der wahre Herrscher von Wales sein.« Als sie diesmal lächelte, schimmerten ihre spitzen kleinen Zähne im trüben Licht. »So einfach ist das.«

18

Jetzt war sie also eine Diebin.

Dieser Gedanke war mehr als beunruhigend.

Bryanna hatte sich nicht vorstellen können, dass sie bei ihrer Suche in solche Abgründe vorstoßen und gar eine Tote bestehlen würde. Doch hier stand sie nun in Gledas Hütte und rechnete jeden Moment damit, dass jemand von der Burg auftauchte und sie beim Stehlen ertappte.

Mit dem unheimlichen Gefühl, dass auf Schritt und Tritt die Seele der Toten um sie war, ging sie durch die einfache Hütte, in der das Feuer schon vor langer Zeit verloschen war. Die Hühner gackerten, als erwarteten sie ihr Futter, und eine Katze guckte hinter dem Butterfass hervor. Draußen meckerten die Ziegen, die gemolken werden wollten, und Gledas Pferd war zurückgekehrt. Der Anblick des verwirrten Geschöpfes, das mit einem angezogenen Huf döste, brach Bryanna fast das Herz. Sie hatte sich die Zeit genommen, für das Pferd etwas Heu in eine Raufe zu tun. »Es sieht so aus, als würdest du auch bald auf eine Suche gehen, Harry«, meinte sie betrübt, während es seine Nase im Heu vergrub.

Tieftraurig war sie zu diesem kleinen Haus geritten, und als sie den Fluss überquerte, war sie von dem, was sie sah, überwältigt worden. Der von Pferdehufen aufgewühlte Boden am Ufer und die Blutflecken auf einem Felsbrocken gaben Hinweise darauf, was sich hier ereignet hatte. Doch die

Vorstellung, dass Gleda ihr Leben an dieser felsigen, aber seichten Stelle im Fluss verloren hatte, machte es noch viel schlimmer. Sie hätte sich fast übergeben.

Irgendwie fühlte sie sich verantwortlich.

Nur ihretwegen war Gleda noch so spät in der Nacht draußen gewesen und hatte Liam nach ihr Ausschau gehalten.

Sie war voller Schuldgefühle gewesen, als sie Alabaster antrieb, den sprudelnden Fluss zu durchqueren.

Und jetzt, wo sie das leere Haus durchsuchte, spürte sie Gledas Gegenwart so sehr. Sie sah Gleda vor sich, wie sie fröhlich Ziegenwolle verspann, Butter oder Käse machte oder sich um ihre Bienenkörbe kümmerte und den Honig einsammelte. In Bryannas Hals bildete sich ein Kloß, wenn sie an den alten Liam dachte, wie er schnitzte oder das Feuer schürte.

»Friede sei mit ihnen«, flüsterte sie und wusste nicht, ob sie zu Morrigu oder dem christlichen Gott sprach.

Sie kniete sich neben der kalten Asche des Ofens hin und sprach schnell eine Beschwörung über dem Rost, mit der sie Schutz herbeirief. Dann betete sie für Gledas und Liams Seelen, wo immer sie jetzt auch sein mochten.

»Möget ihr ewigen Frieden finden«, sagte sie, als sie aufstand.

Sie durfte hier nicht länger verweilen. Sie wusste, dass es nur eine Frage der Zeit war, bis die Soldaten aus der Burg hier eintrafen. Wenn kein Verwandter den Besitz beanspruchte, würde alles vom Baron übernommen werden. Um die Tiere würde sich schon bald jemand kümmern – seien es Viehdiebe, besorgte Nachbarn oder Mabons Männer. Die Schweine, Ziegen und Hühner, und ja, sogar die Katze, die eine gute Mäusefängerin war, stellten einfach einen zu großen Wert dar.

Während die Katze sie beobachtete und der Hahn den Hals streckte, um zu krähen, legte sie die beiden Teile der Karte noch einmal zusammen und prägte sich alles ein. Dann wickelte sie beide Lederstücke um den Dolch und wandte sich Gledas Vorratskammer zu.

Wonach suchte sie eigentlich? Sie war sich nicht sicher. Sie brauchte sicherlich Werkzeug, wenn sie tatsächlich ein Grab ausheben wollte, wie Gleda es ihr aufgetragen hatte.

Über einige Dinge brauchte sie nicht lange nachzudenken: die Schaufel und die Axt, Liams Waffen, ein paar Kerzen, Futter für die Tiere, ein Beutel mit Nähzeug, Bienenwachs und ein bisschen vom eingepökelten Fleisch und Fisch. Die abgenutzten Lederbeutel, die neben der Haustür hingen. So schnell wie möglich füllte sie die Beutel und lud dann alles auf Gledas Pferd, Harry, das sie als Packtier benutzen wollte.

Dann, ohne noch einen Blick auf den Schauplatz der Tragödie zu werfen, ritt sie los und flüsterte dabei: »Morrigu, steh mir bei.«

Bryanna ritt den Fluss entlang, bis sie zu einem Weg mit tiefen Furchen kam, der von der Hauptstraße wegführte. Sie hielt die Zügel mit der einen und die Führungsleine in der anderen Hand. In regelmäßigen Abständen drehte sie sich um und überzeugte sich davon, dass Harry mit seinem ungleichmäßigen Gang nicht überanstrengt wurde.

Sie vergewisserte sich auch, dass sie nicht verfolgt wurde. *Da ist niemand. Keiner verfolgt dich. Wer würde schon einer Frau hinterherjagen, die ihre Sinne nicht mehr ganz beisammen hat?*, schalt ihr Gewissen sie aus. »Pah!«, sagte sie laut. Hinter ihr riss Harry angstvoll den Kopf hoch, und der Ruck an der Führungsleine kugelte ihr beinahe den Arm aus. »Oh ... tut mir leid«, entschuldigte sie sich bei dem Pferd. »Na, komm, mein Junge.«

Mit einem ärgerlichen Schnauben beruhigte sich der Wallach und verfiel wieder in seinen ungleichmäßigen Trott.

Auf ihrem Weg Richtung Norden überholte Bryanna ein paar Reisende, während die Sonne ihre Bahn über den Himmel zog und es langsam Nachmittag wurde. Einmal hielt sie an einem Fluss an, um die Pferde zu tränken, während sie ein Stück gesalzenen Fisch aus Gledas Vorratskammer aß. Niemand würde auch nur mit der Wimper zucken, weil sie sich an Gledas Lebensmitteln bedient hatte. Doch das Pferd würde man ebenso wie die Waffen und Werkzeuge als gestohlenes Gut betrachten.

Jetzt bist du also um keinen Deut besser als Gavyn, spottete ihre innere Stimme. Obwohl das weit von der Wahrheit entfernt war. Schließlich hatte sie niemanden umgebracht.

Noch nicht.

»Hör auf«, murmelte sie, wütend auf ihr nörgelndes Gewissen. Sie beugte sich über das Wasser, um sich Gesicht und Hände zu waschen. Als sie sich wieder zurücksetzte, sah sie ihr Spiegelbild im strudelnden Fluss.

»*Lass dich nicht entmutigen*«, tönte Isas Stimme klar wie eine Trompete durch ihren Kopf. »*Reite weiter bis zu der Stelle, wo Kambria begraben ist. Du wirst zwei Dinge finden, die dir bei deiner Suche helfen werden.*«

»Ich will mit dieser verdammten Suche nichts mehr zu tun haben«, sagte sie laut.

In diesem Moment erhaschte sie einen Blick auf Isas Gesicht im wirbelnden Wasser. Die Haut ganz grau und verzerrt, die Augen leiderfüllt.

Und genauso schnell verschwand das Gesicht auch wieder, zerstieb wie Schaum über den Steinen im sanften Strudeln des Wassers.

»*Aber das Kind ...*«, erhob Isas Stimme Einspruch.

»Oh, bei den Göttern, welches Kind, Isa? Wer ist dieses Kind, von dem du immer wieder sprichst?«

Und dann sah sie es. Ein lächelnder kleiner Junge mit hellen Augen, Pausbacken und lockigem rotblonden Haar, das im Wind wehte. Er kicherte und enthüllte dabei winzige Zähnchen.

Bryanna stockte der Atem, dann war er fort, und sein Bild wurde vom sprudelnden Wasser flussabwärts gespült.

Sie wich vom Ufer zurück. Es war nur eine Sinnestäuschung, ein Streich, den ihre lebhafte Fantasie ihr spielte. Das war kein echter Junge, den sie da gesehen hatte, kein unschuldiges Kind!

»*Nein?*«, fragte Isa spöttisch.

»Oh, gütiger Himmel.« Sie drängte die Furcht zurück, die in ihr aufstieg, während ihre Gedanken sich im Kreis drehten und zu erkennen suchten, was es bedeuten könnte. Hing die Zukunft dieses Jungen von ihr ab? Bestimmt nicht. Oh, lieber Gott.

»*Geh, Bryanna. Reite weiter. Finde Kambrias Grab …*«

Während sie noch damit haderte zu glauben, was sie im Wasser gesehen hatte, bestieg Bryanna ihr Pferd. Dann – mit einer Entschlossenheit, die ihre Unsicherheit Lügen strafte – nahm sie die Zügel auf und ritt in Richtung eines Einschnitts in den Bergen, den sie auf der Karte gesehen hatte.

Sie ritt den ganzen Tag; gelegentlich kam sie an einem Gehöft oder einem Stoppelfeld vorbei. Gegen Abend erreichte sie die Stelle, wo der Weg durch zwei Hügel schnitt. Die Sonne neigte sich zusehends dem Horizont entgegen, und der Mond stieg an einen purpurn überhauchten Himmel. Am Rande des Waldes erspähte sie ein paar Felsen. Sie ritt bis zu einer Stelle, wo der Boden wieder lehmig wurde und Moos, Gras und Kräuter wuchsen.

Wenn Gleda sich richtig erinnert hatte, war dies die Stelle, wo ihre Mutter zur letzten Ruhe gebettet worden war. Es gab keine Holzkreuze, um die Gräber zu kennzeichnen, keine Grabsteine, keine Grabhügel aus Steinen.

Nur der Leichnam einer Toten unter einer Schicht Erde und Gras. »Oh, Morrigu, steh mir bei«, wisperte Bryanna, während sich die Nacht herabsenkte und sie das Schlagen von Fledermausflügeln und den leisen Schrei einer Eule hörte.

Die Abgeschiedenheit des einsamen Waldes begann ihr zuzusetzen, und bei der Vorstellung, sechzehn Jahre alte Knochen auszugraben, bekam sie eine Gänsehaut. Sie verfluchte ihre Suche, diese geheimnisvolle Mission, die sie dazu zwang, im Schutze der Dunkelheit die Knochen einer Toten auszugraben. Eine einsame Suche. Sie dachte an Gavyn und die Erscheinung, die sie in der letzten Nacht gehabt hatte. Wo war er hingegangen? War er überhaupt bei ihr gewesen?

Sie fand im nahen Wald genug Äste, um ein kleines Feuer zu machen. Doch als die Flammen knisterten und knackten, spürte sie gleichwohl keine Wärme. Ihre Gedanken wanderten zu den Nächten zurück, die sie mit Gavyn im Wald verbracht hatte, ins Feuer starrend, während am Spieß das Fleisch briet. Wie gern sie diesem Mann vertraut hätte, der nachts vor Schmerzen stöhnte und sie am Tage zum Lachen brachte.

»Verdammter Mist«, murmelte sie und brach noch ein paar Zweige ab, die sie ins Feuer warf.

Sie fühlte sich einsamer als je zuvor in ihrem Leben, sie schaute zu den Sternen auf und atmete ein paar Mal tief ein, um sich zu beruhigen. Als ihre innere Ruhe zurückkehrte, begann sie mit sanfter Stimme leise, aber voller Leidenschaft zu singen. Das war ihre Art, mit der Nacht zu sprechen und ihren Geschöpfen, mit dem Wind und der mitternächtlichen

Stunde, mit dem dunklen Wald und der feuchten Erde – und die Worte strömten leicht über ihre Lippen.

Ihr Gesang fügte sich in die Geräusche des Waldes ein, während sie darauf wartete, dass der Mond höher stieg. Sie spürte die Bewegung der großen, leuchtenden Scheibe, als sie über den Wipfeln der Bäume sichtbar wurde und ein silbriges, ätherisches Licht verbreitete. Im Schein des Mondes entdeckte sie einen großen flachen Stein, der aus dem Gras herausragte – ein Stein, wie sie ihn auf der Karte gesehen hatte. Sie benutzte die Sterne als Orientierung und ging zehn Schritte nach Norden. Dann stieß sie Liams Schaufel in die weiche, nasse Erde, während sie leise ein Gebet murmelte.

»Isa«, sagte sie laut, während sie grub und schaufelweise Erde zur Seite warf, »ich hoffe bei Morrigu, dass du mich nicht in die Irre geführt hast.«

Fast rechnete sie damit, dass die Tote ihr in dieser eisigen Nacht antworten würde.

Doch natürlich blieb Isa stumm.

Stattdessen hörte sie eine tiefe männliche Stimme von den Hügeln umher widerhallen. »Um Gottes willen, Bryanna! Was zur Hölle glaubst du eigentlich, was du da tust?«

Erschreckt umfasste Bryanna den Stiel ihrer Schaufel fester.

Sie war allein auf der einsamen Lichtung.

Sie spähte in die Richtung, aus der die Stimme gekommen war.

Gavyn?

Oder spielte ihre Fantasie ihr wieder einen Streich?

Oh, bitte! Bitte!

Niemals in ihrem Leben hatte sie jemanden so sehr vermisst.

Doch war es wirklich möglich?

Höchstwahrscheinlich war es die Stimme eines Wegelagerers oder ... Doch er kannte ihren Namen.

Sie holte mit der Schaufel aus, als wolle sie sie als Waffe einsetzen, und versuchte im schwachen Schein des Mondes etwas zu erkennen. »Zeig dich!« Das Herz schlug ihr bis zum Hals, ihre Nerven waren zum Zerreißen gespannt, ihr Atem bildete Nebelwolken in der kalten Nachtluft.

Er tauchte aus dem Schatten auf, eine dunkle Gestalt auf seinem Rappen, wie ein Soldat, der heimkehrt.

Gledas warnende Worte fielen ihr wieder ein: *Nimm dich vor dem dunklen Krieger in Acht.*

»Gavyn?« Sie hielt die Schaufel immer noch erhoben, als wolle sie den Reiter damit von seinem Pferd schlagen.

»Gütiger Himmel, Bryanna«, sagte er, »was hast du gegen den alten Rhi? Du siehst aus, als wolltest du ihm gleich den Kopf einschlagen.«

»Dem Pferd? Nein, ich würde doch Rhi nie etwas tun!« Eine Welle der Erleichterung spülte über sie hinweg, und beinahe wären ihr wieder Tränen in die Augen gestiegen, doch sie drängte sie zurück. Was war nur mit ihr los? Sie war doch nie, wirklich nie, eine von diesen weinerlichen Frauen gewesen.

»Ach, dann bin ich es also, den du besinnungslos schlagen willst.« Er ritt näher ans Feuer heran, und ihr Blick glitt dankbar über seine Gestalt, die auf dem Rappen mit der weißen Fessel saß.

Gavyn.

Ihr dummes Herz zog sich bei seinem Anblick zusammen. Gott sei Dank! Gledas und selbst Isas Warnung waren ihr plötzlich egal. Sie ließ ihre Schaufel fallen und stürzte sich ihm entgegen, als er abstieg. Nie zuvor in ihrem Leben war sie über jemandes Anblick so glücklich gewesen. Seine Arme legten sich um sie, und sie schaffte es gerade noch, nicht schluchzend an seiner Brust zusammenzubrechen. Sie war auf ihrer Reise so allein gewesen ... aber jetzt, und wäre es auch nur für einen kurzen Moment, war sie mit jemandem zusammen, dem sie vertraute.

»Hast du mich vermisst?« Er lachte leise.

»Nie!«, log sie und lachte, als er sie auf die Halsbeuge küsste. Dann umfasste er mit seinen schwieligen Händen ihr Gesicht und küsste sie auf die Lippen. Er schmeckte nach Nacht, kaltem Wind, dem Rauch eines Holzfeuers und Mondlicht. Ihr Blut begann sofort heiß durch ihre Adern zu strömen, als sie sich wieder erinnerte, erinnerte an die letzte Nacht und das Liebesspiel, das fast bis zum frühen Morgen gedauert hatte. Heiß. Voller Verlangen. Sein Körper drückte sich so vertraut an den ihren ...

»Warte!« Sie löste sich von ihm und spürte sofort kalten Trennungsschmerz. »Warte kurz.« Während sie sich das Haar aus dem Gesicht strich, trat sie einen Schritt zurück und holte tief Luft. Sie versuchte, nicht darauf zu achten, dass sie innerlich zitterte. Vor Erleichterung? Vor Verlangen? Wahrscheinlich eine Mischung aus beidem. »Du ... du hast mich verlassen«, warf sie ihm vor.

»*Du* hast *mich* verlassen.« Er schüttelte den Kopf und ging zum Feuer. »Versuch nicht, den Spieß umzudrehen. Ich habe geschlafen im Wald. Erinnerst du dich? Ich war dabei, mich von meinen Verletzungen zu erholen. Und du schlichst dich einfach mitten in der Nacht ohne ein Wort davon.« Er hockte sich hin und wärmte seine Hände über dem kleinen Feuer.

Sie konnte es nicht leugnen, obwohl sie sich verzweifelt danach sehnte, es zu erklären.

»Weißt du was? Wenn der Wolf nicht gewesen wäre, hättest du mir wahrscheinlich auch noch das Pferd genommen.«

»Nein! Und wo ... wo ist dieses wilde Tier überhaupt? Der Wolf, meine ich.«

»Würgling.«

»Würgling? Du meinst Eisenhut?« Das Kraut wurde von Bauern verwendet, um damit Tiere zu töten. Sie hatte gehört, dass man das tödliche Kraut auf ein Stück Fleisch legte und hoffte, dass herumstreifende Wölfe das vergiftete Fleisch fraßen und starben, ehe sie über das Vieh des Bauern herfielen.

»Er brauchte einen Namen. Ich konnte ihn nicht einfach nur Wolf nennen.«

»Um Himmels willen, warum denn nicht? Ich kann es nicht fassen, dass du ihm tatsächlich einen Namen gegeben hast.« Eisiger Wind pfiff um den Hügel herum. Die Bö riss an ihren Haaren, drückte den Umhang eng an ihren Körper und ließ die Flammen sich ducken, um dann umso heftiger zu flackern. »Du hast einem wilden Tier einen Namen gegeben, als wäre es ein Schoßhündchen. Ist das nicht ein wenig närrisch?«

»Nicht annähernd so verrückt, wie mit Leuten zu reden, die gar nicht da sind, Bryanna.«

Widerstrebend musste sie sich eingestehen, dass er da wohl nicht ganz unrecht hatte. Zweifelte sie nicht selber an sich und an dem, was sie hörte? Nun, den Beweis würde sie heute Nacht finden, nicht wahr? Wenn in diesen Hügeln tatsächlich eine Frau begraben, in einem namenlosen Grab beigesetzt worden war und nur aufgrund einer zerrissenen Karte gefunden wurde, dann würde das ihre eigenen Zweifel zum Schweigen bringen.

Sie dachte immer noch über den Wolf nach, während sie ihren Umhang fester um sich zog und mit einem kurzen Blick die Umgebung außerhalb des Feuerscheins musterte.

Sie suchte im Unterholz nach einem vertrauten Paar goldener Augen.

»Er wird irgendwann auftauchen.« Gavyn stand auf und trat zu ihr.

»Hast du ihn gesehen?«

Gavyn stieß ein Lachen voll amüsierter Zuneigung aus. »Das faule Biest weiß, dass es bei mir immer etwas zu essen bekommt.«

»Er könnte die Pferde angreifen.«

»Alleine nicht. Nein.« Er bedachte sie mit einem frechen und viel zu verführerischen Lächeln, um sich dann in ihrem Lager umzuschauen, wobei sein Blick am dösenden Harry hängen blieb, der am selben Ast wie Alabaster festgebunden war. »So, so, du hast jetzt also noch ein Pferd. Kein so schönes wie Rhi, aber als Packtier völlig ausreichend. Da hast du dich wohl an ein anderes halten müssen, nachdem du meines nicht stehlen konntest.«

»Ich habe es nicht gestohlen ...« Sie zögerte kurz und ließ das Thema dann auf sich beruhen. »Hör mal, Gavyn, ich hätte dir dein Pferd in der Nacht damals im Wald nicht weggenommen. Ich hätte dich nie allein ohne Pferd zurückgelassen.« Das Blut begann schneller durch ihren Körper zu strömen, als er ihren Blick festhielt. Seine Augen verheilten gut, sie waren kaum noch rot, und die Prellungen in seinem Gesicht waren zu leichten Schatten verblasst.

»Aber letzte Nacht«, flüsterte sie und hatte Angst, dass er es vielleicht leugnen würde. »Du warst bei mir und ... dann bist du gegangen.«

»Ich konnte nicht das Risiko eingehen, erwischt zu werden. Es ist immer noch eine Belohnung auf meinen Kopf ausgesetzt.«

»Aber warum ...« Sie führte ihre Frage nicht zu Ende. Ihre

Erinnerung war ein einziges Durcheinander, eine Mischung aus Vergnügen, Schmerz, Furcht und Verlangen, die keinen Sinn ergab.

Doch jetzt wusste sie, dass sie wirklich mit Gavyn zusammen gewesen war und es nicht nur geträumt hatte. Einzelne Momente schossen wieder durch ihren Kopf, und sie erinnerte sich daran, wie brutal er sie das erste Mal genommen hatte, wie wütend er gewesen war. »Warum warst du so gemein zu mir, Gavyn?«

»Gemein? Aber ich bin doch nicht ...«

»Ich war noch Jungfrau, Gavyn. Es war mein erstes Mal.«

Er sah sie an, als wäre sie verrückt.

»Hast du es nicht bemerkt?«

»Gütiger Himmel, Bryanna, ich ...« Er wirkte entsetzt. »Ich hatte nicht die Absicht, letzte Nacht mit ... mit dir zu schlafen. Ich habe mich in den großen Saal geschlichen, um mich davon zu überzeugen, dass du noch lebst und in Sicherheit bist und ...« Er hob die Hände, als könne er es nicht fassen. »Ich ... äh, nun, jetzt ist es zu spät. Wenn ... wenn ich dir wehgetan habe oder grob war oder dich beleidigt habe, dann ... tut es mir leid.«

Es zerriss ihr das Herz – er wirkte so aufrichtig, so fassungslos, so zutiefst angewidert von sich selbst. Er strich sich das Haar aus der Stirn und stieß einen unterdrückten Fluch aus, ehe er noch hinzufügte: »Ich dachte ... ich meine, ich hatte das Gefühl, als würde es dir auch gefallen.«

Wieder spürte sie, wie ihre Wangen warm wurden, und sie hoffte inständig, dass die Dunkelheit ihre Verlegenheit verbergen würde.

»Hat es das nicht?«, fragte er und sah sie an. »Hat es dir nicht gefallen?«

Oh Gott, ja. »Am Ende, ja … vielleicht war es mein Fehler. Ich wusste einfach nicht, wie es sich anfühlen würde, wie es zwischen Mann und Frau ist …« Aber immer wieder blitzten verschwommene Erinnerungen auf, und sie spürte, dass irgendetwas ganz und gar nicht stimmte.

Und was war mit dem Bild, das sie im Spiegel gesehen hatte? Eine Sinnestäuschung? Diese Stimme, die behauptet hatte, dass sie »auf immer vereint« wären. Das war nicht Gavyns Stimme gewesen, aber auch keine, die sie kannte.

»Es hat keinen Sinn«, sagte sie, als der Wind wieder zu heulen begann. »Ich kann es nicht erklären …« Sie hatte es so satt, darüber nachzudenken, zu überlegen, Stück für Stück auseinanderzunehmen, was passiert war. »Es ist genug darüber geredet worden.«

Er kratzte sich am Bart, während seine silbergrauen Augen voller Fragen waren.

»Ich meine es ernst, Gavyn. Lass uns nicht mehr davon sprechen. Warum erzählst du mir nicht, wie du mich gefunden hast?«

»Das war einfach. Ich bin dir gefolgt.«

»Aber ich war vorsichtig, habe mich auf der leeren Straße immer wieder umgesehen. Es war niemand hinter mir.«

»Du hast einen lahmen Gaul gestohlen, Bryanna. Ich habe mein ganzes Leben lang mit Pferden gearbeitet und ich bin Jäger. Es war ganz einfach, im Matsch der Hufspur zu folgen, vor allem, da es ein Bein immer entlastet. Und wie du schon gesagt hast, waren nicht viele Reisende auf der Straße. Das hat es noch einfacher gemacht, deiner Fährte zu folgen.«

Er trat neben sie, und seine Stiefel versanken im nassen Gras, als er auf die Schaufel deutete, die sie noch immer in der Hand hielt.

»Warum erzählst du mir jetzt nicht einfach, was du hier

mitten in der Nacht in der Erde rumbuddelst? Und was du vergraben willst?«

Cael überlegte gerade, wie er noch ein paar mehr Münzen aus Lord Hallyd herausholen könnte, als er die Soldaten erspähte, die durch das Dorf ritten. Ihre Uniformen waren schmutzig und mit Schlamm bespritzt. Die Pferde wirkten müde, aber sie trugen die Farben von Agendor. Purpur und Gold, dreckig zwar, aber unverkennbar.

Konnte es sein, dass sein Glück in dieser Nacht, die vom Vollmond beschienen wurde, zurückgekehrt war?

Er hatte tagelang im Sattel gesessen. Sein Hinterteil war wund, und sein Bein schmerzte immer noch vom Angriff des verdammten Wolfs. Obwohl er es nicht zugeben mochte, würde er wohl einen Medikus aufsuchen müssen. Denn die Wunde heilte zwar, fühlte sich aber unangenehm heiß an.

Er hatte gerade angehalten, um ein Bier zu trinken, und war dabei, sein Pferd festzubinden, als die Soldaten eintrafen und ins Gasthaus stürmten.

Er folgte in einigem Abstand und erschreckte eine Ratte, die sich mit ihren Knopfaugen im Schatten verbarg, dann aber eilig davonhuschte, wobei der lange Schwanz dem Körper in ein Loch unter dem Vorbau folgte. Cael betrat die einfache Wirtschaft und schob sich auf einen Stuhl in der Ecke. Der kleine Raum war warm und voller Menschen. Es roch nach menschlichen Ausdünstungen, saurem Bier und vielleicht sogar Erbrochenem. Er bestellte sich ein Bier und beobachtete, wie die Männer sich auf Bänken und Stühlen niederließen. Sie bezahlten ihr Ale und schäkerten mit der Dienstmagd, als diese ihnen ihre Becher brachte.

Gutes Mädchen, dachte Cael, und obwohl er Durst hatte und nichts lieber getan hätte, als seine Nase in seinem eigenen Becher zu versenken, ihn bis zum letzten Tropfen zu leeren und ein weiteres Bier zu bestellen, hielt er sich zurück und nippte nur am starken Bier, während er die Männer im Auge behielt.

Es dauerte nicht lange, bis sich deren schlechte Laune besserte, sie Witze erzählten und die Stimmen immer lauter wurden. Im Ganzen waren es fünf Soldaten, ein kleiner, doch schlagkräftiger Trupp. Zumindest nahm Cael das an. Nachdem man sich über Schlachten und Jagdzüge unterhalten hatte und darüber, wer die willigsten Frauen in der Grafschaft kannte, meinte einer der Männer: »Aber diesen Mistkerl haben wir nicht gefunden, oder? Keine Spur von ihm.«

Cael lächelte und hob seinen Becher an die Lippen, während er angestrengt lauschte, um sich trotz der lauten Wetten, Rufe und dem Klötern des Würfelbechers am Tisch neben dem Feuer nichts von der Unterhaltung entgehen zu lassen.

»Den kriegen wir schon noch.«

»Und wie sollen wir das anstellen, Seamus? Seine Fährte ist so kalt wie der Schwanz eines Toten.«

Die anderen Soldaten lachten und stimmten brummend zu, während die Würfel laut klackerten.

»Irgendjemand wird ihn sehen. Ihn erkennen. Oder das Pferd.« Seamus war nicht bereit, den Sündenbock zu spielen. »Wir müssen ihn finden, Aaron. Wir müssen Craddock rächen.«

»Craddock war ein Scheißkerl«, sagte der Große, Aaron, während er sich umdrehte, um nach der Dienstmagd Ausschau zu halten. Während er das tat, konnte Cael sehen, dass ihm ein Teil seines Ohrs fehlte. »Er hat es verdient zu sterben.«

»Jetzt verteidigst du diesen Bastard von Mörder auch noch«, griff Seamus ihn an. Er sah so aus, als wolle er sich gleich auf den anderen stürzen, sein Gesicht wurde so rot wie der Helmbusch von Agendor. Seamus' Muskeln spannten sich an, als wolle er ihm einen Kinnhaken verpassen oder nach seinem Schwert greifen. Cael konnte deutlich erkennen, dass er nicht so intelligent war wie die anderen. Häufig war er zur Zielscheibe ihres Spotts geworden, und es gelüstete ihn nach einem Kampf.

»Brrr, Seamus, halt!«, meinte der mit dem halben Ohr. »Reg dich ab. Ich hab nur gesagt, was jeder hier denkt. Wir werden trotzdem Gavyn aufspüren und ihn Lord Deverill ausliefern. Das ist unsere Pflicht. Aber ich bleib dabei, dass der Bastard etwas Schlimmeres hätte tun können, als Craddock zu töten.«

Am Spieltisch neben dem Spitzel wurde es plötzlich laut. Männer lachten und fluchten.

Cael versuchte, noch mehr von der Unterhaltung mitzubekommen, doch die Soldaten rückten enger zusammen, beugten sich über ihre Becher und senkten ihre Stimmen.

Aber das machte nichts.

Er hatte herausgefunden, was er wissen wollte.

Er zog kurz in Erwägung, sich zu den Soldaten zu setzen, doch dann überlegte er es sich anders. Sollten sie doch nach Agendor zurückkehren. Sollten sie doch gestehen, dass sie den Pferde stehlenden Mörder nicht gefunden hatten. Sollten sie doch Deverills Zorn zu spüren bekommen.

Erst dann würde Cael um Audienz beim Baron bitten. Erst dann würde er das Wissen anbieten, über das er verfügte. Denn die Belohnung für den Kopf des Bastards würde bestimmt noch steigen.

Er lächelte in seinen Becher.

In der Tat – sein Glück hatte sich gewendet.

Bryanna stützte sich im silbrigen Mondlicht auf die Schaufel. »Nein, Gavyn«, versicherte sie ihm. »Ich bin nicht dabei, irgendetwas zu vergraben.«

Er blickte auf das Loch im Boden. »Was tust du dann ...?«

»Ich grabe etwas aus.« Ehe er fragen konnte, was, fügte sie hinzu: »Dies ist wahrscheinlich die Stelle, wo Kambria von Tarth beigesetzt wurde, und wenn man Gleda, möge ihre Seele in Frieden ruhen, glauben darf, ist Kambria nicht nur hier begraben worden, sondern sie war auch eine Hexe. Und, wie es aussieht, meine liebe alte Mutter ...«

»Wie bitte? Warte mal ... deine Mutter? Ich dachte, Lenore von Penbrooke wäre deine Mutter. Ich habe dich mit ihr zusammen gesehen, als ich in den Stallungen arbeitete. Ich war da.«

»Ja, ich weiß. Aber laut Gleda war meine Geburt ein einziger Betrug. Sie beharrte darauf, dass ich von Kambria geboren und mit Lenores krankem Kind ausgetauscht wurde. Mein Vater wusste davon.«

»Dein Vater?«

»Ja, Lord Alwynn«, sagte sie und schnaubte vor Abscheu. »Noch ein Mann, der scheinbar seine Hosen nicht anbehalten konnte.«

»Er hatte etwa zur gleichen Zeit mit Kambria wie mit Lenore ein Kind?«

»Ja. Das hat Gleda gesagt. Es stünde geschrieben.«

»Wo? Auf was?«

»Das kann ich dir nicht sagen, außer dass ich jetzt nicht mehr nur eine Karte habe, sondern zwei, die allem Anschein nach zusammengehören.«

»Also war deine Karte tatsächlich nicht vollständig, wie ich mir schon gedacht hatte.«

»Deshalb kannst du mir jetzt helfen. Hier!« Sie schob

ihm die Schaufel hin, denn ihr taten bereits die Arme weh. Wenn er schon einmal hier war, konnte er auch etwas tun. »Du gräbst hier.« Sie zeigte auf die Stelle, wo sie mit dem Loch angefangen hatte. »Und ich erzähle dir, was ich erfahren habe.«

»Einfach so?«, fragte er und stieß dabei die Schaufel tief in die Erde. »Du willst mir alles erzählen? Nachdem du mich im Wald zurückgelassen hast?« Offensichtlich glaubte er ihr nicht, und sie konnte es ihm nicht verübeln. Aber sie hatte zu viele Geheimnisse für sich behalten müssen. Bryanna konnte es nicht mehr aushalten. Zum Teufel mit Isas Warnung. Es wurde allmählich Zeit, dass sie sich jemandem anvertraute, und sei es auch ein Mörder und Dieb.

Sie zog ihren Umhang fester um sich, zum Schutz gegen die Kälte. »Ich habe diese Lügen, Halbwahrheiten und Rätsel satt, und deshalb will ich, dass du zu mir ehrlich bist, und dann werde ich es auch dir gegenüber sein. Außer natürlich, wenn Isa mir sagt, dass ich das nicht tun soll.«

»Sie ist hier bei dir?«, fragte er, ohne es recht zu glauben. Er warf eine Schaufel voll Erde zur Seite und stieß das Blatt dann wieder tief in den Boden, wobei sich noch mehr von der feuchten, schweren und schwarzen Erde löste. »Sie und ihr Ehemann? Parnell, wenn ich mich recht entsinne?«

»Natürlich ist sie nicht hier, und nein, sie war auch nie verheiratet, *Cain*«, erwiderte sie und betonte dabei den falschen Namen, den er ihr bei ihrer ersten Begegnung genannt hatte.

Er stieß ein Schnauben aus, das wie ein Lachen klang. »Na gut, ich gebe es zu. Ich habe auch gelogen, als wir uns das erste Mal trafen. Wir sind quitt.«

»Das bezweifle ich«, erwiderte sie trocken, und er lachte wieder leise.

»Also triffst du dich mit Isa?«

»Vielleicht. Ich weiß es nicht.« Sie zuckte mit den Achseln, wandte den Blick ab und räusperte sich. Sie wollte völlig ehrlich zu ihm sein, stellte aber fest, dass ihr das schwerfiel. Konnte sie wirklich zugeben, dass sie eine Tote sprechen hörte?

»Also, wo ist sie jetzt?«

»Nun ja ...« Sie zögerte, während er weitergrub. Wie sollte sie erklären, dass Isa aus dem Grab zu ihr sprach? Nervös berührte sie das Amulett, das sie um den Hals trug, jenes, das sie Isa abgenommen hatte.

»Ich dachte, dies wäre jetzt der Augenblick der Wahrheit!«

»Es ist etwas schwer zu glauben«, gab sie zu und beobachtete, wie der Berg mit Erde immer größer wurde.

»Stell mich auf die Probe.«

»Isa ist tot.«

Er hörte auf zu graben. »Tot?«

»Ja.«

Er stützte sich auf den Griff der Schaufel und sagte: »Weißt du was, ehe ich hier weitergrabe, warum erzählst du mir nicht genau, wovon du eigentlich redest?«

»Das habe ich ja vor. Aber hör nicht auf. Mach einfach weiter.« Sie deutete auf das immer tiefer werdende Loch. »Ich werde es erklären.«

»Dann rede.«

Und das tat sie. Von Anfang an. Während er Schaufel um Schaufel der weichen Erde auf das moosige Gras warf und der Haufen immer größer wurde, erzählte sie ihm von Isas Tod und den seltsamen Unterhaltungen, die sie mit ihr geführt hatte. Sie erklärte, wie sie Isas Sachen genommen und sich auf ihre Suche begeben hatte, wie sie Zaubersprüche und

Lieder sowie das Sammeln, Trocknen und Anwenden von Kräutern gelernt hatte. Während er die Schaufel immer tiefer in den Boden stieß, rief Bryanna ihm wieder ihre erste Begegnung in Erinnerung und erzählte dann, wie Isas Stimme sie später gedrängt hatte, ihn im Wald allein zu lassen. Sie berichtete von ihrer Mission, ein Kind zu retten, das sie nie gesehen hatte, von dem Dolch und den Edelsteinen, von der Karte und ihrem Ritt nach Tarth, wo sie Gleda getroffen hatte.

Bryanna holte tief Luft und sah zum schimmernden Vollmond hinauf, während sie wiedergab, was Gleda ihr über die Umstände ihrer Geburt anvertraut hatte.

»… das heißt, wenn man glauben kann, was Gleda gesagt hat«, gestand Bryanna und trat dichter ans Feuer. Sie nahm einen trockenen Ast und zerbrach ihn über ihrem Knie, dass das Holz splitternd knackte.

»Du glaubst ihr nicht?«, fragte Gavyn.

»Ich bin hier, oder nicht?« Sie schüttelte den Kopf angesichts der Ereignisse, die sie hier an diesen Ort, zusammen mit diesem Mann, gebracht hatten. »Es fällt mir schwer zu glauben, dass alles, was sie gesagt hat, wahr sein soll.«

»Aber hältst du es nicht für seltsam, dass sie und ihr Mann genau in der Nacht starben, in der du sie kennengelernt hast. Soll das ein Zufall sein?«

»Schlimmer noch. Ich glaube, sie wusste vielleicht, dass sie sterben wird.« Sie warf die Holzstücke ins Feuer. Hungrige Flammen knisterten und brannten, weil sie neue Nahrung bekommen hatten, und goldene Schatten tanzten auf den rauen Rinden der nahen Bäume.

»Eine Vorahnung? Dass sie einen Unfall haben würde?«, fragte er und grub fleißig weiter.

»Oder dass jemand sie umbringen würde.«

»Umbringen? Du meinst mit Absicht? Sie und ihren Ehemann ermorden?« Wieder landete eine Schaufel voll Erde auf dem immer größer werdenden Haufen.

»Warum sonst hätte sie die andere Hälfte der Karte bei mir lassen sollen?«

»So bist du an den zweiten Teil gekommen?«, fragte er und schaute auf.

»Ja.« Sie tat Zweige ins Feuer und fuhr mit ihrer Geschichte fort, als die Flammen heller wurden. »Deshalb habe ich das Pferd und ein paar Sachen aus ihrem Haus gestohlen. Dann habe ich mich nach der Karte gerichtet und bin hierhergekommen.«

Gavyn hörte mit dem Graben auf, um sich mit dem Handrücken den Schweiß von der Stirn zu wischen.

»Das ist vielleicht eine Geschichte, Bryanna«, gab er zu. »Manche würden denken, du bist verrückt.«

»Und du?«

Er lächelte, und seine Zähne blitzten in der Dunkelheit weiß auf. »Nein, ich glaube nicht, dass du verrückt bist, aber ich habe fast das Gefühl, als wäre ich in einer dieser Gespenstergeschichten gelandet, die wir uns als Kinder erzählt haben. Man war immer darauf aus, eine noch gruseligere Geschichte zu erfinden, eine, die den anderen so richtig Angst einjagte, besonders den kleineren. Dieses Ausbuddeln von Särgen bei Mondschein« – er deutete auf den sternenklaren Himmel – »entbehrt nicht einer gewissen Dramatik, oder? Vielleicht hat die Alte dir ja nur Angst einjagen wollen?«

»Ich verstehe nicht, warum das alles bei Nacht sein muss.«

»Kurz vor Mitternacht, nicht wahr?«, fragte er, und sie nickte. »Das ist alles Unsinn, nur eine Geistergeschichte.« Er zuckte mit den Achseln. »Aber das macht nichts. Wenn wir schon mal hier sind, können wir auch gleich nach toten Hexen graben, nicht wahr?« Er sah zu ihr auf und grinste sie spöttisch und herausfordernd an. »Ich schätze mal, wir sollten dankbar sein, dass es eine mondhelle Nacht ist.«

»Grab einfach weiter.«

Sein Grinsen wurde noch breiter. »Das tue ich, aber nicht bis in alle Ewigkeit. Nur um zu sehen, ob du recht hast. Ich müsste bald auf einen Sarg stoßen. Wenn ja, wissen wir, dass Gleda die Wahrheit gesagt hat.«

»Und wenn nicht?«

»Dann bezweifle ich, dass du wirklich die neue Zauberin von Tarth bist.«

Bryanna wusste nicht, was sie sich erhoffen sollte.

Entweder war ihr ganzes Leben eine Lüge gewesen und sie war die Tochter einer Hexe, oder sie war tatsächlich verrückt, auf das zu hören, was tote Frauen und alte Weiber aus Legenden und Wahrheit so zusammenstrickten. Sie rieb sich die Arme. »Wenn du dich ausruhen möchtest, kann ich auch wieder eine Weile graben.«

»Nicht nötig.« Gavyn stieß die Schaufel tief in den Boden.

Und stieß auf etwas Festes, das einen lauten, dumpfen Ton von sich gab.

Bryannas Kopf zuckte hoch.

Eisige Kälte breitete sich in ihr aus.

»Hab was gefunden«, sagte Gavyn, und jeder Anflug von Übermut war fort, sein Lächeln verschwunden.

Während Bryanna näher an das tiefe Loch herantrat, stürzte Gavyn sich mit neuem Eifer in seine Arbeit. Er schaufelte schneller, und das Schaufelblatt stieß immer wieder auf etwas Festes. Jedes Mal, wenn Bryanna den dumpfen Ton hörte, zuckte sie zusammen.

Sie sah in das dunkle Loch, wo Gavyn die restliche Erde

mit der Schaufel wegkratzte. »Es ist eine Kiste – das steht schon mal fest«, meinte er.

Er hatte recht. Im fahlen Mondlicht sah sie den Umriss einer langen Holzkiste, wohl ein angemoderter Sarg aus Kiefernholz. Aus reiner Gewohnheit bekreuzigte sie sich, während sie innerlich zitterte.

»Gütiger Gott«, flüsterte Bryanna, während sie den Sarg anstarrte. Der Wind streifte sie, als sich eine einzelne, spinnwebfeine Wolke vor den Mond schob.

»Sieht so aus, als hätte Gleda recht gehabt«, meinte Gavyn, und ohne darauf zu warten, ob Bryanna etwas sagte, streckte er seinen Arm aus und wischte die restliche Erde mit der Hand weg. »Möchtest du die Ehre haben?«, fragte er, sobald die gesplitterte, vermodernde Kiste ganz zu sehen war.

Sie schüttelte den Kopf. »Mach weiter. Öffne ihn.«

»Na gut.« Er setzte das Schaufelblatt an, um damit den Sargdeckel anzuheben, und das weiche, zerfallende Holz gab leicht nach.

Bryanna, deren Mund staubtrocken war, wappnete sich gegen das, was sie sehen würde, während sie sich auf den feuchten Boden legte und sich über den Rand des Grabes beugte, sodass ihre Arme in das feuchte Loch hingen. Sie legte ihre Finger um das weiche Holz, und als Gavyn sich auf den Griff der Schaufel lehnte, half sie ihm, den Sargdeckel hochzuheben.

Mit einem lauten, unheimlichen Krachen gab das Holz nach.

Der Deckel fiel zur Seite.

Der Sarg war offen, sein Inhalt sichtbar.

Bei dem Anblick, der sich ihr bot, blieb Bryanna fast das Herz stehen, und der Schrei, den sie eben noch hatte ausstoßen wollen, erstarb auf ihren Lippen.

Im Sarg lag ein Skelett, die Gebeine der Kambria von Tarth, nur noch in Überreste vermoderter Kleidung gehüllt, die schwarzen Augenhöhlen starrten leer.

Doch die tote Frau war nicht allein.

In ihren knochigen Armen lag ein weiteres winziges Skelett – die Knochen eines Säuglings.

19

»Das ist meine Schwester«, sagte Bryanna, die davon ausging, dass das Baby, das so geborgen in den Armen der Toten lag, Lenores Kind sein musste, welches nach der Geburt vertauscht worden war.

»Lenore und Alwynns Kind.«

»Ja«, flüsterte sie und hatte dabei einen Kloß im Hals, der so groß war, dass sie kaum atmen konnte.

»Also ist die Sache mit dem Vermächtnis, Gledas Geschichte, doch wahr. Oder zumindest Teile davon.«

»Vielleicht auch alles.« Sie hockte sich hin und sah zum Mond hinauf, der hoch am Himmel stand und dessen schwacher Schein die Landschaft beleuchtete.

»Da ist noch etwas anderes.«

»Was denn?«, fragte sie.

Gavyn sah die Frau und das Kind an. »Siehst du? Da.« Der Ernst, der in seiner Stimme mitschwang, ließ sie zögern. Wieder stieg Furcht in ihr auf, aber sie beugte sich über den Rand des Loches und schaute in die Dunkelheit.

Sie bemerkte ein schwaches Glitzern etwa in der Mitte des Sargs zwischen den Hüftknochen der Frau – wie ein Stück Glas, das das Licht einfing.

An ihrem Hinterkopf begann es unangenehm zu kribbeln. »Was ist das?«, fragte sie, aber im Grunde wusste sie es bereits. Es war ein Stein. Einer der Edelsteine aus dem Dolch, der perlmuttartig hell schimmerte.

Eine Zeile des Legendenspruchs ging ihr durch den Kopf. *Ein Opal für den Punkt im Norden ...*

»Es ist ein Opal, nicht wahr?«

»Lass uns nachsehen.«

Bryanna spürte, wie ihre Beine schwach wurden, als er zwischen die Knochen griff. Sie wandte den Blick ab, denn sie befürchtete, dass ihr schlecht werden könnte. »Jemand hat ihn bei ihr im Sarg versteckt«, sagte sie, als wäre das eine einleuchtende Erklärung.

»Das glaube ich nicht.«

Oh, Gott! Er hatte recht. Warum sollte ihn jemand dort verstecken, wenn er ihn hätte stehlen können? Und die Stelle, wo er lag ...

Wieder stieg Übelkeit in ihr hoch, als sie daran dachte, was Kambria hatte erleiden müssen, was sie getan hatte, um ihr Kind zu retten, *sie* zu retten. Ihre Stimme war nur ein Flüstern, als sie sagte: »Isa ... Isa sagte, dass da zwei Dinge wären ... das eine ist wohl der Stein, und das andere muss das Kind sein ...«

»Wir werden sehen ...«, sagte er und griff noch tiefer in den Sarg, wobei er die Knochen beiseiteschob, um an den kleinen Stein zu kommen.

Bryanna zuckte zusammen, denn sie hatte das Gefühl, als würden Kambria und das Kind erneut entweiht. Sie wusste, dass diese Störung ihrer letzten Ruhe notwendig war. Gütiger Gott, deshalb war sie doch überhaupt hierhergekommen, um den ersten Stein zu finden, der in den Dolch gehörte. Und trotzdem schien es nicht richtig zu sein.

Der Mond stieg noch höher und verbreitete mehr Licht, sodass die Nacht wie ein blauer, hauchzarter Tag wirkte. Bryanna hielt den Atem an, als Gavyn mit dem schimmernden Opal wieder hochkam und ihn ihr reichte. Der oval geformte Stein sah im silbrigen Licht vollkommen aus und wirkte wie eine kleinere, längliche Ausgabe des Mondes.

»Da ist noch etwas«, sagte er und verschwand wieder im Loch. Bryanna, der immer noch schlecht war, stellte sich neben das Grab und sah noch ängstlicher hinein.

Sie wusste, an welcher Stelle er seine Finger vergrub, und würgte, als er etwas hervorzog, das wie ein dunkler Zweig aussah.

»Morrigu, Mutter Gottes«, wisperte sie, als beiden die Wahrheit aufging. »Der Stein und dieses ... Diese Sachen wurden nicht absichtlich mit ihr vergraben«, sagte sie. »Es war kein Freund oder Verbündeter, der sie zu ihr in den Sarg getan hat.«

Er schaute zu ihr auf und schüttelte den Kopf.

»Sie waren in ihr versteckt. Tief in ihrem Körper.« Bryanna erfasste ein Schauder darüber, dass Kambria ihr Geheimnis so verzweifelt hatte bewahren wollen, dass sie dafür den Edelstein und das zweigartige Ding tief in ihrem Leib versteckt hatte.

»Ja«, stimmte er ihr ernst zu. »Sie muss gewusst haben, dass sie bald sterben würde.«

»Und was ist es nun? Was hast du noch gefunden?« Sie deutete auf den Gegenstand, den er in der Hand hielt.

»Es sieht wie ein Stück zusammengerollten Leders aus.«

»Ein weiteres Stück der Karte.« Bryanna suchte seinen Blick im Mondlicht. »Die zwei Dinge, von denen Isa mir erzählt hat. Der Opal und die Karte.«

Sie blickte auf das Skelett ihrer Mutter und die Knochen

des Kindes, das von einer anderen Frau geboren worden war. Zusammen begraben. *Auf immer vereint.* Sie spürte, wie blass sie war. Dies konnte nicht das Kind sein, von dem Isa gesprochen hatte. »Isa hat nie erwähnt, dass wir den Säugling hier finden würden.«

»Vielleicht wusste sie es nicht. Lass uns nachsehen, ob da noch irgendetwas anderes ist.« Während Bryanna den Stein und das aufgerollte Stück Leder berührte, durchsuchte er den Rest des Sargs, wobei er sorgfältig alles unter den Knochen, um sie herum und dazwischen überprüfte. Schließlich schüttelte er den Kopf und richtete sich auf, wobei seine Augen nur um ein Geringes unter ihren waren. »Hier ist nichts mehr.«

»Dann müssen wir sie wieder begraben, zusammen mit dem Kind.« Bryanna flüsterte ein schnelles Gebet. »Jetzt können sie endlich in Frieden ruhen.«

»Das will ich hoffen.«

Gemeinsam legten sie den Deckel zurück auf den Sarg. Während Gavyn das Grab wieder mit Erde füllte, sprach Bryanna ein weiteres Gebet und richtete es an jeden Gott und jede Göttin, die es hören mochten.

Der Opal blitzte wissend im Mondlicht, während das brüchige Stück Leder trocken und spröde war. Sie ging zum Feuer, öffnete ihren Beutel und nahm sich etwas Bienenwachs. Sie bearbeitete das alte, steife Leder damit, bis es weich und geschmeidig wurde. Bryanna wollte nicht über Kambrias Verzweiflung oder ihre Furcht nachdenken. Was brachte eine Frau wohl so weit, sich dieses Lederstück zusammen mit einem wertvollen Stein tief in den Schoß zu schieben? Und dann das Kind. Gleda hatte gesagt, das Ärmste wäre eines natürlichen Todes gestorben. Vielleicht hatte Alwynn gehofft, dass Kambria über die Macht verfügte, das kleine Mädchen zu retten, es gar zu heilen. Vielleicht war es Alwynn gewesen, der das Kind an ihrer Seite begraben hatte.

»Es gibt keine Kraft, die dafür stark genug wäre«, sagte sie laut, während sie das Leder langsam über einen Stein spannte und es jedes Mal glättete, wenn es sich wieder aufrollen wollte.

»Was sagst du?« Gavyn warf gerade die letzten Schaufeln Erde auf das Grab und stampfte sie fest.

»Ich habe gerade über Kambria nachgedacht«, antwortete sie und verzog das Gesicht, während sie versuchte, das Leder zu glätten.

»Darüber, warum sie, wenn sie eine so große Zauberin war, sich nicht selbst retten konnte?«

»Ja.«

»Manche Dinge lassen sich nicht erklären«, meinte er. »Wie mit einer Toten zu reden oder von jemandem zu träumen, dem man noch nicht begegnet ist.«

»Du weißt von meinen Träumen?«, fragte sie verwirrt.

Er setzte sich auf einen Stein neben ihr und beobachtete sie dabei, wie sie das Leder bearbeitete, wobei ihre Finger die Haut spannten und anfeuchteten. »Nein, Bryanna«, gab er zu. »Ich kenne nur meine eigenen. Wo ist denn nun der Dolch?« Sie sah von ihrer Arbeit auf. »Lass mich das hier machen. Du kümmerst dich um den Stein und setzt ihn dort ein, wo er hingehört.«

Er übernahm ihre Arbeit und drückte seine Daumen immer wieder ins Leder, während sie den Dolch auswickelte. »Ein Opal für den Punkt im Norden«, sagte sie und drehte den Stein vorsichtig über der obersten Fassung des Dolches. Als der Stein einrastete, kribbelte es in ihren Fingern, und dieses Gefühl setzte sich ihren Arm hinauf fort und wärmte sie dabei von innen heraus. Ein Licht flammte zischend auf, und plötzlich saß der Stein fest in seiner Fassung im Heft des Dolches.

»Bei den Göttern«, flüsterte Gavyn. »Der passt!«

»Als wäre er immer in den Griff eingesetzt gewesen«, sagte sie. Der alte Dolch schien jetzt zu schimmern, der Opal rosa und hellblau zu strahlen. Allerdings war sie sicher, dass es eine durch das Mondlicht hervorgerufene Sinnestäuschung war.

Gavyn kniff die Augen zu schmalen Schlitzen zusammen. »Ich glaube nicht an Magie.«

Sie reichte ihm das Messer, und er versuchte, den Edelstein aus seiner Fassung herauszudrehen, doch er saß fest. Gavyn schüttelte langsam den Kopf und reichte ihr das Messer zurück.

»Könnte sein, dass du deine Meinung darüber, woran du glauben sollst, ändern musst.«

»Hm.« Er runzelte immer noch die Stirn, als er ihr das ausgefranste Stück Leder gab. »Vielleicht sollten wir uns einmal die Karte ansehen und herauszufinden versuchen, was sie zeigt. Kambria hat sich große Mühe gegeben, sie zu verstecken.«

Im Schein des Feuers legten sie die drei Teile auf einen langen, flachen Stein und drehten und wendeten sie, bis die gezackten Kanten übereinstimmten und die Linien auf den Karten einen Sinn ergaben. »So passt es zusammen«, sagte Gavyn und vertiefte sich in die Symbole und seltsamen Hieroglyphen. Er fuhr mit einem Finger von der Stelle, die Kambrias Grab kennzeichnete, zum Rand eines Lederstücks, wo es wieder so aussah, als ob etwas wegradiert worden war. »Nach Osten«, sagte er und musterte die Hügel, von denen sie umgeben waren. Er sah zum Himmel auf und deutete dann mit dem Kopf auf die steilsten Felsformationen. »In diese Richtung.«

Bryanna folgte seinem Blick zu den dunklen, schroffen Hügeln, die mit Bäumen bedeckt waren.

»Ein Opal für den Punkt im Norden, ein Smaragd für den Osten ... Morgen werde ich in diese Richtung reiten«, erklärte sie.

»Und ich werde dich begleiten.«

»Ach ja?«, fragte sie, denn sie war sich nicht sicher, ob er sich ihr wirklich anschließen sollte. So sehr sie ihn auch vermissen mochte, wenn er nicht da war, so sehr sie sich auch nach seiner Gesellschaft sehnte, war sie doch ungewiss, ob es richtig war, wenn er sie bei ihrer Suche begleitete.

»Wirst du nicht einen Jäger, Fährtenleser, Totengräber und Leibwächter brauchen?«

Beinahe hätte sie gelacht. »Ein Leibwächter, auf dessen Kopf eine Belohnung ausgesetzt ist und der ein gestohlenes Pferd reitet, das einem Edelmann gehört. Das ist es, was ich brauche?«

»Ja«, bestätigte er. »Ich glaube, das ist es.«

»Und was ist mit dem Rest?«, fragte sie, und sie war immer noch wund genug, um dadurch an ihr Liebesspiel erinnert zu werden.

»Der Rest?« Seine Worte klangen unschuldig, doch seine Augen glitzerten im Mondlicht.

»Wir beide. Du weißt schon.« Der Mistkerl! Er brachte sie doch tatsächlich dazu, es auszusprechen. »Was sich letzte Nacht ... zwischen uns abgespielt hat. Was ist damit?«

»Da du meinst, ich sei zu grob mit dir umgegangen, sollten wir vielleicht warten.«

»Wie lange?«

»Das, Mylady, bestimmt Ihr. Ich bin immer bereit.«

Verfluchter Kerl! Machte er sich etwa über sie lustig? Seine silbrigen Augen funkelten im Mondlicht.

Ihr lag schon eine Erwiderung auf der Zunge, als er sie – schnell wie eine Katze, die sich auf eine Maus stürzt – packte und an sich zog. Bryanna ließ das Messer fallen, als er seinen Mund leidenschaftlich heiß auf ihren senkte. Ihr stockte der Atem, als er seine Zunge zwischen ihre Zähne stieß, sie neckte und berührte.

»Ooh«, wisperte sie und schlang ihre Arme um seinen Hals. Sie stand bereits in Flammen. »Gavyn ...«

Er hob den Kopf, während er sie weiterhin fest an sich drückte. »Was, Mylady?«

»Ich ... ich ...«

»Ich weiß. Ich auch. Aber ich halte es für besser, wenn wir warten« – sein Lächeln war so verrucht wie die Nacht, als er sie losließ –, »bis du wirklich bereit bist.«

Er hatte all seine Willenskraft aufbieten müssen, um sie allein schlafen zu lassen, aber er hatte es getan. Eingewickelt in seinen Umhang, hatte er sich auf dem Boden ausgestreckt und zugesehen, wie sie erschöpft eingeschlafen war.

Gütiger Himmel, er sehnte sich nach ihr. Die letzte Nacht war die reinste Glückseligkeit gewesen, und so hatten ihn ihre seltsamen Anschuldigungen völlig unvorbereitet getroffen. Hatte sie seine Liebkosungen nicht erwidert? Hatte sie ihn nicht geküsst und sich ihm mit warmen Händen, feuchten Lippen und willigem Körper hingegeben?

Er sah ins niederbrennende Feuer, während sie so dicht neben ihm lag, dass er nur die Arme hätte ausstrecken müssen, um sie zu berühren.

Tu es nicht.

Es bringt Unglück, mit einer Hexe zu schlafen.

Sein Kiefer spannte sich bei diesem Gedanken an, und er beugte sich über den Baumstamm, der ihm als Stütze diente, und spuckte aus. Er glaubte nicht an Hexen, Zauberei, Beschwörungen, Magie oder alle verdammten Dinge, die er nicht verstand. Manchmal, wenn er Zeuge unerhörter Grausamkeiten wurde, fiel es ihm sogar schwer, Gott zu vertrauen, obwohl er sich bemühte, an ihn zu glauben.

Mühsam löste er seinen Blick von ihr, schaute zum fahlen Mond auf und schlummerte schließlich ein.

Als er wach wurde, ging die Sonne bereits auf, und Wolken zogen sich zusammen. Er schürte das Feuer und wartete, bis sie sich ebenfalls zu rühren begann, um ihr zu sagen, dass er für ungefähr eine Stunde auf die Jagd gehen würde. Als er mit einer Ente und einem Eichhörnchen zurückkehrte, war sie gerade dabei, die Karte zusammenzunähen; Ledernadel und Faden hatte sie in Gledas Nähsachen gefunden.

Er zog das Eichhörnchen ab, rupfte die Ente und steckte dann beide auf Spieße, die Bryanna mit ihrem Messer aus ein paar dicken Zweigen zurechtgeschnitten hatte. Dicker Rauch stieg zum Himmel auf, wo sich hoch oben Wolken zusammenzogen.

Als sich der Duft von gegrilltem Fleisch zu verbreiten begann, bemerkte er, dass Würgling wieder da war und sich gut sichtbar am Waldrand niedergelegt hatte.

»Kannst du dir deine Mahlzeit nicht selbst fangen?«, fragte Gavyn.

Bryanna drehte den Kopf und stellte fest, dass das Tier sie anscheinend flehentlich anschaute.

»Du bist ein Wolf, um Himmels willen. Du solltest uns deinen Fang bringen«, beschwerte er sich.

Bryanna kicherte. »Er ist kein Jagdhund«, schalt sie ihn, während sie den Spieß drehte.

»Faul, das ist er.« Gavyn saß auf einem Stein und sah sich die nun miteinander verbundenen Lederstücke an. Teile der

Skizze glaubte er zu verstehen, oder sie weckten eine Erinnerung an einen Ort, wo er schon einmal gewesen war, doch vieles ergab für ihn einfach keinen Sinn. »Das hier scheint eine Straße zu sein«, meinte er, »und dies« – er deutete auf ein paar kaum erkennbare Linien – »könnte eine Burg oder ein Dorf sein. Es ist ein Gebäude.«

»Eine Abtei?«, fragte sie, und er erkannte die schwachen Umrisse eines Kreuzes. »Vielleicht eine Kathedrale?«

»Oder ein Friedhof. Sieh mal, hier ist eine dunkle Stelle. Vielleicht noch eine Grabstelle. Nur dass diese mit einem Kreuz gekennzeichnet ist.«

»Oh, sag jetzt nicht, dass ich noch ein Grab öffnen muss.« Bei dem Gedanken daran erfasste sie ein Schaudern, sie rieb sich die Arme und blickte am Feuer vorbei zu dem frisch zugeschaufelten Grab.

»Vielleicht wird Isa dir ja etwas sagen.«

Sie bedachte ihn mit einem vernichtenden Blick. »Das können wir nur hoffen. Sonst wissen wir gar nicht, in welche Richtung wir uns wenden sollen.«

Er runzelte die Stirn. »Ich nehme an, wenn wir uns nach der Karte richten, gelangen wir zu einigen der Orte, die auf ihr verzeichnet sind. Wenn wir an ihnen vorbeikommen, werden wir wohl die Landschaft erkennen. Aber es sieht nach einem weiten Ritt durch hohe Berge aus. Eine lange Reise. Das könnte dauern.«

Während sie wieder das Fleisch drehte, musterte sie ihn durch den aufsteigenden Rauch. »Du musst mich nicht begleiten. Warum willst du eine schwere Reise auf dich nehmen, die dich nur viel Zeit kosten wird? Du kannst deiner eigenen Wege gehen.«

Er spürte, wie ein Lächeln um seine Mundwinkel zuckte. »So leicht wirst du mich nicht los.«

»Habe ich das denn versucht?«, fragte sie und zog dabei eine Augenbraue hoch, während sie sich das Fett von den Fingern leckte.

»Das musst du sagen«, meinte er und ignorierte dabei die plötzlich aufflammende Sehnsucht, die durch seinen Körper schoss. »Das musst du sagen.«

»Dann wollen wir mal sehen, ob ich alles richtig verstanden habe«, sagte Deverill, wobei er die Hände hinter seinem Rücken zusammenlegte und die ganze Länge des großen Raumes im Torhaus von Agendor durchmaß. Die Männer, die normalerweise in Gruppen beisammenstanden oder saßen und lachten, redeten und sich groß taten, waren verstummt, als wäre der Zorn des Barons fast schon greifbar und hätte ihre Zungen gelähmt.

Deverill blieb mitten in einer kleinen Gruppe von Soldaten stehen, die er allesamt für unfähig hielt. Die Männer, die er losgeschickt hatte, um Gavyn aufzuspüren, waren vor weniger als einer Stunde zurückgekehrt, als es noch hell gewesen war. Sie waren müde, dreckig und murrten. Ihre Schwerter klirrten in den Scheiden, während sie sich um einen kleinen, seltsam aussehenden Mann versammelten, der, wenn Deverill ihm glauben konnte, mehr erreicht hatte als irgendein Mann aus Agendors Armee.

»Ihr meint also gesehen zu haben, dass mein Pferd von Gavyn von Tarth geritten wurde«, fuhr Deverill fort. Der schmächtige kleine Mann wollte ihn unterbrechen, doch Deverill gebot ihm mit einer Handbewegung Einhalt. Cael, der offensichtlich schlauer war, als er aussah, hielt den Mund. »Er war in Begleitung einer Frau, von der Ihr behauptet, sie sei eine Zauberin. Ein außergewöhnlich großer Wolf war bei ihnen und griff Euch an. Stimmt das so?«

»Ja, Mylord«, erwiderte der kümmerliche Zwerg und nickte dabei so heftig mit dem Kopf, dass man beinahe Angst bekam, er könnte gleich von seinem dünnen Hals herunterfallen. »Es ist genauso, wie Ihr sagt.«

»Seid Ihr Euch dessen sicher?«

»Ist Euer Pferd nicht schwarz und hat eine weiße Fessel und eine gezackte Blesse auf der Nase?«, fragte Cael und zeigte mit einem dreckigen Finger in seinem Gesicht auf die Stelle, die er meinte.

»Das wissen viele, aber mir erscheint es unglaubwürdig, dass ein so kleiner Mann, wie Ihr es seid, so viel beobachtet haben will, während meine eigenen Männer, ausgebildete Soldaten und Krieger, nichts gefunden haben. Nicht einmal eine Spur von Gavyn oder dem Pferd.«

Cael deutete ein bescheidenes Lächeln an, das seine vorstehenden listigen Augen nicht ganz erreichte. »Vielleicht haben sie an den falschen Stellen gesucht, Mylord. Oder vielleicht habe ich auch einfach Glück gehabt.«

»Ich würde es nicht gerade als Glück bezeichnen, dass Ihr von diesem Wolf angegriffen worden seid. Haben *sie* dem Wolf befohlen, Euch anzufallen?«

»Nein, ich habe mich nur an ihr Lager angeschlichen und durch die Büsche gespäht. Ich war so leise, dass sie gar nicht bemerkt haben, dass ich da war. Und dann hat mich plötzlich diese Bestie mit ihrem riesigen Maul und den fingerlangen Reißzähnen aus dem Dunkel angefallen. Es war schrecklich.« Er sah sich um, ob ihm die anderen auch zuhörten. »Ich kann von Glück sprechen, dass ich mit dem Leben davongekommen bin.«

»Ja, ja, das habt Ihr schon gesagt.« Deverill wusste nicht, ob er diesem kleinen Mann Glauben schenken sollte. »Woher stammt Ihr?«

Plötzlich passte die Stimme des kleinen Mannes zu seiner Statur. »Chwarel.«

Ein Gehilfe Hallyds. Deverill hatte den Baron von Chwarel kennengelernt, von dem es hieß, dass er seltsam wäre, und das war noch eine freundliche Umschreibung. Hallyd, der früher Priester gewesen war, hatte seine Kutte vor vielen Jahren an den Nagel gehängt. Seit Jahren kursierten Gerüchte über ihn. Es hieß, dass er seine Burg nur im Schutze der Dunkelheit verließ. Ein Geschöpf der Nacht.

Deverill fragte beharrlich weiter: »Ihr seid in einem Wirtshaus auf meine Männer gestoßen, ist das richtig?«

Seamus antwortete an seiner statt. »Ja, Mylord. Er kam gleich nach uns raus und behauptete, er hätte Gavyn gesehen.«

»Wie kommt das?«, fragte Deverill.

»Das wollte ich Euch gerade sagen. Ich, äh, ich habe gehört, dass auf ihn eine Belohnung ausgesetzt ist.«

»Und wo ist er jetzt?«, fragte Deverill.

Der kleine Wicht besaß tatsächlich die Frechheit, den Mund zu halten, als besäße er Macht, als könne dieser kleine Wurm mit einem Mann, der so mächtig war wie der Lord von Agendor, feilschen. »Ihr bekommt Eure Belohnung, wenn wir ihn fassen, aber ich gebe niemandem aufgrund bloßer Gerüchte Geld.«

»Natürlich«, stimmte Cael zu und trat dabei von einem Fuß auf den anderen.

»Und Euer Lord Hallyd weiß davon?«

»Ja, aber er dachte, Ihr würdet es auch wissen wollen.«

»Wie fürsorglich von ihm«, meinte Deverill und konnte dabei seinen Sarkasmus nicht verbergen. »Richtet dem Baron aus, dass ich ihm für seine Sorge danke.« Er deutete auf den Hauptmann der Wache. »Schickt Soldaten auf frischen

Pferden nach Tarth. Und nun zu Euch«, meinte er und richtete seinen Blick wieder auf den kleinen eifrigen Spitzel mit den runden Augen. »Ich lasse den Medikus mal ein Auge auf Euer Bein werfen. Der Haushofmeister wird Euch nach Eurer langen Reise mit Essen und Trinken versorgen. Ihr könnt Euch ausruhen und heute Nacht im Wachhaus schlafen. Ich werde dem Schreiber einen Brief diktieren und mit meinem Siegel versehen, damit Lord Hallyd weiß, dass Ihr auch wirklich hier wart. Ihr könnt morgen früh mit meinen Männern aufbrechen und ihnen zeigen, wo Ihr den Mörder gesehen habt, der mein Pferd gestohlen hat. Vielleicht bringen Eure Fähigkeiten im Aufspüren meine Männer wieder auf seine Fährte.«

Cael bewegte sich und benutzte einen Gehstock, um nicht das Gleichgewicht zu verlieren. »Aber ich bin Lord Hallyd verpflichtet.«

»Habt keine Angst, Cael. Meine Männer werden dafür sorgen, dass Ihr wohlbehalten wieder nach Hause kommt, sobald sie festgestellt haben, dass Ihr die Wahrheit sagt.« Er rückte ein wenig dichter an den Mann heran, der ihn an ein groteskes Fratzengesicht erinnerte. »Aber wenn Ihr mich nun angelogen habt, Cael, wenn Ihr nun mit einer Geschichte von riesigen Wölfen, Hexen und dem Dieb zu mir gekommen seid und sich herausstellt, dass diese Geschichte falsch ist? Eine Lüge? Nur der Versuch, mich um mein Geld zu erleichtern?« Er sah, dass der andere schluckte, aber seinem Blick unverwandt standhielt. »Wenn Ihr mich angelogen habt, werdet Ihr dafür mit Eurem Leben bezahlen. Habt Ihr mich verstanden?«

»Ja, Mylord ... und ich danke Euch für Eure Gastfreundschaft. Aber ich habe nicht gelogen. Ich habe den Dieb mit Eurem Pferd gesehen. Er, die Hexe und diese Bestie waren auf dem Weg nach Tarth. Wenn sie nicht da sind, weiß ich nicht, wohin sie sonst geritten sein könnten. Doch bestimmt wird man jemanden finden, der es weiß.«

»Ja.« Als Deverill sich wieder seinen Männern zuwandte, machte er sich nicht die Mühe, seine Unzufriedenheit zu verbergen, als sich sein Blick auf den Hauptmann der Wache richtete. »Nehmt diesen Mann morgen früh mit. Findet den Dieb und mein verdammtes Pferd. Und lasst ihn Euch dieses Mal nicht wieder durch die Finger schlüpfen!«

20

Gavyn hatte recht gehabt, dachte Bryanna, als sie zu einem kleinen Gebirgsdorf kamen. Die Reise war lang und beschwerlich gewesen. Sie waren durch Berge geritten, wo die Pfade so unwegsam waren, dass sie befürchtet hatte, die Tiere könnten die felsigen Abhänge hinunterrutschen. Sie hatten Flüsse durchquert, über die sich keine Brücken spannten, und waren durch Täler geritten, die endlos schienen, wenn sich der Nebel über ihnen senkte.

Aus verkohltem Holz, Lehm und Wasser hatte Bryanna sich bemüht, eine Farbe herzustellen, mit der man Rhis weiße Abzeichen verbergen konnte. Natürlich hielt sie immer nur einen Tag und musste jeden Morgen neu aufgetragen werden, aber sie hoffte, dass das Pferd dadurch weniger Aufmerksamkeit erregte und nicht gleich als das Schlachtross von Lord Deverill von Agendor erkannte wurde. Sie nannte sich jetzt Brynn, was ein durchaus verbreiteter Name war, und Gavyn hieß Cain. Obwohl sie nur wenig tun konnten, um ihr Äußeres zu verändern, stopfte Bryanna ihr Haar unter die Kapuze und hoffte inständig, dass niemand sie erkennen möge.

Obwohl sie nicht wie Gavyn gesucht wurde, war da immer noch die Sache mit Harry, dem Pferd, das sie gestohlen hatte. Außerdem würde es sehr verdächtig aussehen, dass Gleda und ihr Mann ausgerechnet an dem Tag ermordet worden waren, an dem sie in der Stadt eingetroffen war.

Je weniger Menschen sie begegneten, desto besser.

Sie waren mehr als dreißig Tage gereist, waren dabei aber nur langsam vorangekommen, weil sie immer wieder die Karte zurate ziehen und den Elementen trotzen mussten. Zweimal waren sie der falschen Abzweigung gefolgt und waren gezwungen gewesen umzukehren, wobei sie mehrere Tage verloren hatten. Sie hatten nur gelegentlich einmal in einem Gasthaus übernachtet und sonst Unterschlupf in verlassenen, verfallenen Hütten gesucht, in denen Ratten, Spinnen und unzählige Insekten hausten. Es war immer noch bitterkalt, aber das führten sie darauf zurück, dass sie sich in den Bergen aufhielten. In den tieferen Lagen war deutlich zu spüren, dass es allmählich Frühling wurde. Die ersten Blätter waren zu sehen, einige wenige Blumen wagten es, ihre Blüten zu entfalten, und häufiger als zu Beginn ihrer Suche vertrieb die Sonne die Nachmittagswolken.

Der Wolf war nie weit entfernt, doch zuzeiten war er mehrere Tage verschwunden, ehe er wieder auftauchte. Immer wenn Bryanna gerade fest überzeugt war, dass das Tier endlich fort war, sah sie das Schimmern der goldenen Augen, die sie aus dem Schatten beobachteten, oder sie erspähte einen großen Pfotenabdruck im weichen Boden oder bemerkte, dass sich Harrys Augen geweitet hatten, da sich das Packpferd nicht an die Gegenwart seines natürlichen Feindes gewöhnt hatte.

»Mach dir keine Sorgen, dass er verloren gehen könnte«, hatte Gavyn Bryanna eines Nachts geneckt, als sie gefragt hatte, wo das Tier hin war. »Er weiß, wo er Essen bekommt. Wenn Würgling Hunger hat, wird er schon zurückkommen.«

Sie war sich da nicht so sicher gewesen wie Gavyn. Doch am nächsten Morgen, als sie die Augen aufschlug und die verspannten Glieder streckte, hatte sie das große graue Tier zusammengerollt unter den hängenden Zweigen einer Kiefer liegen sehen, die Nase unter seinen buschigen Schwanz geschoben. Er hob den Kopf, als Bryanna sich rührte, und starrte sie mit diesen Augen an, die fast nie blinzelten.

»Hab ich es dir nicht gesagt?«, hatte Gavyn gestichelt, als er sie dabei ertappte, wie sie das Tier ansah. »Das faule Vieh werden wir nie wieder los.«

»Als ob du das willst. Du magst es, wenn er um dich herum ist.«

Gavyns Lächeln war noch breiter geworden, als gäbe er zu, dass sie recht hatte. »Dann ist es also wahr. Du bist tatsächlich eine Hexe, Bryanna«, hatte er sie geneckt, wobei seine silbernen Augen im Morgenlicht funkelten. »Du kannst meine Gedanken lesen.«

Sie hatte empört getan, dann jedoch gelacht und sich gefragt, wann er sie wohl wieder küsste. Berührte. Liebte. Sie hatten zwar seit der Nacht an Kambrias Grab eine unausgesprochene Vereinbarung, doch sie konnte nichts gegen das Verlangen tief in ihrem Innern tun, das jede Nacht in ihr aufwallte.

Und mit jedem Tag, der verging, verheilten seine Wunden besser. Die Prellungen waren endlich vollkommen verblasst, und das Weiß seiner Augen war wieder so klar und ungetrübt wie frisch gefallener Schnee. Er zuckte nicht mehr zusammen, wenn er zu lange im Sattel gesessen war oder in einer anderen Haltung hatte verharren müssen.

Während ihrer Reise tauschte Gavyn Pelze gegen Essen, Geld oder Pfeilspitzen. In den frühen Morgenstunden, wenn er sich auf die Jagd nach Rehen, Eichhörnchen, Hasen und Vögeln machte, beschäftigte Bryanna sich mit Zaubersprüchen und Gesängen oder grub Wurzeln aus und sammelte im Wald Nadeln, Rinde und Pilze. Einmal überraschte sie ihn mit zwei Kröten, die sie erlegt hatte, und ein andermal fing sie in einem seichten Fluss eine fette Forelle.

Doch ihr Geheimnis enthüllte sie ihm nicht, ein Geheimnis, auf das er früh genug selber kommen würde. Denn sie war sich sicher, schwanger zu sein.

Ihre Monatsblutung hätte schon vor über zwei Wochen einsetzen müssen, und die letzten Tage war ihr übel gewesen. Sie hatte dies der anstrengenden Reise anlasten wollen, doch eine Stimme in ihrem Hinterkopf erinnerte sie immer wieder an die Nacht, in der sie sich geliebt hatten.

Sie wusste, wie Kinder gemacht wurden.

Sie hatte auf einer Burg gelebt und mitbekommen, wenn die Wäscherinnen miteinander schnatterten oder die Soldaten untereinander prahlten. Und natürlich hatte sie auch den Akt selbst gesehen, sei es zwischen Schafböcken und Zibben, Hengsten und Stuten oder bei den Hunden im Zwinger. Also hätte sie nicht überrascht sein dürfen. Nie im Leben hätte sie gedacht, dass sie eines Tages schwanger werden könnte, ohne verheiratet zu sein, während sie im Laufe einer geheimnisvollen Suche zu einem unbekannten Ziel durch bewaldete Hügel streifte. Abwesend rieb sie sich den flachen Bauch.

Sie dachte wieder an das, was Gleda gesagt hatte – über ein Kind, geboren aus Dunkelheit und Licht, ein Kind, das in Gefahr schwebte. Bei dem Kind aus der Prophezeiung konnte es sich doch wohl nicht um das Baby in ihrem Bauch handeln? Nein, sie würde das noch nicht einmal in Erwägung ziehen. Das war doch reiner Wahnwitz.

Aber der Stein ... Gledas Anweisungen hatten sie zu der Stelle geführt, wo sie den Stein und den Säugling im Sarg gefunden hatten – Lenores Kind. Bekamen Gledas Worte dadurch nicht einen Anstrich von Wahrheit?

Bryanna weigerte sich, ihre Gedanken weiter in diese Richtung schweifen zu lassen. Sie mochte nicht darüber nachdenken, dass sie die Mutter des Herrschers sein könnte, der in der Prophezeiung genannt wurde.

Sie kamen in ein Dorf, und während Gavyn seine Pelze gegen Brot, Hafer und Käse tauschte, fand sie eine ältere Bauersfrau, die mehr als bereit war, ihnen einen Gemüseeintopf, hartes Brot sowie ein Dach über dem Kopf und etwas Klatsch zukommen zu lassen – für einen weichen Hermelinpelz, über den die alte Frau, während sie aßen, die ganze Zeit mit Händen strich, die voller dunkler Flecken und deren Finger an den Knöcheln geschwollen waren.

Der Eintopf schmeckte nach Knoblauch, Zwiebeln, Schweineschmalz und Bohnen, und Bryanna schwor, dass es der beste Gemüseeintopf war, den sie je gegessen hatte. Rosie, die Witwe war, nahm das Kompliment mit freudig glühenden Wangen entgegen. Die Frau hungerte so sehr nach Gesellschaft, wie es Bryanna nach Essen verlangt hatte. Anschließend kümmerte Gavyn sich um die Pferde und machte Feuerholz, während Rosie sich mit Bryanna vor das Feuer setzte, um mit ihr herzhaft zu plaudern.

Draußen war es fast dunkel, und das Feuer und eine Kerze verbreiteten Wärme und Licht in der kleinen Hütte. Durch die dünnen Wände hörte Bryanna Gavyn arbeiten. Seine Axt bohrte sich in das trockene Holz, ein weiterer Schlag und das

Scheit brach auseinander, wobei die beiden Stücke wegflogen und gegen die Hauswand schlugen.

»Das ist ein ganz Starker«, stellte die alte Dame fest. »Wie mein Ehemann vor langer Zeit.« Sie seufzte traurig. »Nun, Brynn, wohin wollt Ihr mit Eurem Gatten?« Sie sah ins Feuer, und ihre Finger strichen nach wie vor über den Pelz.

Gatte.

Das Wort hallte in Bryannas Kopf wider.

Überraschenderweise war der Gedanke nicht unangenehm.

Und keiner, über den Bryanna nicht schon nachgedacht hätte.

»Ihr müsst doch irgendwohin wollen«, fragte Rosie hartnäckig, wobei ihr freundliches Lächeln einen abgebrochenen Vorderzahn enthüllte.

»Nach Osten. Wir sind uns wirklich nicht sicher«, erwiderte Bryanna schließlich. »Cain hat jenseits der Berge Familie. Einen Bruder. Ich habe ihn nie kennengelernt und ... und es ist lange her, dass er in diese Richtung gereist ist. Ich bin mir, äh, wirklich nicht sicher, wohin wir eigentlich reiten. Ich überlasse das Cain.« Ach, du lieber Himmel, sie hörte sich ja wie eine Gans an, die Art von Frau, die sie verabscheute.

Rosie verzog das Gesicht und sah aus, als hätte sie gerade in einen sauren Holzapfel gebissen. Mit einem Stock schob sie ein paar verkohlte Holzscheite, die weggerollt waren, wieder ins Feuer. »Der Ort hat doch bestimmt einen Namen.« Mit einem wohlgezielten Stoß verfrachtete sie ein weiteres Stück Holz zurück in die Feuerstelle.

»Ich bin mir nicht ganz sicher ...«

»Es ist ein Dorf nicht weit entfernt vom Fluss«, sagte Gavyn, als er mit einem ganzen Arm voll Feuerholz und der

Axt der Frau durch die Tür kam. »Die muss geschärft werden«, sagte er und deutete dabei auf die Klinge. »Stumpfer als der Dorftrottel ist die. Ich schärfe Euch die Klinge, wenn Ihr einen Schleifstein habt.«

»Da muss ich mal nachschauen.« Mühsam kam sie hoch. »Mein Mann, Gott sei seiner Seele gnädig, hat immer darauf geachtet, dass all seine Werkzeuge scharf sind.« Sie fand den Schleifstein auf einem Regalbrett und reichte ihn Gavyn, bevor sie in dem Topf rührte, der über der Feuerstelle hing. Bryannas Magen knurrte, während Gavyn mit dem Schärfen der Klinge begann. Rosie legte noch ein paar weitere Messer neben ihn und setzte sich dann wieder auf ihren Stuhl. »Wie heißt das Dorf?«

»Es heißt Allynwood und ist nicht weit von Connah's Quay entfernt.«

»Habe nie davon gehört. Allynwood.« Sie kratzte sich an der Wange.

»Ein sehr kleines Dorf«, versicherte Gavyn ihr, um dann auf den Schleifstein zu spucken und die Axt zu bearbeiten. »Kleiner als dies hier.«

Darüber musste sie lachen. Es war ein kurzes Gackern. »Schwierig, eins zu finden, das kleiner als dies hier ist«, scherzte sie. Er zwinkerte ihr zu, und sie errötete. Dann bot sie ihm ein Bier an. Der Abend schritt voran, und sie erzählte von ihrem toten Mann und darüber, dass sie keine Kinder hatte.

»Wenn ich nach Allynwood will, welchen Weg müsste ich dann nehmen?«, fragte Gavyn, als die Frau zu gähnen begann. »Richtung Osten natürlich.«

»Ich weiß nicht, wo Allynwood ist. Ihr sagt, es läge in der Nähe vom Wasser? Hm.« Sie schüttelte den Kopf und zog die Brauen zusammen. »Mein Mann war Steinmetz, ehe er durch den Unfall seinen Arm nicht mehr gebrauchen konnte. Er ist ein wenig gereist. Er sprach immer von den Städten, in denen er war. Aber Allynwood? Nein, daran erinnere ich mich nicht.«

»Ich weiß, dass es in der Nähe einer größeren Stadt lag«, sagte Gavyn. Bryanna beobachtete ihn während seiner Unterhaltung mit Rosie, und wieder stellte sie fest, was für ein geübter Lügner er war. »Aber ich kann mich nicht mehr an den Namen erinnern. Es gab da eine Abtei, einen Friedhof oder eine Kathedrale, glaube ich.«

»Ach Gott, wollen doch mal sehen.« Sie sah zur Decke hoch und seufzte. »Er sprach von ... Wrexham, aber das liegt in südöstlicher Richtung, und Caer ... ach, wie war das noch ... Caerwys ist nicht weit von Holywell entfernt.« Sie schüttelte den Kopf, und das ergraute Haar streifte ihre Schultern. »Es gibt natürlich St. Asaph südlich von Rhuddlan, aber das ist nicht in der Nähe von Connahs.« Sie kniff die Lippen zusammen und legte ihren Kopf zur Seite. »Tut mir leid, Cain. An mehr erinnere ich mich nicht.«

»Das muss Euch nicht bekümmern. Wir werden den Weg schon finden«, versicherte Gavyn der Frau, obwohl Bryanna nicht wusste, wie er das machen wollte. Solange Isa, die den ganzen letzten Monat stumm geblieben war, nicht endlich wieder sprach, war Bryanna unsicher, welche Richtung sie einschlagen sollten oder wohin sie überhaupt wollten.

Als es schließlich Zeit war, schlafen zu gehen, bereitete die Bauersfrau ihnen ein Lager, das kaum groß genug für sie beide war, und gab ihnen noch eine zerschlissene Decke, ehe sie sich in ihr eigenes Bett am anderen Ende des Raumes zurückzog.

Sie hielten die Lüge, dass sie miteinander verheiratet wären, aufrecht. Bryanna legte sich neben Gavyn und erhob keine Einwände, als er seinen Arm über ihren Bauch legte und sie an sich zog. Sie schloss die Augen und versuchte, die Wärme seines Körpers und die Kraft seiner Arme zu ignorieren sowie die Tatsache, wie perfekt sich ihr Rücken an seine Brust, Bauch und Beine schmiegte. Seine Knie lagen in ihren Kniekehlen, und ihr Kopf ruhte in seiner Halsbeuge.

Oh, das war gefährlich.

Sie spürte ihn mit jeder Nervenfaser und jedem Muskel. Obwohl sie versuchte, sich zu entspannen, beunruhigte sie sein warmer Atem, der durch ihr Haar und über die Rückseite ihres Halses strich.

Bilder, wie sie mit ihm geschlafen hatte, durchzuckten ihren, ach, so willigen Geist. Das war das Einzige, was sie davon abhielt, ihre Arme um ihn zu schlingen und ihn verlangend zu küssen. Leidenschaftlich. Mit all der Hemmungslosigkeit, die sie in der Nacht damals in der Festung von Tarth gespürt hatte.

Sie wand sich ein wenig, um etwas Abstand von seinem Körper zu bekommen, doch er zog sie nur fester an sich und lachte leise. »Du gehst nirgends hin, Weib«, flüsterte er in ihr Ohr.

»Ich bin nicht dein ...«

»Ah, ah, ah«, warnte er sie leise, während eine Hand von ihrer Taille nach oben glitt, um die Unterseite ihres Busens zu berühren. »Heute Nacht, Weib, kann ich dich überall berühren, wo ich will.«

Bei seinen Worten spürte sie ein Kribbeln tief in ihrem Innern. »Wir sind nicht allein.«

»Das macht nichts.« Er legte seine Hand über ihre Brust, und ihr stockte der Atem. Er spreizte die Finger, und ihre Brustwarze wurde steif. Obwohl mehrere Lagen Stoff zwischen ihnen waren, reagierte sie auf seine Berührung und musste sich auf die Unterlippe beißen, um nicht vor Lust zu stöhnen. Er fand die kleine Knospe und spielte damit durch das Mieder ihres Kleides hindurch, zupfte daran, sodass sie die Augen so fest zusammenkniff, dass es wehtat.

»Du bist ein unerträglicher, elender Mistkerl«, flüsterte sie. »Du nutzt die Situation aus und – oooh!«

Seine Lippen fanden ihre Ohrmuschel, und seine Zunge strich über die empfindliche Stelle. Alles, was sie noch hatte sagen wollen, erstarb auf ihren Lippen. Sein Atem wehte über die Stelle, die von seiner Zunge befeuchtet worden war, und sie hatte das Gefühl, vor Verlangen gleich den Verstand zu verlieren.

Lieber Gott, das Blut strömte schneller durch ihre Venen, und ihre Haut war heiß und empfindlich. Ihr Körper pochte vor Verlangen, heiß und hungrig, wohlwissend, dass er sie nur ein paar Mal fest zu reiben brauchte, damit ...

»Hör auf«, zischte sie, während sie versuchte, sich wieder unter Kontrolle zu bringen. Das war ja einfach lächerlich!

»Willst du das wirklich?«

»Ja!«, erwiderte sie atemlos. Das war eine Lüge, und sowohl sie als auch Gavyn wussten das.

Er legte eine seiner Hände mit gespreizten Fingern auf ihren Bauch, wobei die Spitze seines Daumens die Unterseite ihres Busens berührte und sein kleiner Finger bis zu der Stelle reichte, wo sich ihre Schenkel teilten. Ihre ganze Welt bestand nur noch aus sinnlichen Empfindungen. Als er sich bewegte, spürte sie, wie sich sein steifes Glied an sie schmiegte. Es wäre ein Leichtes, sich umzudrehen, sich von ihm die Röcke über Schenkel und Hüften hochziehen zu lassen, während sie seine Hosen aufschnürte, die jetzt von innen weit gedehnt wurden.

Wenn sie leise waren ...

Wenn er ganz langsam in sie hineinglitt und mit mühsam aufrechterhaltener Bedächtigkeit tief in sie stieße ...

Sie vertrieb die Bilder aus ihrem Kopf, verdrängte die verführerischen Gedanken und hielt die Augen geschlossen. Sie drehte sich nicht um, schlang kein Bein um seines, bot sich ihm nicht an.

Nicht heute Nacht.

Verflucht noch mal – in dieser Nacht würde sie auf diesem winzigen Lager fest an ihn gedrückt schlafen. Und keinen Augenblick würde sie zugeben, dass ihr Körper sich danach verzehrte, geliebt zu werden.

Der Söldner war müde. Er war der Frau, von der er jetzt wusste, dass es Bryanna war, nach Tarth gefolgt. Dort wurden die verschiedensten Dinge von ihr erzählt, und je mehr er hörte, desto mehr gelangte er zu der Überzeugung, dass die Geschichten ausgeschmückt wurden. Der Klatsch besagte, dass sie manchmal mit einem Mann zusammen gewesen wäre. Eine Frau hatte erzählt, sie hätte eine Tunika gekauft, andere wiederum meinten, sie hätte mehrere neue Kleider gehabt. Alle stimmten darin überein, sie habe der Festung einen Besuch abgestattet, während Pater Patrick die Herrschaft innehatte. In der Zwischenzeit wäre allerdings Lord Mabon zurückgekehrt.

Pater Patrick war keine Hilfe gewesen. Er hatte gesagt, dass die Frau, Bryanna von Calon, Unruhe mit sich gebracht hätte und er froh wäre, dass sie wieder weg war. Er äußerte sogar den Verdacht, sie könnte vielleicht mitverantwortlich für den Tod der armen Gleda und Liams, der Bienenzüchterin und ihres Gatten, sein.

Die Frau, mit der man Bryanna zusammen gesehen hatte, die Bienenzüchterin Gleda, hätte man kurz nach Bryannas

Ankunft tot im Fluss aufgefunden. Gerede und Klatsch bezüglich der Bienenzüchterin und ihres tauben Mannes grassierten in den schlammigen Straßen und im finsteren Gasthaus. Jedermann in Tarth und Umgebung schien der Meinung zu sein, dass Gleda und Liam noch am Leben sein könnten, wäre da nicht die rothaarige Frau auf ihrer weißen Stute gewesen.

Bryanna.

Allein unterwegs.

Ihre Fährte so kalt wie der Winter.

Er rieb sich seine schmerzende Schulter und blickte sich in den ihn umgebenden Bergen um. Seit er Tarth verlassen hatte, war er nun dreißig Tage unterwegs, dreißig Sonnenaufgänge, bei denen er losgeritten war, nach ihr zu suchen.

Wohin mochte sie wohl unterwegs sein? Der verkniffene, unantastbare Pater Patrick war keine Hilfe gewesen. Die Dienstmagd im Wirtshaus und ihre Mutter hatten sich da schon als wertvoller erwiesen; denn die alte Frau behauptete, dass Bryanna fast genauso ausgesehen hätte wie eine andere rothaarige Frau, die vor Jahren in Tarth gelebt hatte. Die wunderschöne junge Mutter, von der alle wussten, dass sie eine Zauberin war, war vor ungefähr sechzehn Jahren umgebracht worden. Einige sagten, gesteinigt. Baron Hallyd von Chwarel, einst ebenfalls Priester, hätte ihr Blut an den Händen.

Der Söldner stieg auf sein Pferd und sah sich noch einmal im leeren Hof um, dann schnalzte er, damit sich sein Pferd in Bewegung setzte. Sechzehn Jahre waren keine kurze Zeitspanne, und Bryanna hatte mit dieser toten Zauberin wahrlich nicht mehr gemein als ihre roten Locken.

Es war kaum mehr als Hörensagen, das Gerede von Leuten, die nichts anderes zu tun hatten.

Bryanna sah also wie diese andere Frau aus.

Das hatte nichts zu bedeuten.

Doch ihm fiel nichts anderes ein. Bei seiner Suche nach ihr hatte er keine Spur gefunden, und er hatte Morwenna doch versprochen, er würde ihre Schwester finden.

Er würde Hallyd einmal auf den Zahn fühlen und sehen, was er dabei herausfand.

Davon abgesehen, dachte sich der Söldner, könnte es interessant sein herauszufinden, was Hallyd, der angebliche Hexenmörder, selbst dazu zu sagen hatte.

Sie wurde von einem unmelodischen Summen, dem herrlichen Geruch frisch gebackenen Brots und dem unangenehmen Gefühl einer vollen Blase geweckt. Bryanna öffnete die Augen und stellte fest, dass sie Gavyn von Angesicht zu Angesicht gegenüberlag. Seine Nase berührte ihre, ihr Arm lag auf seiner Schulter, und seine grauen Augen sahen sie unverwandt an.

»Gütiger Himmel!«, stieß sie hervor, und ihre Haut war plötzlich rot und heiß.

Sie rollte sich vom Lager und kam hoch, um gleich darauf festzustellen, dass Rosie pflichtbewusst über einen Kessel mit Bohnen und Zwiebeln gebeugt war, der über dem Feuer hing.

»Morgen«, sagte die alte Frau, während sie den Eintopf mit ihrem Kochlöffel aus dunklem Holz umrührte. »Ich dachte, dass ihr vielleicht was zum Frühstück wollt, ehe ihr aufbrecht.«

Gavyn streckte sich und gab ein scheußliches Geräusch von sich.

Bryanna bemerkte, wie sie die Zähne zusammenbiss, doch Gavyn schaffte es, ihre Gastgeberin mit einem Grinsen zu bedenken. »Ja, das wäre schön«, sagte er. »Es duftet ja wie in einer Schlossküche.«

Rosies Wangen wurden rot. Ob es daran lag, dass sie zu dicht am Feuer stand, als sie den Eintopf abschmeckte, oder an Gavyns Kompliment, konnte Bryanna nicht ausmachen. »Hinterm Haus kann man sich frischmachen«, sagte sie.

Bryanna nahm sich etwas Zeit, um sich zu erleichtern und mit Hilfe eines Eimers Wasser hinter der Hütte zu waschen. Als sie wieder hereinkam, war Gavyn bereits beim Essen und in eine Unterhaltung mit der Frau vertieft.

»Ich sehe euch nur ungern gehen«, sagte Rosie. »Hier oben ist es ein bisschen einsam, obwohl wir in letzter Zeit ein paar mehr Besucher hatten als sonst.« Sie schöpfte den Eintopf in eine Holzschüssel, die sie dann auf einen kleinen Tisch zwischen ihre Gäste stellte.

»Ach ja?«, sagte Gavyn, während er sich eine Scheibe vom dunklen Brot nahm.

»Ja, erst vor ein paar Tagen kamen hier drei oder vier Soldaten durch, die die Farben von Chwarel trugen. Schwarz und Silber.«

»Chwarel?« Bryanna hielt mitten in der Bewegung inne. Sie hatte sich gerade ein Stück Brot in den Mund stecken wollen. »Lord Hallyds Burg?« Es raubte ihr beinahe den Atem, den Namen dieses Mannes auszusprechen, dieses sogenannten Gottesmannes, der vor so langer Zeit ihre wahre Mutter umgebracht hatte.

»Ja.« Rosie nickte und rührte dabei wieder den Eintopf um, um sicherzugehen, dass keine Bohnen am Boden des alten Eisenkessels ansetzten und anbrannten. »Man sagt, er geht nie nach draußen, außer nachts. Dass er verflucht ist. Ich habe ihn nie gesehen, aber wie sollte ich auch? Eine Bauersfrau wie ich und ein Baron wie er.«

»Warum waren die Soldaten in der Stadt?«, fragte Gavyn. Seine silbernen Augen funkelten genauso gefährlich wie die Klinge eines Schwertes.

»Sie suchten nach zwei Reisenden – einem Mann und einer Frau«, erzählte Rosie, und dabei huschte ihr Blick kurz zu Bryanna. »Die Frau soll rote Locken haben. Und klein von Gestalt sein. Der Mann ist ein Krieger. Er hat ein großes schwarzes Schlachtross mit einer weißen Fessel und weißer Blesse gestohlen.« Sie rührte in ihrem Topf. »Das Pferd der Frau soll weiß sein mit schwarzer Mähne und Schweif.« Rosie sah von ihrem Topf auf. »Wirklich dumm, dass ich die beiden Reisenden nicht gesehen habe, denn auf den Kopf des Mannes soll eine Belohnung ausgesetzt sein. Hallyds Männer behaupteten, dass dieser Mann der Bastard von Deverill von Agendor ist. Dass er nicht nur das Pferd des Lords gestohlen, sondern auch den Sheriff umgebracht hat.«

Bryanna spürte, wie sich Gänsehaut auf ihren Armen ausbreitete. Woher wussten Hallyds Männer das alles? Hatte sich die Kunde schon so weit durch das Land verbreitet?

Gavyns Lächeln war verschwunden und seine Miene streng. Seine Nackenmuskeln, die über der Tunika zu sehen waren, spannten sich an, als er erwiderte: »Ach ja?«

»Ja. Wirklich dumm, dass ich die beiden nicht gesehen habe. Eine Witwe wie ich könnte das Geld von der Belohnung gut gebrauchen. Aber wie ich den Soldaten schon gesagt habe – ich habe keine Reisenden gesehen, auf die die Beschreibung passt.«

»Was habt Ihr ihnen erzählt?«, fragte Bryanna, die sich bemühte, ihre Stimme gelassen klingen zu lassen.

Rosie zuckte mit den Achseln. »Nichts. Es gab ja auch nicht viel zu erzählen, nicht wahr?«

»Wahrscheinlich nicht.«

»Aber ich an Eurer Stelle wäre vorsichtig. Manche Leute würden für ein bisschen Geld alles tun. Und ihr beiden, so allein unterwegs, mit eurem Aussehen und den Pferden, die ihr reitet, ihr könntet Aufmerksamkeit erregen.« Rosie senkte den Blick und rührte wieder in ihrem Kessel. »Seid einfach auf der Hut. Lord Hallyd eilt hier in dieser Gegend ein gewisser Ruf voraus. Eine ziemlich blutige Vergangenheit, wenn ihr versteht, was ich meine. Wenn er etwas will, lässt er sich von nichts aufhalten.«

»Wie es bei vielen Lords der Fall ist«, sagte Gavyn und schob seinen Stuhl zurück. »Danke für die Warnung.« Als er seine Sachen zusammensammelte, schob er Rosie zwei weitere Felle hin. »Für Eure Gastfreundschaft und Euren Rat«, sagte er.

Ihre alten Finger hielten das Kaninchen- und das Eichhörnchenfell fest, während sie Gavyn kurz zunickte. »Danke. Ich werde Lord Hallyds Männern, wenn sie zurückkommen sollten, bestimmt sagen, dass ich dieses Pärchen nicht gesehen habe«, sagte sie und zwinkerte Gavyn zu.

Als sie losritten, spürte Bryanna, wie allmählich Panik in ihr aufstieg.

Es hatte sie bereits jemand erkannt.

Ausgerechnet eine Bauersfrau.

Sie hatte gewusst, dass sie nach Spitzeln, Soldaten und Söldnern würde Ausschau halten müssen, nach jedem, der wusste, dass Gavyn gesucht wurde. Aber sie hatte angenommen, dass sie einer alternden Witwe, die in einem so kleinen und abgelegenen Dorf lebte, trauen könnte.

Glücklicherweise hatte Rosie sich als vertrauenswürdig erwiesen …

Doch was war mit den Soldaten, die nach ihnen suchten?

Sobald sie außer Hörweite von Rosies kleinem Häuschen waren, warf Gavyn ihr einen warnenden Blick zu.

»Brich mir jetzt nicht zusammen, Brynn«, meinte Gavyn, dessen Pferd neben ihrem trabte. »Wir sind so weit gekommen, und ich werde mich jetzt nicht von einer alten Frau einfangen lassen, die ein paar Goldmünzen haben will.«

»Aber hast du denn nicht gehört, was sie gesagt hat?« Nur mühsam behielt sie ihre Stimme unter Kontrolle. Sie wollte die Panik nicht zeigen, die sie bereits bei der Erwähnung seines Namens erfasste. »Lord Hallyds Soldaten suchen nach uns. *Hallyd*, der Mann, der Kambria umgebracht hat. Was will er von uns?«

»Vielleicht ist er auch hinter der Belohnung her, um die alle wetteifern. Oder es geht ihm nur um die Aufregung«, meinte Gavyn. »Welche anderen Vergnügungen stehen einem Mann denn sonst zur Verfügung, wenn er ein Gefangener seiner eigenen Festung ist?«

Bryannas Blick war auf die zerklüftete Landschaft vor ihnen gerichtet, während sie sich fragte, ob Gavyn wohl recht hatte. Ging es tatsächlich nur um einen Edelmann, der einen anderen unterstützte, indem er seine Männer für die Suche zur Verfügung stellte ... oder hatte Lord Hallyd noch andere Beweggründe?

Er konnte unmöglich wissen, dass Bryanna die Tochter von Kambria war. Sie selbst hatte die wahren Umstände ihrer Geburt doch auch erst vor wenigen Wochen erfahren. Es war also unmöglich, dass dieser Edelmann, der geglaubt hatte, ihrer Mutter das Leben nehmen zu dürfen, wusste, dass sie die Tochter der Zauberin war.

Oder war es doch möglich?

Schon bald, nachdem sie Rosies kleines Häuschen verlassen hatten, kamen sie an ein schmales Stück Weg, wo die

Pferde nur hintereinander gehen konnten. Auf der einen Seite des Wegs erhob sich eine hohe Felswand, auf der anderen ging es steil bergab.

Bryannas Nerven lagen blank, das Herz schlug ihr bis zum Hals, während sie Gavyn auf Rhi sitzen und das Packpferd führen sah. Dieser schmale Grat, der sich am Berg hochwand, war ihr nur zu vertraut.

Genau wie die Schlucht in ihren Träumen.

Bei der Erinnerung an die Jagd über den schneebedeckten Bergkamm, an das Donnern der Hufe hinter ihr, wollte ihr fast das Herz aus der Brust springen.

Während des ganzen Ritts war sie angespannt, all ihre Muskeln waren verkrampft, während sie den Pass entlangritt. Sie konnte sich nicht von dem Druck frei machen, den sie in ihrem Traum verspürt hatte, diesem übermächtigen Gefühl, dass hinter jedem hervorragenden Felsbrocken das Böse lauerte.

Sie bildete mit Alabaster die Nachhut, und ihr besorgter Blick hing immerzu an Harrys ungleichmäßigem Schritt, während sie angestrengt lauschte, ob sich Reiter näherten – Deverills Männer oder Hallyds Soldaten, die jetzt nach ihnen suchten.

Die schwarzgewandeten Reiter, die hinter ihr herjagten, angetrieben von ihrem Blutdurst.

Hüte dich vor dem dunklen Reitersmann...

Doch sie waren allein.

Nicht einmal der Wolf ließ sich auf dem tückischen Pfad sehen. Das Tier war jetzt schon fast drei Tage fort. Obwohl Bryanna sich immer wieder sagte, dass der Wolf zurückkehren würde, konnte sie sich des Gefühls nicht erwehren, dass der Streuner die lauernde Gefahr gespürt hatte und seiner eigenen Wege gegangen war.

Endlich mündete der Weg auf eine große Wiese auf dem Gipfel des Berges.

Bryanna stieß den angehaltenen Atem aus. Die Luft war frisch und klar, und die Sonne brach durch die Wolken. Ein paar Blumen lugten zwischen den Grashalmen hervor, die dabei waren, das saftige Grün des Frühlings anzunehmen.

Gavyn brachte sein Pferd oben auf der Wiese zum Stehen, und Bryanna schloss neben ihm auf. So weit sie sehen konnte, waren sie von Berghängen umgeben, die mit grün belaubten Bäumen bedeckt waren. Sonnenlicht tanzte auf dem taufeuchten Gras, und zarte Wolken zogen über den Himmel.

»Wir haben uns verirrt«, sagte sie, während sie die Gegend musterte, die mit der Karte einfach nicht übereinstimmen wollte. »Wir haben uns verirrt und sind von Feinden umringt. Hallyds Männer sind hinter uns her. Deverills Soldaten suchen wahrscheinlich nach uns. Wir folgen einer Karte, von der wir noch nicht einmal sicher sind, dass sie uns irgendwohin führt, und auch wenn sie das täte, könnten wir immer noch irgendwo falsch abgebogen sein.«

»Du hast kein Vertrauen«, warf er ihr vor.

Sie warf ihm einen schnellen Blick zu und sah das schelmische Glitzern in seinen silbernen Augen, als er in einer einzigen schwungvollen Bewegung abstieg und die Zügel beider Pferde fallen ließ, damit sie von dem saftigen Gras fressen konnten.

»Was?« Sie ließ die Zügel durch die Hände gleiten, sodass auch Alabaster sich an dem Gras gütlich tun konnte. »Was weißt du?«, fragte sie und kletterte von ihrer Stute. Als er nicht sofort antwortete, folgte sie ihm zum höchsten Punkt der Wiese. »Gavyn?«

»Hast du die Karte?«

»Natürlich.«

»Hole sie.«

»Oh, verflixt und zugenäht.« Sie stapfte die paar Schritte zu Alabaster zurück, schnürte einen ihrer Lederbeutel ab und trug ihn wieder den Hügel hoch zu der Stelle, wo Gavyn seinen Blick über die hügelige Landschaft gleiten ließ.

»Du glaubst zu wissen, wo wir sind.«

»Vielleicht.«

»Ich würde lieber hören: ›Natürlich weiß ich das, Bryanna. Mach dir keine Sorgen.‹« Sie reichte ihm die zusammengenähten Lederstücke und wartete mit vor der Brust verschränkten Armen, während er die Karte mit ihren seltsamen Zeichnungen entrollte.

Auf den Sonnenstand achtend, begab er sich zu einer Stelle, von der aus er über zwei Berggipfel hinwegschauen konnte. »Sieh in diese Richtung. Nach Osten«, sagte er, während er den Arm mit der Karte um ihre Taille schlang und sie vor sich zog. Mit der freien Hand deutete er über ihre Schulter. »Siehst du den Berg, der so aussieht, als wäre seine Spitze abgebrochen? Er ist zerklüftet und baumlos.«

Sie nickte.

»Hier. Schau auf die Karte.«

Sie nahm das Leder, und in seine Arme geschmiegt, musterte sie die Karte, die sie fast auswendig kannte.

»Hier im Osten«, sagte er und berührte das Leder an der Stelle, wo drei Hügel eingezeichnet waren. Die beiden äußeren wiesen runde Spitzen auf, der in der Mitte wirkte zerklüftet.

Sie richtete ihren Blick wieder auf die Berge und musterte sie genauer. »Du könntest recht haben.«

»Ich könnte?«, wiederholte er, wobei er sie an sich zog und sie auf den Kopf küsste. »Was war es noch gleich, was du von mir hören wolltest?«

»Dass du weißt, wohin wir gehen. Dass ich mir keine Sorgen zu machen brauche.« Sie drehte sich zu ihm um. So nah. Sie waren nur einen Hauch voneinander entfernt, sie standen so dicht beieinander, dass sie die Wärme seines Körpers spüren konnte, die Umrisse einer früheren Prellung auf seiner Wange erahnte. »Aber du weißt immer noch nicht, wohin wir gehen.«

»Natürlich weiß ich das, Bryanna«, erwiderte er mit einem Zwinkern, während er ihr ihre eigenen Worte zurückgab. »Mach dir keine Sorgen.«

Sie spürte, wie die eisige Panik, von der sie erfüllt war, seitdem sie den schmalen Weg entlanggeritten waren, angesichts der Zuversicht, die er ausstrahlte, von ihr abfiel. »Wohin?«, fragte sie. »Wohin gehen wir?«

Er küsste sie wieder auf den Scheitel. »Nach Holywell.«

»Und warum gehen wir dorthin?«

»Weil es, wie Rosie schon sagte, im Osten liegt, und wenn du dir die Karte anschaust, siehst du den dunklen Punkt mit dem Kreuz darauf. Wir hatten angenommen, es handele sich um ein Grab oder eine Kirche, aber ich glaube, wir haben uns geirrt.«

»Du meinst, es ist irgendein heiliger Ort?«, fragte sie, als sie aus dem Augenwinkel den Wolf kommen sah. Er schlich sich unter den Bäumen durch, die am Rande der Wiese standen.

»Nicht nur das, Weib«, erwiderte er, sie neckend. »Ich glaube, dass wir irgendwo in der Stadt noch ein Stück dieser verdammten Karte und einen weiteren Stein finden – diesen vermaledeiten Smaragd für den Osten.«

21

»Ich will keine Ausreden mehr hören! Keine einzige!« Hallyds Geduld war so brüchig wie eine von Vannoras Decken, als er jetzt mit dieser zerlumpten Gruppe von Männern, die Teil seiner Armee war, in der großen Halle stand. Er schwitzte noch von seinen täglichen Übungen und sah von einem Mann zum nächsten, wobei die meisten seinem Blick auswichen. Lag es daran, dass sie sich schämten, oder waren es seine Augen, die andere Menschen unsicher machten? Zum Teufel noch mal, warum war er auch darauf angewiesen, sein Schicksal Schwachsinnigen, Idioten und unfähigen Trotteln anzuvertrauen?

Und Vannora. Du vertraust einer Frau, die dich dazu bringt zu glauben, sie besäße große Macht. Vielleicht tut sie das auch, oder vielleicht ist alles auch nur eine von ihr geschaffene Illusion, die dein schwacher, williger Geist aufnimmt.

Wer ist hier der Schwachsinnige?

Der Idiot?

Der gottverdammte Narr?

Er warf sein Schwert einem Pagen mit der Anweisung zu, es zu reinigen, dann wischte er sich mit dem Handrücken den Schweiß von der Stirn. Zur Hölle noch mal, die Männer sahen ihn immer noch wie die Trottel an, die sie ja auch waren.

Seine Hand ballte sich zur Faust und hätte nichts lieber getan, als damit in Frydds gerötetes Gesicht zu schlagen. Doch er wusste, dass das nichts nützen würde. Die Männer waren müde; sie hatten auf der Suche nach Bryanna wochenlang im Sattel gesessen. Und um die Wahrheit zu sagen – er wusste, dass seine Wut nicht von der Unfähigkeit seiner Männer herrührte, sondern daher, dass *sie* mit einem anderen Mann zusammen war. Sein Verlangen nach Bryanna brannte heiß. Jede Nacht sehnte er sich danach, sie wiederzufinden.

So hatte er sich seine Erlösung nicht vorgestellt. Aber Vannora hatte ihn getäuscht.

Während ein Dienstbote Kerzen ersetzte und ein anderer die Binsen vom Feuer wegfegte, bedachte er seine armseligen Krieger mit einem finsteren Blick. »Ihr habt nichts gefunden? Keine Spur von ihnen?«, fragte er, während er vor dem Feuer auf und ab ging. Die Männer standen im Halbkreis um ihn herum, traten unruhig von einem Bein auf das andere, und dabei klirrten die Schwerter, die sie an der Seite trugen. Ihre Uniformen waren dreckig, ihre Gesichter unrasiert und ausgezehrt.

»Unser Trupp zog Richtung Osten«, erklärte Galton. Er war der größte der Soldaten und auch der schlaueste. Hallyd zweifelte zwar seine Loyalität an, aber nicht seinen Verstand. »Wir haben überall in den Bergen und Hügeln gesucht. Manchmal hörten wir zwar Gerüchte von einem Mann und einer Frau, die durchs Land ritten, sie auf einer weißen Stute, er auf einem schwarzen Ross, aber nur selten. Ein fahrender Musikant in einer Stadt schwor, er hätte ihr Lager gesehen. Eine Frau, die in einem Dorf Eier verkaufte, sah sie am Brunnen halten. Ein Gastwirt behauptete, ein Pärchen hätte bei ihm die Nacht verbracht.« Galton zuckte mit den Achseln, und Hallyd hätte dem Mann am liebsten die Hand in die Kehle gesteckt und die Worte einzeln herausgezogen.

Der Gedanke, dass Bryanna mit diesem Bastard Gavyn zusammen war, brachte sein Blut vor Wut zum Kochen, und er kratzte sich im Gesicht, an einer Stelle, die bereits wund war.

»Willst du ihm nichts von dem Grab erzählen?«, fragte Afal.

»Welches Grab?« Hallyds Ungeduld führte dazu, dass ein Muskel neben seinem Auge nervös zu zucken begann.

»Das Grab, das wir vor langer Zeit östlich von hier entdeckt haben. Wir dachten, es könnte die Stelle sein, wo die Hexe begraben worden ist«, meinte Galton, und dabei schimmerten seine Augen so schwarz wie die Schwinge einer Fledermaus. »Es gab Gerüchte, dass Kambria in einem Armengrab beigesetzt worden sei, doch niemand wusste, wo genau.«

»Ihr habt es gefunden?«

»Wir fanden einen frisch umgegrabenen Hügel, zwei Tage nachdem der Mann und die Frau auf den bewussten Pferden durch eine nahegelegene Stadt gekommen waren.«

»Wie lange ist das her?«

»Wochen.«

»Und mir wurde nicht davon berichtet?«, brüllte er, während er sich wieder mit dem Handrücken die Stirn abwischte. Himmel, er könnte ein Tuch gebrauchen.

Galton besaß die Frechheit, einen Schritt nach vorn zu tun. »Ihr habt uns befohlen, erst zurückzukehren, wenn wir sie gefunden haben ... Mylord.«

Hallyd malmte mit den Zähnen. Er wollte den unverschämten Kerl mit dem Handrücken ohrfeigen, denn es lag Trotz in Galtons Haltung, eine Herausforderung in der Art, wie er die Zähne zusammenbiss. Sie wussten beide, dass er der klügste, stärkste und wagemutigste unter Hallyds Soldaten war.

»Ihr werdet mich dort hinführen«, sagte er. »Heute Nacht. Wir werden bei Sonnenuntergang losreiten.«

»Die Männer sind müde.«

»Sie können sich jetzt ausruhen. Wir haben noch ein paar Stunden Tageslicht.« Hallyd musterte die Soldaten, die zwar nicht zu murren wagten, aber sichtbar unzufrieden waren. Sahen sie es denn nicht? Begriffen sie gar nichts? Verstanden sie nicht, wie verdammt wichtig diese Sache war? »Bleibt hier, und der Koch wird dafür sorgen, dass euer Hunger und euer Durst gestillt werden.« Er schnippte mit den Fingern, und ein Page rannte schnurstracks in die Küche.

Sollen sie sich doch ausruhen, diese einfältigen Soldaten. Sie hatten keine Ahnung vom Ausmaß ihrer Aufgabe – von der gewaltigen Größe des Sieges, den Chwarel erringen würde, wenn sie erst den Dolch zurückgeholt hatten.

Er würde ihn schon bald in Händen halten. Er konnte ihn fühlen.

Den Anstieg der Macht.

Das ist also Chwarel, dachte Lord Deverill, als er zu der riesigen Festung aus dunklem Stein emporsah. Der Lord von Agendor saß auf einem großen geschecktem Schlachtross, das bei weitem nicht so gut war wie Rhi. In seinem Gefolge war eine kleine Armee sowie Hallyds gieriger kleiner Spitzel.

Die Pferde, auf denen sie saßen, waren alle von unterschiedlicher Größe und Farbe. Sie versammelten sich auf einer Anhöhe neben der Straße, die zu der mächtigen Festung führte. Deverill nahm die breiten Wehrgänge und Wachtürme in Augenschein. Auf dem höchsten Aussichtsturm flatterte das schwarz-silberne Banner in der steifen Brise, während stahlgraue Wolken, die von einzelnen Sonnenstrahlen durchbrochen wurden, über den Himmel jagten. Die ganze Burg wirkte finster und trostlos, eine Festung ohne jede Farbe.

Deverill beobachtete, wie Männer und Frauen – Bauern, fahrende Händler, Soldaten und Hausierer – durch das

Haupttor ein und aus gingen. Das Tor sah wie ein weit geöffneter, gähnender Rachen aus, in den nur die unteren Spitzen des Fallgitters wie brüchige Zähne hineinragten.

Die Burg wirkte bedrohlich.

»Hier lebt Euer Lord?«, fragte er den Spitzel. »Tag und Nacht?«

»Ja.«

»Und er verlässt die große Halle erst nach Sonnenuntergang?«

Cael nickte. »Oder wenn es ein wolkenverhangener Tag ist.«

Deverill hatte von diesem mickerigen kleinen Kerl viel über Lord Hallyd, den es nur des Nachts umtrieb, erfahren. Von diesem Spitzel, der den Mund nicht halten konnte und stets darauf aus war, Deverills Wohlwollen zu erlangen.

Das war ein Zeichen, dass Lord Hallyds Urteilsvermögen getrübt war. Sogar ein Blinder konnte erkennen, dass Cael nicht vertrauenswürdig war, sondern die Art von Mensch, der seine Dienste dem Höchstbietenden verkauft.

»Er bleibt drinnen, wenn die Sonne zu stark scheint. Wie ich schon sagte. Er ist verflucht.«

»Blödsinn.« Deverill glaubte nicht an Flüche oder Zaubersprüche oder sonstige Dinge, die man nicht sehen konnte. Oh ja, er tat schon so, als ob er fromm wäre, denn das wurde von ihm erwartet. Als Baron hatte er zumindest den Anschein zu erwecken, als wäre er gläubig, aber in Wahrheit war er noch nicht einmal davon überzeugt, dass es überhaupt einen Gott gab. Weder die heidnischen Götter seiner Vorfahren noch den christlichen Gott, der einen solch hohen Blutzoll für seine Kreuzzüge verlangte.

Dass Hallyd vom Priester zum Baron geworden war, bestärkte ihn nur in dieser Ansicht. Wenn der Mann ein wahrer

Gläubiger, ein Jünger Christi wäre, warum hatte er dann sein Ornat abgelegt und die Rüstung eines Kriegers angelegt? Warum opferte er die Frömmigkeit für weltliche Macht?

»Dann lasst uns Eurem Lord einen Besuch abstatten«, sagte Deverill und trieb sein Pferd vorwärts. »Ihr geht voraus und sagt ihm, dass ich um eine Audienz ersuche.«

»Das werde ich tun.« Der Spitzel trat seinem störrischen Gaul in die Flanken, jagte die mit üppigem Gras bewachsene Anhöhe hinunter und ritt dann in Richtung eines wild strömenden Flusses.

Deverill und seine Männer folgten etwas langsamer, damit Cael genug Zeit hatte, Hallyd und seinen Männern ihre Ankunft zu melden.

Als sie beim Haupttor ankamen, wurde ihnen der Zutritt gewährt. Pagen übernahmen die Pferde, und der Hauptmann der Wache versprach, sich um die Tiere sowie um Essen und Trinken für Deverill und seine Männer zu kümmern.

In der finsteren Burg wurden die Soldaten mit gebratenem Schweinefleisch, gepökeltem Aal, Pasteten, Eiern in Aspik sowie Käse und Wein versorgt. Deverill wurde an die Haupttafel geführt, wo Hallyd, ein großer Mann in einer schwarzen Tunika, wartete und ihn begrüßte.

Während die Pagen Wein ausschenkten und die Männer aßen, sprach Hallyd kaum über anderes als die Führung der Burg, den Ärger mit den Dienstboten, die schlechte Heuernte und das Wetter. Erst als die Essbretter beiseitegeschoben waren und sie an ihrem Wein nippten, meinte er: »Cael hat Euch erzählt, was wir über Euer Pferd und Euren Sohn herausgefunden haben?«

»Ihr meint den Mörder und Dieb«, verbesserte Deverill ihn. »Ich betrachte ihn nicht als meinen Sohn.« Er machte eine wegwerfende Handbewegung, um das zu unterstreichen. »Ich habe einen Rock zu viel hochgehoben, und er war das Ergebnis. Ich zweifle zwar nicht daran, dass ich ihn mit seiner Mutter gezeugt habe, aber ich betrachte ihn trotzdem nicht als meinen Sohn. Er ist ein Bastard, und das wird er auch immer bleiben.«

»Ihr wollt nur, dass über ihn gerichtet wird.« Hallyd trank aus seinem Becher und betrachtete Deverill aus Augen, die seltsam eulenhaft wirkten, weil um die riesigen Pupillen nur eine schmale Iris zu sehen war.

Diese Augen ... wie Kammern in der Hölle. Deverill hatte schon viel in seinem Leben gesehen – Absonderlichkeiten und schreckliche Verletzungen: ein Mann, der von einer Lanze aufgespießt worden war, ein anderer, der während einer Schlacht geköpft wurde, eine Familie, die bei einer Feuersbrunst umkam –, doch noch nie hatte er einen Menschen angesehen und solch eine Finsternis von ihm ausgehen fühlen. Es war, als besäße Hallyd keine Seele.

Das liegt nur an seinen Augen, beharrte sein Verstand, aber er wusste, dass Hallyds Bosheit viel tiefer reichte. Zum ersten Mal nach langer, langer Zeit spürte Lord Deverill von Agendor mehr als nur einen Anflug von Angst.

»Mein Interesse gilt nicht Eurem Sohn ... äh, dem Mörder«, sagte Hallyd und lehnte sich auf seinem Stuhl zurück. »Er kann meinetwegen leben oder sterben oder verbannt werden – das ist mir gleichgültig.«

»Sondern der Frau?«

»Oh ja, genau wie Ihr und der Mann einen Konflikt habt, der gelöst werden soll ...«

Deverill stieß ein Schnauben aus. Konflikt? Das war kein Konflikt. Gavyn war von Anfang an, nachdem Ravynne ihn geboren hatte, ein Stachel in seinem Fleische gewesen. Deverill genoss Konflikte, er suchte förmlich den Kampf. Gavyn, der Mörder und Pferdedieb, war etwas viel Schlimmeres als ein einfacher Konflikt.

»... also habe ich mit der Frau etwas zu klären. Wie Ihr wisst, bin ich ein zutiefst gläubiger Mensch und habe viele Jahre dem Herrn und seinem heiligen Sohn gedient. Deshalb schmerzt es mich unendlich, wenn ich höre, dass diese Frau eine Hexe sein soll. Außerdem ist etwas, das sehr wertvoll ist und mir gehört, in ihrem Besitz. Genau wie der Mörder Euer Pferd hat, trägt diese Frau einen Dolch bei sich, der mir gehört. Meine Männer und ich wollen heute Abend zu einem Ort reiten, wo man den Dieb und die Frau gesehen hat. Vielleicht können wir sie ja gemeinsam einfangen. Wenn wir uns miteinander verbünden, unsere Truppen vereinen, sie in kleine Abteilungen aufteilen, die dann einen größeren Bereich abdecken, sodass wir sie aufscheuchen können ...« Er schien sich für seine Idee zu erwärmen. »Dann, wenn wir sie schließlich gefunden haben, teilen wir die Beute.« Sein Lächeln strahlte reine Bosheit aus. »Ihr nehmt den Bastard, um über ihn Recht zu sprechen, und ich kümmere mich um die Hexe. Teilen und herrschen – das tun wir gemeinsam«, schlug er in einem Ton vor, der Deverill das Blut in den Adern gefrieren ließ.

Der Lord von Agendor zögerte.

Instinktiv wusste er, dass jedwede Verbindung zu einem seelenlosen Geschöpf wie Hallyd ein Fehler war. Und doch hatte der Mann recht, sie konnten einander helfen. Er reichte ihm seine Hand, und Hallyd schüttelte sie fest, während er mit der anderen einem Pagen ein Zeichen gab.

»Mehr Wein«, verlangte Hallyd. »Wir haben mit unserem neuen Verbündeten einiges zu feiern.«

Der Page, ein pockennarbiger Junge mit strähnigem braunen Haar, eilte aus der großen Halle.

Hallyd ließ Deverills Hand los und fixierte ihn dann mit diesen unheimlichen Augen, um dann ernst zu sagen: »So, jetzt werde ich Euch eine Geschichte über eine Hexe, einen Dolch und einen Fluch erzählen. Und dann, mein Freund, werden wir aufbrechen.«

In Holywell herrschte lebhaftes Gedränge, die Stadt quoll über vor fahrenden Händlern und Bauernfuhrwerken. Kinder rannten durch die Straßen und jagten Hunde. Gänse zischten, Ziegen meckerten und Karrenräder kreischten.

Die Reise hierher hatte länger gedauert, als Gavyn erwartet hatte, und sie war langsam und voller Tücken gewesen. Es waren jetzt fast zwei Wochen seit dem Tag auf dem Berg vergangen, da sie beschlossen hatten hierherzureisen; seit jenem Tag, an dem er herausfand, was die Symbole auf Bryannas Karte bedeuteten. Sie hatten zwar keine große Entfernung zurücklegen müssen, doch die Gegend war sehr unwegsam gewesen, und das Wetter wechselte von Schnee über Schneeregen zu Sonnenschein, der den Frühling ankündigte.

Noch mehr war ihre Reise dadurch verlangsamt worden, dass Bryanna schnell müde wurde und einen rasenden Appetit entwickelte. Glücklicherweise waren die Wälder voller Wild. Jetzt, als sie durch das Stadttor in Holywell einritten, trug das Packpferd die Häute vieler Tiere, die Gavyns Pfeilen zum Opfer gefallen waren. Er hatte ein hübsches Bündel von Fellen gesammelt, Pelze von Fuchs, Wiesel, Dachs, Kaninchen und Nerz, die er gegen Essen, Unterkunft und Wein eintauschen würde.

»Komm«, sagte er zu Bryanna. Er deutete mit dem Kinn auf ein Wirtshaus. »Lass uns mal ein Zimmer für dich besorgen.«

Er dachte, dass sie vielleicht Einwände erheben würde,

doch stattdessen schenkte sie ihm den Hauch eines Lächelns, das erste seit fast einem Tag. Sobald sie in der Wirtschaft waren, die nach Rauch und gebratenem Fleisch roch, bezahlte er den Wirt, einen ernsten, hageren Mann, für das Zimmer und trug dann ihre paar Beutel nach oben.

Seine »Frau« folgte ihm langsam die Treppe hinauf. Wie seit Anbeginn ihrer Reise gaben sie sich als Ehepaar aus, und obwohl er sich nie für die Art von Mann gehalten hatte, der sich mit einer Frau arrangierte, wollte ein Teil von ihm immer mit Bryanna zusammenbleiben.

Ein dummer Gedanke, sagte er sich, als er sie allein ließ, damit sie sich ausruhen konnte, während er dafür sorgte, dass die Pferde untergebracht, mit Futter und Wasser versorgt und gestriegelt wurden.

Danach suchte er einen Schneider auf, dessen Gesicht sich andächtig verklärte, als Gavyn begann, die weichen Pelze aus seinem Beutel zu ziehen. Nach zähem Verhandeln hatte Gavyn schließlich einige Münzen in der Tasche und eine neue Tunika aus dunkelgrünem Stoff für sich. Außerdem kaufte er für Bryanna einen warmen Wollumhang, der mit Kaninchenfellen gefüttert war, sowie eine weitere Tunika, die mehr kostete, als er sich eigentlich leisten konnte. Trotzdem freute er sich über seine Neuerwerbungen und besonders den Umhang, dessen Kapuze sie sich über den Kopf ziehen konnte, sodass sich das weiche Fell an ihre Haut schmiegte.

Er kehrte mit seinen Einkäufen zum Gasthaus zurück und bestellte noch Brot und Käse sowie eine Platte Wildschweinbraten und einen Krug Wein, ehe er nach oben ging. Er wollte eben die Treppe hinaufsteigen, als ihm noch ein anderer Gedanke kam. Er drehte sich zum Gastwirt um und bat darum, dass eine Badewanne in Bryannas Zimmer gebracht werde.

Aber dafür war es zu spät.

Als er die Zimmertür öffnete, stellte er fest, dass Bryanna bereits schlief. Ihr kleiner Körper hatte sich unter der Bettdecke zusammengerollt. Sie sah so friedlich aus, dass er den Gedanken verwarf, sie zu wecken. Auf Zehenspitzen ging er mit seinen Einkäufen durch den Raum, wobei er nicht widerstehen konnte, immer wieder Blicke auf ihre schlafende Gestalt zu werfen. Rote Locken ergossen sich über das Kissen, und ihre Haut schimmerte in dem dämmrigen Raum so hell wie ein Sommermond.

»Lieber Himmel, was guckst du mich denn die ganze Zeit an?« Sie öffnete ein Auge, und er lachte laut.

»Wolltest du mich täuschen, indem du so tust, als ob du schlafen würdest?«, fragte er.

»Ich habe nur gedöst, die Augen etwas ausgeruht. Ich dachte, du wärest eine Weile weg …« Sie setzte sich auf und gähnte, wobei sie einen Arm über dem Kopf ausstreckte, ehe sie das Bündel in seinen Armen entdeckte. »Was hast du gemacht?«

»Ich habe die Pelze eingetauscht. Und mir eine neue Tunika gekauft.« Er hielt seine Neuerwerbung hoch.

»Endlich!« Sie grinste. »Jetzt können wir die, die du anhast, waschen. Sie riecht.«

Er verdrehte die Augen. »Und eine für dich.« Er hielt das lange Kleid hoch, und ihr stockte der Atem, wobei sie eine Hand über den Mund schlug. »Das ist wunderschön, aber woher …«

»Nerzfelle scheinen ziemlich viel wert zu sein.« Und während er den Umhang hochhielt, meinte er: »Der hier wird dich warm halten. Deiner ist schon ganz abgetragen.«

Ihre Augen wurden ganz groß, und sie warf die Decke zurück, ehe sie bemerkte, dass sie nur ihr Unterhemd trug.

»Oh.« Sie errötete bis zu den Haarspitzen und griff schnell nach ihrem alten Umhang, den sie nachlässig aufs Fußende des Bettes geworfen hatte.

»Nicht«, sagte er, während er zu ihr trat und langsam den neuen Umhang um ihre Schultern legte. Der weiche Stoff fiel fast bis auf den Boden, und er zog die Schnüre fest genug an, dass der Pelz sie am Kinn kitzelte.

»Danke, aber du hättest dein Geld wirklich nicht für so etwas ausgeben sollen.« Ihr standen Tränen in den Augen.

»Ich wollte aber.«

»Gavyn ...«

»Cain«, rief er ihr in Erinnerung. Als sie zu ihm aufschaute, konnte er nicht widerstehen. Zum ersten Mal nach, wie ihm schien, ewig langer Zeit küsste er sie, zog sie an sich und spürte ihre weichen, nachgiebigen Lippen. Ein leiser Seufzer entschlüpfte ihr, als die Beine unter ihr nachgaben und er sie in seinen Armen auffing.

Die Augen geschlossen und die Arme um ihren schmalen Körper geschlungen, überkam ihn das Gefühl, in ihr zu versinken. Erotische Fantasien, in denen er sie liebte, in denen er mit ihr auf diesem Bett lag und spürte, wie sie sich unter ihm wand, wirbelten durch seinen Kopf. Er stellte sich vor, wie ihre Finger über seine Brust glitten und dann tiefer über seinen Bauch strichen ...

Ein Klopfen ertönte von der Tür.

»Wer ist das?«, fragte sie und löste sich von ihm.

»Der Wirt«, sagte er, und in seinem Kopf drehte sich immer noch alles, obwohl seine Arme jetzt leer waren. Sie griff nach ihrer Tunika, doch er schüttelte den Kopf. »Das ist gut so, wie du bist.«

Er öffnete die Tür zwei Jungen, die eine hölzerne Wanne trugen. Gavyn trat zurück, als sie sie hereinschleppten und dann wieder nach unten eilten, um Eimer mit warmem Wasser zu holen. Während die Jungen die Wanne füllten, erschien ein junges Mädchen, das dem strengen Wirt ähnelte, und brachte Handtücher und ein Stück Lavendelseife. Während die Jungen die letzten Eimer mit dampfendem Wasser anschleppten, brachte die Wirtstochter ihnen den Wein und ein Tablett mit geräuchertem Fleisch und Käse sowie Eiern, Apfeltörtchen und dunklem Brot.

Bryanna, die auf dem Bett gesessen hatte, die Hände im Schoß gefaltet, während die Dienstboten geschäftig herumeilten, dankte ihnen, als sie fertig waren und zur Tür hinausgingen. »Wie vornehm, Cain«, neckte sie ihn und deutete mit dem Kopf auf die Speisen und die dampfende Wanne. »Wer hätte gedacht, dass man in einer Stadt wie Holywell so fürstlich bedient wird?«

Gavyn musste einfach ihr Lächeln erwidern, während er ihr ein Glas Wein einschenkte. »Bade zuerst. Das Essen kann warten.«

»Und was tust du so lange?«

Er maß die Größe der Wanne mit einem Blick und meinte: »Zusehen natürlich.«

»Gav..., Cain!«

»Nun, sie ist zu klein für uns beide. Du badest zuerst.«

»Vor deinen Augen? Bist du verrückt?«

»Ich werde mich umdrehen.«

»Wenn du glaubst, du brauchst mir nur einen hübschen neuen Umhang zu kaufen und dann könntest du ...« Sie beendete ihren Satz nicht.

»Ich glaube, über solche Dinge wie, was gehört sich und was nicht, sind wir hinaus, oder?« Er schenkte sich selber auch ein Glas Wein ein und setzte sich auf einen Stuhl vor das Feuer. »Beeil dich. Es wird nicht wärmer, das Wasser.«

»Verflixt und zugenäht«, grummelte sie und ging zur Wanne. Dort wartete sie, bis er sich artig von ihr abwandte.

Er konnte das Rascheln des neuen Umhangs hören, als dieser zu Boden fiel, dann das Plätschern von Wasser. Es gab keinen Spiegel und auch kein Glas, worin sich etwas hätte spiegeln können, deshalb drehte er sich wieder zu ihr um, als er sicher sein konnte, dass sie in der Wanne saß und genug Zeit gehabt hatte, den Schmutz von der Reise abzuwaschen.

»Gavyn!«, kreischte sie förmlich, und er grinste schelmisch, während er beobachtete, wie sie ihre Brüste mit den Händen bedeckte. »Hinaus!«

Er nahm einen Schluck von seinem Wein. »Nie. Und ich heiße …«

»Cain. Ja, ich weiß.« Mit einem tropfnassen Arm deutete sie auf die Tür. »Geh jetzt. Wenn du ein Gentleman wärst …«

»Würde dir das gar nicht gefallen. Du wärest dann gar nicht mit mir hier, Brynn. Es ist nicht nur das Schicksal, das uns zusammengeführt hat. Du bist gern mit mir zusammen. Mit einem Gentleman würdest du dich zu Tode langweilen.«

»Du arroganter Mistkerl! So etwas Schwachsinniges habe ich ja in meinem ganzen Leben noch nicht gehört. Ich bin *nicht* gern mit dir zusammen. Zumindest würde ich bei einem Gentleman nicht auf Schritt und Tritt das unstillbare Verlangen spüren, ihm den Hals umzudrehen.«

»Er würde dir aber auch nicht dabei helfen, mitten in der Nacht Gräber auszuheben, noch würde er darüber hinwegsehen, dass du einer ermordeten Frau ein Pferd und der Himmel weiß was noch gestohlen hast. Nein, ich glaube, du ziehst es vor, mit einem so ungehobelten Kerl wie mir zusammen zu sein. Dir gefällt mein Mangel an Sitte und Anstand.«

Er lehnte sich auf seinem Stuhl zurück, nahm noch einen Schluck und genoss den Anblick. Ihr nasses, lockiges Haar hing zerzaust um ihr erhitztes Gesicht herum. Ihre grünen Augen funkelten ihn wütend an. Und dann ihr Körper – weiße Haut, die unter der schimmernden Oberfläche zu erkennen war.

»Um des Anstands willen ...«, versuchte sie es noch einmal.

Aber er spürte, wie sein Grinsen angesichts der Wut in ihren Augen, der Art, wie sie versuchte, ihre Brüste zu verbergen, deren rosige Brustwarzen zwischen ihren Fingern durchblitzten, noch breiter wurde.

Plötzlich griff sie nach dem glitschigen Seifenstück und warf damit nach ihm. Er duckte sich, als es an ihm vorbeizischte. Die Seife knallte gegen den Kamin, fiel herunter und rutschte über den Boden. »Dreh dich um, verdammt noch mal!«

»Aber, aber, Weib, redet man so mit seinem Ehemann?«

»Du bist nicht ...«

Er hatte sie eigentlich nur beim Baden beobachten wollen, doch beim Anblick der Seife hatte er eine Eingebung. »Ich glaube, du brauchst das hier«, sagte er und griff nach dem nassen Seifenstück. Statt ihr die Seife zuzuwerfen, stellte er sein Glas auf den Kaminsims und trat zu ihr an die Wanne.

»Oh, gütige Rhiannon!« Sie versuchte sich mit einem Arm zu bedecken, während sie den anderen ausstreckte und ihm die Hand hinhielt, als erwarte sie, dass er das glitschige Stück einfach hineingleiten lassen und dann wieder gehen würde.

Doch er hatte etwas anderes im Sinn.

Entsetzt – oder war da ein Anflug von Interesse in diesen wütenden Augen? – beobachtete sie, wie er seine Ärmel hochkrempelte.

»Was machst du da?«, flüsterte sie, als ob noch jemand anders im Zimmer wäre. »Gavyn, wage es ja nicht ...«

Doch er hatte sich bereits auf die Knie fallen lassen und tauchte seinen Arm mit der Seife ins warme Wasser.

»Untersteh dich!«

Er rieb mit der Seife über ihren Rücken, wobei seine Augen den seidigen Schwung ihrer Schultern genossen, und ließ seine Hände bis zu ihrer Taille hinuntergleiten.

»Oh, nein!«

»Nein?«, fragte er spöttisch und staunte dabei über die Weichheit ihrer blassen Haut.

»Du bist ... du bist böse!«

Er lachte und beugte sich nach vorn, um ihr Gesicht und den schimmernden Glanz ihrer Brüste zu sehen. »Wie ich schon sagte, das ist es, was du an mir liebst.«

»Was?« Ihr fiel die Kinnlade herunter. »Ich liebe dich nicht.«

»Natürlich tust du das.« Er strich mit einem Finger über ihre Schulter.

»Nein.«

»Und ich liebe dich, Bryanna.« Er zwinkerte, als würde er einen Scherz machen, doch es kam aus tiefstem Herzen. »Das habe ich immer getan.«

»Nein ... aber ...«

»Schsch.«

»Gav... Cain«, protestierte sie, doch als sie in seine Augen blickte und sah, dass er es ernst meinte, merkte er, wie sie schluckte.

»Ich ... ich denke ...«

»Ganz ruhig. Denke nicht.«

Seufzend schloss sie die Augen. »Oh, geh zum Teufel ...« Der Fluch kam wie ein Hauch über ihre Lippen.

Und dann entspannte sie sich unter seinen Fingerspitzen, und er begann, ihren Körper vorsichtig zu waschen.

Genau wie sie ins Wasser eingetaucht war, spürte er, dass er immer mehr in Bryanna eintauchte. Er sah ihre unter der schaumigen Oberfläche gefalteten Beine ... er roch den Lavendelduft in ihrem frisch gewaschenen Haar ... er erhaschte einen Blick auf das rote Büschel, wo ihre Beine zusammenliefen.

Sein Schwanz wurde steif und richtete sich auf.

»Oooh ...« Sie ließ ihren Kopf zurücksinken, als er sie wusch und dabei seine Hände über Rücken und Arme gleiten ließ, ehe er sich ihren Brüsten zuwandte. Fasziniert beobachtete er, wie sich ihre Brustwarzen zusammenzogen und sich auf ihrem ganzen Körper Röte ausbreitete. Als er eine Hand tiefer nach unten schob, über ihren Bauch und den feurigen Hügel, öffneten sich ihre Beine. Er küsste sie, während er sie wusch, seine seifigen Hände streichelten ihre Haut und seine Finger erforschten die Wunder ihres Körpers.

Sie öffnete die Augen nur einen winzigen Spalt. »Liebst du mich wirklich?«, fragte sie.

Statt zu antworten, beugte er sich nach vorn, um ihren Körper mit beiden Armen zu umfassen, und trug sie zum Bett, wo er ihr zeigte, wie sehr er sie liebte. Sie erhob keine Einwände, als er seine Kleidung abstreifte. Sie selbst strich ihm mit erregten Fingern gierig über Brust und Schultern, ehe sie ihn auf sich zog. Sie küsste ihn mit einer Leidenschaft, die ihn ansteckte, während er ihre Küsse erwiderte.

Sie schmeckte nach Seife und Wasser und überwältigender Weiblichkeit. Mit Zunge und Zähnen fuhr er über ihren Hals hinunter bis zu ihren Brüsten. Während er an der einen Brust saugte, fand seine Hand den verborgenen kleinen Spalt zwischen ihren Beinen, und wieder liebte er sie. Er nahm seinen Mund kein einziges Mal von ihrer Brust, nicht einmal als sie sich ihm erwartungsvoll entgegenwölbte, nicht als sie schrie, zuckte und dann ein Schaudern ihren ganzen Körper erfasste. Immer noch küsste er den rosigen Nippel, saugte daran, zupfte mit den Lippen und spielte damit, bis sie wimmernd nach mehr verlangte und ihre weiblichen Säfte heiß flossen.

Und dann wusste er, dass sie bereit war. Er kam zu ihr, schob sich über sie. Sie sahen einander tief in die Augen, als er ihre Beine mit seinen Knien spreizte. Die Spitze seines Schwanzes berührte sie, und er meinte, dem Wahnsinn anheimzufallen, als er damit über sie strich, ihre Pupillen sich weiteten und sie erwartungsvoll keuchte.

»Gatte«, wisperte sie, und er beugte sich über sie, um sie zu küssen, während er in sie eindrang. Tief hineinstieß, spürte, wie sich ihr Körper um ihn schloss. Nass. Heiß. Wollüstig. Sie begann zu stöhnen, spürte die immer größer werdende Spannung, und er war bei ihr. Hielt sich zurück, kämpfte gegen die steigende Erregung, bereitete ihr jede erdenkliche Lust und ließ nicht nach, bis ... sie aufschrie und ihr Körper zu zucken begann. Mit einem Schrei ergoss er sich in sie und brach dann mit schweißüberströmtem Körper auf ihr zusammen.

Im dämmerigen Nachhall des eben Erlebten kam ihm kurz der Gedanke, wie er wohl je in der Lage sein sollte, sie gehen zu lassen.

22

»Dann willst du dich also mit dem Teufel verbünden«, warf Vannora ihm vor, die diesmal in kraftstrotzender Erscheinung und voller Leben vor ihm stand. Ihr dunkles Haar umrahmte schimmernd ein Antlitz, das keine Falten mehr aufwies. Ihre Lippen waren voll, und ihr Körper wirkte in der violetten Tunika, die so weich wie Samt aussah, beinahe verführerisch. Nur über ihren Augen lag noch der übliche milchige Schleier. Er fand es seltsam, wie sehr sie seinen eigenen verfluchten Augen ähnelten.

Sie stand in der Mitte des auf den Boden gezeichneten Kreises in ihrem kerkerähnlichen Zimmer. In ihrem Kessel blubberte es wieder, obwohl merkwürdigerweise kein Feuer brannte. Dicker Rauch stieg zur höhlenartigen Decke auf, wo seiner Meinung nach bestimmt Fledermäuse im Dunkeln schliefen. »Dem Lord von Agendor kann man nicht trauen«, sagte sie.

»Mir auch nicht.«

Sie nickte. »Aber du hast vor, die Festung bei Tageslicht zu verlassen.«

»Meine Augen sind … Tageslicht brennt nicht mehr so stark wie früher«, gab er zu. Ein Phänomen, das ihm in den letzten Wochen aufgefallen war.

»Dann hat sie also einen der Steine – den Opal – gefunden.« Vannora nickte, als würde das etwas bestätigen, was sie bereits gewusst hatte. »Du darfst nichts tun, was sie aufhalten würde, Hallyd. Um den Fluch aufzuheben, müssen alle Steine gefunden und in den Dolch eingesetzt werden.« Vannora rieb sich den Nacken und zog dabei die Augenbrauen zusammen, als wäre sie wirklich verwirrt.

Er hatte sie noch nie so besorgt gesehen. Das ließ ihn zögern und nagte an ihm. War es falsch gewesen, sich mit Deverill zu verbünden? Er wollte auf keinen Fall das geringe Sehvermögen bei Tage, das ihm zurückgegeben worden war, aufs Spiel setzen. Der brennende Schmerz sollte nicht zurückkehren …

»Hör mir zu. Dulde es nicht, dass dieser Hund Deverill die Suche nach den Steinen stört, denn wenn du Bryanna findest und sie von der weiteren Suche abhältst, wäre alles umsonst gewesen.« Sie sah ihn mit ihren milchigen Augen verwirrend direkt an.

»Deverill will nur seinen Bastard, das ist alles«, meinte er und versuchte damit ihre Bedenken zu zerstreuen.

»Aber du musst eingreifen, um sicherzustellen, dass Deverills Vorhaben nicht deine Pläne durchkreuzt!«, knurrte sie, und ihre Stimme war ganz rau vor innerer Erregung. »Nichts darf die Zauberin bei der Suche nach den Steinen behindern. Was Deverill betrifft: Benutze ihn, um sie aufzuspüren, ihr zu folgen. Lass ihn sich seinen verdammten Bastard holen, aber wenn du willst, dass der Fluch aufgehoben wird, dann störe sie nicht bei ihrer Suche.«

Sonnenschein strömte durch die Fensterläden, als Bryanna erwachte. Sie streckte sich im Bett und schwelgte in der Erinnerung an die herrliche Nacht, die sie mit Gavyn verbracht hatte ... erst hatten sie miteinander geschlafen, dann hatte sie gegessen und am Wein genippt, während er im lauwarmen Wasser badete, dann war er ins Bett zurückgekehrt, um sie wieder zu lieben, und schließlich waren sie eingeschlafen.

Sie hatte sich erst wieder gerührt, als er sich über sie gebeugt und sie auf die Stirn geküsst hatte. Jetzt war das Zimmer kalt und leer, und die leeren Teller und die Wanne mit dem kalten Wasser waren die einzige Erinnerung daran, was geschehen war.

Sie zog ihre neue Tunika an und lächelte, als sie über die Stickerei strich. Das satte, strahlende Braun des Stoffs, der sich gut auf ihrer Haut anfühlte, wurde durch den goldenen Faden noch verstärkt. Deutlich erinnerte sie sich daran, wie er gesagt hatte, dass er sie liebte, und es ihr dann im Bett bewiesen hatte. Oh, was für eine wollüstige Frau sie gewesen war! Sogar jetzt bebte sie innerlich bei dem Gedanken, wie sich sein Körper mit ihrem vereinigt hatte.

»Denk nicht darüber nach«, sagte sie zu sich selbst, während sie schnell ihr Haar flocht. Auf der Suche nach ihm eilte sie nach unten, wo die Wirtin, eine stämmige Frau mit Brüsten, die auf ihrem vorstehenden Bauch ruhten, zu ihr aufschaute. »Ihr seid die bessere Hälfte, nicht wahr? Ich bin Theone.«

»Brynn«, sagte Bryanna.

»Seid Ihr schon einmal in Holywell gewesen?«, fragte die Frau, und als Bryanna den Kopf schüttelte, fügte sie hinzu: »Dann kennt Ihr vielleicht die Legende noch nicht.«

Ehe Bryanna sie daran hindern konnte, begann sie fröhlich die Geschichte der heiligen Winefride zu erzählen, die hier von einem Prinzen geköpft worden war, weil der die Jungfrau nicht dazu hatte überreden können, ihm zu Willen zu sein.

»Es war schrecklich.« Theones Augen weiteten sich vor Entsetzen, als wäre sie selbst Zeugin des Vorfalls gewesen, von dem es hieß, er habe sich vor Jahrhunderten zugetragen. »Dieser Prinz Cradoc trat wirklich sehr für seine Sache ein, und als sie ihn zurückweist und gehen will, hackt er ihr den Kopf ab.« Theone ahmte die Bewegung mit ihrem Besen nach.

Bryanna drückte eine Hand auf ihren revoltierenden Magen, doch Theone war so gefesselt von ihrer eigenen Geschichte, dass sie es gar nicht zu bemerken schien.

»Nun, der Kopf rollt weg und bleibt schließlich in einer Senke liegen und, siehe da, genau an der Stelle entspringt eine Quelle, die Quelle, die auch heute noch sprudelt. Winefrides

Onkel, das war St. Beuno, hatte alles mitbekommen. Flink wie ein Wiesel packte er Winefrides Kopf, setzte ihn auf ihren Körper und hüllte ihn in seinen Umhang. Dann betete er zu Gott, dass es Winefride gewährt werden möge weiterzuleben, dass sie wieder ganz sein möge, dass Kopf und Körper sich wieder miteinander verbänden.« Theone stützte sich auf ihren Besen und erzählte weiter: »Und dann geschah das Wunder. Winefride stand tatsächlich wieder auf. Sie war wieder lebendig. Aber ach, von diesem Tage an hatte sie eine dünne weiße Narbe rund um ihren Hals.« Theone fuhr sich mit einem langen Finger am Halsansatz entlang, und Bryanna schauderte es bei dieser schrecklichen Geschichte, die von der Frau bestimmt ausgeschmückt worden war.

»Ist das wahr?«

»Oh, aber ja! Jedes einzelne Wort davon.«

Bryanna schluckte und berührte ihren eigenen Hals, um den sich noch vor kurzem die kleinen Aufschürfungen gezogen hatten.

Zufall?

Oder Prophezeiung?

»Die Leute kommen aus weiter Ferne, um im Wasser dieser Quelle zu baden. Reiche und Arme, Adlige und Bauern – es spielt keine Rolle, wer sie sind; denn alle werden geheilt und lassen ihre Krücken und Stöcke an der Quelle zurück, damit sie Zeugnis über das Wunder ablegen.«

»Und was wurde aus dem Prinzen? Dem, der versucht hatte, Winefride umzubringen?«

»Cradoc?« Theone schnaubte vor Abscheu. »Ich hörte, er wurde vom Blitz getroffen. Andere glauben, er wäre von einem großen Loch in der Erde verschluckt worden. Wie auch immer – er hauchte sein Leben aus! Und das zu Recht.« Sie nahm wieder ihren Besen und jagte eine Spinne über die

Türschwelle. »Der Widerling«, murmelte sie noch, als Bryanna bereits ging, um durch den Ort zu laufen.

Sie ging einen Hügel hinunter und kam an Leuten vorbei, die zu Fuß oder zu Pferd unterwegs waren, bis sie die Quelle in der Mitte der Stadt erreichte. Wie Theone erzählt hatte, sprudelte dort das Wasser aus dem Boden, und die Sonnenstrahlen brachen sich im plätschernden Nass.

Bryanna suchte in den Straßen nach Gavyn. Sie konnte ihn zwar nicht entdecken, aber sie bemerkte einen schwarz gekleideten Mann, der sich im Schatten der Häuser herumdrückte.

Das ist nur deine Fantasie, die mit dir durchgeht, sagte sie sich, während ihr Herz schneller zu schlagen begann. *Du bist nur nervös, weil du Gavyn nicht finden kannst.*

Aber der Mann tauchte immer wieder auf, als sie am Geschäft des Schneiders vorbeiging, und dann noch einmal, als sie vor der Hütte des Gerbers stehen blieb.

Eigentlich verschwand der so düster gekleidete Mann nie.

Wer war das?

Auf der Suche nach Gavyn umrundete sie die Quelle und ermahnte sich, nicht in Panik zu geraten. Vielleicht hätte sie im Wirtshaus bleiben sollen. Vielleicht war er bereits dorthin zurückgekehrt.

Sie musterte wieder die kleinen Gebäude und fragte sich, wo eine Hexe einen Edelstein verstecken würde.

Tief in der Quelle?

Natürlich nicht.

In dem Hügel, an dem man vorbeikam, wenn man in die Stadt wollte?

Während sie versuchte, ihr Unbehagen unter Kontrolle zu bringen, zögerte sie und sah sich um. Menschen – Versehrte und Gesunde – beteten am Rand der Quelle und berührten das klare, heilende Nass, um wieder an Körper und Seele zu gesunden. In einer Stadt, die ständig von Einwohnern und Reisenden erfüllt war, die nach Heilung suchten, würde es keinen geeigneten Ort geben, um dort einen Edelstein zu verstecken.

»Es ist unmöglich«, sagte sie, und ein Mann, der eine Mönchskutte trug und in ihrer Nähe stand, drehte sich um.

»Nichts ist unmöglich«, erklärte er. »Ist das Wunder der St. Winefride von Holywell nicht Beweis genug dafür?«

Es gelang ihr, dem Kirchenmann ein schwaches Lächeln zu schenken, dann wandte sie sich schnell ab, ehe er zu einer Rede über Glauben, Frömmigkeit und Gottvertrauen anheben konnte. Nicht heute, nicht solange sie den verdammten Smaragd finden musste. Nicht solange sie von einem schwarz gekleideten Fremden beobachtet wurde.

Sie sah sich auf der Suche nach ihm um, doch die dunkle Gestalt war nirgends zu entdecken.

War er überhaupt da gewesen?

Oder war er nur eine Ausgeburt ihres erschreckten Gemüts? Hatten ihre Ängste etwa Gestalt angenommen?

Jetzt konnte sie darüber nicht nachdenken, nicht wenn sie so kurz davorstand, einen weiteren Teil ihrer Suche zu erfüllen. Sie beschattete die Augen mit einer Hand und sah den Hügel hinauf, wo Karren, Pferde und Menschen die alte Straße benutzten. Eine Frau verkaufte am Wegesrand Eier, eine andere bot Käselaibe feil, und ein Blechschmied läutete laut die Glocken, die er zu verkaufen hoffte. Pferde wieherten und Gänse schnatterten. Ein Junge, der einen Reifen mit einem Stock antrieb, lief vorbei, ein blondes Mädchen, das kleiner war als er, lief ihm hinterher. Beide kicherten, während sie den Hügel hinunterstürmten.

Bryanna kniff die Lippen zusammen, während sie an das Kind dachte, das Isa immer wieder erwähnte. Konnte es irgendein Kind sein, das sie vorbeihüpfen sah?

»*Er ist der Auserwählte*«, strömte Isas Stimme kühl und vertraut wie der Bach, der durch Penbrooke floss, durch ihren Kopf.

»Isa?«, flüsterte sie ganz schwach vor Erleichterung, dass die Stimme zu ihr zurückgekehrt war.

»*Gezeugt von der Finsternis, geboren vom Licht, beschützt vom Heiligen Dolch*«, hallte Isas Stimme mitten in der dicht bevölkerten Stadt durch ihren Kopf. »*Der Herrscher aller Menschen, aller Tiere und Geschöpfe, geboren wird er werden am Abend von Samhain.*«

Bryanna schlang die Arme schützend um ihren Leib, als ihr klar wurde, dass ihr Kind um Samhain zur Welt kommen würde. Doch nein ... es war unmöglich. Und es sah Isa mal wieder ähnlich, eine alte Prophezeiung herunterzuleiern, wenn es eigentlich viel Dringenderes gab ... wie zum Beispiel die Suche nach dem Smaragd.

»Aha, ich soll den Auserwählten also mit dem Dolch beschützen.« Schwer zu glauben, aber auch wenn es so war, wie sollte sie ihn denn finden? »Ich finde ja noch nicht einmal den zweiten Stein«, stieß Bryanna so laut hervor, dass sie die Aufmerksamkeit einer vorbeigehenden Frau erregte.

Sie hatte ihren Säugling in einem Tragetuch seitlich auf der Hüfte sitzen und hielt mit der freien Hand die plumpen Finger des Kindes. Die junge Mutter sah sie durchdringend an und trieb dann schnell ihre übrigen Kinder auf die andere Straßenseite.

Bryanna konnte es ihr nicht verübeln.

Bestimmt wirkte und klang sie wie eine Verrückte, die mit sich selber redete. Unwillkürlich berührte sie ihren eigenen flachen Bauch. In ihr wuchs ein Kind heran, und sie verstand den Grund für die Angst der Mutter. Bryannas Kind war noch gar nicht auf der Welt, und doch würde sie alles tun, um es zu beschützen.

Über ihr zogen sich Wolken am Himmel zusammen, als sie wieder klar und deutlich Isas Stimme vernahm. »*Aus diesem Grunde bist du für diese Reise auserwählt worden. Um das Kind zu schützen. Es ist zwar ein Kreuz, aber lauf nicht im Kreis! Sieh nicht zu weit! Komme dem Bösen zuvor. Finde den Edelstein und geh. Gefahr ist nur vier Katzensprünge entfernt.*«

»Gefahr?«, wiederholte Bryanna, leise diesmal, um vorbeigehende Dorfbewohner nicht zu erschrecken. »Gefahr ist nur vier Katzensprünge entfernt? Isa, wovon redest du da?« Bryanna hasste diese rätselhaften Botschaften, die nur sie hören konnte. »Isa!« Sie entfernte sich gerade von der belebten Straße, um keine Aufmerksamkeit zu erregen, als sie Gavyn sah, der aus Richtung Stadt auf sie zugerannt kam. In seinen grauen Augen war deutlich die Sorge zu erkennen.

Ihr Herz machte bei seinem Anblick einen Satz. Sein Haar flatterte im Wind, die neue Tunika spannte sich um seine breiten Schultern. Sie hatte recht gehabt, als sie sich vor Monaten das erste Mal um seine Verletzungen gekümmert hatte. Die Hautabschürfungen und Schnitte hatten seinen energischen Kiefer, die streng geschnittenen Züge und die tief liegenden silbrigen Augen verborgen.

»Gott sei Dank, dir ist nichts geschehen«, sagte er und packte sie, als habe er Angst, sie könne sich in Luft auflösen. Er umarmte sie fest, und sie atmete tief seinen männlichen Geruch ein. Sofort erinnerte sie sich wieder an ihr Liebesspiel, das diesmal nicht wild und brutal gewesen war, aber auch nicht allzu sanft. Leidenschaftlich drängend war es gewesen, und sie wusste tief im Innern, dass sie von diesem Mann und seinen sinnlichen Berührungen nie genug haben würde.

Er drückte sie an sich und wisperte dabei in ihr Haar: »Ich kam ins Zimmer zurück, und du warst nicht da. Und da dachte ich … dachte ich, dass du vielleicht … ach verdammt, es spielt keine Rolle.«

»Dass ich vielleicht was?«, fragte sie, und Tränen der Erleichterung brannten in ihren Augen.

»Dass du vielleicht mitgenommen worden wärst oder dir etwas zugestoßen wäre oder … verdammt, es spielt keine Rolle.«

Sie dachte an die dunkle Gestalt, die sie gesehen hatte, doch dann tat sie es ab. Es hatte nichts zu bedeuten. Es war dummes Zeug. Es gelang ihr, ein spitzbübisches Grinsen aufzusetzen, und sie fragte: »Du hast dir Sorgen gemacht?«

»Um dich?«, fragte er, und sein Arm lag auf ihrer Schulter, während sie zum Wirtshaus zurückgingen. »Immer.« Er blickte über seine Schulter und meinte: »Du hattest immer so eine Art, dich – und mich – in Schwierigkeiten zu bringen. Sogar als Kind. Aber ich dachte, du würdest lange schlafen und in Sicherheit sein, bis ich zurück bin.«

»Ich bin in Sicherheit.«

»Hm.«

»Warum hast du mich nicht geweckt?«

»Weil ich dachte, dass du dich nicht in Schwierigkeiten bringen kannst, wenn du schläfst. Und«, er tippte ihr mit einem Finger auf die Nasenspitze, »du bist einfach anbetungswürdig, wenn du schläfst.«

»Im Gegensatz zu dir«, neckte sie ihn, und seine Augen blitzten auf, während sie einer Pfütze auswichen.

»Am besten meidet man morastige Stellen«, meinte er. »Das Badewasser in unserem Zimmer ist mittlerweile eiskalt.«

»Wir könnten uns in St. Winefrides Quelle waschen.«

»Und uns dann vom Gemeindepriester strecken und vierteilen lassen? Nein, ich glaube, lieber nicht.« Doch bei der Vorstellung konnte er ein Lächeln nicht unterdrücken.

Sie schob ihren Arm unter seinen. »Und jetzt sprich, Gatte Cain, was hast du herausgefunden?«

»Nichts. Wie gesagt, wollte ich lieber durch Holywell ziehen und versuchen, den Edelstein zu finden, als dich wecken. Aber keiner, mit dem ich sprach, erinnerte sich an eine Zauberin, die vor sechzehn Jahren hier gewesen wäre. Nein, die meisten sahen mich an, als ob ich völlig schwachsinnig wäre. Andere bekamen Angst, viele bekreuzigten sich und huschten davon, um sich zu verstecken wie die Insekten unter einem Stein.«

Wolken begannen sich vor die Sonne zu schieben, als sie das Stadttor erreichten und sich den anderen Menschen anschlossen, die dort gingen oder ritten. Gavyn nahm die Gebäude und Straßen in Augenschein, er sah zu den Dächern hinauf, er blickte mit gerunzelter Stirn in den Rinnstein und linste durch offene Türen in Läden hinein.

»Der verdammte Stein könnte überall versteckt sein.« Ärgerlich strich er sich die Haare aus der Stirn und machte ein finsteres Gesicht.

»Ich weiß. Ich habe auch nach dem Smaragd gesucht, wenn auch nur kurz.«

Zu Bryannas Erleichterung erreichten sie kurz darauf das Gasthaus. Sie bemerkte, dass das Kind in ihrem Bauch sie in letzter Zeit erschöpfte und viel von ihrer Kraft nahm.

»Wir könnten einen ganzen Monat brauchen, um ihn zu

finden«, meinte Gavyn, während er Bryanna die Tür aufhielt. »Oder schlimmer noch – vielleicht finden wir ihn nie.«

»Ja, ich habe dieselbe Hoffnungslosigkeit verspürt und mich gefragt, wo wir anfangen sollen. Es war überwältigend«, erklärte sie leise, während sie die Treppe zum oberen Stockwerk hinaufstiegen. Plötzlich erinnerte sie sich wieder an Isas letzte Worte. Es wäre zwar ein Kreuz, aber sie solle nicht im Kreis herumlaufen. Sie solle den Stein nehmen und gehen.

Wenn es doch nur so einfach wäre, dachte Bryanna.

Er berührte ihre Schulter, und die Wärme seiner Hand drang durch ihre neuen Kleider. »Wir können schlecht die ganze Stadt und die Quelle Stein für Stein auseinandernehmen.«

Sie traten in ihr Zimmer, aus dem die Wanne und das leere Tablett entfernt worden waren. Das frisch gemachte Bett erinnerte deutlich daran, wie sie die vergangene Nacht verbracht hatten.

Er warf einen Blick auf das Bett, dann sah er wieder Bryanna an.

»Deute es noch nicht einmal an«, warnte sie ihn, obwohl sie eigentlich mehr als nur ein wenig versucht war, sich wieder mit ihm hinzulegen. »Wir haben zu viel zu tun.«

»Und wissen nicht wie.« Er setzte sich aufs Fußende des Bettes, als hoffte er, sie würde sich zu ihm gesellen. Doch stattdessen trat sie ans Fenster und sah auf die Straße hinunter. Bildete sie es sich nur ein oder lungerte da tatsächlich ein dunkel gekleideter Mann im Hauseingang auf der gegenüberliegenden Straßenseite herum? Ihre Haut prickelte vor Furcht.

»Was ist los?«, fragte Gavyn. Als sie nicht gleich antwortete, wiederholte er seine Frage. »Was ist los, Bryanna?«

Widerwillig sagte sie: »Ich ... ich weiß nicht. Ich war mir nicht sicher, ich habe es nicht weiter ernst genommen, aber vorhin war da ein Mann auf der Straße. Er schien mir zu folgen«, erzählte sie und erinnerte sich dabei an Gledas Warnung. Die arme Gleda, die nur Stunden, nachdem sie Bryanna kennengelernt hatte, gestorben war. »Vielleicht bilde ich es mir ja auch nur ein, aber sowohl Gleda als auch Isa haben mich vor einem ›dunklen Krieger‹ gewarnt, der mir etwas antun wolle.«

Gavyn trat zu ihr ans Fenster und legte seine große Hand auf ihre Schulter. »Und jetzt glaubst du, ihn gesehen zu haben?«

»Ich weiß es nicht. Schau dort, unter dem Dachvorsprung des Ladens.« Sie zeigte mit dem Finger auf ein lehmverputztes Gebäude auf der anderen Seite der schmalen Straße. »Siehst du ihn?«

Er runzelte die Stirn. »Ja, da steht ein Mann, aber er ist nicht hinter dir her. Für mich sieht es so aus, als wäre er betrunken und würde sich gerade an einem Baum erleichtern.«

Sie sah genauer hin, stellte fest, dass Gavyn recht hatte, und wandte sich ab. »Ich verliere allmählich den Verstand. Erst heute, als ich gerade an der Quelle stand, hörte ich wieder Isas Stimme. Mitten auf der Straße! Sie hat noch nie zu mir gesprochen, wenn ich gerade unter Menschen war. Ich war so überrascht, dass ich ihr geantwortet habe. Damit erweckte ich den Unmut und die Neugier aller, die gerade um die Heilquelle herum waren.«

»Und was hat sie gesagt?«

»Ach! Sie spricht immer in Rätseln. Warte mal ... oh, sie sagte, dass Gefahr heraufzöge.«

Einer seiner Mundwinkel ging amüsiert nach oben. »*Das*

wissen wir bereits. Sieh dort.« Er deutete mit dem Kinn auf das Fenster. »Der mordsgefährliche Baumpisser ist ganz nah.«

Bryanna stieß ihm den Ellbogen in die Seite und sagte: »Du hast gefragt.«

»Ja, ja, erzähl weiter.«

»Sie erinnerte mich an meine Suche nach dem Kind, das ich retten soll. Sie erwähnte die alte Prophezeiung über den Auserwählten. Du hast sie bestimmt schon einmal gehört.«

Gavyn nickte. »Gezeugt von der Finsternis, geboren vom Licht ...«

»Ja, genau. Der Auserwählte, der nächste Herrscher von Wales. Als wäre er das Kind, das ich mit dem Heiligen Dolch beschützen soll.«

Er kratzte sich an der Stirn und strich sich eine Strähne aus den Augen. »Was hat Isa sonst noch gesagt?«

»Sie sagte, es wäre zwar eine Last, aber ich solle nicht im Kreis laufen ...« Bryanna ließ die Worte verklingen. »Nein, sie sagte, es wäre zwar ein Kreuz – das war's. Eine seltsame Wortwahl. Warum sollte es ... Oh, du lieber Himmel, lass mich die Karte ansehen.«

Sie öffnete ihren Lederbeutel, zog die aufgerollte Karte heraus, breitete sie auf dem Bett aus und fuhr dann mit dem Finger über die einzelnen Zeichen. »Sieh mal, hier, etwas weiter von der Quelle entfernt? Siehst du den langen Stock mit einem Kreis darauf, in dem sich ein Kreuz befindet? Wie ein Rad ... Könnte sie das gemeint haben? Es ist ein *Kreuz*, aber ich soll nicht im *Kreis* laufen?«

Bryanna wurde von einer heftigen Erregung gepackt. Sie hatte recht, sie wusste es! Sie spürte es tief im Innern. Schnell begann sie ihre wenigen Besitztümer zusammenzusuchen und stopfte sie in ihre kleinen Lederbeutel.

Doch Gavyn war nicht überzeugt. »Warum sollte Kambria, die angeblich eine Hexe war, zu solch einem religiösen Ort wie diesem kommen? Sie flüchtete vor einem Priester, und trotzdem wollte sie hier, in dem Wallfahrtsort einer christlichen Heiligen, den Edelstein verstecken? Das ergibt doch keinen Sinn, oder?«

»Nein. Aber eine Karte und einen Opal im eigenen Körper zu verstecken, damit man damit beerdigt wird, auch nicht.«

Er kratzte sich am Nacken. »Das stimmt. Vielleicht hat sie versucht, alle in die Irre zu führen, indem sie das, was ihre Feinde wollten, direkt vor ihrer Nase versteckte.«

»Nein, nein. Das glaube ich nicht! Hör mir einfach zu.« Nach einem schnellen Blick auf die Karte, um sich in ihrer Überzeugung noch einmal zu bestärken, rollte sie sie wieder zusammen und steckte sie in ihren Beutel. »Sind wir nicht unterwegs an etwas vorbeigekommen? Ein paar Meilen nördlich oder westlich von hier? Ich glaube, wir hatten uns gerade ein wenig verirrt. Wir ritten an so einer Art Heiligtum aus Stein vorbei.«

Er fasste sich ans Kinn und versuchte sich zu erinnern.

»Weißt du noch? Es war sehr alt und oben drauf war ein Kreuz in einem Rad ... oder vielleicht auch einem Kreis.« Sie sah Gavyn eindringlich an. »Das hat Isa gemeint, als sie sagte, es ist zwar ein Kreuz, aber lauf nicht im Kreis herum.«

Er schaute sie skeptisch an, sichtbar nicht überzeugt. »Wir sind am Hochkreuz von Maen Achwyfan vorbeigekommen«, meinte er. »Dem Klagestein. Niemand weiß, ob er zu Ehren des christlichen Gottes oder für heidnische Riten errichtet wurde.«

»Perfekt! Glaubst du nicht auch, dass es das ist, was sie meinte?«

Er zögerte. »Um die Wahrheit zu sagen – ich bin mir noch

nicht einmal sicher, dass es ihre Stimme wirklich gibt, Bryanna.«

Sie erstarrte und sah ihn stumm an. Was musste sie denn noch tun, um in seinen Dickschädel etwas Verstand einzutrichtern? »Dann würdest du ja vielleicht gern eine Wette mit mir abschließen?«

»Du möchtest mit mir wetten?« Er blinzelte, als könne er nicht glauben, was sie gerade gesagt hatte.

»Ja, weil ich mir sicher bin, dass ich gewinne.«

Gavyns Lippen verzogen sich. »Na gut, Frau. Was bekomme ich, wenn da nichts ist?«

»Was?« Sie erwiderte seinen spöttischen Blick, sah die Herausforderung in seinen Augen und erinnerte sich an frühere Zeiten, als sie viel jünger gewesen waren. Auf Penbrooke, als er dort Stallbursche war, hatte er sie häufig herausgefordert: sie sollte über einen Fluss springen, einen Frosch mit bloßen Händen fangen, ein Pferd ohne Sattel reiten, dem Koch ein Törtchen stehlen. Natürlich hatte sie nie einen Rückzieher gemacht. Und das wusste er auch.

Und er erinnerte sich ebenfalls. Sie sah es an dem Funkeln in seinen Augen, dem Lächeln, das er nicht ganz verbergen konnte.

Bryanna zog eine Augenbraue verführerisch hoch und flüsterte mit leiser Stimme: »Was du bekommen würdest?«, wiederholte sie mit einem Zwinkern. »Vielleicht alles, was du dir ersehnst, mein Gatte.«

»Meinst du es ernst?«

»Mmm, ja. Das tue ich. Aber wenn du verlierst, dann bin ich es, die etwas von dir verlangen kann.«

»Die Wette gilt.«

»Gut. Dann komm und lass uns nachsehen, in Ordnung?« Sie ging bereits auf die Tür zu, und ihr neuer Umhang blähte sich hinter ihr. Aus dem Augenwinkel sah sie ihn nach seinen eigenen Beuteln greifen, ehe er ihr mit lauten Schritten die Treppe nach unten folgte.

Das Wetter war umgeschlagen. Graue Wolken jagten über den immer dunkler werdenden Himmel. Bryanna zog den Umhang enger um sich, während sie zum Stall eilte. Die Pferde waren bereits gestriegelt, gefüttert und getränkt worden. Alabaster wieherte, als sie kam, und Bryanna streichelte ihr liebevoll die Nüstern. Sie nahm sich sogar die Zeit, Harry hinter den Ohren zu kraulen, während Gavyn Sättel, Zaumzeug und Gepäck holte. Harry musste jetzt zwar kein großes Bündel aus Fellen mehr tragen, aber er war immer noch mit Verpflegung und Werkzeug beladen.

Binnen kurzem waren sie wieder auf der Straße, als auch schon die ersten dicken Tropfen vom Himmel fielen und auf die Erde platschten.

Sie ritten den steilen Hügel hinunter, um dann, sobald sie ebenes Gelände erreichten, an Geschwindigkeit zuzulegen. Bryanna trieb Alabaster zu einem ruhigen Galopp an, sodass sie von Rhi und Harry, der trotz seines unregelmäßigen Schritts leicht mithielt, nicht abgehängt wurde.

Während ihres Ritts wurde der Regen immer kräftiger, und aus anfänglich vereinzelten Tropfen wurde bald ein heftiger Guss. Es wurde dunkel wie die Nacht, es donnerte, und in der Ferne sah man die Blitze zucken. Die Straße, die von unzähligen Karren und Wagen bereits tiefe Furchen aufwies, verwandelte sich in ein rutschiges Schlammloch.

Trotz des neuen Umhangs lief Bryanna das Wasser am Nacken herunter und durchnässte sie bis auf die Haut. Ihre Zähne klapperten, aber das brachte sie nicht ins Wanken.

Bestimmt war das alte steinerne Hochkreuz der Ort, wo der Stein vergraben war.

Es musste so sein.

Sie ritten durch den Regen über eine Straße, die völlig ausgestorben schien. Kein Mensch, der noch bei klarem Verstand war, bot ohne Not solch einem schlechten Wetter die Stirn.

Endlich tauchte das einsam dastehende Steinmonument vor ihnen auf – ein Monolith mit einem Radkreuz an der Spitze. Bryanna flehte im Stillen Morrigu an, dass dies wirklich die Stelle war, wo Kambria den zweiten Stein vergraben hatte.

Bryanna blinzelte wegen des Regens, als sie abstieg. Gavyn saß ab, ging zu Harry und band die Schaufel los. Die Pferde hatten angesichts des Unwetters die Ohren angelegt und schnaubten mit geweiteten Nüstern.

»Ganz ruhig«, sagte Bryanna und klopfte Alabaster den Widerrist.

»Und was meinst du, wo wir anfangen sollten zu graben?«, fragte er und ließ seinen Blick über die grasbewachsene Fläche gleiten.

»Im Osten, vermute ich mal.«

»Keine Vermutungen, bitte«, sagte er und deutete zum Himmel, an dem schon wieder Blitze zuckten.

»Bitte, fang einfach an zu graben«, sagte sie und zeigte auf das Hochkreuz.

Er machte sich an die Arbeit und begann um den Monolithen herum den Boden aufzugraben, während es donnerte und der Wind allmählich immer stärker wurde.

Ein Loch.

Zwei.

Drei.

Sie half ihm, indem sie mit ihrem Messer in die feuchte Erde hineinstieß, um zu sehen, ob sie irgendwo auf Widerstand stieß.

Doch sie fanden nichts.

Er versuchte es in einer anderen Richtung und stach Grassoden ab, um an die Erde darunter zu kommen. Dunkle Löcher umringten bald das ganze Hochkreuz, doch ohne Erfolg.

»Ach, verdammt.« Voller Überdruss warf Gavyn seine Schaufel hin. Mit Hilfe seines Schwerts, dessen Klinge viel länger war als die ihres Messers, begann auch er den Boden zu überprüfen. Immer wieder stieß er die lange Klinge tief hinein, um sie dann ergebnislos herauszuziehen. Er hörte nicht auf und setzte seine Suche in immer größeren Kreisen um den Monolithen herum fort. Immer wieder stach er in den Boden, während sie von Wind und Regen gepeitscht wurden.

Schließlich sah er zu ihr auf, wobei Schlamm an seiner Klinge herabtropfte. »Er ist nicht hier«, sagte er, begleitet von lautem Donnern.

»Er muss hier sein.«

Er schüttelte den Kopf und versuchte, sich das Wasser aus dem Gesicht zu wischen, wodurch er aber nur Schlieren von Dreck auf Stirn und Wangen hinterließ. »Es hat keinen Sinn.«

»Wir können noch nicht aufhören.«

Er blickte sie finster an, sah zum Himmel hoch und sagte: »Du willst nur nicht deine Wettschuld einlösen, Weib.«

»Nein, das ist es nicht.«

»Bryanna, das ist die falsche Stelle. Was immer Isa auch zu dir gesagt haben mag, es war falsch.« Er zog sein Schwert aus dem Boden und ging auf die Pferde zu.

»Nein, warte!«, rief sie. »Es ist hier. Wir haben nur noch nicht die richtige Stelle gefunden.«

»Frau, was erwartest du von mir? Soll ich etwa das ganze verdammte Feld umgraben? Oder dieses riesige Hochkreuz umstoßen?« Er war bereits neben Harry angekommen, während sie immer noch neben dem Monument stand.

Sie war sich so sicher gewesen, völlig sicher, dass dies hier Kambrias zweites Versteck gewesen war.

Einen Moment lang achtete sie nicht auf Gavyn und beugte sich über die kleinen Erdhügel, die sich jetzt um den Monolithen herumzogen. Obwohl der Regen an ihr herunterlief, versuchte sie, Ruhe zu bewahren und mit Vernunft zu einer Lösung zu kommen. *Denk nach, Bryanna, denk nach!* Was hatte Isa gesagt? *Wo hätte Kambria den Edelstein versteckt?*

»Was ist jetzt?«, rief Gavyn, und in seiner Stimme schwang Ungeduld mit. Er hatte bereits Harrys Zügel in der Hand und stand neben Rhi.

»Ich weiß nicht. Ich dachte, es wäre hier. Ich wusste, dass es hier ist!« Regen strömte ihr über Gesicht und Nacken, und sie war mittlerweile bis auf die Haut durchnässt. Ihre Kleidung hing schwer herunter, und der Geruch von nasser Wolle vermischte sich mit dem Duft von Erde.

»Wir müssen irgendwo einen Unterschlupf finden.«

Sie wandte sich von ihm ab und sah zum Himmel hoch. »Isa, was meintest du?«, fragte sie und breitete ihre Arme aus. Sie würde nicht aufgeben. Auf gar keinen Fall. Während sie zum bedrohlich dräuenden Himmel aufschaute, erinnerte sie sich wieder an Isas Worte:

Es ist zwar ein Kreuz, aber lauf nicht im Kreis! Sieh nicht zu weit! Komme dem Bösen zuvor. Finde den Edelstein, und geh. Gefahr ist nur vier Katzensprünge entfernt.

Wieder ließ sie sich die Worte durch den Kopf gehen.

Es ist zwar ein Kreuz, aber lauf nicht im Kreis! Sieh nicht zu weit! Komme dem Bösen zuvor. Finde den Edelstein, und geh. Gefahr ist nur vier Katzensprünge entfernt.

Durch den dicht fallenden Regen sah sie den hohen Monolithen an. Da war das Kreuz mit dem Kreis. Der Teil stimmte schon mal!

»Bryanna, komm jetzt endlich«, drängte Gavyn.

Sie würde sich nicht um ihn kümmern. Noch nicht. »Finde ... Edelstein«, sagte Bryanna, und die Worte wirbelten wie ein Lied durch ihren Kopf. »Kreuz, Kreis, finde, Edelstein, vier Katzensprünge entfernt.« Schneller und schneller rasten die Worte, bis sie ineinander übergingen und sie sie flüsterte und ...

Es fiel ihr wie Schuppen von den Augen, und sie verstand. Oh, gütige Morrigu, dachte sie und setzte Isas rätselhafte Anweisungen zusammen. »Warte! Gavyn, bitte.« Sie drehte sich um und sah ihn bereits auf seinem Pferd sitzen. »Nein ... wir müssen noch eine Sache ausprobieren«, flehte sie.

»Bryanna, nein. Wir sind hergekommen. Wir haben es versucht. Er ist nicht hier.«

»Bitte!«, beharrte Bryanna. »Ich glaube, er liegt östlich vom Monolithen ... aber wir waren zu nah dran. Ich glaube, dass Isa meinte, er sei vier Sprünge in östlicher Richtung entfernt vergraben.«

»Was?« Er starrte sie an, als wäre sie jetzt völlig verrückt geworden. Der Regen klebte ihm das Haar an den Kopf und tropfte von seiner Nasenspitze. »Sprünge? Du meinst Hüpfer?«

»Ja, das meinte sie mit den vier Katzensprüngen.«

»Das kannst du nicht ernst meinen. Na, komm! Du bist klatschnass und ich auch. Wenn wir jetzt losreiten, schaffen wir es noch bis zur nächsten Stadt, ehe es Nacht wird.«

»Erst wenn wir noch ein letztes Mal gesucht haben.« Sie wirbelte so schnell herum, dass sie fast auf dem nassen Gras ausgerutscht wäre. Vom Monolithen aus machte sie vier große Sprünge nach Osten. Das war die richtige Stelle. Sie war sich sicher. »Oh, Isa, lass mich nicht im Stich«, wisperte sie. »Hier.« Sie stach mit dem Finger in die feuchte Erde und blinzelte wegen des Regens, als sie zu ihm aufsah. »Hier müssen wir graben.«

Er rührte sich nicht. Was war mit ihm los?

»Komm schon!« Als er keine Anstalten machte, ihr zu helfen, grummelte sie: »Na gut.« Sie markierte die Stelle, indem sie ein Grasbüschel samt Wurzel herausriss. Dann marschierte sie zu Harry und begann, die Schaufel loszubinden.

»Nein«, sagte Gavyn, aber sie achtete nicht auf ihn und zerrte sich mit den Zähnen die Handschuhe herunter, um die Bänder lösen zu können, mit denen die Schaufel an Harrys Gurt befestigt war. »Bryanna ...«

Die Bänder lösten sich, und die Schaufel fiel in ihre wartenden Hände. Sie bedachte Gavyn noch mit einem wütenden Blick, dann eilte sie zu der Stelle zurück, wo sie das Grasbüschel ausgerissen hatte.

»Um Himmels willen«, sagte Gavyn, als ein Blitz über den Himmel zuckte. »Bryanna ... oh, verdammt!« Schnell sprang er vom Pferd.

Gerade als sie die Schaufel in den Boden stieß, kam er bei ihr an und nahm sie ihr aus der Hand.

»Ich kann das selber«, beharrte sie.

»Das würde den ganzen Tag dauern.«

»Wirklich, Gavyn«, widersprach sie ihm, »ich schaffe das.«

»Und ich schaffe es schneller.« Und wie um es zu beweisen, stieß er die Schaufel tief in den Boden und häufte die Erde rund um die Stelle auf, an der sie das Gras ausgerissen hatte. Ein knietiefes Loch, dann noch eines.

»Weißt du was«, meinte er und warf eine weitere Schaufel Erde zur Seite, »es wäre sehr hilfreich, wenn sich diese

Stimme in deinem Kopf etwas genauer ausdrücken könnte.« Wieder stieß er die Schaufel tief in den Boden, und das Blatt bohrte sich in Gras und weichen Lehm. »Ich meine, wenn Isa sich schon die Mühe macht, aus dem Grab zu dir zu sprechen, könnte sie zumindest so reden, dass du sie auch verstehst.« Er warf über seine durchnässte Schulter einen Blick auf Bryanna, während er eine weitere Schaufel voll Erde zur Seite warf.

»So läuft es aber nicht.«

»Jetzt läuft es auch nicht gerade gut«, murrte er.

»Wir haben drei Teile von der Karte, oder nicht? Und einen Edelstein.« Sie wusste nicht, warum sie Isa in Schutz nahm. Aber das war auch nicht lächerlicher, als bei sintflutartigem Regen im Boden rund um einen uralten Monolithen zu buddeln.

»Nun, dieses Mal brauchen wir genauere Anweisungen. Warum versuchst du also nicht mit ihr zu reden und ihr zu sagen, dass sie uns verdammt noch mal erklären soll, was sie eigentlich meint?« Wütend stieß er die Schaufel in den Boden.

Und das Blatt traf etwas, das sich wie Metall anhörte.

Einen Augenblick starrten sie einander sprachlos an.

»Gütiger Himmel«, flüsterte Gavyn. Er verdoppelte seine Anstrengungen, grub noch tiefer und legte die Oberseite einer kleinen Blechkiste frei.

Bryanna hielt den Atem an, als sie sich neben dem Loch hinkniete und die rostige Kiste heraushob. Ihre zitternden Hände gehorchten ihr kaum, als sie den Deckel öffnete.

Knarrend sprang er auf.

In der Kiste lag auf einer Unterlage aus Leder, die von Regentropfen gesprenkelt war, ein perfekt geschliffener Smaragd.

»So, mein lieber Ehemann«, sagte sie, und es schwang so etwas wie Triumph in ihrer Stimme mit, als sie zu ihm aufschaute und wegen des Regens blinzeln musste. »Es sieht so aus, als hättest du gerade eine Wette verloren.«

Gavyn hatte nie gedacht, dass er eines Tages gläubig sein würde. Nicht in einer Million Jahren. Aber auf dieser Reise waren zu viele unerklärliche Dinge vorgefallen, als dass er noch an Bryanna hätte zweifeln können. Sie hatte im Regen auf diesem Feld gestanden, während Blitze über den Himmel zuckten und es immer wieder donnerte, und ihm genau die Stelle gezeigt, wo der Edelstein versteckt war.

Das konnte nicht einfach nur Zufall sein.

Hier geschah etwas, das nicht von dieser Welt war.

Etwas, das ihn all seine früheren Ansichten überdenken ließ.

Genau wie von ihr vorhergesagt, hatten sie den Smaragd gefunden, der natürlich auf dem nächsten Stück der Karte lag.

Als sie das eingerissene Stück Leder ausbreiteten und in die bereits vorhandenen Teile der Karte einpassten, sahen sie, dass sie nach Süden weiterreisen mussten.

»Ein Topas für die Spitze im Süden«, sagte sie.

Doch was ihn daran störte, war die Karte selbst. Sie war auf ein viel größeres Stück Leder gezeichnet, und auf der rauen Oberfläche waren die Umrisse des Meeres angedeutet.

»Bedeutet das *für die Spitze im Süden* des Dolches – oder von Wales?«, fragte er.

Bryanna sah ihn aus Augen an, die nur wenig dunkler waren als der strahlend grüne Stein, den sie in der verrosteten Kiste gefunden hatten.

»Beides«, erwiderte sie, und in ihrer Stimme schwang eine neue Überzeugung und Kraft mit. Erneut blitzte es, und Regentropfen fielen auf ihr Gesicht. »Gavyn, ich fürchte, dass wir noch eine sehr lange Reise vor uns haben.«

23

Morwenna streifte ihre Reitkleidung ab, obwohl der frische Frühlingsduft noch in ihrem Umhang hing. Heute Morgen, als die Sonne auf Dächer und Felder schien, hatte sie es nicht mehr ausgehalten, in der Burg zu bleiben. Also war sie auf einem kleinen braunen Wallach ausgeritten und hatte die Zeichen der neuen Jahreszeit in sich aufgenommen. Die Bauern pflügten ihre Felder und säten Weizen, Roggen und Gerste. Verspielte, langbeinige Fohlen hatten an der Seite ihrer Mütter getollt. Der Fluss war vom Schmelzwasser und dem tagelangen Regen angeschwollen, und sie hatte sogar einen Fuchs mit Jungen gesehen.

Vom Ausritt erfrischt trug sie ihrer Zofe auf, ihren Ehemann zu bitten, zu ihr zu kommen. Nachdem sie sich umgezogen und das Haar gekämmt hatte, wartete sie nun im Söller von Calon auf ihn. Draußen vor dem Fenster sangen Drosseln und Meisen, während drinnen ein lustiges Feuer brannte.

In ihrem Innern war alles verkrampft.

»Ich habe dir etwas zu sagen«, kündigte sie an, als er in den Raum kam. In der schwarzen Tunika mit Lederbesätzen und silberner Stickerei war er wohl der bestaussehende Mann in ganz Wales. Sein dichtes, dunkles Haar lockte sich leicht, seine Augen blickten eindringlich und klar, als er sie musterte, und er besaß einen kantigen, strengen Kiefer.

Morwenna hätte am liebsten die Hände gerungen. Wie sehr sie wünschte, sie hätte schon früher etwas gesagt! Sie richtete sich auf, nahm die Schultern zurück und holte tief Luft.

»Du bist schwanger«, sagte er, ehe sie ein Wort herausbringen konnte.

»Du weißt es?«

»Ich kann zählen, Morwenna, und wir schlafen miteinander. Wir lieben uns.« Er trat ans Feuer, um sich die Beine zu wärmen. »Deine Blutung ist ziemlich lange ausgeblieben. Drei Monate? Vielleicht sogar vier? Ich habe gesehen, wie du das Essen verschlingst und es dann wieder von dir gibst. Manchmal bist du weinerlich, dann wieder sehr müde. Wie kommst du darauf, ich würde es nicht bemerken?«

Sie saß auf einem Stuhl neben dem Rocken, an dem sie sich eigentlich dem Vergnügen des Spinnens hingeben sollte, doch das tat sie nicht. Ihr hatten das Reiten und die Jagd stets besser gefallen – alle Tätigkeiten, in denen sie sich mit einem Mann messen konnte. Die Beschäftigung mit Kräutern, das Spinnen, das Führen der Rechnungsbücher und, ja, nicht einmal die milden Gaben für die Armen, so lobenswert dies alles war, erfüllte sie mit der gleichen Befriedigung wie ein halsbrecherischer Galopp durch einen Winterwald oder die Hatz auf eine Jagdbeute.

Langsam drehte sie das Spinnrad und hörte es summen. »Ich hatte es dir schon früher erzählen wollen, aber es schien nie der richtige Zeitpunkt dafür zu sein. Du warst damit beschäftigt, dir die Kenntnis über das Leben auf dieser Burg anzueignen, zu lernen, wie man sie regiert, wie man Bündnisse schließt, und ich ... ich muss zugeben, dass ich mir Sorgen um Bryanna machte.« Sie nickte, als würde sie endlich etwas zugeben, was sie bisher zu leugnen versucht hatte. Wieder einmal stiegen ihr diese dummen Tränen in die Augen. Schon wieder! Verdammt. Sie war niemals eine weinerliche Frau gewesen, hatte niemals unter derart seltsamen Anwandlungen gelitten, aber jetzt, da sie das Kind erwartete, schien sie immerzu entweder überglücklich oder unsagbar traurig zu sein.

»Dies sollte eine Zeit der Freude für uns sein«, sagte er und trat vom Feuer weg, um zu ihr zu gehen.

»Das ist es! Ich freue mich so sehr auf dieses Kind und so viele andere, wie du willst.« Sie meinte es ernst und lächelte aus tränennassen Augen zu ihm auf. »Es wird kurz nach dem Jahreswechsel kommen. Ja, es ist nicht einmal mehr ein halbes Jahr bis dahin, und es ist mir egal, ob es ein Sohn oder eine Tochter wird, solange es nur kräftig und gesund ist.«

»Und das wird unser Kind sein.«

»Und natürlich«, fügte sie hinzu, während sie wegen der kindischen Tränen schniefte, seine Hand nahm und aufstand, »hoffe ich, dass es ein starkes Mädchen wird wie die von Penbrooke.«

»Wie Bryanna«, sagte er.

Sie nickte, denn das stimmte. Von all ihren Brüdern und Schwestern ähnelte Bryanna den anderen am wenigsten, in Charakter und Aussehen. Aber Morwenna würde sich in diesem Moment, in dem sie und ihr Ehemann sich wieder nahe waren, nicht traurig machen lassen, indem sie an ihre Schwester dachte.

»Vielleicht bekommst Du einen Sohn.«

»Wir«, sagte sie, »bekommen vielleicht einen Sohn. Möge er keinen so starken Willen haben wie sein Vater.«

»Oder seine Mutter.«

Sie lachte und hatte das Gefühl, als wäre, was auf ihnen gelastet hatte, plötzlich verschwunden. »Es tut mir leid, dass ich deinen Bruder als Söldner gedungen habe. Er hat uns beiden in so vieler Hinsicht Unrecht getan und …«

»Carrick ist ein Schandfleck des Hauses Wybren«, unterbrach sie ihr Ehemann. »Er ist ein vollendeter Schauspieler und erfahren in der Kunst der Halbwahrheiten und Lügen.

Er ist ein Schurke und gewissenloser Schuft. Und dennoch verdingst du ihn, damit er deine Schwester findet?«

»Er ist ebenfalls ein hervorragender Fährtenleser, und um die Wahrheit zu sagen – er schien ganz erpicht auf ein wenn auch noch so kleines Stück Vergebung.«

»Vergebung?« Seine Lippen verzogen sich zu einem sardonischen Grinsen. »Das hört sich nicht nach meinem Bruder an.«

»Mein lieber Gatte, ich bin gerade an einem Bauern vorbeigeritten, der Weizen auf seinem Feld gesät hat. Ein Feld, das letzten Sommer brachlag und zugewuchert war. Aber nur weil es ohne Frucht war, heißt das noch nicht, dass man es nicht zu reicher Ernte bringen könnte.«

»Ich habe eine Frau geheiratet, die voller Weisheit ist«, sagte er und ließ seine Hand über ihren Bauch gleiten, wo bereits die leichte Wölbung des Babys zu spüren war. »Du wirst eine gute Mutter sein, Morwenna.«

»Ich werde nie wieder etwas hinter deinem Rücken tun. Das schwöre ich bei meinem Leben.« Sie schlang ihre Arme um ihn und küsste ihn fest auf den Mund. Seine Arme legten sich um ihren Körper und zogen sie an sich, sodass sie sich in dieser vollendeten Weise aneinanderschmiegten, die sie immer als magisch empfunden hatte. »Ich liebe dich von ganzem Herzen«, erklärte sie mit bewegter Stimme.

Er drückte sie an sich. »So wie ich dich liebe.« Seine Stimme klang heiser und rau – sie brach beinahe –, und wieder spürte sie, wie ihr Tränen in die Augen stiegen. »Und eines noch, Weib, ich vertraue dir mit allem, was ich besitze, auch meinem Leben.«

Sie hätte fast laut aufgeschluchzt, während sie sich an ihn klammerte – so groß war die Erleichterung, die ihre Schuldgefühle wegspülte. Sie küsste ihn wieder, und ihre Beine wurden ganz schwach. Dann ließ sie ihn plötzlich los, trat einen Schritt zurück, nahm seine Hand und legte sie wieder auf ihren Bauch.

Er lächelte. »Danke«, sagte er, und seine Augen schienen zu leuchten.

Sie schüttelte den Kopf. »Ich danke dir für alles«, erklärte sie und schloss mit einer weit ausholenden Geste ihres Armes ihre ganze Umgebung ein.

»Ich habe ein Geschenk für dich«, sagte er. »Es ist allerdings kein so großes wie dies hier«, meinte er und legte seine Hand auf ihren Bauch. »Es ist etwas, auf das du schon gewartet hast.«

»Was denn?«

Er zog eine Schriftrolle aus seiner Tunika. »Das ist heute mit einem Boten gekommen – aus Tarth. Ich glaube, es ist von deiner Schwester.«

Morwenna schrie leise auf, ergriff die Rolle, öffnete sie und überflog die kurze Mitteilung. »Ja«, sagte sie mit krächzender Stimme. »Sie ist in Sicherheit! Und befindet sich auf einer Suche.« Endlich ließ sie die Tränen über ihre Wangen laufen, während die starken Arme ihres Gatten sie umschlossen.

Bryanna war in Sicherheit.

Ihr Ehemann liebte sie.

Natürlich tat er das, und sie würde ihrer beider Kind bekommen.

Alles war gut.

Und trotzdem kreuzte sie die Finger, um das Böse fernzuhalten, während sie sich an ihren Ehemann drückte.

Mitten in den Wäldern von Süd-Wales saß Gavyn am Lagerfeuer und roch das Meer. Am Himmel leuchteten hell die Sterne, und ein leichter Wind setzte die höchsten Zweige der sie umgebenden Bäume in Bewegung. Drei Monate waren sie gereist, um diese ihnen fremden Geräusche der Brandung und quakender Frösche zu hören. Er wusste, dass sie allein waren, und dennoch spürte er, dass jemand oder etwas in der Nähe war.

Du bildest dir Sachen ein. All dieses Gerede über Zauberei und tote Hexen hat sich tief in deine Seele eingegraben. Du bist hier sicher. Du weißt es.

Trotzdem ließ er seinen Blick über die dunkle Umgebung schweifen. Er wünschte, dass der Wolf da draußen wäre, aber das verdammte Vieh war die letzten Tage nicht aufgetaucht. Vielleicht hatte er eine Wanderung aufgegeben, die ihn zu weit von seiner alten Heimat entfernte.

Ein Zweig knackte, und Gavyn sprang auf, um dann aber gleich festzustellen, dass Alabaster die Übeltäterin war.

Beruhige dich, sagte er zu sich selbst, während er sich wieder auf seinen Platz setzte und gegen seinen Sattel lehnte.

Heute Nacht hatten er und Bryanna ihr Lager auf einer Lichtung aufgeschlagen, die dem Ort glich, wo er ihr das erste Mal wiederbegegnet war und sie gegen Isa gewettert hatte.

War das wirklich schon vier Monate her?

Sie wusch sich am Fluss, außerhalb des flackernden Scheins des Lagerfeuers. Seit Holywell waren sie weit gereist, und die Anspannung in seinen Muskeln legte Zeugnis ab von den Tagen, Wochen und Monaten im Sattel.

Er sah zum Fluss, wo sie sich wusch, und erinnerte sich daran, wie erstaunt er gewesen war, dass sie wusste, wo der Smaragd war. In dem Moment hatte er erkannt, dass Isa, die tote Frau, tatsächlich zu ihr kam.

Er war über die Maßen schockiert gewesen, als seine Schaufel die Blechkiste getroffen hatte. Und nur Augenblicke später hatten sie den Stein und die Karte darin entdeckt.

Er hatte sich geirrt. So sehr geirrt.

Bryanna hatte lächelnd und triumphierend zu ihm aufgeschaut, und dabei waren Gesicht und Haare ganz nass vom Regen gewesen. Später, als sie in einem verlassenen, baufälligen Schuppen Unterschlupf gefunden hatten und es ihnen gelungen war, ein Feuer zu entzünden, hatte sie das Messer genommen und den Smaragd in die Fassung auf der östlichen Seite des Hefts eingesetzt. Der Stein war mit dem Metall verschmolzen, und der Dolch hatte sich dabei in ihrer Hand erwärmt. Er hatte geschnaubt, als sie es ihm sagte, doch als sie ihm den verdammten Dolch gegeben hatte, war dieser heiß gewesen. Für einige Augenblicke schien das Messer fast lebendig zu sein und vor Wärme förmlich zu vibrieren.

Nachdem der Stein eingesetzt war, hatte sie die Karte ausgebreitet, und gemeinsam hatten sie das abgeschabte Leder studiert. Wie er schon angenommen hatte, war es ziemlich deutlich, dass ihre Suche nach dem nächsten Stein sie tief in den Süden ans Meer führen würde.

Eine beschwerliche Reise.

Sie hatten drei Monate dafür gebraucht.

Sie waren über Berge und durch Täler geritten, waren Flussläufen gefolgt und durch tiefe Waldschluchten gezogen. Das Gelände war unwegsam und ihr Vorankommen langsam gewesen. Sie hatten sich bemüht, keine Spuren zu hinterlassen – sei es in den zerklüfteten Bergen oder an sich windenden Flüssen. Ihre Feuerstellen bedeckten sie am nächsten Morgen mit Sand, und Hufspuren hinterließen sie meist nur auf Flussbänken, wo sie von der Strömung verwischt werden würden. Sie durften nicht riskieren, Spuren für Deverills Männer zu hinterlassen – oder andere Söldner wie Hallyds Soldaten, die vielleicht wegen der Belohnung hinter ihnen her waren.

Sie waren auf der Flucht und kamen durch Niemandsland ... Er musste Bryannas Entschlossenheit einfach bewundern. Sie hatte sich die Zeit genommen, ihrer Schwester eine Botschaft zu schicken, obwohl Gavyn sich gefragt hatte, ob sie je bei Morwenna von Calon ankommen würde.

Abends, wenn sie im Wald lagerten, übte sie ihre Beschwörungen und Gesänge, jene Rituale, die sie von Isa gelernt hatte, bevor sie sich auf diese Reise begab. Häufig versuchte sie, Kontakt zu Isa herzustellen, indem sie Kräuter in den Wind warf, zu den Sternen sprach oder Runen in den Boden ritzte – doch es brachte alles nichts. Er beobachtete sie jeden Abend dabei und war fasziniert, dass ihn eine Frau betörte, deren Handlungen ihm einst dumm vorgekommen waren.

Seinen Traum von Bryanna, die auf Alabaster durch den Himmel ritt, während es Edelsteine regnete, hatte er jetzt häufiger. Die Dunkelheit hinter ihr, diese unheilvolle Aura, jagte ihr immer noch nach. Manchmal war sie dicht an Alabasters Schweif herangekommen, manchmal hielt sie sich lauernd und abwartend fern. Irgendwie wusste er, dass diese wandelnde Finsternis Bosheit verströmte.

In jenen Nächten, in denen der Traum durch seinen Kopf gezuckt war, fand er es schwierig, wieder einzuschlafen. Er erwachte dann voller Schrecken unter dem Sternenhimmel und zog sie noch dichter an sich, während er sich schwor, sie immer zu beschützen.

Während die Tage vergingen, hatte sich der Winter irgendwann verabschiedet, und der Frühling ging nun bereits in den Sommer über. Der Himmel war jetzt häufig wolkenlos und blau, die Zugvögel kehrten zurück, und die Insekten begannen zu summen.

Sie hatten Glück, und es gab reichlich zu jagen, sodass sie

immer genug zu essen hatten. Und bis vor ein paar Tagen hatte der Wolf noch mit ihnen Schritt gehalten, wobei er regelmäßig verschwand, wenn sie in ein Dorf kamen, und erst auftauchte, wenn sie wieder im Wald waren. Wenn Fleisch über dem Feuer briet, konnte er immer darauf zählen, dass Würgling rechtzeitig zum Essen kam.

Bryanna, die begonnen hatte, sich auf die etwas distanzierte Gesellschaft des Wolfs zu verlassen, fragte sich nun, ob er vielleicht ein Schutzengel war.

»Ich bezweifle, dass viele Engel als wild knurrende Tiere auf die Erde kommen«, meinte Gavyn. Allerdings genoss er den Anblick, den sie auf Alabaster bot, wenn sich das Sonnenlicht in ihrem feurigen Haar verfing.

»Wenn schon kein Engel, dann zumindest ein Beschützer, ein Geist, der in Gestalt eines Wolfs bei uns ist.«

»Oder vielleicht ist er ja auch nur ein wildes Tier, das zu faul ist, sich sein Essen selber zu jagen.«

Sie hatte gelacht und ihm zugezwinkert, während sie ihm erklärte, dass sie ganz genau wüsste, was er für dieses Tier empfand. Dann hatte sie ihr Pferd schneller laufen lassen, sodass Gavyn und Rhi, die wegen des Packpferdes nicht so schnell vorankamen, zurückfielen.

»Verdammtes Frauenzimmer«, hatte er gesagt, als er sie wieder einholte.

Sie hatte den Kopf zurückgeworfen und erneut leise gelacht, wobei ihre Augen hellgrün, fast schon blau schienen und ihr Gesicht gerötet war.

»Und du liebst es.«

Er hatte nicht leugnen können, was er für sie empfand. Ja, die Wahrheit war, dachte er, jetzt, wo er zu den Sternen hochsah, dass er sie liebte. Mehr als er es je für möglich gehalten hatte. Mehr als ein Mann irgendetwas lieben sollte, einschließlich einer Frau. Das war gefährlich. Etwas so sehr zu lieben machte einen Mann verletzlich, vielleicht sogar übermäßig fürsorglich und ängstlich.

Das verschlimmerte seine Befürchtungen nur noch mehr. Er hatte den Verdacht, dass sie verfolgt wurden.

Es war nichts, dessen er sich hätte sicher sein können, und er hatte auch keinen Soldaten erspäht, der die Farben von Agendor trug … Trotzdem hatte er das unheimliche Gefühl, dass er und Bryanna dem Verfolger nur einen Schritt voraus waren.

War es vielleicht Deverill, dieser Hundesohn, der ihn gezeugt hatte? Oder Hallyd von Chwarel, der abscheuliche Priester-Baron, der Kambria getötet hatte, wenn die Geschichten, die Bryanna erzählte, stimmten. Wenn man seine lasterhafte Vergangenheit in Betracht zog, würde Hallyd sich möglicherweise als schlimmerer Feind denn Deverill erweisen. Das war besorgniserregend.

Sicherlich besaßen ihre Verfolger Beschreibungen von ihnen und ihren Pferden. Gavyn hatte vorgeschlagen, Alabaster und Rhi zu verkaufen, doch Bryanna hatte sich geweigert. Sie liebte ihre kleine weiße Stute, die ein Geschenk ihrer Schwester war, und auch Gavyn mochte Rhi sehr gern. Das schwarze Schlachtross war nicht nur ein gutes und schnelles Pferd, sondern obendrein ein Symbol für Gavyns Missachtung gegenüber seinem Vater. Der alte lahme Harry war ebenfalls leicht zu erkennen. Zweifellos wäre es sicherer, wenn Gavyn und Bryanna sich drei alte Bauernpferde zulegten, die alle braun und ohne irgendwelche Abzeichen waren – selbst wenn sie dadurch langsamer wurden.

Er hatte sich jedoch Bryannas Wünschen gefügt, obwohl es eine närrische Entscheidung war; denn auch er mochte die Pferde.

Er nahm einen Stock und warf ihn ins Feuer. Er beobachtete, wie die gierigen Flammen knisternd und knackend das Moos wegbrannten, sodass helle Funken aufstiegen.

Er glaubte nicht an mystische Dinge, aber andererseits konnte er nicht leugnen, dass da mehr als nur ein bisschen Zauberei im Spiel war. Zauberei, oder vielleicht sogar Magie.

Er bemerkte in der Dunkelheit, jenseits des flackernden Feuerscheins, eine Bewegung und sah Bryanna zurückkommen, deren Haar dort, wo es das Gesicht berührte, nass war. Sie tupfte sich mit einer Ecke ihres Umhangs ab, und er konnte ein Grinsen nicht unterdrücken. Ja, sie war wunderschön, ganz bestimmt, aber sie besaß mehr als nur äußere Schönheit. Häufig schien sie von innen heraus zu leuchten, und dann funkelten ihre Augen, spitzten sich ihre Lippen oder ihre Augenbrauen gingen nach oben, als wäre da auch etwas leicht Teuflisches in ihr.

»Nun ... hast du herausgefunden, wohin wir wollen?«, fragte sie und ließ sich auf einen Stein neben dem Feuer fallen. Die Karte lag flach ausgebreitet, sodass die Zeichnungen darauf deutlich zu erkennen waren, wenn sie auch weiterhin ihr Geheimnis verbargen. Sie hatte das letzte Stück vor Monaten angenäht, trotzdem blieb ihnen der genaue Ort, wo sich der nächste Stein befand, rätselhaft. Sie waren Bächen und Strömen gefolgt, waren Straßen und Wege entlanggeritten, stets in südlicher Richtung, aber ohne zu wissen, wo sie eigentlich hinwollten.

Gavyn stand auf und ging zu der Stelle, wo sie saß.

»Wir müssen langsam näher kommen«, meinte sie. »Wir sind schon so weit gereist.«

»Ja, das stimmt.« Er hockte sich neben sie und fuhr mit seinem Finger die Strecke auf der Karte nach, die sie bisher zurückgelegt hatten. Genauso wie er es jeden Abend getan hatte, seit sie dieses Stück der Karte gefunden und Bryanna es an die anderen geheftet hatte. Die Zeichnungen veränderten sich nie. In der Tat kannte er mittlerweile die seltsamen Striche und Linien allesamt auswendig. Die flachen Hügel, den rauschenden Fluss, die steilen Berghänge und kleinen Dörfer. Und ganz unten, im südlichsten Teil der Karte, konnten die Zeichen nur für das Meer stehen.

»Sieh her«, sagte er und deutete auf ein weiteres Kreuz auf der Karte, das fast identisch mit dem war, das sie zu dem Monolithen im Osten geführt hatte. »Wir müssten eigentlich bald an dieser Stelle vorbeikommen.«

»Ja«, stimmte sie ihm zu und nickte.

»Könnte das nicht der Ort sein, an dem sie den Stein versteckt hat?« Er stellte diese Frage nur ungern, weil er es nicht zum ersten Mal tat.

Bryannas Gesicht war angespannt vor Konzentration. Sie kaute auf ihrer Unterlippe. Doch dann schüttelte sie den Kopf, wobei ihre tiefroten Locken im Feuerschein aufleuchteten. »Ich glaube nicht. Ich weiß, dass du meinst, es wäre einleuchtend, und ich muss dir zustimmen, ja, dieses Kreuz ähnelt dem anderen, aber ich halte es einfach nur für eine Markierung. Ich habe diesmal nicht das gleiche Gefühl wie beim ersten Radkreuz.«

»Du hast also ein anderes Gefühl«, sagte er. Sie hatten schon früher darüber gesprochen. Instinkte und Gefühle oder das Einfühlungsvermögen einer Hexe?

»Ja. Es passt nicht zu Kambria, die Stelle genau zu kennzeichnen, an der sie die Steine vergraben hat. Und warum sollte sie wieder ein Hochkreuz auswählen?«

»Damit wir es finden können«, meinte er.

»Nicht nur wir, sondern auch jeder andere, der zufällig

über den Smaragd und dieses Stück Karte stolpert. Das ergibt keinen Sinn. Niemand, der noch bei klarem Verstand ist, würde das tun.«

»Du redest hier von einer Frau, von der es heißt, sie sei eine Hexe gewesen. Was sie tut, hat wenig mit klarem Verstand zu tun.« Sie bedachte ihn mit einem finsteren Blick, der ihn ebenso gut in eine Marmorstatue hätte verwandeln können, dennoch rief er ihr noch etwas anderes ins Gedächtnis zurück. »Der Opal war nicht in der Nähe eines Monolithen vergraben.«

»Und dieser Stein ist es auch nicht«, meinte sie frustriert, während sie mit dem Finger am Rand der Karte entlangfuhr. »Diese Linie hier ist ein Fluss, nicht wahr?«

»Scheint so.«

»Und wenn man dieser Zeichnung Glauben schenken darf, dann fließt er an dieser Stelle ins Meer.« Sie zeigte auf ein Quadrat auf der Karte.

»Ja.« Das Quadrat, das gewöhnlich benutzt wurde, um eine Burg zu kennzeichnen, war eines von mehreren, die auf dem Leder verteilt waren. Die Karte war voller Rechtecke und Quadrate, die sich mit Kreisen, Kreuzen, Runen und Zeichen für Erdhügel abwechselten und Bryanna überhaupt nichts zu sagen schienen.

»Wie heißt dieser Fluss?«, fragte sie.

»Ich weiß es nicht, aber wir können im nächsten Dorf jemanden fragen«, antwortete er und drehte dabei den Hals, dass die Wirbel knackten. »Hältst du den Fluss für wichtig?«

Sie schüttelte den Kopf. »Ich weiß nicht.« Trotzdem starrte sie weiter die Häkchen an, als hätten sie irgendeine Bedeutung.

»Isa ... sie ist nicht wieder zu dir gekommen?«

»Nein«, gestand sie mit finsterem Gesicht. »Ich habe ihre Stimme eine ganze Weile nicht mehr gehört.« Sie stieß einen Seufzer des Überdrusses aus, rollte die Karte zusammen und steckte sie in ihren Beutel. »Was bringt mir diese ›Gabe‹, wenn ich nicht weiß, wie man sie benutzt?«

»Ich weiß es nicht.« Gavyn stand auf und streckte sich, dann nahm er ihre Hand und blickte in die dunklen Tiefen des Waldes, dorthin, wo niemals Licht hingelangte.

War da etwas? Wurden sie beobachtet?

Er sah nichts, aber er *spürte* die Augen im Verborgenen, und er wusste, dass sie nicht dem Wolf gehörten. Heute Nacht würde er sehr wenig schlafen, dachte er. Und er würde dafür sorgen, dass Bryanna in seinen Armen lag und er seinen Dolch in der Hand hielt. »Komm. Wir schlafen darüber.«

Er war dicht hinter ihnen.

Während er durch die Nacht ritt, wusste Carrick, der Söldner, dass er sie einholen konnte. Aber er wusste nicht, wohin sie wollten. Nur eines war klar: Sie ritten die ganze Zeit Richtung Süden.

Er wusste nicht, warum sie so weit reisten, aber er hatte ihre Fährte bei Holywell aufgenommen und mit der Frau des Gastwirts gesprochen, die genauso geschwätzig war wie die Wirtsfrau in Tarth.

Er war nicht der Einzige, der Bryanna und den Mann, mit dem sie unterwegs war, verfolgte. Er hatte das Gerede gehört, die kleinen Soldatentrupps gesehen und deren Gespräche belauscht. Die Soldaten schienen mehr an Gavyn interessiert zu sein, dem Bastard des Lords von Agendor. Es hieß, dass er nicht nur einen Mann umgebracht hatte – keinen Geringeren als den Sheriff –, sondern auch noch die Frechheit besessen hatte, das prächtige Pferd seines Vaters zu stehlen. Den Soldaten zufolge war Baron Deverill mehr über den Diebstahl erzürnt denn wegen der Ermordung des Sheriffs.

Doch es waren noch andere Truppen beteiligt, weitere Soldaten, die sich manchmal der ersten Gruppe anschlossen. In der dunklen Ecke einer Gastwirtschaft sitzend, hatte er gelauscht und erfahren, dass sie aus Chwarel kamen und sich nicht für den Mörder interessierten. Ihr Befehl lautete, Bryanna zu folgen, von der sie nur als der Zauberin und Hexe redeten.

Eines Abends eröffnete Carrick den Soldaten aus Chwarel, dass auch er hinter Bryanna von Penbrooke und ihrem Begleiter her wäre.

»Was wollt Ihr von denen?«, hatte einer der Soldaten gefragt, und seine gelben Zähne hatten im dämmrigen Licht der Wirtschaft dunkel geschimmert. Die anderen nannten ihn Afal.

»Nur wegen der Belohnung«, hatte der Söldner geantwortet. »Ich bin hinter dem Kopfgeld her, das Lord Deverill dem versprochen hat, der ihm seinen Bastard zurückbringt.«

Afal hatte sein Bier heruntergeschüttet und dann den Soldaten angestoßen, der neben ihm saß. »Dieser Söldner ist hinter derselben Beute her«, hatte er gesagt.

»Dann lautet meine Empfehlung an Euch, dem Mädchen nichts zu tun«, hatte der andere Soldat ihn gewarnt. »Lord Hallyd hat strenge Order ausgegeben. Niemand soll sie aufhalten – das sagt er zumindest diese Woche.«

»Mit dem Mädchen habe ich nichts zu schaffen«, hatte Carrick erwidert. »Ich bin nur hinter der Belohnung her.«

Im Verlaufe einiger Runden Bier waren Hallyds Soldaten mit ihm warm geworden und berichteten von ihrer anstrengenden Reise der letzten Monate. Als Afal ihn nach seinem Namen fragte, gab sich der Söldner als Edwynn aus.

»In Ordnung, Edwynn der Söldner, dann wird es jetzt so laufen«, erklärte Afal, und ein bisschen Speichel hing an seinem Kinn. »Wir lassen Euch nah genug ran, dass Ihr Euch Deverills Bastard schnappen könnt, wenn Ihr dafür das Mädchen in Ruhe lasst. Andernfalls wird Lord Hallyd uns die Köpfe abschlagen.«

»Dieser Plan wird beiden Seiten zum Vorteil gereichen«, stimmte Carrick zu, der sich seltsam wohl dabei fühlte, mal wieder mit einer neuen Lüge zu leben.

»Davon abgesehen«, dröhnte Afal weiter, »seid Ihr viel besser dran, wenn Ihr Euch von der Tochter Kambrias fernhaltet. Das ist eine Zauberin und eine Hexe, genau wie ihre Mutter.« Er senkte seine Stimme. »Die hat Hallyd höchstselbst eigenhändig umgebracht, Kambria, meine ich. Ihr haltet Euch besser fern von Bryanna, wenn Ihr wisst, was gut für Euch ist.«

Carrick kannte Bryanna, wenn auch nur von ferne aus seiner Jugend, und hielt sie für schön, frech, neugierig und ein bisschen närrisch. Es hatte damals Gerede gegeben, dass sie eingebildete Freunde hatte. Das zeugte für ihn von einiger Dummheit.

Aber jetzt ... all diese Vermutungen, sie wäre eine Hexe mit magischen Fähigkeiten. Er glaubte das nicht.

Aber, dachte er, während eine Fledermaus über seinen Kopf flatterte und eine Million Sterne am schwarzen Himmel funkelten, er glaubte, dass das Schicksal so viele Wendungen bereithielt, wie eine Straße Biegungen hatte.

Der Söldner hatte mehr im Sinn als nur Bryanna.

Carrick von Wybren fragte sich, ob sich dieser Auftrag von Morwenna als seine Chance erweisen würde, den Spieß umzudrehen. Was für eine Zukunft würde sich ihm wohl eröffnen, wenn er als Held nach Wybren zurückkehrte?

Er lächelte und trieb sein Pferd zu einer schnelleren Gangart an. Er durfte nicht zulassen, dass sie ihm zu weit voraus waren.

Isas Stimme drang in Bryannas Kopf, als die Morgendämmerung den Himmel zart rosa und violett zu färben begann. Dieses Mal sprach sie nicht nur, sondern sie gab Bryanna zugleich auch eine Vision ...

Bilder von einer Flussmündung, über die eine Burg mit zwei nach außen hin runden Türmen wachte. Dieses Bauwerk verfügte über eine obere Festung und einen unteren Hof.

»*Von deinem Vorfahren, der groß ist, wirst du den Stein in Zwillingstürmen finden. Tief drinnen, verborgen in einem Viereck. Bete zur Mutter Göttin. Benutze den Dolch.*«

»Heilige Morrigu«, wisperte sie und stieß Gavyn bei der Schulter an.

Sein Schnarchen hörte abrupt auf, und er schnaubte kurz. Er riss die Augen auf, seine Hand fuhr zur Waffe. »Was ist?«, fragte er sofort hellwach. »Ist etwas los?«

»Ganz im Gegenteil«, erklärte sie, und Erregung strömte durch ihren Körper. »Ich weiß jetzt, wohin wir gehen.«

»Wirklich?«

»Ja!«

»Wohin?«

»Ich weiß nicht, wie der Ort heißt, aber ich werde ihn wiedererkennen, wenn ich ihn sehe. Ich hatte eine Vision«, sagte sie und beschrieb, was sie gesehen, und erzählte, was Isas Stimme ihr gesagt hatte. »Der Vorfahr, der groß ist, muss Llewellyn sein, und der Stein ist der Topas.«

Gavyn schien skeptisch, als er aufstand und sich streckte, wobei er einen Arm hinter seinem Kopf dehnte, sodass sein

Hintern zu sehen war, weil ihm die Tunika dabei nach oben rutschte. Er warf einen Blick über seine Schulter, ertappte sie beim Gucken und grinste abgefeimt.

Schnell wandte sie den Blick ab und sammelte ihre Sachen zusammen. Sie liebten sich fast jede Nacht und manchmal auch am Morgen. Aber heute war dafür keine Zeit. Sie spürte in sich ein neues Drängen, ihr Ziel möglichst schnell zu erreichen.

»Nein«, sagte sie, ehe er vorschlagen konnte, sie sollten doch noch ein paar Minuten damit verbringen, einander zu küssen, zu berühren und gegenseitig ihre Körper zu erforschen. Sie spürte, wie ihr ganz heiß wurde, und sie unterdrückte jegliches Verlangen, das es wagen wollte, ihr Blut in Wallung zu bringen. Oh … sie verdrängte diese Gedanken und eilte davon, um Alabaster zu satteln.

Das hatten sie schnell erledigt, die immer gleichen Handgriffe und Abläufe beim Aufschlagen eines Lagers und beim Aufbruch waren ihnen in Fleisch und Blut übergegangen. Während die Pferde ihren Hafer bekamen, erleichterte Bryanna sich und wusch sich das Gesicht. Und auch Gavyn tat das Gleiche. Normalerweise teilten sie sich ein Stück gesalzenes Fleisch oder Fisch, ehe sie dann mit dem heraufziehenden Morgen aufbrachen.

Es wurde jetzt tagtäglich wärmer, und die Nebel hoben sich früh. Es regnete zwar häufig, aber die Zeiten mit Schnee und Schneeregen lagen weit hinter ihnen. Manchmal gerieten sie in einen Regenguss oder ein Gewitter, aber sie litten nicht mehr unter strenger, bis in die Knochen kriechender Kälte oder eisüberzogenen Pfützen und Straßen.

Bryanna hatte ihre Schwangerschaft verbergen können, weil ihre Taille zwar etwas breiter, ihr Bauch aber flach geblieben war. Das hatte sich diese Woche geändert; sie bemerkte, dass ihr Bauch sich zu runden begann, was bald deutlich sichtbar werden würde. Nach ihren eigenen Berechnungen war sie im vierten Monat und das Kind würde erst zwischen Samhain, Ende Oktober, und dem Julfest, vor Weihnachten, kommen.

Sie mochte nicht daran denken, dass ihr Kind vielleicht an Samhain oder am Ende des Sommers geboren wurde, wenn Geister und finstere wilde Bestien die Erde bevölkerten. Die Überlieferungen aus alten Zeiten besagten, dass Samhain die Zeit des Jahres war, in welcher der dünne Schleier zwischen den beiden Welten gelüftet wurde, sodass der Übergang zwischen der Welt der Geister und dieser Welt fließend wurde. Als Kind war Bryanna zu Samhain immer mit Isa losgegangen und hatte Äpfel am Straßenrand vergraben. »Für die Geister, die allein sind, die keine Abkömmlinge haben, die ihnen etwas bringen«, hatte Isa erklärt. Weil Bryanna dachte, dass Äpfel nicht genug wären, hatte sie eines Tages ein paar Wachteleier vergraben. Wenn Isa recht hatte, dann würde ihr Geist diesen Samhain die Reise ins Sommerland antreten. Gledas auch ...

Sie schauderte bei dieser Vorstellung und lenkte ihre Gedanken in eine andere Richtung. Sie musste sich auf die Burg in ihrer Vision konzentrieren, die Festung an der Flussmündung, wo sie hoffentlich den Topas finden würden.

»Schneller«, sagte sie zu Alabaster und ließ dabei die Zügel durch ihre Finger gleiten, während sie ihr Pferd zu einem leichten Galopp antrieb.

Die Straßen waren jetzt nicht mehr so unwegsam, aber manchmal hatten sie jetzt statt mit Morast mit staubigen Wegen zu kämpfen. Sie ritten am Fluss entlang und hielten im ersten Dorf, um die Pferde zu füttern.

Während Gavyn im Stall mit einem Mann darüber sprach, ob er seine Felle gegen Hafer eintauschen könnte, bemerkte Bryanna einen Holzfäller, der durchs Dorf ging. Er trug ein schweres Bündel mit Ästen auf dem Rücken und eine Axt über der Schulter. Nachdem sie ihm ihren Gruß entboten hatte, konnte sie sich nicht enthalten, ihm eine Frage zu stellen, die er nur zu bereitwillig beantwortete.

»Das ist der Towy«, sagte er und zeigte auf den tiefen, breiten Fluss. Er setzte die Axt ab, zog seine Mütze vom Kopf und strich sich übers braune Haar, das wie Borsten nach oben stand. »Er fließt bis in die Bucht bei Llansteffan Keep.«

Der Towy? Hatte sie nicht erst kürzlich etwas über diesen Fluss gehört? Der Name klang vertraut, aber so sehr sie sich auch das Gehirn zermarterte, sie konnte sich nicht erinnern, in welchem Zusammenhang sie ihn gehört hatte. Sie fragte: »Und an der Mündung des Flusses befindet sich eine Festung?«

»Ja, ich habe mein ganzes Leben hier verbracht, und es ist wirklich ein schöner Ort. Von den Zinnen aus kann man über die Bucht bis zur Landzunge sehen, die dort ins Wasser ragt.«

Bryanna presste die Lippen aufeinander, um die Erregung zu unterdrücken, die sie bei dieser Bestätigung überkam. Das musste die Burg aus ihrer Vision sein. Es musste der Ort sein, wo der Topas versteckt war. »Und die Festung«, fragte sie den Mann, als Gavyn mit einem Sack Hafer auf der Schulter zu ihnen trat. »Llansteffan. Hat die Anlage ein Torhaus mit zwei Türmen, die auf der einen Seite rund sind und flach oder eckig auf der anderen?«

»Ach, Ihr seid schon einmal dort gewesen?«, fragte der Mann grinsend.

»Nein«, sagte sie und begegnete dabei Gavyns Blick, »aber jemand hat mir davon erzählt.«

»Es stimmt, was Euch erzählt wurde. Sie sehen genau so

aus.« Er rückte sein Bündel zurecht und warf einen bewundernden Blick auf die Pelze, die auf Harrys Rücken festgebunden waren.

Aufregung sprudelte in ihr hoch. Die Vision stimmte. Vielleicht waren all die Gesänge, Runen und Kräuter ja doch nicht vergeblich gewesen.

»Da habt Ihr aber ein paar sehr schöne Felle«, meinte der Holzfäller und nickte Gavyn zu. »Wie ich Eurer Frau schon erklärt habe, man kann hier nicht durchreiten, ohne einen Blick auf Llansteffan zu werfen, die größte Burg im ganzen Land. So stark die Burg auch ist, wurde sie immer wieder eingenommen.«

»Auch von Llewellyn dem Großen?«, fragte Bryanna, während sich ihre Finger um die Zügel verkrampften. Sie saß auf Alabaster und versuchte, nicht nervös oder ängstlich zu erscheinen, aber sie konnte ihre neugierige Erwartung kaum noch zügeln. Sie waren so weit gereist, und jetzt waren sie so nahe am Ziel!

»Llewellyn, ja, er war einer. Er hat die Burg für die Waliser zurückerobert. Aber es gab natürlich noch andere. Wenn Ihr auf dieser Straße bleibt, werdet Ihr die Burg finden. Sie liegt nur eine halbe Tagesreise von hier, immer geradeaus. Entfernt Euch nicht vom Fluss.«

»Danke«, sagte sie und spürte, wie ihr die Röte in die Wangen stieg. Sie waren fast da!

»Es war mir ein Vergnügen.« Der Holzfäller winkte noch einmal, dann ging er in die entgegengesetzte Richtung davon.

Bryanna konnte ein Lächeln nicht unterdrücken. »Ein halber Tag«, meinte sie. »Wollen wir hoffen, dass es dort ein Wirtshaus mit Wein, einer Badewanne, Zimttörtchen und geräuchertem Aal gibt.«

»Und einem Bett?«, fragte er, während er dicht neben sie ritt.

»Ein Himmelbett mit einer Daunendecke, Samtvorhängen und gestärkten Laken.«

»Da verlangst du aber ziemlich viel.«

»Wirklich?« Sie schüttelte den Kopf und trieb dann Alabaster zu einem schnellen Galopp an. »Es ist an der Zeit, deine Wettschuld einzulösen, Gatte«, rief sie über ihre Schulter zurück, und ihre Stimme übertönte den Wind. »Ich und das Kind, wir haben es verdient.«

24

Als er sie wieder eingeholt hatte, war die Bedeutung ihrer Worte bis in sein Gehirn vorgedrungen. »Du bist schwanger?«

»Ja. Sehr.« Sie ritten jetzt wieder langsam nebeneinander her, während der Fluss dunkel und tief an ihnen vorbeifloss. Möwen stießen laute Schreie aus und flatterten über ihre Köpfe hinweg. Ein Hinweis darauf, dass sie sich dem Meer näherten.

»Wie denn? Ich meine, wann?« Er war wie vom Donner gerührt. Er hatte zwar gewusst, dass dies geschehen konnte und wahrscheinlich auch würde, aber er hatte gedacht, dass sie es ihm erzählen würde. Jetzt, wo er darüber nachdachte, erkannte er, dass alles darauf hingewiesen hatte. Am Anfang ihrer Reise war sie immer schnell müde geworden. Auch war ihr oft übel gewesen, und sie hatte so viel zu sich genommen, als würde sie … für zwei essen. Warum hatte er das nicht gemerkt?

»Wie?«, wiederholte sie seine Frage, und ihre Augenbrauen schossen in die Höhe.

»Nein, ich meine wann?«

»In der ersten Nacht, glaube ich. Seitdem habe ich meine Tage nicht mehr gehabt.«

Noch etwas, das ihm nicht aufgefallen war. »Aber du hast gar nichts gesagt, und wir reiten jetzt schon seit Monaten und ...«

»Und was?«, fragte sie und legte den Kopf trotzig zur Seite. »Du willst mich jetzt doch nicht etwa anders behandeln, oder? Du wirst nicht anfangen zu denken, ich wäre zerbrechlich und es könnte jederzeit etwas passieren.«

»Nein ... ich ...« Er versuchte immer noch, wieder die Fassung zu erlangen. Vater? Er würde Vater werden? »Aber warum hast du gewartet? Ich meine, du hättest es mir sagen sollen.« Es kam nicht oft vor, dass er verunsichert war, dass er nicht mehr klar denken konnte, aber dies hier ...

»Das habe ich doch gerade.« Ihre Augen schimmerten. »Und du solltest glücklich sein.«

»Das bin ich«, erwiderte er, während neue Empfindungen in ihm aufstiegen. Ein Kind? Es war ein Kind unterwegs?

»Wann?«

»Ich bin mir nicht sicher, aber ich glaube, um Samhain herum, vielleicht etwas früher.« Sie biss sich auf die Unterlippe, als sie sich zu ihm umdrehte.

In diesem Moment dachte er, dass sie die schönste Frau in ganz Wales war.

Er wurde von lauter wundersamen Gedanken beherrscht: er würde Vater werden. Einen Sohn oder eine Tochter haben. Er dachte an seine eigene Kindheit, das Verhältnis zu seiner Mutter und die Tatsache, dass er seinem Vater immer ein Dorn im Auge gewesen war. »Dann müssen wir heiraten.«

»Wie bitte?«

»Ja, in der nächsten Stadt. Kein Kind von mir wird als Bastard groß gezogen werden.«

Etwas von ihrer Freude schwand aus ihren Augen, und ihr Lächeln verblasste. »Ist das so? Wir *müssen* heiraten? Weil ein Kind unterwegs ist?«

»Ja«, erwiderte er heftig. »Stimmst du mir etwa nicht zu?«

Sie schob das Kinn ein bisschen vor, als sie die Zügel aufnahm. »Ich fände es schöner, wenn wir heiraten, weil wir einander lieben. Ich weiß, dass Liebe manchmal als etwas Närrisches und Unpraktisches abgetan wird, aber ich finde, sie ist es, die Mann und Frau verbinden sollte.« Sie seufzte. Tränen schimmerten in ihren Augen, aber sie wandte schnell den Blick ab, als hätte sie bemerkt, dass er sie immer noch erstaunt ansah.

»Aber ich liebe dich. Das weißt du doch.« Er kam sich komisch dabei vor, es zu sagen, während er auf seinem Pferd saß und sie drei Armeslängen entfernt auf ihrer Stute. Er sollte sie in seine Arme reißen, sie herumwirbeln und vor Freude lachen, weil sie ein Kind bekamen.

»Tue ich das? Weiß ich, dass du mich liebst?«, fragte sie und fing schon wieder an, vor Wut zu schnauben. Unfreundlich sah sie ihn aus meergrünen Augen an. »Sag mal, Gavyn, warum muss erst ein Kind unterwegs sein, ehe du mich darum bittest, dich zu heiraten?«

»Was? Weil … ich …« Er konnte es nicht fassen, dass sie tatsächlich diese Unterhaltung führten. »Wir sind mit dieser Suche nach den Steinen beschäftigt …«

»Und trotzdem tun wir so, als wären wir verheiratet, nicht wahr?«, warf sie ihm vor. »In jeder Stadt, in die wir kommen. Das glücklich verheiratete Paar. Cain und Brynn, die von Gasthaus zu Gasthaus, von Dorf zu Dorf ziehen.«

»Das ist nur zur Tarnung.«

Wieder sah sie ihn an, und ihre Miene war plötzlich so kalt wie ein tiefer Brunnen im Winter. »Genau.« Mit aufeinandergepressten Zähnen drückte sie ihre Knie in Alabasters Flanken, und die kleine Stute schoss wie der Blitz davon.

»Gütiger Himmel«, fluchte er, und während er dem Packpferd zuschnalzte, trieb er Rhi vorwärts. Er war noch nicht einmal verheiratet und verstand jetzt schon, warum manche Männer sich darüber beklagten, dass sie ihre Frauen nicht verstünden!

Hallyd ging mit langen Schritten über den Hof und erschreckte eine Gans, die dort nach Schnecken gesucht hatte. Flügelschlagend und zischend schoss der Vogel davon.

»Husch«, sagte er zu dem wütenden Tier und überlegte gleichzeitig, ob er sich das dumme Ding zum Abendessen servieren lassen sollte. Er hatte Stunden damit verbracht, über den Hof zu gehen und sich das erste Mal seit sechzehn Jahren anzuschauen, wie die Festung bei Tag aussah. Seine Augen brannten immer noch ein wenig, aber zum Glück verdeckten genug Wolken die Sonne, sodass er sehen konnte, wo das Dach über den Stallungen am Verrotten war, wo die Steine im Nordturm sich aus ihrem Mörtelbett zu lösen begannen und wo die Pfosten, die das Vordach hielten, wegen der Witterung oder Holzwürmern vermoderten. Der Anblick dieser Anzeichen des Verfalls störte ihn nicht. Zumindest konnte er endlich wieder sehen, in welch heruntergekommenem Zustand sich die ganze Anlage befand. Der Haushofmeister schien nicht ganz ehrlich mit ihm gewesen zu sein. Es war angezeigt, Reparaturen vorzunehmen.

Er kniff die Augen zusammen, als die Wolken aufrissen, und spürte einen schmerzhaften Stich. Er war nicht so dumm zu glauben, dass seine Augen geheilt wären, denn er musste sich immer noch bei zu großer Helligkeit abwenden. Sogar wenn ein poliertes Schwert aufblitzte, war er fast geblendet. Und an wolkenlosen Tagen musste er sich immer noch wie eine halbblinde Fledermaus in der großen Halle verstecken. Nichtsdestotrotz waren seine Augen jetzt besser. Weniger empfindlich. Sie schienen zu heilen, doch ihr eulenhaftes Aussehen hatte sich leider nicht geändert. Noch nicht.

Stundenlang hatte er mit dem Zimmermann und dem Steinmetzen notwendige Ausbesserungen besprochen, bis der Schmerz zu groß wurde und er in die Burg zurückkehrte. Sobald der Wächter die Tür hinter ihm geschlossen hatte und er sich wieder im Halbdunkel befand, begannen die Kopfschmerzen nachzulassen.

Er eilte nach unten in Vannoras Bau – ein Weg, den er fast wöchentlich ging. Die letzten Monate, seit seinem Gespräch mit Deverill von Agendor, hatte er auf Vannoras Rat gehört. Wie vereinbart hatte er seine Truppen ausgesandt, sich Deverills Männern anzuschließen, während er selbst innerhalb der steinernen Wehrgänge von Chwarel geblieben war. Seine Soldaten hatten, wie ihnen aufgetragen, das gesamte Land durchsucht und jede Woche einen Mann zurückgeschickt, der Kunde von ihren Fortschritten überbrachte.

Bryanna und der Mörder waren weit im Osten bei Holywell gesehen worden, wo sie, wie er annahm, einen Edelstein für den Dolch gefunden hatten. Er vermutete dies umso mehr, als sein Augenlicht sich drei Wochen, bevor der Bote aus Holywell kam, bemerkenswert verbessert hatte. Daher übte er sich jetzt in Geduld, doch in Wahrheit war er der Meinung, dass sechzehn Jahre des Wartens mehr als genug waren.

Er eilte die Treppe hinunter und schloss die Tür zu Vannoras Kammer auf. Es war dunkel hier, keine Kerze oder Fackel brannte. Einen Moment lang dachte er, sie würde sich vor ihm verstecken, ein Spielchen mit ihm treiben. Er war nicht in der Laune dafür.

»Vannora!«, rief er und spähte in die dunkelsten Ecken des Raumes. »Vannora!«

Er blieb stehen und lauschte. Dabei hoffte er, noch etwas anderes als das Tropfen von Wasser zu hören. Aber da war nichts, und die Luft in dieser gruftähnlichen Kammer roch moderig und feucht. »Vannora? Wo zum Teufel bist du? Ich kann jetzt besser sehen, und ich glaube, dass ich bei der Suche helfen sollte.«

Er blickte zu dem leeren Bett und dem Kreis beim Altar, der jetzt eiskalt war; der Kessel war leer, und die Kerzen waren gelöscht.

Sie war fort?

Wohin?

Warum?

Er spürte, wie Angst in ihm aufstieg. Er hatte ihr vertraut, doch jetzt hatte sie ihn im Stich gelassen, nachdem sie darauf bestanden hatte, dass er ein Gefangener seiner eigenen Festung blieb. Seine Hände ballten sich zu Fäusten, und kalter Schweiß brach an seinem Nacken aus. Er war ein Narr gewesen.

Nun, jetzt war er es nicht mehr.

Er wirbelte herum und wollte schon zur Tür hinausstürmen, als er feststellte, dass sie ihm den Weg versperrte. Sie war größer, als er sie in Erinnerung hatte. Stärker. Ihre Haut war weiß, ihre Lippen blutrot, ihr Körper wirkte kräftig, ihre Augen strahlten milchig weiß wie der Vollmond.

»Wo bist du gewesen?«, wollte er wissen.

»Was spielt das für eine Rolle? Du hast mir nichts zu trinken mitgebracht?«, fragte sie.

Er betrachtete ihre vollen Lippen und schüttelte den Kopf. »Nein. Ich glaube ... ich glaube, du kannst dir vielleicht selber Ziegenblut besorgen.«

»Ach ja?«

»Ich breche auf. Ich schließe mich der Jagd auf Bryanna an.«

Sie schüttelte den Kopf. »Dann wird alles umsonst gewesen sein«, rief sie ihm in Erinnerung und ging mit geschmeidigen Bewegungen an ihm vorbei, als würden ihre alten Gelenke nicht mehr schmerzen. »Du fühlst dich stärker. Du kannst beinahe wieder richtig sehen. Woher kommt das wohl? Daher, dass die Steine Stück für Stück wieder in den Dolch eingesetzt werden, und mit jedem Stein wird der Fluch immer mehr zurückgenommen. Doch er wird erst dann ganz aufgehoben sein, wenn alle Edelsteine wieder in den Dolch eingesetzt wurden. Lass deine törichten Soldaten hinter ihr herjagen und dich auf dem Laufenden halten. Erlaube, dass Deverill von Agendor seinen mörderischen Bastard aufspürt, aber du musst alles tun, was in deiner Macht steht, um zu gewährleisten, dass die Steine gefunden und wieder in das Heft des Dolches eingesetzt werden. Er ist uns erst dann von Nutzen, wenn seine Macht vollständig wiederhergestellt ist.«

Sie sprach die Wahrheit. Er wusste es, und dennoch war er von eifriger Begierde erfüllt, die so heiß wie sein Verlangen nach Rache in ihm brannte.

»Sie ist immer noch mit dem Mörder zusammen«, sagte er, während er sich an Bryanna und ihre gemeinsame Nacht erinnerte. Oh, wenn es doch noch mehr davon gäbe, wenn sie doch hier in seine dunkle Festung eingesperrt wäre, wenn sie doch sein Bett wärmte, bis er ihrer müde war und keine Verwendung mehr für sie hatte.

Und wann würde das sein?

Jemals?

Eine Nacht mit ihr, und es genügte dir nicht. Woher willst du wissen, ob der Spieß nicht umgedreht wird und du um ihre Gunst betteln würdest, wenn sie hier wäre? Vielleicht würde sich die Hexe zum Herrn aufschwingen.

»Aha«, sagte Vannora, als hätte sie gerade seine Gedanken gelesen. Ein listiges Grinsen lag auf ihren Lippen, als sie hinzufügte: »Was kümmert es dich? Du hast deinen Teil doch getan, nicht wahr? Erwartet Kambrias Tochter nicht ein Kind?« Ehe er Einwände vorbringen konnte, hob Vannora einen Finger an ihre unheimlich roten Lippen. »Schsch. Streite nicht mit mir. Sie befindet sich tief im Süden, aber sie wird zurückkehren. Wir wissen beide, wo alles enden wird, nicht wahr?«

Er antwortete nicht.

»Deshalb warten wir. Und wir sorgen dafür, dass sie bei ihrer Suche nicht gestört wird.«

Das war nicht die Antwort, die er hatte hören wollen.

Er runzelte die Stirn, als sie an ihm vorbeitrat, um in den leeren Kessel zu sehen. Er folgte ihrem Blick und war entsetzt. Einen Moment lang meinte er eine Flüssigkeit darin zu sehen, die ihr Gesicht widerspiegelte. Doch es war nicht das Gesicht der wunderschönen dunkelhaarigen Frau vor ihm. Noch war es das Gesicht der gebrechlichen Alten ... nein, das Gesicht, das er kurz in den wirbelnden Tiefen des Kessels, der kein Wasser enthielt, erblickte, war etwas anderes, etwas Finsteres, Gemeines, etwas, das keine Seele besaß.

Das Bild war gleich darauf wieder verschwunden, und er stellte fest, dass sie ihn ansah und der Kessel wieder leer war.

Ihre Stimme war nur der Hauch eines Flüsterns, als sie sagte: »Ich halte Geduld für eine Tugend. Und ich glaube, Hallyd, dass du alle Tugenden brauchst, die du aufbringen kannst.«

Llansteffan, eine große steinerne Festung mit zwei Türmen, die das Haupttor bewachten, war auf einem Hügel errichtet worden, von dem aus man den Towy überblicken konnte, der hier in eine Meeresbucht mündete. Die Sonne ging bereits unter, als Bryanna und Gavyn sich der Anlage näherten. Sie warfen lange Schatten auf den Boden, als ihre Pferde in einen Eichenhain kamen, dann gingen sie zu Fuß weiter und führten Harry mit seiner Ladung aus Pelzen zu den Toren der Burg.

Bryanna hatte Gavyn seine Reaktion auf ihre Schwangerschaft schon fast wieder verziehen. War es wirklich so schrecklich, dass er sie heiraten wollte? Sie glaubte doch, dass er sie liebte, nicht wahr? Und sie liebte ihn. Deshalb tat sie ihr Bestes, ihre kindischen Gefühle zu unterdrücken, als sie sich dem steten Strom von Menschen anschlossen, der sich auf die große Festung zubewegte. Karren holperten über die tief gefurchte Straße, und ungeduldige Reiter überholten die langsameren Fußgänger. Fischer sangen ihre Lieder, während sie überschwappende Eimer mit ihrem Fang zur Burg trugen.

Als sie in den unteren Hof kamen, sah Bryanna sich nach Soldaten um, aber keiner der uniformierten Wächter oder Reiter trug die Farben von Agendor oder Chwarel. Sie atmete etwas auf, rief sich dann aber in Erinnerung, dass hier durchaus Spitzel herumlungern konnten, auch wenn sie die Uniformen von Hallyd und Deverill nicht sah. Wenn einer von diesen Männern sie oder Gavyn erkannte, würde er ihnen bestimmt zuvorkommen oder seinem Herrn Bericht erstatten. Sie durfte nie vergessen, dass eine Belohnung auf Gavyns Kopf ausgesetzt war.

»Wo fangen wir an?«, fragte Gavyn, während sie den mit Kies bestreuten Weg auf dem unteren Hof entlanggingen.

»Nun, nicht hier, wo die Türme rund sind, anders als in meiner Vision«, erwiderte sie und musterte die Burgmauern. Was hatte Isa noch gleich gesagt? Dass etwas im Inneren eines Vierecks versteckt wäre.

Auf dem Hof drängten sich die Menschen, und es war laut, die Leute unterhielten sich, Hühner gackerten, Hämmer schlugen, Räder knackten, und dies alles wurde von gelegentlichen tierischen Lauten von Hunden, Hähnen oder Schafen übertönt. Sie griff nach ihrem Lederbeutel, in dem sich Dolch und Karte befanden. »Ich sehe mir die viereckigen Türme an, während du die Felle verkaufst. Und wir halten beide nach Soldaten Ausschau. Und achten auf alles, was so aussieht, als hätte Isa es meinen können. Du erinnerst dich doch, oder?«

»Jawohl. Vierecke, Zwillingstürme, Dolche und Gebete zur Muttergottheit.«

Mehr konnte sie nicht verlangen. »Ich bin bald wieder da.«

»Und was ist, wenn jemand dich ertappt?«

»Ich werde sagen, dass ich mich nur umschaue«, antwortete sie, »und die Burg bewundere, während mein *Mann* die glänzenden Felle von mehr als einem unglücklichen Tier verkauft.« Sie schenkte ihm ein liebreizendes Lächeln und wandte sich ab, um auf den oberen Hof zu gehen.

Doch plötzlich war Gavyn wieder neben ihr und packte mit der freien Hand ihren Arm, während er Harry am Zügel hinter sich herzog. »Nein, du musst auf mich warten. Geh nirgendwo allein hin!«

»Du musst beim Pferd bleiben«, beharrte sie.

»Ich werde jemanden finden, der sich um Harry kümmert«, erwiderte Gavyn, während sie durch das Haupttor sah und dahinter den Fluss erblickte, dessen dunkles Wasser langsam ins Meer strömte.

»Der Towy«, flüsterte sie, und plötzlich kehrte die Erinnerung zurück. »Ich weiß, woher ich den Namen kenne. Das ist der Fluss, an dem mein Großvater Waylynn starb. Das hat Gleda mir erzählt. Er war Apotheker. Ich frage mich, was er hier gemacht hat.« Ihr Herz schlug schneller, ihre Erinnerung war ganz deutlich. Jetzt war sie sich sicher, dass sie an den richtigen Ort gereist waren. Bestimmt war ihr Großvater hier gewesen – vielleicht um den Stein zu verstecken, bevor er das Leben verlor? »Er muss hier in der Nähe begraben sein. Ja, das ist der richtige Ort.«

»Oh, um Himmels willen, erzähl mir nicht, dass wir ihn ebenfalls ausgraben müssen.«

»Ich weiß es nicht.« Sie hatte keine Antwort für ihn, aber sie spürte, dass sie noch nie so nah davor gestanden hatten, den Topas zu finden. »Sieh zu, was du über ihn in Erfahrung bringen kannst. Ob sich vielleicht jemand an ihn erinnert.«

»Warte, Bryan... – Brynn. Ich glaube, wir sollten zusammenbleiben.«

»Sagt einmal, ist das ein Fuchsfell?«, fragte ein Händler und trat näher, um sich das Bündel, das auf Harrys Rücken festgebunden war, anzusehen. »Und Wiesel und Hermelin? Verkauft Ihr die? Für wie viel?« Der dicke Mann mit dem langen Bart betastete bereits die Felle.

Gavyn ließ ihren Arm los. »Ja, die sind alle zu verkaufen«, sagte er.

Bryanna nutzte die Ablenkung aus. Sie winkte ihrem »Mann« kurz zu und eilte den Hügel zum oberen Hof hinauf. Sie spürte Gavyns Blick im Rücken und wusste, dass er sie mit reiner Willenskraft dazu bringen wollte, stehen zu bleiben und auf ihn zu warten, aber sie konnte nicht. Sie hatte es zu eilig und spürte, dass allmählich die Zeit knapp wurde. Gleichgültig, wohin sie gingen oder wie weit sie reisten – Hallyd oder Deverills Männer schienen immer in der Nähe zu sein. Seit Monaten hörten sie Gerüchte über kleine Trupps, die durch die Wälder von Wales ritten und nach einem Mann suchten, auf dessen Kopf eine Belohnung ausgesetzt war, und einer Frau, die sich als seine Gattin ausgab. Mehr als einmal hatte sie in den Dörfern, in denen sie Halt gemacht hatten, die Farben beider Burgen auf den Uniformen von Soldaten gesehen.

Es schien kein Entkommen zu geben.

Nein, sagte sie sich, sie durften sich nicht unnötig viel Zeit lassen. Weder hier in Llansteffan noch sonst wo.

Sie eilte einen Weg entlang, der mit zerbrochenen Muschelschalen und Kieseln bestreut war. In der Hütte des Hufschmieds brannte ein Feuer und wurde durch einen Jungen am Blasebalg angefacht, während ein stämmiger Mann auf ein glühendes Stück Eisen einschlug, wobei sein Hammer jedes Mal laut hallte, wenn er das Metall traf und formte.

An anderer Stelle stützten Zimmerleute Dächer ab, und ihre schnellen Hammerschläge hoben sich von denen des Schmieds ab. Ein Gerber schabte an einem Stück Leder, das in einem Rahmen straff gespannt war, und ein Töpfer saß an seiner Drehscheibe.

Aus den Küchen drang der Geruch von brennendem Holz, backendem Brot und gebratenem Fisch. Bryanna lief das Wasser im Munde zusammen, denn dieser Tage war sie wieder einmal ständig hungrig.

Sie ging um eine Ecke und traf auf einige Mädchen, die gerade dabei waren, die Nester nach Abendeiern abzusuchen, und dann kreischten und lachten, als Jungen, die Eimer mit Wasser herbeitrugen, versuchten sie nasszuspritzen. Zum ersten Mal seit langer Zeit sehnte Bryanna sich nach ihren Schwestern und den Annehmlichkeiten, die Calon zu bieten hatte. Es war Monate her, seit sie Morwenna und Daylynn gesehen hatte, und sie vermisste die Freundschaft, die Kameradschaft, das Zusammengehörigkeitsgefühl, das sie immer mit ihren Schwestern verbunden hatte. Ja, sie hatten miteinander gekämpft, wenn sich die Gelegenheit dazu ergab, und sie hatten sie aufgezogen, als sie noch ein Kind gewesen war, aber wem, außer Gavyn, hätte sie sonst von ihrer Schwangerschaft erzählen können? Wer sonst würde genauso aufgeregt sein wie sie, bei der Aussicht auf ein neues Kind? Wer sonst würde sich nach der Geburt um sie und das Kind kümmern? Wem sonst würde sie ihre intimsten Geheimnisse anvertrauen können?

Sie sind nur deine Halbschwestern, rief sie sich in Erinnerung, aber sie ignorierte den Gedanken. Es bestand eine starke Bindung zwischen ihr und ihren Schwestern Daylynn und Morwenna, egal wie groß oder klein die Blutsverwandtschaft war. Ach, wenn sie doch Penbrooke oder Calon wiedersehen könnte!

Sie wäre beinahe gestolpert, als sie an die Burg ihrer Schwester und den Mann dachte, vor dem sie geflohen war.

Als wäre sie gegen eine Steinwand gelaufen, blieb sie abrupt stehen.

Morwennas Ehemann.

Bryanna hatte eine ganze Weile nicht mehr an ihn gedacht. Als sie es jetzt tat, stieg keines der lächerlichen Gefühle in ihr auf, die sie für ihn empfunden hatte, wenn sie ihn und Morwenna auf Calon beobachtet hatte. War es möglich? Hatte sie all ihre Fantasiegespinste, die um ihn gerankt waren, verloren?

Ja. Morwennas Ehemann war nunmehr so interessant für sie wie der pockennarbige Stalljunge, der ein Pferd in den Stall führte.

Plötzlich wurde sie von Erleichterung erfasst. Als sie einen Blick in den unteren Hof warf und Gavyn erspähte, der immer noch um den Preis seiner Felle feilschte, sah er zufällig auf. Er erwiderte ihren Blick, und ihr närrisches Herz machte einen Satz. Wie war sie je darauf gekommen, in Morwennas Ehemann verliebt zu sein? Die Gefühle, die sie für ihren Schwager hegte, schienen ihr plötzlich lächerlich gewöhnlich, eine Mädchenschwärmerei im Vergleich zur Tiefe ihrer Empfindungen für Gavyn.

Sie war solch eine Närrin gewesen, solch eine Gans.

Gavyn, dieser angebliche Verbrecher, blickte zu ihr hoch, und sie sah seine strengen Züge und das braune Haar, das an einigen Stellen golden aufleuchtete, wo die Sonne es traf. Ihr Herz verkrampfte sich bei seinem Anblick. Sie winkte ihm zu, dann drehte sie sich um und ging direkt auf den größten der viereckigen Türme zu.

»Isa, lass mich nicht im Stich«, flüsterte sie.

Das aus Steinen errichtete Gebäude war gewaltig, doch erstaunlicherweise unbewacht. Sie trat durch die Tür.

Sollte sie nach oben steigen oder nach unten?

Alle Edelsteine waren bisher im Boden vergraben gewesen, deshalb ging sie jetzt auf gut Glück die Wendeltreppe nach unten in ein verlassenes Verlies, wo es moderig-feucht war und stank. Kein Wunder, dass der Turm nicht bewacht wurde. Niemand würde sich auch nur in dessen Nähe aufhalten wollen.

»Bitte, lass dies die richtige Stelle sein.«

Sie war allein, und der Raum wurde nur durch ein kleines Binsenlicht erhellt, das schnell herunterbrannte. Das genügte als Hinweis, dass vor kurzem ein Wächter hier gewesen war und jeden Moment zurückkehren konnte. Sie nahm all ihre Kraft zusammen und zog die Fackel aus der Wandhalterung. Voll nervöser Anspannung hielt sie das armselige Binsenlicht hoch und stellte fest, dass die Zellen leer und die verrosteten Türen offen standen.

Da tönte ein Kratzen durch den leeren Raum.

Sie erstarrte.

Ihr Mund war völlig ausgetrocknet.

Eine Ratte huschte über ihre Stiefelspitze.

»Ah!«, schrie sie auf, doch dann unterdrückte sie den Schrei schnell, während fast die Knie unter ihr nachgaben.

Keine Panik. Das war nur eine Ratte. Die hast du früher schon mal gesehen.

»Liebe Morrigu«, keuchte sie und legte eine Hand auf ihr wild hämmerndes Herz.

Jetzt war der Augenblick gekommen, Isas Anweisungen zu folgen.

Bitte, lasse sie wirken ...

Sie drängte ihre Angst vor Nagern zurück, schnürte ihren Lederbeutel auf und zog den Dolch mit den zwei funkelnden Steinen heraus. Wie sollte sie ihn benutzen?

»Isa, bitte, hilf mir«, flüsterte sie. Sie hängte sich den Beutel über die Schulter. Dann ging sie langsam von Zelle zu Zelle, während sie in einer Hand den Dolch hielt und mit der anderen die Fackel so fest umklammerte, dass die Knöchel weiß hervortraten. Ihr Magen revoltierte, als sie die Überreste von Knochen und Kleiderfetzen auf dem Boden liegen sah, zwischen schimmeligem Stroh, das nach altem Urin stank. Während sie inständig hoffte, dass die Knochen Überreste von Mahlzeiten der Gefangenen waren, die das Pech gehabt hatten, hier unten eingesperrt worden zu sein, und keine menschlichen Gebeine, setzte sie ihre Suche fort.

Von der Decke tropfte Wasser, und die Krallen von Ratten kratzten über den Steinboden. Sie spähte in jeden Winkel dieses schrecklichen, feuchten Lochs, und sie schauderte, als sie über sich ein Nest voll mit haarigen Spinnen entdeckte.

»Wo?«, flüsterte sie und hielt die flackernde, allmählich verlöschende Fackel hoch. »Um Himmels willen, Isa, *wo*?«

Doch die glitschig nassen Wände verrieten nichts, und der kleine Dolch schien nutzlos.

Während sie ihre immer größer werdende Furcht zurückdrängte, versuchte Bryanna sich wieder ins Gedächtnis zu rufen, was genau Isa gesagt hatte. Sie schloss die Augen und stellte sich ihre Stimme vor:

Von deinem Vorfahren, der groß ist, wirst du den Stein in Zwillingstürmen finden. Tief drinnen, verborgen in einem Viereck. Bete zur Mutter Göttin. Benutze den Dolch.

»Mein Vorfahre, der groß ist.« Befand sich Llywelyn-aplorwerth wirklich in diesem Kerker? Vielleicht nicht als Gefangener ... das war es. Sie hatte gedacht, das Wort »tief« würde bedeuten, tief unter der Erde. Aber vielleicht hatte Isa nur gemeint, tief im Innern. Eilig verließ sie die Zelle und ging wieder zur Treppe. Sie lief nach oben, immer schneller, vorbei an der Tür zum Hof und dann noch höher. Das war es. Das musste es sein. Llewellyn hatte nicht als Gefangener in diesen Zellen gesessen. Er war ein Krieger. Er hatte die Festung zurückerobert.

Bryanna atmete schwer vom Aufstieg, als sie die Tür erreichte, die zum Ausguck des Wachtpostens führte. Glücklicherweise war er ebenfalls leer.

»Und wohin jetzt?«, fragte sie laut, während sie durch die Schießscharten schaute. Von so hoch oben konnte sie bis in weite Ferne sehen: den Fluss, die Bucht, die Schiffe, deren Segel sich blähten und deren Masten wie knochige Finger in die Höhe ragten. Ihr Blick reichte bis zum Horizont.

Dann richtete sie ihn wieder auf den Hof zu der Stelle, wo sie Gavyn das letzte Mal gesehen hatte, doch in der Menge konnte sie ihn nicht ausmachen. Harry konnte sie auch nicht finden. Das Herz schlug ihr bis zum Hals, und sie ging zu einer anderen Schießscharte, von der aus sie einen anderen Teil des Innenhofes überblicken konnte. Gavyn würde das Pferd bestimmt nicht weit von der Stelle weggeführt haben, wo der Händler ihn angesprochen hatte …

Der Dolch in ihrer Hand schien zu summen.

Sie wäre fast zusammengezuckt und betrachtete die alte Waffe mit den zwei Edelsteinen und den beiden noch leeren Fassungen im Heft.

Was zum Teufel war das? Hatte sie es sich nur eingebildet?

Sie machte einen Schritt zur Seite.

Nichts passierte.

Kein Summen.

Sie trat wieder an die Stelle, wo sie eben noch gestanden hatte. Wieder spürte sie das leichte Vibrieren.

Ihr Mund wurde ganz trocken, und sie begann an sich selbst zu zweifeln. Doch nach einem weiteren Versuch war sie sich sicher: der juwelenbesetzte Dolch zitterte tatsächlich in ihrer Hand.

»Heiliger Himmel«, flüsterte sie. Dieser Bereich des Turms brachte den Dolch zum Zittern – der Edelstein musste in der Nähe sein.

Sie bewegte sich kein Stück mehr von der Stelle weg, an der sie stand, und musterte das Innere des Turms. Ihr Blick glitt über die Steinmetzarbeiten, an denen aber nichts Ungewöhnliches zu erkennen war. Mit vorgehaltenem Dolch ging sie am Rand entlang, doch sie sah nichts. »Bitte«, flüsterte sie, und dann erinnerte sie sich wieder an das Gebet an Morrigu. Hatte Isa nicht genau das gesagt? Sie kehrte zu der Stelle zurück, wo das Messer gezittert hatte. Sie schloss die Augen und begann ein leises Gebet an die Große Mutter zu richten.

»Morrigu, hilf mir bei meiner Suche ...«

Während sie sprach, spürte sie, wie der Dolch sich erwärmte und sich sein Beben über ihre Finger bis in ihre Seele ausbreitete. Sie sah wieder die tiefe Schlucht und den schneebedeckten Bergkamm, über den ihr Pferd in wildem Galopp raste. Sie sah den Rosenkranz aufblitzen und spürte, wie sich die Steine in ihren Hals bohrten.

Als sie die Augen öffnete, war es Nacht geworden, Sterne funkelten und der Mond stand hoch am Himmel. Die Geräusche aus der Festungsanlage waren verstummt. Als sie ins Innere des Turms sah, schien einer der Steine im Boden eine andere Farbe zu haben. Sie deutete mit dem heiligen Messer auf den viereckigen Stein und fiel auf die Knie. Ein viereckiger Stein! Von neuer Kraft durchströmt, schnitt sie mit dem Dolch durch den Mörtel, als wäre es weicher Käse. Er bröckelte ganz leicht weg.

»Es ist hier!« Sie zwängte ihre Finger in den Spalt, wo der Mörtel sich gelöst hatte, und versuchte, den Stein zu bewegen. Doch er rührte sich nicht von der Stelle, bewegte sich kein Stück. »Oh, verflixt und zugenäht, mach schon«, flüsterte sie, aber es tat sich immer noch nichts.

»*Benutze den Dolch.*«

Isas Stimme war wieder bei ihr.

Das Messer glitt leicht durch den restlichen Mörtel, und der Stein löste sich ohne größere Anstrengung. Sie schob ihn beiseite und erblickte einen winzigen Hohlraum, in dem ein aufgerolltes und verschnürtes Lederbündel lag. »Heilige Rhiannon«, flüsterte Bryanna, als sie das Leder aus seinem Versteck hob und das Band aufknüpfte.

Plötzlich loderte es hell auf, und ein warmes Leuchten breitete sich unter Bryannas Händen aus.

Auf dem Leder ruhte ein strahlend gelber Stein, ein Juwel so hell wie die Sonne.

»Waylynn? Der Apotheker?«, wiederholte der Händler, als hätte er Gavyns Frage nicht gehört. »Ja, ich kannte ihn. Er kam von der Isle of Anglesey. Nein, wartet ... Ich glaube, er war aus Holyhead, und das liegt auf einer kleineren Insel, wenn es stimmt, was einem die Seeleute so erzählen. Ist das der, nach dem Ihr fragt?« Der dicke Mann drehte sich kurz zu Gavyn um, während er die Pelze, die er gekauft hatte, in einer Kiste auf seinem Wagen verstaute.

»Das scheint er zu sein.«

»Natürlich erinnere ich mich an ihn. Ein kauziger Mann, der ständig von Magie, Zaubersprüchen und so etwas sprach. Pah!« Der Mann winkte ab, als wäre allein die Vorstellung ein lästiges Insekt. »Er war ein guter Mann, nur ein bisschen anders als andere. Beim Leben meiner Söhne – dieser Waylynn von Holyhead kannte sich mit Arzneimitteln besser aus als jeder andere.« Er ließ den Deckel seiner Kiste zuknallen.

Harry, der gedöst hatte, zuckte zusammen.

»Wirklich eine Schande, was ihm widerfahren ist.« Der Händler schaute zum Towy und schüttelte den Kopf. »Er wurde an der Mündung des Flusses von der Strömung erfasst.« Er zupfte an seinem Bart, während eine Frau mit einem Korb voller Kräuter vorbeieilte. »Manche sagen, er wäre geflohen, um sein Leben zu retten. Er hatte irgendwie

Schwierigkeiten mit einem Lord ... oder war es ein Priester? Komisch, ich erinnere mich nicht mehr, aber irgendjemand Mächtiges aus dem Norden.«

Hallyd, dachte Gavyn, und sein Herz wurde zu Eis. Derselbe Mörder, der auch Kambria umgebracht hatte. Ein Priester, der zum Lord geworden war und mit dem Bösen im Bunde stand. Der Lärm in der Festungsanlage verwandelte sich in seinen Ohren in ein Rauschen. Bryanna war in Gefahr. Und sein Kind ebenfalls. Bei dem Gedanken, wie viel es jetzt zu beschützen galt, pressten sich seine Lippen aufeinander.

»Ich glaube, ein Söldnertrupp spürte ihn auf, und der arme Mann ertrank bei dem Versuch, durch den Fluss zu schwimmen.« Der Händler kratzte sich nachdenklich den Bart. »Wie schon gesagt, das ist lange Zeit her, und ich erinnere mich nicht mehr genau. Aber was immer diese Soldaten gesucht haben mögen, es wurde nie gefunden. Waylynn nahm sein Geheimnis mit auf den Grund des Flusses.« Der dicke Mann sah wieder zum Wasser hin und seufzte. »Keiner weiß, was wirklich geschehen ist. Der alte Waylynn könnte auch Opfer seiner eigenen Magie geworden sein. Aber eins weiß ich: Die Soldaten dieses Herrn aus dem Norden sind nie ganz fort. Sie sind seitdem immer wieder mal hier gewesen.« Er nickte nachdenklich, während er das Geschirr seines Kutschgauls zurechtrückte. »Ich habe erst gestern ein paar von ihnen auf der Straße nach Kidwelly gesehen.«

Gavyn gefror das Blut in den Adern. »Und woran habt Ihr sie erkannt?«

»An ihren Farben natürlich. Schwarz und Silber, die Farben von Chwarel! Das ist er. Der Baron, der früher mal Priester war. Genau, das ist er. Schon komisch. Ich glaube, er hieß Hayden oder Harwood oder ...«

»Hallyd?«

»Ja!« Der Händler schnipste mit den Fingern und grinste, wobei er einen ganzen Mund voll großer Zähne zeigte. »Hallyd, so hieß dieser schreckliche Kerl.«

»Die Soldaten, kamen die von Llansteffan und wollten nach Kidwelly?«

»Nein, sie ritten nach Westen. Ich kam an ihnen vorbei, weil eins ihrer Pferde lahmte, und sie machten sich am Huf zu schaffen. Das war vor zwei oder drei Tagen. Ungefähr einen Tagesritt von hier entfernt.«

Unwillkürlich schaute Gavyn auf und ließ seinen Blick über den Hof schweifen, wobei er Männer zu Pferde und Fußsoldaten musterte.

»Danke«, sagte er, während die Gedanken in seinem Kopf herumwirbelten. Wenn nun Hallyds Männer bereits hier waren? Wenn sie sich nun dem Tor näherten? Wenn sie nun die beiden im Wald versteckten Pferde gefunden hatten?

Mit vor Furcht hämmerndem Herzen warf er Harrys Zügel dem überraschten Händler zu. »Würdet Ihr mal bitte? Ich werde gleich wieder kommen. Ich muss nur eben meine Frau finden.«

»Wie bitte ... wartet ... halt!«

Doch Gavyn rannte bereits den Hügel zum oberen Hof und dem Turm hinauf, in den er Bryanna hatte verschwinden sehen. Sie mussten hier weg. Sofort. Hallyds Soldaten konnten jeden Moment hier eintreffen. Der finstere Lord würde sicherlich glauben, dass Bryanna dem gleichen Weg folgte wie ihr Großvater.

Plötzlich dachte er überhaupt nicht mehr an den verdammten Stein, den Heiligen Dolch oder irgendetwas anderes als die Sicherheit Bryannas und ihres Kindes. Er stürzte in den Turm und hätte am liebsten laut nach ihr gerufen, doch er hielt sich zurück. Es wäre dumm und gefährlich, ihre Anwesenheit kundzutun und damit zu verraten, dass sie die Festung durchsuchte. Er raste die Treppe nach unten, griff sich ein Binsenlicht und fand sich in einem verfallenen Verlies wieder, in dem es nach Moder und Unrat roch. Hier war sie bestimmt nicht. Mit pochendem Herzen und voller Furcht spähte er in die dunklen Ecken und fand dort nur die Überreste von Leichen und den Geruch der Verzweiflung.

Vielleicht hatte sie dieses Verlies verlassen und war zu einem anderen Turm gegangen. Oh Gott, bitte, hoffentlich war ihr nichts passiert! Schnell lief er wieder zurück. An der Tür zum Hof meinte er ihre Stimme zu hören, ein leiser vertrauter Singsang, der von oben herab auf ihn niedersank.

Gütiger Himmel, übte sie sich etwa gerade in ihren Zauberkünsten?

Hier?

Jetzt?

Sodass sie die Aufmerksamkeit auf sich zog, wenn gerade jetzt Hallyds Soldaten nach ihr suchen sollten? Was dachte sie sich dabei? Er nahm zwei Stufen der Wendeltreppe auf einmal, als er nach oben rannte, und sein Herz pochte vor Furcht. Und diese Furcht legte sich wie ein Würgeband um sein Herz, als unten Soldaten in den Turm eintraten, während von oben Bryannas leiser Gesang zu hören war.

Nein!

Man würde sie bestimmt finden.

Immer schneller raste er nach oben, bis er im höchsten Wachturm herauskam.

Die Brust wurde ihm ganz eng, als er sie dort auf den Knien hocken sah, einen Edelstein und eine Lederkarte in den Händen.

»Komm!«, zischte er leise.

»Aber ich habe ihn gefunden!« Ihre meergrünen Augen strahlten vor Stolz, und es lag ein fast engelgleiches Lächeln auf ihrem Gesicht.

»Schön, und jetzt lass uns gehen.«

»Aber ich habe den Stein. Willst du nicht ...«

»Wir werden später darüber sprechen, Bryanna!« Panik erfüllte ihn. »Die Soldaten kehren auf ihre Posten zurück, und ich habe gehört, dass Hallyds Männer bereits auf dem Weg hierher sind.«

»Dann wissen sie bestimmt, dass ich hier bin«, flüsterte sie, wobei sich ihre Augen vor Furcht weiteten, während sie den Stein schnell in die Karte wickelte und alles in ihren Beutel stopfte.

»Warum?« Er zog sie am Arm mit und führte sie über den Wehrgang, um zum nächsten Turm zu gelangen.

»Wegen der Dunkelheit.«

»Welcher Dunkelheit?«

»Als ich anfing zu singen, wurde der Tag zur Nacht.«

»Was?« Er wirbelte so schnell herum, dass sie fast mit ihm zusammenstieß. »Wovon redest du? Es dämmert zwar, aber es ist noch nicht dunkel.«

»Hast du es nicht gesehen?«

»Nein, ich war unten im Verlies«, sagte er und zerrte sie förmlich hinter sich her zum nächsten Turm, während er zu begreifen versuchte, was sie gesagt hatte. »Wenn das stimmt, warum ist dann keine Panik in der Festung ausgebrochen?«, fragte er und deutete über die Zinnen nach unten in den Hof, wo alle ihren Arbeiten nachgingen, als wäre nichts Ungewöhnliches vorgefallen. Zimmerleute und Steinmetze arbeiteten an den Gebäuden, der Töpfer saß an seiner Scheibe, und die Wäscherinnen nahmen Laken von der Leine.

»Ich ... ich weiß nicht.« Sie folgte seinem Blick zum inneren Burghof, während sie über die breite Umfassungsmauer eilten. »Die Frau sitzt an ihrem Webstuhl, und die Pferde sind ganz entspannt. Sogar die Hunde sind ruhig.« Ihre sonst so glatte Stirn legte sich vor Beunruhigung in Falten, als sie in den Hof blickte, wo die langen Abendschatten zu sehen waren, es aber immer noch hell war. »Ich schwöre dir, Gavyn, dass die helle Sonne dunkel geworden war.«

»Schwöre später. Jetzt müssen wir fliehen.« Sie hatten keine Zeit, sich länger aufzuhalten oder zu unterhalten. Sie mussten aus der Festung, ehe Hallyds Soldaten eintrafen.

Er hielt ihre Hand fest, als sie den Turm erreichten. Zusammen eilten sie die Steintreppe nach unten, bis sie wieder draußen auf dem Rasen des oberen Hofes standen. »Komm.« Er führte sie einen gewundenen Weg zwischen Hütten und Stallungen entlang. Innerhalb weniger Augenblicke waren sie bei ihrem Packpferd. Gavyn dankte dem Mann, als er wieder Harrys Zügel übernahm.

»War mir eine Freude.« Er sah Bryanna an. »Euer Ehemann hat mir ein paar sehr feine Pelze verkauft.«

»Schön«, stieß sie noch hervor, als sie auch schon losrannten.

Sie waren bereits Richtung Haupttor unterwegs, als die Stimme des Händlers sie mitten im Lauf innehalten ließ. »Ach übrigens, diese Soldaten, nach denen Ihr gefragt habt«, rief er, und Gavyn drehte sich wieder zu ihm um. »Die in den Farben von Chwarel?« Er zeigte mit einem Finger auf die Hütte des Schmieds. »Sie sind hier. Und sie sind nicht allein.«

25

Panik ergriff Bryanna.

Hatten Hallyds Männer sie aufgespürt? Nur eine Stunde, nachdem sie in Llansteffan angekommen waren? Wie das? Sie drehte den Kopf und sah die Soldaten in der Hütte des Hufschmieds – es schienen drei zu sein, aber sie wagte es nicht, ihren Blick länger auf ihnen verweilen zu lassen. So ruhig wie möglich schlossen sie und Gavyn sich dem Strom von Menschen an, die auf das Haupttor mit seinen zwei Türmen zugingen. Gavyn führte Harry, während sie auf der anderen Seite des Pferdes ging. Ihr Haar hatte sie unter der Kapuze ihres Umhangs versteckt. Obwohl der Topas und der Heilige Dolch sicher in ihrem Beutel verwahrt waren, hatte sie das Gefühl, als würde man es ihr ansehen, als würde man ganz deutlich erkennen, dass sie die Tochter von Kambria war – die Zauberin, nach der Hallyds Männer suchten.

Sie hatten das Tor beinahe erreicht, als sie einen Ruf hörten. »He!«

Ihr blieb fast das Herz stehen.

»Da ist sie!«

Ein Blick nach hinten bestätigte ihre schlimmste Befürchtung: die Soldaten kamen auf sie zugelaufen.

Es waren drei Männer, zwei in den Farben von Chwarel, einer wie ein Soldat von Agendor gekleidet. »Halt!«, rief einer von ihnen.

Oh Gott! Bryanna und Gavyn liefen durch das Tor, unter dem Fallgitter hindurch, und rannten die Straße hinunter. Die Soldaten hinter ihnen brüllten, und das Donnern von Hufen trug noch zum allgemeinen Tumult bei. Bryanna wagte es, noch einmal zurückzublicken, und sah, dass der Karren des Händlers das ganze Tor blockierte. Er deutete auf ein Rad, das stecken geblieben zu sein schien. Die Soldaten kamen auf ihren Pferden nicht daran vorbei.

Gavyn half ihr auf Harrys Rücken und rannte dann nebenher den Hügel hinunter, an dessen Fuße sie im Wald und der einsetzenden Dunkelheit untertauchten. Es war jetzt bereits zu dunkel, um erkennen zu können, was vor dem Burgtor geschah, doch Bryanna nahm an, dass die Soldaten mittlerweile an dem Karren vorbeigekommen waren. Da sie schnellere Pferde ritten, würden sie sie bald eingeholt haben.

Da waren sie so weit gekommen, nur um jetzt gefasst zu werden!

Schneller, drängte sie Harry im Stillen. Kaum hatten sie Rhi und Alabaster erreicht, glitt sie vom Rücken des Packpferdes, während laute Rufe und donnernde Hufschläge zu hören waren.

Es war jetzt so dunkel, dass sie kaum noch die Bäume sehen konnte, und sie hoffte inständig, dass es Hallyds Männern ebenso erging.

»Sie sind in diese Richtung.«

»Nein ... bist du sicher?«

»Ja!«

»Verflucht noch mal, es ist zu dunkel!«

Neben sich spürte sie eher, als dass sie es sah, wie Gavyn seinen Bogen von der Schulter nahm und dann geräuschlos einen Pfeil aus seinem Köcher zog.

Hatte er den Verstand verloren? Wollte er hier im Wald, im Dunkeln, schießen?

»Kannst du den Weg sehen?«, fragte einer der Soldaten.

Seine Stimme war so nahe, dass Bryanna fast zusammengezuckt wäre. Sie hielt den Atem an und wagte nicht einmal, einen Finger zu rühren, während sie im Stillen hoffte, dass keines ihrer Pferde wieherte oder sich bewegte und das Zaumzeug zum Klirren brachte. Sie hörte ihren eigenen Herzschlag und umklammerte ihren Dolch.

Morrigu, sei mit uns.

Sie hörte ein Rascheln zwischen den Bäumen neben sich.

Sie stand kurz vor einer Ohnmacht.

»Was war das?«, fragte einer der Soldaten, und seine Stimme klang, als wäre er keine drei Schritt mehr entfernt. »Gütiger Himmel, Afal, bist du das?«

Sie spürte, wie Gavyn sich umdrehte und mit seinem Pfeil in die Richtung zielte, aus der das Geräusch kam.

Keiner antwortete.

Jeder Muskel in Bryannas Körper war angespannt, während sie sich anstrengte, etwas zu sehen oder zu hören.

»Afal?«, fragte der Soldat wieder.

So nah.

Schweißperlen traten auf ihre Stirn.

Harry schnaubte.

Bryanna hätte am liebsten aufgeschrien.

»Was zum Teufel war das? Sie sind hier!«, rief der Soldat.

Gavyn ließ die Bogensehne los, und ein Pfeil zischte durch die Luft.

»Hundesohn.«

Wieder zischte ein Pfeil durch die Nacht – diesmal aus dem Dunkel zu Bryannas rechter Seite.

»Heilige Mutter Gottes!«, rief der Soldat. »Wo zum Teufel sind die?«

Da sah sie ihn plötzlich im schwachen Mondlicht. Ein dunkler Jäger auf einem riesigen Ross, der mit einem weiteren Pfeil auf die Soldaten zielte.

Er war so nah, dass die Pferde Angst bekamen. Harry zog

an seinem Zügel. Es war ein Wunder, dass das Zaumzeug nicht klirrte.

»Gavyn von Agendor, zeigt Euch!«, dröhnte eine weitere Stimme von der anderen Seite des Hains durch die Bäume.

Sie waren umzingelt! Der dunkle Reiter auf der einen Seite, die Soldaten auf der anderen.

Sie biss die Zähne zusammen und hielt weiter ihren Dolch fest umklammert. Wenn dieser Klinge irgendwelche Magie innewohnte, war dies der Zeitpunkt, um sie zu zeigen.

Ein Zweig knackte, und das Pferd eines Soldaten schnaubte. Sie bemerkte, dass Gavyn sich um sie herum bewegte und sich Pferd und Reiter näherte.

»Da, ich sehe sie«, sagte die tiefere Stimme. »Seht, da drüben ... verflucht!«

Plötzlich begann ein Wolf zu heulen, und zwar so nah, dass sich die Haare in Bryannas Nacken vor Furcht aufrichteten.

Eines der Pferde der Soldaten wieherte schrill vor Furcht. »Brr! ... Brr!« Hufe donnerten und Äste brachen, als das Pferd zwischen den Bäumen durchging.

»Was zum Teufel?«, rief ein anderer Soldat, als Harry völlig verängstigt versuchte zu steigen. Bryanna hielt die Zügel fest, doch das panische Pferd zerrte so heftig, dass es sich losriss.

»Nein ...«, keuchte Bryanna, als Harry in die Dunkelheit davongaloppierte.

Panische Hufschläge donnerten durch das Wäldchen. Noch ein Pferd wieherte angstvoll und rannte Bryanna fast um, als es sich mit seinem fluchenden Reiter auf dem Rücken durch das Unterholz stürzte.

Und dann übertönte das laute, wilde Knurren eines Wolfs den Tumult.

Würgling! Sie wusste es. Der tollkühne Wolf war zurückgekehrt. Und so wie es klang, wollte das Tier den Kampf seines Lebens austragen.

»Jetzt!«, flüsterte Gavyn und half ihr auf Alabasters Rücken. Das Getöse im Wald war ohrenbetäubend. Schwerter wurden aus ihren Scheiden gezogen, und der Wolf brummte und knurrte, während die Männer brüllten, dass sie angegriffen wurden. Die Pferde der Soldaten waren offensichtlich in Panik. Sie stiegen und wieherten voller Entsetzen.

Alabaster zuckte nervös und riss den Kopf immer wieder mit bebenden Muskeln hoch. Auch Rhi tänzelte unruhig, drängte sich rückwärts gegen sie, schnaubte und wühlte den Boden auf.

»Verdammt!« Gavyn stieg auf sein nervöses Pferd, zog an den Zügeln der weißen Stute … und endlich galoppierten sie los, das Knurren und Wiehern und die fluchenden Männer hinter sich lassend. Gavyn führte sie an, bis sie die Straße erreichten, wo er Bryanna Alabasters Zügel zurückgab.

Die Nacht war wunderbar ruhig, aber während sie Richtung Norden weiterritten, der Towy dunkel neben ihnen herfloss und der Mond ihnen den Weg wies, war Bryanna ganz bedrückt. Sie hatten Harry und damit ihre Vorräte an Hafer und getrocknetem Fleisch verloren. Obwohl bestimmt jemand ihn finden und sich um ihn kümmern würde, vermisste sie Gledas lahmes Packpferd.

Außerdem war sie sich sicher, dass es Würgling war, der im Wald gelauert und einen der Soldaten angegriffen hatte. Ob der Wolf den Kampf überlebt hatte? *Morrigu, sei mit beiden*, betete sie im Stillen.

Sie ritten mehrere Meilen auf der Hauptstraße, um dann auf einen weniger benutzten Weg auszuweichen, als die Sonne aufging. Erst als Gavyn sich vergewissert hatte, dass sie nicht verfolgt wurden, begann er nach einem Gasthaus mit Stallungen zu suchen. Sobald sie in ihrem Zimmer waren, setzten sie sich aufs Bett und zogen die Karte hervor, die Bryanna in Llansteffan gefunden hatte.

Sie passten das Leder zwischen den anderen Teilen der Karte ein. Dann beobachtete Gavyn voller Verwunderung, wie Bryanna den Topas ganz unten in eine leere Fassung im Heft des Dolches einsetzte. Sobald der strahlend gelbe Stein den Dolch berührte, verschmolz er mit ihm. Alle drei Edelsteine glühten, während die Klinge in neuem Glanz schimmerte.

»Drei Steine. Einer fehlt noch«, sagte Bryanna, und in ihrer Stimme schwangen Erleichterung und Erschöpfung mit.

»Erst wird geschlafen«, sagte Gavyn und zog sie auf dem Bett in seine Arme.

»Ja.« Gemeinsam fielen sie in einen tiefen Schlaf, bis weit in den nächsten Tag hinein. Als Bryanna am Nachmittag erwachte, weckte sie Gavyn mit ihren Küssen, dann liebten sie sich zweimal, um dann wieder zu schlafen, bis die Sonne im Westen unterging.

»Wir müssen nach Calon zurückkehren und heiraten oder heiraten und dann nach Calon zurückkehren«, erklärte Gavyn, »damit ihr, du und das Kind, sicher seid.« Er stand am Fenster, schnürte seine Hose zu, und sie beobachtete, wie sich dabei die geschmeidigen Muskeln auf seinem vernarbten Rücken bewegten. Oh, wie sehr sie seinen Rücken liebte, es liebte, mit ihren Fingern über ihn zu streichen, wenn er mit ihr schlief.

Genau wie in ihrer ersten gemeinsamen Nacht, als sie die Narben streichelte, die vom Auspeitschen durch den Stallmeister zurückgeblieben waren. Genau wie in der ersten Nacht, als er sie das erste Mal geliebt hatte.

Bryanna lag zwischen die Laken gekuschelt im Bett, während die Sonne langsam unterging und im Raum immer noch die Wärme des Tages zu spüren war, und beobachtete ihn. Plötzlich blitzte die Erinnerung an ihre erste Vereinigung auf Tarth wieder auf. Die Hitze. Die Leidenschaft. Das Verlangen. Und dieses benebelte Gefühl, als könne sie den Kopf nicht heben. Was hatte er noch gesagt? *Tochter von Kambria, du gehörst mir.* Das war es gewesen. Dann hatte er noch hinzugefügt: *Auf immer vereint.*

Nie wieder seit jener Nacht hatte er sie »Tochter von Kambria« genannt. Nie hatte er gesagt, dass sie ihm gehörte und nur ihm allein, noch hatte er so etwas Besitzergreifendes wie »Auf immer vereint« gesagt.

Sie setzte sich im Bett auf und erinnerte sich wieder daran, wie ihr ein Schauer über den Rücken gelaufen war, als er die Worte gesagt hatte, sie erinnerte sich wieder an das Unbehagen, die Vorahnung von Gefahr, die sie erfasst hatte. Und später, als er zu ihr zurückgekommen war, hatte er keine solch beunruhigenden Bemerkungen gemacht. Seine Stimme hatte nie in ihr den Verdacht aufkommen lassen, es könnte jemand anders in ihrem Zimmer auf Tarth gewesen sein, jemand mit seiner Statur, aber anderem Benehmen. Der dunkle Krieger, den sie am nächsten Morgen im Spiegel gesehen hatte.

Bittere Galle stieg in ihr auf. Sie würde darüber nicht nachdenken.

Doch während sie seinen Rücken betrachtete, erinnerte sie sich wieder an den Mann, der sie zuerst genommen hatte … seine glatte Haut, die sich straff über festen Muskeln spannte. Ohne eine einzige Narbe.

Gavyn drehte sich zu ihr um und sah, dass sie ihn anstarrte. Er hielt die Unruhe, die plötzlich in ihr aufgestiegen war, für Verlangen und kehrte zum Bett zurück, wo er sich neben sie setzte, eine Hand unter die Decke schob und die leichte Wölbung ihres Bauches berührte. Dabei glitt ein Lächeln über sein Gesicht. »Ich halte es für sicherer, wenn wir zur Burg deiner Familie zurückkehren, wo du dich dann ausschließlich auf die Geburt unseres Kindes vorbereiten kannst.« Er küsste sie auf die Stirn und streichelte ihren Bauch, sodass sie sich seufzend in die Kissen zurücksinken ließ.

»Das ist nicht so einfach«, erwiderte sie, während sich ihre tiefsten Ängste in ihr zusammenballten. »Ich kann die Suche nicht einstellen. Der Dolch muss wieder ganz sein, damit das Kind sicher ist. Und in letzter Zeit habe ich mich gefragt, ob es unser Kind ist, das durch die Macht des Dolches gerettet werden soll.«

Er hatte die ganze Zeit ihren Bauch massiert, doch jetzt bewegte sich seine Hand nicht mehr. »Unser Kind? Du meinst, unser Kind wäre das Kind aus der Prophezeiung?«

»Ja.« Sie schloss die Augen, und innerlich war ihr ganz elend zumute. Wenn das stimmte, dann war ihr Kind nicht nur in Gefahr, sondern es war wahrscheinlich auch nicht von Gavyn. Der Auserwählte sollte laut der Prophezeiung von der Finsternis gezeugt werden, und Gavyn war nicht vom Bösen besessen. Im Gegensatz zu jenem alptraumhaften Liebhaber, der zu Bryanna gekommen war und sie genommen hatte, während sie vom Wein trunken oder von irgendeinem Gebräu betäubt war.

Konnte es sein? War der Traum, den sie in ihrem benebelten Zustand gehabt hatte, doch Wirklichkeit? Hatte ein Mann mit Dämonenblut sie geschwängert? Oh Gott, das konnte sie Gavyn nicht erklären, sie glaubte es ja selber nicht, noch mochte sie denken, dass ihr Kind nicht von Gavyn war.

»Aber unser Kind ist noch nicht geboren.« Gavyn zählte wieder alle Gründe auf, die sie sich schon so häufig hatte anhören müssen, weil er nicht wollte, dass ihr Kind der zukünftige Herrscher war, der in der Prophezeiung genannt wurde.

»Ich weiß, aber ... ich glaube, es könnte stimmen.« Sie versuchte, ihre Furcht zu verbergen. Andere hatten gewusst, dass sie das Kind aus der Prophezeiung, den Herrscher von ganz Wales, ein Kind, das von Finsternis gezeugt worden war, zur Welt bringen würde. Gleda hatte sie gewarnt, doch sie hatte nicht erwähnt, dass ihr finsterer Liebhaber mit dem Bösen im Bunde war.

Warum hatte man Bryanna nichts gesagt?

Weil sie Angst hatten, du könntest dem Schicksal eine andere Richtung geben. Wärest du wachsam gewesen, hättest du dich nie mit einem finsteren Lord, dem Inbegriff des Bösen gepaart.

Aber sie vermochte es nicht zu bedauern, nicht einmal jetzt. Denn sie liebte dieses Kind. Ihr Kind.

Vertraue der Prophezeiung. Beschütze ihn. Zieh ihn mit Liebe und Licht auf.

»Als du das erste Mal von deiner Suche hörtest, von dem Kind, das gerettet werden sollte, warst du nicht schwanger«, meinte Gavyn. »Du und ich, wir waren uns noch nicht einmal begegnet.«

Sie nickte. »Das habe ich mir selbst schon gesagt«, meinte sie und legte ihre Hand auf seine. »Vertrau mir, Gavyn, wir müssen diese Reise zu Ende bringen, wohin sie uns auch führen mag.«

Vor Enttäuschung biss er die Zähne zusammen. »Dafür werden wir weit reisen müssen.« Er zog seine Hände weg und holte die Karte hervor. »Ich glaube, wir sollen nach Holyhead, auf Holy Island bei der Isle of Anglesey ... Sieh mal, diese Einschnitte hier im Land? Das sind keine Flüsse, sondern kleine Meeresbuchten. Dem Händler zufolge, der ihn kannte, war dein Großvater Apotheker in Holyhead. Und das liegt im Westen.«

»Aber so hoch im Norden. Die Strecke ist länger als von Holywell nach Llansteffan«, meinte sie und dachte dabei sowohl an die lange, beschwerliche Reise als auch an ihren wachsenden Bauch. Sie waren übereingekommen, langsam zu reisen und, damit niemand sie fand, vornehmlich nachts zu reiten. Bryanna wusste, dass es umso anstrengender für sie sein würde, je größer das Ungeborene wurde. Niedergeschlagen meinte sie: »Wir werden dafür fast bis zur Geburt des Kindes brauchen, vielleicht auch länger.«

»Wir könnten nach Calon gehen. Das liegt näher. Nach der Geburt, sobald du wieder bei Kräften bist und das Kind entwöhnt ist, können wir ihn bei deinen Schwestern lassen und die Suche fortsetzen. Oder ihn mitnehmen.«

»Oder sie«, erinnerte sie ihn, und er grinste.

»Oder sie. Noch so eine kleine rothaarige Zauberin, die mich betören wird.«

»Erinnere dich an deine Worte, wenn sie nachts schreit und ich vom Schlafmangel gereizt bin.«

Er lachte. »Jetzt erzähl mir noch einmal: Wie hast du den letzten Stein gefunden?«

Sie hatte ihm die Geschichte bereits häppchenweise während ihrer Flucht vor den Soldaten erzählt, aber jetzt berichtete sie, wie der Dolch in ihrer Hand zu vibrieren begonnen hatte und der Tag zur Nacht geworden war, als er auf den Stein zeigte, unter dem der Topas verborgen lag.

»Die Macht, die dieser Dolch besitzt, wäre in Holywell hilfreich gewesen«, meinte er. »Wir hätten viel Zeit gespart.«

»Damals ging es nicht«, erwiderte sie. »Da bin ich mir sicher.«

»Aber warum fängt er dann jetzt in deiner Hand zu vibrieren an?«

»Wohl weil er mächtiger geworden ist, nehme ich an.«

»Na, dann wollen wir nur hoffen, dass er uns dabei hilft, den nächsten Edelstein zu finden.« Er sah zum Fenster. »Wir sollten aufbrechen. Es wird bald dunkel sein.«

Ihr Magen knurrte. »Ich glaube, wir sollten zuerst etwas essen.«

»Ja.« Seine grauen Augen funkelten. »Das Gör scheint Hunger zu haben.«

Im Torhaus war es still.

Die Geräusche im Hof der Festung waren gedämpft und strömten mit der sommerlichen Brise herein: knackende Wagenräder, Äxte, die Holz spalteten, klappernde Webrahmen, gackernde Hühner und Leute, die sich unterhielten. Doch drinnen nur eintönige Stille. Die Männer, die auf Anweisungen warteten, und dreckige Soldaten, die von ihrem Auftrag zurückgekehrt waren, standen mit trotzig vorgeschobenem Kinn vor Deverill. Die Niederlage stand ihnen ins Gesicht geschrieben.

»Aha!«, meinte der Baron von Agendor, der seine Wut kaum im Zaum halten konnte, während er seine Männer finster ansah. »Ihr wart fast sechs Monate fort, und dennoch kommt ihr mit leeren Händen zurück, ohne Gefangenen und ohne Pferd? Ist es das, was ihr mir sagen wollt?«

Ein Mann hüstelte.

Ein anderer schaute weg.

Doch Aaron, der jetzt viel dünner war als damals, als er aufgebrochen war, wagte es, dem Baron offen ins Gesicht zu sehen. »Es war eine lange Reise, Mylord«, erklärte er, und wieder war die Stille ohrenbetäubend.

»Eine lange Reise?«, wiederholte Deverill und hob ungläubig eine Hand. »Ihr wart nur in Wales – stimmt das nicht? Kann das so lang sein?«

»Ja.«

Deverills Nasenflügel bebten. Er legte die Hände hinter seinen Rücken, damit er sie nicht zu Fäusten ballte und auf Wände einschlug oder Tische oder in das Gesicht eines der Männer. »Nun, die Kreuzzüge ... das waren lange Reisen – Tausende von Meilen länger als eure –, und doch haben die Männer, die ausgezogen waren, mit König Richard zu kämpfen, den Feind gefunden. Sie haben die Sarazenen aufgespürt. Sie kamen mit Löwenherz nicht unverrichteter Dinge zurück und beschwerten sich über die Länge der Reise.«

»Das ist nicht dasselbe.«

»Ihr hattet einen Auftrag. Ihr habt versagt. So einfach ist das.« Er hatte keine Zeit für so etwas, keine Geduld für noch mehr jämmerliche Ausreden.

Aaron sah ihn finster an. »Verzeiht mir, Mylord«, erklärte er, ohne dabei viel Zerknirschung zu zeigen, »aber ich glaube, wir, und ja, auch Ihr seid vielleicht hinters Licht geführt worden.«

»Hinters Licht geführt worden?«, wiederholte Deverill, und aufs Neue beschlich ihn dieses beunruhigende Gefühl, das er schon beim ersten Treffen mit Hallyd verspürt hatte.

»Ja«, bestätigte Aaron, obwohl ihm die anderen nicht beipflichteten. »Ich glaube, dass wir alle hier auf Agendor angelogen, vielleicht sogar manipuliert worden sind.«

»Wie?« Deverill wartete darauf, dass der Mann sich genauer erklärte.

»Lord Hallyd und seine Männer, Mylord«, murmelte der Hauptmann der Wache.

Voll ohnmächtiger Wut nickte Deverill dem einohrigen Mann zu. »Fahrt fort.«

»Wir hatten sie, Mylord, bei Llansteffan vor fast drei Monaten«, erzählte Aaron ärgerlich und streckte seine Hand aus. »Wir hatten sie genau da.« Er schloss seine Hand zur Faust. »Aber sie schlüpften uns durch die Finger.«

Deverill traute seinen Ohren kaum. »Was wollt Ihr damit sagen, Ihr hattet sie und habt sie dann verloren?«

Der wütende Soldat kratzte sich an seinem verstümmelten Ohr. »Wir haben sie so gut es ging verfolgt, aber wir wurden durch Verwundungen aufgehalten.« Er sah zur Seite. »Badden. Er wurde von einem Wolf angegriffen, gerade als wir den Mörder und seine Frau, die rothaarige Hexe, gefangen nehmen wollten. Ich glaube, sie hat den Teufel herbeigerufen, und diese riesige Bestie kam knurrend und schnappend aus dem Nichts. Er verletzte eines der Pferde und fiel über Badden her. Er hätte ihm beinahe das Bein ausgerissen und dann … Nun, er hat sich nicht wieder davon erholt.« Sein Gesicht war ganz rot geworden, während er den Kopf schüttelte. »Sein Bein fing an zu faulen. Es war grauenhaft. Ein Medikus in Llansteffan wollte das Bein abnehmen. Es war voller Eiter. Es hätte abgeschnitten werden müssen, aber Badden wollte das nicht.«

»Und so wurdet ihr getäuscht?«

»Nein, nein«, sagte Aaron ärgerlich. »Wir wurden von dem Soldaten aus Chwarel hinters Licht geführt, der mit uns ritt. Edwynn hieß er.«

»Nein, Edwynn ist ein Söldner«, sagte einer der anderen Soldaten. »Er ist hinter Eurer Belohnung her, Mylord.«

»Was war mit ihm?«, fragte Deverill.

»Es war, als wollte er nicht, dass die beiden gefangen genommen werden.«

»Was?«

»Ich weiß, dass sich das seltsam anhört, und er war auch ein guter Fährtenleser. Er half uns dabei, Gavyn und die Frau in Llansteffan aufzuspüren, doch bei ihrer Festnahme hielt er sich plötzlich zurück. Er ließ zu, dass uns von einem Karren der Weg abgeschnitten wurde. Und dann im Wald, während Badden und ich gegen den verdammten Wolf kämpften, ließ dieser Edwynn Gavyn und die Zauberin entkommen.«

»Was?«

»Ich sage die Wahrheit. Er ließ sie gehen. Oh, er nahm die Verfolgung auf, das schon, aber dann verlor er sie. Später, nachdem wir Badden zur letzten Ruhe gebettet hatten, suchten wir wieder nach ihrer Spur, und innerhalb von zwei Wochen fanden wir sie auch, aber da hatten sie bereits einen großen Vorsprung.« Aaron spuckte durch die geöffnete Tür nach draußen. »Es war merkwürdig.« Er strich sich das Haar aus den Augen und runzelte die Stirn. »Edwynn schien tatsächlich auf der Spur der Verräter bleiben zu wollen. Er folgte ihnen. Aber als der Moment da war, sie wirklich gefangen zu nehmen, war es fast so, als würde er es hintertreiben. Ich glaube nicht, dass er den Wolf gerufen hat. Nein. Das werfe ich ihm nicht vor. Aber er ließ sie verdammt noch mal entkommen. Und Baddens Blut klebt auch an seinen Händen – so sicher, als hätte er ihn selbst erledigt.« Er spuckte wieder aus, als hätte er die ganze Zeit einen schlechten Geschmack im Mund. »Hallyds Männer waren genauso schlimm und hielten uns zurück. Es stimmt wirklich, Mylord, sie ließen den Bastard entkommen.«

Deverill war mit seiner Geduld fast am Ende. »Warum sollten sie das tun?«, fragte er, aber er spürte ein Misstrauen in sich, das ihn begleitete, seit er mit dieser Schlange Hallyd gesprochen und dieser ihm von dem verschwundenen Dolch erzählt hatte. Deverill hatte Hallyd von Anfang an nicht getraut, und es hatte Lücken in seiner Geschichte gegeben. Während er mit ihm zusammengesessen, seinen Wein getrunken und versucht hatte, nicht ständig seine seltsamen Augen anzustarren, hatte er ununterbrochen gedacht, dass irgendetwas nicht stimmte.

Jetzt, Monate später, schien es zurückgekommen zu sein, um ihn zu verfolgen.

Er sah seine Männer finster an. Wenn es etwas gab, das er mehr hasste als einen Verräter, dann war das jemand, der versuchte, doppeltes Spiel mit ihm zu treiben. Zur Hölle mit allem! Er würde es selbst erledigen müssen.

»Hol mein Pferd, und ich werde mein Schwert brauchen«, sagte er zu einem Pagen. »Fünf von euch«, er zeigte auf die Männer, die er wollte, »reiten mit mir. Und bringt den Spitzel her.« Bei der richtigen Menge an Silber und dem Versprechen, dass sein Leben verschont werde, würde Cael auch einem anderen Herrn dienen.

Dem Spitzel würde es besser ergehen als dem Lord von Chwarel.

Dafür würde Deverill höchstpersönlich sorgen.

Je größer Bryannas Bauch wurde, desto größer wurde auch ihre Angst. Die Sommermonate kamen und gingen mit warmen Winden, Schmetterlingen, Blumen und vertrocknetem Gras. Der schattige Wald wurde zu einer willkommenen Rückzugsmöglichkeit vor der Hitze des Tages, und die Flüsse, die sich durch die Täler zwischen den Hügeln wanden, strömten langsamer.

Sie schlief nicht mehr gut, und immer wenn sie dann doch in

einen erschöpften Schlaf fiel, träumte sie von dunklen Burgen mit labyrinthähnlichen Gängen. Sie durchstreifte diese Flure auf der Suche nach einem Kind, dessen Schreie an den Deckengewölben widerhallten. Doch gleichgültig wie viele Türen sie öffnete, sie konnte es nicht finden. Voller Panik lief sie immer schneller durch die Irrgänge und öffnete Türen, hinter denen sie nur Dunkelheit erwartete, bis sie schließlich zur allerletzten geschlossenen Tür am Ende eines langen Ganges kam. Sie brauchte ewig, um bis zu ihr zu gelangen, denn ihre Füße schienen in Treibsand festzustecken und die Tür sich mit jedem Schritt, den sie tat, weiter zu entfernen.

Als sie sie endlich erreicht hatte, war die Tür verschlossen. Sie griff nach ihrem Schlüsselbund, stellte jedoch fest, dass sie unter Hunderten von Schlüsseln zu wählen hatte. Mit welchem würde sich die Tür aufschließen lassen? Während sie immer panischer mit den Schlüsseln hantierte, weinte das Kind hilflos. »Ich komme, ich komme«, rief sie. Endlich drehte sich ein Schlüssel. Die Tür sprang auf, und sie trat in den Raum, nur um dann sofort in einen schwarzen Abgrund zu stürzen, eine Kluft, von der sie wusste, dass sie direkt in die Unterwelt führte. Indem sie die Tür öffnete, hatte sie alle Geschöpfe von Samhain auf die Welt losgelassen.

»Oh Gott«, flüsterte sie, als sie am Morgen im Wald erwachte. Gavyn lag eng neben ihr, und die Sommersonne überhauchte den Himmel mit strahlendem Rosa und Orange. Sie legte ihre Hand auf ihren Bauch, spürte, wie das Kind sich darin bewegte, und holte tief und bebend Luft.

»Es war nur ein Traum«, sagte sie, aber die innere Unruhe ließ sie sich trotzdem aufsetzen.

Sie ging in den Wald, um ihre in letzter Zeit offenbar stets gefüllte Blase zu entleeren, und wusch sich dann am Fluss das Gesicht. Als sie das tat, begann das Wasser, das eben noch träge vorbeigeflossen war, Strudel zu bilden, erst langsam, nur ein winziger Wirbel, dann schneller und schneller. Der Strudel wurde größer, er bildete einen Trichter, und in dessen Mitte sah sie zwei riesige Felsen sich vom Boden erheben. Dann sah sie, wie sich zwischen ihnen auf einer endlosen Grasfläche ein Spalt bildete. Er war zuerst nur klein und wurde dann immer größer, als würde die ganze Erde aufbrechen. Ein schauerlich bebendes Krachen ertönte, und es tat sich ein Abgrund auf, der dem aus ihrem Traum ähnelte ... und dann war die Vision wieder verschwunden. Das Wasser bildete keine Strudel mehr, sondern strömte wieder gemächlich an den freiliegenden Wurzeln vorbei.

»Isa?«, flüsterte sie, denn es war Monate her, dass die Tote Verbindung zu ihr aufgenommen hatte. In Llansteffan hatte sie das letzte Mal die Stimme ihres alten Kindermädchens gehört. »Isa, kannst du mich hören?«

Im Wald blieb alles still.

Während Gavyn schlief, holte sie ihre Kräuter, Amulette und den Heiligen Dolch hervor, in dessen Heft immer noch ein Edelstein fehlte. Sie schloss die Augen und rief alle Beschwörungsformeln herauf, die sie gelernt, alle, die Isa ihr beigebracht hatte. Für Schutz und Heilung nahm sie etwas Majoran und Efeublätter und zerrieb sie. Dann sprach sie leise eine Beschwörungsformel für eine leichte Geburt, für die Sicherheit ihres Kindes und bat um Weisheit und Schutz für die bevorstehenden Wochen.

Das Kind würde bald kommen.

Und was dann?

Würde ihr Neugeborenes in Sicherheit sein oder in Gefahr, wie sie befürchtete?

Die Worte der Prophezeiung gingen ihr wieder durch den Sinn. »Der Herrscher aller Menschen, aller Tiere und Geschöpfe ...« Der Auserwählte würde über herrliche, unendliche Macht verfügen. Aber, ach, wie sehr wünschte sie sich, dass das Kind in ihr nicht dazu vorherbestimmt wäre, der größte Herrscher zu werden, den das Land je gehabt hatte.

Es ist doch nur ein Kind. Bitte erlaube ihm, nur mir allein zu gehören, kein Erlöser zu sein, den ich mit der ganzen Welt teilen muss, der alles, was gut und recht ist, vor den Dämonen aus der Anderen Welt schützt.

»Bitte, Morrigu«, murmelte sie und vergrub ihre Hände in der weichen, feuchten Erde am Uferrand des Flusses. »Beschütze mein Kind.«

Als sie die Augen öffnete, wurde ihr Blick von einem gelben Augenpaar erwidert. Auf der anderen Seite des Flusses stand der Wolf und trank. Doch das Spiegelbild auf der Oberfläche des Wassers zeigte nicht das Tier.

Stattdessen sah Bryanna eine Frau mit blasser Haut und rotem Haar, das so sehr dem ihrem ähnelte. Es war die Frau aus ihren Träumen, die sie auf ihrem Pferd den steilen Bergpfad hatte hinaufjagen sehen. Doch jetzt strahlte ihr Gesicht Ruhe und Frieden aus. Wo der Wolf einen Kragen aus schwarzem Fell hatte, trug die Frau einen Ring aus kleinen roten Stellen um den Hals, die den Malen ähnelten, die Bryanna nach ihrem Alptraum gehabt hatte.

Die Abdrücke von Hallyds Rosenkranz.

Bryanna stockte der Atem, als sie im Spiegelbild dem smaragdgrünen Blick der Frau begegnete.

Kambria.

Der Wolf war tatsächlich eine Art Schutzengel.

Der Geist ihrer leiblichen Mutter.

Morwennas Kind kam im Morgengrauen zur Welt, als die Äpfel anfingen, sich zu röten, das Heu eingeholt worden war und die Sommerluft sich nachts abzukühlen begann. Die Wehen hatten Stunden gedauert. Sie war erschöpft, schweißüberströmt und hatte das Gefühl, sie werde in zwei Teile gerissen, als sie endlich den kraftvollen Schrei ihrer Tochter hörte und die Hebamme ihr den Säugling an die Brust legte.

»Lenore«, seufzte Morwenna, während sie hörte, wie ein Hahn dreimal krähte, und spürte, wie sich die winzigen Lippen um ihre Brust schlossen, »eine Tochter.« Für sie war das ein Segen, denn es würde noch mehr Kinder geben, doch dieses erste würde ihr am nächsten sein, bis die anderen kamen, und ihre gemeinsame Zeit zu etwas Besonderem machen. »Ich werde dir beibringen, wie man den Haushalt einer Burg führt, wie man mit Pfeil und Bogen schießt, schnell wie der Wind reitet und einen Garten anlegt.« Sie sprach ein Gebet für die Gesundheit ihres Kindes, während die Hebamme es wusch und wickelte. Währenddessen wechselte Frynne, die sommersprossige Magd, schnell die Bettlaken und half Morwenna, sich zu waschen. Erst dann erlaubte Morwenna ihrem Ehemann, hereinzukommen und seine Tochter zu sehen.

Sie hörte ihn draußen auf dem Gang mit einem Wächter sprechen, und er war zweifellos ängstlich und besorgt.

Schließlich, als Frynne Morwennas Haar geflochten hatte, murmelte der Lord von Calon laut genug, dass seine Frau es hören konnte: »Ach, um Himmels willen«, dann stieß er die Tür auf. Er stürzte herein, um dann stockstarr neben dem Bett stehen zu bleiben und sein Kind anzustarren.

»Es ist ein Mädchen, Mylord«, sagte die Hebamme, »und eine wahre Schönheit noch dazu.«

»Wie ihre Mutter.« Er trat noch dichter ans Bett und sah erstaunt zu, wie das Baby hungrig an der Brust seiner Frau saugte. Er streckte seine große Hand aus und berührte zärtlich den dunklen Flaum.

Sein Blick fand Morwennas, und einen Moment lang strahlten seine Augen. »Sie ist ein wahres Wunder«, sagte er mit heiserer Stimme.

»Ich habe sie Lenore genannt. Nach meiner Mutter. Aber wenn es einen anderen Namen gibt, den du lieber ...«

»Lenore ist schön«, sagte er mit einem Lächeln. »Genau wie sie.«

Er küsste den Scheitel seines Kindes, dann tat er dasselbe bei seiner Frau.

»Oh nein«, sagte Morwenna. Sie streckte die Hände aus, packte die Schnüre vorn an seiner Tunika und zog seinen Kopf zu sich herunter. Dann drückte sie ihre Lippen auf seine und spürte, wie ein leiser Funke der Leidenschaft von ihr zu ihm übersprang. Er stöhnte, und sie merkte, wie ihr müder Körper darauf reagierte. Schließlich ließ sie die Bänder los und legte sich wieder zurück. »Keinen dieser unschuldigen kleinen Küsse für mich, Gatte.« Sie sah, wie sich sein Mundwinkel überrascht nach oben zog. »Ich werde mich nicht, hörst du, ich werde mich niemals wie die pflichtbewusste Ehefrau behandeln lassen, der du einen flüchtigen Kuss gibst, um dich dann wieder deinen Aufgaben zuzuwenden. Wenn du mich küsst, dann solltest du es lieber richtig tun.«

»So läuft es also?«, fragte er und zog eine seiner dunklen Augenbrauen hoch.

»So läuft es.«

»Nun, dann sei es.« Und dann küsste er seine Frau, als würde er nie wieder damit aufhören. Erst als das Neugeborene einen leisen Schrei ausstieß, hob er seinen Kopf. »Ja, Weib«, sagte er und drückte seiner Tochter noch einen zarten Kuss auf die Locken. »So wird es dann also laufen.«

26

Die Karte schien abermals völlig nutzlos zu sein. Und Isa, zum Teufel mit ihrer bereits toten Seele, war wieder einmal stumm geblieben. Obwohl die Reise gen Westen fast den ganzen Sommer über gedauert hatte, weil Gavyn und Bryanna kein Packpferd mehr hatten und sich meist versteckt hielten, hatten sie die Westküste erreicht und einen Bauern gefunden, der ihre Pferde unterstellte, und einen Fischer, der bereit war, sie nach der Isle of Anglesey überzusetzen.

Gegen Gavyns Einwände bestand Bryanna darauf, dass sie die Reise fortsetzten. Ja, ihr Rücken tat weh, ja, ihre Knöchel neigten dazu anzuschwellen, und ja, wenn sie die Wahl gehabt hätte, würde sie sicherlich nicht auf einer kleinen Insel mitten im Meer nach einem verdammten Rubin suchen. Aber Bryanna spürte, dass sie keine andere Wahl hatte. Während die Tage vergingen, verfestigte sich immer mehr das Gefühl in ihr, dass sie nicht nur den Heiligen Dolch wieder zusammenfügte, sondern auch irgendwie dabei war, das Leben ihres Kindes zu retten.

Zwei Tage später, als sie mit einem anderen Boot nach Holy Island weiterfuhren, sah der Kapitän des Fischerbootes Bryanna besorgt an. »Ihr werdet doch wohl nicht gleich hier auf meinem Deck niederkommen, oder?«

»Ich werde mich bemühen, das nicht zu tun.« Ihr war übel, und sie fühlte sich nicht wohl, während das Boot über das Wasser glitt, auf dem die Sonnenstrahlen glitzerten.

Ihr Bauch war mittlerweile sehr groß, und die Geburt stand jetzt, wo es Herbst geworden war, kurz bevor. Der Mann musterte ihren Leibesumfang. »Wenn Ihr eine Hebamme braucht, ich hab da eine Schwester in Holyhead, die mehr als genug Kindern auf die Welt geholfen hat – darunter auch meinen eigenen sechs. Sie heißt Ivey, und sie ist mit dem Wirt von Holyhead verheiratet.«

»Wenn ich eine brauche, werde ich nach ihr fragen.«

Der Fischer verzog das Gesicht. »Wie ich schon sagte: Ich habe sechs eigene Kinder. Und Ihr werdet sie schon sehr bald brauchen.«

Bryanna versuchte, nicht zornig zu werden, doch der Mann ärgerte sie mit seinem zahnlosen Grinsen und der wissenden Miene.

»Na, sagt ihr einfach, dass Morley Euch zur Insel gebracht hat.«

»Das werden wir«, mischte Gavyn sich ein, als würde er Bryannas wachsende Verärgerung spüren und Angst haben, sie könnte sich mit dem Mann anlegen. »Also, Morley«, meinte er, »kanntet Ihr einen Mann namens Waylynn? Einen Apotheker?«

»Natürlich. Jeder, der schon vor zwanzig Jahren hier gelebt hat, kannte ihn. Er arbeitete mit meiner Schwester zusammen. Warum?«

»Ein Verwandter«, sagte Gavyn.

»Nun, sein alter Laden ist immer noch da, allerdings total zusammengefallen. War schon eine Schande, das Ganze. Mit dem Ertrinken und so.« Morley schniefte und wischte mit dem Ärmel unter der Nase entlang. »Hab keine Ahnung, was er sich dabei dachte, so weit von zuhause entfernt im Fluss zu schwimmen. Allerdings hab ich ein Gerücht gehört. Es heißt, er wäre ausgeraubt und dann für tot liegen gelassen worden. Das mag jetzt wohl fast neunzehn Jahre her sein.«

Bryanna bezweifelte sehr, dass ihr Großvater ausgeraubt worden war. Die Männer, die ihn aufgespürt hatten, waren eher Hallyd und seine Spießgesellen gewesen, die hinter den

Steinen her waren, die Kambria ihm gegeben hatte, damit er sie versteckte. Genau wie Kambria hatte auch Waylynn sein Leben bei dem Versuch gelassen, den Dolch zu schützen.

Morley legte an, und Gavyn, der sich ihr gesamtes Gepäck über die Schulter gehängt hatte, half Bryanna an Land.

Morley wies ihnen den Weg zur Wirtschaft seines Schwagers. »Es ist nicht weit bis dorthin«, versicherte er ihnen.

Bei dem sauberen kleinen Wirtshaus angekommen, wurden sie von einer Frau begrüßt, die wie eine weibliche Ausgabe des dürren Mannes aussah, der sie nach Holy Island übergesetzt hatte. Sie stellte sich ihnen als Ivey vor.

»Na, schau mal einer an«, sagte sie und strahlte dabei. »Seid Ihr hergekommen, um hier zu gebären?« Ivey sah von Gavyn zu Bryanna und dann wieder zurück.

»Wir haben eine lange Reise hinter uns«, erklärte Gavyn, »und wir brauchen ein Zimmer.«

Die Hebamme nickte. »Aber das Kind wird bald kommen.«

»Ja«, sagte Bryanna. »Bald.« Sie hatte oft genug über die Suche nach einer Hebamme nachgedacht, aber nie gewusst, wo sie sein würde, wenn es so weit war.

»Ich würde mich freuen, wenn ich Euch helfen dürfte. Ich habe Dutzende von Schreihälsen auf die Welt gebracht. Im Grunde habe ich bei jedem Kind, das Ihr in der Stadt seht und das jünger ist als zwölf, geholfen, es auf die Welt zu bringen.«

»Dann werde ich nach Euch rufen«, sagte Bryanna, »wenn das Kind beschließt zu kommen.« Die Frau wirkte recht freundlich, und der Gedanke, dass jemand in der Nähe war, der Erfahrung in der Hebammenkunst hatte, war angenehm.

»Dann geht jetzt mal auf Euer Zimmer und ruht Euch aus. Ich werde Euch etwas zu essen bringen.«

Bryanna folgte Iveys Rat, stieg die Treppe hinauf, fand ihr Zimmer und fiel, obwohl es erst später Nachmittag war, auf das Bett mit der weichen Strohmatratze und den dicken Daunenkissen. Sie entledigte sich ihrer Kleidung und schlief sofort ein. Sie wachte erst wieder auf, als das Essen gebracht wurde, und mochte über den verdammten Rubin noch nicht einmal nachdenken. Sie blieb bis zum nächsten Morgen liegen.

Als sie schließlich erwachte, war Gavyn nirgends zu sehen. Der Abdruck seines Körpers war noch auf der kalten Matratze zu erkennen. Ein Teller mit etwas übrig gelassenem Käse, dunklem Brot, einem Apfel und einem Stück gesalzenen Fisch stand auf einem kleinen Tischchen. Ihr Magen knurrte vor Hunger.

Sie setzte sich auf und streckte sich, um ihren verspannten Hals zu lockern. Unbeholfen kletterte sie aus dem Bett und achtete nicht auf den Schmerz unten im Rücken. Sie war gereizt und trotz des vielen Schlafs immer noch müde. Gavyn hatte wahrscheinlich recht gehabt. Sie hätte nach Calon gehen und dort das Kind bekommen sollen und, ja, auch das, sich von dem Priester trauen lassen, der dort lebte. Sie lachte bei diesem Gedanken. Sie befand sich auf einer Suche, und wenn man bedachte, dass sie vielleicht die Tochter einer Zauberin war ... Sie bezweifelte, dass ein Priester ihre Ehe segnen würde.

Gavyn war unerbittlich bei diesem Thema, schwor, dass er sie liebte, dass er sie heiraten wollte, obwohl natürlich beide wussten, dass der wahre Grund dafür das Kind war.

In ihrem Kopf pochte es. Sie konnte heute nicht darüber nachdenken. Sie aß ein wenig Käse und ein kleines Stück Brot, dann zog sie die Karte hervor. Während sie aß, untersuchte sie jedes einzelne Lederstück, die Symbole, die darauf standen, und wie sie miteinander verbunden waren. Sie betete mit dem Dolch in der Hand und bat Isa, doch zu ihr zu kommen, bat die Große Mutter, sie zu segnen, doch das Messer blieb kalt und leblos in ihren Händen liegen. Sie versuchte es erneut. Wieder geschah nichts.

Ach, es hatte keinen Sinn.

Und wo war überhaupt Gavyn? Sie wusch sich das Gesicht und brachte Haare und Kleidung in Ordnung. Sie wollte ihn gerade suchen gehen, als er mit gerötetem Gesicht zurückkam und so aussah, als hätte er einen strammen Marsch am Meer hinter sich.

»Ich habe Waylynns Hütte gefunden«, erzählte er ohne Vorrede, »oder eher, was davon übrig ist.« Er zeigte ihr die Stelle auf der Karte. »Genau hier. Von dort aus kann man diese alte Festung, Caer Gybi, sehen.«

»Gut.« Ohne auf den stechenden Schmerz im Rücken zu achten, nahm sie Karte und Dolch, stopfte beides in ihren Beutel und ging zur Tür. »Zeige sie mir.«

»Ihr seid Euch sicher, dass sie zu der Insel übergesetzt sind?«, fragte Carrick von Wybren den Bauern, der so dünn war wie seine Vogelscheuche. Er bearbeitete den Boden mit einer Hacke, während seine Familie – zwei ältere Jungen, ein Kleinkind und die Bauersfrau – im Garten hinter ihm beschäftigt war.

»Ja, das sind sie. Sie sagten, sie würden innerhalb eines Monats zurück sein, und baten mich, auf die beiden hier aufzupassen.« Er deutete mit dem Kinn auf die Pferde, die auf einer nahen Weide grasten. Ein schwarzes Streitross mit schmutziggrauen Abzeichen und eine schlanke weiße Stute mit dunkler Mähne und Schweif. Bryannas Pferd – das sah der Söldner sofort.

»Und Ihr lasst die Tiere auf dem Feld des Lords grasen?«

»Ich bezahle meine Steuern. Ich habe keinen Ärger mit dem Baron. Ihr könnt jeden fragen: Bauer Reece bezahlt alle Steuern und Abgaben. Und sogar wenn ich sterbe, ja, auch dann wird meine Frau, Ellynna, dem Herrn das beste Stück Vieh geben. Also hat Baron Laython keinen Ärger mit mir.« Der Bauer stieß seine Hacke in den staubigen Boden, dann vertrieb er eine Biene, während er einen Blick auf die beiden Pferde warf. »Also, was wollt Ihr jetzt? Ich kann die Tiere nicht verkaufen. Ich habe dem Mann versprochen, auf sie aufzupassen.«

»Würdet Ihr dann auch auf meines achten?«, fragte der Söldner.

Unter den Bartstoppeln seines schmalen Kinns breitete sich ein Grinsen aus. »Für den richtigen Preis.«

»Ich bezahle Euch das, was die anderen Euch gegeben haben, und wenn ich zurück bin, werden wir sehen. Vielleicht habt Ihr dann ja ein neues Tier.«

Der Bauer runzelte die Stirn, während die Gedanken in seinem Kopf durcheinanderwirbelten. »Ich bin ein ehrlicher Mann und gottesfürchtig noch dazu. Wir bezahlen pünktlich unseren Zehnten, halten uns an die Gesetze, und darauf bin ich stolz.«

»Ich verstehe, aber es könnte sein, dass eines der Pferde, das große da, keinem Geringeren als einem Lord gestohlen worden ist.«

»Gütiger Himmel«, flüsterte der Bauer.

»Und auf den Kopf des Mannes, der es gestohlen hat, ist eine Belohnung ausgesetzt. Man wirft ihm vor, einen Sheriff umgebracht zu haben. Wenn ich diesen mörderischen Verbrecher ausfindig mache, feststelle, dass es sich tatsächlich um den Mann handelt, den Lord Deverill sucht, und ihn dem Gesetz überantworte, wird für uns beide eine Belohnung drin sein.«

»Und was ist mit seiner Frau? Sie ist hochschwanger.« Der Bauer wagte einen schnellen Blick auf seine eigene Frau, die selber schwanger war und vertrocknete Sträucher aus der Erde zog.

»Macht Euch keine Sorgen. Ich kenne sowohl die Frau als auch ihre Familie«, sagte Carrick, und er biss die Zähne zusammen, als er an Morwenna und den Mann dachte, den sie geheiratet hatte, den Bruder, den er betrogen hatte. Würden all diese Tage und Nächte, die er damit verbrachte, herumzureiten und sich in Wirtsstuben umzuhören, irgendetwas bringen? Bestand die Möglichkeit, irgendetwas wieder ins Reine zu bringen? »Für die Frau und ihr Kind wird gesorgt sein.«

Der Bauer stützte sich auf seine Hacke und kniff wegen der blendenden Sonne die Augen zu schmalen Schlitzen zusammen, während er sich den Schweiß von der Stirn wischte. »Wenn Ihr zurückkommt, werden wir sehen, was geschieht. In der Zwischenzeit werde ich mich um Euer Pferd kümmern, aber Ihr müsst mich im Voraus bezahlen.«

»Natürlich.« Carrick zahlte den vereinbarten Preis und hielt ihm dann noch eine weitere Münze hin. »Gebt mein Pferd keinem anderen. Das Pferd gehört mir. Ich habe es gekauft und dafür bezahlt.« Er sah, dass die Frau zu ihnen herüberblickte, sich dann schnell wieder abwandte und bekreuzigte.

Auch Reece sah es und schaute zum Himmel auf, der so strahlend blau wie das Meer war, welches die Isle of Anglesey umgab. »Meine Frau ›sieht‹ Dinge. Und heute Morgen hat einer meiner Söhne, der Älteste, Thomas, geschworen, er hätte gesehen, wie ein Wolf durch den Kanal schwimmt.« Der Bauer schnaubte und spuckte aus. »Ein Wolf, der schwimmt?«

Er schüttelte den Kopf und griff wieder nach seiner Hacke. »Frauen«, sagte er, als würde jeder Mann sofort verstehen, was er damit meinte. »Und Schwangere wollen immer so komische Sachen essen, haben ›Empfindungen‹ und glauben einem verlogenen Jungen, der lieber beim Priester beichten sollte.«

Ein schmalgesichtiger Junge, dessen Wangen erster Flaum bedeckte, blieb stehen und lauschte kurz. Dann senkte er schamerfüllt den Kopf und hackte weiter.

»Dieser Thomas da, der besteht auf seiner Lüge«, erklärte der Bauer. »Also hat er vielleicht einen Seehund gesehen und dachte nur, es wäre ein Wolf. Wer weiß? Der Junge hat viel Fantasie, das ist mal sicher. Ich hoffe nur, dass er nicht eines Tages seine Seele dem Teufel verkauft.« Er warf seinem älteren Sohn einen scharfen Blick zu, doch der biss nur trotzig die Zähne zusammen und arbeitete weiter.

»Klar passe ich auf Euer Pferd auf«, versicherte der Bauer, während er seine Mütze zurechtrückte. Dann nahm er dem Söldner die Zügel ab. »Und um Sattel und Zaumzeug werde ich mich auch kümmern. Thomas kann das Leder einfetten. Es wird alles da sein, wenn Ihr zurückkommt.«

Cael, der Spitzel, ließ sich leicht auf die andere Seite ziehen. Ein paar Gold- und Silbermünzen und die Garantie, dass er die Freiheit zurückerhalten würde, und schon gab er mehr als genug Informationen von sich. Während sie Richtung Küste ritten, strapazierte er Deverills Geduld beträchtlich, weil er gar nicht mehr aufhörte zu reden. Der salzige Geruch des Meeres lag in der Luft, während der Spitzel mit dem hinterhältigen Charakter von seltsamen, magischen Dingen sprach, demselben Heiligen Dolch und den Steinen, die auch schon Hallyd erwähnt hatte. Er berichtete auch von Gerüchten über einen verschlossenen Raum in Hallyds Festung. Und von Hallyds Fluch und seiner Besessenheit von der Tochter der Frau, die er umgebracht hatte.

»Es stimmt, sage ich Euch«, beharrte Cael, der neben dem Lord ritt und angesichts seiner neuen Stellung die Brust herausdrückte. »Ich kenne einen der Männer, der schon damals in Hallyds Diensten stand, als er noch lediglich Priester war. Er war dabei, als sie die Hexe Kambria im Winter durch die Berge auf einen Bergkamm hinaufjagten. Als er sie schließlich gestellt hatte, sprach sie einen Fluch aus, mit dem sie ihn blendete und der seine Augen hinfort wie die einer Eule aussehen ließ; sie verdammte ihn dazu, ein Geschöpf der Nacht zu sein.«

Ein Teil der Geschichte stimmte, das wusste Deverill. Er hatte Hallyds Gesicht selbst gesehen, die seltsamen Augen. Und er hatte auch bemerkt, wie besessen er von Bryanna war.

»Warum hat sie nicht einfach einen Fluch über ihn ausgesprochen, durch den er hätte sterben müssen?«

»Nun, sie hatte den Heiligen Dolch nicht bei sich. Ihre Macht war nicht so groß, wie sie es mit dem Dolch gewesen wäre. Sie hatte gerade ein Kind zur Welt gebracht und es versteckt, dann hatte sie den Dolch verschwinden und die Steine durch die, die an sie glaubten, verstreuen lassen. Es heißt, sie hätte eine Karte gezeichnet und sie in mehrere Teile zerschnitten, die jeweils mit einem der Steine versteckt wurden.«

»Dann hat sie also auch die Karte versteckt.«

»Oder sie hatte jemanden, dem sie vertrauen konnte. Das ist der Grund, warum Waylynn, der Apotheker, in Llansteffan war.«

»Um dort einen Teil der Karte zu verstecken.«

Cael nickte, wobei sein Kopf auf seinem dürren Hals förmlich zu hüpfen schien. »Nur eine Hexe, die über ebenso viel Kraft verfügt wie Kambria, wäre in der Lage, den Dolch wieder zusammenzufügen, indem sie jeden einzelnen Stein findet und in den Dolch einsetzt.«

Deverill ertappte sich dabei, wie er von der Geschichte vom magischen Dolch, die dieser verschlagene Wicht erzählte, fasziniert wurde. Sein Herzschlag beschleunigte sich bei der Vorstellung, solch einen Schatz in die Finger zu bekommen. Ganz abgesehen davon, welch eine Befriedigung es wäre, Lord Hallyd zu übertreffen, der offensichtlich den Wert des Dolches kannte und versuchte, ihn sich hinter Deverills Rücken zu schnappen. Dieser eulengesichtige Betrüger! Es würde Deverill die größte Genugtuung verschaffen, wenn er ihm zuvorkommen könnte.

Doch konnte man dem Spitzel vertrauen?

»Woher wisst Ihr das alles?«, fragte Deverill zögernd, denn der kleine Mann liebte es, seiner eigenen Stimme zuzuhören. Gott sei Dank hatten sie beinahe die Küste erreicht, denn über ihnen kreischten bereits die Möwen, die von der Nähe zum Meer kündeten.

Deverill glaubte dem Mann, denn der Spitzel wusste, dass ihm die Geschichte mehr als nur Geld einbringen würde – auch sein Leben stand auf dem Spiel.

»Ich weiß es, weil ich zuhöre«, prahlte Cael.

»Ihr lauscht an Schlüssellöchern?«

»Wenn es sein muss. Ich achte nicht nur auf das, was jemand sagt, sondern auch darauf, was er nicht sagt, wovon er nicht will, dass jemand es hört. Das ist dann die Wahrheit.« Seine Miene verschloss sich etwas, und er runzelte die Stirn, als wisse er nicht, ob er weiterreden sollte.

»Was ist?«, hakte Deverill nach.

»Es ist etwas, über das ich nicht reden sollte.«

Deverill hätte nicht gedacht, dass es irgendein Thema gab, welches für einen Mann, der den Klang seiner eigenen Stimme so liebte, tabu war. »Sagt es mir«, drängte Deverill. »Wir haben doch eine Absprache, oder nicht?«

Ein Schweißtropfen rann von der Schläfe des Spitzels, und zum ersten Mal, seitdem Deverill ihn kennengelernt hatte, zeigte sich Furcht auf dem Gesicht des kleinen Mannes.

»Auf Chwarel war nicht alles so, wie es schien«, gestand er.

Das war nichts Überraschendes. Den Ort umgab eine Aura von Schwermut und Tod. »Ihr meint abgesehen von dem Gerede über heilige Dolche, versteckte Karten und krankhafte Besessenheit?«

»Ja ... Ihr müsst wissen, ich habe die Gabe, Dinge zu hören und zu sehen, die andere gar nicht mitbekommen.«

»Natürlich.« *Der Mann ist ein Spitzel, um Himmels willen*, dachte Deverill, während er unruhig im Sattel herumrutschte, denn er spürte, wie die Hitze des Tages allmählich ihren Tribut von ihm forderte. Wie lange ritten sie jetzt schon gen Westen?

»Nun, wie Ihr schon sagtet – ich lauschte an einem Schlüsselloch ganz tief unten in Chwarel, wo niemand hingeht. Nicht einmal die Wächter wagen sich dorthin, nur Lord Hallyd. Er geht häufig nach dort unten, manchmal mit einem Becher voll Ziegen- oder Schafblut. Also folge ich ihm eines Abends, und ich schaue durch das verdammte Schlüsselloch, aber ich sehe nichts. Es ist dunkel auf der anderen Seite, na ja, Ihr wisst schon, weil der Baron es dunkel mag. Aber ich höre eine Stimme. Seine Stimme.«

»Nur seine?«

»Ja.«

»Na und? Vielleicht geht er nach dort unten, um zu beten«, meinte Deverill, aber er spürte, wie es ihm trotz der Hitze eiskalt den Rücken herunterlief. Er sah nach oben zum weiten blauen Himmel, an dem Möwen über der Straße schwebten, die zum Meer führte.

»Tja, er betet und er redet, aber es ist niemand da. Ich habe einmal seinen Schlüssel gestohlen und bin in das Zimmer gegangen, als er schlief, und da war nichts drin. Es war dunkel und leer und roch nach Moder. Und einmal, als ich ihm folgte, vergaß er, die Tür richtig hinter sich zu schließen. Ich zog sie ein bisschen weiter auf und sah ihn wie im Wahn mit jemandem reden. Er nannte sie Vannora. Er brachte ihr einen Becher und stellte ihn auf einen Tisch, aber da war gar kein Tisch.«

»Also fiel er auf den Boden und das Blut wurde verschüttet?«

»Nein.« Cael schluckte und schüttelte den Kopf. »Er blieb in der Luft hängen, als würde er auf einem Tisch stehen, den ich nicht sehen konnte. Lord Hallyd redete mit dieser Vannora, und er war wütend auf sie. In mir breitete sich eine Kälte aus, wie ich sie noch nie zuvor gespürt hatte. Ich schob die Tür so leise wie möglich wieder zu, denn auch wenn ich nicht glaube, dass der Lord mich gehört hat, schwöre ich, und Gott ist mein Zeuge, dass der Geist im Raum sehr wohl wusste, dass ich da war.«

»Vannora?«

»Ja. Ich spürte, wie sich ihre Augen in mich hineinbrannten, aber wie schon gesagt – es war keine Hitze, von der ich durchbohrt wurde, sondern eisige Kälte, die bis in meine Seele drang.« Er sah zu Deverill auf, der ein größeres Pferd ritt, und echte Furcht lag in den Augen des Mannes. »Ich weiß nicht, wer sie ist oder was sie ist, aber sie ist nicht von dieser Welt, Mylord, und ich schwöre Euch, das ist sie auch nie gewesen.«

»Oder Hallyd ist verrückt«, sagte Deverill und versuchte, all das, was ihm erzählt worden war, zu begreifen, während er nach vorn zu einer Stelle auf der Straße schaute, wo eine Krähe sich gerade an den Innereien eines toten Nagers gütlich tat. Als sie die Reiter erspähte, krächzte die Krähe ärgerlich und flog davon, ihre glänzenden schwarzen Schwingen bald nurmehr ein dunkler Punkt am klaren Himmel.

»Ja, Hallyd ist nicht mehr ganz bei sich, das stimmt.«

Deverill sah wieder zu dem Spitzel herunter.

Der kleine Mann bekreuzigte sich. »Aber es ist nicht nur sein Wahnsinn oder der Fluch einer Hexe, worum es hier geht. Nein, Lord Deverill, es ist etwas aus den Tiefen der Hölle, sein dämonisches Erbe. Reine Kälte. Verderbt bis ins Mark.«

»Es ist so weit«, sagte Vannora, die in dem Kreis an ihrem Altar stand. Die Kerzen waren weit heruntergebrannt, der Duft von starken Kräutern hing in der Luft, und Dampf stieg aus dem Kessel, der auf dem Altar stand. Weder Dampf noch Räucherextrakte konnten die glühende Aura verhüllen, die Vannora umgab. Die feuchte Luft, die Hallyd einatmete, troff vor Schlechtigkeit. »Tritt in den Kreis.«

Sie war wieder jung, sie strahlte Energie und Frische aus. Sogar ihre Augen wirkten klarer, sodass man beinahe die goldene Iris erahnen konnte, die ihr früher wohl einmal eine atemberaubende Ausstrahlung gegeben hatte. So wie sie jetzt aussah, war sie eine wunderschöne Frau. »Zögere nicht. Das Kind kommt. Der letzte Stein wird bald gefunden werden.«

»Wo ist sie?«, fragte Hallyd.

»Weit im Westen.«

»Wie weit?«

»Zu weit, um hinzureiten«, erwiderte sie, und er spürte, wie ihn leichte Furcht ergriff. »Am westlichen Meer. Tritt näher ... Beeil dich!«

Angespannt, funkelte er sie finster an. »Am Meer?«, wiederholte er. »Das ist Meilen von hier entfernt, man wäre mindestens eine Woche unterwegs.« Plötzlich stieg Wut in ihm auf. »Ich hätte bei ihr sein sollen, wenn sie den Stein findet. Ich sollte bei ihr sein, wenn das Kind geboren wird.«

»Was kümmert dich das Kind?«, wollte sie wissen. »Du willst kein Kind. Du wolltest es nur mit Kambrias Tochter treiben, sie schänden, ihr deine Macht zeigen, um Rache an der Frau zu üben, die dich geblendet und verflucht hat.« Sie tippte sich mit einem langen Finger auf die Brust. »Ich war diejenige, die dir sagte, du solltest sie schwängern. Ich war diejenige, die alles für die Paarung vorbereitete. Du willst, dass der Fluch aufgehoben wird. Du willst den Dolch. Du willst seine Macht. Du willst mit der Frau schlafen, bis sie keine Luft mehr bekommt. Aber das Kind – das gehört mir.«

Er hatte das Gefühl, hereingelegt worden zu sein.

Er fühlte sich betrogen.

In seinem Nacken kribbelte es vor Furcht.

»Nein, Vannora. Du hast mich belogen. Du hast mich benutzt.«

Er sah, wie Verachtung in ihren goldenen Augen aufblitzte. Eine Wut, die wie ein Unwetter tobte.

»Wer hat hier wen benutzt?«, knurrte sie, und ihre Stimme wurde im dem höhlenartigen Gewölbe immer lauter. »Höre, Hallyd. Ich habe mein Teil getan. Der Fluch wird von dir genommen werden. Du wirst wieder sehen, und du wirst mit Hilfe des Dolches über ganz Wales herrschen. Aber dieses

Kind gehört mir. Und jetzt«, sie packte mit ihren überraschend starken Fingern seine Hände, »tritt in den Kreis, und wir werden einfordern, was uns rechtmäßig zusteht.«

Er unterdrückte seinen inneren Widerstand und zwang sich dazu, einen Schritt nach vorn zu tun, sodass seine Stiefel den Kreis berührten, der auf den Boden gezeichnet war. »Was, Vannora? Was willst du einfordern?«

»Das weißt du nicht?«, fragte sie, und ihre Lippen enthüllten wunderschöne weiße Zähne. »Nach all diesen Jahren?«

»Warum brauchst du den Auserwählten?« Nervös tat er noch einen Schritt. »Sag es mir.«

»Ich will zurück.«

»Zurück? Wohin?«, fragte er, obwohl er es im Grunde gar nicht wissen wollte.

Sie zog an seinen Händen und sah ihm tief in die Augen. »Komm!«

»Aber wo …« Hallyd trat vollständig in den Kreis. »Wohin willst du?«

»Ich werde in die Andere Welt heimkehren.« Sie nahm eine Handvoll zerdrückter Kräuter. »Das Kind wird dafür sorgen, dass ich hinüberkomme.«

»Aber an Samhain können die Geister doch ungehindert zwischen den Welten wandeln.«

»Aber nicht die Geister, die gefehlt haben«, erwiderte sie und zischte förmlich vor Wut. »Es ist meine Schuld, dass der Dolch in diese Welt kam. Wenn ich ohne das Kind zurückkehrte, stünde mir ein Schicksal schlimmer als in den Flammengruben des Hades bevor. Doch ich kann alles richten, indem ich das Kind in die Andre Welt mitbringe. Die Geister von Dämonen werden es aufziehen und in die schwarze Kunst einweisen.«

»Woher weißt du, dass er der Eine ist?«, fragte er, während sie mit den Fingern den Rauch über dem Kessel verwirbelte.

»Die Prophezeiung. Gezeugt von der Finsternis, geboren vom Licht ... er wird das Kind eines verderbten Sterblichen und einer im Herzen reinen Zauberin sein. Gut und böse, miteinander vereint.«

Er spürte, wie ihm Schweißperlen auf die Stirn traten. Ihr Ritual zehrte an ihm. »War Kambria nicht das Kind eines Sterblichen und einer Zauberin?«

»So viele Fragen jetzt, wo die Zeit des Übergangs gekommen ist!«, schleuderte Vannora ihm wütend entgegen. »Denk an die Prophezeiung. Kambrias Vater war nicht so verderbt wie du, er war nicht zu den Schandtaten bereit, die deine Seele erregen. Waylynn hätte keine Unschuldigen wie Gleda, Liam oder Kambria getötet, wie du es getan hast. Aber das weißt du ja bestimmt, denn er starb durch deine Hand.«

Hallyd spürte, wie erneut Zuversicht in ihm aufstieg – seine Pläne und Wünsche standen kurz vor ihrer Erfüllung. Seine Augen waren geheilt. Er hatte den Auserwählten gezeugt. Die Zauberin würde schon bald ihm gehören, sodass er sie des reinen Vergnügens willen schänden und strafen konnte. Und der Dolch ... er konnte beinahe spüren, wie dessen Macht ihn größer werden ließ.

»Komm jetzt«, sagte Vannora mit fester Stimme. »Der Augenblick ist gekommen. Samhain, der Tag der Geburt des Kindes, steht bevor.«

Bryanna starrte in die Hütte, in der einst ihr Großvater gewohnt hatte. Von dem Gebäude, das in der Nähe der alten römischen Festung lag, war nicht mehr viel übrig. Das Dach hing durch und hatte Löcher, die Wände waren teilweise eingefallen, und die Steine der Feuerstelle lagen überall verstreut herum. Das Sonnenlicht strömte durch die Ritzen und Löcher in den Wänden.

Dies war also der Ort, wo er gelebt und gearbeitet hatte. Ihr Großvater, der Mann, der sein Leben in den eisigen Fluten des Towy gelassen hatte.

Nun waren alle tot: der Bruder und die beiden Schwestern. Gleda und Isa waren innerhalb weniger Monate gestorben.

Isa, bitte, komm zu mir.

»Lass uns sehen, ob der Dolch irgendetwas tut«, schlug Gavyn vor. Er wickelte das Messer aus und reichte es ihr.

Ihre Finger legten sich um das Heft mit den drei funkelnden Steinen. Sie achtete nicht auf den Schmerz in ihrem Rücken, sondern hockte sich hin und ritzte eine Rune in den Lehmboden. Dann verstreute sie ihre Kräuter und schloss die Augen. Sie betete leise zur Muttergöttin, während sie langsam in der engen Hütte umherging. Das Messer lag kalt und leblos in ihrer Hand.

Sie verstärkte ihre Gebete und spürte plötzlich eine winzige Bewegung, ein leichtes Beben, wenn sie sich dem Meer zuwandte. Sie ging in diese Richtung, und der Dolch schien zu summen.

»Klappt es?«, fragte Gavyn neugierig.

Doch seine Worte erreichten ihren Geist nicht mehr. Sie tat einen Schritt in Richtung des salzigen Duftes des Meeres, während die Worte des alten Rätsels der Steine in ihrem Kopf widerhallten.

Ein Opal für den Punkt im Norden,
Ein Smaragd für den Osten,
Ein Topas für die Spitze im Süden,
Ein Rubin für den Westen.

War das Isas Stimme oder ihre eigene? Sie wusste es nicht. Doch als sie sich auf die westliche Wand zubewegte, wurde die Hütte plötzlich in nächtliche Dunkelheit getaucht, und der Dolch entglitt ihren Händen. Ihr stockte der Atem, als er herunterfiel und sich in den Boden bohrte. Die Klinge verschwand tief im festgestampften Lehmboden.

Gavyn beobachtete voller Erstaunen, wie sie sich hinkniete und den Dolch hin und her bewegte, sodass sich das Erdreich um die Klinge lockerte. Im Dunkeln schob sie den Lehm beiseite, bis die Klinge auf etwas Hartes traf. Sie grub mit den Händen weiter und legte eine kleine, runde Scheibe frei – den Deckel einer Ampulle.

Mit Hilfe des Dolches stemmte Gavyn die Ampulle aus dem Boden und hob das Tongefäß aus seinem Loch. »Der Stein ist da drinnen«, sagte er und schüttelte die Ampulle.

Mit zusammengebissenen Zähnen holte Bryanna mit dem Dolch aus und zerschmetterte das Gefäß.

Die kleine Flasche zerbrach, und die Scherben fielen zu Boden. Ein zusammengerolltes und verschnürtes Stück Leder fiel heraus. Das Herz schlug Bryanna bis zum Hals, als sie die Schnur löste, das letzte Stück der Karte aufrollte und einen blutroten Rubin enthüllte, der funkelnd auf dem rauen Leder lag.

Mit zitternden Fingern nahm sie den Stein und schob ihn in die letzte leere Fassung im Heft des Dolches.

Der Rubin glühte warm und ließ Hitze durch das Heft des Dolches strömen. Sie drang in Bryannas Hand ein und floss ihren Arm hoch.

Sofort spürte sie die unheimliche Stille, das Schweigen ewiger Ruhe. Vor ihrem inneren Auge sah sie ein Grabmal, einen Ort der ungestörten Anbetung, und dort, in seinem Innern, war Sicherheit.

Sie ließ das Messer sinken.

»Ich weiß, wo wir hinmüssen«, sagte sie zu Gavyn und bemerkte, dass es für ihn keine dunkle Nacht gegeben hatte. Nur sie hatte diese Vision gehabt.

»Wohin?«, fragte er.

Doch bevor sie antworten konnte, ließ die erste Wehe sie auf den Boden sinken.

27

Gavyn trug Bryanna zum Wirtshaus zurück und gab dem Jungen, der gerade Feuerholz aufschichtete, einen barschen Befehl. »Schick Ivey zu uns aufs Zimmer«, sagte er zu dem mageren Jungen, während Bryanna spürte, wie sie von einer weiteren Wehe erfasst wurde. Sie biss die Zähne zusammen, während sie sich an Gavyn klammerte und den Drang zu schreien unterdrückte.

Hilf mir, Isa, dachte sie, als der Schmerz nachließ und sie wieder atmen konnte.

Er trug sie die Treppe hinauf und legte sie auf das Bett. Nichts in ihrem bisherigen Leben hatte Bryanna auf Wehen und Geburt vorbereitet, auf den Schmerz, von dem sie immer wieder wie von Wogen erfasst wurde. Ivey kam und setzte sich zu ihr. Sie wischte ihr immer wieder das Gesicht mit warmen feuchten Tüchern ab und beobachtete die Fortschritte des Kindes.

»Es hat sich gedreht«, sagte sie irgendwann nach stundenlangen Wehen, während Bryanna schweißüberströmt keuchte und die feuchten Löckchen an ihrer Stirn klebten. »Jetzt wird es schneller gehen.«

Völlig erschöpft hatte Bryanna nichts geantwortet, sondern nur auf den nächsten schneidenden Schmerz gewartet. Als er kam, atmete sie so, wie die Frau es ihr gesagt hatte. Obwohl Bryanna wusste, dass diese Qualen irgendwann vorüber wären und sie ein Baby haben würde, konnte sie kaum an irgendetwas anderes als den Schmerz denken. Gavyn war aus dem Zimmer gedrängt worden, steckte aber alle naselang den Kopf zur Tür herein, um dann aber nur von Ivey zurechtgewiesen zu werden. »Ihr habt Euren Teil getan«, erklärte sie ihm schließlich. »Lasst Eure Ehefrau nun ihren tun.«

Ehefrau, dachte Bryanna traurig, während sich ihre Finger in die Bettlaken krallten. *Noch nicht.*

Die Sonne ging unter, und Bryanna, die schweißgebadet war, hatte weiterhin eine Wehe nach der anderen. Erst kurz vor Morgengrauen spürte sie eine Veränderung, und die ältere Frau sagte ihr, wie sie pressen sollte. *Gern*, dachte Bryanna und ließ die Natur die Führung übernehmen.

Und dann war er da.

Nach all der Arbeit musste sie nur mehrmals fest pressen, und dann kam Truett und stimmte sie mit seinem kraftvollen Schrei und seinem großen Appetit froh. Trotz ihrer Schmerzen und all der Anstrengung war Bryanna auf Anhieb bezaubert von diesem vollkommenen kleinen Geschöpf, das genauso entkräftet war wie sie und glücklich zu sein schien, auf ihrer Brust zu liegen.

»Willkommen, mein Kleiner«, flüsterte sie und wiegte ihn in ihren Armen. »Ich bin so froh, dass du endlich da bist.« Sie küsste seinen winzigen Kopf und hatte das Gefühl, gleich weinen zu müssen. Zu Tode erschöpft und von ihren Gefühlen ganz durcheinander, überlegte sie, dass von allen Wundern, die sie in letzter Zeit gesehen hatte, keines es mit diesem kleinen Jungen aufnehmen konnte.

Ivey erwies sich als eine fähige Hebamme. Sie schaffte es, Bryanna ein bisschen zu waschen und das Bettzeug zu wechseln, während diese das Neugeborene hielt.

»Wir haben so lange auf ihn gewartet«, sagte Ivey und lächelte auf das Kind herab.

Erstaunt meinte Bryanna, nicht richtig gehört zu haben. »*Wir* haben gewartet?«, fragte sie argwöhnisch. »Wer ist *wir*?«

»Diejenigen, denen das Kind rechtmäßig gehört«, erwiderte sie mit einem freundlichen Lächeln. »Diejenigen, die glauben.«

»Glauben? Woran?« Aber sie wusste es bereits. Bryanna, die eben noch so froh gewesen war, spürte plötzlich die schwere Bürde der Furcht auf sich lasten. Sie zog das Kind enger an sich.

»An den alten Glauben. Heute Abend ist Samhain, wisst Ihr. Es beginnt mit der Abenddämmerung. Und es wurde vorhergesagt, dass er in der Nacht vor Samhain kommen werde, im Lichte des Vollmonds.«

Ivey flüsterte ein uraltes Lied, dann drückte sie sich die Fingerspitzen an die Stirn und begann die Prophezeiung zu zitieren. »Gezeugt von der Finsternis, geboren vom Licht, beschützt vom Heiligen Dolch, der Herrscher aller Menschen, aller Tiere und Geschöpfe, geboren wird er werden am Abend von Samhain.«

Bryanna hatte das Gefühl, als stürze sie in einen bodenlosen Abgrund. Sie würde ihr Kind nicht verlieren. Auf gar keinen Fall!

»Warum wartet Ihr auf ihn?«, fragte sie, und ihre Stimme war ganz heiser vor Angst.

Das Gesicht der Frau verzog sich ein wenig. »Wisst Ihr es denn nicht? Ihr seid doch die Zauberin?«

»Es ist mein Kind.« Bryanna rückte auf dem Bett nach hinten und umklammerte den Jungen, als könne er plötzlich verschwinden.

»Ja, aber Ihr könnt nichts an seinem Schicksal ändern. Er wird der Anführer derer sein, die an die Götter und Göttinnen glauben ...«

»Wovon redet Ihr überhaupt? Anführer? Götter und Göttinnen? Nein«, sagte sie. »Er ist doch nur ein kleines Kind. Ein normaler, unschuldiger Säugling. Sagt ihm nicht irgendeine Zukunft voraus.« Aber in ihrem Herzen kannte sie die verhasste Wahrheit. Hatte sie nicht selbst gemerkt, dass die Geburt des Kindes eng mit ihrer Suche verbunden war? Hatte Isa ihr nicht gesagt, dass sie das Kind retten müsste? Hatte sie nicht gewusst, dass dieses Kind, von dem Isa sprach, ihr eigenes war? Entsetzliche Furcht bemächtigte sich ihres Herzens.

Ihre Kehle war ganz trocken, als sie antwortete. »Es ist *mein* Kind«, sagte sie, und ihre Arme legten sich noch ein wenig fester um ihren Sohn. »Hört Ihr mich? Meines und Gavyns. Es gehört uns, und nur uns allein.«

»Natürlich ist es das«, stimmte Ivey ihr freundlich zu, doch das Schimmern in ihren Augen brachte Bryanna aus der Fassung.

Oh Gott. Ängstlich befeuchtete sie ihre Lippen und versuchte sich zu beruhigen. Vielleicht war sie einfach nur von der Geburt erschöpft, oder aber Isas Gerede, dass sie das Kind retten müsse, hatte sie verunsichert. Oder war sie als frischgebackene Mutter einfach nur bereits so behütend, dass sie sofort jedem die Zähne zeigte, der sich für ihr Kind interessierte? Doch egal wie sehr sie sich bemühte, sich zu erholen und zu beruhigen, ihre Angst wollte nicht weichen.

»Wo ist Ga… Cain?«

»Er steht vor der Tür.«

»Er soll hereinkommen. Sofort.«

»Natürlich.« Ivey drehte sich zur Tür um, zögerte dann aber, und ein heiteres Lächeln lag auf ihrem Gesicht, als sie ihren Blick auf das zarte Kind richtete. »Er ist makellos«, sagte sie, und ihr glückseliges Lächeln jagte Bryanna mehr Angst ein, als jeder finstere Blick es getan hätte. »Er wird gut regieren«, fügte Ivey hinzu und öffnete die Tür.

»Er wird gar nichts regieren.«

Ivey warf ihr einen Blick über die Schulter zu, einen Blick, der lauter als Worte sagte: *Ihr werdet sehen.*

Bryanna stieß ein entsetztes Stöhnen aus.

»Endlich!«, sagte Gavyn und kam mit langen Schritten herein. »Hat denn ein Vater nicht das Recht zu sehen, ob …« Er sah zum Bett, und alle Verärgerung wich aus seiner Stimme. »Oh Gott.«

»Es ist ein Junge«, sagte Ivey, als sie an ihm vorbeiging und den Raum verließ. Die Frau hatte Gavyn nicht gratuliert, hatte ihm nicht gesagt, dass *er* Vater eines Sohnes geworden war. Nein, nur: »Es ist ein Junge.«

»Und ein schöner noch dazu«, sagte Gavyn, während er den winzigen Körper betrachtete. Ein Flaum aus roten Löckchen bedeckte den ansonsten kahlen Kopf, und große blaue Augen blickten zu ihm auf. Bryanna spürte, wie ihr vor Stolz die Brust schwoll.

Doch das Gefühl verging, als ihr das Gewicht dessen, was Ivey gesagt hatte, erneut durch den Kopf ging. »Wir müssen hier weg.«

Gavyn nickte und zwinkerte dabei. »Du bist herrlich, Brynn«, sagte er scherzend. »Wir werden aufbrechen, wenn du wieder gehen und reiten kannst.«

Sie hatte keine Zeit für so etwas! »Nein. Früher. Jetzt sofort.«

»Jetzt?«, wiederholte er. »Du und der Junge hier, ihr braucht Pflege. Ihr müsst euch ausruhen und erholen ...«

»Ich traue Ivey nicht.«

»Warum nicht?«, fragte Gavyn wie vom Donner gerührt. »Sie hat sich um dich gekümmert, dir bei der Geburt geholfen.«

»Es geht darum, wie sie sich benimmt, was sie sagt«, erklärte Bryanna, und ihre Stimme wurde mit ihrer zunehmenden Furcht immer lauter. »Wir ... wir müssen gehen.« Sie stieg bereits aus dem Bett. »Mit Truett. Jetzt sofort.«

»Truett?«

»So heißt er.«

»Habe ich denn da nichts mitzureden?«

»Nein. Im Moment nicht. Wir sprechen später darüber.«

»Du meinst es ernst mit dem Gehen?« Gavyn schüttelte völlig verblüfft den Kopf, als ihre Füße den Boden berührten. »Aber, Bryanna ... Warte. Du ... das Kind? Bist du plötzlich verrückt geworden? Nein, ich werde das nicht riskieren, nicht jetzt. In einer Woche vielleicht, wenn ihr beiden, du und das Kind, kräftiger seid.«

Sie durchbohrte ihn mit ihrem verängstigten Blick. »Nein, Gavyn, vertrau mir. Wir müssen hier weg, und zwar sofort.«

Ihr Kind schrie, und Bryanna legte ihn wieder an, während sie sich auf dem Bett zurücklehnte. Ach, so ein süßes, kleines, unschuldiges Ding. Er saugte kräftig, und Gavyn sah fasziniert zu.

»Ich meine es ernst«, sagte sie, und es gelang ihr, mit ruhiger Stimme zu sprechen. »Wir müssen hier weg. Glaube mir.«

»Aber ...«

»Muss ich mich dir schon wieder beweisen?«, fragte sie und legte das Kind an der anderen Brust an. »Hat sich nicht gezeigt, dass alles, was ich über die Edelsteine und die Karte gesagt habe, wahr ist?«

Er nickte.

»Und dennoch zweifelst du immer noch an mir?«

Gavyns erstaunte Miene wandelte sich allmählich zu einer des Verstehens. »Du hast recht. Wenn du sagst, dass wir gehen müssen, dann sollten wir das auch tun. Aber es wäre so viel besser, wenn du einfach nur den magischen Dolch schwenken bräuchtest, damit dem Kind nichts geschieht.«

»Das geht aber nicht, das weißt du doch. Bring mir einfach die Karte.« Ihr Neugeborenes nickte ein, aber sie wollte ihn noch nicht einmal, wenn er schlief, loslassen. »Und den Dolch, bitte.«

»Du solltest dich jetzt ausruhen, nur ein Weilchen.«

»Gavyn, streite nicht mit mir«, beharrte sie panisch. Sie spürte sie, die herannahende Dunkelheit, das pochende Entsetzen, dass jemand ihr Baby stehlen oder ihm etwas antun könnte. Sie war nah, eine dunkle Aura, die es auf sie abgesehen hatte und bereits ihre langen Krallen ausstreckte, um ihr das Kind zu entreißen.

Gavyn sah sie an, als wäre sie jetzt endgültig verrückt geworden, doch er tat, wie ihm geheißen, und rollte die Karte auf. Mit seiner Hilfe fügte Bryanna das neue Stück ein. Das ausgefranste Leder passte genau in die letzte Lücke. Während der Säugling schlief, nähte sie es mit Gledas Nadel fest. Als sie fertig war und die Karte vollständig, erkannte sie, dass auf ihr ganz Wales dargestellt war. Die Orte, an denen sie gewesen waren, konnte man jetzt deutlich erkennen; die Symbole, Runen und Markierungen ergaben alle einen Sinn.

Quer über die Mitte der Karte, wo alle Stücke zusammenstießen, zog sich jetzt ein einzelnes Wort, wo zuvor nur rätselhafte einzelne Buchstaben zu sehen waren: »Coelio«.

»Coelio«, flüsterte sie und berührte die Buchstaben mit einer Fingerspitze. »Glaube.« Sie ließ die Karte auf ihren Schoß sinken und nahm den Heiligen Dolch.

Sie schloss die Augen und hielt das Messer mit beiden Händen, während ihr Baby in ihren Armen lag. Langsam flüsterte sie immer wieder das Wort, um dann die Rätselverse der Steine zu intonieren.

Coelio.
Glaube.
Ein Opal für den Punkt im Norden,
Ein Smaragd für den Osten,
Ein Topas für die Spitze im Süden,
Ein Rubin für den Westen.

Und wieder. Während die Worte über ihre Lippen strömten, spürte sie, wie sich Wärme in ihr ausbreitete. Vom juwelengeschmückten Dolch ausgehende Energie ergoss sich in ihren Körper und strömte durch ihre Adern. Alle Erschöpfung fiel von ihr ab und wurde von einer Kraft, einer Vitalität ersetzt, wie sie sie noch nie erlebt hatte.

Einen Moment lang hörte sie Isas Stimme so deutlich, als stünde die Tote direkt neben ihr und dem Kind. »*Nimm dein Neugeborenes und lauf. Jetzt. Traue niemand. Ein Dämon ist hinter dem Kind her, ein finsterer Geist, der sich durch nichts aufhalten lassen wird. Das Böse, das den Auserwählten braucht, um in die Andere Welt zurückzukehren. Das darfst du nicht geschehen lassen, Bryanna. Geh! Lauf!«*

»Du wusstest es und hast mir nichts gesagt?«, klagte Bryanna sie an. »Die ganze Zeit über hast du es mir nicht gesagt?« Rasende Wut stieg in ihr auf.

»*Die Prophezeiung muss erfüllt werden.*«

»Zur Hölle mit der Prophezeiung!«, schrie sie, während sie plötzlich von einer Angst ergriffen wurde, die so schwarz wie die ganze Unterwelt war. »Es ist mein Kind, über das wir hier reden. Mein Kind!«

»*Dann rette es*«, befahl Isa. »*Gehe jetzt zum heiligen Ort. Verweile nicht. Rette dein Kind.*«

»Isa ... warte!«

Bryanna schrie, doch die Stimme war verstummt. Bryanna sah zu Gavyn auf und ließ das Messer sinken. Während der ganzen Beschwörung hatte ihr Baby geschlafen. »Wir gehen fort«, flüsterte sie. »Das Leben unseres Sohnes hängt davon ab.« Sie stieg aus dem Bett und begann mit einer Hand die Laken abzuziehen. »Zerreiß den Stoff.«

»Wozu?«

»Mach eine Schlinge und Decken für unseren Sohn. Ich werde ihn tragen müssen.«

»Bryanna, das ist verrückt. Ich glaube nicht ...«

»Isa hat mich gerade gewarnt, Gavyn! Sie sagte, wir müssten gehen. Ganz abgesehen davon, dass Ivey mir gesagt hat, es gebe gewisse Pläne in Bezug auf Truett, und sie der Meinung ist, es wäre ihm vorherbestimmt, in einem Reich von Zauberern zu herrschen. Das Leben unseres Kindes ist in Gefahr.« Sie reichte den Jungen seinem Vater und riss dann selber die Laken in die richtige Form und Größe. Während Gavyn das Kind hielt, machte sie eine Schlinge zurecht, in der sie ihn tragen konnte. Mit den anderen Stoffstücken würde sie ihn wickeln.

Ihr Körper, wenn er auch schmerzte, war bemerkenswert kräftig und vital. Sie war von Entschlossenheit erfüllt.

»Was hat Isa dir noch gesagt?«, fragte Gavyn, während sie ihr Kind einwickelte.

»Um unseren Sohn zu retten, müssten wir ihn zu dem heiligen Ort bringen.«

»Zu welchem heiligen Ort? Einer Kirche?«

»Nicht das, was du als eine bezeichnen würdest.«

»Warum hast du solche Angst? Wer würde unserem Jungen schon etwas antun wollen?«

»Ich weiß nicht«, sagte sie, während sie sich die Tragschlinge über Schulter und Nacken streifte, »aber ich schwöre bei allem, was mir heilig ist, wenn irgendjemand versucht, uns aufzuhalten oder meinem Kind etwas tun will, werde ich ihn umbringen.«

Hallyd hatte das Gefühl, als wäre alle Luft aus seiner Lunge gesogen worden. Das Herz wollte ihm schier aus der Brust springen, und das Gefühl, sich im Kreis zu drehen, war so stark, dass er meinte, seine Augen würden ihm gleich aus dem Kopf treten. Er öffnete die Augen und stellte fest, dass er auf einem Erdhügel saß. In der Luft lag der Geruch des Meeres, und die Dämmerung sank gerade herab.

Seine Augen waren geheilt. Er sah direkt in den Sonnenuntergang, wo Gold und Rot den Himmel am Horizont über der ruhigen See mit ihrem Glanz erstrahlen ließen, und er verspürte keinen Schmerz, kein Unbehagen. Von dem verdammten Fluch war nichts verblieben.

Doch sein Herz schlug wie eine Trommel, und das Atmen fiel ihm schwer. Er fiel auf die Knie und sank dann zu Boden, wo er sitzen blieb, während er das Gefühl hatte, alle Lebenskraft wäre seinem Körper entzogen worden. Was in des Hades Namen war mit ihm passiert? Wie hatte Vannora seinen Körper und seine Seele innerhalb eines Wimpernschlags von Chwarel hierher befördern können, wo immer das auch sein mochte? Die Macht, die sie besaß, überraschte ihn immer wieder.

Hatte er sich nicht so fest, wie er konnte, an sie geklammert, während er im Wind schrie und zusammen mit ihr in einen Strudel stürzte, in dem er nach Luft rang, während er sie lachen hörte? Bei allen Heiligen, er konnte von Glück sagen, dass er sich nicht in die Hose gemacht hatte.

Nein, du Narr. Du hast Glück, dass du noch am Leben bist.

Er wusste über Dämonen und Hexen Bescheid und über jene, die mit dem Teufel liebäugelten. War er nicht selbst Priester gewesen und hatte alles über Gut und Böse auf dieser Welt, Himmel und Hölle, Licht und Dunkelheit erfahren? Hatte er sich nicht selbst ein wenig in Zauberei versucht?

Natürlich hegte er schon lange den Verdacht, dass sie nicht das war, was sie zu sein schien, und hatte auch nicht geglaubt, dass ihre Motive lauter waren ... aber wessen Beweggründe waren das schon? Seine eigenen ganz bestimmt nicht.

Aber dies hier ...

Was er jetzt brauchte, war ein riesiger Krug Bier, um seine bebenden Nerven zu beruhigen, denn innerlich zitterte er immer noch, und seine Muskeln zuckten nach der überstandenen Anspannung. Er holte tief Luft und sagte sich, dass er sich zusammenreißen sollte, während er sich mit der Hand durchs Haar fuhr und allmählich seine Atmung wieder beruhigte. Später war noch genug Zeit, das Unerklärliche zu begreifen.

Jetzt stand erst einmal seine Mission an.

Bryanna war hier.

Auf dieser abseitsgelegenen Insel, wo das Meer gegen die Küste brandete.

Mit einem Neugeborenen, seinem Kind, dem, das Vannora unbedingt haben wollte.

Und mit einem Mann, der Bryanna für sich beanspruchte.

Zusammen mit dem Dolch.

Der jetzt wieder vollständig war, nachdem alle Steine in die Fassungen des magischen Messers eingelegt worden waren.

Erwartungsvoll rieb er sich die Hände und schüttelte alle Furcht und Zweifel ab.

Vannora hatte recht gehabt. Er sah sich nach ihr um, denn sie war doch mitgekommen, oder etwa nicht? Es war ihr Geist, der ihn nach Westen getragen hatte, aber jetzt schien er allein auf diesem steilen Hügel zu sein. Als er übers Wasser blickte, das sich bis zum Horizont erstreckte, wusste er, wo er war. Holy Island. Natürlich. Die Insel, von der es hieß, dass hier die alten Riten seit Jahrhunderten, vielleicht auch länger, überdauerten.

Er klopfte den Staub von seiner Kleidung und sah sich nach ihr um. »Vannora!«, rief er und war mehr als ungehalten, denn schließlich hatte sie ihn – *irgendwie* – hierhergebracht, und er hatte fast nichts dabei. Doch sein Schwert hing an seiner Seite, und er war froh, zumindest das zu haben.

Jetzt würde er sich also aufmachen müssen, den Ort zu finden, wo die alten Rituale praktiziert wurden.

Zur Hölle mit Vannora.

Als wäre sie dort nicht schon.

Deverill und sein kleiner Trupp waren mit einem neuen Ziel in Holyhead angekommen. Ja, er wollte sein verdammtes Pferd immer noch zurückhaben und seinen Bastard der Gerichtsbarkeit zuführen, aber er wollte auch Hallyd von

Chwarel für seine Gier und seine Täuschung bezahlen lassen. Wenn man dem Spitzel Glauben schenken konnte, wurde auch Hallyd hier in diesem gottvergessenen Teil des Landes erwartet.

Das war Deverill nur recht.

Gab es einen besseren Ort für einen Lügner und abgrundtief schlechten Menschen, seinem Schöpfer gegenüberzutreten, als auf einer Insel, wo ständig ein starker Wind blies und sich die Wellen an hundert Fuß hohen, steilen Klippen brachen? Ein ungebändigter Ort, dieses Stück Land aus schroffem Fels, das von Meer umgeben war. Ein Ort voll alter Ruinen, Gräber und blutiger Rituale aus alten Zeiten.

Deverill von Agendor hatte nicht vor vielem Angst, doch Dinge, die er nicht verstand, das Gerede von schwarzer Kunst und Zauberei, das beunruhigte ihn. Er bekannte offen, dass er an diese Dinge nicht glaubte, aber ein Ort wie dieser, so wild und rau, dass man förmlich die alten Gesänge über der Brandung zu vernehmen meinte, ließ ihn innehalten und nachdenken.

Und dazu kam noch, dass es der Abend von Samhain war, jene Nacht, in der nach der Überlieferung die Geister aus der Unterwelt auf die Erde kommen durften. In dieser Nacht bekamen die Zeit und die Wand, die die beiden Welten voneinander trennte, Risse, und der unsichtbare Vorhang öffnete sich, wenn auch nur für einen kurzen Moment.

Lange genug, dachte Deverill, und ihm war plötzlich eiskalt. Aber jetzt würde er erst einmal nicht über Samhain nachdenken und sich nicht ablenken lassen. Er wollte seine Rache haben.

Und dann war da noch die Sache mit dem Dolch.

Ob er nun magische Kräfte besaß oder nicht – er war auf jeden Fall wertvoll.

Deverill fand, dass er ihn verdiente für all den Ärger, den er hatte durchstehen müssen.

Was machte ein Wolf auf einer kleinen Insel? Das fragte sich der Söldner, während er den steilen Abhang zum Gipfel des Berges hinaufkletterte. Von der schroffen Spitze aus musterte Carrick die Insel und hoffte, dann entscheiden zu können, in welcher Richtung er suchen sollte. Er war in Holyhead gewesen und hatte dort von einer Schwangeren erfahren, einer Reisenden, die im Gasthaus entbunden hatte, doch mehr konnte er nicht herausfinden. Der Wirt hatte sich dazu ausgeschwiegen, und seine Frau, die Hebamme der Stadt, war genauso verschlossen gewesen. Doch in der Bierschänke hörte er einen anderen Gast über eine Frau reden, die die letzte Nacht hindurch in den Wehen gelegen hatte und deren erstickte Schreie ihn nicht hatten schlafen lassen.

Aber sie, das Neugeborene und der Mann, der behauptete, ihr Ehemann zu sein, waren gegangen. Das war merkwürdig, dachte er, während er den Wolf beobachtete, der mit der Nase im Wind und gesträubtem Fell zwischen den Felsen herumlief. Man hatte im Dorf auch von Samhain gesprochen, dass es diese Nacht beginnen würde und damit das neue Jahr einläutete.

Das war natürlich Geschwätz. Nichts weiter.

Aber als er die dunkle Gestalt des Wolfs im Schatten herumlaufen sah, zweifelte er seinen eigenen Unglauben an. Dies könnte durchaus das erste Monster aus der Anderen Welt sein.

Oder aus dem Meer.

Hatte Thomas, der Sohn des Bauern, nicht darauf bestanden, einen Wolf durch den Kanal schwimmen gesehen zu haben?

Er sah den Hügel hinab zu einer Wiese, die etwas unterhalb der Bergspitze lag und auf einer Seite von einem flachen Hügel und auf der anderen von einer steilen Felswand begrenzt wurde. Tief unten war die wütende Brandung des Meeres und auf der anderen Seite ein Weg, der vom Dorf herführte.

Da sah er sie. Sie kämpfte sich den steilen Pfad hoch. Bryanna trug das Baby in einer Art Schlinge. Neben ihr ging der Mann, den er bereits gesehen hatte und der ungefähr so groß war wie er selber.

Er beobachtete sie eine Zeit lang bei ihrem Aufstieg und nahm an, dass sie zu dem grasbewachsenen Hügel wollten. Warum in Gottes Namen waren sie so bald nach der Geburt wieder unterwegs?

Er kniff die Augen zusammen und sah noch etwas anderes. Ein Schatten huschte zwischen den Felsen hindurch und war ihnen dicht auf den Fersen. Etwas Silbriges blitzte auf.

Der Wolf.

Um Himmels willen, was hatte ein Wolf auf diesem abgeschiedenen Stück Land zu suchen? Sein Kiefer verkrampfte sich, wenn er daran dachte, dass das hungrige Tier bestimmt auf der Jagd nach seiner nächsten Mahlzeit war, das Blut von der Geburt roch und angreifen wollte.

Verdammte Bestie.

Der Wolf verschwand hinter einem Felsbrocken.

Aber er war nicht fort. Noch nicht.

Leise griff Carrick in seinen Köcher und zog einen langen Pfeil heraus. Wenn er das Vieh das nächste Mal sah, würde er bereit sein. Und es würde sterben.

Bryanna verweigerte es, sich ihrer Furcht zu ergeben, während Gavyn und sie mit Truett den Pfad nach oben kletterten, der auf den Berg hinaufführte. Jetzt war ihr Sohn also am Tag vor Samhain zur Welt gekommen. Jetzt senkte sich also die Dämmerung herab, und der Moment war da, in dem die Geschöpfe der Anderen Welt freigelassen wurden. Sie würde keine Angst haben. Auf gar keinen Fall.

Wenn dies ihr Schicksal war, wenn sie so das Leben ihres Kindes rettete, dann sollte es so sein. Sie würde der Karte und Isas Anweisungen folgen, um den heiligen Ort zu finden.

Sie trug Isas Amulett noch immer bei sich, an einem Lederband um ihren Hals. Während sie Truett den Berg hinauftrug, der sich hoch über das Meer erhob, spürte sie die Anwesenheit der alten Frau.

»Sei mit uns«, sagte sie und sprach ein Gebet zur Großen Mutter, in dem sie um Schutz für ihr Kind bat.

Bryanna hatte zwar mit einer Auseinandersetzung mit Ivey gerechnet, weil sie das Gasthaus verließen, doch die Frau war noch nicht einmal aufgetaucht. Nach der Geburt war es im Wirtshaus still geworden, als wäre niemand mehr da. Bryanna versuchte sich einzureden, dass es nicht an Samhain lag, obwohl sie im tiefsten Innern wusste, dass es keine andere Erklärung dafür gab. Es gab einen Grund, warum sie ausgerechnet in dieser Nacht auf dieser Insel war. Und auch die Geburt ihres Kindes an eben diesem Tag war kein Zufall.

Sie drückte ihr Neugeborenes mit einer Hand an sich und umklammerte den Dolch mit der anderen. Würde sie in der Lage sein, ihren Sohn zu beschützen?

»Weißt du, wohin wir eigentlich gehen?«

»Ja.« Sie atmete schwer, und ihre Beine taten von der Anstrengung weh, während sie ihren Blick über den Berg schweifen ließ, der sich vor ihnen erhob. Immer wieder sah sie über die Schulter nach hinten, denn sie hatte das deutliche Gefühl, dass ihnen jemand folgte, mit der Absicht, ihnen etwas zu tun. Vielleicht hatte Ivey andere herbeigeholt, und nun waren die, die von sich behaupteten, die wahren Gläubigen zu sein, hinter ihnen her.

»Coelio. Glaube.«

Es wurde jetzt schnell dunkler, und Sterne erschienen am samtig violett schimmernden Himmel. Man hörte, wie die Brandung gegen die Klippen schlug und die Schreie der Möwen leiser wurden.

»Erzähl mir von diesem heiligen Ort. Wonach suchen wir?«, fragte Gavyn.

»Nach einem Grabmal.«

Gavyn sah sie an, als hätte er nicht recht gehört. »Müssen wir etwa schon wieder eine Leiche ausgraben?«

»Nein, wir haben alle Steine. Wir müssen nicht mehr suchen«, erwiderte sie.

»Was machen wir denn dann hier?«

»Wir retten das Leben unseres Sohnes«, sagte sie, als sie an eine Gabelung kamen und sie sich für den Weg entschied, der weiter bergauf führte. »Ich werde es wissen, wenn ich es sehe.« Wie sollte sie die Vision, die sie in der Hütte ihres Großvaters und dann noch einmal im Bett gehabt hatte, beschreiben? »Es ist nicht ganz wie eine große Kirche, denn es liegt unter der Erde und ... Ah!« Sie waren um eine Biegung gegangen, und der Pfad endete nun auf einer großen Wiese, wo sich einzelne Grasbüschel mit riesigen, mannshohen Steinen abwechselten. Als eine Bö über die Berge strich, bemerkte sie eine Erhebung unter dem trockenen, vom Wind niedergedrückten Gras, die die meisten Menschen wohl nur für einen kleinen Hügel auf diesem steilen Berg gehalten hätten.

»Was ist?«, fragte er.

»Sieh auf die Karte«, sagte sie zu ihm, und er entrollte das Leder, um es im schwindenden Licht zu mustern. »Nun?«

»Ja«, sagte er und nickte dabei langsam, während sein Blick über die raue Landschaft mit den Steilklippen glitt. »An der Küste, diese riesigen Steine. Das ist so eine Art Freilufttempel.«

Der heilige Ort. In diesem Moment spürte Bryanna eine Bewegung in der Luft. Ein Luftzug so kalt wie Dämonenblut strich mit einer Windbö vorbei und riss an ihren Haaren. Sie erbebte bis in die Tiefen ihrer Seele, kehrte dem Wind den Rücken zu und drückte Truett an sich. »Komm, vielleicht finden wir einen Unterschlupf.«

Gavyn begann sich umzuschauen. »Ich verstehe das nicht.«

»Ich auch nicht. Noch nicht.«

»Was gibt es da zu verstehen, du Mörder?«, dröhnte eine Stimme aus dem Dunkel.

Ein Schauer der Angst lief ihr über den Rücken. Sie wirbelte herum, wobei sie ihr Kind mit einer Hand hielt und den Dolch mit der anderen.

In der zunehmenden Dunkelheit erstarrte Gavyns Miene zu Eis. Mit der Hand am Schwert drehte er sich in Richtung der Stimme.

Ein Mann trat hinter einem säulenartigen Stein hervor. Sogar im schwachen Dämmerlicht sah Bryanna die Ähnlichkeit zwischen Vater und Sohn.

»Also stimmt es, was man sich über Samhain erzählt«, sagte Gavyn. »Über all die Monster und Bestien, die aus der Anderen Welt herauskommen. Du, *Vater*, musst der Erste sein.«

Deverill von Agendor kochte vor Zorn. »Deine Zunge wird das Erste sein, was ich dir abschneide, Bastard.«

»Schön.« Gavyn grinste so verrucht wie ein Teufel. Mit gezogenem Schwert trat er zwischen seinen Vater und sein

Kind. »Du bist doch bestimmt nicht allein, oder?«, fragte Gavyn. »Du bist nicht tapfer genug, ohne deine Spießgesellen zu kommen.«

»Da irrst du dich. Sie sind über die ganze Insel verteilt, bewachen den Hafen und suchen nach dir. Nein, Bastard, es sind nur wir zwei, du und ich.« Deverill hob sein Schwert hoch in die Luft. »Ich habe lange auf diesen Augenblick gewartet«, rief er und übertönte das laute Pfeifen des Windes und das Rauschen der Brandung.

Gavyn griff an.

»Nein, bitte! Nicht!«, sagte Bryanna und spürte erneut die Kälte, die an ihr vorbeistrich. »Isa, hilf mir«, flüsterte sie, während sie den Dolch vor sich hielt.

Und dann sah sie ihn.

Den Finsteren, der hinter der Erhebung hervortrat.

Hallyd von Chwarel hatte sie gefunden.

Ihr Inneres erstarrte zu Eis.

Das Schwert hielt er hoch erhoben, sein Blick war auf den Dolch gerichtet.

»Halt!«, befahl Bryanna, doch er kam mit gezogenem Schwert auf sie zu.

Abgelenkt drehte Gavyn sich um.

»Gib ihn mir«, befahl Hallyd und streckte eine Hand aus, mit der er auffordernd winkte. »Der Dolch, er gehört mir.«

»Nein.« Sie stieß damit nach ihm, um ihn abzuwehren. In diesem Moment sprang Hallyd auf sie zu. In dem Versuch, Bryanna und Truett zu beschützen, stellte Gavyn sich dem Schwert des Finsteren in den Weg.

»Nein!«, schrie sie auf, und über ihre Lippen kam ein Zauberspruch, der so finster und tödlich wie der Hades selbst war. Sie richtete ihn gegen Hallyd und spürte, wie der Boden unter ihren Füßen bebte und die Erde sich auftat, während

das Dunkel der Nacht herabsank und der Mond hell leuchtete. Der Abgrund in die Welt der Geister öffnete sich weit.
Samhain!
Die Toten kamen.
Gavyn wehrte Hallyds Hieb ab.
Der Lord von Agendor stand hinter ihm, doch für den Augenblick schien er seinen Sohn vergessen zu haben, als er sich dem Neuankömmling zuwandte, der aus dem Dunkel getreten war: Lord von Chwarel.
»Elender Lügner«, brüllte Deverill. »Erst bittet Ihr mich um ein Bündnis, und dann stellt Ihr Euch meinen Männern in den Weg? Benutzt sie für Eure eigenen Zwecke? Lügt mich an?« Er näherte sich seinem neuen Gegner, die Fehde mit seinem Sohn, dem Bastard, war vorübergehend unwichtig. Er hob sein Schwert, und die Mordlust ließ seine Schläfen pochen. »Ihr sterbt zuerst, Lügner«, sagte er, und seine Lippen verzogen sich vor Verachtung. »Vor allen anderen werdet Ihr sterben.«
Hallyd warf einen Blick auf Deverill, und sein Kiefer spannte sich mit einem befriedigten Knurren an. »Mickriger Baron, Ihr«, murmelte er, »nehmt doch tatsächlich die Worte eines habgierigen kleinen Spitzels für bare Münze. Oh ja, ich weiß Bescheid«, sagte er, und seine unheimlichen Augen leuchteten in der Dunkelheit. »Ihr irrt Euch, Hundsfott. Dies ist der Moment, in dem Ihr diese Erde verlasst.« Er rührte sich nicht von der Stelle, als Deverill angriff, und holte mit seinem Schwert aus.
Gavyn sprang vor. Um seine Familie zu beschützen, stellte er sich zwischen Bryanna und die beiden Schwertkämpfer.
Metall krachte auf Metall.
Die Männer ächzten.
Der Wind heulte.

»Lauf, Bryanna, nimm das Kind und lauf!« Doch schon während er die Worte ausstieß, wusste Gavyn, dass es keinen Ort gab, wo sie sich hätte verstecken können. Die Mächte des Bösen waren überall.

Statt wegzulaufen, trat sie sogar noch näher zu ihm. Gavyn packte ihren Arm, doch sie hielt die Hand mit dem Dolch vor sich und zeigte damit auf das Meer.

»Coelio«, flüsterte sie unter dem Tosen des Windes. »Ich glaube.« Sie sang das Wort, das auf der Karte geschrieben stand, und die Legende von den Steinen, sie stand dabei hochaufgerichtet und streckte den heiligen Dolch dem wild bewegten Ozean entgegen.

Gavyn spürte ein Beben tief in der Erde, ein langsames Rumoren, das den Boden erschütterte.

Der Wind nahm noch zu, und heftige Böen wirbelten um sie herum. Vor Wut rasend sprang Hallyd hoch in die Luft, dabei hielt er sein Schwert mit beiden Händen und stieß die Klinge tief in den Körper seines Feindes.

Mit einem blutigen Gurgeln ließ der Baron von Agendor sein Leben.

Doch Hallyd wartete noch nicht einmal ab, bis der Mann seinen letzten Atemzug tat. Er stemmte seinen Fuß gegen Deverills Brust und riss das Schwert heraus. Dann drehte er sich zu Gavyn um.

»Ihr seid der Nächste«, versprach Hallyd, und seine Augen wurden ganz klein. »Wisst Ihr, dass es meine Frau ist, mit der Ihr ins Bett gegangen seid? Dass ich der Mann vor Euch war?«, fragte er, während er sich wütend mit dem Daumen gegen die Brust tippte. »Ich nahm ihr die Jungfräulichkeit und wärmte das Bett, in dem Ihr später geschlafen habt. Das Kind ist von mir.«

Die Worte brannten in ihren Ohren. »Nein!«, schrie Bryanna, die ihren Gesang bei Hallyds schrecklicher Verkündung unterbrochen hatte. Sie wollte es nicht glauben ... Sie sah ihr Kind an, das so vollkommen rein war. Dass dieser hassenswerte, widerwärtige Abkömmling des Teufels es überhaupt wagte, das Kind für sich zu beanspruchen!

Sie unterdrückte ihren Widerspruch, als er sie wütend anblickte.

»Du weißt es, nicht wahr?«, fragte er. »Du erinnerst dich daran, wie ich dich bestiegen habe. Wie ich dich von hinten genommen habe. Besitz ergriffen habe von dir. Dich aufgerissen habe, um meinen Samen in dich zu pflanzen.«

Sie bebte und hätte fast den Dolch fallen gelassen.

»Das ist eine Lüge!«, brüllte Gavyn und ging mit erhobenem Schwert auf Hallyd los.

»Gavyn, nein!«, schrie sie, als es völlig dunkel wurde und die Sterne am Himmel rot zu leuchten begannen. Der Wind war jetzt nur noch ein leises Pfeifen, und auf der Erhebung hatte sich eine Öffnung aufgetan, ein verborgener Eingang zu der Kammer, durch die vor langer Zeit die Ahnen aus Urzeiten in die Unterwelt eingetreten waren.

Vielleicht konnten sie dort Schutz finden. Vielleicht gab es dort einen unterirdischen Gang, durch den sie fliehen konnten ...

Aber es war bereits zu spät – Gavyn war zum Kampf bereit. Er holte mit seinem Schwert aus, und Hallyd sprang zurück. Wieder ein Hieb, der nur durch die Luft schnitt.

Mit einem triumphierenden Knurren wirbelte Hallyd herum.

Seine Klinge traf Gavyns Arm und schlitzte ihn auf. Blut sprudelte und floss.

Oh nein, nein, nein! Sie war nicht so weit gekommen, um ihn jetzt zu verlieren.

Gavyn griff wieder an, und dieses Mal traf Hallyds Schwert die Klinge seines Gegners so heftig, dass der Jüngere den Halt verlor.

»Wartet!«, schrie Bryanna. Welche Macht dieses Messer auch besitzen mochte – sie war es nicht wert, dafür den Mann zu verlieren, den sie liebte und der jetzt schon heftig blutete. »Ist das alles, was Ihr wollt?«, fragte sie, während der Sturm um sie toste und das Loch im Hügel größer wurde, sich zu einem dunkel gähnenden Spalt öffnete. »Der Dolch? Dann nehmt ihn. Lasst uns in Ruhe!«

»Du würdest den Dolch für ihn hergeben?«

»Ja. Nehmt ihn!« Sie hielt ihm das Messer hin, reichte es ihm mit einer Hand, während sie mit der anderen ihr Kind an sich drückte. Plötzlich übertönte Isas Stimme den Sturm.

»*Gib ihn nicht her, Kind. Nicht! Tod und Vernichtung wird er bringen, und dieses Blut wird auf alle Zeiten an deinen Händen kleben.*«

Ihr Herz verkrampfte sich vor Entsetzen. Was sollte sie tun?

»Gib mir den Dolch ... sonst nehme ich das Kind«, befahl Hallyd und wandte einen Moment lang den Blick von dem Mann ab, der zu seinen Füßen lag.

»Was?«, schrie sie.

Es dauerte nur einen Herzschlag, und schon hatte Gavyn sich sein Schwert zurückgeholt und stieß damit nach oben.

Hallyd sprang zurück, ohne seinen Blick auch nur einen Moment von Bryanna abzuwenden.

»Du hast mich gehört. Ich will das Kind.«

Gavyn stürzte sich auf ihn.

Hallyd wirbelte herum, und wieder traf sein Schwert Gavyns Fleisch. Noch mehr Blut trat aus der Schulter ihres

Geliebten und lief den Arm hinunter. Hallyd machte einen Satz nach vorn und holte mit seinem Schwert aus.

»Nein«, schrie sie, als die Klinge im Mondlicht aufblitzte. Sie richtete den Dolch auf Hallyd und brüllte einen Zauberspruch, der so finster wie die Kerker der Unterwelt war.

»*So ist es gut*«, flüsterte Isa. »*Benutze den Dolch. Nur damit kannst du deinen Sohn beschützen.*«

Aus dem Dunkel ertönte ein Knurren, ein tiefer, wilder Laut, so durchdringend wie das Meer und tödlich wie eine Seuche.

Hallyd wirbelte herum.

Der Wolf sprang.

Lange Reißzähne blitzten auf.

Hallyds Schwert schimmerte hell, als er damit auszuholen und sich der neuen Bedrohung entgegenzustellen versuchte.

Doch er war einen Moment lang unachtsam gewesen, und so fanden die Zähne des Wolfs seinen Hals und rissen an dem weichen Fleisch, während Hallyds Schwert scheppernd zu Boden fiel. Der stürzte zu Boden und rang mit bloßen Händen mit dem Tier.

Entsetzt wich Bryanna vor dem knurrenden Bündel aus Mensch und Tier zurück. Sie drückte Truett enger an sich, während sie einen finsteren Zauberspruch nach dem anderen gegen Hallyd, den alptraumhaften, dämonischen Mann richtete, der behauptete, der Vater ihres kostbaren Kindes zu sein. Nein, nein, nein!

Gavyn erschien an ihrer Seite, streckte einen blutigen Arm aus und führte daran Mutter und Kind an der offenen Tür des unterirdischen Grabes vorbei.

Dann ertönte das Bellen des Wolfs, tief wie die Nacht, und erhob sich zum Himmel. Bryanna blickte über ihre Schulter zurück und sah Würgling, den Kopf triumphierend zurückgeworfen. Blut troff aus der Schnauze auf den leblosen Körper zu seinen Füßen, während er den Mond anheulte.

Das Heulen des Wolfs dröhnte über den Berg und wurde dann vom tosenden Wind davongetragen. Bryanna nahm das Hämmern ihres Herzens und Gavyns schmerzerfüllte Atemzüge neben sich wahr, als sie beide ihren Schutzengel ansahen.

Das Geschöpf, das vom Geist ihrer Mutter besessen war.
Kambria.

Bryanna, die jetzt selber Mutter war, spürte, wie ihr Tränen ob des Heldenmuts des Wolfs in die Augen stiegen. Dass ihre Mutter aus dem Jenseits gekommen war, um ihr das Leben zu retten, das des Kindes in ihren Armen und des Mannes, den sie liebte ... es war eine grenzenlose Erleichterung, ein Wunder.

Sie drehte sich zu Gavyn um und bemerkte, dass er vor Schmerz schwankte. »Komm«, sagte sie, während sie seine Wunden musterte und überlegte, mit welchen Kräuterpasten sie ihn heilen würde.

»Helft mir«, hörte sie plötzlich eine sanfte, leise Stimme.

Eine alte Frau stand zitternd im Wind. Ihre Kleider waren zerrissen, ihre Zähne gelb, ihre blinden Augen weiß. »Helft mir«, flüsterte sie wieder. »Ich habe Angst. Wie bin ich hierhergekommen?«

Ja, wirklich, wie? Bryanna sah an der alten Frau vorbei über den Hügel. Woher war diese Frau gekommen?

»Glaub ihr nicht.«

Noch eine Stimme? Bryanna warf einen Blick über die Schulter und sah einen Krieger mit gespanntem Bogen, den Pfeil auf die eingesunkene Brust der kleinen Frau gerichtet, näherkommen.

»Carrick?«, flüsterte sie, als er nah genug war, dass sie sein Gesicht erkennen konnte. »Was machst du denn hier?«

»Deine Haut retten, wie es scheint«, antwortete er, während er seinen Blick weiterhin auf die gebrechliche Frau gerichtet hielt. »Deine Schwester Morwenna dachte, du könntest etwas Hilfe gebrauchen. Und vielleicht hatte sie recht. Die da ist nicht das, wonach sie aussieht.«

»Carrick von Wybren?«, fragte Gavyn und trat auf den Mann zu.

Bryannas Herz zog sich bei Gavyns Anblick zusammen, blutüberströmt wie er war, und so geschwächt, dass er sich kaum noch auf den Beinen halten konnte. Oh, lieber Gott, wie sollte sie ihn nur retten? Da war so viel Blut.

Die kleine vogelgleiche Frau richtete ihren trüben Blick auf Bryanna. »Wer ist dieser Mann?« Sie deutete mit einem knochigen Finger auf Carrick. »Warum sagt er solche Dinge über mich? Ich bin ein wenig durcheinander, und ich wandere umher ... und ich habe versucht, aus diesem Unwetter herauszukommen.«

Bryannas Kind schrie, und die Miene der Frau wurde ganz weich.

»Ein Kindlein? Ihr habt ein kleines Kind? Oh, wie schön.« Sie kam näher, und der Schauer, den Bryanna schon einmal gespürt hatte, lief ihr wieder über den Rücken. »Darf ich ihn mir ansehen, Euren Sohn? Es ist doch ein Junge, nicht wahr?«

Woher konnte diese Frau wissen, dass ihr Kind ein Junge war? Diese zitternde, kleine Fremde, die blind zu sein schien.

»Nein.« Bryanna sah zu Carrick und wich vor der harmlos wirkenden Alten zurück. »Ich muss mich um Gavyns Wunden kümmern«, sagte sie, als Gavyns Gesicht weiß wurde und er auf ein Knie fiel.

»Du behältst sie im Auge!«, befahl sie Carrick, während ihr förmlich das Herz entzweisprang, als der Lebenssaft aus Gavyn herausströmte. »Und du, wage es ja nicht zu sterben. Nicht jetzt, Gavyn. Nein, niemals.« Sie weigerte sich, ihn zu verlieren. »Du wirst leben, Gavyn, hast du mich verstanden?« Sie zeigte mit dem Dolch auf ihn und hub zu einem Zauberspruch für Sicherheit und Heilung an und …

In diesem Augenblick machte die Frau einen Satz und streckte die Arme nach dem Kind aus. Carrick schoss seinen Pfeil ab, und der durchbohrte die Alte, drang tief in ihre Brust. In ihrem Gesicht zuckte es noch nicht einmal, aber ihre Gestalt schmolz dahin.

Sie war kein altes, krankes Weib mehr. Ihr gebrechlicher Körper wurde zu einem herumwirbelnden Geist, einem Lauffeuer, das den Wind peitschte und sich über ihnen erhob. Wut flammte in den weißen Augen auf, die so hell strahlten wie der Mond.

Das Kind weinte, und Bryanna drückte es fest an sich, während sie taumelnd vor dem Monster zurückwich.

Rette dein Kind … Nimm es und lauf … Ein Dämon ist hinter ihm her, ein finsterer Geist, der sich durch nichts aufhalten lassen wird … Isas Worte hallten jetzt wieder durch ihren Kopf. All die Warnungen, die so lächerlich geklungen hatten, jetzt aber plötzlich im Schatten des furchtbaren Dämons, der aus dem Leib einer alten Frau hervorgetreten war, einen Sinn ergaben.

Dies war der Dämon, vor dem Isa sie gewarnt hatte.

Dies war der Moment, auf den sie sich ihr ganzes Leben lang vorbereitet hatte. All die Visionen und Warnungen, all die Gesänge und Zaubersprüche und die weite Reise, um auf ihrer beschwerlichen Suche die Steine zu finden … alles in ihrem Dasein als Zauberin war auf diesen Moment, diesen

Kampf ausgerichtet gewesen, als sie jetzt in den aufgerissenen Rachen eines Dämonen aus der Unterwelt blickte.

»Gib mir das Kind«, tobte der Dämon. »Das Kind für dein Leben.«

»Niemals!« Bryanna stieß den Dolch in die Luft, und die Steine vibrierten in ihrer Hand. Der Geist wich zurück.

»Komm ihm nicht zu nah!« Gavyn stand taumelnd auf und hielt sein Schwert hoch. Trotz der edlen Absicht stellte er keine Bedrohung für das Ungeheuer dar. Es war ein Wunder, dass er sich in seinem geschwächten Zustand überhaupt auf den Beinen halten konnte.

»Habe ich nicht gesagt, dass die alte Hexe noch Ärger machen würde?«, meinte Carrick und zielte wieder auf den Geist.

Bryanna beobachtete, wie der Mann, der ausgesandt worden war, sie zu beschützen, noch einen Pfeil auf das Monster abschoss. Doch das ließ den Geist nur vor Wut aufbrüllen und seinen bösartigen Blick auf ihn richten. Wie eine Schlange, die zustößt, streckte sie ihre knochigen Krallen nach ihm aus. Klauen, die stark und mächtig waren, obwohl sie nicht mehr als ein dünner Schleier zu sein schienen.

Carrick entwand sich dem Griff des Monsters und schoss einen weiteren Pfeil ab. Wieder brüllte der Geist auf und wand sich.

Bryanna begann mit einer Inbrunst zu singen, die ihre Seele versengte. Sie würde nicht aufgeben … Sie konnte nicht aufgeben! Sie beschwor die Muttergöttin, als die elende Bestie wieder auf Carrick losging und ihn mit ihren Krallen aufspießte. Bryanna keuchte, die Worte blieben ihr im Halse stecken, als die schreckliche Kreatur ihn hoch in den nächtlichen Himmel schleuderte. Er hing in der Luft, höher als der höchste Turm von Wybren Castle.

»Lass ihn los!«, schrie Bryanna und richtete den Dolch auf das Ungeheuer. »Lass ihn los! Sofort!«

Ein krächzendes Brüllen ertönte wie Donnergrollen – die Bestie lachte. Doch trotz seiner hämischen Freude schien das Monster Carrick herunterzulassen. Bryanna hielt den Atem an und hoffte wider alle Vernunft.

Die Bestie hielt ihn hoch und warf ihn dann in die Luft.

Entsetzen spülte über Bryanna hinweg, als sie beobachtete, wie sein Körper in einem weiten Bogen zum Himmel flog, um dann über die Klippen in das tief unten brandende Meer zu stürzen.

Ihr Blick folgte ihm, bis es zu spät war. Carrick war tot.

»Morrigu, sei mit ihm«, flüsterte Bryanna voller Bedauern für den Mann, der hinter ihr hergeritten war, um sie zu beschützen. Sie hatte diesen rasenden Dämon in der heiligen Nacht von Samhain entfesselt. Die Schuld lastete auf ihr.

Sie wurde von einer überwältigenden Verzweiflung gepackt.

Dann bewegte sich etwas an ihrer Brust. Truett rührte sich in seinem Tragetuch. Ihr Sohn, das Kind, das sie retten musste. Sie hatte keine Zeit, in Selbstmitleid zu zerfließen.

»Ich glaube«, sagte sie, und ihr Herz war schwer. Deverill war tot. Hallyd war ebenfalls gestorben, und Carricks Leib lag zerschmettert unten auf den Felsen. Sie konnte nicht zulassen, dass sich dieser Dämon noch ein weiteres Leben holte. »Hinweg mit dir!«, schrie sie den unheimlichen Dämon an. »Hinfort mit dir, zurück zu Arawn, dem Herrscher der Hölle, und kehre nie zurück!«

Sie spürte, wie die Magie von ihrem Körper durch den Dolch zu der bösartigen Kreatur strömte, die vor ihr mit ausgestreckten Klauen aufragte, um ihr das Kind zu nehmen.

Der Geist brüllte vor Wut und Schmerz, kam aber trotzdem noch näher, während er seine schrecklichen Klauen nach ihrem Kind ausstreckte. »Du kannst mich nicht aufhalten«, zischte er.

»Ich glaube«, sagte sie und hob die Klinge zum Himmel empor, womit sie der Bestie Schmerzen zu bereiten schien.

Der Geist wand sich bei Bryannas Worten vor Pein, stürzte sich aber dennoch nach vorn, um das Kind zu packen.

Doch Bryanna gab nicht nach. »Stirb, Dämon!« Sie nahm all ihre Kraft zusammen und schleuderte den Dolch in das aufgerissene Maul des grauenerregenden Monsters.

Der Schwung des Dolchs ließ das Monster nach hinten taumeln. Die Kreatur stieß ein gequältes Heulen aus, zog sich zu einer Spirale zusammen und verschwand in sich selbst wie eine Schlange, die in ein dunkles Loch kriecht. Der Geist wurde immer kleiner, bis er wieder die Gestalt der winzigen, gebrechlichen Frau annahm.

Bryanna starrte sie an und hielt Abstand von ihr, denn sie traute dem Bösen, das in ihr steckte, nicht.

»Wo ist der Dolch?«, keuchte Gavyn und richtete sich auf. »Was ist damit passiert?«

»Ich glaube, er ist im Bauch des Ungeheuers«, sagte Bryanna. Sie hielt Truett mit einer Hand fest und ließ sich auf den Boden sinken, wo sie den Hügel nach dem Dolch absuchte. Aber als ihre Hand die kühlen Grashalme berührte, wusste sie es. Hier war nichts von Magie zu spüren, keine Vibrationen, keine Wärme glühender Edelsteine. »Er ist fort«, sagte sie, und vor ihrem inneren Auge konnte sie sehen, wie das kleine Messer in die endlosen Tiefen einer Welt stürzte, in der das Böse schwärte.

Der Heilige Dolch war nicht mehr in dieser Welt.

Vielleicht war es auch besser so.

»Oh, bitte«, stöhnte die alte Frau. Sie war auf dem Boden

zusammengesunken, und ihre trüben Augen waren auf Bryanna und Truett gerichtet. »Bitte, ich kann nicht nach dort zurück.« Ihre knochigen Hände deuteten auf den Spalt im Boden, jene Falten schlagende, sickernde Wunde der Erde, durch die man in die Unterwelt gelangte. »Ohne das Kind bin ich dazu verdammt, auf alle Zeiten in den dunkelsten Winkeln zu vegetieren, eingesperrt in den grausigen Abgründen der Unterwelt, eine Sklavin von Arawn …«

Bryanna biss die Zähne zusammen. Sie würde nicht auf den jämmerlichen Trick dieser Frau hereinfallen, doch sie fragte sich, ob sie auch ohne den Dolch genug Kraft haben würde, den Dämon abzuwehren. War ihre Macht geringer geworden?

»Zurückkehren musst du«, sagte sie und ritzte mit dem Finger eine Rune in die Erde. »Coelio«, sprach sie. Glaube.

»Bitte, hilf mir …«, weinte die Alte und stemmte sich mit einem schwachen Ellbogen hoch, während der Wind sie schon über den Hügel auf den Spalt im Boden zuwehte. Die Unterwelt zog sie zurück in ihren glühenden Schlund, mit einer unsichtbaren Hand, derer sich die Alte nicht erwehren konnte.

»Coelio«, wiederholte Bryanna, und der Klang des Wortes ließ die alte Frau sich vor Schmerz winden. »Coelio …«

»Seine Macht wird unter deiner Führung dahinschwinden«, rief die alte Frau mit heiserer Stimme. »Was kannst du dem Auserwählten schon beibringen? Du, ein Mädchen? Dein Sohn braucht einen erfahrenen Ratgeber.«

Er braucht seine Mutter, dachte Bryanna, doch sie sagte nur: »Coelio.«

»Nein! Ich werde nicht gehen!«, heulte der Dämon und grub seine knochigen Finger in den Boden, sodass er Gras herausriss, als er durch die Dunkelheit in Richtung des gähnenden Schlunds gezerrt wurde, der den Eingang zur Unterwelt bildete.

Gavyn kniete neben Bryanna, eine Hand auf ihrer Schulter. Sie sahen gemeinsam schweigend zu, wie der kreischende Dämon in den Spalt im Berg gezogen und von der Unterwelt verschluckt wurde.

Als der glühende Spalt sich langsam beruhigte, begannen sich auch die aufgerissenen Kanten der Erde wieder zu schließen. Der Wind legte sich, und die Sterne schienen noch heller zu leuchten. Bryanna war dankbar für die Stille, die sich jetzt über sie gelegt hatte, da Gavyns Schwert wieder in seiner Scheide steckte und nurmehr die leisen Atemzüge von Truett zu hören waren.

So klang der Frieden.

Epilog

CALON

Bryanna saß auf einer Bank im Garten und genoss die Wärme der Juni-Sonne. Neben ihr versuchte Truett immer wieder zu stehen, während er eine Ameise dabei beobachtete, wie sie einen winzigen Krümel einen Weg entlangschleppte. Um nicht umzufallen, hielt er sich an der Bank fest und schaute wackelig, aber stolz zu ihr auf.

»Oh, was für ein starker, kluger Junge du doch bist«, sagte sie, während der laue Sommerwind ihr Haar zerzauste und den Duft von frisch gebackenen Pasteten und gesottenem Schweinefleisch aus der Küche herbeitrug. Morwenna war dabei, Kräuter und Blumen zu pflücken und mit ihrer Tochter Lenore zu scherzen, indem sie sie mit einer Blume kitzelte.

Ein Schatten schob sich über Bryannas Füße. Sie drehte sich um und sah, dass Gavyn sich näherte. »Gatte«, sagte sie mit einem ironischen Lächeln.

Gavyn grinste, denn endlich stimmte es. Nach ihrer Ankunft auf Burg Calon hatten sie geheiratet und planten jetzt, nach Agendor zurückzukehren, wo Gavyn, der einzige Sohn Deverills, der neue Baron werden würde. Die Dorfbewohner hatten ihn gebeten, nach Agendor zurückzukehren, wo eine erstaunlich große Anzahl seiner Untertanen froh war, nicht mehr unter Deverills Herrschaft zu stehen. Deverills Ehefrau, Marden, die immer schon von zarter Konstitution gewesen war, hatte eine Krankheit, die sie sich im Winter zugezogen hatte, nicht überlebt.

Bryanna konnte es gar nicht erwarten, Herrin einer eigenen Burg zu werden und an der Seite ihres Ehemannes zu stehen, während er regierte. Wer hätte gedacht, dass es sich einmal so entwickeln würde?

»Komm mit, ich möchte dir etwas zeigen«, sagte er.
»Was denn?«
»Oh, es ist eine Überraschung.«
Sofort wurde sie wachsam. »Eine Überraschung?«
»Mmm. Es wird dir gefallen. Das schwöre ich dir. Komm mit.« Er nahm Truett und setzte ihn sich auf die breiten Schultern. Er hielt seinen Sohn vorsichtig fest, während er Bryanna einen gewundenen Weg entlang, an den Hütten des Kerzenmachers und des Schmieds vorbei, zum Stall führte. Truett lachte fröhlich und patschte seinem Vater auf den Kopf.

»Was ist es denn?«, fragte sie, doch ihr Herz setzte einen Schlag aus. Sie wusste es.

Gavyns Grinsen wurde breiter, als er seinen Sohn von den Schultern hob und in seine Arme nahm. Er führte die beiden unter das Vordach des Stalles und nach drinnen, wo die Gerüche von Pferden, Mist und Heu sie empfingen.

»Schsch«, flüsterte Gavyn, während sie leise zu der Box gingen, in der Alabaster stand. Neben ihr lag ein neugeborenes Fohlen im Stroh. Es war schwarz wie die Nacht und hatte eine weiße Fessel. Es sah mit großen Augen zu ihnen auf.

Bryanna konnte ein Lächeln nicht unterdrücken. »Dann ist es jetzt also da«, sagte sie. »Rhis Hengstfohlen.«
»Ja. Du wusstest, dass es ein Männchen sein würde?«
»Natürlich.«
Er zog die Augenbrauen zusammen, als würde er ihr nicht recht glauben. »Hör mal, du Hexe«, sagte er, »was weißt du alles? Kannst du in die Zukunft sehen?«

»Ich dachte, du würdest es mir nicht glauben.«

Sein Lächeln blitzte im Dunkeln auf. »Durch dich habe ich gelernt zu glauben.«

»Tatsächlich?« Bryanna rieb Alabasters samtige Nüstern.

Wiehernd wandte die Stute sich ab, machte einen Schritt auf das Fohlen zu und stupste es mit dem Kopf an. Das Neugeborene, das von der Geburt immer noch etwas nass war, bemühte sich einige Male vergeblich, ehe es ihm endlich gelang, die dürren Beine anzuziehen. Als es schließlich auf allen vieren stand, drückte es seine Nüstern gegen die weiße Flanke seiner Mutter und fand das Euter.

Truett sah die Tiere ganz fasziniert an. Er zeigte auf das schwarze Fohlen und lächelte strahlend.

»Ich glaube, er beansprucht das Fohlen für sich.«

»Das kannst du nicht ernst meinen. Er kann noch nicht einmal laufen.«

»Aber er wird sein eigenes Pferd brauchen.«

»Als Erstes wird er auf seinen eigenen Beinen laufen. Dann können wir darüber reden, ihn auf ein Pferd zu setzen«, meinte sie skeptisch, obwohl sie wusste, dass es so kommen würde. Sie konnte es vor sich sehen, als sie aus dem Stall in die Hitze des Sommertages traten. Bienen summten, die Flügel der Windmühlen drehten sich in der Brise, und der Schlag des Schmiedehammers hallte durch den Hof. Ihr war viel mehr bekannt, als sie ihrem Ehemann gegenüber zugab, denn obzwar die Visionen von der Zukunft begrenzt und manchmal unklar waren, wusste sie, dass ihr Sohn in der Geborgenheit seiner liebenden Eltern zu einem gesunden und starken Mann heranwachsen würde.

Als spürte er, dass sie gerade an ihn dachte, drehte Truett sich zu ihr um. Er war ein hübscher Junge mit dunklem Haar, rosigen Wangen und blauen Augen, von denen jedoch eines als Erinnerung an seine Abstammung von Hallyd einen braunen Fleck aufwies.

Sie wusste, dass ihr Sohn, wie in der Prophezeiung vorhergesagt, im Moment der Verbindung von Dunkel und Licht gezeugt worden war. Aber sie spürte auch, dass seine Seele unschuldig war und mit Liebe und Beistand geformt werden konnte.

Natürlich kannte Gavyn die Wahrheit, doch einmal, als sie nebeneinander im Bett gelegen hatten und sie nicht schlafen konnte, weil sie sich wegen des Jungen Sorgen machte, hatte Gavyn sich auf einen Ellbogen aufgestützt und ihr tief in die Augen gesehen. »Er ist mein Sohn, Bryanna. Ob nun von meinem Blut oder nicht, ich werde ihn wie meinen eigenen aufziehen. Wenn uns das Glück hold ist, wird es noch weitere Kinder geben, und zusammen werden wir alle eine Familie sein.« Seine Wangenmuskeln traten hervor, so fest spannte er seinen Kiefer an, und sie erkannte, dass er es ernst meinte. Jemand wie er, der sein ganzes Leben lang ohne die Liebe eines Vaters hatte auskommen müssen, würde nicht zulassen, dass eine nachfolgende Generation dieselbe Zurückweisung erfuhr. »Und jetzt«, sagte er und küsste sie auf die Stirn, »werden wir nicht mehr darüber sprechen. Wir werden ihn zu einem guten, gerechten Menschen erziehen. Das ist das Beste, was wir ihm bieten können.«

Jetzt, wo sie ihren Sohn aus den Armen seines Vaters nahm, spürte sie, dass lange und glückliche gemeinsame Jahre vor ihnen liegen würden. Sie konnte auch voraussehen, dass Truett, gezeugt aus Gut und Böse, viele Prüfungen würde bestehen müssen. Viele Entscheidungen würden ihm abverlangt werden, viele Kämpfe standen ihm bevor. Er würde sich bemühen müssen. Er würde Fehler machen. Doch sein wahres Schicksal war noch nicht entschieden. Am Ende würde es an Truett sein, dem Auserwählten, zu entscheiden, welchen Weg er gehen würde.

»Du machst dir Gedanken, Frau«, sagte Gavyn, als sie an einem Heuschober vorbeikamen, wo der Radmacher gerade dabei war, einige Speichen zu erneuern.

»Das ist das Schicksal einer jeden Mutter.«

»Und eines jeden Vaters«, sagte er, und seine Augen blitzten teuflisch auf, »aber mach dir keine Sorgen. Heute, als ich auf der Jagd war, sah ich einen alten Freund, der sich hinter einem Baumstumpf versteckte.«

Ihr Kopf fuhr hoch. »Der Wolf? Würgling?«, fragte sie ungläubig. Konnte es sein?

»Er war es.«

»Bist du dir wirklich sicher, dass es Würgling war?« Sie dachte, dass er sie vielleicht aufzog.

»Ja, kein anderer.«

Bryanna dachte an ihre Mutter, Kambria, die sie nie kennengelernt hatte. Konnte es sein? Sie hatte das Tier seit jenem letzten Kampf bei Holyhead nicht mehr gesehen und schon befürchtet, dass sie den Wolf niemals wiedersehen würde.

»Ich habe das Gefühl, dass der Wolf uns nach Agendor folgen wird.«

»Wirklich?«

»Ja, Frau, wirklich«, sagte er. Er zog sie mit dem Sohn in ihren Armen an sich, während sich die Sonne dem Horizont entgegenneigte.

»Es scheint unmöglich.«

»Das ist bei vielen Dingen so«, flüsterte er ihr ins Ohr. »Aber du, meine Zauberin, solltest besser als irgendwer sonst wissen, dass eine Sache wichtiger als alles andere ist.«

»Ach ja? Was denn?«, fragte sie amüsiert.

»Habe Vertrauen, Bryanna«, sagte er. »Tue nur das, was du mir beigebracht hast.«

»Was *ich* dir beigebracht habe? Und die ganze Zeit über hatte ich das Gefühl, auf taube Ohren einzureden.«

»Ja, nur eines ist wichtiger als alles andere.« Er küsste sie, dann hob er den Kopf und zwinkerte ihr zu. »Es ist ganz einfach. Du musst nur … glauben.«

Danksagung

Ich danke allen, die mir beim Schreiben dieses Buches geholfen haben. Es war ein echtes Gemeinschaftsprojekt. An erster Stelle möchte ich Roz Noonan danken, der unermüdlich an den Charakteren gearbeitet hat. Roz' Optimismus und Hartnäckigkeit waren ein Geschenk des Himmels. Auch meiner Lektorin, Claire Zion, deren Klarheit und detaillierte Änderungsvorschläge mir bei ein paar schwierigen Stellen in der Geschichte halfen, gebührt Dank.

Nicht zu vergessen mein Agent, Robin Rue, der darauf bestand, dass wir es schaffen und gut schaffen würden, und Drinks mit Schirmchen versprach, wenn das Buch fertig sei.

Und dann sind da noch all die Leute, die mich auf unglaubliche Weise zuhause unterstützt haben und denen ich danken möchte: Nancy und Ken Bush, Marilyn Katcher, Kathy Okano, Alexis Harrington, Matthew Crose, Niki Wilkins, Michael Crose und Ken Melum sowie wahrscheinlich noch ein Dutzend anderer Leute, die ich vergessen habe zu erwähnen.

Amanda Quick bei Blanvalet

Heiß geliebt!

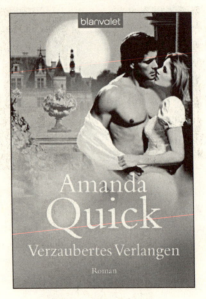

36735

Lesen Sie mehr unter:
www.blanvalet.de

blanvalet

Jocelyn Kelley bei Blanvalet

»Unsagbar sinnlich!«
PUBLISHERS WEEKLY

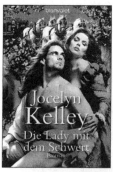
36653

36744

36763

Lesen Sie mehr unter:
www.blanvalet.de

blanvalet

Lydia Joyce bei Blanvalet

Niemand schreibt so lustvoll-verführerische
Liebesromane wie sie!

36787

Lesen Sie mehr unter:
www.blanvalet.de